E. A. Andrews

Sallust's History of the War Against Jugurtha, and of the Conspiracy of Catiline

SALZWASSER
VERLAG

E. A. Andrews

Sallust's History of the War Against Jugurtha, and of the Conspiracy of Catiline

Reprint of the original, first published in 1864.

1st Edition 2022 | ISBN: 978-3-75259-137-8

Verlag (Publisher): Salzwasser Verlag GmbH, Zeilweg 44, 60439 Frankfurt, Deutschland
Vertretungsberechtigt (Authorized to represent): E. Roepke, Zeilweg 44, 60439 Frankfurt, Deutschland
Druck (Print): Books on Demand GmbH, In de Tarpen 42, 22848 Norderstedt, Deutschland

SALLUST'S

HISTORY

OF THE

WAR AGAINST JUGURTHA,

AND OF THE

CONSPIRACY OF CATILINE:

WITH A

DICTIONARY AND NOTES.

BY

PROF. E. A. ANDREWS.

THIRTIETH EDITION.

BOSTON:

1864.

PREFACE TO THE SECOND EDITION.

The first edition of Sallust by the present editor having been favorably received by the public, no alteration in its plan has been thought necessary In preparing a second edition, however, every part has been carefully revised.

The text, in the former edition of the Jugurthine War was based upon that of Cortius. It was not until nearly the whole of that portion of the work was printed off, that the editor was able to obtain the highly valuable editions, which, within a few years past, have issued from the German press. Of these such use was made in the remainder of the work, as the brief time allowed for this purpose would permit.

The text of Cortius was distinguished from those previously in common use by frequent ellipses, especially of particles, pronouns, and the substantive verb These ellipses gave to the author's style an appearance of peculiar harshness: and rendered the connexion at times obscure and difficult. Besides other valuable improvements in the text of this author, the German editors, after the most careful collation of manuscripts and early editions have in many instances restored the words omitted by Cortius.

The text adopted in both parts of the present edition is, in general, that of Kritz. but modified by reference to the editions of Planche, Burnouf, Gerlach, Herzog and the Bipont editors. The alterations made in this edition will, it is believed, commend themselves to all, who shall examine them with care, as serving to remove many of the difficulties found in the common editions.

The orthography of the first edition, which, with few exceptions, was that adopted by the Bipont editors and by Planche, has been retained.

The following extracts from the preface to the first edition will sufficiently explain its general plan.

"In arranging the two treatises of Sallust constituting the text of this work, the first place has been assigned to the War against Jugurtha. Such an arrangement seemed to be expedient in a work intended for the use of students not previously familiar with Roman history; inasmuch as the History of Catiline's Conspiracy, which occurred many years after the war against Jugurtha, contains numerous allusions to persons engaged in that war, and to political events connected with it.

As some of the most prominent difficulties in Latin syntax arise from the use of the *oratio obliqua*, the occurrence of this construction has generally been denoted by means of single inverted commas, while direct quotations are distinguished by the usual marks.

To the preparation of the accompanying Dictionary, much time and labor have been devoted. The design has been to unite, so far as a due regard to brevity would permit, the advantages of a *Lexicon Sallustianum* with those of a general dictionary." To this end the common significations of each word are given, whether occurring in Sallust or not, but in noting the constructions of words, those only are mentioned, which are found in this author. "The plan of the work did not permit the introduction of extended discussions relating to points of history or biography, customs or laws. For minute information on these and kindred subjects, it was thought better to refer the student to his Classical Dictionary and Roman Antiquities, and especially to some good Roman history; such, for example, as Ferguson's Roman Republic.

In preparing the notes of this edition, it has been the aim of the editor to supply such information only, as could not properly be inserted in the Dictionary He has endeavoured to furnish precisely such aid as he supposed a diligent student would need, and to present it in such a form as would direct his investigations, instead of superseding them. A free use has been made of the materials contained in the notes of Burnouf, Planche and Kritz, and such other notes have been added as the design of the work seemed to require. In explaining the grammatical constructions, the editor has generally contented himself with a simple reference to that part of the grammar in which a solution of the difficulty may be found, leaving it to the student's own reflection to make the application

LIFE OF CAIUS CRISPUS SALLUSTIUS.

Sallust, the celebrated Roman historian, was born at Amiternum, a town in the Sabine territory, in the year of Rome 668, 86 years before the birth of Christ, and in the consulship of Cinna and Carbo. While young he removed to Rome, where he devoted himself to literary pursuits, under the direction of Atteius Prætextatus, a celebrated Athenian grammarian, and an instructor in the art of rhetoric.

At an early age, probably about the year of Rome 695, he obtained the questorship, and consequently became entitled to a seat in the senate. In the year 701, during a period of great civil commotion, he was made a tribune of the people; and in the dissensions consequent upon the death of Clodius, he took an active part in opposition to Milo. To this course he was probably moved not less by personal hostility to Milo, whom he had greatly injured, and from whom he had received a severe, but well merited chastisement, than by attachment to the party of Clodius. In the year 704 the censors, Appius Claudius and Calpurnius Piso, degraded him from his rank as senator, on account of the infamy of his private character.

It was probably about this time, that he wrote the History of the Catilinarian Conspiracy, with the exception, perhaps, of the part relating to the characters of Cæsar and Cato, though some ascribe to the whole work a later date. Of most of the events connected with this conspiracy, Sallust had been an eye witness, and, with few exceptions, he appears to have recorded them with exemplary impartiality. Though at a later period, the bitter enemy of Cicero, he manifests no such hostility in his account of this conspiracy, unless it be found in the somewhat faint praise which he bestows upon that illustrious orator and patriotic statesman.

Notwithstanding he expressed the determination in the introduction of this history, of spending the remainder of his days remote from the agitations of public life, he yet entered soon after with renewed ardor into the violent struggles which arose between the parties of Pompey and Cæsar. In this contest he espoused the cause of Cæsar, to whom he was personally attached, and through whose influence, in the year of the city 706, he was again made questor, and consequently reinstated in the senate. In the following year by the same influence he was raised to the pretorship, and about this time also he married Terentia, whom Cicero had recently divorced.

Soon after these events the civil war was renewed in Africa, where the remnants, of the senatorial party had been assembled under the command of Scipio and Cato. To oppose these Sallust was directed to conduct a detachment of several legions, by the way of Capua to the shores of Campania, where they were to embark for Africa. On arriving at the port of embarkation, a mutiny arose among the troops on account of their unwillingness to leave Italy, and to encounter anew the hardships and dangers to which they had been so long exposed. Sallust found his authority of no avail to suppress the insurrection, and was compelled to secure his own safety by a precipitate flight to Rome, whither he was followed by a great number of the troops. Order being at length restored by the presence and authority of Cæsar, the legions consented to embark, and shortly afterwards landed in Africa. Subsequently in an expedition entrusted to his command, against the island of Cercina, Sallust is said to have evinced considerable courage, military skill and prowess.

After the close of this war, he was appointed to the command of the African province, where he acquired immense riches by oppressing the people. On his return home, he was accused by the Numidians, of mal-administration of the affairs of his province, but escaped punishment through the friendship of Cæsar with whom he is reported to have shared his spoils. Scarcely, however, had he been acquitted, when Cæsar, on whom all his fortunes depended, was assassinated, on the ides of March, in the year of Rome 710.

With this event terminated the political career of Sallust, who thenceforward devoted himself wholly to the pursuits of private life. In his retirement, besides other historical works of which a few fragments now remain, he composed the History of the Jugurthine War, for which he had collected ample materials during his residence in Africa. He also erected a magnificent residence upon the Quirinal Hill, and laid out those beautiful gardens, which afterwards bore his name, and which were long considered as the pride and ornament of Rome. After his decease, which occurred in the year 718, his house and gardens became the favorite residence of successive Roman emperors.

As a historian, Sallust has few equals. His style is in a high degree concise resembling in this and in other respects that of Thucydides, whom, he seems to have taken as his model. He is distinguished also for his uncommon talent at graphic description, and his masterly delineations of character. In his writings he is ever the advocate of virtue, and the stern, uncompromising foe of corruption in every form, whether exhibited in the venal administration of government, or in the obscurer vices of private life. Unfortunately for his memory, the principles of virtue inculcated in his writings seem to have had but little influence in the conduct of his life; and posterity has shown the less indulgence to his faults, from the contrast which they exhibit to his own moral precepts.

C. CRISPI
SALLUSTII
JUGURTHA,

SEU

BELLUM JUGURTHINUM.

I. Falsò queritur de naturâ suâ genus humanum, quod, imbecilla atque ævi brevis, forte potiùs quàm virtute regatur. Nam contrà reputando neque majus aliud neque præstabilius invenies, magisque naturæ industriam hominum quàm vim aut tempus deesse. Sed dux atque imperator vitæ mortalium animus est; qui ubi ad gloriam virtutis viâ grassatur, abundè pollens potensque et clarus est, neque fortunâ eget: quippe quæ probitatem, industriam aliasque artes bonas neque dare neque eripere cuiquam potest. Sin, captus pravis cupidinibus, ad inertiam et voluptates corporis pessum datus est, perniciosâ libidine paulisper usus, ubi per socordiam vires, tempus, ingenium defluxère, naturæ infirmitas accusatur: suam quisque culpam auctores ad negotia transferunt. Quòd si hominibus bonarum rerum tanta cura esset, quanto studio aliena ac nihil profutura multùmque etiam periculosa petunt, neque regerentur magis, quàm regerent casus, et eò magnitudinis procederent, uti pro mortalibus gloriâ æterni fierent.

II. Nam utì genus hominum compositum est ex corpore et animâ, ita res cunctæ studiaque omnia nostra, corpo ris alia, alia animi naturam sequuntur. Igitur præclara facies, magnæ divitiæ, ad hoc vis corporis et alia omnia hujuscemodi brevi dilabuntur; at ingenii egregia facinora, sicuti anima, immortalia sunt. Postremò corporis et fortunæ bonorum ut initium, sic finis est, omniaque orta occidunt, et aucta senescunt: animus incorruptus, æternus, rector humani generis, agit atque habet cuncta, neque ipse habetur. Quò magis pravitas eorum admiranda est, qui, dediti corporis gaudiis, per luxum atque ignaviam ætatem agunt, ceterùm ingenium, quo neque melius neque amplius aliud in naturâ mortalium est, incultu atque socordiâ torpescere sinunt, quum præsertim tam multæ variæque sint artes animi, quibus summa claritudo paratur.

III. Verùm ex his magistratus et imperia, postremò omnis cura rerum publicarum minimè mihi hac tempestate cupienda videntur; quoniam neque virtuti honos datur, neque illi, quibus per fraudem is fuit, utique tuti, aut eo magis honesti sunt. Nam vi quidem regere patriam aut parentes quamquam et possis, et delicta corrigas, tamen importunum est; quum præsertim omnes rerum mutationes cædem, fugam aliaque hostilia portendant. Frustrà autem niti, neque aliud se fatigando nisi odium quærere, extremæ dementiæ est: nisi forte quem inhonesta et perniciosa libido tenet potentiæ paucorum decus atque libertatem suam gratificari.

IV. Ceterùm ex aliis negotiis, quæ ingenio exercentur, in primis magno usui est memoria rerum gestarum: cujus de virtute quia multi dixêre, prætereundum puto, simul, ne per insolentiam quis existimet memet studium meum laudando extollere. Atque ego credo fore, qui, quia decrevi procul a republicâ ætatem agere, tanto tamque utili labori meo nomen inertiæ imponant; certè, quibus maxima industria videtur salutare plebem et conviviis gratiam quærere. Qui si reputaverint, et quibus ego temporibus magistratus adeptus sim, et quales viri idem assequi nequiverint, et postea quæ genera hominum in senatum pervenerint, profectò existimabunt me magis meritò quàm ignaviâ judicium animi mei mutavisse, majusque commodum ex otio meo, quàm ex aliorum negotiis, reipublicæ venturum. Nam sæpe ego audivi, Q. Maximum, P. Scipionem, præterea civitatis nostræ præclaros viros solitos ita dicere, 'quum majorum imagines intuerentur, vehementissimè sibi animum ad virtutem accendi.' Scilicet non ceram illam neque figuram tantam vim in sese habere, sed memoriâ rerum gestarum eam flammam egregiis viris in pectore crescere, neque priùs sedari, quàm virtus eorum famam atque gloriam adæquaverit. At contrà quis est omnium his moribus, quin divitiis et sumptibus, non probitate neque industriâ cum majoribus suis contendat? Etiam homines novi, qui antea per virtutem soliti erant nobilitatem antevenire, furtim et per latrocinia potiùs quàm bonis artibus ad imperia et honores nituntur; proinde quasi prætura et consulatus atque alia omnia hujuscemodi per se ipsa clara et magnifica sint, ac non perinde habeantur, ut eorum, qui ea sustinent, virtus est. Verùm ego liberiùs altiùsque processi, dum me civitatis morum piget tædetque: nunc ad inceptum redeo.

V. Bellum scripturus sum, quod populus Romanus cum Jugurthâ, rege Numidarum, gessit: primùm, quia magnum et atrox variâque victoriâ fuit; dein, quia tunc primùm superbiæ nobilitatis obviàm itum est. Quæ contentio divina et humana cuncta permiscuit, eòque vecordiæ processit, utì studiis civilibus bellum atque vastitas Italiæ finem faceret. Sed priùsquam hujuscemodi rei initium expedio, pauca suprà repetam, quò ad cognoscendum omnia illustria magis magisque in aperto sint. Bello Punico secundo, quo dux Carthaginiensium Hannibal post magnitudinem nominis Romani Italiæ opes maximè attriverat, Masinissa rex Numidarum, in amicitiam receptus a P. Scipione, cui póstea Africano cognomen ex virtute fuit, multa et præclara rei militaris facinora fecerat, ob quæ, victis Carthaginiensibus et capto Syphace, cujus in Africâ magnùm atque latè imperium valuit, populus Romanus, quascumque urbes et agros manu ceperat, regi dono dedit. Igitur amicitia Masinissæ bona atque honesta nobis permansit: imperii vitæque ejus finis idem fuit. Deinde Micipsa filius regnum solus obtinuit, Manastabale et Gulussâ fratribus morbo absumptis. Is Adherbalem et Hiempsalem ex sese genuit; Jugurthamque, Manastabalis fratris filium, quem Masinissa, quòd ortus ex concubinâ erat, privatum reliquerat, eodem cultu, quo liberos suos, domi habuit.

VI. Qui ubi primùm adolevit, pollens viribus, decorâ facie, sed multo maximè ingenio validus, non se luxu neque inertiæ corrumpendum dedit; sed, utì mos gentis illius est, equitare, jaculari, cursu cum æqualibus certare: et, quum omnes gloriâ anteïret, omnibus tamen carus esse; ad hoc pleraque tempora in venando agere, leonem atque alias feras primus aut in primis ferire; plurimum facere, et minimum ipse de se loqui. Quibus rebus Micipsa tametsi initio lætus fuerat, existimans virtutem Jugurthæ regno suo gloriæ fore, tamen, postquam hominem adolescentem, exactâ suâ ætate, et parvis liberis, magis magisque crescere intellegit, vehementer eo negotio permotus, multa cum animo suo volvebat. Terrebat eum natura mortalium avida imperii et præceps ad explendam animi cupidinem, præterea opportunitas suæ liberorumque ætatis, quæ etiam mediocres viros spe prædæ transversos agit, ad hoc studia Numidarum in Jugurtham accensa, ex quibus, si talem virum interfecisset, ne qua seditio aut bellum oriretur, anxius erat.

VII. His difficultatibus circumventus, ubi videt neque per vim neque insidiis opprimi posse hominem tam acceptum popularibus, quòd erat Jugurtha manu promptus et appetens gloriæ militaris, statuit eum objectare periculis, et eo modo fortunam tentare. Igitur bello Numantino Micipsa quum populo Romano equitum atque peditum auxilia mitteret, sperans vel ostentando virtutem vel hostium sævitiâ facilè eum occasurum, præfecit Numidis, quos in Hispaniam mittebat. Sed ea res longè aliter, ac ratus erat, evenit. Nam Jugurtha, ut erat impigro atque acri ingenio, ubi naturam P. Scipionis, qui tunc Romanis imperator erat, et morem hostium cognovit, multo labore multâque curâ, præterea modestissimè parendo et sæpe obviàm eundo periculis in tantam claritudinem brevi pervenerat, ut nostris vehementer carus, Numantinis maximo terrori esset. Ac sanè, quod difficillimum in primis est, et prœlio strenuus erat, et bonus consilio; quorum alterum ex providentiâ timorem, alterum ex audaciâ temeritatem afferre plerùmque solet. Igitur imperator omnes ferè res asperas per Jugurtham agere, in amicis habere, magis magisque eum in dies amplecti; quippe cujus neque consilium neque inceptum ullum frustrà erat. Huc accedebat munificentia animi et ingenii solertia, quîs rebus sibi multos ex Romanis familiari amicitiâ conjunxerat.

VIII. Eâ tempestate in exercitu nostro fuêre complures novi atque nobiles, quibus divitiæ bono honestoque potiores erant, factiosi domi, potentes apud socios, clari magis quàm honesti, qui Jugurthæ non mediocrem animum pollicitando accendebant, 'si Micipsa rex occidisset, fore, utì solus imperii Numidiæ potiretur: in ipso maximam virtutem; Romæ omnia venalia esse.' Sed postquam, Numantiâ deletâ, P. Scipio dimittere auxilia et ipse reverti domum decrevit, donatum atque laudatum magnificè pro concione Jugurtham in prætorium abduxit, ibique secretò monuit, 'utì potiùs publicè quàm privatim amicitiam populi Romani coleret, neu quibus largiri insuesceret; periculosè a paucis emi, quod multorum esset. Si permanere vellet in suis artibus, ultro illi et gloriam et regnum venturum; sin properantiùs pergeret, suâmet ipsum pecuniâ præcipitem casurum.'

IX. Sic locutus, cum litteris eum, quas Micipsæ redderet, dimisit. Earum sententia hæc erat: "Jugurthæ tui bello Numantino longè maxima virtus fuit; quam rem tibi certò scio gaudio esse. Nobis ob merita sua carus est: utì idem senatui et populo Romano sit, summâ ope nitemur. Tibi quidem pro nostrâ amicitiâ gratulor. En habes virum dignum te atque avo suo Masinissâ." Igitur rex, ubi ea, quæ famâ acceperat, ex litteris imperatoris ita esse cognovit, quum virtute tum gratiâ viri permotus, flexit animum suum, et Jugurtham beneficiis vincere aggressus est; statimque eum adoptavit, et testamento pariter cum filiis heredem instituit. Sed ipse paucos post annos, morbo atque ætate confectus, quum sibi finem vitæ adesse intelligeret, coram amicis et cognatis, itemque Adherbale et Hiempsale filiis, dicitur hujuscemodi verba cum Jugurthâ habuisse.

X. "Parvum ego te, Jugurtha, amisso patre, sine spe sine opibus in meum regnum accepi, existimans non minùs me tibi quàm [liberis,] si genuissem, ob beneficia carum fore: neque ea res falsum me habuit. Nam, ut alia magna et egregia tua omittam, novissimè, rediens Numantiâ, meque regnumque meum gloriâ honoravisti, tuâque virtute nobis Romanos ex amicis amicissimos fecisti; in Hispaniâ nomen familiæ renovatum est; postremò, quod difficillimum inter mortales est, gloriâ invidiam vicisti. Nunc, quoniam mihi natura finem vitæ facit, per hanc dextram, per regni fidem moneo obtestorque te, utì hos, qui tibi genere propinqui, beneficio meo fratres sunt, caros habeas; neu malis alienos adjungere, quàm sanguine conjunctos retinere. Non exercitus neque thesauri præsidia regni sunt, verùm amici, quos neque armis cogere, neque auro parare queas; officio et fide pariuntur. Quis autem amicior, quàm frater fratri? aut quem alienum fidum invenies, si tuis hostis fueris? Equidem ego vobis regnum trado firmum, si boni eritis; sin mali, imbecillum. Nam concordiâ parvæ res crescunt, discordiâ maximæ dilabuntur. Ceterùm ante hos te, Jugurtha, qui ætate et sapientiâ prior es, ne aliter quid eveniat, providere decet; nam in omni certamine, qui opulentior est, etiam si accipit injuriam, tamen quia plus potest, facere videtur. Vos autem, Adherbal et Hiempsal, colite, observate talem hunc virum; imitamini virtutem, et enitimini, ne ego meliores liberos sumpsisse videar, quàm genuisse."

XI. Ad ea Jugurtha, tametsi regem ficta locutum intelligebat, et ipse longè aliter animo agitabat, tamen pro tempore benignè respondit. Micipsa paucis post diebus moritur. Postquam illi more regio justa magnificè fecerant, reguli in unum convenêre, utì inter se de cunctis negotiis disceptarent. Sed Hiempsal, qui minimus ex illis erat, naturâ ferox, et jam antè ignobilitatem Jugurthæ, quia materno genere impar erat, despiciens, dexterâ Adherbalem assedit, ne medius ex tribus, quod apud Numidas honori ducitur, Jugurtha foret. Dein tamen utì ætati concederet fatigatus a fratre, vix in partem alteram transductus est. Ibi quum multa de administrando imperio dissererent, Jugurtha inter alias res jacit, 'oportere quinquennii consulta et decreta omnia rescindi; nam per ea tempora confectum annis Micipsam parùm animo valuisse.' Tum 'idem' Hiempsal 'placere sibi' respondit; 'nam ipsum illum tribus proximis annis adoptatione in regnum pervenisse.' Quod verbum in pectus Jugurthæ altiùs, quàm quisquam ratus erat, descendit. Itaque ex eo tempore irâ et metu anxius moliri, parare, atque ea modò animo habere, quibus Hiempsal per dolum caperetur. Quæ ubi tardiùs procedunt, neque lenitur animus ferox, statuit quovis modo inceptum perficere.

XII. Primo conventu, quem ab regulis factum suprà memoravi, propter dissensionem placuerat dividi thesauros, finesque imperii singulis constitui. Itaque tempus ad utramque rem decernitur, sed maturius ad pecuniam distribuendam. Reguli interea in loca propinqua thesauris, alius aliò, concessêre. Sed Hiempsal in oppido Thirmidâ forte ejus domo utebatur, qui proximus lictor Jugurthæ carus acceptusque ei semper fuerat. Quem ille casu ministrum oblatum promissis onerat, impellitque, utì tamquam suam visens domum eat, portarum claves adulterinas paret, nam veræ ad Hiempsalem referebantur; ceterùm, 'ubi res postularet, se ipsum cum magnâ manu venturum.' Numida mandata brevi confecit, atque, ut doctus erat, noctu Jugurthæ milites introducit. Qui postquam in ædes irrupêre, diversi regem quærere, dormientes alios, alios occursantes interficere, scrutari loca abdita, clausa effringere, strepitu et tumultu omnia miscere; quum interim Hiempsal reperitur, occultans se in tugurio mulieris ancillæ, quò initio pavidus et ignarus loci perfugerat. Numidæ caput ejus, utì jussi erant, ad Jugurtham referunt.

XIII. Ceterùm fama tanti facinoris per omnem Africam brevi divulgatur: Adherbalem omnesque, qui sub imperio Micipsæ fuerant, metus invadit. In duas partes discedunt Numidæ: plures Adherbalem sequuntur, sed illum alterum bello meliores. Igitur Jugurtha quàm maximas potest copias armat, urbes partim vi, alias voluntate imperio suo adjungit, omni Numidiæ imperare parat. Adherbal, tametsi Romam legatos miserat, qui senatum docerent de cæde fratris et fortunis suis, tamen fretus multitudine militum parabat armis contendere. Sed ubi res ad certamen venit, victus ex prœlio profugit in provinciam, ac deinde Romam contendit. Tum Jugurtha, patratis consiliis, postquam omnis Numidiæ potiebatur, in otio facinus suum cum animo reputans timere populum Romanum, neque adversùs iram ejus usquam, nisi in avaritiâ nobilitatis et pecuniâ suâ, spem habere. Itaque paucis diebus cum auro et argento multo legatos Romam mittit, quîs præcepit, primùm 'utì veteres amicos muneribus expleant, deinde novos acquirant, postremò quæcumque possint largiendo parare, ne cunctentur.' Sed ubi Romam legati venêre, et ex præcepto regis hospitibus aliisque, quorum eâ tempestate in senatu auctoritas pollebat, magna munera misêre, tanta commutatio incessit, utì ex maximâ invidiâ in gratiam et favorem nobilitatis Jugurtha veniret, quorum pars spe, alii præmio inducti singulos ex senatu ambiendo nitebantur, ne graviùs in eum consuleretur. Igitur ubi legati satìs confidunt, die constituto senatus utrisque datur. Tum Adherbalem hoc modo locutum accepimus:

XIV. "Patres conscripti, Micipsa pater meus moriens mihi præcepit, 'utì regni Numidiæ tantummodo procurationem existimarem meam, ceterùm jus et imperium ejus penes vos esse: simul eniterer domi militiæque quàm maximo usui esse populo Romano; vos mihi cognatorum, vos affinium loco ducerem: si ea fecissem, in vestrâ amicitiâ exercitum, divitias, munimenta regni me habiturum.' Quæ quum præcepta parentis mei agitarem, Jugurtha, homo omnium, quos terra sustinet, sceleratissimus, contempto imperio vestro, Masinissæ me nepotem, et jam ab stirpe socium atque amicum populi Romani, regno fortunisque omnibus expulit. Atque ego, patres conscripti, quoniam eò miseriarum venturus eram, vellem potiùs ob mea quàm ob majorum meorum beneficia posse a vobis auxilium petere, ac maximè deberi mihi beneficia a populo Romano, quibus non egerem; secundùm, ea si desideranda erant, utì debitis uterer. Sed quoniam parum tuta per se ipsa probitas est, neque mihi in manu fuit, Jugurtha qualis foret, ad vos confugi, patres conscripti, quibus, quod mihi miserrimum est, cogor priùs oneri quàm usui esse. Ceteri reges aut bello victi in amicitiam a vobis recepti sunt, aut in suis dubiis rebus societatem vestram appetiverunt: familia nostra cum populo Romano bello Carthaginiensi amicitiam instituit, quo tempore magis fides ejus quàm fortuna petenda erat. Quorum progeniem vos, patres conscripti, nolite pati me, nepotem Masinissæ frustrà a vobis auxilium petere.

Si ad impetrandum nihil causæ haberem præter miserandam fortunam, quòd paulo antè rex genere, famâ atque copiis potens, nunc deformatus ærumnis, inops, alienas opes exspecto, tamen erat majestatis populi Romani prohibere injuriam, neque pati cujusquam regnum per scelus crescere. Verùm ego his finibus ejectus sum, quos majoribus meis populus Romanus dedit; unde pater et avus meus unà vobiscum expulêre Syphacem et Carthaginienses. Vestra beneficia mihi erepta sunt, patres conscripti, vos in meâ injuriâ despecti estis. Eheu me miserum! Huccine, Micipsa pater, beneficia tua evasêre, utì, quem tu parem cum liberis tuis, regnique participem fecisti, is potissimùm stirpis tuæ extinctor sit? Numquam ergo familia nostra quieta erit? semperne in sanguine, ferro, fugâ versabimur? Dum Carthaginienses incolumes fuêre, jure omnia sæva patiebamur: hostes ab latere, vos amici procul, spes omnis in armis erat. Postquam illa pestis ex Africâ ejecta est, læti pacem agitabamus: quippe quîs hostis nullus erat, nisi forte quem vos jussissetis. Ecce autem ex improviso Jugurtha intolerandâ audaciâ, scelere atque superbiâ sese efferens, fratre meo atque eodem propinquo suo interfecto, primùm regnum ejus sceleris sui prædam fecit: pòst, ubi me iisdem dolis nequit capere, nihil minùs quàm vim aut bellum exspectantem in imperio vestro, sicuti videtis, extorrem patriâ, domo, inopem et coopertum miseriis effecit, ut ubivis tutiùs quàm in meo regno essem.

"Ego sic existimabam, patres conscripti, ut prædicantem audiveram patrem meum, 'qui vestram amicitiam diligenter colerent, eos multum laborem suscipere, ceterùm ex omnibus maximè tutos esse.' Quod in familiâ nostrâ fuit, præstitit, utì in omnibus bellis adesset vobis. nos utì per otium tuti simus, in manu vestrâ est, patres conscripti. Pater nos duos fratres reliquit; tertium, Ju-

2*

gurtham, beneficiis suis ratus est conjunctum nobis fore. Alter eorum necatus est, alterius ipse ego manus impias vix effugi. Quid agam? aut quò potissimùm infelix accedam? Generis præsidia omnia exstincta sunt: pater, utì necesse erat, naturæ concessit; fratri, quem minimè decuit, propinquus per scelus vitam eripuit; affines, amicos, propinquos ceteros, alium alia clades oppressit: capti ab Jugurthâ pars in crucem acti, pars bestiis objecti sunt; pauci, quibus relicta est anima, clausi in tenebris cum mœrore et luctu morte graviorem vitam exigunt. Si omnia, quæ aut amisi, aut ex necessariis adversa facta sunt, incolumia manerent, tamen, si quid ex improviso mali accidisset, vos implorarem, patres conscripti, quibus pro magnitudine imperii jus et injurias omnes curæ esse decet. Nunc verò exsul patriâ, domo, solus atque omnium honestarum rerum egens, quò accidam, aut quos appellem? nationesne an reges, qui omnes familiæ nostræ ob vestram amicitiam infesti sunt? an quòquam mihi adire licet, ubi non majorum meorum hostilia monumenta plurima sint? aut quisquam nostri misereri potest, qui aliquando vobis hostis fuit?

Postremò Masinissa nos ita instituit, patres conscripti, 'ne quem coleremus nisi populum Romanum, ne societates, ne fœdera nova acciperemus; abundè magna præsidia nobis in vestrâ amicitiâ fore; si huic imperio fortuna mutaretur, unà nobis occidendum esse.' Virtute ac dîs volentibus, magni estis et opulenti, omnia secunda et obedientia sunt; quo faciliùs sociorum injurias curare licet. Tantùm illud vereor, ne quos privata amicitia Jugurthæ parum cognita transversos agat, quos ego audio maximâ ope niti, ambire, fatigare vos singulos, 'ne quid de absente, incognitâ causâ, statuatis: fingere me verba, et fugam simulare, cui licuerit in regno manere' Quòd utinam illum, cujus impio facinore in has miserias projectus sum, eadem hæc simulantem videam, et aliquando aut apud vos, aut apud deos immortales rerum humanarum cura oriatur! Næ ille, qui nunc sceleribus suis ferox atque præclarus est, omnibus malis excruciatus, impietatis in parentem nostrum, fratris mei necis mearumque miseriarum graves pœnas reddet. Jam jam frater animo meo carissime, quamquam tibi immaturo, et unde minimè decuit, vita erepta est, tamen lætandum magis quàm dolendum puto casum tuum: non enim regnum, sed fugam, exsilium, egestatem et omnes has, quæ me premunt, ærumnas cum animâ simul amisisti. At ego infelix, in tanta mala præcipitatus ex patrio regno, rerum humanarum spectaculum præbeo, incertus quid agam, tuasne injurias persequar, ipse auxilii egens, an regno consulam, cujus vitæ necisque potestas ex opibus alienis pendet. Utinam emori fortunis meis honestus exitus esset, neu vivere contemptus viderer, si defessus malis injuriæ concessissem. Nunc neque vivere libet, neque mori licet sine dedecore. Patres conscripti, per vos, per liberos atque parentes vestros, per majestatem populi Romani, subvenite misero mihi, ite obviàm injuriæ, nolite pati regnum Numidiæ, quod vestrum est, per scelus et sanguinem familiæ nostræ tabescere."

XV. Postquam rex finem loquendi fecit, legati Jugurthæ, largitione magis quàm causâ freti, paucis respondent: 'Hiempsalem ob sævitiam suam ab Numidis interfectum: Adherbalem ultro bellum inferentem, postquam superatus sit, queri, quòd injuriam facere nequivisset Jugurtham ab senatu petere, ne se alium putarent, ac Numantiæ cognitus esset, neu verba inimici ante facta sua ponerent.' Deinde utrique curiâ egrediuntur. Senatus statim consulitur. Fautores legatorum, præterea magna pars gratiâ depravata, Adherbalis dicta contemnere, Jugurthæ virtutem extollere laudibus; gratiâ, voce, denique omnibus modis pro alieno scelere et flagitio, suâ quasi pro gloriâ, nitebantur. At contrà pauci, quibus bonum et æquum divitiis carius erat, 'subveniendum Adherbali, et Hiempsalis mortem severè vindicandam' censebant: sed ex omnibus maximè Æmilius Scaurus, homo nobilis, impiger, factiosus, avidus potentiæ, honoris. divitiarum, ceterùm vitia sua callidè occultans. Is postquam videt regis largitionem famosam impudentemque, veritus, quod in tali re solet, ne polluta licentia invidiam accenderet, animum a consuetâ libidine continuit.

XVI. Vicit tamen in senatu pars illa, quæ vero pretium aut gratiam anteferebat. Decretum fit, 'utì decem legati regnum, quod Micipsa obtinuerat, inter Jugurtham et Adherbalem dividerent.' Cujus legationis princeps fuit L. Opimius, homo clarus et tunc in senatu potens; quia consul, C. Graccho et M. Fulvio Flacco interfectis, acerrimè victoriam nobilitatis in plebem exercuerat. Eum Jugurtha tametsi Romæ in inimicis habuerat, tamen accuratissimè recepit: dando et pollicitando multa perfecit, utì famæ, fidei, postremò omnibus suis rebus commodum regis anteferret. Reliquos legatos eâdem viâ aggressus, plerosque capit: paucis carior fides quàm pecunia fuit. In divisione, quæ pars Numidiæ Mauretaniam attingit, agro virisque opulentior, Jugurthæ traditur; illam alteram specie quàm usu potiorem, quæ portuosior et ædificiis magis exornata erat, Adherbal possedit.

XVII. Res postulare videtur Africæ situm paucis exponere, et eas gentes, quibuscum nobis bellum aut amicitia fuit, attingere. Sed quæ loca et nationes ob calorem aut asperitatem item solitudines minùs frequentata sunt, de iis haud facilè compertum narraverim; cetera quàm paucissimis absolvam.

In divisione orbis terræ plerique in partem tertiam Africam posuêre: pauci tantummodo Asiam et Europam esse, sed Africam in Europâ. Ea fines habet ab occidente fretum nostri maris et Oceani; ab ortu solis declivem latitudinem, quem locum Catabathmon incolæ appellant. Mare sævum, importuosum; ager frugum fertilis, bonus pecori, arbore infecundus; cœlo terrâque penuria aquarum. Genus hominum salubri corpore, velox, patiens laborum: plerosque senectus dissolvit, nisi qui ferro aut bestiis interiêre, nam morbus haud sæpe quemquam superat. Ad hoc malefici generis plurima animalia. Sed qui mortales initio Africam habuerint, quique postea accesserint, aut quomodo inter se permixti sint, quamquam ab eâ famâ, quæ plerosque obtinet, diversum est, tamen, utì ex libris Pùnicis, qui regis Hiempsalis dicebantur, interpretatum nobis est, utìque rem sese habere cultores ejus terræ putant, quàm paucissimis dicam: ceterùm fides ejus rei penes auctores erit.

XVIII. Africam initio habuêre Gætuli et Libyes, asperi incultique, quìs cibus erat caro ferina atque humi pabulum, utì pecoribus. Hi neque moribus neque lege, aut imperio cujusquam regebantur: vagi, palantes, quà nox coegerat, sedes habebant. Sed postquam in Hispaniâ Hercules, sicuti Afri putant, interiit, exercitus ejus, compositus ex variis gentibus, amisso duce, ac passim multis sibi quisque, imperium petentibus, brevi dilabitur. Ex eo numero Medi, Persæ et Armenii, navibus in Africam transvecti, proximos nostro mari locos occupavêre, sed

Persæ intra Oceanum magis: hique alveos navium inversos pro tuguriis habuêre, quia neque materia in agris, neque ab Hispanis emendi aut mutandi copia erat: mare magnum et ignara lingua commercia prohibebant. Hi paulatim per connubia Gætulos secum miscuêre; et quia sæpe tentantes agros, alia deinde alia loca petiverant, semet ipsi Nomadas appellavêre. Ceterùm adhuc ædificia Numidarum agrestium, quæ mapalia illi vocant, oblonga, incurvis lateribus tecta, quasi navium carinæ sunt. Medi autem et Armenii, accessêre Libyes; (nam hi propiùs mare Africum agitabant, Gætuli sub sole magis, haud procul ab ardoribus:) hique maturè oppida habuêre; nam freto divisi ab Hispaniâ mutare res inter se instituerant. Nomen eorum paulatim Libyes corrupêre, barbarâ linguâ Mauros pro Medis appellantes. Sed res Persarum brevi adolevit; ac postea, nomine Numidæ, propter multitudinem a parentibus digressi, possedêre ea loca, quæ proximè Carthaginem Numidia appellatur. Deinde utrique alteris freti, finitimos armis aut metu sub imperium suum coegêre, nomen gloriamque sibi addidêre; magis hi, qui ad nostrum mare processerant, quia Libyes quàm Gætuli minùs bellicosi. Denique Africæ pars inferior pleraque ab Numidis possessa est; victi omnes in gentem nomenque imperantium concessêre.

XIX. Postea Phœnices, alii multitudinis domi minuendæ gratiâ, pars imperii cupidine, sollicitatâ plebe et aliis novarum rerum avidis, Hipponem, Hadrumetum, Leptim aliasque urbes in orâ maritimâ condidêre; hæque brevi multùm auctæ, pars originibus suis præsidio, aliæ decori fuêre. Nam de Carthagine tacere melius puto quàm parum dicere, quoniam aliò properare tempus monet. Igitur ad Catabathmon, qui locus Ægyptum ab

Africâ dividit, secundo mari prima Cyrene est colonia Theræôn, ac deinceps duæ Syrtes, interque eas Leptis, deinde Philænôn aræ, quem locum Ægyptum versûs finem imperii habuêre Carthaginienses; pòst aliæ Punicæ urbes. Cetera loca usque ad Mauretaniam Numidæ tenent: proximè Hispaniam Mauri sunt. Super Numidiam Gætulos accepimus, partim in tuguriis, alios incultiùs vagos agitare, post eos Æthiopas esse, dein loca exusta solis ardoribus. Igitur bello Jugurthino pleraque ex Punicis oppida et fines Carthagiensium, quos novissimè habuerant, populus Romanus per magistratus administrabat: Gætulorum magna pars, et Numidæ usque ad flumen Mulucham sub Jugurthâ erant: Mauris omnibus rex Bocchus imperitabat, præter nomen cetera ignarus populi Romani, itemque nobis neque bello neque pace antea cognitus. De Africâ et ejus incolis ad necessitudinem rei satis dictum.

XX. Postquam, diviso regno, legati Africâ decessêre, et Jugurtha contra timorem animi præmia sceleris adeptum sese videt, certum ratus, quod ex amicis apud Numantiam acceperat, omnia Romæ venalia esse, simul et illorum pollicitationibus accensus, quos paulo antè muneribus expleverat, in regnum Adherbalis animum intendit. Ipse acer, bellicosus; at is, quem petebat, quietus, imbellis, placido ingenio, opportunus injuriæ, metuens magis quàm metuendus. Igitur ex improviso fines ejus cum magnâ manu invadit; multos mortales cum pecore atque aliâ prædâ capit, ædificia incendit, pleraque loca hostiliter cum equitatu accedit: deinde cum omni multitudine in regnum suum convertit; existimans dolore per motum Adherbalem injurias suas manu vindicaturum eamque rem belli causam fore. At ille, quòd neque se parem armis existimabat, et amicitiâ populi Romani magis quàm Numidis fretus erat, legatos ad Jugurtham de injuriis questum misit: qui tametsi contumeliosa dicta retulerant, priùs tamen omnia pati decrevit, quàm bellum sumere, quia tentatum antea secus cesserat. Neque eo magis cupido Jugurthæ minuebatur; quippe qui totum ejus regnum animo jam invaserat. Itaque non, ut antea, cum prædatoriâ manu, sed magno exercitu comparato bellum gerere cœpit, et apertè totius Numidiæ imperium petere. Ceterùm, quà pergebat, urbes, agros vastare, prædas agere; suis animum, hostibus terrorem augere.

XXI. Adherbal ubi intellegit eò processum, uti regnum aut relinquendum esset, aut armis retinendum, necessariò copias parat, et Jugurthæ obvius procedit. Interim haud longè a mari, prope Cirtam oppidum, utriusque consedit exercitus, et quia diei extremum erat, prælium non inceptum. Sed ubi plerumque noctis processit, obscuro etiamtum lumine, milites Jugurthini, signo dato, castra hostium invadunt; semisomnos partim, alios arma sumentes fugant funduntque. Adherbal cum paucis equitibus Cirtam profugit; et, ni multitudo togatorum fuisset, quæ Numidas insequentes mœnibus prohibuit, uno die inter duos reges cœptum atque patratum bellum foret. Igitur Jugurtha oppidum circumsedit, vineis turribusque et machinis omnium generum expugnare aggreditur; maximè festinans tempus legatorum antecapere, quos, ante prœlium factum, ab Adherbale Romam missos audiverat. Sed postquam senatus de bello eorum accepit, tres adolescentes in Africam legantur, qui ambos reges adeant, senatûs populique Romani verbis nuntient, velle et censere eos ab armis discedere; de controversiis suis jure potiùs quàm bello disceptare: ita seque illisque dignum esse.'

XXII. Legati in Africam maturantes veniunt, eo magis, quòd Romæ, dum proficisci parant, de prœlio facto et oppugnatione Cirtæ audiebatur: sed is rumor clemens erat. Quorum, Jugurtha, acceptâ oratione, respondit: 'sibi neque majus quicquam neque carius auctoritate senati esse; ab adolescentiâ ita se enisum, utì ab optimo quoque probaretur: virtute, non malitiâ P. Scipioni, summo viro, placuisse; ob easdem artes ab Micipsâ, non penuriâ liberorum, in regnum adoptatum esse. Ceterùm quo plura bene atque strenuè fecisset, eo animum suum injuriam minùs tolerare. Adherbalem dolis vitæ suæ insidiatum; quod ubi comperisset, sceleri ejus obviàm isse. Populum Romanum neque rectè neque pro bono facturum, si ab jure gentium sese prohibuerit. Postremò de omnibus rebus legatos Romam brevi missurum.' Ita utrique digrediuntur. Adherbalis appellandi copia non fuit.

XXIII. Jugurtha ubi eos Africâ decessisse ratus est, neque propter loci naturam Cirtam armis expugnare potest, vallo atque fossâ mœnia circumdat, turres exstruit, easque præsidiis firmat: præterea dies noctesque aut per vim, aut dolis tentare; defensoribus mœnium præmia modò, modò formidinem ostentare; suos hortando ad virtutem arrigere; prorsus intentus cuncta parare. Adherbal ubi intellegit omnes suas fortunas in extremo sitas, hostem infestum, auxilii spem nullam, penuriâ rerum necessariarum bellum trahi non posse, ex his, qui unà Cirtam profugerant, duos, maximè impigros delegit; eos multa pollicendo ac miserando casum suum confirmat, utì per hostium munitiones noctu ad proximum mare, dein Romam pergerent.

XXIV. Numidæ paucis diebus jussa efficiunt; litteræ Adherbalis in senatu recitatæ, quarum sententia hæc fuit.

"Non meâ culpâ sæpe ad vos oratum mitto, patres conscripti, sed vis Jugurthæ subigit, quem tanta libido exstinguendi me invasit, utì neque vos neque deos immortales in animo habeat, sanguinem meum quàm omnia malit. Itaque quintum jam mensem socius et amicus populi Romani armis obsessus teneor, neque mihi Micipsæ patris mei beneficia, neque vestra decreta auxiliantur: ferro an fame acriùs urgear, incertus sum. Plura de Jugurthâ scribere dehortatùr me fortuna mea, et jam antea expertus sum parum fidei miseris esse: nisi tamen intelligo illum suprà quàm ego sum, petere, neque simul amicitiam vestram et regnum meum sperare: utrum gravius existimet, nemini occultum est. Nam initio occidit Hiempsalem, fratrem meum, deinde patrio regno me expulit. Quæ sanè fuerint nostræ injuriæ, nihil ad vos. Verùm nunc vestrum regnum armis tenet, me, quem vos imperatorem Numidis posuistis, clausum obsidet; legatorum verba quanti fecerit, pericula mea declarant. Quid reliquum, nisi vis vestra, quo moveri possit? Nam ego quidem vellem, et hæc, quæ scribo, et illa, quæ antea in senatu questus sum, vana forent potiùs. quàm miseria mea fidem verbis faceret. Sed quoniam eo natus sum, ut Jugurthæ scelerum ostentui essem, non jam mortem neque ærumnas, tantummodo inimici imperium et cruciatus corporis deprecor. Regno Numidiæ, quod vestrum est, utì libet, consulite: me manibus impiis eripite, per majestatem imperii, per amicitiæ fidem, si ulla apud vos memoria remanet avi mei Masinissæ."

XXV. His litteris recitatis, fuêre, qui 'exercitum in Africam mittendum' censerent, 'et quàm primùm Adherbali subveniendum: de Jugurthâ interim utì consuleretur, quoniam legatis non paruisset.' Sed ab iisdem illis regis fautoribus summâ ope enisum, ne tale decretum fieret. Ita bonum publicum, ut in plerisque negotiis solet, privatâ gratiâ devictum. Legantur tamen in Africam majores natu, nobiles, amplis honoribus usi; in quîs fuit M. Scaurus, de quo suprà memoravimus, consularis, et tunc in senatu princeps. Hi, quòd res in invidiâ erat, simul et ab Numidis obsecrati, triduo navim ascendêre: deinde brevi Uticam appulsi litteras ad Jugurtham mittunt, 'quàm ocissimè ad provinciam accedat, seque ad eum ab senatu missos.' Ille ubi accepit homines claros, quorum auctoritatem Romæ pollere audiverat, contra inceptum suum venisse, primò commotus, metu atque libidine diversus agitabatur. Timebat iram senati, ni paruisset legatis: porrò animus cupidine cæcus ad inceptum scelus rapiebat. Vicit tamen in avido ingenio pravum consilium. Igitur, exercitu circumdato, summâ vi Cirtam irrumpere nititur; maximè sperans, diductâ manu hostium, aut vi aut dolis sese casum victoriæ inventurum. Quod ubi secùs procedit, neque, quod intenderat, efficere potest, utì priùs, quàm legatos conveniret, Adherbalis potiretur, ne ampliùs morando Scaurum, quem plurimùm metuebat, incenderet, cum paucis equitibus in provinciam venit. Ac tametsi senati verbis graves minæ nuntiabantur, quòd ab oppugnatione non desisteret, multâ tamen oratione consumptâ, legati frustrà discessêre.

XXVI. Ea postquam Cirtæ audita sunt, Italici, quorum virtute mœnia defensabantur, confisi, deditione factâ propter magnitudinem populi Romani inviolatos sese fore

Adherbali suadent, 'utì seque et oppidum Jugurthæ tradat; tantùm ab eo vitam paciscatur, de ceteris senatui curæ fore.' At ille, tametsi omnia potiora fide Jugurthæ rebatur, tamen, quia penes eosdem, si adversaretur, cogendi potestas erat, ita, utì censuerant Italici, deditionem facit. Jugurtha in primis Adherbalem excruciatum necat; deinde omnes puberes Numidas et negotiatores promiscuè, utì quisque armatis obvius fuerat, interfecit.

XXVII. Quod postquam Romæ cognitum est, et res in senatu agitari cœpta; iidem illi ministri regis interpellando, ac sæpe gratiâ interdum jurgiis trahendo tempus, atrocitatem facti leniebant. Ac ni C. Memmius, tribunus plebis designatus, vir acer et infestus potentiæ nobilitatis, populum Romanum edocuisset 'id agi, utì per paucos factiosos Jugurthæ scelus condonaretur,' profectò omnis invidia prolatandis consultationibus dilapsa foret: tanta vis gratiæ atque pecuniæ regis erat. Sed ubi senatus delicti conscientiâ populum timet, lege Semproniâ provinciæ futuris consulibus Numidia atque Italia decretæ, consules declarati P. Scipio Nasica, L. Bestia Calpurnius. Calpurnio Numidia, Scipioni Italia obvenit. Deinde exercitus, qui in Africam portaretur, scribitur: stipendium aliaque, quæ bello usui forent, decernuntur.

XXVIII. At Jugurtha, contra spem nuntio accepto, quippe cui Romæ omnia venum ire in animo hæserat, filium et cum eo duos familiares ad senatum legatos mittit; hisque, ut illis, quos Hiempsale interfecto miserat, præcepit, 'omnes mortales pecuniâ aggrediantur.' Qui postquam Romam adventabant, senatus a Bestiâ consultus est, 'placeretne legatos Jugurthæ recipi mœnibus: iique decrevêre, 'nisi regnum ipsumque deditum venissent, utì in diebus proximis decem Italiâ decederent.

Consul Numidis ex senati decreto nuntiari jubet: ita infectis rebus illi domum discedunt. Interim Calpurnius, parato exercitu, legat sibi homines nobiles, factiosos, quorum auctoritate, quæ deliquisset, munita fore sperabat: in quîs fuit Scaurus, cujus de naturâ et habitu suprà memoravimus. Nam in consule nostro multæ bonæque artes animi et corporis erant, quas omnes avaritia præpediebat. Patiens laborum, acri ingenio, satis providens, belli haud ignarus, firmissimus contra pericula et insidias. Sed legiones per Italiam Rhegium atque inde Siciliam, porrò ex Siciliâ in Africam transvectæ. Igitur Calpurnius initio, paratis commeatibus, acriter Numidiam ingressus est, multosque mortales et urbes aliquot pugnando cepit.

XXIX. Sed ubi Jugurtha per legatos pecuniâ tentare, bellique, quod administrabat, asperitatem ostendere cœpit, animus æger avaritiâ facilè conversus est. Ceterùm socius et administer omnium consiliorum assumitur Scaurus; qui tametsi a principio, plerisque ex factione ejus corruptis, acerrimè regem impugnaverat, tamen magnitudine pecuniæ a bono honestoque in pravum abstractus est. Sed Jugurtha primò tantummodo belli moram redimebat, existimans sese aliquid interim Romæ pretio aut gratiâ effecturum; postea verò quàm participem negotii Scaurum accepit, in maximam spem adductus recuperandæ pacis, statuit cum eis de omnibus pactionibus præsens agere. Ceterùm interea fidei causâ mittitur a consule Sextius quæstor in oppidum Jugurthæ Vaccam; cujus rei species erat acceptio frumenti, quod Calpurnius palam legatis imperaverat, quoniam deditionis morâ induciæ agitabantur. Igitur rex, utì constituerat, in castra venit; ac pauca, præsenti consilio locutus de invidiâ facti sui, atque in deditionem utì acciperetur reliqua cum Bestiâ et Scauro secreta transigit: dein postero die, quasi per saturam exquisitis sententiis, in deditionem accipitur. Sed, utì pro consilio imperatum erat, elephanti triginta, pecus atque equi multi cum parvo argenti pondere quæstori traduntur. Calpurnius Romam ad magistratus rogandos proficiscitur. In Numidiâ et exercitu nostro pax agitabatur.

XXX. Postquam res in Africâ gestas, quoque modo actæ forent, fama divulgavit, Romæ per omnes locos et conventus de facto consulis agitari. Apud plebem gravis invidia; patres solliciti erant; probarentne tantum flagitium, an decretum consulis subverterent, parum constabat: ac maximè eos potentia Scauri, quòd is auctor et socius Bestiæ ferebatur, a vero bonoque impediebat. At C. Memmius, cujus de libertate ingenii et odio potentiæ nobilitatis suprà diximus, inter dubitationem et moras senati concionibus populum ad vindicandum hortari, monere, ne rempublicam, ne libertatem suam desererent; multa superba et crudelia facinora nobilitatis ostendere· prorsus intentus omni modo plebis animum accendebat. Sed, quoniam eâ tempestate Romæ Memmii facundia clara pollensque fuit, decere existimavi unam ex tam multis orationem ejus perscribere, ac potissimùm ea dicam, quæ in concione post reditum Bestiæ hujuscemodi verbis disseruit.

XXXI. "Multa me dehortantur a vobis, Quirites, ni studium reipublicæ omnia superet, opes factionis, vestra patientia, jus nullum, ac maximè, quòd innocentiæ plus periculi quàm honoris est. Nam illa quidem piget dicere, his annis quindecim quàm ludibrio fueritis superbiæ paucorum; quàm fœdè quàmque inulti perierint vestri defensores; ut vobis animus ab ignaviâ atque socordiâ corruptus sit, qui ne nunc quidem, obnoxiis inimicis, exsurgitis, atque etiam nunc timetis eos, quibus vos decet terrori esse. Sed quamquam hæc talia sunt, tamen obviàm ire factionis potentiæ animus subigit. Certè ego libertatem, quæ mihi a parente tradita est, experiar: verùm id frustrà an ob rem faciam, in vestrâ manu situm est, Quirites. Neque ego vos hortor, quod sæpe majores vestri fecêre, utì contra injurias armati eatis. Nihil vi, nihil secessione opus est: necesse est, suomet ipsi more præcipites eant. Occiso Tiberio Graccho, quem regnum parare aiebant, in plebem Romanam quæstiones habitæ sunt. Post C. Gracchi et M. Fulvii cædem, item vestri ordinis multi mortales in carcere necati sunt: utriusque cladis non lex, verùm libido eorum finem fecit Sed sanè fuerit regni paratio plebi sua restituere: quid quid sine sanguine civium ulcisci nequitur, jure factum sit. Superioribus annis taciti indignabamini ærarium expilari, reges et populos liberos paucis nobilibus vectigal pendere, penes eosdem et summam gloriam, et maximas divitias esse: tamen hæc talia facinora impunè suscepisse parum habuêre, itaque postremò leges, majestas vestra, divina et humana omnia hostibus tradita sunt. Neque eos, qui ea fecêre, pudet aut pœnitet, sed incedunt per ora vestra magnifici, sacerdotia et consulatus, pars triumphos suos ostentantes, perinde quasi ea honori, non prædæ habeant. Servi ære parati imperia injusta dominorum non perferunt: vos, Quirites, imperio nati, æquo animo servitutem toleratis? At qui sunt hi, qui rempublicam occupavêre? Homines sceleratissimi, cruentis manibus, immani avaritiâ, nocentissimi iidemque superbissimi; quîs fides, decus, pietas, postremò honesta atque inhonesta, omnia quæstui sunt. Pars eorum occidisse tribunos plebis, alii quæstiones injustas, plerique cædem in vos fecisse pro munimento habent. Ita quàm quisque pessimè fecit, tam maximè tutus est; metum a scelere suo ad ignaviam vestram transtulêre: quos omnes eadem cupere, eadem odisse, eadem metuere in unum coegit: sed hæc inter bonos amicitia, inter malos factio est. Quòd si tam vos libertatis curam haberetis, quàm illi ad dominationem accensi sunt, profectò neque respublica, sicuti nunc, vastaretur, et beneficia vestra penes optimos, non audacissimos forent. Majores vestri parandi juris et majestatis constituendæ gratiâ bis per secessionem armati Aventinum occupavêre: vos pro libertate, quam ab illis accepistis, non summâ ope nitemini? atque eo vehementiùs, quòd majus dedecus est parta amittere, quàm omnino non paravisse. Dicet aliquis: "Quid igitur censes?" Vindicandum in eos, qui hosti prodidêre rempublicam; non manu neque vi, quod magis vos fecisse quàm illis accidisse indignum est, verùm quæstionibus et indicio ipsius Jugurthæ, qui si dedititius est, profectò jussis vestris obediens erit; sin ea contemnit, scilicet existimabitis qualis illa pax aut deditio sit, ex quâ ad Jugurtham scelerum impunitas. ad paucos potentes maximæ divitiæ, in rempublicam damna atque dedecora pervenerint. Nisi forte nondum etiam vos dominationis eorum satietas tenet, et illa quàm hæc tempora magis placent, quum regna, provinciæ, leges, jura, judicia, bella, atque, paces, postremo divina et humana omnia penes paucos erant; vos autem, hoc est populus Romanus, invicti ab hostibus, imperatores omnium gentium, satis habebatis animam retinere; nam servitutem quidem quis vestrûm recusare audebat? Atque ego, tametsi flagitiosissimum existimo impunè injuriam accepisse, tamen vos hominibus sceleratissimis ignoscere, quoniam cives sunt, æquo animo paterer, nisi misericordia in perniciem casura esset. Nam et illis, quantum importunitatis habent, parum est impunè malè fecisse, nisi deinde faciendi licentia eripitur, et vobis æterna sollicitudo remanebit, quum intelligetis aut serviendum esse, aut per manus libertatem retinendam. Nam fidei quidem aut concordiæ quæ spes est? Dominari illi volunt, vos liberi esse; facere illi injurias, vos prohibere; postremò sociis vestris veluti hostibus, hostibus pro sociis utuntur. Potestne in tam diversis mentibus pax aut amicitia esse? Quare moneo hortorque vos, ne tantum scelus impunitum omittatis. Non peculatus ærarii factus est, neque per vim sociis ereptæ pecuniæ; quæ quamquam gravia sunt, tamen consuetudine jam pro nihilo habentur: hosti acerrimo prodita senati auctoritas, proditum imperium vestrum; domi militiæque respublica venalis fuit. Quæ nisi quæsita erunt, ni vindicatum in noxios, quid erit reliquum, nisi ut illis, qui ea fecêre, obedientes vivamus? nam impunè quælibet facere, id est regem esse. Neque ego vos, Quirites, hortor, ut malitis cives vestros perperam quàm rectè fecisse, sed ne ignoscendo malis bonos perditum eatis. Ad hoc in republicâ multo præstat beneficii quàm maleficii immemorem esse; bonus tantummodo segnior fit, ubi negligas, at malus improbior. Ad hoc si injuriæ non sint, haud sæpe auxilii egeas."

XXXII. Hæc atque alia hujuscemodi sæpe dicendo, Memmius populo persuadet, utì L. Cassius, qui tunc prætor erat, ad Jugurtham mitteretur, eumque, interpositâ fide publicâ, Romam duceret, quò faciliùs indicio regis, Scauri et reliquorum, quos pecuniæ captæ arcessebant, delicta patefierent. Dum hæc Romæ geruntur, qui in

Numidiâ relicti a Bestiâ exercitui præerant, secuti morem imperatoris sui, plurima et flagitiosissima facinora fecêre. Fuêre, qui auro corrupti elephantos Jugurthæ traderent: alii perfugas vendere, pars ex pacatis prædas agebant: tanta vis avaritiæ animos eorum veluti tabes invaserat. At Cassius, perlatâ rogatione a C. Memmio, ac perculsâ omni nobilitate, ad Jugurtham proficiscitur; eique timido et ex conscientiâ diffidenti rebus suis persuadet, 'quoniam se populo Romano dedidisset, ne vim quàm misericordiam ejus experiri mallet.' Privatim præterea fidem suam interponit, quam ille non minoris quàm publicam ducebat. Talis eâ tempestate fama de Cassio erat.

XXXIII. Igitur Jugurtha, contra decus regium, cultu quàm maximè miserabili cum Cassio Romam venit. Ac tametsi in ipso magna vis animi erat, confirmatus ab omnibus, quorum potentiâ aut scelere cuncta ea gesserat, quæ suprà diximus C. Bæbium tribunum plebis magnâ mercede parat, cujus impudentiâ contra jus et injurias omnes munitus foret. At C. Memmius, advocatâ concione, quamquam regi infesta plebes erat, et pars 'in vincula duci' jubebat, pars, 'ni socios sceleris sui aperiret, more majorum de hoste supplicium sumi,' dignitati quàm iræ magis consulens, sedare motus, et animos eorum mollire; postremò confirmare 'fidem publicam per sese inviolatam fore.' Pòst, ubi silentium cœpit, producto Jugurthâ, verba facit; Romæ Numidiæque facinora ejus memorat, scelera in patrem fratresque ostendit. 'Quibus juvantibus quibusque ministris ea egerit, quamquam intelligat populus Romanus, tamen velle manifesta magis ex illo habere. Si verum aperiat, in fide et clementiâ populi Romani magnam spem illi sitam: sin reticeat, non sociis saluti fore sed se suasque spes corrupturum.'

XXXIV. Deinde, ubi Memmius dicendi finem fecit, et Jugurtha respondere jussus est, C Bæbius tribunus plebis, quem pecuniâ corruptum suprà diximus, regem tacere jubet: ac tametsi multitudo, quæ in concione aderat, vehementer accensa terrebat eum clamore, vultu, sæpe impetu atque aliis omnibus, quæ ira fieri amat, vicit tamen impudentia. Ita populus ludibrio habitus ex concione discedit: Jugurthæ Bestiæque et ceteris, quos illa quæstio exagitabat, animi augescunt.

XXXV. Erat eâ tempestate Romæ Numida quidam, nomine Massiva, Gulussæ filius, Masinissæ nepos; qui, quia, in dissensione regum Jugurthæ adversus fuerat, deditâ Cirtâ, et Adherbale interfecto, profugus ex Africâ abierat. Huic Sp. Albinus, qui proximo anno post Bestiam cum Q. Minucio Rufo consulatum gerebat, persuadet, 'quoniam ex stirpe Masinissæ sit, Jugurthamque ob scelera invidia cum metu urgeat, regnum Numidiæ ab senatu petat.' Avidus consul belli gerendi moveri, quàm senescere omnia malebat; ipsi provincia Numidia, Minucio Macedonia evenerat. Quæ postquam Massiva agitare cœpit, neque Jugurthæ in amicis satis præsidii est, quòd eorum alium conscientia, alium mala fama et timor impediebat, Bomilcari, proximo ac maximè fido sibi, imperat; 'pretio,' sicuti multa confecerat, 'insidiatores Massivæ paret, ac maximè occultè, sin id parum procedat, quovis modo Numidam interficiat.' Bomilcar maturè regis mandata exsequitur; et per homines talis negotii artifices itinera egressusque ejus, postremò loca atque tempora cuncta explorat; deinde, ubi res postulabat, insidias tendit. Igitur unus ex eo numero, qui ad cædem parati erant, paulo inconsultiùs Massivam aggreditur, illum obtruncat; sed ipse deprehensus, multis hortantibus et in primis Albino consule, indicium profitetur. Fit reus magis ex æquo bonoque quàm ex jure gentium Bomilcar, comes ejus, qui Romam fide publicâ venerat. At Jugurtha manifestus tanti sceleris non priùs omisit contra verum niti, quàm animum advertit supra gratiam atque pecuniam suam invidiam facti esse. Igitur, quamquam in priore actione ex amicis quinquaginta vades dederat, regno magis quàm vadibus consulens clam in Numidiam Bomilcarem dimittit, veritus ne reliquos populares metus invaderet parendi sibi, si de illo supplicium sumptum foret, et ipse paucis diebus profectus est, jussus ab senatu Italiâ decedere. Sed postquam Româ egressus est, fertur sæpe eò tacitus respiciens postremò dixisse: 'urbem venalem et maturè perituram, si emptorem invenerit.'

XXXVI. Interim Albinus, renovato bello, commeatum, stipendium aliaque, quæ militibus usui forent, maturat in Africam portare; ac statim ipse profectus, utì ante comitia, quod tempus haud longè aberat, armis aut deditione aut quovis modo bellum conficeret. At contrà Jugurtha trahere omnia, et alias, deinde alias moræ causas facere; polliceri deditionem, ac deinde metum simulare; instanti cedere, et paulo pòst, ne sui diffiderent, instare: ita belli modò, modò pacis morâ consulem ludificare. Ac fuêre, qui tum Albinum haud ignarum consilii regis existimarent; neque ex tantâ properantiâ tam facilè tractum bellum socordiâ magis quàm dolo crederent. Sed postquam, dilapso tempore, comitiorum dies adventabat, Albinus, Aulo fratre in castris pro prætore relicto, Romam decessit.

XXXVII. Eâ tempestate Romæ seditionibus tribuniciis atrociter respublica agitabatur. P. Lucullus et L.

Annius, tribuni plebis, resistentibus collegis, continuare magistratum nitebantur: quæ dissensio totius anni comitia impediebat. Eâ morâ in spem adductus Aulus, quem pro prætore in castris relictum suprà diximus, aut conficiendi belli aut terrore exercitûs ab rege pecuniæ capiendæ, milites mense Januario ex hibernis in expeditionem evocat, magnisque itineribus, hieme asperâ, pervenit ad oppidum Suthul, ubi regis thesauri erant. Quod quamquam et sævitiâ temporis et opportunitate loci neque capi neque obsideri poterat; nam circum murum, situm in prærupti montis extremo, planities limosa hiemalibus aquis paludem fecerat; tamen, aut simulandi gratiâ, quò regi formidinem adderet, aut cupidine cæcus ob thesauros oppidi potiundi, vineas agere, aggerem jacere, aliaque, quæ incepto usui forent, properare.

XXXVIII. At Jugurtha, cognitâ vanitate atque imperitiâ legati, subdolus ejus augere amentiam, missitare supplicantes legatos, ipse quasi vitabundus per saltuosa loca et tramites exercitum ductare. Denique Aulum spe pactionis perpulit, utì, relicto Suthule, in abditas regiones sese veluti cedentem insequeretur: 'ita delicta occultiora fore.' Interea per homines callidos die noctuque exercitum tentabat; centuriones ducesque turmarum, partim utì transfugerent, corrumpere; alii, signo dato, locum utì desererent. Quæ postquam ex sententiâ instruit, intempestâ nocte de improviso multitudine Numidarum Auli castra circumvenit. Milites Romani, perculsi tumultu insolito, arma capere alii, alii se abdere, pars territos confirmare; trepidare omnibus locis vis magna hostium, cœlum nocte atque nubibus obscuratum, periculum anceps: postremò fugere an manere tutius foret, in incerto erat. Sed ex eo numero, quos

4

paulo antè corruptos diximus, cohors una Ligurum cum duabus turmis Thracum et paucis gregariis militibus transière ad regem, et centurio primi pili tertiæ legionis per munitionem, quam, utì defenderet, acceperat, locum hostibus introeundi dedit, eàque Numidæ cuncti irrupère. Nostri fœdâ fugâ, plerique abjectis armis proximum collem occupavère. Nox atque præda castrorum hostes, quò minùs victoriâ uterentur, remorata sunt. Deinde Jugurtha postero die cum Aulo in colloquio verba facit: 'tametsi ipsum cum exercitu fame ferroque clausum tenet, tamen se humanarum rerum memorem, si secum fœdus faceret, incolumes omnes sub jugum missurum: præterea, utì diebus decem Numidiâ decederet.' Quæ quamquam gravia et flagitii plena erant, tamen, quia mortis metu mutabant, sicuti regi libuerat, pax convenit.

XXXIX. Sed ubi ea Romæ comperta sunt, metus atque mœror civitatem invasère. Pars dolere pro gloriâ imperii, pars insolita rerum bellicarum timere libertati: Aulo omnes infesti, ac maximè, qui bello sæpe præclari fuerant, quòd armatus dedecore potiùs quàm manu salutem quæsiverat. Ob ea consul Albinus ex delicto fratris invidiam ac deinde periculum timens, senatum de fœdere consulebat; et tamen interim exercitui supplementum scribere, ab sociis et nomine Latino auxilia arcessere, denique modis omnibus festinare. Senatus ita, utì par fuerat, decernit, 'suo atque populi injussu nullum potuisse fœdus fieri.' Consul impeditus a tribunis plebis, ne, quas paraverat copias, secum portaret, paucis diebus in Africam proficiscitur: nam omnis exercitus, utì convenerat, Numidiâ deductus, in provinciâ hiemabat. Postquam eò venit, quamquam persequi Jugurtham et mederi fraternæ invidiæ animus ardebat. cognitis militibus, quos præter fugam, soluto imperio, licentia atque lascivia corruperat, ex copiâ rerum statuit sibi nihil agitandum.

XL. Interea Romæ C. Mamilius Limetanus tribunus plebis rogationem ad populum promulgat, 'Utì quæreretur in eos, quorum consilio Jugurtha senati decreta neglexisset; quique ab eo in legationibus aut imperiis pecunias accepissent; qui elephantos, quique perfugas tradidissent; item, qui de pace aut bello cum hostibus pactiones fecissent.' Huic rogationi partim conscii sibi, alii ex partium invidiâ pericula metuentes, quoniam apertè resistere non poterant, quin illa et alia talia placere sibi faterentur, occultè per amicos, ac maximè per homines nominis Latini et socios Italicos impedimenta parabant. Sed plebes incredibile memoratu est, quàm intenta fuerit, quantâque vi rogationem jusserit, decreverit, voluerit, magis odio nobilitatis, cui mala illa parabantur, quàm curâ reipublicæ: tanta libido in partibus erat. Igitur ceteris metu perculsis, M. Scaurus, quem legatum Bestiæ fuisse suprà docuimus, inter lætitiam plebis et suorum fugam, trepidâ etiamtum civitate, quum ex Mamilii rogatione tres quæsitores rogarentur, effecerat, uti ipse in eo numero crearetur. Sed quæstio exercita asperè violenterque, ex rumore et libidine plebis. Ut sæpe nobilitatem, sic eâ tempestate plebem ex secundis rebus insolentia ceperat.

XLI. Ceterùm mos partium popularium et senati factionum, ac deinde omnium malarum artium, paucis antè annis Romæ ortus est, otio et abundantiâ earum rerum, quæ prima mortales ducunt. Nam ante Carthaginem deletam populus et senatus Romanus placidè modestèque inter se rempublicam tractabant: neque gloriæ neque dominationis certamen inter cives erat: metus hostilis in bonis artibus civitatem retinebat. Sed ubi illa formido mentibus decessit, scilicet ea, quæ secundæ res amant, lascivia atque superbia incessêre. Ita, quod in adversis rebus optaverant otium, postquam adepti sunt, asperius acerbiusque fuit. Namque cœpêre nobilitas dignitatem in dominationem, populus libertatem in libidinem vertere: sibi quisque ducere, trahere, rapere. Ita omnia in duas partes abstracta sunt; respublica, quæ media fuerat, dilacerata. Ceterùm nobilitas factione magis pollebat; plebis vis, soluta atque dispersa in multitudine, minùs poterat. Paucorum arbitrio belli domique agitabatur; penes eosdem ærarium, provinciæ, magistratus, gloriæ triumphique erant; populus militiâ atque inopiâ urgebatur. Prædas bellicas imperatores cum paucis diripiebant: interea parentes aut parvi liberi militum, ut quisque potentiori confinis erat, sedibus pellebantur. Ita cum potentiâ avaritia sine modo modestiâque invadere, polluere et vastare omnia, nihil pensi neque sancti habere, quoad semet ipsa præcipitavit. Nam ubi primùm ex nobilitate reperti sunt, qui veram gloriam injustæ potentiæ anteponerent, moveri civitas, et dissensio civilis, quasi permixtio terræ, oriri cœpit.

XLII. Nam postquam Tiberius et C. Gracchus, quorum majores Punico atque aliis bellis multum reipublicæ addiderant, vindicare plebem in libertatem, et paucorum scelera patefacere cœpêre, nobilitas noxia, atque eò perculsa, modò per socios ac nomen Latinum, interdum per equites Romanos, quos spes societatis a plebe dimoverat, Gracchorum actionibus obviàm ierat; et primò Tiberium, dein paucos post annos eadem ingredientem Caium tribunum alterum, alterum triumvirum coloniis deducendis, cum M. Fulvio Flacco ferro necaverat. Et sanè Gracchis cupidine victoriæ haud satìs moderatus animus fuit: sed bono vinci satius est, quàm malo more injuriam vincere. Igitur eâ victoriâ nobilitas ex libidine suâ usa, multos mortales ferro aut fugâ exstinxit; plusque in reliquum sibi timoris quàm potentiæ addidit. Quæ res plerùmque magnas civitates pessum dedit, dum alteri alteros vincere quovis modo, et victos acerbiùs ulcisci volunt. Sed de studiis partium et omnis civitatis moribus si singulatim aut pro magnitudine parem diserere, tempus quàm res maturiùs me deseret: quamobrem ad inceptum redeo.

XLIII. Post Auli fœdus exercitûsque nostri fœdam fugam, Q. Metellus et M. Silanus, consules designati, provincias inter se partiverant, Metelloque Numidia evenerat, acri viro, et, quamquam adverso populi partium, famâ tamen æquabili et inviolatâ. Is ubi primùm magistratum ingressus est, alia omnia sibi cum collegâ ratus, ad bellum, quod gesturus erat, animum intendit. Igitur diffidens veteri exercitui, milites scribere, præsidia undique arcessere, arma, tela, equos et cetera instrumenta militiæ parare, ad hoc commeatum affatim, denique omnia, quæ in bello vario et multarum rerum egenti usui esse solent. Ceterùm ad ea patranda, senatûs auctoritate socii nomenque Latinum et reges ultro auxilia mittere; postremò omnis civitas summo studio adnitebatur. Itaque, ex sententiâ omnibus rebus paratis compositisque, in Numidiam proficiscitur magnâ spe civium, quum propter bonas artes, tum maximè, quòd adversùm divitias invictum animum gerebat; et avaritiâ magistratuum ante id tempus in Numidiâ nostræ opes contusæ, hostiumque auctæ erant.

XLIV. Sed ubi in Africam venit, exercitus ei traditur Sp. Albini proconsulis iners, imbellis, neque periculi neque laboris patiens, linguâ quàm manu promptior prædator ex sociis et ipse præda hostium, sine imperio et modestiâ habitus. Ita imperatori novo plus ex malis moribus sollicitudinis, quàm ex copiâ militum auxilii aut bonæ spei accedebat. Statuit tamen Metellus, quam quam et æstivorum tempus comitiorum mora imminuerat, et exspectatione eventus civium animos intentos putabat, non priùs bellum attingere, quàm majorum disciplinâ milites laborare coëgisset. Nam Albinus, Auli fratris exercitûsque clade perculsus, postquam decreverat non egredi provinciâ, quantum temporis æstivorum in imperio fuit, plerùmque milites stativis castris habebat nisi quum odos aut pabuli egestas locum mutare subegerat. Sed neque muniebantur ea, neque more militari vigiliæ deducebantur: uti cuique libebat, ab signis aberat. Lixæ permixti cum militibus die noctuque vagabantur, et palantes agros vastare, villas expugnare, pecoris et mancipiorum prædas certantes agere, eaque mutare cum mercatoribus vino advectitio et aliis talibus; præterea frumentum publicè datum vendere, panem in dies mercari: postremò, quæcumque dici aut fingi queunt ignaviæ luxuriæque probra, in illo exercitu cuncta fuêre, et alia ampliùs.

XLV. Sed in eâ difficultate Metellum non minùs quàm in rebus hostilibus magnum et sapientem virum fuisse comperior, tantâ temperantiâ inter ambitionem sævitiamque moderatum. Namque edicto primum adjumenta ignaviæ sustulisse; 'ne quisqûam in castris panem aut quem alium coctum cibum venderet: ne lixæ exercitum sequerentur; ne miles gregarius in castris neve in agmine servum aut jumentum haberet:' ceteris artè modum statuisse. Præterea transversis itineribus quotidie castra movere, juxtà ac si hostes adessent, vallo atque fossâ munire, vigilias crebras ponere, et eas ipse cum legatis circumire: item in agmine in primis modò, modò in postremis, sæpe in medio adesse, ne quisquam ordine egrederetur, utì cum signis frequentes incederent, miles cibum et arma portaret. Ita prohibendo a delictis magis quàm vindicando exercitum brevi confirmavit.

XLVI. Interea Jugurtha, ubi, quæ Metellus agebat, ex nuntiis accepit, simul de innocentiâ ejus certior Româ factus, diffidere suis rebus; ac tum demum veram deditionem facere conatus est. Igitur legatos ad consulem cum suppliciis mittit, qui tantummodo ipsi liberisque vitam peterent, alia omnia dederent populo Romano. Sed Metello jam antea experimentis cognitum erat genus Numidarum infidum, ingenio mobili, novarum rerum avidum esse. Itaque legatos alium ab alio diversos aggreditur; ac paulatim tentando, postquam opportunos sibi cognovit, multa pollicendo persuadet, 'utì Jugurtham maximè vivum, sin id parum procedat, necatum sibi traderent:' ceterùm palam, quæ ex voluntate forent, regi nuntiari jubet. Deinde ipse paucis diebus, intento atque infesto exercitu, in Numidiam procedit; ubi, contra belli faciem, tuguria plena hominum, pecora cultoresque in agris erant: ex oppidis et mapalibus præfecti regis obvii procedebant, parati frumentum dare, commeatum portare, postremò omnia, quæ imperarentur, facere. Neque Metellus idcirco minùs, sed pariter ac si hostes adessent, munito agmine incedere, latè explorare omnia, illa deditionis signa ostentui credere, et insidiis locum tentari Itaque ipse cum expeditis cohortibus, item funditorum et sagittariorum delectâ manu apud primos erat; in postremo C. Marius legatus cum equitibus curabat: in utrumque latus auxiliarios equites tribunis legionum et præfectis cohortium dispertiverat, utì cum his permixti velites, quàcunque accederent equitatus hostium, propulsarent. Nam in Jugurthâ tantus dolus tantaque peritia locorum et militiæ erat, ut, absens an præsens, pacem an bellum gerens perniciosior esset, in incerto haberetur.

XLVII. Erat haud longè ab eo itinere, quo Metellus pergebat, oppidum Numidarum, nomine Vacca, forum rerum venalium totius regni maximè celebratum; ubi et incolere et mercari consueverant Italici generis multi mortales. Huc consul, simul tentandi gratiâ, et, si paterentur, opportunitate loci præsidium imposuit; præterea imperavit frumentum et alia, quæ bello usui forent, comportare; ratus, id quod res monebat, frequentiam negotiatorum et commeatum juvaturum exercitum, et jam paratis rebus munimento fore. Inter hæc negotia Jugurtha impensiùs modò legatos supplices mittere, pacem orare, præter suam liberorumque vitam omnia Metello dedere. Quos item, utì priores, consul illectos ad proditionem domum dimittebat: regi pacem, quam postulabat, neque abnuere neque polliceri, et inter eas moras promissa legatorum exspectare.

XLVIII. Jugurtha ubi Metelli dicta cum factis composuit, ac se suis artibus tentari animadvertit; quippe cui verbis pax nuntiabatur, ceterùm re bellum asperrimum erat, urbs maxima alienata, ager hostibus cognitus, animi popularium tentati; coactus rerum necessitudine, statuit armis certare. Igitur explorato hostium itinere, in spem victoriæ adductus ex opportunitate loci, quàm maximas potest copias omnium generum parat, ac per tramites occultos exercitum Metelli antevenit. Erat in eâ parte Numidiæ, quam Adherbal in divisione possederat, flumen oriens a meridie, nomine Muthul; a quo aberat mons ferme millia viginti, tractu pari, vastus ab naturâ et humano cultu: sed ex eo medio quasi collis oriebatur, in immensum pertingens, vestitus oleastro ac myrtetis aliisque generibus arborum, quæ humi arido atque arenoso gignuntur. Media autem planities deserta penuriâ aquæ, præter flumini propinqua loca; ea consita arbustis pecore atque cultoribus frequentabantur.

XLIX. Igitur in eo colle, quem transverso itinere porrectum docuimus, Jugurtha, extenuatâ suorum acie, consedit: elephantis et parti copiarum pedestrium Bomilcarem præfecit, eumque edocet, quæ ageret; ipse propior montem cum omni equitatu pedites delectos collocat: dein singulas turmas atque manipulos circumiens monet atque obtestatur, 'utì memores pristinæ virtutis et victoriæ sese regnumque suum ab Romanorum avaritiâ defendant: cum his certamen fore, quos antea victos sub jugum miserint: ducem illis, non animum mutatum. Quæ ab imperatore decuerint, omnia suis provisa; locum superiorem, utì prudentes cum imperitis, ne pauciores cum pluribus, aut rudes cum bello melioribus manum consererent. Proinde parati intentique essent, signo dato, Romanos invadere: illum diem aut omnes labores et victorias confirmaturum, aut maximarum ærumnarum initium fore.' Ad hoc viritim, utì quemque ob militare facinus pecuniâ aut honore extulerat, commonefacere beneficii sui, et eum ipsum aliis ostentare: postremò pro cujusque ingenio, pollicendo, minitando, obtestando alium alio modo excitare; quum interim Metellus, ignarus hostium, monte degrediens cum exercitu, conspicatur, primò dubius, quidnam insolita facies ostenderet (nam inter virgulta equi Numidæque consederant, neque planè occultati humilitate arborum, et tamen incerti, quidnam esset, quum naturâ loci, tum dolo ipsi atque signa militaria obscurati); dein, brevi cognitis insidiis paulisper agmen constituit. Ibi commutatis ordinibus, in dextero latere, quod proximum hostes erat, triplicibus subsidiis aciem instruxit; inter manipulos funditores et sagittarios dispertit, equitatum omnem in cornibus locat, ac pauca pro tempore milites hortatus, aciem, sicuti instruxerat, transversis principiis, in planum deducit.

L. Sed ubi Numidas quietos, neque colle degredi animadvertit, veritus ex anni tempore et inopiâ aquæ, ne siti conficeretur exercitus, Rutilium legatum cum expeditis cohortibus et parte equitum præmisit ad flumen, uti locum castris antecaperet; existimans hostes crebro impetu et transversis prœliis iter suum remoraturos, et, quoniam armis diffiderent, lassitudinem et sitim militum tentaturos. Deinde ipse pro re atque loco, sicuti monte descenderat, paulatim procedere: Marium post principia habere: ipse cum sinistræ alæ equitibus esse, qui in agmine principes facti erant. At Jugurtha, ubi extremum agmen Metelli primos suos prætergressum videt, præsidio quasi duûm millium peditum montem occupat, quà Metellus descenderat, ne forte cedentibus adversariis receptui ac pòst munimento foret; dein repentè, signo dato, hostes invadit. Numidæ, alii postremos cædere, pars a sinistrâ ac dexterâ tentare, infensi adesse atque instare, omnibus locis Romanorum ordines conturbare; quorum etiam qui firmioribus animis obvii hostibus fuerant, ludificati incerto prœlio, ipsi modò eminus sauciabantur neque contrà feriendi aut manum conserendi copia erat.

Antea jam docti ab Jugurthâ equites, ubicumque Romanorum turma insequi cœperat, non confertim, neque in unum sese recipiebant, sed alius aliò quàm maximè diversi. Ita numero priores, si a persequendo hostes deterrere nequiverant, disjectos ab tergo aut lateribus circumveniebant: sin opportunior fugæ collis, quàm campi fuerant, eà verò consueti Numidarum equi facilè inter virgulta evadere; nostros asperitas et insolentia loci retinebat.

LI. Ceterùm facies totius negotii varia, incerta, fœda atque miserabilis: dispersi a suis, pars cedere, alii insequi; neque signa neque ordines observare; ubi quemque periculum ceperat, ibi resistere ac propulsare: arma tela, equi viri, hostes atque cives permixti; nihil consilio neque imperio agi; fors omnia regere. Itaque multum diei processerat, quum etiamtum eventus in incerto erat. Denique omnibus labore et æstu languidis, Metellus, ubi videt Numidas minùs instare, paulatim milites in unum conducit, ordines restituit, et cohortes legionarias quatuor adversùm pedites hostium collocat. Eorum magna pars superioribus locis fessa consederat. Simul orare, hortari milites, 'ne deficerent, neu paterentur hostes fugientes vincere: neque illis castra esse, neque munimentum ullum, quò cedentes tenderent: in armis omnia sita.' Sed nec Jugurtha quidem interea quietus erat; circumire, hortari, renovare prœlium, et ipse cum delectis tentare omnia, subvenire suis, hostibus dubiis instare, quos firmos cognoverat, eminus pugnando retinere.

LII. Eo modo inter se duo imperatores, summi viri, certabant, ipsi pares, ceterùm opibus disparibus: nam Metello virtus militum erat, locus adversus; Jugurthæ alia omnia præter milites opportuna. Denique Romani, ubi intelligunt neque sibi perfugium esse, neque ab hoste copiam pugnandi fieri, et jam die vesper erat, adverso colle, sicuti præceptum fuerat, evadunt. Amisso loco, Numidæ fusi fugatique: pauci interiêre, plerosque velocitas et regio hostibus ignara tutata sunt. Interea Bomilcar, quem elephantis et parti copiarum pedestrium præfectum ab Jugurthâ suprà diximus, ubi eum Rutilius prætergressus est, paulatim suos in æquum locum deducit: ac, dum legatus ad flumen, quò præmissus erat, festinans pergit, quietus, utì res postulabat, aciem exornat; neque remittit, quid ubique hostis ageret, explorare. Postquam Rutilium consedisse jam, et animo vacuum accepit, simulque ex Jugurthæ prœlio clamorem augeri, veritus, ne legatus, cognitâ re, laborantibus suis auxilio foret, aciem, quam, diffidens virtuti militum, artè statuerat, quò hostium itineri officeret, latiùs porrigit, eoque modo ad Rutilii castra procedit.

LIII. Romani ex improviso pulveris vim magnam animadvertunt, nam prospectum ager arbustis consitus prohibebat; et primò rati humum aridam vento agitari; pòst, ubi æquabilem manere, et, sicuti acies movebatur, magis magisque appropinquare vident, cognitâ re, properantes arma capiunt, ac pro castris, sicuti imperabatur, consistunt. Deinde, ubi propiùs ventum est, utrimque magno clamore concurritur. Numidæ tantum modò remorati, dum in elephantis auxilium putant, postquam eos impeditos ramis arborum, atque ita disjectos circumveniri vident, fugam faciunt, ac plerique, abjectis armis, collis aut noctis quæ jam aderat, auxilio integri abeunt. Elephanti quatuor capti, reliqui omnes, numero quadraginta, interfecti. At Romani, quamquam itinere atque opere castrorum et prœlio fessi lassique erant, tamen, quòd Metellus ampliùs opinione morabatur, instructi intentique obviàm procedunt: nam dolus Numidarum nihil languidi neque remissi patiebatur. Ac primò, obscurâ nocte, postquam haud procul inter se erant, strepitu, velut hostes, adventare, alteri apud alteros formidinem simul et tumultum facere: et penè imprudentiâ admissum facinus miserabile, ni utrimque præmissi equites rem exploravissent. Igitur pro metu repentè gaudium exortum; milites alius alium læti appellant, acta edocent atque audiunt; sua quisque fortia facta ad cœlum ferre. Quippe res humanæ ita sese habent: in victoriâ vel ignavis gloriari licet; adversæ res etiam bonos detrectant.

LIV. Metellus, in iisdem castris quatriduo moratus, saucios cum curâ reficit, meritos in prœliis more militiæ donat, universos in concione laudat, atque agit gratias: hortatur, 'ad cetera, quæ levia sunt, parem animum gerant: pro victoriâ satìs jam pugnatum, reliquos labores pro prædâ fore.' Tamen interim transfugas et alios opportunos, Jugurtha ubi gentium, aut quid agitaret, cum paucisne esset, an exercitum haberet, uti sese victus gereret, exploratum misit. At ille sese in loca saltuosa et naturâ munita receperat, ibique cogebat exercitum numero hominum ampliorem, sed hebetem infirmumque agri ac pecoris magis quàm belli cultorem. Id eâ gratiâ eveniebat, quòd præter regios equites nemo omnium Numidarum ex fugâ regem sequitur; quò cujusque animus fert, eò discedunt, neque id flagitium militiæ ducitur; ita se mores habent. Igitur Metellus ubi videt etiamtum regis animum ferocem esse, bellum renovari, quod nisi ex illius libidine geri non posset, præterea iniquum certamen sibi cum hostibus, minore detrimento illos vinci, quàm suos vincere, statuit non prœliis neque acie, sed alio more bellum gerendum. Itaque in Numidiæ loca opulentissima pergit, agros vastat, multa castella et oppida, temerè munita aut sine præsidio, capit incenditque; puberes interfici jubet, alia omnia militum prædam esse. Eâ formidine multi mortales Romanis dediti obsides; frumentum et alia, quæ usui forent, affatim præbita; ubicumque res postulabat, præsidium impositum. Quæ negotia multò magis, quàm prœlium malè pugnatum ab suis, regem terrebant: quippe cui spes omnis in fugâ sita erat, sequi cogebatur; et, qui sua loca defendere nequiverat, in alienis bellum gerere. Tamen ex copiâ, quod optimum videbatur, consilium capit: exercitum plerumque in iisdem locis opperiri jubet; ipse cum delectis equitibus Metellum sequitur, nocturnis et aviis itineribus ignoratus Romanos palantes repentè aggreditur. Eorum plerique inermes cadunt, multi capiuntur, nemo omnium intactus profugit; et Numidiæ, priusquam ex castris subveniretur, sicuti jussi erant, in proximos colles discedunt.

LV. Interim Romæ gaudium ingens ortum, cognitis Metelli rebus; ut seque et exercitum more majorum gereret, in adverso loco victor tamen virtute fuisset, hostium agro potiretur, Jugurtham, magnificum ex Auli socordiâ, spem salutis in solitudine aut fugâ coegisset habere. Itaque senatus ob ea feliciter acta dîs immortalibus supplicia decernere; civitas, trepida antea et sollicita de belli eventu, læta agere; de Metello fama præclara esse. Igitur eo intentior ad victoriam niti, omnibus modis festinare; cavere tamen, necubi hosti opportunus fieret; meminisse, post gloriam invidiam sequi. Ita quo clarior eo magis anxius erat, neque post insidias Jugurthæ effuso exercitu prædari: ubi frumento aut pabulo opus erat, cohortes cum omni equitatu præsidium agitabant: exercitûs partem ipse, reliquos Marius ducebat. Sed igni magis quàm prædâ ager vastabatur. Duobus locis haud longè inter se castra faciebant: ubi vi opus erat, cuncti aderant; ceterùm, quò fuga atque formido latiùs cresceret, diversi agebant. Eo tempore Jugurtha per colles sequi, tempus aut locum pugnæ quærere, quà venturum hostem audierat, pabulum et aquarum fontes, quorum penuria erat, corrumpere, modò se Metello, interdum Mario ostendere, postremos in agmine tentare, ac statim in colles regredi, rursus aliis, pòst aliis minitari, neque prœlium facere, neque otium pati, tantummodo hostem ab incepto retinere.

LVI. Romanus imperator ubi se dolis fatigari videt, neque ab hoste copiam pugnandi fieri, urbem magnam et in eâ parte, quâ sita erat, arcem regni, nomine Zamam, statuit oppugnare; ratus, id quod negotium poscebat, Jugurtham laborantibus suis auxilio venturum, ibique prœlium fore. At ille, quæ parabantur, a perfugis edoctus, magnis itineribus Metellum antevenit; oppidanos hortatur, 'mœnia defendant;' additis auxilio perfugis, quod genus ex copiis regis, quia fallere nequibat, firmissimum erat: præterea pollicetur, 'in tempore semet cum exercitu affore.' Ita compositis rebus, in loca quàm maximè occulta discedit, ac pòst paulo cognoscit Marium ex itinere frumentatum cum paucis cohortibus Siccam missum; quod oppidum primum omnium post malam pugnam ab rege defecerat. Eò cum delectis equitibus noctu pergit, et jam egredientibus Romanis, in portâ pugnam facit: simul magnâ voce Siccenses hortatur utì cohortes ab tergo circumveniant: fortunam illis præ clari facinoris casum dare. Si id fecerint, postea sese in regno, illos in libertate sine metu ætatem acturos.' Ac ni Marius signa inferre atque evadere oppido properavisset, profectò cuncti aut magna pars Siccensium fidem mutavissent: tantâ mobilitate sese Numidæ agunt. Sed milites Jugurthini, paulisper ab rege sustentati, postquam majore vi hostes urgent, paucis amissis, profugi discedunt.

LVII. Marius ad Zamam pervenit. Id oppidum, in campo situm, magis opere quàm naturâ munitum erat, nullius idoneæ rei egens, armis virisque opulentum. Igitur Metellus, pro tempore atque loco paratis rebus, cuncta mœnia exercitu circumvenit; legatis imperat, ubi quisque curaret; deinde, signo dato, undique simul clamor ingens oritur. Neque ea res Numidas terret; infensi intentique sine tumultu manent. Prœlium incipitur. Romani, pro ingenio quisque, pars eminus glande aut lapidibus pugnare, alii succedere, ac murum modò suffodere, modò scalis aggredi, cupere prœlium manibus facere. Contra ea oppidani in proximos saxa volvere; sudes, pila, præterea pice et sulphure tædam mixtam, ardenti mittere. Sed ne illos quidem, qui procul manserant, timor animi satìs muniverat: nam plerosque jacula tormentis aut manu emissa vulnerabant; parique periculo, sed famâ impari boni atque ignavi erant.

LVIII. Dum apud Zamam sic certatur, Jugurtha ex improviso castra hostium cum magnâ manu invadit: remissis, qui in præsidio erant, et omnia magis quàm prœlium exspectantibus, portam irrumpit. At nostri, repentino metu perculsi, sibi quisque pro moribus consulunt: alii fugere, alii arma capere; magna pars vulnerati aut occisi. Ceterùm ex omni multitudine non ampliùs quadraginta, memores nominis Romani, grege facto, locum cepêre paulo quàm alii editiorem, neque inde maximâ vi depelli quiverunt, sed tela eminus missa remittere, pauci in pluribus minùs frustrati: sin Numidæ propiùs accessissent, ibi verò virtutem ostendere, et eos maximâ vi cædere, fundere atque fugare. Interim Metellus, quum acerrimè rem gereret, clamorem hostilem ab tergo accepit: deinde, converso equo, animadvertit fugam ad se versùm fieri; quæ res indicabat populares esse. Igitur equitatum omnem ad castra properè mittit, ac statim C. Marium cum cohortibus sociorum; eumque lacrymans per amicitiam perque rempublicam obsecrat, 'ne quam contumeliam remanere in exercitu victore, neve hostes inultos abire sinat.' Ille brevi mandata efficit. At Jugurtha munimento castrorum impeditus, quum alii super vallum præcipitarentur, alii in angustiis ipsi sibi properantes officerent, multis amissis, in loca munita sese recepit. Metellus, infecto negotio, postquam nox aderat, in castra cum exercitu revertitur.

LIX. Igitur postero die, priùs quàm ad oppugnandum egrederetur, equitatum omnem in eâ parte, quâ regis adventus erat, pro castris agitare jubet; portas et proxima loca tribunis dispertit; deinde ipse pergit ad oppidum, atque, ut superiore die, murum aggreditur. Interim Jugurtha ex occulto repentè nostros invadit. Qui in proximo locati fuerant, paulisper territi perturbantur; reliqui citò subveniunt, neque diutius Numidæ resistere quivissent, ni pedites cum equitibus permixti magnam cladem in congressu facerent. Quibus illi freti, non, ut equestri prœlio solet, sequi, dein cedere, sed adversis equis concurrere, implicare ac perturbare aciem: ita expeditis peditibus suis hostes penè victos dare.

LX. Eodem tempore apud Zamam magnâ vi certabatur. Ubi quisque legatus aut tribunus curabat, eò acerrimè niti; neque alius in alio magis quàm in sese spem habere: pariterque oppidani agere. Oppugnare, aut parare omnibus locis: avidiùs alteri alteros sauciare, quàm semet tegere: clamor permixtus hortatione, lætitiâ, gemitu, item strepitus armorum ad cœlum ferri, tela utrimque volare. Sed illi, qui mœnia defensabant, ubi hostes paulùm modò pugnam remiserant, intenti prœlium equestre prospectabant. Eos, utì quæque Jugurthæ res erant, lætos modò, modò pavidos animadverteres; ac sicuti audiri a suis aut cerni possent, monere alii, alii hortari, aut manu significare, aut niti corporibus, et ea huc illuc, quasi vitabundi aut jacientes tela, agitare. Quod ubi Mario cognitum est, (nam is in eâ parte curabat), consultò leniùs agere, ac diffidentiam rei simulare; pati Numidas sine tumultu regis prœlium visere. Ita, illis studio suorum adstrictis, repentè magnâ vi murum aggreditur; et jam scalis egressi milites propè summa ceperant, quum oppidani concurrunt, lapides, ignem, alia præterea tela ingerunt. Nostri primò resistere; deinde, ubi unæ atque alteræ scalæ comminutæ, qui supersteterant, afflicti sunt; ceteri quoquo modo potuêre, pauci integri, magna pars confecti vulneribus abeunt. Denique utrimque prœlium nox diremit.

LXI. Metellus postquam videt frustrà inceptum, neque oppidum capi, neque Jugurtham nisi ex insidiis aut suo loco pugnam facere, et jam æstatem exactam esse, ab Zamâ discedit, et in his urbibus, quæ ad se defecerant, satìsque munitæ loco aut mœnibus erant, præsidia imponit: ceterum exercitum in provinciam, quæ proxima est Numidiæ, hiemandi gratiâ collocat. Neque id tempus ex aliorum more quieti aut luxuriæ concedit; sed, quoniam armis bellum parum procedebat, insidias regi per amicos tendere, et eorum perfidiâ pro armis uti parat. Igitur Bomilcarem, qui Romæ cum Jugurthâ fuerat, et inde, vadibus datis, clam de Massivæ nece judicium fugerat, quòd ei per maximam amicitiam maxima copia fallendi erat, multis pollicitationibus aggreditur. Ac primò efficit, uti ad se colloquendi gratiâ occultus veniat: deinde fide datâ, 'si Jugurtham vivum aut necatum tradidisset, fore, ut illi senatus impunitatem et sua omnia concederet,' facilè Numidæ persuadet, quum ingenio infido, tum metuenti, ne, si pax cum Romanis fieret, ipse per conditiones ad supplicium traderetur.

LXII. Is, ubi primùm opportunum fuit, Jugurtham anxium ac miserantem fortunas suas accedit; monet atque lacrymans obtestatur, 'utì aliquando sibi liberisque et genti Numidarum optimè merenti provideat: omnibus prœliis sese victos, agrum vastatum, multos mortales captos aut occisos, regni opes comminutas esse: satìs sæpe jam et virtutem militum et fortunam tentatam: caveat, ne, illo cunctante, Numidæ sibi consulant.' His atque talibus aliis ad deditionem regis animum impellit. Mittuntur ad imperatorem legati, qui 'Jugurtham imperata facturum' dicerent, 'ac sine ullâ pactione sese regnumque suum in illius fidem tradere.' Metellus properè cunctos senatorii ordinis ex hibernis arcessiri jubet: eorum atque aliorum, quos idoneos ducebat, consilium habet. Ita more majorum ex consilii decreto per legatos Jugurthæ imperat argenti pondo ducenta millia, elephantos omnes, equorum et armorum aliquantum. Quæ postquam sine morâ facta sunt, jubet 'omnes perfugas vinctos adduci.' Eorum magna pars, ut jussum erat, adducti·

pauci, quum primùm deditio cœpit, ad regem Bocchum in Mauretaniam abierant. Igitur Jugurtha, ubi armis virisque et pecuniâ spoliatus est, quum ipse ad imperandum Tisidium vocaretur, rursus cœpit flectere animum suum, et ex malâ conscientiâ digna timere. Denique multis diebus per dubitationem consumptis, quum modò tædio rerum adversarum omnia bello potiora duceret, interdum secum ipse reputaret, quàm gravis casus in servitium ex regno foret, multis magnisque præsidiis nequidquam perditis, de integro bellum sumit. Et Romæ senatus de provinciis consultus Numidiam Metello decreverat.

LXIII. Per idem tempus Uticæ forte C. Mario per hostias dîs supplicanti magna atque mirabilia portendi' haruspex dixerat: 'proinde, quæ animo agitabat, fretus dîs ageret; fortunam quàm sæpissime experiretur, cuncta prospera eventura.' At illum jam antea consulatûs ingens cupido exagitabat, ad quem capiendum præter vetustatem familiæ alia omnia abundè erant, industria, probitas, militiæ magna scientia, animus belli ingens, domi modicus, libidinis et divitiarum victor, tantummodo gloriæ avidus. Sed is natus et omnem pueritiam Arpini altus, ubi primùm ætas militiæ patiens fuit, stipendiis faciendis, non Græcâ facundiâ neque urbanis munditiis sese exercuit: ita inter artes bonas integrum ingenium brevi adolevit. Ergo ubi primùm tribunatum militarem a populo petit, plerisque faciem ejus ignorantibus, facilè notus per omnes tribus declaratur. Deinde ab eo magistratu alium post alium sibi peperit, semperque in potestatibus eo modo agitabat, utì ampliore, quàm gerebat, dignus haberetur. Tamen is ad id locorum talis vir (nam postea ambitione præceps datus est) consulatum petere non audebat: etiamtum alios magistratus plebes, consulatum nobilitas inter se per manus tradebat: novus nemo tam clarus, neque tam egregius factis erat, quin is indignus illo honore et quasi pollutus haberetur.

LXIV. Igitur ubi Marius haruspicis dicta eòdem intendere videt, quò cupido animi hortabatur, ab Metello petendi gratiâ missionem rogat. Cui quamquam virtus, gloria atque alia optanda bonis superabant, tamen inerat contemptor animus et superbia, commune nobilitatis malum. Itaque primùm, commotus insolitâ re, mirari ejus consilium, et quasi per amicitiam monere, 'ne tam prava inciperet, neu super fortunam animum gereret: non omnia omnibus cupienda esse; debere illi res suas satìs placere: postremò caveret id petere a populo Romano, quod illi jure negaretur.' Postquam hæc atque alia talia dixit, neque animus Marii flectitur, respondit, 'ubi primùm potuisset per negotia publica, facturum sese, quæ peteret;' ac postea sæpius eadem postulanti fertur dixisse, 'ne festinaret abire; satìs maturè illum cum filio suo consulatum petiturum.' Is eo tempore contubernio patris ibidem militabat, annos natus circiter viginti. Quæ res Marium, quum pro honore, quem affectabat, tum contra Metellum vehementer accenderat. Ita cupidine atque irâ, pessimis consultoribus, grassari, neque facto ullo neque dicto abstinere, quod modò ambitiosum foret: milites, quibus in hibernis præerat, laxiore imperio quàm antea habere: apud negotiatores quorum magna multitudo Uticæ erat, criminosè simul et magnificè de bello loqui: 'dimidia pars exercitus sibi permitteretur, paucis diebus Jugurtham in catenis habiturum: ab imperatore consultò trahi, quòd homo inanis et regiæ superbiæ imperio nimis gauderet.' Quæ omnia illis eo firmiora videbantur, quòd diuturnitate belli res familiares corruperant, et animo cupienti nihil satis festinatur

LXV. Erat præterea in exercitu nostro Numida quidam, nomine Gauda, Manastabalis filius, Masinissæ nepos, quem Micipsa testamento secundum heredem scripserat, morbis confectus, et ob eam causam mente paulùm imminutâ. Cui Metellus petenti, 'more regum utì sellam juxtà poneret,' item postea 'custodiæ causâ túrmam equitum Romanorum,' utrumque negaverat; honorem, quòd eorum modò foret, quos populus Romanus reges appellavisset; præsidium, quòd contumeliosum foret, si equites Romani satellites Numidæ traderentur. Hunc Marius anxium aggreditur, atque hortatur, utì contumeliarum imperatoris cum suo auxilio pœnas petat: hominem ob morbos animo parum valido secundâ oratione extollit: 'illum regem, ingentem virum, Masinissæ nepotem esse; si Jugurtha captus aut occisus foret, imperium Numidiæ sine morâ habiturum; id adeò maturè posse evenire, si ipse consul ad id bellum missus foret.' Itaque et illum, et equites Romanos, milites et negotiatores, alios ipse, plerosque spes pacis impellit, utì Romam ad suos necessarios aspere in Metellum de bello scribant. Marium imperatorem poscant. Sic illi a multis mortalibus honestissimâ suffragatione consulatus petebatur: simul eâ tempestate plebes, nobilitate fusâ per legem Mamiliam, novos extollebat. Ita Mario cuncta procedere.

LXVI. Interim Jugurtha, postquam, omissâ deditione, bellum incipit, cum magnâ curâ parare omnia, festinare, cogere exercitum; civitates, quæ ab se defecerant, formidine aut ostentando præmia affectare; communire suos locos; arma, tela, alia, quæ spe pacis amiserat, reficere aut commercari; servitia Romanorum allicere, et eos ipsos, qui in præsidiis erant, pecuniâ tentare; prorsus nihil intactum neque quietum pati, cuncta agitare Igitur Vaccenses, quò Metellus initio, Jugurthâ pacificante, præsidium imposuerat, fatigati regis suppliciis, neque antea voluntate alienati, principes civitatis inter se conjurant: nam vulgus, utì plerùmque solet, et maximè Numidarum, ingenio mobili, seditiosum atque discordiosum erat, cupidum novarum rerum, quieti et otio adversum. Dein, compositis inter se rebus, in diem tertium constituunt, quòd is festus celebratusque per omnem Africam ludum et lasciviam magis quàm formidinem ostentabat. Sed ubi tempus fuit, centuriones tribunosque militares, et ipsum præfectum oppidi T. Turpilium Silanum, alius alium domos suas invitant: eos omnes præter Turpilium inter epulas obtruncant: postea milites palantes, inermes, quippe in tali die ac sine imperio, aggrediuntur. Idem plebes facit, pars edocti ab nobilitate, alii studio talium rerum incitati, quîs acta consiliumque ignorantibus tumultus ipse et res novæ satìs placebant.

LXVII. Romani milites, improviso metu incerti ignarique, quid potissimum facerent, trepidare: ad arcem oppidi, ubi signa et scuta erant, præsidium hostium: portæ antè clausæ fugam prohibebant: ad hoc mulieres puerique pro tectis ædificiorum saxa et alia, quæ locus præbebat, certatim mittere. Ita neque caveri anceps malum, neque a fortissimis infirmissimo generi resisti posse: juxtà boni malique, strenui et imbelles inulti obtruncari. In eâ tantâ asperitate, sævissimis Numidis et oppido undique clauso, Turpilius præfectus unus ex omnibus Italicis profugit intactus. Id misericordiâne hospitis, an pactione aut casu ita evenerit, parum comperimus; nisi, quia illi in tanto malo turpis vita integrâ famâ potior fuit, improbus intestabilisque videtur.

LXVIII. Metellus postquam de rebus Vaccæ actis comperit, paulisper mœstus e conspectu abit; deinde, ubi ira et ægritudo permixta sunt, cum maximâ curâ ultum ire injurias festinat. Legionem, cum quâ hiemabat, et quàm plurimos potest Numidas equites pariter cum occasu solis expeditos educit; et posterâ die circiter horam tertiam pervenit in quamdam planitiem, locis paulo superioribus circumventam. Ibi milites, fessos itineris magnitudine, et jam abnuentes omnia, docet 'oppidum Vaccam non ampliùs mille passuum abesse: decere illos reliquum laborem æquo animo pati, dum pro civibus suis, viris fortissimis atque miserrimis, pœnas caperent:' præterea prædam benignè ostentat. Ita animis eorum arrectis, equites in primo latè, pedites quàm artissimè ire, et signa occultare jubet.

LXIX. Vaccenses ubi animum advertêre ad se versùm exercitum pergere, primò, utì erat res, Metellum esse rati, portas clausêre: deinde, ubi neque agros vastari, et eos, qui primi aderant, Numidas equites vident, rursum Jugurtham arbitrati, cum magno gaudio obvii procedunt. Equites peditesque, repentè signo dato, alii vulgum effusum oppido cædere, alii ad portas festinare, pars turres capere; ira atque prædæ spes ampliùs quàm lassitudo posse. Ita Vaccenses biduum modò ex perfidiâ lætati: civitas magna et opulens cuncta pœnæ aut prædæ fuit. Turpilius, quem præfectum oppidi unum ex omnibus profugisse suprà ostendimus, jussus a Metello causam dicere, postquam sese parum expurgat, condemnatus verberatusque capite pœnas solvit: nam is civis ex Latio erat.

LXX. Per idem tempus Bomilcar, cujus impulsu Jugurtha deditionem, quam metu deseruit, inceperat, suspectus regi, et ipse eum suspiciens, novas res cupere, ad perniciem ejus dolum quærere, die noctuque fatigare animum. Denique omnia tentando, socium sibi adjungit Nabdalsam, hominem nobilem, magnis opibus, carum acceptumque popularibus suis, qui plerùmque seorsum ab rege exercitum ductare et omnes res exsequi solitus erat, quæ Jugurthæ fesso aut majoribus adstricto superaverant; ex quo illi gloria opesque inventæ. Igitur utriusque consilio dies insidiis statuitur: 'cetera, utì res posceret, ex tempore parari' placuit. Nabdalsa ad exercitum profectus, quem inter hiberna Romanorum jussus habebat, ne ager, inultis hostibus, vastaretur. Is postquam magnitudine facinoris perculsus ad tempus non venit, metusque rem impediebat, Bomilcar, simul cupidus incepta patrandi, et timore socii anxius, ne, omisso vetere consilio, novum quæreret, litteras ad eum per homines fideles mittit, in quîs mollitiem socordiamque viri accusare, testari deos, per quos juravisset, monere, 'ne præmia Metelli in pestem converteret; Jurgurthæ exitium adesse; ceterùm suâne an Metelli virtute periret, id modò agitari: proinde reputaret cum animo suo, præmia an cruciatum mallet.'

LXXI. Sed quum hæ litteræ allatæ, forte Nabdalsa exercito corpore fessus in lecto quiescebat, ubi, cognitis Bomilcaris verbis, primò cura, deinde, utì ægrum animum solet, somnus cepit. Erat ei Numida quidam, negotiorum curator, fidus acceptusque et omnium consiliorum, nisi novissimi, particeps. Qui postquam allatas litteras audivit, ex consuetudine ratus operâ aut ingenio suo opus esse, in tabernaculum introiit: dormiente illo epistolam, super caput in pulvino temere positam sumit ac perlegit, dein properè, cognitis insidiis, ad regem pergit. Nabdalsa pòst paulo experrectus, ubi neque epistolam reperit, et rem omnem, utì acta erat, cognovit, primò indicem persequi conatus, postquam id frustrà fuit, Jugurtham placandi gratiâ accedit; dicit 'quæ ipse paravisset facere, perfidiâ clientis sui præventa:' lacrymans obtestatur 'per amicitiam perque sua antea fideliter acta, ne super tali scelere suspectum sese haberet.'

LXXII. Ad ea rex, aliter atque animo gerebat, placidè respondit. Bomilcare aliisque multis, quos socios insidiarum cognoverat, interfectis, iram oppresserat, ne qua ex eo negotio seditio oriretur. Neque post id locorum Jugurthæ dies aut nox ulla quieta fuit: neque loco neque mortali cuiquam aut tempori satìs credere, cives, hostes juxtà metuere, circumspectare omnia, et omni strepitu pavescere, alia atque alio loco, sæpe contra decus regium, noctu requiescere, interdum somno excitus, arreptis armis, tumultum facere; ita formidine quasi vecordiâ exagitari.

LXXIII. Igitur Metellus, ubi de casu Bomilcaris et indicio patefacto ex perfugis cognovit, rursus, tamquam ad integrum bellum, cuncta parat festinatque. Marium, fatigantem de profectione, simul et invisum et offensum, sibi parum idoneum ratus, domum dimittit. Et Romæ plebes, litteris, quæ de Metello ac Mario missæ erant, cognitis, volenti animo de ambobus acceperant. Imperatori nobilitas, quæ antea decori, invidiæ esse: at illi alteri generis humilitas favorem addiderat: ceterùm in utroque magis studia partium, quàm bona aut mala sua moderata. Præterea seditiosi magistratus vulgum exagitare, Metellum omnibus concionibus capitis arcessere, Marii virtutem in majus celebrare. Denique plebes sic accensa, utì opifices agrestesque omnes, quorum res fidesque in manibus sitæ erant, relictis operibus, frequentarent Marium, et sua necessaria post illius honorem ducerent. Ita, perculsâ nobilitate, post multas tempestates novo homini consulatus mandatur; et postea populus, a tribuno plebis Manilio Mancino rogatus, 'quem vellet cum Jugurthâ bellum gerere,' frequens Marium jussit. Sed senatus paulo antè Metello Numidiam decreverat: ea res frustrà fuit.

LXXIV. Eodem tempore Jugurtha, amissis amicis, quorum plerosque ipse necaverat, ceteri formidine, pars ad Romanos, alii ad regem Bocchum profugerant, quum neque bellum geri sine administris posset, et novorum fidem in tantâ perfidiâ veterum experiri periculosum duceret, varius incertusque agitabat; neque illi res, neque consilium aut quisquam hominum satìs placebat: itinera præfectosque in dies mutare; modò adversùm hostes, interdum in solitudines pergere; sæpe in fugâ, ac pòst paulo in armis spem habere; dubitare, virtuti an fide popularium minùs crederet: ita, quòcumque intenderat, res adversæ erant. Sed inter eas moras repentè sese Metellus cum exercitu ostendit. Numidæ ab Jugurthâ pro tempore parati instructique; dein prœlium incipitur. Quâ in parte rex pugnæ adfuit, ibi aliquamdiu certatum; ceteri omnes ejus milites primo concursu pulsi fugatique. Romani signorum et armorum aliquanto numero, hostium paucorum potiti: nam ferme Numidas in omnibus prœliis magis pedes quàm arma tuta sunt.

LXXV. Eâ fugâ Jugurtha, impensiùs modo rebus suis

diffidens, cum perfugis et parte equitatus in solitudines dein Thalam pervenit, in oppidum magnum et opulentum, ubi plerique thesauri filiorumque ejus multus pueritiæ cultus erat. Quæ postquam Metello comperta sunt. quamquam inter Thalam flumenque proximum, spatio millium quinquaginta, loca arida atque vasta esse cognoverat, tamen spe patrandi belli, si ejus oppidi potitus foret, omnes asperitates supervadere, ac naturam etiam vincere aggreditur. Igitur omnia jumenta sarcinis levari jubet, nisi frumento dierum decem; ceterùm utres modò et alia aquæ idonea portari. Præterea conquirit ex agris, quàm plurimum potest domiti pecoris, eòque imponit vasa cujusque modi, sed pleraque lignea, collecta ex tuguriis Numidarum. Ad hoc finitimis imperat, qui se post regis fugam Metello dederant, quàm plurimum quisque aquæ portaret: diem locumque, ubi præstò forent, prædicit. Ipse ex flumine, quam proximam oppido aquam suprà diximus, jumenta onerat: eo modo instructus ad Thalam proficiscitur. Deinde ubi ad id loci ventum, quò Numidis præceperat, et castra posita munitaque sunt, tanta repentè cœlo missa vis aquæ dicitur, ut ea modò exercitui satis supèrque foret. Præterea commeatus spe amplior, quia Numidæ, sicuti plerique in novâ deditione, officia intenderant. Ceterùm milites religione pluviâ magis usi, eaque res multum animis eorum addidit; nam rati sese dîs immortalibus curæ esse. Deinde postero die, contra opinionem Jugurthæ, ad Thalam perveniunt. Oppidani, qui se locorum asperitate munitos crediderant, magnâ atque insolitâ re perculsi, nihilo segniùs bellum parare: idem nostri facere.

LXXVI. Sed rex, nihil jam infectum Metello credens, quippe qui omnia, arma, tela, locos, tempora, denique naturam ipsam, ceteris imperitantem, industriâ vicerat, cum liberis et magnâ parte pecuniæ ex oppido noctu profugit. Neque postea in ullo loco ampliùs uno die aut unâ nocte moratus, simulabat sese negotii gratiâ properare; ceterùm proditionem timebat, quam vitare posse celeritate putabat: nam talia consilia per otium et ex opportunitate capi. At Metellus, ubi oppidanos prœlio intentos, simul oppidum et operibus et loco munitum videt, vallo fossâque mœnia circumvenit. Deinde locis ex copiâ maximè idoneis vineas agere, aggerem jacere, et super aggerem impositis turribus, opus et administros tutari. Contra hæc oppidani festinare, parare: prorsus ab utrisque nihil reliquum fieri. Denique Romani, multo antè labore prœliisque fatigati, post dies quadraginta, quàm eò ventum erat, oppido modò potiti: præda omnis a perfugis corrupta. Ii postquam murum arietibus feriri resque suas afflictas vident, aurum atque argentum et alia, quæ prima ducuntur, domum regiam comportant: ibi vino et epulis onerati, illaque et domum et semet igni corrumpunt; et quas victi ab hostibus pœnas metuerant, eas ipsi volentes pependêre.

LXXVII. Sed pariter cum captâ Thalâ legati ex oppido Lepti ad Metellum venerant, orantes, 'utì præsidium præfectumque eò mitteret: Hamilcarem quemdam, hominem nobilem, factiosum, novis rebus studere, adversum quem neque imperia magistratuum neque leges valerent: ni id festinaret, in summo periculo suam salutem, illorum socios fore.' Nam Leptitani jam inde a principio belli Jugurthini ad Bestiam consulem et postea Romam miserant, amicitiam societatemque rogatum: deinde, ubi ea impetrata, semper boni fidelesque mansêre, et cuncta a Bestiâ, Albino Metelloque imperata navè fecerant. Itaque ab imperatore facilè, quæ petebant, adepti, et missæ eò cohortes Ligurum quatuor, et C. Annius præfectus.

LXXVIII. Id oppidum ab Sidoniis conditum est, quos accepimus profugos ob discordias civiles navibus in eos locos venisse: ceterùm situm inter duas Syrtes, quibus nomen ex re inditum. Nam duo sunt sinus propè in extremâ Africâ, impares magnitudine, pari naturâ: quorum proxima terræ præalta sunt; cetera, utì fors tulit, alta, aliâ in tempestate, vadosa. Nam ubi mare magnum esse, et sævire ventis cœpit, limum arenamque et saxa ingentia fluctus trahunt: ita facies locorum cum ventis simul mutatur. Syrtes ab tractu nominatæ. Ejus civitatis lingua modò conversa connubio Numidarum: leges cultûsque pleraque Sidonica, quæ eo faciliùs retinebant, quòd procul ab imperio regis ætatem agebant. Inter illos et frequentem Numidiam multi vastique loci erant.

LXXIX. Sed quoniam in has regiones per Leptitanorum negotia venimus, non indignum videtur egregium atque mirabile facinus duorum Carthaginiensium memorare: eam rem nos locus admonuit. Quâ tempestate Carthaginienses pleræque Africæ imperitabant, Cyrenenses quòque magni atque opulenti fuêre. Ager in medio arenosus, unâ specie: neque flumen, neque mons erat, qui fines eorum discerneret; quæ res eos in magno diuturnoque bello inter se habuit. Postquam utrimque legiones, item classes sæpe fusæ fugatæque, et alteri alteros aliquantùm attriverant, veriti, ne mox victos victoresque defessos alius aggrederetur, per inducias sponsionem faciunt, 'utì certo die legati domo proficiscerentur: quo in loco inter se obvii fuissent, is communis utriusque populi finis haberetur.' Igitur Carthagine duo fratres missi, quibus nomen Philænis erat, maturavêre iter pergere

Cyrenenses tardiùs iêre. Id socordiâne an casu acciderit, parum cognovi: ceterùm solet in illis locis tempestas haud secus atque in mari retinere. Nam ubi per loca æqualia et nuda gignentium ventus coortus arenam humo excitavit, ea magnâ vi agitata ora oculosque implere solet: ita, prospectu impedito, morari iter. Postquam Cyrenenses aliquanto posteriores se vident, et ob rem corruptam domi pœnas metuunt, criminari Carthaginienses ante tempus domo digressos, conturbare rem, denique omnia malle, quàm victi abire. Sed quum Pœni aliam conditionem, tantummodo æquam, peterent, Græci optionem Carthaginiensibus faciunt, 'ut vel illi, quos fines populo suo peterent, ibi vivi obruerentur, vel eâdem conditione sese, quem in locum vellent, processuros.' Philæni, conditione probatâ, seque vitamque suam reipublicæ condonavêre: ita vivi obruti. Carthaginienses in eo loco Philænis fratribus aras consecravêre: aliique illis domi honores instituti. Nunc ad rem redeo.

LXXX. Jugurtha postquam, amissâ Thalâ, nihil satìs firmum contra Metellum putat, per magnas solitudines cum paucis profectus, pervenit ad Gætulos, genus hominum ferum incultumque, et eo tempore ignarum nominis Romani. Eorum multitudinem in unum cogit, ac paulatim consuefacit ordines habere, signa sequi, imperium observare, item alia militaria facere. Præterea regis Bocchi proximos magnis muneribus et majoribus promissis ad studium sui perducit; quîs adjutoribus regem aggressus impellit, utì adversùm Romanos bellum suscipiat. Id eâ gratiâ facilius proniusque fuit, quòd Bocchus initio hujusce belli legatos Romam miserat, fœdus et amicitiam petitum: quam rem opportunissimam incepto bello pauci impediverant, cæci avaritiâ, quîs omnia, honesta atque inhonesta, vendere mos erat. Etiam antea Jugurthæ filia Bocchi nupserat. Verùm ea necessitudo apud Numidas Maurosque levis ducitur, quia singuli, pro opibus quisque, quàm plurimas uxores, denas alii, alii plures habent, sed reges eo ampliùs. Ita animus multitudine distrahitur; nulla pro sociâ obtinet; pariter omnes viles sunt.

LXXXI. Igitur in locum ambobus placitum exercitus conveniunt. Ibi, fide datâ et acceptâ, Jugurtha Bocchi animum oratione accendit: 'Romanos injustos, profundâ avaritiâ, communes omnium hostes esse: eandem illos causam belli cum Boccho habere, quam secum et cum aliis gentibus, libidinem imperitandi, quîs omnia regna adversa sint: tum sese, paulo antè Carthaginienses, item Persen regem, pòst, utì quisque opulentissimus videatur, ita Romanis hostem fore.' His atque aliis talibus dictis, ad Cirtam oppidum iter constituunt, quòd ibi Metellus prædam captivosque et impedimenta locaverat: ita Jugurtha ratus, aut, captâ urbe, operæ pretium fore; aut, si Romanus auxilio suis venisset, prœlio sese certaturos. Nam callidus id modò festinabat, Bocchi pacem imminuere, ne moras agitando aliud quàm bellum mallet.

LXXXII. Imperator postquam de regum societate cognovit, non temere, neque, utì, sæpe jam victo Jugurthâ, consueverat, omnibus locis pugnandi copiam facit ceterùm haud procul ab Cirtâ, castris munitis, reges opperitur; melius esse ratus, cognitis Mauris, quoniam is novus hostis accesserat, ex commodo pugnam facere Interim Româ per litteras certior fit provinciam Numidiam Mario datam; nam consulem factum antè acceperat. Quîs rebus supra bonum atque honestum perculsus, neque lacrymas tenere, neque moderari linguam: vir egregius in aliis artibus nimis molliter ægritudinem pati. Quam rem alii in superbiam vertebant, alii bonum ingenium contumeliâ accensum esse, multi, quòd jam parta victoria ex manibus eriperetur: nobis satìs cognitum est, illum magis honore Marii quàm injuriâ suâ excruciatum, neque tam anxiè laturum fuisse, si adempta provincia alii quàm Mario traderetur.

LXXXIII. Igitur eo dolore impeditus, et quia stultitiæ videbatur alienam rem periculo suo curare, legatos ad Bocchum mittit, postulatum, 'ne sine causâ hostis populo Romano fieret: habere tum magnam copiam societatis amicitiæque conjungendæ, quæ potior bello esset: quamquam opibus suis confideret, tamen non debere incerta pro certis mutare: omne bellum sumi facilè, ceterùm ægerrimè desinere: non in ejusdem potestate initium ejus et finem esse; incipere cuivis, etiam ignavo, licere; deponi, quum victores velint. Proinde sibi regnoque suo consuleret, neu florentes res suas cum Jugurthæ perditis misceret.' Ad ea rex satis placidè verba facit: 'sese pacem cupere, sed Jugurthæ fortunarum misereri; si eadem illi copia fieret, omnia conventura.' Rursus imperator contra postulata Bocchi nuntios mittit: ille probare partim, alia abnuere. Eo modo sæpe ab utroque missis remissisque nuntiis tempus procedere, et ex Metelli voluntate bellum intactum trahi.

LXXXIV. At Marius, ut suprà diximus, cupientissimâ plebe consul factus, postquam ei provinciam Numidiam populus jussit, antea jam infestus nobilitati, tum verò multus atque ferox instare: singulos modò, modò universos lædere; dictitare 'sese consulatum ex victis illis spolia cepisse;' alia præterea magnifica pro se, et illis dolentia. Interim, quæ bello opus erant, prima habere:

postulare legionibus supplementum, auxilia a populis et regibus sociisque arcessere: præterea ex Latio fortissimum quemque, plerosque militiæ, paucos famâ cognitos, accire, et ambiendo cogere homines emeritis stipendiis secum proficisci. Neque illi senatus, quamquam adversus erat, de ullo negotio abnuere audebat: ceterùm supplementum etiam lætus decreverat; quia neque plebi militia volenti putabatur, et Marius aut belli usum aut studia vulgi amissurus. Sed ea res frustrà sperata: tanta libido cum Mario eundi plerosque invaserat. Sese quisque prædâ locupletem fore, victorem domum rediturum, alia hujuscemodi animis trahebant, et eos non paulùm oratione suâ Marius arrexerat. Nam postquam, omnibus, quæ postulaverat, decretis, milites scribere vult, hortandi causâ, simul et nobilitatem, utì consueverat, exagitandi, concionem populi advocavit; deinde hoc modo disseruit.

LXXXV. "Scio ego, Quirites, plerosque non iisdem artibus imperium a vobis petere, et, postquam adepti sunt, gerere: primò industrios, supplices, modicos esse; deinde per ignaviam et superbiam ætatem agere. Sed mihi contra ea videtur: nam quo pluris est, universa respublica quàm consulatus aut prætura, eo majore curâ illam administrari, quàm hæc peti, debere. Neque me fallit, quantum cum maximo beneficio vestro negotii sustineam. Bellum parare simul, et ærario parcere; cogere ad militiam eos, quos nolis offendere; domi forisque omnia curare; et ea agere inter invidos, occursantes, factiosos, opinione, Quirites, asperius est. Ad hoc alii si deliquêre, vetus nobilitas, majorum fortia facta, cognatorum et affinium opes, multæ clientelæ, omnia hæc præsidio adsunt: mihi spes omnes in memet sitæ, quas necesse est et virtute et innocentiâ tutari; nam alia infirma sunt. Et illud intelligo, Quirites, omnium ora in me conversa esse: æquos bonosque favere, quippe benefacta mea reipublicæ procedunt; nobilitatem locum invadendi quærere. Quo mihi acriùs adnitendum est, ut neque vos capiamini, et illi frustrà sint. Ita ad hoc ætatis a pueritiâ fui, ut omnes labores, pericula consueta habeam Quæ ante vestra beneficia gratuitò faciebam, ea utì, acceptâ mercede, deseram, non est consilium, Quirites. Illis difficile est in potestatibus temperare, qui per ambitionem sese probos simulavêre: mihi, qui omnem ætatem in optimis artibus egi, bene facere jam ex consuetudine in naturam vertit. Bellum me gerere cum Jugurthâ jussistis; quam rem nobilitas ægerrimè tulit. Quæso, reputate cum animis vestris, num id mutari melius sit, si quem ex illo globo nobilitatis ad hoc aut aliud tale negotium mittatis, hominem veteris prosapiæ ac multarum imaginum et nullius stipendii, scilicet ut in tantâ re ignarus omnium trepidet, festinet, sumat aliquem ex populo monitorem officii sui. Ita plerùmque evenit, ut, quem vos imperare jussistis, is sibi imperatorem alium quærat. Atque ego scio, Quirites, qui, postquam consules facti sunt, acta majorum et Græcorum militaria præcepta legere cœperint; præposteri homines; nam gerere quàm fieri tempore posterius, re atque usu prius est. Comparate nunc, Quirites, cum illorum superbiâ me hominem novum. Quæ illi audire et legere solent, eorum partem vidi, alia egomet gessi: quæ illi litteris, ea ego militando didici. Nunc vos existimate, facta an dicta pluris sint. Contemnunt novitatem meam; ego illorum ignaviam: mihi fortuna, illis probra objectantur. Quamquam ego naturam unam et communem omnium existimo, sed fortissimum quemque generosissimum. Ac si jam ex patribus Albini aut Bestiæ quæri posset, 'mene an illos ex se gigni maluerint,' quid responsuros creditis nisi, 'sese liberos quàm optimos voluisse?' Quod si jure me despiciunt, faciant idem majoribus suis, quibus, uti mihi, ex virtute nobilitas cœpit. Invident honori meo; ergo invideant labori, innocentiæ, periculis etiam meis, quoniam per hæc illum cepi. Verùm homines corrupti superbiâ ita ætatem agunt, quasi vestros honores contemnant; ita hos petunt, quasi honestè vixerint. Næ illi falsi sunt, qui diversissimas res pariter exspectant, ignaviæ voluptatem et præmia virtutis. Atque etiam quum apud vos aut in senatu verba faciunt, pleràque oratione majores suos extollunt; eorum fortia facta memorando clariores sese putant: quod contrà est. Nam quanto vita illorum præclarior, tanto horum socordia flagitiosior. Et profectò ita se res habet: majorum gloria posteris quasi lumen est; neque bona eorum neque mala in occulto patitur. Hujusce rei ego inopiam patior, Quirites; verùm, id quod multo præclarius est, meamet facta mihi dicere licet. Nunc videte, quàm iniqui sint. Quod ex alienâ virtute sibi arrogant, id mihi ex meâ non concedunt; scilicet, quia imagines non habeo, et quia mihi nova nobilitas est, quam certè peperisse melius est, quàm acceptam corrupisse. Equidem ego non ignoro, si jam mihi respondere velint, abundè illis facundam et compositam orationem fore. Sed in maximo vestro beneficio, quum omnibus locis me vosque maledictis lacerent, non placuit reticere, ne quis modestiam in conscientiam duceret. Nam me quidem, ex animi mei sententiâ, nulla oratio lædere potest: quippe vera necesse est bene prædicet, falsam vita moresque mei superant. Sed quoniam vestra consilia accusantur, qui mihi summum honorem et maximum negotium imposuistis, etiam atque etiam reputate, num eorum pœnitendum sit. Non possum, fidei causâ imagines, neque triumphos aut consulatus majorum meorum ostentare; at, si res postulet, hastas, vexillum, phaleras, alia militaria dona; præterea cicatrices adverso corpore. Hæ sunt meæ imagines, hæc nobilitas, non hæreditate relicta, ut illa illis, sed quæ egomet plurimis laboribus et periculis quæsivi. Non sunt composita mea verba; parum id facio; ipsa se virtus satìs ostendit: illis artificio opus est, ut turpia facta oratione tegant. Neque litteras Græcas didici: parum placebat eas discere, quippe quæ ad virtutem doctoribus nihil profuerunt. At illa multo optima reipublicæ doctus sum, hostem ferire, præsidia agitare, nihil metuere nisi turpem famam, hiemem et æstatem juxtà pati, humi requiescere, eodem tempore inopiam et laborem tolerare. His ego præceptis milites hortabor, neque illos artè colam, me opulenter; neque gloriam meam laborem illorum faciam. Hoc est utile, hoc civile imperium. Namque, quum tute per mollitiem agas, exercitum supplicio cogere, id est dominum, non imperatorem esse. Hæc atque talia majores vestri faciendo seque remque publicam celebravêre. Quîs nobilitas freta, ipsa dissimilis moribus, nos, illorum æmulos, contemnit; et omnes honores, non ex merito, sed quasi debitos, a vobis repetit. Ceterùm homines superbissimi procul errant. Majores eorum omnia, quæ licebat, illis reliquêre, divitias, imagines, memoriam sui præclaram: virtutem non reliquêre; neque poterant: ea sola neque datur dono, neque accipitur. 'Sordidum me et incultis moribus' aiunt, quia parum scitè convivium exorno, neque histrionem ullum, neque pluris pretii coquum quàm villicum habeo. Quæ mihi libet confiteri, Quirites, nam ex parente meo, et ex aliis sanctis viris ita accepi, munditias mulieribus, viris laborem convenire; omnibusque bonis oportere plus gloriæ quàm divitiarum esse; arma, non supellectilem decori esse. Quin ergo, quod juvat, quod carum æstimant, id semper faciant; ament, potent: ubi adolescèntiam habuêre, ibi senectutem agant, in conviviis, dediti ventri et turpissimæ parti corporis: sudorem, pulverem, et alia talia relinquant nobis, quibus illa epulis jucundiora sunt. Verùm non est ita: nam ubi se flagitiis dedecoravêre turpissimi viri, bonorum præmia ereptum eunt. Ita injustissimè luxuria et ignavia, pessimæ artes, illis, qui coluêre eas, nihil officiunt, reipublicæ innoxiæ cladi sunt. Nunc, quoniam illis, quantum mores mei, non illorum flagitia poscebant, respondi, pauca de republicâ loquar. Primùm omnium de Numidiâ bonum habete animum, Quirites. Nam quæ ad hoc tempus Jugurtham tutata sunt, omnia removistis, avaritiam, imperitiam, superbiam. Deinde exercitus ibi est locorum sciens; sed mehercule magis strenuus quàm felix; nam magna pars ejus avaritiâ aut temeritate ducum attrita est. Quamobrem vos, quibus militaris est ætas, adnitimini mecum, et capessite rempublicam: neque quemquam ex calamitate aliorum aut imperatorum superbiâ metus ceperit. Egomet in agmine, in prœlio, consultor idem et socius periculi, vobiscum adero; meque vosque in omnibus rebus juxtà geram. Et profectò, diis juvantibus, omnia matura sunt, victoria, præda, laus: quæ si dubia aut procul essent, tamen omnes bonos reipublicæ subvenire decebat. Etenim ignaviâ nemo immortalis factus, neque quisquam parens liberis, uti æterni forent, optavit; magis, uti boni honestique vitam exigerent. Plura dicerem, Quirites, si timidis virtutem verba adderent; nam strenuis abundè dictum puto."

LXXXVI. Hujuscemodi oratione habitâ, Marius postquam plebis animos arrectos videt, properè commeatu, stipendio, armis, aliis utilibus naves onerat: cum his A Manlium legatum proficisci jubet. Ipse interea milites scribere, non more majorum, neque ex classibus, sed uti cujusque libido erat, capite censos plerosque. Id factum alii inopiâ bonorum, alii per ambitionem consulis memorabant, quòd ab eo genere celebratus auctusque erat, et homini potentiam quærenti egentissimus quisque opportunissimus, cui neque sua curæ, quippe quæ nulla sunt, et omnia cum pretio honesta videntur. Igitur Marius cum aliquanto majore numero, quâm decretum erat, in Africam profectus, paucis diebus Uticam advehitur. Exercitus ei traditur a P. Rutilio legato: nam Metellus conspectum Marii fugerat, ne videret ea, quæ audita animus tolerare nequiverat.

LXXXVII. Sed consul, expletis legionibus cohortibusque auxiliariis, in agrum fertilem et prædâ onustum proficiscitur, omnia ibi capta militibus donat, dein castella et oppida naturâ et viris parum munita aggreditur; prœlia multa, ceterùm levia, alia aliis locis facere. Interim novi milites sine metu pugnæ adesse, videre fugientes capi aut occidi, fortissimum quemque tutissimum, armis libertatem, patriam parentesque et alia omnia tegi, gloriam atque divitias quæri. Sic brevi spatio novi veteresque coaluêre, et virtus omnium æqualis facta. At reges, ubi de adventu Marii cognoverunt, diversi in locos difficiles abeunt. Ita Jugurthæ placuerat, speranti mox effusos hostes invadi posse, Romanos, sicuti plerosque, remoto metu, laxiùs licentiùsque futuros.

LXXXVIII. Metellus interea Romam profectus, contra spem suam lætissimis animis excipitur, plebi patribusque, postquam invidia decesserat, juxtà carus. Sed Marius impigrè prudenterque suorum et hostium res pariter attendere, cognoscere quid boni utrisque aut contrà esset, explorare itinera regum, consilia et insidias antevenire, nihil apud se remissum neque apud illos tutum pati. Itaque et Gætulos et Jugurtham, ex sociis nostris prædas agentes, sæpe aggressus in itinere fuderat, ipsumque regem haud procul ab oppido Cirtâ armis exuerat. Quæ postquam gloriosa modò, neque belli patrandi cognovit, statuit urbes, quæ viris aut loco pro hostibus et adversùm se opportunissimæ erant, singulas circumvenire: ita Jugurtham aut præsidiis nudatum, si ea pateretur, aut prœlio certaturum. Nam Bocchus nuntios ad eum sæpe miserat, 'velle populi Romani amicitiam, ne quid ab se hostile timeret.' Id simulaveritne, quò improvisus gravior accideret, an mobilitate ingenii pacem atque bellum mutare solitus, parum exploratum est.

LXXXIX. Sed consul, utì statuerat, oppida castellaque munita adire; partim vi, alia metu aut præmia ostentando, avertere ab hostibus. Ac primò mediocria gerebat, existimans Jugurtham ob suos tutandos in manus venturum. Sed ubi illum procul abesse, et aliis negotiis intentum accepit, majora et magis aspera aggredi tempus visum est. Erat inter ingentes solitudines oppidum magnum atque valens, nomine Capsa, cujus conditor Hercules Libys memorabatur. Ejus cives apud Jugurtham immunes, levi imperio, et ob ea fidelissimi habebantur; muniti adversùm hostes non mœnibus modò et armis atque viris, verùm etiam multo magis locorum asperitate. Nam, præter oppido propinqua, alia omnia vasta, inculta, egentia aquæ, infesta serpentibus, quorum vis, sicuti omnium ferarum, inopiâ cibi acrior; ad hoc natura serpentium, ipsa perniciosa, siti magis quàm aliâ re accenditur. Ejus potiundi Marium maxima cupido invaserat, quum propter usum belli, tum quia res aspera videbatur, et Metellus oppidum Thalam magnâ gloriâ ceperat, haud dissimiliter situm munitumque, nisi quòd apud Thalam non longè a mœnibus aliquot fontes erant, Capsenses unâ modò, atque eâ intra oppidum, jugi aquâ, ceterâ pluviâ utebantur. Id ibique et in omni Africâ, quæ procul a mari incultiùs agebat, eo faciliùs tolerabatur, quia Numidæ plerùmque lacte et ferinâ carne vescebantur, et neque salem neque alia irritamenta gulæ quærebant: cibus illis adversùm famem atque sitim, non libidini neque luxuriæ erat.

XC. Igitur consul, omnibus exploratis, credo, dîs fretus; (nam contra tantas difficultates consilio satìs providere non poterat; quippe etiam frumenti inopiâ tentabatur, quòd Numidæ pabulo pecoris magis quàm arvo student, et quodcumque natum fuerat, jussu regis in loca munita contulerant; ager autem aridus et frugum vacuus eâ tempestate, nam æstatis extremum erat); tamen pro rei copiâ satìs providenter exornat: pecus omne, quod superioribus diebus prædæ fuerat, equitibus auxiliariis agendum attribuit: A. Manlium legatum cum cohortibus expeditis ad oppidum Lares, ubi stipendium et commeatum locaverat, ire jubet, dicitque 'se prædabundum post paucos dies eòdem venturum.' Sic incepto suo occultato, pergit ad flumen Tanam.

XCI. Ceterùm in itinere quotidie pecus exercitui per centurias item turmas æqualiter distribuerat, et, ex coriis utres utì fierent, curabat: simul et inopiam frumenti lenire, et, ignaris omnibus, parare, quæ mox usui forent. Denique sexto die, quum ad flumen ventum est, maxima vis utrium effecta. Ibi castris levi munimento positis, milites cibum capere, atque, utì simul cum occasu solis egrederentur, paratos esse jubet, omnibus sarcinis abjectis, aquâ modò seque et jumenta onerare. Dein, postquam tempus visum, castris egreditur, noctemque totam itinere facto, consedit: idem proximâ facit. Dein tertiâ multo ante lucis adventum pervenit in locum tumulosum, ab Capsâ non ampliùs duûm millium intervallo, ibique, quàm occultissimè potest, cum omnibus copiis opperitur. Sed ubi dies cœpit, et Numidæ, nihil hostile metuentes, multi oppido egressi, repentè omnem equitatum, et cum his velocissimos pedites cursu tendere ad Capsam, et portas obsidere jubet: deinde ipse intentus properè sequi, neque milites prædari sinere. Quæ postquam oppidani cognovêre, res trepidæ, metus ingens, malum improvisum, ad hoc pars civium extra mœnia in hostium potestate, coegêre, utì deditionem facerent. Ceterùm oppidum incensum, Numidæ puberes interfecti, alii omnes venum dati, præda militibus divisa. Id facinus contra jus belli non avaritiâ neque scelere consulis admissum: sed quia locus Jugurthæ opportunus, nobis aditu difficilis; genus hominum mobile, infidum ante, neque beneficio neque metu coercitum.

XCII. Postquam tantam rem Marius sine ullo suorum incommodo patravit, magnus et clarus antea, major et clarior haberi cœpit. Omnia, non bene consulta modò, verùm etiam casu data in virtutem trahebantur; milites modesto imperio habiti, simul et locupletes, ad cœlum ferre; Numidæ magis quàm mortalem timere; postremò omnes, socii atque hostes, credere illi aut mentem divinam esse, aut deorum nutu cuncta portendi. Sed consul, ubi ea res bene evenit, ad alia oppida pergit: pauca, repugnantibus Numidis, capit, plura, deserta propter Capsensium miserias, igni corrumpit: luctu atque cæde omnia complentur. Denique multis locis potitus, ac plerisque exercitu incruento, aliam rem aggreditur, non eâdem asperitate, quâ Capsensium, ceterùm haud secùs difficilem. Namque haud longè a flumine Muluchâ, quod Jugurthæ Bocchique regnum disjungebat, erat inter ceteram planitiem mons saxeus, mediocri castello satìs patens, in immensum editus, uno perangusto aditu relicto; nam omnis naturâ, velut opere atque consulto, præceps. Quem locum Marius, quòd ibi regis thesauri erant, summâ vi capere intendit. Sed ea res forte, quàm consilio, meliùs gesta. Nam castello virorum atque armorum satis, magna vis frumenti et fons aquæ; aggeribus turribusque et aliis machinationibus locus importunus; iter castellanorum angustum admodum, utrimque præcisum. Vineæ cum ingenti periculo frustrà agebantur; nam quum eæ paulùm processerant, igni aut lapidibus corrumpebantur: milites neque pro opere consistere, propter iniquitatem loci, neque inter vineas sine periculo administrare: optimus quisque cadere aut sauciari, ceteris metus augeri.

XCIII. At Marius, multis diebus et laboribus consumptis, anxius trahere cum animo suo, omitteretne inceptum, quoniam frustrà erat, an fortunam opperiretur, quâ sæpe prosperè usus fuerat. Quæ quum multos dies noctesque æstuans agitaret, forte quidam Ligus, ex cohortibus auxiliariis miles gregarius, castris aquatum egressus, haud procul ab latere castelli, quod aversum prœliantibus erat, animum advertit inter saxa repentes cochleas: quarum quum unam atque alteram, dein plures peteret, studio legendi paulatim propè ad summum montis egressus est Ubi postquam solitudinem intellexit, more ingenii humani cupido difficilia faciendi animum vertit. Et forte in eo loco grandis ilex coaluerat inter saxa, paululùm modò prona, deinde flexa atque aucta in altitudinem, quò cuncta gignentium natura fert: cujus ramis modò, modò eminentibus saxis nisus Ligus, in castelli planitiem pervenit, quòd cuncti Numidæ intenti prœliantibus aderant. Exploratis omnibus, quæ mox usui fore ducebat, eàdem regreditur, non temere, utì escenderat, sed tentans omnia et circumspiciens. Itaque Marium properè adit, acta edocet; hortatur, ab eâ parte, quà ipse escenderat, castellum tentet; pollicetur sese itineris periculique ducem. Marius cum Ligure, promissa ejus cognitum, ex præsentibus misit; quorum utì cujusque ingenium erat, ita rem difficilem aut facilem nuntiavêre. Consulis animus tamen paulùm arrectus. Itaque ex copiâ tubicinum et cornicinum numero quinquè quàm velocissimos delegit, et cum his, præsidio qui forent, quatuor centuriones, omnesque Liguri parere jubet, et ei negotio proximum diem constituit.

XCIV. Sed ubi ex præcepto tempus visum, paratis compositisque omnibus ad locum pergit. Ceterùm illi, qui ascensuri erant, prædocti ab duce, arma ornatumque mutaverant, capite atque pedibus nudis, utì prospectus nisusque per saxa faciliùs foret: super terga gladii et scuta verùm ea Numidica ex coriis, ponderis gratiâ simul, et offensa quò leviùs streperent. Igitur prægrediens Ligus saxa, et si quæ vetustate radices eminebant, laqueis vinciebat, quibus allevati milites faciliùs escenderent: interdum timidos insolentiâ itineris levare manu: ubi paulo asperior ascensus erat, singulos præ se inermes mittere, deinde ipse cum illorum armis sequi: quæ dubia nisu videbantur, potissimus tentare, ac sæpius eàdem ascendens descendensque, dein statim digrediens, ceteris audaciam addere. Igitur, diù multùmque fatigati, tandem in castellum perveniunt, desertum ab eâ parte, quòd omnes, sicuti aliis diebus, adversùm hostes aderant. Marius, ubi ex nuntiis, quæ Ligus egerat, cognovit, quamquam toto die intentos prœlio Numidas habuerat, tum verò cohortatus milites, et ipse extra vineas egressus, testudine actâ succedere, et simul hostem tormentis sagittariisque et funditoribus eminus terrere. At Numidæ, sæpe antea vineis Romanorum subversis, item incensis, non castelli mœnibus sese tutabantur; sed pro muro dies noctesque agitare, maledicere Romanis, ac Mario vecordiam objectare, militibus nostris Jugurthæ servitium minari, secundis rebus feroces esse. Interim omnibus Romanis hostibusque, prœlio intentis, magnâ utrimque vi pro gloriâ atque imperio his, illis pro salute certantibus, repentè a tergo signa canere: ac primò mulieres et pueri, qui visum processerant, fugere; deinde, utì quisque muro proximus erat, postremò cuncti, armati inermesque. Quod ubi accidit, eo acriùs Romani instare, fundere, ac plerosque tantummodo sauciare; dein super occisorum corpora vadere, avidi gloriæ certantes murum petere, neque quemquam omnium præda morari. Sic forte correcta Marii temeritas gloriam ex culpâ invenit.

XCV. Ceterùm dum ea res geritur, L. Sulla quæstor cum magno equitatu in castra venit: quós utì ex Latio et a sociis cogeret, Romæ relictus erat. Sed quoniam nos tanti viri res admonuit, idoneum visum est, de naturâ cultuque ejus paucis dicere: neque enim alio loco de

Sullæ rebus dicturi sumus, et L. Sisenna optimè et diligentissimè omnium, qui eas res dixêre, persecutus parum mihi libero ore locutus videtur. Igitur Sulla gentis patriciæ nobilis fuit, familiâ propè jam exstinctâ majorum ignaviâ: litteris Græcis ac Latinis juxta, atque doctissimè, eruditus; animo ingenti, cupidus voluptatum, sed gloriæ cupidior, otio luxurioso esse; tamen ab negotiis nunquam voluptas remorata, nisi quòd de uxore potuit honestiùs consuli: facundus, callidus, et amicitiâ facilis: ad simulanda negotia altitudo ingenii incredibilis: multarum rerum ac maximè pecuniæ largitor. Atque illi felicissimo omnium ante civilem victoriam, nunquam super industriam fortuna fuit; multique dubitavêre, fortior an felicior esset: nam, postea quæ fecerit, incertum habeo, pudeat magis, an pigeat disserere.

XCVI. Igitur Sulla, ut suprà dictum est, postquam in Africam atque in castra Marii cum equitatu venit, rudis antea et ignarus belli, solertissimus omnium in paucis tempestatibus factus est. Ad hoc milites benignè appellare; multis rogantibus, aliis per se ipse dare beneficia, invitus accipere, sed ea properantiùs quàm æs mutuum, reddere, ipse ab nullo repetere, magis id laborare, ut illi quàm plurimi deberent; joca atque seria cum humillimis agere; in operibus, in agmine atque ad vigilias multus adesse, neque interim, quod prava ambitio solet, consulis aut cujusquam boni famam lædere, tantummodo neque consilio neque manu priorem alium pati, plerosque antevenire. Quîs rebus et artibus brevi Mario militibusque carissimus factus.

XCVII. At Jugurtha, postquam oppidum Capsam aliosque locos munitos et sibi utiles, simul et magnam pecuniam amiserat, ad Bocchum nuntios mittit, 'quàm primùm in Numidiam copias adduceret; prœlii faciendi tempus adesse.' Quem ubi cunctari accepit, et dubium belli atque pacis rationes trahere, rursus, utì antea, proximos ejus donis corrumpit, ipsique Mauro pollicetur Numidiæ partem tertiam, si aut Romani Africâ expulsi, aut, integris suis finibus, bellum compositum foret. Eo præmio illectus Bocchus cum magnâ multitudine Jugurtham accedit. Ita amborum exercitu conjuncto, Marium jam in hiberna proficiscentem, vix decimâ parte die reliquâ, invadunt, rati noctem, quæ jam aderat, et victis sibi munimento fore, et, si vicissent, nullo impedimento, quia locorum scientes erant; contrà Romanis utrumque casum in tenebris difficiliorem fore. Igitur simul consul ex multis de hostium adventu cognovit, et ipsi hostes aderant; et priusquam exercitus aut instrui, aut sarcinas colligere, denique antequam signum aut imperium ullum accipere quivit, equites Mauri atque Gætuli, non acie neque ullo more prœlii, sed catervatim, utì quosque fors conglobaverat, in nostros incurrunt. Qui omnes trepidi improviso metu, ac tamen virtutes memores, aut arma capiebant, aut capientes alios ab hostibus defensabant: pars equos ascendere, obviàm ire hostibus: pugna latrocinio magis quàm prœlio similis fieri: sine signis, sine ordinibus equites pedites permixti cædere alios, alios obtruncare; multos, contra adversos acerrimè pugnantes, ab tergo circumvenire: neque virtus neque arma satìs tegere, quòd hostes numero plures et undique circmfusi erant. Denique Romani veteres et ob ea scientes belli, si quos locus aut casus conjunxerat, orbes facere, atque ita ab omnibus partibus simul tecti et instructi hostium vim sustentabant.

XCVIII. Neque in eo tam aspero negotio Marius territus, aut magis quàm antea demisso animo fuit; sed cum turmâ suâ, quam ex fortissimis magis quàm familiarissimis paraverat, vagari passim, ac modò laborantibus suis succurrere, modò hostes, ubi confertissimi obstiterant, invadere; manu consulere militibus, quoniam imperare, conturbatis omnibus, non poterat. Jamque dies consumptus erat, quum tamen barbari nihil remittere, atque, utì reges præceperant, noctem pro se rati, acriùs instare. Tum Marius ex copiâ rerum consilium trahit, atque, utì suis receptui locus esset, colles duos propinquos inter se occupat, quorum in uno, castris parum amplo, fons aquæ magnus erat, alter usui opportunus quia magnâ parte editus et præceps pauca munimenta quærebat. Ceterùm apud aquam Sullam cum equitibus noctem agitare jubet: ipse paulatim dispersos milites, neque minùs hostibus conturbatis, in unum contrahit, dein cunctos pleno gradu in collem subducit. Ita reges, loci difficultate coacti, prœlio deterrentur; neque tamen suos longiùs abire sinunt, sed, utroque colle multitudine circumdato, effusi consedêre. Dein crebris ignibus factis, plerumque noctis barbari suo more lætari, exsultare, strepere vocibus, et ipsi duces feroces, quia non fugerent, pro victoribus agere. Sed ea cuncta Romanis, ex tenebris et editioribus locis facilia visu, magnoque hortamento erant.

XCIX. Plurimùm verò Marius imperitiâ hostium confirmatus, quàm maximum silentium haberi jubet; ne signa quidem, utì per vigilias solebant, canere. Deinde, ubi lux adventabat, defessis jam hostibus et paulo antè somno captis, de improviso vigiles, item cohortium, turmarum, legionum tubicines simul omnes signa canere, milites clamorem tollere atque portis erumpere. Mauri atque Gætuli, ignoto et horribili sonitu repentè exciti, neque fugere, neque arma capere, neque omnino facere aut providere quidquam poterant: ita cunctos strepitu, clamore, nullo subveniente, nostris instantibus, tumultu terrore, formido, quasi vecordia, ceperat. Denique omnes fusi fugatique: arma et signa militaria pleraque capta; pluresque eo prœlio quàm omnibus superioribus interempti: nam somno et metu insolito impedita fuga.

C. Dein Marius, utì cœperat, in hiberna proficiscitur, quæ propter commeatum in oppidis maritimis agere decreverat. Neque tamen victoriâ socors aut insolens factus, sed, pariter ac in conspectu hostium, quadrato agmine incedere. Sulla cum equitatu apud dextimos, in sinistrâ A. Manlius cum funditoribus et sagittariis, præterea cohortes Ligurum curabat; primos et extremos cum expeditis manipulis tribunos locaverat. Perfugæ, minimè cari et regionum scientissimi, hostium iter explorabant. Simul consul, quasi nullo imposito, omnia providere, apud omnes adesse, laudare, increpare merentes. Ipse armatus intentusque, item milites cogebat; neque secùs, atque iter facere, castra munire, excubitum in portâ cohortes ex legionibus, pro castris equites auxiliarios mittere, præterea alios super vallum in munimentis locare: vigilias ipse circumire, non tam diffidentiâ futurum, quæ imperavisset, quàm utì militibus exæquatus cum imperatore labos volentibus esset. Et sanè Marius illoque aliisque temporibus Jugurthini belli pudore magis quàm malo exercitum coercebat: quod multi per ambitionem fieri aiebant, pars, quòd a pueritiâ consuetam duritiam et alia, quæ ceteri miserias vocant, voluptati habuisset: nisi tamen respublica pariter ac sævissimo imperio, bene atque decorè gesta.

CI. Igitur quarto denique die, haud longè ab oppido Cirtâ undique simul speculatores citi sese ostendunt, quâ re hostes adesse intelligitur. Sed quia diversi redeuntes, alius ab aliâ parte, atque omnes idem significabant, consul incertus, quonam modo aciem instrueret. nullo ordine commutato, adversùm omnia paratus ibidem opperitur. Ita Jugurtham spes frustrata, qui copias in quatuor partes distribuerat, ratus ex omnibus æquè aliquos ab tergo hostibus venturos. Interim Sulla, quem primùm hostes attigerant, cohortatus suos, turmatim et quàm maximè confertis equis, ipse aliique Mauros invadunt: ceteri in loco manentes ab jaculis eminus emissis corpora tegere, et, si qui in manus venerant, obtruncare. Dum eo modo equites prœliantur, Bocchus cum peditibus, quos Volux filius ejus adduxerat, neque in priore pugnâ, in itinere morati, adfuerant, postremam Romanorum aciem invadunt. Tum Marius apud primos agebat, quòd ibi Jugurtha cum plurimis erat. Dein Numida, cognito Bocchi adventu, clam cum paucis ad pedites convertit: ibi Latinè (nam apud Numantiam loqui didicerat) exclamat, 'nostros frustrà pugnare; paulo antè Marium suâ manu interfectum:' simul gladium sanguine oblitum ostendere, quem in pugnâ, satìs impigrè occiso pedite nostro, cruentaverat. Quod ubi milites accepêre, magis atrocitate rei quàm fide nuntii terrentur, simulque barbari animos tollere, et in perculsos Romanos acriùs incedere Jamque paulum ab fugâ aberant, quum Sulla, profligatis iis, quos adversùm ierat, rediens ab latere Mauris incurrit. Bocchus statim avertitur. At Jugurtha, dum sustentare suos et propè jam adeptam victoriam retinere cupit, circumventus ab equitibus, dextrâ, sinistrâ omnibus occisis, solus inter tela hostium vitabundus erumpit. Atque interim Marius, fugatis equitibus, accurrit auxilio suis, quos pelli jam acceperat. Denique hostes jam undique fusi Tum spectaculum horribile in campis patentibus: sequi, fugere, occidi, capi; equi atque viri afflicti, ac multi, vulneribus acceptis, neque fugere posse, neque quietem pati; niti modò, ac statim concidere: postremò omnia, quà visus erat, constrata telis, armis, cadaveribus, et inter ea humus infecta sanguine.

CII. Postea loci consul, haud dubiè jam victor, pervenit in oppidum Cirtam, quò initio profectus intenderat. Eò post diem quintum, quàm iterum barbari malè pugnaverant, legati a Boccho veniunt, qui regis verbis ab Mario petivêre, 'duos quàm fidissimos ad eum mitteret: velle de suo et de populi Romani commodo cum iis disserere.' Ille statim L. Sullam et A. Manlium ire jubet. Qui quamquam acciti ibant, tamen placuit verba apud regem facere, utì ingenium aut aversum flecterent, aut cupidum pacis vehementiùs accenderent. Itaque Sulla, cujus facundiæ, non ætati a Manlio concessum, pauca verba hujuscemodi locutus:

"Rex Bocche, magna nobis lætitia est, quum te talem virum dî monuêre, utì aliquando pacem quàm bellum malles; neu te optimum cum pessimo omnium Jugurthâ miscendo commaculares; simul nobis demeres acerbam necessitudinem, pariter te errantem et illum sceleratissimum persequi. Ad hoc populo Romano jam a principio melius visum, amicos quàm servos quærere: tutiusque rati, volentibus quàm coactis imperitare. Tibi verò nulla opportunior nostrâ amicitiâ: primùm quòd procul absumus, in quo offensæ minimum, gratia par, ac si propè adessemus: dein, quòd parentes abundè habemus, amicorum neque nobis neque cuiquam omnium satis fuit. Atque hoc utinam a principio tibi placuisset! Profectò ex populo Romano ad hoc tempus multo plura bona accepisses quàm mala perpessus es. Sed quoniam humanarum rerum Fortuna pleraque regit, cui scilicet placuisse te et vim et gratiam nostram experiri, nunc, quando per illam licet, festina, atque, utì cœpisti, perge. Multa atque opportuna habes, quò faciliùs errata officiis superes. Postremò hoc in pectus tuum demitte, nunquam populum Romanum beneficiis victum esse; nam, bello quid valeat, tute scis."

Ad ea Bocchus placidè et benignè; simul pauca pro delicto suo verba facit: 'Se non hostili animo, sed ob regnum tutandum arma cepisse: nam Numidiæ partem, unde vi Jugurtham expulerit, jure belli suam factam; eam vastari a Mario pati nequivisse: præterea, missis antea Romam legatis, repulsum ab amicitiâ. Ceterùm vetera omittere, ac tum, si per Marium liceret, legatos ad senatum missurum.' Dein, copiâ factâ, animus barbari ab amicis flexus, quos Jugurtha, cognitâ legatione Sullæ et Manlii, metuens id, quod parabatur, donis corruperat.

CIII. Marius interea, exercitu in hibernis composito, cum expeditis cohortibus et parte equitatûs proficiscitur in loca sola, obsessum turrim regiam, quò Jugurtha perfugas omnes præsidium imposuerat. Tum rursus Bocchus, seu reputando, quæ sibi duobus prœliis venerant, seu admonitus ab aliis amicis, quos incorruptos Jugurtha reliquerat, ex omni copiâ necessariorum quinque delegit, quorum et fides cognita, et ingenia validissima erant. Eos ad Marium, ac deinde, si placeat, Romam legatos ire jubet: agendarum rerum, et quocumque modo belli componendi licentiam ipsis permittit. Illi maturè ad hiberna Romanorum proficiscuntur: deinde in itinere a Gætulis latronibus circumventi spoliatique, pavidi, sine decore ad Sullam perfugiunt, quem consul in expeditionem proficiscens pro prætore reliquerat. Eos ille non pro vanis hostibus, ut meriti erant, sed accuratè ac liberaliter habuit; quâ re barbari et famam Romanorum avaritiæ falsam, et Sullam, ob munificentiam in sese, amicum rati. Nam etiamtum largitio multis ignota erat; munificus nemo putabatur, nisi pariter volens; dona omnia in benignitate habebantur. Igitur quæstori mandata Bocchi patefaciunt; simul ab eo petunt, utì fautor consultorque sibi adsit: copias, fidem, magnitudinem regis sui, et alia, quæ aut utilia, aut benevolentiæ credebant, oratione extollunt: dein, Sullâ omnia pollicito, docti, quo modo apud Marium, item apud senatum, verba facerent, circiter dies quadraginta ibidem opperiuntur.

CIV. Marius postquam, confecto, quò intenderat, negotio, Cirtam redit, de adventu legatorum certior factus, illosque et Sullam ab Uticâ venire jubet, item L. Bellienum prætorem, præterea omnes undique senatorii ordinis; quibuscum mandata Bocchi cognoscit, quîs legatis potestas eundi Romam ab consule, interea induciæ postulabantur. Ea Sullæ et plerisque placuêre: pauci ferociùs decernunt, scilicet ignari humanarum rerum, quæ fluxæ et mobiles semper in adversa mutantur. Ceterùm Mauri, impetratis omnibus, tres Romam profecti sunt, cum Cn. Octavio Rufo, qui quæstor stipendium in Africam portaverat: duo ad regem redeunt. Ex his Bocchus quum cetera, tum maximè benignitatem et studium Sullæ libens accepit. Romæ legatis ejus, postquam 'errâsse regem, et Jugurthæ scelere lapsum,' deprecati sunt, amicitiam et fœdus petentibus hoc modo respondetur. "Senatus et populus Romanus beneficii et injuriæ memor esse solet: ceterùm Boccho, quoniam pœnitet, delicti gratiam facit: fœdus et amicitia dabuntur, quum meruerit."

CV. Quîs rebus cognitis, Bocchus per litteras a Mario petivit, 'utì Sullam ad se mitteret, cujus arbitratu de communibus negotiis consuleretur.' Is missus cum præsidio equitum atque peditum, item funditorum Belearium: præterea iêre sagittarii et cohors Peligna cum velitaribus armis, itineris properandi causâ; neque his secùs atque aliis armis adversùm tela hostium, quòd ea levia sunt, muniti. Sed in itinere, quinto denique die, Volux, filius Bocchi, repentè in campis patentibus cum mille non ampliùs equitibus sese ostendit; qui temerè et effusè euntes Sullæ aliisque omnibus et numerum ampliorem vero, et hostilem metum efficiebant. Igitur se quisque expedire, arma atque tela tentare, intendere: timor aliquantus, sed spes amplior, quippe victoribus, et adversùm eos, quos sæpe vicerant. Interim equites exploratum præmissi, rem, utì erat, quietam nuntiant.

CVI. Volux adveniens quæstorem appellat dicitque 'se a patre Boccho obviàm illis simul, et præsidio missum.' Deinde eum et proximum diem sine metu conjuncti eunt Pòst, ubi castra locata, et diei vesper erat, repentè Maurus incerto vultu, pavens ad Sullam accurrit, dicitque 'sibi ex speculatoribus cognitum, Jugurtham haud procul abesse:' simul, 'utì noctu clam secum profugeret,' rogat atque hortatur. Ille animo feroci negat 'se totiens fusum Numidam pertimescere: virtuti suorum satìs credere: etiam si certa pestis adesset, mansurum potiùs, quàm proditis, quos ducebat, turpi fugâ incertæ ac forsitan pòst paulo morbo interituræ vitæ parceret.' Ceterùm ab eodem monitus, 'utì noctu proficiscerentur,' consilium approbat: ac statim 'milites cœnatos esse, in castris ignes quàm creberrimos fieri, dein primâ vigiliâ silentio egredi jubet. Jamque nocturno itinere fessis omnibus, Sulla pariter cum ortu solis castra metabatur, quum equites Mauri nuntiant Jugurtham circiter duûm millium intervallo antè consedisse. Quod postquam auditum est, tum verò ingens metus nostros invadit: credere se proditos a Voluce et insidiis circumventos: ac fuêre, qui dicerent manu vindicandum, neque apud illum tantum scelus inultum relinquendum.

CVII. At Sulla, quamquam eadem existimabat, tamen ab injuriâ Maurum prohibet. Suos hortatur, 'utì fortem animum gererent: sæpe antè paucis strenuis adversùm multitudinem bene pugnatum: quanto sibi in prœlio minùs pepercissent, tanto tutiores fore: nec quemquam decere, qui manus armaverit, ab inermis pedibus auxilium petere, in maximo metu nudum et cæcum corpus ad hostes vertere.' Deinde Volucem, quoniam hostilia faceret, Jovem maximum obtestatus, ut sceleris atque perfidiæ Bocchi testis adesset, ex castris abire jubet. Ille lacrymans orare, 'ne ea crederet: nihil dolo factum, ac magis calliditate Jugurthæ, cui, videlicet speculanti, iter suum cognitum esset. Ceterùm, quoniam neque ingentem multitudinem haberet, et spes opesque ejus ex patre suo penderent, credere illum nihil palàm ausurum, quum ipse filius testis adesset: quare optimum factum videri, per media ejus castra palàm transire: sese, vel præmissis vel ibidem relictis Mauris, solum cum Sullâ iturum.' Ea res, ut in tali negotio, probata: ac statim profecti, quia de improviso acciderant, dubio atque hæsitante Jugurthâ, incolumes transeunt. Deinde paucis diebus, quò ire intenderant, perventum est.

CVIII. Ibi cum Boccho Numida quidam, Aspar nomine, multùm et familiariter agebat; præmissus ab Jugurthâ, postquam Sullam accitum audierat, orator, et subdolè speculatum Bocchi consilia: præterea Dabar, Massugradæ filius, ex gente Masinissæ, ceterùm materno genere impar (nam pater ejus ex concubinâ ortus erat) Mauro ob ingenii multa bona carus acceptusque. Quem Bocchus fidum esse Romanis multis antè tempestatibus expertus, illico ad Sullam nuntiatum mittit, 'paratum sese facere, quæ populus Romanus vellet: colloquio diem, locum, tempus ipse deligeret; consulta sese omnia cum illo integra habere: neu Jugurthæ legatum pertimesceret; quo res communis licentiùs gereretur; nam ab insidiis ejus aliter caveri nequivisse.' Sed ego comperior Bocchum magis Punicâ fide, quàm ob ea, quæ prædicabat, simul Romanos et Numidam spe pacis attinuisse, multùmque cum animo suo volvere solitum, Jugurtham Romanis, an illi Sullam traderet: libidinem adversùm nos, metum pro nobis suasisse.

CIX. Igitur Sulla respondit, 'pauca coram Aspare locuturum; cetera occultè, aut nullo aut quàm paucissimis præsentibus;' simul edocet, quæ sibi responderentur. Postquam, sicuti voluerat, congressi, dicit 'se missum a consule venisse quæsitum ab eo, pacem an bellum agitaturus foret.' Tum rex, utì præceptum fuerat, 'post diem decimum redire' jubet; 'ac nihil etiam nunc decrevisse, sed illo die responsurum:' deinde ambo in sua castra digressi. Sed ubi plerumque noctis processit, Sulla a Boccho occultè arcessitur: ab utroque tantummodo fidi interpretes adhibentur; præterea Dabar internuntius, sanctus vir et ex sententiâ ambobus: ac statim sic rex incipit:

CX. "Nunquam ego ratus sum fore, utì rex maximus in hac terrâ et omnium, quos novi, privato homini gratiam deberem. Et, mehercule, Sulla, ante te cognitum, multis orantibus, aliis ultro egomet opem tuli, nullius indigui. Id imminutum, quod ceteri dolere solent, ego lætor: fuerit mihi eguisse aliquando amicitiæ tuæ, quâ apud animum meum nihil carius habeo. Id adeò experiri licet: arma, viros, pecuniam, postremò quidquid animo libet, sume, utere: et, quoad vives, nunquam tibi reditam gratiam putaveris; semper apud me integra erit: denique nihil, me sciente, frustrà voles. Nam, ut ego existimo, regem armis quàm munificentiâ vinci minùs flagitiosum. Ceterùm de republicâ vestrâ, cujus curator huc missus es, paucis accipe. Bellum ego populo Romano neque feci, neque factum unquam volui: fines meos adversùm armatos armis tutatus sum. Id omitto, quando vobis ita placet: gerite, utì vultis cum Jugurthâ bellum. Ego flumen Mulucham, quod inter me et Micipsam fuit, non egrediar, neque Jugurtham id intrare sinam. Præterea, si quid meque vobisque dignum petiveris, haud repulsus abibis."

CXI. Ad ea Sulla pro se breviter et modicè; de pace et de communibus rebus multis disseruit. Denique regi patefecit, 'quod polliceatur, senatum et populum Romanum, quoniam ampliùs armis valuissent, non in gratiam habituros; faciendum aliquid, quod illorum magis quàm suâ retulisse videretùr. Id adeò in promptu esse, quoniam Jugurthæ copiam haberet: quem si Romanis tradidisset, fore, utì illi plurimum deberetur; amicitiam fœdus, Numidiæ partem, quam nunc peteret, tunc ultro adventuram.' Rex primò negitare: 'affinitatem, cognationem, præterea fœdus intervenisse: ad hoc metuere, ne, fluxâ fide usus, popularium animos averteret, quîs et Jugurtha carus, et Romani invisi erant:' denique sæpius fatigatus, lenitur, et ex voluntate Sullæ 'omnia se facturum' promittit. Ceterùm ad simulandam pacem, cujus Numida, defessus bello, avidissimus, quæ utilia visa, constituunt. Ita, composito dolo, digrediuntur.

CXII. At rex postero die Asparem, Jugurthæ legatum, appellat, dicitque 'sibi per Dabarem ex Sullâ cognitum, posse conditionibus bellum poni: quamobrem regis sui sententiam exquireret.' Ille lætus in castra Jugurthæ venit. Deinde, ab illo cuncta edoctus, properato itinere, post diem octavum redit ad Bocchum, et ei nuntiat 'Jugurtham cupere omnia, quæ imperarentur, facere, sed Mario parum fidere: sæpe antea cum imperatoribus Romanis pacem conventam frustrà fuisse. Ceterùm Bocchus, si ambobus consultum, et ratam pacem vellet, daret operam, ut unà ab omnibus, quasi de pace, in colloquium veniretur, ibique sibi Sullam traderet. Quum talem virum in potestatem habuisset, tum fore, utì jussu senatus atque populi Romani fœdus fieret: neque hominem nobilem, non suâ ignaviâ sed ob rempublicam in hostium potestate. relictum iri.'

CXIII. Hæc Maurus secum ipse diù volvens tandem promisit. Ceterùm dolo an verè cunctatus, parum comperimus: sed plerùmque regiæ voluntates, ut vehementes, sic mobiles, sæpe ipsæ sibi adversæ. Postea, tempore et loco constituto, in colloquium utì de pace veniretur, Bocchus Sullam modò, modò Jugurthæ legatum appellare, benignè habere, idem ambobus polliceri: illi pariter læti, ac spei bonæ pleni esse. Sed nocte eâ, quæ proxima fuit ante diem colloquio decretum, Maurus, adhibitis amicis, ac statim, immutatâ voluntate, remotis, dicitur secum ipse multa agitavisse, vultu corporis pariter atque animo varius: quæ scilicet, tacente ipso, occulta pectoris patefecisse. Tamen postremò Sullam arcessiri jubet, et ex ejus sententiâ Numidæ insidias tendit. Deinde, ubi dies advenit, et ei nuntiatum est Jugurtham haud procul abesse; cum paucis amicis et quæstore nostro, quasi obvius honoris causâ, procedit in tumulum facillimum visu insidiantibus. Eòdem Numida cum plerisque necessariis suis inermis, uti dictum erat, accedit; ac statim, signo dato, undique simul ex insidiis invaditur. Ceteri obtruncati: Jugurtha Sullæ vinctus traditur, et ab eo ad Marium deductus est.

CXIV. Per idem tempus adversùm Gallos, ab ducibus nostris Q. Cæpione et Cn. Manlio malè pugnatum: quo metu Italia omnis contremuerat. Ibique et inde usque ad nostram memoriam Romani sic habuêre: 'alia omnia virtuti suæ prona esse; cum Gallis pro salute, non pro gloriâ certare.' Sed postquam bellum in Numidiâ confectum, et Jugurtham vinctum adduci Romam nuntiatum est, Marius consul absens factus, et ei decreta provincia Gallia: isque calendis Januariis magnâ gloriâ consul triumphavit. Eâ tempestate spes atque opes civitatis in illo sitæ.

C. CRISPI
SALLUSTII
BELLUM CATILINARIUM,

SIVE

DE CONJURATIONE CATILINÆ.

I. Omnes homines, qui sese student præstare ceteris animalibus, summâ ope niti decet, ne vitam silentio transeant, veluti pecora, quæ natura prona atque ventri obedientia finxit. Sed nostra omnis vis in animo et corpore sita est: animi imperio, corporis servitio magis utimur: alterum nobis cum dîs, alterum cum belluis commune est. Quo mihi rectius videtur ingenii quàm virium opibus gloriam quærere, et, quoniam vita ipsa, quâ fruimur, brevis est, memoriam nostri quàm maximè longam efficere. Nam divitiarum et formæ gloria fluxa atque fragilis est; virtus clara æternaque habetur Sed diù magnum inter mortales certamen fuit, vine corporis an virtute animi res militaris magis procederet; nam et, priùs quàm incipias, consulto, et, ubi consulueris, maturè facto opus est. Ita utrumque per se indigens, alterum alterius auxilio eget.

II. Igitur initio reges (nam in terris nomen imperii id primum fuit) diversi, pars ingenium, alii corpus exercebant: etiamtum vita hominum sine cupiditate agitabatur, sua cuique satìs placebant. Postea verò quàm in Asiâ Cyrus, in Græciâ Lacedæmonii et Athenienses cœpêre urbes atque nationes subigere, libidinem dominandi causam belli habere, maximam gloriam in maximo imperio putare; tum demum periculo atque negotiis compertum est in bello plurimùm ingenium posse. Quòd si regum atque imperatorum animi virtus in pace ita uti in bello valeret, æquabiliùs atque constantiùs sese res humanæ haberent; neque aliud alio ferri, neque mutari ac misceri omnia cerneres. Nam imperium facilè his artibus retinetur, quibus initio partum est. Verùm ubi pro labore desidia, pro continentiâ et æquitate libido atque superbia invasêre, fortuna simul cum moribus immutatur. Ita imperium semper ad optimum quemque a minùs bono transfertur. Quæ homines arant, navigant, ædificant, virtuti omnia parent. Sed multi mortales, dediti ventri atque somno, indocti incultique vitam, sicuti peregrinantes, transiêre; quibus profectò contra naturam corpus voluptati, anima oneri fuit. Eorum ego vitam mortemque juxtà æstimo, quoniam de utrâque siletur. Verùm enimvero is demum mihi vivere atque frui animâ videtur, qui, aliquo negotio intentus, præclari facinoris aut artis bonæ famam quærit. Sed in magnâ copiâ rerum aliud alii natura iter ostendit.

III. Pulchrum est bene facere reipublicæ; etiam bene dicere haud absurdum est; vel pace vel bello clarum fieri licet; et qui fecêre, et qui facta aliorum scripsêre, multi laudantur. Ac mihi quidem, tametsi haudquaquam par gloria sequitur scriptorem et auctorem rerum, tamen in primis arduum videtur res gestas scribere: primùm, quòd facta dictis sunt exæquanda; dehinc, quia plerique, quæ delicta reprehenderis, malevolentiâ et invidiâ dicta putant; ubi de magnâ virtute et gloriâ bonorum memores, quæ sibi quisque facilia factu putat, æquo animo accipit; supra ea, veluti ficta pro falsis ducit. Sed ego adolescentulus initio, sicuti plerique, studio ad rempublicam latus sum, ibique mihi adversa multa fuêre. Nam pro pudore, pro abstinentiâ, pro virtute, audacia, largitio, avaritia vigebant. Quæ tametsi animus aspernabatur, insolens malarum artium, tamen inter tanta vitia imbecilla ætas ambitione corrupta tenebatur; ac me, quum ab reliquis malis moribus dissentirem, nihilo minùs honoris cupido eademque, quæ ceteros, fama atque invidia vexabat.

IV. Igitur ubi animus ex multis miseriis atque periculis requievit, et mihi reliquam ætatem a republicâ procul habendam decrevi, non fuit consilium socordiâ atque desidiâ bonum otium conterere; neque verò agrum colendo aut venando, servilibus officiis, intentum ætatem agere; sed a quo incepto studioque me ambitio mala detinuerat, eòdem regressus, statui res gestas populi Romani carptim, ut quæque memoriâ digna videbantur, perscribere; eo magis, quòd mihi a spe, metu, partibus reipublicæ animus liber erat. Igitur de Catilinæ conjuratione, quàm verissimè potero, paucis absolvam. Nam id facinus in primis ego memorabile existimo sceleris atque periculi novitate. De cujus hominis moribus pauca priùs explananda sunt, quàm initium narrandi faciam.

V. Lucius Catilina, nobili genere natus, fuit magnâ vi et animi et corporis, sed ingenio malo pravoque. Huic ab adolescentiâ bella intestina, cædes, rapinæ, discordia civilis grata fuêre, ibique juventutem suam exercuit. Corpus patiens inediæ, vigiliæ, algoris, suprà quàm cuiquam credibile est. Animus audax, subdolus, varius, cujus rei libet simulator ac dissimulator, alieni appetens, sui profusus, ardens in cupiditatibus; satis eloquentiæ, sapientiæ parum. Vastus animus immoderata, incredibilia, nimis alta semper cupiebat. Hunc post dominationem Lucii Sullæ libido maxima invaserat reipublicæ capiendæ; neque id quibus modis assequeretur, dum sibi regnum pararet, quidquam pensi habebat. Agitabatur magis magisque in dies animus ferox inopiâ rei familiaris et conscientiâ scelerum; quæ utraque his artibus auxerat, quas suprà memoravi. Incitabant præterea corrupti civitatis mores, quos pessima ac diversa inter se mala, luxuria atque avaritia, vexabant. Res ipsa hortari videtur quoniam de moribus civitatis tempus admonuit, suprà repetere, ac paucis instituta majorum domi militiæque, quomodo rempublicam habuerint, quantamque reliquerint, ut paulatim immutata, ex pulcherrimâ pessima ac flagitiosissima facta sit, disserere.

VI. Urbem Romam, sicuti ego accepi, condidêre atque habuêre initio Trojani, qui, Aeneâ duce, profugi sedibus incertis vagabantur; cumque his Aborigines, genus hominum agreste, sine legibus, sine imperio, liberum atque solutum. Hi postquam in una mœnia convenêre, dispari genere, dissimili linguâ, alius alio more viventes incredibile memoratu est, quàm facilè coaluerint. Sed postquam res eorum civibus, moribus, agris aucta, satìs prospera satìsque pollens videbatur, sicuti pleraque mortalium habentur, invidia ex opulentiâ orta est. Igitur reges populique finitimi bello tentare, pauci ex amicis auxilio esse; nam ceteri metu perculsi a periculis aberant. At Romani domi militiæque intenti festinare, parare, alius alium hortari, hostibus obviàm ire, libertatem, patriam parentesque armis tegere. Pòst, ubi pericula virtute propulerant, sociis atque amicis auxilia portabant; magisque dandis quàm accipiendis beneficiis amicitias parabant. Imperium legitimum, nomen imperii regium habebant: delecti, quibus corpus annis infirmum, ingenium sapientiâ validum erat, reipublicæ consultabant. Hi vel ætate vel curæ similitudine Patres appellabantur. Pòst, ubi regium imperium, quod initio conservandæ libertatis atque augendæ reipublicæ fuerat, in superbiam dominationemque convertit, immutato more, annua imperia binosque imperatores sibi fecêre. Eo modo minimè posse putabant per licentiam insolescere animum humanum.

VII. Sed eâ tempestate cœpêre se quisque magis extollere, magisque ingenium in promptu habere. Nam regibus boni quàm mali suspectiores sunt, semperque his aliena virtus formidolosa est. Sed civitas, incredibile memoratu est, adeptâ libertate, quantùm brevi creverit: tanta cupido gloriæ incesserat. Jam primùm juventus, simulac belli patiens erat, in castris per laboris usum militiam discebat; magisque in decoris armis et militaribus equis, quàm in scortis atque conviviis, libidinem habebant. Igitur talibus viris non labos insolitus, non locus ullus asper aut arduus erat, non armatus hostis formidolosus: virtus omnia domuerat. Sed gloriæ maximum certamen inter ipsos erat: sic se quisque hostem ferire, murum ascendere, conspici, dum tale facinus faceret, properabat; eas divitias, eam bonam famam magnamque nobilitatem putabant; laudis avidi, pecuniæ liberales erant; gloriam ingentem, divitias honestas volebant. Memorare possem, quibus in locis maximas hostium copias populus Romanus parvâ manu fuderit, quas urbes naturâ munitas pugnando ceperit, ni ea res longiùs nos ab incepto traheret.

VIII. Sed profectò fortuna in omni re dominatur; ea

res cunctas ex libidine magis quàm ex vero celebrat obscuratque. Atheniensium res gestæ, sicuti ego existimo, satìs amplæ magnificæque fuêre; verùm aliquanto minores tamen, quàm famâ feruntur. Sed quia provenêre ibi scriptorum magna ingenia, per terrarum orbem Atheniensium facta pro maximis celebrantur. Ita eorum, qui ea fecêre, virtus tanta habetur, quantùm verbis eam potuêre extollere præclara ingenia. At populo Romano nunquam ea copia fuit, quia prudentissimus quisque negotiosus maximè erat; ingenium nemo sine corpore exercebat; optimus quisque facere quàm dicere, sua ab aliis bene facta laudari, quàm ipse aliorum narrare malebat.

IX. Igitur domi militiæque boni mores colebantur: concordia maxima, minima avaritia erat; jus bonumque apud eos non legibus magis quàm naturâ valebat. Jurgia, discordias, simultates cum hostibus exercebant; cives cum civibus de virtute certabant: in suppliciis deorum magnifici, domi parci, in amicis fideles erant. Duabus his artibus, audaciâ in bello, ubi pax evenerat, æquitate seque remque publicam curabant. Quarum rerum ego maxima documenta hæc habeo, quòd in bello sæpius vindicatum est in eos, qui contra imperium in hostem pugnaverant, quique tardiùs, revocati, prœlio excesserant, quàm qui signa relinquere, aut, pulsi loco, cedere ausi erant; in pace verò, quòd beneficiis magis quàm metu imperium agitabant, et, acceptâ injuriâ, ignoscere quàm persequi malebant.

X. Sed ubi labore atque justitiâ respublica crevit, reges magni bello domiti, nationes feræ et populi ingentes vi subacti, Carthago, æmula imperii Romani, ab stirpe interiit, cuncta maria terræque patebant, sævire fortuna ac miscere omnia cœpit. Qui labores, pericula, dubias atque asperas res facilè toleraverant, his otium, divitiæ, optandæ alias, oneri miseriæque fuêre. Igitur primò pecuniæ, deinde imperii cupido crevit: ea quasi materies omnium malorum fuêre. Namque avaritia fidem, probitatem, ceterasque artes bonas subvertit; pro his superbiam, crudelitatem, deos negligere, omnia venalia habere edocuit. Ambitio multos mortales falsos fieri subegit; aliud clausum in pectore, aliud in linguâ promptum habere; amicitias inimicitiasque non ex re sed ex commodo æstimare, magisque vultum quàm ingenium bonum habere. Hæc primò paulatim crescere, interdum vindicari: pòst, ubi contagio, quasi pestilentia, invasit, civitas immutata; imperium ex justissimo atque optimo crudele intolerandumque factum.

XI. Sed primò magis ambitio quàm avaritia animos hominum exercebat, quod tamen vitium propiùs virtutem erat. Nam gloriam, honorem, imperium bonus et ignavus æquè sibi exoptant; sed ille verâ viâ nititur, huic quia bonæ artes desunt, dolis atque fallaciis contendit. Avaritia pecuniæ studium habet, quam nemo sapiens concupivit: ea, quasi venenis malis imbuta, corpus animumque virilem effeminat; semper infinita, insatiabilis est, neque copiâ neque inopiâ minuitur. Sed postquam L. Sulla, armis receptâ republicâ, bonis initiis malos eventus habuit, rapere omnes, trahere; domum alius, alius agros cupere, neque modum neque modestiam victores habere, fœda crudeliaque in cives facinora facere. Huc accedebat, quòd L. Sulla exercitum, quem in Asia ductaverat, quò sibi fidum faceret, contra morem majorum luxuriosè nimisque liberaliter habuerat. Loca amœna, voluptaria, facilè in otio feroces militum animos molliverant. Ibi primùm insuevit exercitus populi Romani amare, potare, signa, tabulas pictas, vasa cælata mirari, ea privatim ac publicè rapere, delubra spoliare, sacra profanaque omnia polluere. Igitur hi milites, postquam victoriam adepti sunt, nihil reliqui victis fecêre. Quippe secundæ res sapientium animos fatigant; nedum illi corruptis moribus victoriæ temperarent.

XII. Postquam divitiæ honori esse cœpêre, et eas gloria, imperium, potentia sequebatur, hebescere virtus, paupertas probro haberi, innocentia pro malevolentiâ duci cœpit. Igitur ex divitiis juventutem luxuria atque avaritia cum superbiâ invasêre: rapere, consumere; sua parvi pendere, aliena cupere; pudorem, pudicitiam, divina atque humana promiscua, nihil pensi neque moderati habere. Operæ pretium est, quum domos atque villas cognoveris in urbium modum exædificatas, visere templa deorum, quæ nostri majores, religiosissimi mortales, fecêre. Verùm illi delubra deorum pietate, domos suas gloriâ decorabant; neque victis quidquam præter injuriæ licentiam eripiebant. At hi contrà ignavissimi homines, per summum scelus omnia ea sociis adimere, quæ fortissimi viri victores hostibus reliquerant; proinde quasi injuriam facere id demum esset imperio uti.

XIII. Nam quid ea memorem, quæ, nisi his, qui vidêre, nemini credibilia sunt, a privatis compluribus subversos montes, maria constructa esse? Quibus mihi videntur ludibrio fuisse divitiæ; quippe, quas honestè habere licebat, abuti per turpitudinem properabant. Sed libido stupri, ganeæ ceterique cultus non minor incesserat. * * vescendi causâ terrâ marique omnia exquirere; dormire priùs quàm somni cupido esset; non famem aut sitim, neque frigus neque lassitudinem opperiri, sed ea omnia luxu antecapere. Hæc juventutem, ubi familiares opes defecerant, ad facinora incendebant. Animus imbutus malis artibus haud facilè libidinibus carebat: eo profusiùs omnibus modis quæstui atque sumptui deditus erat.

XIV. In tantâ tamque corruptâ civitate Catilina, id quod factu facillimum erat, omnium flagitiorum atque facinorum circum se, tamquam stipatorum, catervas habebat. Nam quicumque impudicus, adulter, ganeo, * * bona patria laceraverat, quique alienum æs grande conflaverat, quò flagitium aut facinus redimeret; præterea omnes undique parricidæ, sacrilegi, convicti judiciis, aut pro factis judicium timentes; ad hoc, quos manus atque lingua perjurio aut sanguine civili alebat; postremò omnes, quos flagitium, egestas, conscius animus exagitabat; hi Catilinæ proximi familiaresque erant. Quòd si quis etiam a culpâ vacuus in amicitiam ejus inciderat, quotidiano usu atque illecebris facilè par similisque ceteris efficiebatur. Sed maximè adolescentium familiaritates appetebat; eorum animi molles et ætate fluxi dolis haud difficulter capiebantur. Nam utì cujusque studium ex ætate flagrabat, aliis scorta præbere, aliis canes atque equos mercari; postremò neque sumptui neque modestiæ suæ parcere, dum illos obnoxios fidosque sibi faceret. Scio fuisse nonnullos, qui ita existimarent, juventutem, quæ domum Catilinæ frequentabat, parum honestè pudicitiam habuisse; sed ex aliis rebus magis, quàm quòd cuiquam id compertum foret, hæc fama valebat.

XV. Jam primùm adolescens Catilina multa nefanda stupra fecerat, cum virgine nobili, cum sacerdote Vestæ, alia hujuscemodi contra jus fasque. Postremò captus amore Aureliæ Orestillæ, cujus præter formam nihil unquam bonus laudavit, quòd ea nubere illi dubitabat, timens privignum adultâ ætate, pro certo creditur, necato filio, vacuam domum scelestis nuptiis fecisse. Quæ quidem res mihi in primis videtur causa fuisse facinoris maturandi. Namque animus impurus, dîs hominibusque infestus, neque vigiliis neque quietibus sedari poterat: ita conscientia mentem excitam vastabat. Igitur colos exsanguis, fœdi oculi, citus modò, modò tardus incessus; prorsus in facie vultuque vecordia inerat.

XVI. Sed juventutem, quam, ut suprà diximus, illexerat multis modis, mala facinora edocebat. Ex illis testes signatoresque falsos commodare; fidem, fortunas, pericula vilia habere, pòst, ubi eorum famam atque pudorem attriverat, majora alia imperabat. Si causa peccandi in præsens minùs suppetebat, nihilo minùs insontes sicuti sontes circumvenire, jugulare; scilicet, ne per otium torpescerent manus aut animus, gratuitò potiùs malus atque crudelis erat. His amicis sociisque confisus Catilina, simul quòd æs alienum per omnes terras ingens erat, et quòd plerique Sullani milites, largiùs suo usi, rapinarum et victoriæ veteris memores civile bellum exoptabant, opprimendæ reipublicæ consilium cepit. In Italiâ nullus exercitus; Cn. Pompeius in extremis terris bellum gerebat; ipsi consulatum petenti magna spes; senatus nihil sanè intentus; tutæ tranquillæque res omnes; sed ea prorsùs opportuna Catilinæ.

XVII. Igitur circiter calendas Junias, L. Cæsare et C. Figulo consulibus, primò singulos appellare; hortari alios, alios tentare; opes suas, imparatam rempublicam, magna præmia conjurationis docere. Ubi satìs explorata sunt, quæ voluit, in unum omnes convocat, quibus maxima necessitudo et plurimum audaciæ inerat Eò convenêre senatorii ordinis P Lentulus Sura, P. A ıtronius,

L. Cassius Longinus, C. Cethegus, P. et Servius Sullæ Servii filii, L. Vargunteius, Q. Annius, M. Porcius Læca L. Bestia, Q. Curius; præterea ex equestri ordine M Fulvius Nobilior, L. Statilius, P. Gabinius Capito, C Cornelius: ad hoc multi ex coloniis et municipiis, domi nobiles. Erant præterea complures paulo occultiùs consilii hujusce participes nobiles, quos magis dominationis spes hortabatur quàm inopia aut alia necessitudo. Ceterùm juventus pleraque, sed maximè nobilium, Catilinæ inceptis favebat. Quibus in otio vel magnificè vel molliter vivere copia erat, incerta pro certis, bellum quàm pacem malebant. Fuêre item eâ tempestate, qui crederent M. Licinium Crassum non ignarum ejus consilii fuisse; quia Cn. Pompeius, invisus ipsi, magnum exercitum ductabat, cujusvis opes voluisse contra illius potentiam crescere, simul confisum, si conjuratio valuisset, facilè aupd illos principem se fore.

XVIII. Sed antea item conjuravêre pauci contra rempublicam, in quibus Catilina fuit. De quo, quàm verissimè potero, dicam. L. Tullo, M. Lepido consulibus, P. Autronius et P. Sulla, designati consules, legibus ambitûs interrogati pœnas dederant. Pòst paulo Catilina, pecuniarum repetundarum reus, prohibitus erat consulatum petere, quòd intra legitimos dies profiteri nequiverat. Erat eodem tempore Cn. Piso, adolescens nobilis, summæ audaciæ, egens, factiosus, quem ad perturbandam rempublicam inopia atque mali mores stimulabant. Cum hoc Catilina et Autronius circiter nonas Decembres, consilio communicato, parabant in Capitolio calendis Januariis L. Cottam et L. Torquatum consules interficere; ipsi, fascibus correptis, Pisonem cum exercitu ad obtinendas duas Hispanias mittere. Eâ re cognitâ, rursus in nonas Februarias consilium cædis transtulerant. Jam tum non consulibus modò, sed plerisque senatoribus perniciem machinabantur. Quodni Catilina maturâsset pro curiâ signum sociis dare, eo die post conditam urbem Romanam pessimum facinus patratum foret. Quia nondum frequentes armati convenerant, ea res consilium diremit.

XIX. Postea Piso in citeriorem Hispaniam quæstor pro prætore missus est, adnitente Crasso, quòd eum infestum inimicum Cn. Pompeio cognoverat. Neque tamen senatus provinciam invitus dederat; quippe fœdum hominem a republicâ procul esse volebat; simul quia boni complures præsidium in eo putabant, et jam tum potentia Cn. Pompeii formidolosa erat. Sed is Piso in provinciâ ab equitibus Hispanis, quos in exercitu ductabat, iter faciens occisus est. Sunt, qui ita dicunt, imperia ejus injusta, superba, crudelia barbaros nequivisse pati; alii autem, equites illos, Cn. Pompeii veteres fidosque clientes, voluntate ejus Pisonem aggressos; nunquam Hispanos præterea tale facinus fecisse, sed imperia sæva multa antea perpessos. Nos eam rem in medio relinquemus. De superiore conjuratione satis dictum.

XX. Catilina, ubi eos, quos paulo antè memoravi, convenisse videt, tametsi cum singulis multa sæpe egerat, tamen in rem fore credens universos appellare et cohortari, in abditam partem ædium secedit; atque ibi omnibus arbitris procul amotis, orationem hujuscemodi habuit.

"Ni virtus fidesque vestra spectata mihi forent, nequidquam opportuna res cecidisset; spes magna, dominatio in manibus frustrà fuissent: neque ego per ignava aut vana ingenia incerta pro certis captarem. Sed quia multis et magnis tempestatibus vos cognovi fortes fidosque mihi, eò animus ausus est maximum atque pulcherrimum facinus incipere; simul quia vobis eadem, quæ mihi, bona malaque esse intellexi: nam idem velle atque idem nolle, ea demum firma amicitia est. Sed, ego quæ mente agitavi, omnes jam antea diversi audistis. Ceterùm mihi in dies magis animus accenditur, quum considero, quæ conditio vitæ futura sit, nisi nosmet ipsi vindicamus in libertatem. Nam postquam respublica in paucorum potentium jus atque ditionem concessit, semper illis reges, tetrarchæ vectigales esse; populi, nationes stipendia pendere; ceteri omnes, strenui, boni, nobiles atque ignobiles, vulgus fuimus, sine gratiâ, sine auctoritate, his obnoxii, quibus, si respublica valeret, formidini essemus. Itaque omnis gratia, potentia, honos, divitiæ apud illos sunt, aut ubi illi volunt; nobis reliquêre, pericula, repulsas, judicia, egestatem. Quæ quousque tandem patiemini, fortissimi viri? Nonne emori per virtutem præstat, quàm vitam miseram atque inhonestam, ubi alienæ superbiæ ludibrio fueris, per dedecus amittere? Verùm enim verò, pro deûm atque hominum fidem! victoria in manu nobis est; viget ætas, animus valet: contrà illis annis atque divitiis omnia consenuerunt. Tantummodo incepto opus est, cetera res expediet. Etenim quis mortalium, cui virile ingenium inest, tolerare potest, illis divitias superare, quas profundant in exstruendo mari et montibus coæquandis, nobis rem familiarem etiam ad necessaria deesse? illos binas aut ampliùs domos continuare, nobis larem familiarem nusquam ullum esse? Quum tabulas, signa, toreumata emunt, nova diruunt, alia ædificant, postremò omnibus modis pecuniam trahunt, vexant, tamen summâ libidine divitias vincere nequeunt. At nobis est domi inopia, foris æs alienum; mala res, spes multo asperior. Denique quid reliqui habemus præter miseram animam? Quin igitur expergiscimini? En illa, illa, quam sæpe optâstis, libertas, præterea divitiæ, decus, gloria in oculis sita sunt! fortuna omnia ea victoribus præmia posuit. Res, tempus, pericula, egestas, belli, spolia magnifica magis, quàm oratio mea, vos hortentur. Vel imperatore vel milite me utimini: neque animus neque corpus a vobis aberit. Hæc ipsa, ut spero, vobiscum unà consul agam; nisi forte me animus fallit, et vos servire magis quàm imperare parati estis."

XXI. Postquam accepêre ea homines, quibus mala abundè omnia erant, sed neque res neque spes bona ulla, tametsi illis quieta movere magna merces videbatur, tamen postulare plerique, utì proponeret, quæ conditio belli foret, quæ præmia armis peterent, quid ubique opis aut spei haberent. Tum Catilina polliceri tabulas novas, proscriptionem locupletium, magistratus, sacerdotia, rapinas, alia omnia, quæ bellum atque libido victorum fert. Præterea 'esse in Hispaniâ citeriore Pisonem, in Mauritaniâ cum exercitu P. Sittium Nucerinum, consilii sui participes: petere consulatum C. Antonium, quem sibi collegam fore speraret, hominem et familiarem et omnibus necessitudinibus circumventum: cum eo se consulem initium agendi facturum.' Ad hoc maledictis increpat omnes bonos, suorum unumquemque nominans laudare; admonebat alium egestatis, alium cupiditatis suæ, complures periculi aut ignominiæ, multos victoriæ Sullanæ, quibus ea prædæ fuerat. Postquam omnium animos alacres videt, cohortatus ut petitionem suam curæ haberent, conventum dimisit.

XXII. Fuêre eâ tempestate, qui dicerent Catilinam, oratione habitâ, quum ad jusjurandum populares sceleris sui adigeret, humani corporis sanguinem vino permixtum in pateris circumtulisse; inde, quum post exsecrationem omnes degustavissent, sicuti in solemnibus sacris fieri consuevit, aperuisse consilium suum; atque eò, dictitare, fecisse, quò inter se magis fidi forent, alius alii tanti facinoris conscii. Nonnulli ficta et hæc et multa præterea existimabant ab iis, qui Ciceronis invidiam, quæ postea orta est, leniri credebant atrocitate sceleris eorum, qui pœnas dederant. Nobis ea res pro magnitudine parum comperta est.

XXIII. Sed in eâ conjuratione fuit Q. Curius, natus haud obscuro loco, flagitiis atque facinoribus coopertus; quem censores senatu probri gratiâ moverant. Huic homini non minor vanitas inerat quàm audacia: neque reticere, quæ audierat, neque suamet ipse scelera occultare; prorsus neque dicere neque facere quidquam pensi habebat. Erat ei cum Fulviâ, muliere nobili, stupri vetus consuetudo: cui quum minùs gratus esset, quia inopiâ minùs largiri poterat, repentè glorians maria montesque polliceri cœpit; minari interdum ferro, nisi obnoxia foret; postremò ferociùs agitare, quàm solitus erat. At Fulvia, insolentiæ Curii causâ cognitâ, tale periculum reipublicæ haud occultum habuit; sed, sublato auctore, de Catilinæ conjuratione, quæ quoque modo audierat, compluribus narravit. Ea res in primis studia hominum accendit ad consulatum mandandum M. Tullio Ciceroni. Namque antea pleraque nobilitas invidiâ æstuabat, et quasi pollui consulatum credebant, si eum quamvis egregius homo novus adeptus foret. Sed ubi periculum advenit, invidia atque superbia post fuêre.

XXIV. Igitur, comitiis habitis, consules declarantur M. Tullius et C. Antonius; quod factum primò populares conjurationis concusserat. Neque tamen Catilinæ furor minuebatur, sed in dies plura agitare, arma per Italiam locis opportunis parare, pecuniam suâ aut amicorum fide sumptam mutuam Fæsulas ad Manlium quemdam portare, qui postea princeps fuit belli faciendi. Eâ tempestate plurimos cujusque generis homines adscivisse sibi dicitur, mulieres etiam aliquot, quæ primò ingentes sumptus stupro corporis toleraverant, pòst, ubi ætas tantummodo quæstui neque luxuriæ modum fecerat, æs alienum grande conflaverant. Per eas se Catilina credebat posse servitia urbana sollicitare, urbem incendere, viros earum vel adjungere sibi, vel interficere.

XXV. Sed in his erat Sempronia, quæ multa sæpe virilis audaciæ facinora commiserat. Hæc mulier genere atque formâ, præterea viro atque liberis satìs fortunata fuit: litteris Græcis atque Latinis docta, psallere et saltare elegantiùs, quàm necesse est probæ, multa alia, quæ instrumenta luxuriæ sunt. Sed ei cariora semper omnia quàm decus atque pudicitia fuit: pecuniæ an famæ minùs parceret, haud facilè discerneres; libidine sic accensa, ut sæpius peteret viros, quàm peteretur. Sed ea sæpe antehac fidem prodiderat, creditum abjuraverat, cædis conscia fuerat, luxuriâ atque inopiâ præceps abierat. Verùm ingenium ejus haud absurdum; posse versus facere, jocum movere, sermone uti vel modesto, vel molli, vel procaci; prorsus multæ facetiæ multusque lepos inerat.

XXVI. His rebus comparatis, Catilina nihilo minùs in proximum annum consulatum petebat; sperans, si designatus foret, facilè se ex voluntate Antonio usurum. Neque interea quietus erat, sed omnibus modis insidias parabat Ciceroni. Neque illi tamen ad cavendum dolus aut astutiæ deerant. Namque a principo consulatûs sui, multa pollicendo per Fulviam, effecerat, ut Q. Curius, de quo paulo antè memoravi, consilia Catilinæ sibi proderet. Ad hoc collegam suum Antonium pactione provinciæ perpulerat, ne contra rempublicam sentiret: circum se præsidia amicorum atque clientium occultè habebat. Postquam dies comitiorum venit, et Catilinæ neque petitio neque insidiæ, quas consuli in campo fecerat, prosperè cessêre, constituit bellum facere, et extrema omnia experiri, quoniam quæ occultè tentaverat, aspera fœdaque evenerant.

XXVII. Igitur C. Manlium Fæsulas atque in eam partem Etruriæ, Septimium quemdam Camertem in agrum Picenum, C. Julium in Apuliam dimisit; præterea alium aliò, quem ubique opportunum sibi fore credebat. Interea Romæ multa simul moliri; consuli insidias tendere, parare incendia, opportuna loca armatis hominibus obsidere, ipse cum telo esse, item alios jubere, hortari, utì semper intenti paratique essent, dies noctesque festinare, vigilare, neque insomniis neque labore fatigari. Postremò ubi multa agitanti nihil procedit, rursus intempestâ nocte conjurationis principes convocat per M. Porcium Læcam, ibique multa de ignaviâ eorum questus, docet 'se Manlium præmisisse ad eam multitudinem, quam ad capienda arma paraverat, item alios in alia loca opportuna, qui initium belli facerent, seque ad exercitum proficisci cupere, si priùs Ciceronem oppressisset; eum suis consiliis multùm officere.'

XXVIII. Igitur perterritis ac dubitantibus ceteris, C. Cornelius, eques Romanus, operam suam pollicitus, et cum eo L. Vargunteius senator, constituêre eà nocte paulo pòst cum armatis hominibus, sicuti salutatum, introire ad Ciceronem, ac de improviso domi suæ imparatum confodere. Curius ubi intelligit, quantum periculi consuli impendeat, properè per Fulviam Ciceroni dolum, qui parabatur, enuntiat. Ita illi, januâ prohibiti, tantum facinus frustrà susceperant.

Interea Manlius in Etruriâ plebem sollicitare, egestate simul ac dolore injuriæ novarum rerum cupidam, quòd Sullæ dominatione agros bonaque omnia amiserat; præterea latrones cujusque generis, quorum in eâ regione magna copia erat; nonnullos ex Sullanis colonis, quibus libido atque luxuria ex magnis rapinis nihil reliqui fecerant.

XXIX. Ea quum Ciceroni nuntiarentur, ancipiti malo permotus, quòd neque urbem ab insidiis privato consilio longiùs tueri poterat, neque exercitus Manlii quantus aut quo consilio foret, satìs compertum habebat, rem ad senatum refert, jam antea vulgi rumoribus exagitatam. Itaque, quod plerùmque in atroci negotio solet, senatus decrevit, 'darent operam consules, ne quid respublica detrimenti caperet.' Ea potestas per senatum, more Romano, magistratui maxima permittitur, exercitum parare, bellum gerere, coercere omnibus modis socios atque cives, domi militiæque imperium atque judicium summum habere; aliter sine populi jussu nulli earum rerum consuli jus est.

XXX. Post paucos dies L. Sænius senator in senatu litteras recitavit, quas Fæsulis allatas sibi dicebat, in quibus scriptum erat 'C. Manlium arma cepisse cum magnâ multitudine, ante diem sextum calendas Novembres.' Simul, id quod in tali re solet. alii portenta atque prodigia nuntiabant, alii 'conventus fieri, arma portari Capuæ atque in Apuliâ servile bellum moveri.' Igitur senati decreto Q. Marcius Rex Fæsulas, Q. Metellus Creticus in Apuliam circùmque loca missi: ni utrique ad urbem imperatores erant, impediti, ne triumpharent, calumniâ paucorum, quibus omnia, honesta atque inhonesta, vendere mos erat. Sed prætores Q. Pompeius Rufus Capuam, Q. Metellus Celer in agrum Picenum; hisque permissum, 'utì pro tempore atque periculo exercitum compararent.' Ad hoc, 'si quis indicavisset de conjuratione, quæ contra rempublicam facta erat, præmium' decrevêre 'servo libertatem et sestertia centum, libero impunitatem ejus rei et sestertia ducenta;' itemque decrevêre, 'utì gladiatoriæ familiæ Capuam et in cetera municipia distribuerentur, pro cujusque opibus; Romæ per totam urbem vigiliæ haberentur, hisque minores magistratus præessent.'

XXXI. Quibus rebus permota civitas, atque immutata urbis facies erat; ex summâ lætitiâ atque lasciviâ, quæ diuturna quies pepererat, repentè omnes tristitia invasit; festinare, trepidare; neque loco nec homini cuiquam satìs credere; neque bellum gerere, neque pacem habere; suo quisque metu pericula metiri. Ad hoc mulieres, quibus reipublicæ magnitudine belli timor insolitus incesserat, afflictare sese, manus supplices ad cœlum tendere, miserari parvos liberos, rogitare, omnia pavere, superbiâ atque deliciis omissis, sibi patriæque diffidere. At Catilinæ crudelis animus eadem illa movebat, tametsi præsidia parabantur, et ipse lege Plautiâ interrogatus erat ab L. Paulo. Postremò dissimulandi causâ et ut sui expurgandi, sicuti jurgio lacessitus foret, in senatum venit. Tum M. Tullius consul, sive præsentiam ejus timens, sive irâ commotus, orationem habuit luculentam atque utilem reipublicæ, quam postea scriptam edidit. Sed, ubi ille assedit, Catilina, ut erat paratus ad dissimulanda omnia, demisso vultu, voce supplici postulare, 'patres conscripti ne quid de se temere crederent: eâ familiâ ortum, ita ab adolescentiâ vitam instituisse, ut omnia bona in spe haberet: ne existimarent, sibi, patricio homini, cujus ipsius atque majorum plurima beneficia in plebem Romanam essent, perditâ republicâ opus esse, quum eam servaret M. Tullius, inquilinus civis urbis Romæ.' Ad hæc maledicta alia quum adderet, obstrepere omnes, hostem atque parricidam vocare. Tum ille furibundus: "Quoniam quidem circumventus," inquit, "ab inimicis præceps agor, incendium meum ruinâ restinguam."

XXXII. Dein se ex curiâ domum proripuit. Ibi multa secum ipse volvens, quòd neque insidiæ consuli procedebant, et ab incendio intelligebat urbem vigiliis munitam, optimum factum credens exercitum augere, ac, priùs quàm legiones scriberentur, antecapere, quæ bello usui forent, nocte intempestâ cum paucis in Manliana castra profectus est. Sed Cethego atque Lentulo ceterisque, quorum cognoverat promptam audaciam, mandat, 'quibus rebus possent, opes factionis confirment, insidias consuli maturent, cædem, incendia, aliaque belli facinora parent: sese propediem cum magno exercitu ad urbem accessurum.' Dum hæc Romæ geruntur, C. Manlius ex suo numero legatos ad Marcium Regem mittit, cum mandatis hujuscemodi:

XXXIII. "Deos hominesque testamur, imperator, nos arma neque contra patriam cepisse, neque quò periculum aliis faceremus, sed utì corpora nostra ab injuriâ tuta forent, qui miseri, egentes, violentiâ atque crudelitate fœneratorum plerique patriæ, sed omnes famâ atque fortunis expertes sumus: neque cuiquam nostrûm licuit more majorum lege uti, neque, amisso patrimonio, liberum corpus habere: tanta sævitia fœneratorum atque prætoris fuit. Sæpe majores vestrûm miseriti plebis Romanæ, decretis suis inopiæ opitulati sunt: ac novissimè memoriâ nostrâ, propter magnitudinem æris alieni, volentibus omnibus bonis, argentum ære solutum est. Sæpe ipsa plebes, aut dominandi studio permota, aut superbiâ magistratuum, armata a patribus secessit. At nos non imperium neque divitias petimus, quarum rerum causâ bella atque certamina omnia inter mortales sunt, sed libertatem, quam nemo bonus nisi cum animâ simul amittit. Te atque senatum obtestamur, consulatis miseris civibus; legis præsidium, quod iniquitas prætoris eripuit, restituatis; neve eam nobis necessitudinem imponatis, ut quæramus, quonam modo, maximè ulti sanguinem nostrum, pereamus."

XXXIV. Ad hæc Q. Marcius respondit: 'Si quid ab senatu petere vellent, ab armis discedant, Romam supplices proficiscantur: eâ mansuetudine atque misericordiâ senatum populumque Romanum semper fuisse, ut nemo unquam ab eo frustrà auxilium petiverit.' At Catilina ex itinere plerisque consularibus, præterea optimo cuique litteras mittit: 'Se falsis criminibus circumventum, quoniam factioni inimicorum resistere nequiverit, fortunæ cedere, Massiliam in exsilium proficisci: non quò sibi tanti sceleris conscius esset, sed utì respublica quieta foret, neve ex suâ contentione seditio oriretur.' Ab his longè diversas litteras Q. Catulus in senatu recitavit, quas sibi nomine Catilinæ redditas dicebat: earum exemplum infrà scriptum est.

XXXV. "L. Catilina Q. Catulo. Egregia tua fides re cognitâ gratam in magnis meis periculis fiduciam commendationi meæ tribuit. Quamobrem defensionem in novo consilio non statui parare: satisfactionem ex nullâ conscientiâ de culpâ proponere decrevi: quam me dius fidius veram licet cognoscas. Injuriis contumeliisque concitatus, quòd, fructu laboris industriæque meæ privatus, statum dignitatis non obtinebam, publicam miserorum causam pro meâ consuetudine suscepi: non quin æs alienum meis nominibus ex possessionibus solvere possem, quum et alienis nominibus liberalitas Orestillæ suis filiæque copiis persolveret; sed quòd non dignos homines honore honestatos videbam, meque falsâ suspicione alienatum esse sentiebam. Hoc nomine satìs honestas pro meo casu spes reliquæ dignitatis conservandæ sum secutus. Plura quum scribere vellem, nuntiatum est vim mihi parari. Nunc Orestillam commendo, tuæque fidei trado: eam ab injuriâ defendas, per liberos tuos rogatus. Haveto."

XXXVI. Sed ipse paucos dies commoratus apud C Flaminium in agro Arretino, dum vicinitatem, antea sollicitatam, armis exornat; cum fascibus atque aliis imperii insignibus in castra ad Manlium contendit. Hæc ubi Romæ comperta sunt, senatus Catilinam et Manlium hostes judicat; ceteræ multitudini diem statuit, ante quam sine fraude liceret ab armis discedere, prætèr rerum capitalium condemnatis. Præterea decernit, 'utì consules delectum habeant; Antonius cum exercitu Catilinam persequi maturet; Cicero urbi præsidio sit.' Eâ tempestate mihi imperium populi Romani multo maximè miserabile visum est: cui quum ad occasum ab ortu solis omnia domita armis parerent, domi otium atque divitiæ, quæ prima mortales putant, affluerent, fuêre tamen cives, qui seque remque publicam obstinatis animis perditum irent. Namque duobus senati decretis, ex tantâ multitudine, neque præmio inductus conjurationem patefecerat, neque ex castris Catilinæ quisquam omnium discesserat: tanta vis morbi, utì tabes, plerosque civium animos invaserat.

XXXVII. Neque solùm illis aliena mens erat, qui conscii conjurationis fuerant, sed omnino cuncta plebes novarum rerum studio Catilinæ incepta probabat. Id adeò more suo videbatur facere. Nam semper in civitate, quibus opes nullæ sunt, bonis invident, malos extollunt; vetera odêre, nova exoptant; odio suarum rerum mutari omnia student; turbâ atque seditionibus sine curâ aluntur, quoniam egestas facilè habetur sine damno. Sed urbana plebes, ea verò præceps ierat multis de causis. Primùm omnium, qui ubique probro atque petulantiâ maximè præstabant, item alii, per dedecora patrimoniis amissis, postremò omnes, quos flagitium aut facinus domo expulerat, hi Romam, sicuti in sentinam, confluxerant. Deinde multi memores Sullanæ victoriæ, quòd ex gregariis militibus alios senatores videbant, alios ita divites, utì regio victu atque cultu ætatem agerent, sibi quisque, si in armis forent, ex victoriâ talia sperabant. Præterea juventus, quæ in agris manuum mercede inopiam toleraverat, privatis atque publicis largitionibus excita, urbanum otium ingrato labori prætulerat: eos atque alios omnes malum publicum alebat. Quò minùs mirandum est homines egentes, malis moribus, maximâ spe, reipublicæ juxtà ac sibi consuluisse. Præterea quorum victoriâ Sullæ parentes proscripti bona erepta, jus libertatis imminutum erat, haud sanè alio animo belli eventum exspectabant. Ad hoc quicumque aliarum atque senati partium erant, conturbari rempublicam, quàm minùs valere ipsi malebant. Id adeò malum multos post annos in civitatem reverterat.

XXXVIII. Nam postquam, Cn. Pompeio et M. Crasso consulibus, tribunicia potestas restituta est, homines adolescentes, summam potestatem nacti, quibus ætas animusque ferox erat, cœpêre senatum criminando plebem exagitare; dein largiendo atque pollicitando magis incendere; ita ipsi clari potentesque fieri. Contra eos summâ ope nitebatur pleraque nobilitas, senati specie, pro suâ magnitudine. Namque, utì paucis verum absolvam, per illa tempora quicumque rempublicam agitavêre, honestis nominibus, alii, sicuti populi jura defenderent, pars, quò senati auctoritas maxima foret, bonum publicum simulantes, pro suâ quisque potentiâ certabant neque illis modestia, neque modus contentionis erat; utrique victoriam crudeliter exercebant.

XXXIX. Sed postquam Cn. Pompeius ad bellum maritimum atque Mithridaticum missus est, plebis opes imminutæ, paucorum potentia crevit. Hi magistratus, provincias aliaque omnia tenere; ipsi innoxii, florentes, sine metu ætatem agere, ceteros judiciis terrere, qui plebem in magistratu placidiùs tractarent. Sed ubi primùm dubiis rebus novandi spes oblata est, vetus certamen animos eorum arrexit. Quòd si primo prœlio Catilina superior aut æquâ manu discessisset, profectò magna clades atque calamitas rempublicam oppressisset; neque illis, qui victoriam adepti forent, diutius eâ uti licuisset, quin defessis et exsanguibus, qui plus posset, imperium atque libertatem extorqueret. Fuêre tamen extra conjurationem complures, qui ad Catilinam initio profecti sunt: in his erat A. Fulvius, senatoris filius, quem retractum ex itinere parens necari jussit. Isdem temporibus Romæ Lentulus, sicuti Catilina præceperat, quoscumque moribus aut fortunâ novis rebus idoneos credebat, aut per se aut per alios sollicitabat; neque solùm cives, sed cujusque modi genus hominum quod modò bello usui foret.

XL. Igitur P. Umbreno cuidam negotium dat, utì legatos Allobrogum requirat, eosque, si possit, impellat ad societatem belli; existimans publicè privatimque ære alieno oppressos, præterea, quòd naturâ gens Gallica bellicosa esset, facilè eos ad tale consilium adduci posse. Umbrenus, quòd in Galliâ negotiatus erat, plerisque principibus civitatium notus erat, atque eos noverat: itaque sine morâ, ubi primùm legatos in foro conspexit, percontatus pauca de statu civitatis, et quasi dolens ejus casum, requirere cœpit, 'quem exitum tantis malis sperarent?' Postquam illos videt queri de avaritiâ magistratuum, accusare senatum, quòd in eo auxilii nihil esset; miseriis suis remedium mortem exspectare: "At ego," inquit, "vobis, si modò viri esse vultis, rationem ostendam, quâ tanta ista mala effugiatis." Hæc ubi dixit, Allobroges in maximam spem adducti Umbrenum orare, utì sui misereretur: 'nihil tam asperum neque tam difficile esse, quod non cupidissimè facturi essent, dum ea res civitatem ære alieno liberaret.' Ille eos in domum D. Bruti perducit, quòd foro propinqua erat, neque aliena consilii, propter Semproniam; nam tum Brutus ab Româ aberat. Præterea Gabinium arcessit, quò major auctoritas sermoni inesset. Eo præsente, conjurationem aperit; nominat socios, præterea multos cujusque generis innoxios, quò legatis animus amplior esset: deinde eos pollicitos operam suam domum dimittit.

XLI. Sed Allobroges diù in incerto habuêre, quidnam consilii caperent. In alterâ parte erat æs alienum, studium belli, magna merces in spe victoriæ; at in alterâ majores opes, tuta consilia, pro incertâ spe certa præmia Hæc illis volventibus, tandem vicit fortuna reipublicæ. Itaque Q. Fabio Sangæ, cujus patrocinio civitas plurimùm utebatur, rem omnem, utì cognoverant, aperiunt. Cicero, per Sangam consilio cognito, legatis præcepit, ut studium conjurationis vehementer simulent, ceteros adeant, bene polliceantur, dentque operam, utì eos quàm maximè manifestos habeant.

XLII. Isdem ferè temporibus in Galliâ citeriore atque ulteriore, item in agro Piceno, Bruttio, Apuliâ motus erat. Namque illi, quos antea Catilina dimiserat, inconsultè ac veluti per dementiam cuncta simul agebant: nocturnis consiliis, armorum atque telorum portationibus, festinando, agitando omnia, plus timoris quàm periculi effecerant. Ex eo numero complures Q. Metellus Celer prætor ex senati consultu, causâ cognitâ, in vincula conjecerat; item in ulteriore Galliâ C. Murena, qui ei provinciæ legatus præerat.

XLIII. At Romæ Lentulus cum ceteris, qui principes conjurationis erant, paratis, ut videbantur, magnis copiis, constituerant, utì, quum Catilina in agrum Fæsulanum cum exercitu venisset, L. Bestia tribunus plebis, concione habitâ, quereretur de actionibus Ciceronis, bellique gravissimi invidiam optimo consuli imponeret; eo signo, proximâ nocte cetera multitudo conjurationis suum quisque negotium exsequeretur. Sed ea divisa hoc modo dicebantur, Statilius et Gabinius utì cum magnâ manu duodecim simul opportuna loca urbis incenderent, quo tumultu facilior aditus ad consulem ceterosque, quibus insidiæ parabantur, fieret; Cethegus Ciceronis januam obsideret, eumque vi aggrederetur, alius autem alium; sed filii familiarum, quorum ex nobilitate maxima pars erat, parentes interficerent; simul, cæde et incendio perculsis omnibus, ad Catilinam erumperent. Inter hæc parata atque decreta Cethegus semper querebatur de ignaviâ sociorum: 'illos dubitando et dies prolatando magnas opportunitates corrumpere; facto, non consulto in tali periculo opus esse; seque, si pauci adjuvarent, languentibus aliis, impetum in curiam facturum.' Naturâ ferox, vehemens, manu promptus erat; maximum bonum in celeritate putabat.

XLIV. Sed Allobroges ex præcepto Ciceronis per Gabinium ceteros conveniunt; ab Lentulo, Cethego, Statilio, item Cassio postulant jusjurandum, quod signatum ad cives perferant: 'aliter haud facilè eos ad tantum negotium impelli posse.' Ceteri nihil suspicantes dant; Cassius semet eò brevi venturum pollicetur, ac paulo ante legatos ex urbe proficiscitur. Lentulus cum his T. Volturcium quemdam Crotoniensem mittit, utì Allobroges, priùs quàm domum pergerent, cum Catilinâ, datâ et acceptâ fide, societatem confirmarent. Ipse Volturcio litteras ad Catilinam dat, quarum exemplum infrà scriptum est.

"Quis sim, ex eo, quem ad te misi, cognosces. Fac cogites, in quantâ calamitate sis, et memineris te virum esse; consideres, quid tuæ rationes postulent: auxilium petas ab omnibus, etiam ab infimis."

Ad hoc mandata verbis dat: 'quum ab senatu hostis judicatus sit, quo consilio servitia repudiet? in urbe parata esse, quæ jusserit; ne cunctetur ipse propiùs accedere.'

XLV. His rebus ita actis, constitutâ nocte, quâ proficiscerentur, Cicero, per legatos cuncta edoctus, L. Valerio Flacco et C. Pomptino prætoribus imperat, utì in ponte Mulvio per insidias Allobrogum comitatus deprehendant; rem omnem aperit, cujus gratiâ mittebantur; cetera, utì facto opus sit, ita agant, permittit. Illi, homines militares, sine tumultu præsidiis collocatis, sicuti præceptum erat, occultè pontem obsidunt. Postquam ad id loci legati cum Volturcio venerunt, et simul utrimque clamor exortus est, Galli, citò cognito consilio, sine morâ prætoribus se tradunt. Volturcius primò, cohortatus ceteros, gladio se a multitudine defendit; deinde, ubi a legatis desertus est, multa priùs de salute suâ Pomptinum obtestatus, quòd ei notus erat, postremò timidus ac vitæ diffidens, velut hostibus sese prætoribus dedit.

XLVI. Quibus rebus confectis, omnia properè per nuntios consuli declarantur. At illum ingens cura atque lætitia simul occupavêre: nam lætabatur, intelligens, conjuratione patefactâ, civitatem periculis ereptam esse: porrò autem anxius erat, dubitans, in maximo scelere tantis civibus deprehensis, quid facto opus esset; pœnam illorum sibi oneri, impunitatem perdendæ reipublicæ fore credebat. Igitur, confirmato animo, vocari ad sese jubet Lentulum, Cethegum, Statilium, Gabinium, itemque Cœparium quemdam Terracinensem, qui in Apuliam ad concitanda servitia proficisci parabat. Ceteri sine morâ veniunt: Cœparius, paulo antè domo egressus, cognito indicio, ex urbe profugerat. Consul Lentulum, quòd prætor erat, ipse manu tenens perducit; reliquos cum custodibus in ædem Concordiæ venire jubet. Eò senatum advocat, magnâque frequentiâ ejus ordinis, Volturcium cum legatis introducit: Flaccum prætorem scrinium cum litteris, quas a legatis acceperat, eòdem afferre jubet.

XLVII. Volturcius interrogatus de itinere, de litteris, postremò quid, aut quâ de causâ, consilii habuisset, primò fingere alia, dissimulare de conjuratione; pòst, ub fide publicâ dicere jussus est, omnia, utì gesta erant, aperit; docetque 'se paucis ante diebus a Gabinio et Cœpario socium adscitum nihil ampliùs scire quàm legatos; tantummodò audire solitum ex Gabinio P. Autronium, Servium Sullam, L. Vargunteium, multos præterea in eâ conjuratione esse.' Eadem Galli fatentur, ac Lentulum dissimulantem coarguunt præter litteras sermonibus, quos ille habere solitus erat: 'ex libris Sibyllinis regnum Romæ tribus Corneliis portendi; Cinnam atque Sullam antea, se tertium esse, cui fatum foret urbis potiri; præterea ab incenso Capitolio illum esse vigesimum annum, quem sæpe ex prodigiis haruspices respondissent bello civili cruentum fore.' Igitur perlectis litteris, quum priùs omnes signa sua cognovissent, senatus decernit, 'utì abdicato magistratu Lentulus, itemque ceteri in liberis custodiis haberentur.' Itaque Lentulus P. Lentulo Spintheri, qui tum ædilis erat, Cethegus Q. Cornificio, Statilius C. Cæsari, Gabinius M. Crasso, Cœparius (nam is paulo antè ex fugâ retractus erat) Cn. Terentio senatori traduntur.

XLVIII. Interea plebes, conjuratione patefactâ, quæ primò cupida rerum novarum nimis bello favebat, mutatâ mente, Catilinæ consilia exsecrari, Ciceronem ad cœlum tollere; veluti ex servitute erepta, gaudium atque lætitiam agitabat. Namque alia belli facinora prædæ magis quàm detrimento fore, incendium verò crudele, immoderatum, ac sibi maximè calamitosum putabat·

quippe cui omnes copiæ in usu quotidiano et cultu corporis erant. Post eum diem quidam L. Tarquinius ad senatum adductus erat, quem ad Catilinam proficiscentem ex itinere retractum aiebant. Is quum se diceret indicaturum de conjuratione, si fides publica data esset, jussus a consule, quæ sciret, edicere, eadem ferè, quæ Volturcius, de paratis incendiis, de cæde bonorum, de itinere hostium senatum docet: præterea 'se missum a M. Crasso, qui Catilinæ nuntiaret, ne eum Lentulus et Cethegus aliique ex conjuratione deprehensi terrerent; eoque magis properaret ad urbem accedere, quò et ceterorum animos reficeret, et illi faciliùs e periculo eriperentur.' Sed ubi Tarquinius Crassum nominavit, hominem nobilem, maximis divitiis, summâ potentiâ, alii rem incredibilem rati, pars, tametsi verum existimabant, tamen quia in tali tempore tanta vis hominis lenienda magis quàm exagitanda videbatur, plerique Crasso ex negotiis privatis obnoxii conclamant 'indicem falsum esse,' deque eâ re postulant, utì referatur. Itaque, consulente Cicerone, frequens senatus decernit, 'Tarquinii indicium falsum videri, eumque in vinculis retinendum, neque ampliùs potestatem faciendam, nisi de eo indicaret, cujus consilio tantam rem mentitus esset.' Erant eo tempore, qui existimarent indicium illud a P. Autronio machinatum, quò faciliùs, appellato Crasso, per societatem periculi reliquos illius potentia tegeret. Alii Tarquinium a Cicerone immissum aiebant, ne Crassus, more suo suscepto malorum patrocinio, rempublicam conturbaret. Ipsum Crassum ego postea prædicantem audivi, 'tantam illam contumeliam sibi ab Cicerone impositam.'

XLIX. Sed îsdem temporibus Q. Catulus et C. Piso neque precibus, neque gratiâ, neque pretio Ciceronem impellere potuêre, utì per Allobroges aut per alium indicem C. Cæsar falsò nominaretur. Nam uterque cum illo graves inimicitias exercebant; Piso oppugnatus in judicio pecuniarum repetundarum, propter cujusdam Transpadani supplicium injustum; Catulus ex petitione pontificatûs odio incensus, quòd extremâ ætate, maximis honoribus usus, ab adolescentulo Cæsare victus discesserat. Res autem opportuna videbatur, quòd is privatim egregiâ liberalitate, publicè maximis muneribus grandem pecuniam debebat. Sed ubi consulem ad tantum facinus impellere nequeunt, ipsi singulatim circumeundo, atque ementiendo, quæ se ex Volturcio aut Allobrogibus audîsse dicerent, magnam illi invidiam conflaverant; usque adeò, ut nonnulli equites Romani, qui præsidii causâ cum telis erant circum ædem Concordiæ, seu periculi magnitudine, seu animi mobilitate impulsi, quò studium suum in rempublicam clarius esset, egredienti ex senatu Cæsari gladio minitarentur.

L. Dum hæc in senatu aguntur, et dum legatis Allobrogum et Tito Volturcio, comprobato eorum indicio, præmia decernuntur; liberti et pauci ex clientibus Lentuli diversis itineribus opifices atque servitia in vicis ad eum eripiendum sollicitabant; partim exquirebant duces multitudinum, qui pretio rempublicam vexare soliti erant. Cethegus autem per nuntios familiam atque libertos suos, lectos et exercitatos in audaciam, orabat, ut, grege facto, cum telis ad sese irrumperent. Consul, ubi ea parari cognovit, dispositis præsidiis, ut res atque tempus monebat, convocato senatu, refert, 'quid de his fieri placeat, qui in custodiam traditi erant.' Sed eos paulo antè frequens senatus judicaverat 'contra rempublicam fecisse.' Tum D Junius Silanus, primus sententiam rogatus, quòd eo tempore consul designatus erat, de his, qui in custodiis tenebantur, præterea de L. Cassio, P. Furio, P. Umbreno, Q. Annio, si deprehensi forent, supplicium sumendum decreverat: isque postea, permotus oratione C. Cæsaris, pedibus in sententiam Tib. Neronis iturum se dixerat; quòd de eâ re, præsidiis additis, referendum censuerat. Sed Cæsar, ubi ad eum ventum est, rogatus sententiam a consule, hujuscemodi verba locutus est.

LI. "Omnes homines, patres conscripti, qui de rebus dubiis consultant, ab odio, amicitiâ, irâ atque misericordiâ vacuos esse decet. Haud facilè animus verum providet, ubi illa officiunt, neque quisquam omnium libidini simul et usui paruit. Ubi intenderis ingenium, valet; si libido possidet, ea dominatur, animus nihil valet. Magna mihi copia est memorandi, patres conscripti, qui reges atque populi, irâ aut misericordiâ impulsi, malè consuluerint; sed ea malo dicere, quæ majores nostri contra libidinem animi sui rectè atque ordine fecêre. Bello Macedonico, quod cum rege Perse gessimus, Rhodiorum civitas, magna atque magnifica, quæ populi Romani opibus creverat, infida atque adversa nobis fuit: sed postquam, bello confecto, de Rhodiis consultum est, majores nostri, ne quis divitiarum magis, quàm injuriæ causâ bellum inceptum diceret, impunitos eos dimisêre. Item bellis Punicis omnibus, quum sæpe Carthaginienses et in pace et per inducias multa nefaria facinora fecissent, nunquam ipsi per occasionem talia fecêre: magis, quid se dignum foret, quàm quid in illis jure fieri posset, quærebant. Hoc idem vobis providendum est, patres conscripti, ne plus valeat apud vos P. Lentuli et ceterorum scelus, quàm vestra dignitas; neu magis iræ vestræ quàm famæ consulatis. Nam si digna pœna pro factis eorum reperitur, novum consilium approbo; sin magnitudo sceleris omnium ingenia exsuperat, his utendum censeo, quæ legibus comparata sunt. Plerique eorum, qui ante me sententias dixerunt, compositè atque magnificè casum reipublicæ miserati sunt: quæ belli sævitia esset, quæ victis acciderent enumeravêre: rapi virgines, pueros; divelli liberos a parentum complexu; matres familiarum pati, quæ victoribus collibuissent; fana atque domos exspoliari; cædem, incendia fieri; postremò armis, cadaveribus, cruore atque luctu omnia compleri. Sed, per deos immortales! quò illa oratio pertinuit? an, utì vos infestos conjurationi faceret? Scilicet, quem res tanta atque tam atrox non permovit, eum oratio accendet! Non ita est; neque cuiquam mortalium injuriæ suæ parvæ videntur: multi eas graviùs æquo habuêre. Sed alia aliis licentia est, patres conscripti. Qui demissi in obscuro vitam habent, si quid iracundiâ deliquêre, pauci sciunt; fama atque fortuna eorum pares sunt: qui magno imperio præditi in excelso ætatem agunt, eorum facta cuncti mortales novêre. Ita in maximâ fortunâ minima licentia est: neque studere, neque odisse, sed minimè irasci decet: quæ apud alios iracundia dicitur, ea in imperio superbia atque crudelitas appellatur. Equidem ego sic existimo, patres conscripti, omnes cruciatus minores, quàm facinora illorum esse; sed plerique mortales postrema meminêre, et in hominibus impiis sceleris eorum obliti de pœnâ disserunt, si ea paulo severior fuit. D. Silanum, virum fortem atque strenuum, certò scio, quæ dixerit, studio reipublicæ dixisse, neque illum in tantâ re gratiam aut inimicitias exercere: eos mores, eam modestiam viri cognovi. Verùm sententia ejus mihi non crudelis, (quid enim in tales homines crudele fieri potest?) sed aliena a republicâ nostrâ videtur. Nam profectò aut metus aut injuria te subegit, Silane, consulem designatum, genus pœnæ novum decernere. De timore supervacaneum est disserere, quum præsertim diligentiâ clarissimi viri, consulis, tanta præsidia sint in armis. De pœnâ possumus equidem dicere, id quod res habet, in luctu atque miseriis mortem ærumnarum requiem, non cruciatum esse, eam cuncta mortalium mala dissolvere; ultrà neque curæ neque gaudio locum esse. Sed, per deos immortales! quamobrem in sententiam non addidisti, utì priùs verberibus in eos animadverteretur? An, quia lex Porcia vetat? At aliæ leges item condemnatis civibus non animam eripi, sed exsilium permitti jubent. An, quia gravius est verberari quàm necari? Quid autem acerbum aut nimis grave in homines tanti facinoris convictos? Sin, quia levius est; quî convenit in minore negotio legem timere, quum eam in majore neglexeris? At enim quis reprehendet, quod in parricidas reipublicæ decretum erit? Tempus, dies, fortuna, cujus libido gentibus moderatur. Illis meritò accidet, quidquid evenerit; ceterùm vos, patres conscripti, quid in alios statuatis, considerate. Omnia mala exempla ex bonis orta sunt; sed ubi imperium ad ignaros aut minùs bonos pervenit, novum illud exemplum ab dignis et idoneis ad indignos et non idoneos transfertur. Lacedæmonii devictis Atheniensibus triginta viros imposuêre, qui rempublicam eorum tractarent. Hi primò cœpêre pessimum quemque et omnibus invisum indemnatum necare: ea populus lætari et meritò dicere fieri. Pòst, ubi paulatim licentia crevit, juxtà bonos et malos libidinosè interficere, ceteros metu terrere. Ita civitas servitute oppressa stultæ lætitiæ graves pœnas dedit. Nostrâ memoriâ, victor Sulla quum Damasippum et alios hujusmodi, qui malo reipublicæ creverant, jugulari jussit, quis non factum ejus laudabat? 'Homines scelestos et factiosos, qui seditionibus rempublicam exagitaverant, meritò necatos' aiebant. Sed ea res magnæ initium cladis fuit: nam utì quisque domum aut villam, postremò aut vas aut vestimentum alicujus concupiverat, dabat operam, utì is in proscriptorum numero esset. Ita illi, quibus Damasippi mors lætitiæ fuerat, paulo pòst ipsi trahebantur; neque priùs finis jugulandi fuit, quàm Sulla omnes suos divitiis explevit. Atque ego hæc non in M. Tullio neque his temporibus vereor; sed in magnâ civitate multa et varia ingenia sunt. Potest alio tempore, alio consule, cui item exercitus in manu sit, falsum aliquid pro vero credi. Ubi hoc exemplo per senati decretum consul gladium eduxerit, quis illi finem statuet, aut quis moderabitur? Majores nostri, patres conscripti, neque consilii neque audaciæ unquam eguêre; neque illis superbia obstabat, quò minùs aliena instituta, si modò proba erant, imitarentur. Arma atque tela militaria ab Samnitibus, insignia magistratuum ab Tuscis pleraque sumpserunt: postremò quod ubique apud socios aut hostes idoneum videbatur, cum summo studio domi exsequebantur; imitari quàm invidere bonis malebant. Sed eodem illo tempore, Græciæ morem imitati, verberibus animadvertebant in cives, de condemnatis summum supplicium sumebant. Postquam respublica adolevit, et multitudine civium factiones valuêre, circumveniri innocentes, alia hujuscemodi fieri cœpêre, tum lex Porcia aliæque leges paratæ sunt, quibus legibus exsilium damnatis permissum est. Hanc ego causam, patres conscripti, quò minùs novum consilium capiamus, in primis magnam puto. Profectò virtus atque sapientia major in illis fuit, qui ex parvis opibus tantum imperium fecêre, quàm in nobis, qui ea bene parta vix retinemus. Placet igitur eos dimitti et augere exercitum Catilinæ? Minimè; sed ita censeo: 'publicandas eorum pecunias, ipsos in vinculis habendos per municipia, quæ maximè opibus valent; neu quis de his postea ad senatum referat, neve cum populo agat: qui aliter fecerit, senatum existimare eum contra rempublicam et salutem omnium facturum.'"

LII. Postquam Cæsar dicendi finem fecit, ceteri verbo alius alii variè assentiebantur: at M. Porcius Cato, rogatus sententiam, hujuscemodi orationem habuit.

"Longè mihi alia mens est, patres conscripti, quum res atque pericula nostra considero, et quum sententias nonnullorum mecum ipse reputo. Illi mihi disseruisse videntur de pœnâ eorum, qui patriæ, parentibus, aris atque focis suis bellum paravêre: res autem monet cavere ab illis magis quàm, quid in illis statuamus, consultare. Nam cetera maleficia tum persequare, ubi facta sunt: hoc, nisi provideris, ne accidat, ubi evenit, frustrà judicia implores: captâ urbe, nihil fit reliqui victis. Sed, per deos immortales! vos ego appello, qui semper domos, villas, signa, tabulas vestras pluris quàm rempublicam fecistis, si ista, cujuscumque modi sunt, quæ amplexamini, retinere, si voluptatibus vestris otium præbere vultis, expergiscimini aliquando, et capessite rempublicam. Non agitur de vectigalibus, neque de sociorum injuriis; libertas et anima nostra in dubio est. Sæpenumero, patres conscripti, multa verba in hoc ordine feci, sæpe de luxuriâ atque avaritiâ nostrorum civium questus sum, multosque mortales eâ causâ adversos habeo. Qui mihi atque animo meo nullius unquam delicti gratiam fecissem, haud facilè alterius libidini malefacta condonabam. Sed ea tametsi vos parvi pendebatis, tamen respublica firma erat; opulentia negligentiam tolerabat. Nunc verò non id agitur, bonisne an malis moribus vivamus, neque quantum aut quàm magnificum imperium populi Romani sit; sed cujus hæc cumque modi videntur, nostra, an nobiscum unà hostium futura sint.

"Hìc mihi quisquam mansuetudinem et misericordiam nominat. Jampridem equidem nos vera rerum vocabula amisimus, quia bona aliena largiri liberalitas, malarum rerum audacia fortitudo vocatur; eò respublica in extremo sita est. Sint sanè, quoniam ita se mores habent, liberales ex sociorum fortunis, sint misericordes in furibus ærarii: ne illi sanguinem nostrum largiantur; et dum paucis sceleratis parcunt, bonos omnes perditum eant. Bene et compositè C. Cæsar paulo antè in hoc ordine de vitâ et morte disseruit; credo, falsa existimans ea, quæ de inferis memorantur; 'diverso itinere malos a bonis loca tetra, inculta, fœda atque formidolosa habere.' Itaque censuit 'pecunias eorum publicandas, ipsos per municipia in custodiis habendos;' videlicet timens, ne, si Romæ sint, aut a popularibus conjurationis, aut a multitudine conductâ per vim eripiantur. Quasi verò mali atque scelesti tantummodo in urbe, et non per totam Italiam sint, aut non ibi plus possit audacia, ubi ad defendendum opes minores sunt. Quare vanum equidem hoc consilium est, si periculum ex illis metuit; sin in tanto omnium metu solus non timet, eo magis refert me mihi atque vobis timere.

"Quare quum de P. Lentulo ceterisque statuetis, pro certo habetote vos simul de exercitu Catilinæ et de omnibus conjuratis decernere. Quanto vos attentiùs ea agetis, tanto illis animus infirmior erit: si paululùm modò vos languere viderint, jam omnes feroces aderunt. Nolite existimare majores nostros armis rempublicam ex parvâ magnam fecisse. Si ita res esset, multo pulcherrimam eam nos haberemus: quippe sociorum atque civium, præterea armorum atque equorum major nobis copia quàm illis. Sed alia fuêre, quæ illos magnos fecêre, quæ nobis nulla sunt; domi industria, foris justum imperium, animus in consulendo liber, neque delicto neque libidini obnoxius. Pro his nos habemus luxuriam atque avaritiam, publicè egestatem, privatim opulentiam; laudamus divitias, sequimur inertiam; inter bonos et malos discrimen nullum; omnia virtutis præmia ambitio possidet. Neque mirum, ubi vos separatim sibi quisque consilium capitis, ubi domi voluptatibus, hic pecuniæ aut gratiæ servitis; eo fit, ut impetus fiat in vacuam rempublicam. Sed ego hæc omitto.

"Conjuravêre nobilissimi cives patriam incendere. Gallorum gentem infestissimam nomini Romano ad bellum arcessunt; dux hostium cum exercitu supra caput est: vos cunctamini etiam nunc, quid intra mœnia deprehensis hostibus faciatis? Misereamini, censeo, (deliquêre homines adolescentuli per ambitionem,) atque etiam armatos dimittatis. Ne ista vobis mansuetudo et misericordia, si illi arma ceperint, in miseriam vertet Scilicet res ipsa aspera est, sed vos non timetis eam. Immo verò maximè; sed inertiâ et mollitiâ animi alius alium exspectantes cunctamini, videlicet dîs immortalibus confisi, qui hanc rempublicam in maximis sæpe periculis servavêre. Non votis neque suppliciis muliebribus auxilia deorum parantur; vigilando, agendo, bene con sulendo prospera omnia cedunt: ubi socordiæ te atque ignaviæ tradideris, nequidquam deos implores; irati infestique sunt. Apud majores nostros T. Manlius Torquatus bello Gallico filium suum, quòd is contra imperium in hostem pugnaverat, necari jussit, atque ille egregius adolescens, immoderatæ fortitudinis, morte pœnas dedit: vos de crudelissimis parricidis quid statuatis, cunctamini? Videlicet vita cetera eorum huic sceleri obstat. Verùm parcite dignitati Lentuli, si ipse pudicitiæ, si famæ suæ, si dîs aut hominibus unquam ullis pepercit: ignoscite Cethegi adolescentiæ, nisi iterum patriæ bellum fecit. Nam quid ego de Gabinio, Statilio, Cœpario loquar? quibus si quidquam unquam pensi fuisset, non ea consilia de republicâ habuissent.

"Postremò, patres conscripti, si mehercule peccato locus esset, facilè paterer vos ipsâ re corrigi, quoniam verba comtemnitis; sed undique circumventi sumus. Catilina cum exercitu faucibus urget; alii intra mœnia atque in sinu urbis sunt hostes; neque parari, neque consuli quidquam occultè potest: quò magis properandum est. Quare ita ego censeo: 'quum nefario consilio sceleratorum civium respublica in maxima pericula venerit, hique indicio T. Volturcii et legatorum Allobrogum convicti confessique sint cædem, incendia, aliaque se fœda atque crudelia facinora in cives patriamque paravisse, de confessis, sicuti de manifestis rerum capitalium, more majorum supplicium sumendum.' "

LIII. Postquam Cato assedit, consulares omnes itemque senatûs magna pars sententiam ejus laudant, virtutem animi ad cœlum ferunt, alii alios increpantes timidos vocant; Cato clarus atque magnus habetur; senati decretum fit, sicuti ille censuerat. Sed mihi multa legenti, multa audienti, quæ populus Romanus domi militiæque, mari atque terrâ præclara facinora fecit forte libuit attendere, quæ res maximè tanta negotia sustinuisset. Sciebam sæpenumero parvâ manu cum magnis legionibus hostium contendisse; cognoveram parvis copiis bella gesta cum opulentis regibus; ad hoc sæpe fortunæ violentiam toleravisse; facundiâ Græcos, gloriâ belli Gallos ante Romanos fuisse. Ac mihi multa agitanti constabat, paucorum civium egregiam virtutem cuncta patravisse; eoque factum, utì divitias paupertas, multitudinem paucitas superaret. Sed postquam luxu atque desidiâ civitas corrupta est, rursus respublica magnitudine suâ imperatorum atque magistratuum vitia sustentabat, ac, sicuti effetâ parente, multis tempestatibus haud sanè quisquam Romæ virtute magnus fuit. Sed memoriâ meâ, ingenti virtute, diversis moribus fuêre viri duo, M. Cato et C. Cæsar: quos quoniam res obtulerat, silentio præterire non fuit consilium, quin utriusque naturam et mores, quantùm ingenio possem, aperirem.

LIV. Igitur his genus, ætas. eloquentia prope æqualia fuêre; magnitudo animi par, item gloria, sed alia alii. Cæsar beneficiis atque munificentiâ magnus habébatur; integritate vitæ Cato. Ille mansuetudine et misericordiâ clarus factus; huic severitas dignitatem addiderat. Cæsar dando, sublevando, ignoscendo; Cato nihil largiendo gloriam adeptus est. In altero miseris perfugium; in altero malis pernicies: illius facilitas, hujus constantia laudabatur. Postremò Cæsar in animum induxerat laborare, vigilare; negotiis amicorum intentus, sua negligere; nihil denegare, quod dono dignum esset; sibi magnum imperium, exercitum, novum bellum exoptabat, ubi virtus enitescere posset. At Catoni studium modestiæ, decoris, sed maximè severitatis erat. Non divitiis cum divite, neque factione cum factioso, sed cum strenuo virtute, cum modesto pudore, cum innocente abstinentiâ certabat; esse quàm videri bonus malebat: ita, quo minùs gloriam petebat, eo magis sequebatur.

LV. Postquam, ut dixi, senatus in Catonis sententiam discessit, consul optimum factum ratus noctem, quæ instabat, antecapere, ne quid eo spatio novaretur, triumviros, quæ supplicium postulabat, parare jubet: ipse, dispositis præsidiis, Lentulum in carcerem deducit; idem fit ceteris per prætores. Est locus in carcere, quod Tullianum appellatur, ubi paululùm descenderis ad lævam, circiter duodecim pedes humi depressus. Eum muniunt undique parietes, atque insuper camera lapideis fornicibus vincta, sed incultu, tenebris, odore fœda atque terribilis ejus facies est. In eum locum postquam demissus est Lentulus, vindices rerum capitalium, quibus præceptum erat, laqueo gulam fregêre. Ita ille patricius, ex clarissimâ gente Corneliorum, qui consulare imperium Romæ habuerat, dignum moribus factisque suis exitium vitæ invenit. De Cethego, Statilio, Gabinio, Cœpario eodem modo supplicium sumptum est.

LVI. Dum ea Romæ geruntur, Catilina ex omni copiâ, quam et ipse adduxerat, et Manlius habuerat, duas legiones instituit; cohortes pro numero militum complet: deinde, ut quisque voluntarius aut ex sociis in castra venerat, æqualiter distribuerat, ac brevi spatio legiones numero hominum expleverat, quum initio non ampliùs duobus millibus habuisset. Sed ex omni copiâ circiter pars quarta erat militaribus armis instructa; ceteri, ut quemque casus armaverat, sparos aut lanceas, alii præacutas sudes portabant. Sed postquam Antonius cum exercitu adventabat, Catilina per montes iter facere, modò ad urbem, modò in Galliam versùs castra movere. hostibus occasionem pugnandi non dare: sperabat propediem magnas copias sese habiturum, si Romæ socii incepta patravissent. Interea servitia repudiabat, cujus initio ad eum magnæ copiæ concurrebant, opibus conjurationis fretus, simul alienum suis rationibus existimans, videri causam civium cum servis fugitivis communicavisse.

LVII. Sed postquam in castra nuntius pervenit Romæ conjurationem patefactam, de Lentulo, Cethego, ceteris, quos suprà memoravi, supplicium sumptum; plerique, quos ad bellum spes rapinarum aut novarum rerum studium illexerat, dilabuntur: reliquos Catilina per montes asperos magnis itineribus in agrum Pistoriensem abducit, eo consilio, utì per tramites occultè perfugeret in Galliam. At Q. Metellus Celer cum tribus legionibus in agro Piceno præsidebat, ex difficultate rerum eadem illa existimans, quæ suprà diximus, Catilinam agitare. Igitur, ubi iter ejus ex perfugis cognovit, castra properè movit, ac sub ipsis radicibus montium consedit, quà illi descensus erat in Galliam properanti. Neque tamen Antonius procul aberat, utpote qui magno exercitu locis æquioribus expeditus in fugâ sequeretur. Sed Catilina, postquam videt montibus atque copiis hostium sese clausum, in urbe res adversas, neque fugæ neque præsidii ullam spem, optimum factum ratus in tali re fortunam belli tentare, statuit cum Antonio quàm primùm confligere. Itaque, concione advocatâ, hujuscemodi orationem habuit.

LVIII. "Compertum ego habeo, milites, verba virtutem non addere; neque ex ignavo strenuum, neque fortem ex timido exercitum oratione imperatoris fieri Quanta cujusque animo audacia naturâ aut moribus inest, tanta in bello patere solet: quem neque gloria neque pericula excitant, nequidquam hortere; timor animi auribus officit. Sed ego vos, quò pauca monerem, advocavi; simul utì causam mei consilii aperirem. Scitis equidem, milites, socordia atque ignavia Lentuli quantam ipsi cladem nobisque attulerit; quoque modo, dum ex urbe præsidia opperior, in Galliam proficisci nequiverim. Nunc verò quo in loco res nostræ sint, juxtà mecum omnes intelligitis. Exercitus hostium duo, unus ab urbe, alter a Galliâ obstant: diutius in his locis esse, si maximè animus ferat, frumenti atque aliarum rerum egestas prohibet. Quòcumque ire placet, ferro iter aperiendum est. Quapropter vos moneo, utì forti atque parato animo sitis, et, quum prœlium inibitis, memineritis vos divitias, decus, gloriam, præterea libertatem atque patriam in dextris vestris portare. Si vincimus, omnia nobis tuta erunt, commeatus abundè, coloniæ atque municipia patebunt: sin metu cesserimus, eadem illa adversa fient: neque locus neque amicus quisquam teget, quem arma non texerint. Præterea, milites, non eadem nobis et illis necessitudo impendet: nos pro patriâ, pro libertate, pro vitâ certamus: illis supervacaneum est pugnare pro potentiâ paucorum. Quo audaciùs aggredimini, memores pristinæ virtutis. Licuit vobis cum summâ turpitudine in exsilio ætatem agere; potuistis nonnulli Romæ, amissis bonis, alienas opes exspectare. Quia illa fœda atque intoleranda viris videbantur, hæc sequi decrevistis. Si hæc relinquere vultis, audaciâ opus est: nemo nisi victor, pace bellum mutavit. Nam in fugâ salutem sperare, quum arma, quîs corpus tegitur, ab hostibus averteris, ea verò dementia est. Semper in prœlio iis maximum est periculum, qui maximè timent; audacia pro muro habetur. Quum vos considero, milites, et quum facta vestra æstimo, magna me spes victoriæ tenet. Animus, ætas, virtus vestra me hortantur, præterea necessitudo, quæ etiam timidos fortes facit. Nam multitudo hostium ne circumvenire queat, prohibent angustiæ loci. Quòd si virtuti vestræ fortuna inviderit, cavete inulti animam amittatis; neu capti potiùs sicuti pecora trucidemini, quàm virorum more pugnantes, cruentam atque luctuosam victoriam hostibus relinquatis."

LIX. Hæc ubi dixit, paululùm commoratus, signa canere jubet, atque instructos ordines in locum æquum deducit: deinde, remotis omnium equis, quò militibus, exæquato periculo, animus amplior esset, ipse pedes exercitum pro loco atque copiis instruit. Nam, uti planities erat inter sinistros montes, et ab dextrâ rupes aspera, octo cohortes in fronte constituit, reliqua signa in subsidio artiùs collocat. Ab his centuriones omnes lectos et evocatos, præterea ex gregariis militibus optimum quemque armatum in primam aciem subducit. C. Manlium in dexterâ, Fæsulanum quemdam in sinistrâ parte curare jubet: ipse cum libertis et colonis propter aquilam assistit, quam bello Cimbrico C. Marius in exercitu habuisse dicebatur. At ex alterâ parte C. Antonius, pedibus æger, quòd prœlio adesse nequibat, M. Petreio legato exercitum permittit. Ille cohortes veteranas, quas tumulti causâ conscripserat, in fronte; post eas ceterum exercitum in subsidiis locat. Ipse equo circumiens, unumquemque nominans appellat, hortatur, rogat, uti meminerint se contra latrones inermes, pro patriâ, pro liberis, pro aris atque focis suis cernere. Homo militaris, quòd ampliùs annos triginta tribunus, aut præfectus, aut legatus, aut prætor cum magnâ gloriâ in exercitu fuerat, plerosque ipsos factaque eorum fortia noverat; ea commemorando militum animos accendebat.

LX. Sed ubi, omnibus rebus exploratis, Petreius tubâ signum dat, cohortes paulatim incedere jubet; idem facit hostium exercitus. Postquam eò ventum est, unde a ferentariis prœlium committi posset, maximo clamore cum infestis signis concurrunt; pila omittunt; gladiis res geritur. Veterani, pristinæ virtutis memores, comminus acriter instare; illi haud timidi resistunt; maximâ vi certatur. Interea Catilina cum expeditis in primâ acie versari, laborantibus succurrere, integros pro sauciis arcessere, omnia providere, multùm ipse pugnare, sæpe hostem ferire: strenui militis et boni imperatoris officia simul exsequebatur. Petreius ubi videt Catilinam, contra ac ratus erat, magnâ vi tendere, cohortem prætoriam in medios hostes inducit, eosque perturbatos atque alios alibi resistentes interficit; deinde utrimque ex lateribus ceteros aggreditur. Manlius et Fæsulanus in primis pugnantes cadunt. Postquam fusas copias, seque cum paucis relictum videt Catilina, memor generis atque pristinæ dignitatis, in confertissimos hostes incurrit, ibique pugnans confoditur.

LXI. Sed confecto prœlio, tum verò cerneres, quanta audacia quantaque vis animi fuisset in exercitu Catilinæ. Nam ferè quem quisque vivus pugnando locum ceperat, eum, amissâ animâ, corpore tegebat. Pauci autem, quos medios cohors prætoria disjecerat, paulo diversiùs, sed omnes tamen adversis vulneribus conciderant. Catilina verò longè a suis inter hostium cadavera repertus est paululùm etiam spirans, ferociamque animi, quam habuerat vivus, in vultu retinens. Postremò ex omni copiá neque in prœlio neque in fugâ quisquam civis ingenuus captus est: ita cuncti suæ hostiumque vitæ juxtà pepercerant. Neque tamen exercitus populi Romani lætam aut incruentam victoriam adeptus erat; nam strenuissimus quisque aut occiderat in prœlio, aut graviter vulneratus discesserat. Multi autem, qui de castris visendi aut spoliandi gratiâ processerant, volventes hostilia cadavera, amicum alii, pars hospitem aut cognatum reperiebant; fuêre item, qui inimicos suos cognoscerent. Ita variè per omnem exercitum lætitia, mœror, luctus atque gaudia agitabantur.

DICTIONARY.

A., an abbreviation of the *prænomen Aulus.*

A, Ab, Abs, prep. with the abl. § 195, R. 2. From; in regard to, in respect of. *Before the agent of a passive verb*, by, *Denoting relative position*, on, at, in: *as, ab dexterâ parte*, on the right side. *Denoting order of time*, after. *After verbs of requesting or demanding*, of, from. *In composition, see* § 196, 1, & § 197, 1.

Abdicātus, a, um, part., disinherited, dismissed, deposed: *from*

Abdĭco, āre, āvi, ātum. a. (ab & dico, āre, to give,) to turn out of doors, disinherit; to depose; to lay down, resign, abdicate.

Abdĭtus, a, um, part. & adj., hidden, concealed, removed, secret, retired, private. *Abditæ regiones*, unknown regions: *from*

Abdo, ĕre, ĭdi, ĭtum, a. (ab & do), to remove from view, hide, conceal, secrete; to remove.

Abdūco, ĕre, xi, ctum, a. (ab & duco), § 235, IV, to take away, remove; to lead, lead away *or* off, lead aside, carry; to draw off, withdraw.

Abeo, ĭre, ii, ĭtum, irr. n. (ab & eo), § 242, R. 1. to go away, depart, go off, go, escape, retire, withdraw. *Præceps abire*, to go headlong, to plunge headlong into crimes.

Abjectus, a, um, part., cast off, thrown away, cast down, thrown aside: *from*

Abjĭcio, ĕre, jēci, jectum, a. (ab & jacio) to cast, throw, throw *or* cast away; to throw on the ground prostrate; to lay by, throw aside, remove

Abjūro, āre, āvi, ātum, a. (ab & juro,) to deny falsely upon oath. *Abjurare creditum*, to forswear a debt, falsely to deny under oath one's indebtedness

Abnuo, ĕre, ui, a. (ab & nuo, obs.), to deny *or* refuse by countenance *or* gesture; to express dissent by a nod *or* shake of the head; with acc. and dat., to refuse, deny, decline, reject; *Milites fessi et abnuentes omnia*,—declining all farther efforts.

Aborigĭnes, um, m. pl. (ab & origo), a people of Italy who anciently inhabited the region where Rome was afterwards built, and whose kings were Saturn and Janus; the Aborigines. C. 6.

Absens, entis, adj. (abs & ens, § 154, R. 1.), absent, abroad.

Absolvo, ĕre, olvi, olūtum, a. (ab & solvo), to loose, unloose; to set at liberty, discharge, release, liberate; to despatch, dismiss; to finish, complete. *Absolvere paucis*, to despatch in a few words, declare briefly, speak briefly *or* concisely.

Abstinentia, æ, f. (abstinens, temperate), abstinence, moderation; freedom from avarice, uprightness, disinterestedness; temperance, sobriety.

Abstĭneo, ēre, ui, a. (abs & teneo), to abstain from, keep from, refrain from

Abstractus, a, um, part.: from

Abstrăho, ĕre, traxi, tractum, a. (abs & traho), § 242, R. 1. to draw *or* tear away; take away by force, lead away, lead *or* draw aside; to tear, rend, divide.

Absum, esse, fui, irr. n. (*ab & sum*), § 242, R. 1. to be absent to be distant; to be wanting in assistance, withhold one's help, keep *or* stand aloof. *Paulum abesse,* to be near, be upon the point, want but little.

Absūmo, ĕre, psi, ptum, a. (*ab & sumo*), to consume, destroy; to slay, cut off.

Absumptus, a, um, part. (*absumo*).

Absurdus, a, um, adj. (*ab & surdus,* deaf), absurd, inconsistent, foolish, ridiculous, unapt, unbecoming; despicable, contemptible. *Absurdum est,* § 269, R. 2.

Abundantia, æ, f. (*abundans,* abundant), abundance, plenty.

Abundè, adv. & indec. subs. § 212, R. 4. (*abundus,* abundant), abundantly, amply, sufficiently, plentifully; in abundance, enough, plenty.

Abūtor, i, usus sum, dep. (*ab & utor*), to abuse, turn to an improper use, misuse.

Ac, conj. the same as *atque, but it is used before consonants only,* § 198.1, R. (*b.*) and. After *alius, aliter, juxta, similiter, par, similis, etc.* than *or* as, § 198, 3, R. *Ac si,* as if, § 263. 2. Ac *is sometimes used for* et quidem. See *Atque. Like* et, *it sometimes connects adversative sentences, and may then be translated* but.

Accēdo, ĕre, essi, essum, n. (*ad & cedo*), § 233, & (Remark 2,) § 224, § 210. to draw near, approach, arrive at, come, come to, resort to, accost; to go; to attack; to be added to, joined, annexed; to accrue. *Huc accedebat,* to this was added.

Accendo, ĕre, di, sum, a. (*ad & cando, obs.*), to set on fire, light up, kindle; to burn. *Fig.* to excite, inflame, stir up, heighten, increase. *Accendi ad dominationem,* to be inflamed with a lust of power

Accensus, a, um, part. & adj (*accendo*), set on fire, &c. *Fig.* excited, enkindled, inflamed, stirred up, animated, stimulated, prompted; exasperated.

Acceptio, ōnis, f. (*accipio*), an accepting *or* receiving.

Acceptus, a, um, part. & adj. (*accipio*), received, accepted, heard, &c.; grateful, pleasing, acceptable, § 222.

Accĭdo, ĕre, cĭdi, n. (*ad & cado*), § 224, to fall, fall down at *or* before. *Quò accidam? i. e. ad cujus genua supplex accidam?* to whom shall I prostrate myself (in supplication?) To fall upon, come upon. *Quò gravior accideret,* that he might fall (upon him) with greater weight *or* effect:—to happen, occur, befall. *Si quid mali accidisset,* if any calamity had occurred.

Accio, īre, īvi, ītum, a. (*ad & cio,* to move), to send for, call, call in, summon, desire to come, invite.

Accĭpio, ĕre, ēpi, eptum, a. (*ad & capio*), § 272, § 273, § 230, R. 2. to receive, take; to bear, suffer, bear with; to hear, learn, be informed, comprehend, understand; to admit; to obtain, gain, get; to accept of. *In regnum accipere,* to adopt as an heir to the throne, to admit to a participation of sovereignty.

Accītus, a, um, part. (*accio*), summoned, invited, *Ire accitus,* to go on invitation.

Accurātè, adv. (*accurātus,* accurate), diligently, accurately, carefully, attentively, cautiously. *Habere accuratè,* to treat with attention. *Accuratissimè recipere,* to receive with every attention.

Accurro, ĕre, curri & cucurri, cursum, n. (*ad & curro,* to run), to run to; to run.

Accūso, āre, āvi, ātum, a. (*ad & causa*), § 217, to accuse, arraign, impeach; to blame, chide, complain of, find fault with, censure.

Acer, acris, acre, adj., sharp, sour,

acrid. *Fig.* sharp, brisk, powerful, vehement; cruel, savage; fiery, impetuous, furious; severe; brave, bold, enterprising, gallant, fierce, courageous; diligent, strenuous; acute, quick, keen, penetrating: violent, energetic, vigorous.

Acerbè, adv., sharply, severely, bitterly. harshly, cruelly: *from*

Acerbus, a, um, adj., unripe, sour. *Fig.* cruel, inimical, bitter; hurtful, troublesome, disagreeable, unpleasant; hard, severe, harsh; austere, morose.

Acerrĭme, see *Acriter.*

Acies, ēi, f., the sharp edge *or* point of any thing; the organ of sight, the pupil of the eye, the eye; a line of soldiers, file, battalion. *Prima acies,* the first rank *or* van of an army. *Postrema acies,* the rear rank, the rear:—an army; an army in battle array; force, power; acuteness, shrewdness, talent. *Statuit non prœliis neque acie bellum gerendum,*—not by pitched battles, nor by regular warfare.

Acquīro, ĕre, quisīvi, quisītum, a. ad & quæro), to acquire, get, procure, gain, obtain.

Acrĭter, adv. comp. *acriùs,* sup. *acerrĭmè (acer),* vehemently, sharply, keenly, eagerly, hard, closely; valiantly, stoutly, courageously; vigorously; strenuously; exceedingly; studiously, diligently; severely, cruelly.

Acta, ōrum, n. pl. (actus), acts, actions, deeds; glorious exploits.

Actio, ōnis, f. (ago), an act, action, proceeding, measure, official conduct; an accusation, charge; an action at law, arraignment, judicial process *or* proceeding. *Prior actio,* the first stage of a judicial process or action.

Actus, a, um, part. (ago), led, conducted &c.; brought up *or* near. *Actâ testudine,* the *testudo* being brought up:—forced, compelled; finished, achieved, performed, done; past, over, gone by, spent. *Acta edocere,* to make known what has been done.

Ad, prep. with the acc., to, unto; at, near, hard by; in; even to; towards, about; against; according to; besides, in addition to; after; for; in regard to, in what pertains to. *In composition, see* § 196, 2. & § 197, 2.

Adæquo, āre, āvi, ātum, a. (ad & æquo), to level), to equal, level; to equal. make equal.

Addĭtus, a, um, part. & adj., added; appointed; placed near *or* over: *from*

Addo, ĕre, dĭdi, dĭtum, a. (ad & do), § 224, to add; to throw *or* cast in *or* upon, to appoint, give, put, impart, bestow *Addere nomen gloriamque sibi,* to acquire, gain—. *Addere multum rei publicæ,* to aid, assist, benefit—. *Addere formidinem alicui,* to inspire with fear, to intimidate.

Addūco, ĕre, uxi, uctum, a. (ad & duco), to conduct, bring, lead; to induce, cause; to bring to, reduce; to bring, persuade.

Adductus, a, um, part. (addūco), brought, brought to, led to, conducted; induced. *Adductus in spem,* led to hope *or* to entertain hopes.

Ademptus, a, um, part. (adĭmo), taken away.

Adeò, adv. (ad & eò), so, so far, to such a degree, insomuch; too, indeed. *Id adeo,* and this or that indeed, and this too, and what is more; then, therefore, accordingly.

Adeo, īre, ii, ĭtum, irr. n. & a. (ad & eo), § 233, to go to; to approach; to review, reconnoitre; to come near; to approach in a hostile manner, attack; to undertake.

Adeptus, a, um, part. (adipiscor) that has obtained, gained, acquired *Pass.* obtained, acquired, gained, § 162, 17, (*a.*)

Adesse, Adĕram, etc, see *Adsum.*

Adherbal, ălis, m., a Numidian

prince, the son of Micipsa. J 5. 9, 10, &c.

Adhĭbeo, ēre, ui, ĭtum, a. (*ad & habeo*), to adopt, use, employ; to take, admit, receive, call for; to apply; to bring, bring on; to offer, pay; to treat, use.

Adhibĭtus, a, um, part. (*adhibeo*), sent for, called for, admitted.

Adhuc, adv. (*ad & huc*), hitherto, thus far, as yet, still, even yet.

Adĭgo, ĕre, ēgi, actum, a. (*ad & ago*), to drive, thrust, impel; to force, compel. *Adigere ad jusjurandum*, to oblige to make oath, to bind by an oath.

Adĭmo, ĕre, ēmi, emptum, a. (*ad & emo*), to take away, remove, deprive of.

Adipiscor, i, adeptus sum, dep. (*ad & apiscor*, to get), to acquire, get, obtain, gain, procure; to reach, overtake; to undertake, assume, take upon one's self.

Adĭtus, ûs, m. (*adeo*), a going to, approach, access; an entrance.

Adjumentum, i, n. (*adjuvo*), aid, help, assistance. *Adjumenta ignaviæ*, the incentives to sloth, the means of idleness.

Adjungo, ĕre, junxi, junctum, a. (*ad & jungo*, to join), § 224, to add, join, annex, unite; to associate, take *or* admit as an associate; to conciliate; to acquire, obtain.

Adjūtor, ōris, m., an aider, abettor, helper, assistant: *from*

Adjŭvo, āre, jūvi, jūtum, a. (*ad & juvo*), to help, succor, aid, assist.

Administer, tri, m. (*ad & minister*, a servant) a servant, inferior officer, manager; a laborer, workman; an assistant, promoter, abettor.

Administro, āre, āvi, ātum, n. & a. (*ad & ministro*, to serve), to act, minister, attend, serve, work, do work *or* service; to perform one's part; to administer, operate, manage, conduct, direct, govern, regulate. *Administrare bellum*, to have the management of, *or* to be the leader in a war, to wage war, to carry on war.

Admirandus, a, um, part. & adj., admirable, worthy of admiration, to be wondered at, astonishing, amazing, wonderful: *from*

Admīror, āri, ātus sum, dep. (*ad & miror*), to wonder greatly, marvel, be astonished *or* surprised; to look at with admiration, admire, wonder at.

Admissus, a, um, part.: *from*

Admitto, ĕre, mīsi, missum, a. (*ad & mitto*), to send to, *or* onward; to receive, admit: *Fig.* to commit a crime, perpetrate; to permit, allow.

Admŏdum, adv. (*ad & modus*), very exceedingly, much, greatly, truly about.

Admŏneo, ēre, ui, ĭtum, a. (*ad & moneo*), § 218, & R. 1., to remind, put in mind, warn, admonish, advise, suggest; to incite, encourage, stimulate, urge on.

Admonĭtus, a, um, part. (*admoneo*)

Adnītens, tis, part., striving, exerting one's self, using one's interest *from*

Adnītor, i, īsus & ixus sum, dep (*ad & nitor*), to rest *or* lean upon; § 273, 1. to strive, aim at, exert one's self to reach *or* obtain.

Adolescens, entis, adj. & subs. m. & f. (*adolesco*), young; a young man or woman; a youth, one growing to maturity.

Adolescentia, æ, f. (*adolescens*) youth, the period of life intervening between one's fourteenth and twenty eighth years, *or, as others say*, between one's fifteenth and thirtieth years.

Adolescentŭlus, i, m, dim. (*adolescens*), a young man, youth, stripling *Also adj.*, young, very young.

Adolesco, ĕre, olēvi, adultum, n. (*ad & olesco*, to grow), to grow, grow up, increase *Fig.* to advance, increase become greater; to mature, ripen, come to maturity.

Adoptatio, ōnis, f. (adopto), an adopting, adoption.

Adoptātus, a, um, part.: from

Adopto, āre, āvi, ātum, a. (ad & opto), to choose, assume, take; to select; to adopt, take for a son.

Adscisco, ĕre, scīvi, scītum, a. (ad & scisco, to inquire), to take, receive, approve, admit, unite; to gain over, enlist in one's cause.

Adscītus, a, um, part. (adscisco), received, admitted.

Adsisto, see *Assisto.*

Adstrictus, a, um, part., straitened, bound; occupied, engaged, engrossed, absorbed, earnestly intent: *from*

Adstringo, ĕre, nxi, ictum, a. (ad & stringo, to bind), to bind close, tie, fasten.

Adsum, adesse, adfui, irr. n. (ad & sum), § 224, to be present, be at hand, be here; to arrive, come; to defend, aid, assist, succor, stand by; to come upon, fall on, press on *or* upon; to be; to be near, be fast approaching; to give attention.

Adulter, ĕri, m., an adulterer; a debauchee, seducer.

Adulterīnus, a, um, adj. (adulter), adulterous, spurious; adulterated, forged, false.

Adultus, a, um, part. & adj., (adolesco), grown up; full grown, adult, perfect, mature, ripe.

Advectitius, a, um, adj., brought from abroad, foreign, imported: *from*

Advĕho, ĕre, exi, ectum, a. (ad & veho, to carry), to conduct, carry to, carry *or* remove; to import, convey, bring.

Advĕnio, īre, ēni, entum, n. (ad & venio), to come, come to, arrive.

Advento, āre, āvi, n. freq. (advenio), to come frequently; to come on, come approach, arrive at.

Adventus, ûs, m. (advenio), a coming, arrival, approach.

Adversarius, i, m., an adversary, an enemy: *from*

Adversor, āri, ātus sum, dep. freq. (adverto), to oppose, resist.

Adversus, a, um, part. & adj. (adverto), § 222, opposite, over against, fronting, in front, *Vulnera adversa*, wounds in front. *Adverso corpore*, in front, in the fore part of the body;—adverse, hostile, contrary, opposing. *Passively*, that which is an object of hostility or aversion to any one;—opposed, averse, unfavorable, disadvantageous, bad. *Adversæ res*, calamities, misfortunes, adversity. *Voluntates ipsæ sibi adversæ*,—inconsistent, —at variance with. *In adversa mutari*, to be changed to the opposites. *Adverso colle evadere*, to ascend the hill in front. *Adversis equis concurrere*, to charge directly forward. *Adversus, i, m.*, an adversary, enemy, opponent. *Metello adverso populi partium.* § 222, R. 2.

Adversùs & Adversùm, adv. & prep. with the acc., against, in front of, opposite to, over against, facing; unfavorable to; towards. *Cibus illis adversum famem erat*, their food was for the removal of hunger: *from*

Adverto, ĕre, erti, ersum, a. (ad & verto), to turn to *or* towards. *Fig.* to advert to, apply one's thoughts to, attend, heed, observe, perceive, understand; so, *adverto animum*, or *Animadverto*, which see.

Advocātus, a, um part., being called, summoned, invited, called together: *from*

Advŏco, āre, āvi, ātum, a. (ad & voco), to call, call to; to summon, employ, use.

Ædes & Ædis, is, f., in the sing., a room, chamber, apartment; a temple; *in the pl.*, a house, habitation, dwelling, edifice; temples.

Ædificium, i, n., an edifice structure, building: *from*

Ædifico, āre, āvi, ātum, n. & a. (*ædes & facio*), to build; to erect *or* rear a building; to construct.

Ædīlis, is, m. (*ædes*), an edile, a Roman magistrate who superintended the repairs of the temples and other public buildings.

Æger, ægra, ægrum, adj., § 250, weak, infirm, lame, diseased, corrupted; faint, sick, ill; sorrowful, unhappy, troubled, afflicted.

Ægre, adv. comp. *ægriùs*, sup. *ægerrĭmè*, (*æger*), unwillingly, discontentedly; with inconvenience; hardly, scarcely, with difficulty, with much ado. *Ægre ferre*, to bear ill, dislike, be offended with, displeased.

Ægritūdo, ĭnis, f. (*æger*), sorrow, grief, affliction, anguish, solicitude, care, trouble. *Nimis molliter ægritudinem pati*, to take trouble too much to heart, to feel affliction too sensitively;—bodily infirmity, illness.

Ægyptus, i, f., Egypt, a large country in the northeastern part of Africa; but, by some of the ancients, it was reckoned a part of Asia. J. 19.

Æmilius, i, m., a Roman name belonging to the Æmilian *gens*.

Æmŭlus, a, um, adj. & subs., emulous; a rival, emulator, imitator.

Ænēas, æ, m., the son of Venus and Anchises, who, after the fall of Troy, is said to have led a colony of Trojans into Italy, and to have laid the foundations of the Roman state. C. 6.

Æquabĭlis, e, adj. (*æquo*, to level), equal; equable, uniform, always the same, unchanged; consistent. *Vir famâ æquabili*,—of consistent character, of unsullied reputation.

Æquabĭlĭter, adv. comp. *æquabiliùs*, *æquabilis*), equally, evenly, uniformly calmly, equably.

Æquālis, e, adj. (*æquus*), equal, like similar; even, level, plain, flat; coeval, coetaneous. *Subs.* a contemporary, one equal in years, of the same age.

Æqualĭter, adv. (*æqualis*), equally; proportionally.

Æquè, adv. (*æquus*), equally, in an equal degree, similarly, alike, indifferently, as it happens.

Æquĭtas, ātis, f. (*æquus*), equality. *Fig.* equity, impartiality, regard to the equal rights or natural equality of others; justice; moderation, equanimity; moderation of affections, tranquillity of mind.

Æquum, i, n., equity, justice: *from*

Æquus, a, um, adj., level, smooth, plain, equal, even; like, similar. *Fig* just, equitable, fair, impartial, honest, upright; reasonable, right, fair, moderate. *Injurias graviùs æquo habere*, to feel injuries too deeply, § 256, R. 9;—moderate, calm, unruffled, composed, undisturbed. *Æquo animo*, patiently, calmly, with equanimity, with indifference, without emotion. *Ex æquo bonoque*, in accordance with justice and equity.

Ærarium, i, n. (*æs*, § 100, 8.), the place where the public money was kept, treasury, exchequer; the public money, national revenue.

Ærumna, æ, f., labor, toil, hardship; difficulty, calamity, trouble, misfortune, misery, adversity.

Æs, æris, n., copper, brass, bronze; any thing made of copper, &c.; money, coin. *Æs alienum*, money owed to another, a debt. *Æs mutuum*, a loan, money borrowed *or* lent.

Æstas, ātis, f. (*æstus*), the summer; summer air, summer heat.

Æstĭmo, āre, āvi, ātum, a., to estimate, value, appreciate, regard; to set a value on any thing. *Fig.* to estimate, rate; to think, hold, judge, believe, determine; to consider, weigh

Æstīvus, a, um, adj. (*æstus*), relating to summer, summer. *Æstiva cas-*

tra, or simply *æstiva, ōrum, n.* summer quarters, a stationary summer camp; a campaign.

Æstuo, āre, āvi, ātum, n. (*æstus*), to be very hot; to boil with heat; to boil, undulate, flow. *Fig.* to burn with desire; to be anxious, perplexed, undecided, disturbed in mind. *Invidiâ,* to be inflamed—.

Æstus, ûs, m., any burning *or* scorching heat, hot weather; the ebbing and flowing of the tide; a boiling *or* bubbling up. *Fig.* force, violence; doubt, uncertainty, perplexity.

Ætas, ātis, f. (*ævum*), age, time of life; life. *Ætatem agere,* or *habere,* to live; to pass one's life. *Ætas extrema,* old age.

Æternus, a, um, adj. (*ævum*), eternal, everlasting; durable, lasting, perpetual; immortal.

Æthiops, ŏpis, m., an Ethiopian. J. 19.

Ævum, i, n., length of time, duration; time, life, age. *Ævi brevis,* of short duration, short-lived;—an age, generation.

Afer, Afra, Afrum, adj., African. *Afri, ōrum, m. pl.,* the Africans. J. 18.

Affătim, adv. (*ad & fatim,* sufficiency), abundantly, largely, in abundance, copiously, sufficiently.

Affecto, āre, āvi, ātum, a, freq. (*afficio,* to affect), to seek after, aim at studiously, solicit; to covet, desire, aspire to; to strive after, try to gain over.

Affĕro, afferre, attŭli, allātum, irr. a. (*ad & fero*) to take, bring, carry; to assert; to report, announce; to produce, cause, occasion.

Affīnis e adj. (*ad & finis*), contiguous, adjoining; related by marriage. *Subs.* a relation by marriage.

Affinĭtas, ātis, f. (*affinis*), vicinity, near union, connection; affinity, alliance by marriage.

Afflicto, āre, āvi, ātum, a. freq. (*affligo*), to agitate, toss. *Fig.* to afflict, vex, torment, distress, harass. *Afflictare se,* to be cast down *or* afflicted, to sorrow, grieve, give a loose to distress, to beat one's breast *or* wring the hands in grief.

Afflictus, a, um, part. & adj., troubled, afflicted, ruined, prostrated, desperate: *from*

Affīgo, ĕre, ixi, ictum, a, (*ad & fligo,* to dash against), to dash against, throw to the ground, overthrow. *Fig.* to harass, distress, vex, disquiet, trouble; to injure, hurt, ruin.

Affluo, ĕre, uxi, n. (*ad & fluo,* to flow), to flow to *or* towards. *Fig.* to run *or* flock towards; to have in abundance; § 224, to abound, be abundant.

Affŏre, def. verb (*ad & fore*), *fut. inf.,* to be about to be present: *with a subject accusative,* would be present, would assist.

Afrĭca, æ, f., Africa, one of the three great divisions of the world, as known to the Greeks and Romans. It is sometimes put for the Roman province in Africa. J. 5, 13, 14, 17—23, 39, &c.

Afrĭcānus, a, um, adj. (*Africa*), African. *Africānus, i, m.,* the *agnomen* of the two Scipios, by whom the Carthaginians were conquered. J. 5.

Afrĭcus, a, um, adj. (*Africa*), African. *Mare Africum,* the Mediterranean Sea. J. 18.

Agendus, a, um, part. (*ago*), to be done. *Agendarum rerum licentia,* power to negotiate.

Agens, tis, part. (*ago*)

Ager, agri, m., a field, farm; ground, land, soil; an estate; a territory, tract, country.

Agger, ĕris, m. (*aggĕro,* to heap up) a heap *or* pile, *as of stones, earth, wood, &c.;* a mound, bulwark, bank, rampart, dam, mole

Aggrĕdior, i, essus sum, dep. (*ad & gradior,* to step), § 233, (3.) § 271, to go to, come near, approach; to attack, assail, assault, to accost, address, make court to. *Fig.* to undertake, attempt, go about, prepare for, enter upon, commence. *Aggredi majora et magis aspera,* to attempt greater and more difficult enterprises. *Aggredi* or *aggredi pecuniâ,* to try to bribe *or* corrupt, to tamper with.

Aggressus, a, um, part. (*aggredior*).

Agitātus, a, um, part.: from

Agĭto, āre, āvi, ātum, a. freq. (*ago*), to drive, conduct; to toss about, drive to and fro, agitate, disturb, toss, put in motion; to debate, discuss; to follow, pursue; to pass, spend; to be, live, dwell, remain; to deport *or* conduct one's self, behave, act; to make, exercise, be employed in, be engaged in. *Agitare imperium,* to govern, administer the government. *Agitare præsidium* or *præsidia,* to mount *or* keep guard, to guard, to do duty in a garrison *or* escort. *Agitare inducias,* to keep *or* observe a truce. *Agitare pacem,* to be at peace;—to meditate, think of, weigh, ponder over, revolve in the mind. *Mente* or *animo agitare, abs.* to think; to think of, plot;—to prepare, set about, attempt; to consider. *Id modo agitari,* that this was the only question, § 265. *Pass. imp.* debates are had, there is conversation. *Agitare gaudium, lætitiam, luctum, etc.,* to manifest, exhibit *or* feel gladness, &c. *Mæror agitabatur,*—was felt, prevailed, was. *Varius, incertusque agitare,* to be in doubt and perplexity. *Statuit nihil sibi agitandum,*—that nothing was to be done by him, that he must adopt no active measures. *Paucorum arbitrio agitabatur,* life was passed, *or* affairs were conducted, according to the will of the aristocracy.

Agmen, ĭnis, n., an army on the march, the act of marching, a march; an army, troop, multitude. *In agmine,* on a march: *from*

Ago, ĕre, egi actum, a., to conduct drive, lead; to pursue; to guide, direct, move. *Animus agit cuncta,*—directs, moves, animates. *Agere vineas,* to push forward the mantelets;—to do, perform, act, execute, transact; to be; to live; to abide, tarry, remain; to be employed, be engaged. *Agere se,* to conduct one's self, behave. *Agere cum aliquo,* to hold intercourse, treat with; to pass, spend, consume; to procure; to treat, discuss. *Agere cum populo,* to treat with *or* address a request to the people, to apply to the people;—to manage, conduct, direct. *Agere pro victoribus,* to act the part *or* assume the air of victors. *Agere joca atque seria,* to converse sportively or seriously. *Non agitur de vectigalibus,* the question is not concerning (our) revenues. *Dum hæc aguntur,* while these things are going on. *Id agitur,* this is attempted, the aim is this, § 273, 1.

Agrestis, e, adj. (*ager*), belonging to the fields, rustic, rural. *Fig.* unpolished, savage, uncivilized wild, rude. *Subs.* a peasant, countryman, rustic.

Aio, ais, ait, def. verb, § 183, 4. § 272, to say, speak; to affirm, assert, testify, aver.

Ala, æ, f., a wing; the wing of an army, flank; a squadron of horse stationed on the flanks of an army.

Alăcer, cris, cre, adj., lively, sprightly, cheerful, ready, active, prompt, fierce, eager.

Albīnus, i, m. (*albus,* white), a Roman surname of the Posthumian *gens* *Sp. Albinus,* a Roman consul, *A. U C.* 644. J. 35, 36, 44, 77.

Algor, ōris, m. (*algeo,* to be cold), cold, chillness.

Aliàs, adv. (*alius*), in another way, at another time; otherwise; sometimes.

Alĭbi, adv. (*alius & ibi*), elsewhere, in another place. *Alii—alibi,* in different places, some in one place, and others in other places.

Alienātus, a, um, part., estranged, alienated, made the property of another, transferred, set aside, cast off, rejected, slighted, repulsed: *from*

Aliēno, āre, āvi, ātum, a., to alienate, cause to become the property of another, transfer, separate, cast off, estrange: *from*

Aliēnus, a, um, adj. (alius), § 222, & R. 2, & R. 6. belonging to another *or* others, of another, another's, foreign. *Alieni appetens*, greedy of the property of others. *Æs alienum*, a debt;—averse from, opposed to, alienated *or* estranged in affection, inimical to; unseasonable, inconsistent, incongruous, unsuitable, not adapted to one's nature *or* genius; hurtful, disadvantageous, unfavorable. *Neque aliena consilii*, not unsuitable for the purpose. *Alienus locus*, a place *or* position chosen by an opponent, *and hence*, unfavorable, disadvantageous. *Subs.* a stranger, one of another family.

Aliò, adv. (alius), § 191, R. 1, to another place, thing *or* person; to another subject; to another end or purpose. *Alius—aliò*, one to one place another to another, one hither—another thither.

Aliquamdiu, adv. (aliquis & diu), for some time.

Aliquando, adv. (alius & quando), at some time, sometimes; formerly; at length, now at last.

Aliquantùm, adv., somewhat, some, considerably, a little, rather: *from*

Aliquantus, a, um, adj. (alius & quantus), some, somewhat, considerable. *With a genitive*, some part, a considerable part. *Aliquanto, abl. with comparatives*, considerably, a good deal.

Alĭquis, qua, quod & quid, gen. alicūjus. indef. pro. § 138. *(alius & quis)*, some, somebody, some one, some thing, any, any one.

Alĭquot, ind. adj. pl. (alius & quot, how many), some, several, some certain, a few, not many.

Alĭter, adv., in a different manner, otherwise, in any other way, else. *Aliter ac*, otherwise than, different from what;—moreover, however, nevertheless.

Alius, a, ud, adj. § 107, another, other, another person *or* thing; diverse, different; *alius—alius*, one—another, in which expression *alius* denotes one of many; *alii—alii, partim—alii, pars—alii* or *alii—pars*, some—others. *Aliis alia licentia*, what is lawful for some is not lawful for others, all have not the same license. *Reguli alius aliò concessere*, the princes retired one to one place another to another, *or*, to different places. *Alius alii assentiebantur*, one agreed with one (leader) another with another. *Alia deinde alia loca petiverant*,—first one place and then another. *Prœlia multa alia aliis locis facere*,—in various places, § 207, R. 32. *Alius ab alio*, one after another. *Alius ac* or *atque*, other than. *With a comparative*, any one *or* any thing else; *with the addition of a negative*, no one *or* nothing else. *In the plural it is sometimes used for cœteri*, the rest, the others.

Allātus, a, um, part. (affero), brought.

Allevātus, a, um, part.: from

Allĕvo, āre, āvi, ātum, a. (ad & levo), to lift up, raise aloft, support.

Allĭcio, ĕre, exi, ectum, a. (ad & lacio, to allure), to attract, invite, allure, entice, decoy, inveigle, wheedle, seduce.

Allobrox, ŏgis, pl. Allobrŏges, ŏgum, m., the Allobroges, a people of Gallia Narbonensis, whose principal city was Vienna near the Rhone. C. 40—50

Alo, ĕre, alui, altĭtum or *altum, a.*, to support by feeding; to nourish, cherish, feed, support, maintain. *Pass.* to be maintained, to live.

Altè, adv. (*altus*), on high, high, highly; deeply, low. *Liberiùs altiùsque processi,*—too freely and too far.

Alter, ĕra, ĕrum, adj. gen. alterius, § 107 § 212, one of two, the other. *Alter—alter,* the one—the other, the former—the latter, the one part—the other part;—the second, § 120, 1. *Unus et alter,* one and the other, several, some, one after the other. *It is used to express reciprocal action;* as, *Alteri alteros sauciant,*—one another, each other.

Altitūdo, ĭnis, f. (*altus*) highness, loftiness, height; depth. *Fig.* depth, inscrutableness, profundity. *Aucta in altitudinem,*—in height, upwards.

Altus, a, um, part. (*alo*).

Altus, a, um, adj., high, tall, lofty; deep. *Fig.* lofty, elevated, noble, great; deep, profound.

Alveus, i, m., the channel *or* bed of a river; a trough; the hull, body, *or* hold of a ship.

Ambio, īre, ii, ītum, a, (*amb,* § 196, (*b*). & 1, & *eo*), to go around; to surround, encompass, invest; to go about soliciting votes, canvass for an election; to solicit *or* endeavor to gain by earnest entreaty, to endeavor to make interest with.

Ambitio, ōnis, f. (*ambio*), a going round; a soliciting *or* canvassing for office; an eager desire of honor, popularity, power, &c., ambition; flattery, adulation, seeking popularity, currying favor

Ambitiōsus, a, um, adj. (*ambitio*), going *or* winding round; ambitious; tending *or* calculated to conciliate favor, popular.

Ambĭtus, ūs, m. (*ambio*), a going round; a compass, circuit; an unlawful seeking *or* canvassing for office, as by bribery, courting of popular favor. *Lex ambitus,* a law concerning bribery and corruption.

Ambo, æ, o, adj. § 118, 1. R. 1. both.

Amentia, æ, f. (*amens,* mad), madness, insanity, folly.

Amicitia, æ, f., friendship, amity, an alliance, league of friendship: *from*

Amīcus, a, um, adj. (*amo*), § 222, friendly, kind, cordial, benevolent.

Amīcus, i, m, (*amicus, a, um*), a friend; an ally.

Amissus, a, um, part.: from

Amitto, ĕre, īsi, issum, a. (*a* & *mitto*), to send away, dismiss, let go; to lose, throw away.

Amo, āre, āvi, ātum, a., to love, be fond of, delight in; to fall in love; to make love; to be in love, to have a mistress. *Omnia quæ ira fieri amat,*—delights to have done, is wont to do, § 272.

Amœnus, a, um, adj. (*amo*), pleasant, delightful, charming, sweet.

Amor, ōris, m. (*amo*), love, desire, affection, passion.

Amōtus, a, um, part.: from

Amŏveo, ēre, ōvi, ōtum, a. (*a* & *moveo*), to remove, take away, withdraw. *Amovere aliquem senatu,* to expel from the senate.

Amplè, adv. (*amplus*), amply, largely, profusely.

Amplector, i, exus sum, dep. (*am* & *plecto,* to intertwine), to embrace, encircle, surround, clasp. *Fig.* to love, cherish.

Amplexor, āri, ātus sum, dep freq. (*amplector*), to embrace. *Fig.* to love, cherish.

Ampliùs, adv. (comp. of *amplè*), § 256, R. 6. more, further, longer; beside. *Morari ampliùs opinione,* to tarry longer than is expected. *Ampliùs posse* or *valuisse,* to be more powerful

Amplus, a, um, adj., large, spacious, ample, great, extensive. *Fig.* splendid illustrious, magnificent, glorious high honorable. *Amplior*, larger, greater, more abundant, higher, more honorable, &c. *Amplior vero*, larger than the reality, larger than it was.

An, adv. & conj., of doubt or interrogation; in *indirect* questions, *whether*; in *direct* questions it is not translated. *An—an, whether—or:* the first *an* is sometimes omitted, or its place supplied by *ne* or *utrum*, § 265, R. 2.

Anceps, cipĭtis, adj. § 111, (*am & caput*, § 112, 2.), having two heads; double, twofold; doubtful, uncertain, dubious; faithless.

Ancilla, æ, f., a maid-servant, female slave.

Angustia, æ, f., a narrow place, defile; narrowness, straitness. *It is used most frequently in the plural: from*

Angustus, a, um, adj. (*ango*, to strangle), strait, narrow, close, confined, limited.

Anĭma, æ, f., air, breath; the living principle, life; the soul, spirit, mind, intellect.

Animadverto, ĕre, rti, rsum, a. (*animus & adverto*), § 272, to take heed, attend to; observe, take notice of, perceive; to punish, inflict punishment. *Animadvertitur, imp.*, punishment is inflicted.

Anĭmal, ālis, n. (*anima*), a living creature, animal.

Anĭmus, i, m., wind, breath; the mind, soul, intellect; the attention; the thoughts, will, purpose, desire, design; inclination, disposition, regard, affection, feeling, anger; courage, spirit. *Animum advertere*, to turn one's mind to, observe, see *Animadverto*. *Vertere animum*, to turn one's mind, change one's purpose *or* design. *Bonum animum habere*, to have good courage, be of good courage. *Volvere, reputare* or *trahere cum animo*, to revolve in one's mind. *Animo, abl.*, in mind, imagination, *or* purpose. It may often be translated by a pronoun; as, *Fatigare animum*, to weary one's self. See J. 11, 13, 39, 62, 70, 81, 110, &c. The genitive *animi* is often annexed somewhat pleonastically to words denoting qualities or attributes of the mind, as, *timor animi, judicium animi, virtus animi, munificentia animi*, instead of *timor, judicium, etc.*

Annītor, i, ixus or *īsus sum, dep.* (*ad & nitor*), to rest *or* lean upon; to strive, aim at, exert one's self to reach *or* obtain.

Annius, i, m. (*C.*), a Roman præfect sent by Metellus to command the garrison of Leptis.

Annius, i, m. (*L.*), a tribune of the Roman people. J. 37.

Annius, i, m. (*Q.*), a Roman senator who was confederate with Cataline. C. 17, 50.

Annus, i, m., a year. *Annis infirmus* or *confectus*,—with age.

Annuus, a, um, adj. (*annus*), lasting a year; recurring every year, yearly, annual.

Ante, prep. with the acc., before, previous to; in advance of; opposite to; *with persons, in a comparison*, more than, superior to. *Ante te cognitum*, before knowing you. § 274, R. 5, (*a*).

Antè, adv., before, formerly. *Paulo ante*, just now, a little while ago, a short time since, just before;—forward, in advance.

Antea, adv. (*ante & is*), before, aforetime, previously, formerly, heretofore

Antecăpio, ĕre, cēpi, captum, a. (*ante & capio*), to take possession of beforehand, pre-occupy; to anticipate, prevent; to provide beforehand. *Antecapere famem, sitim, etc.*, to excite hunger and other appetites prematurely.

Anteeo, īre, ii, irr. a. (*ante & eo*), § 233, to go before, precede. *Fig.* to surpass, outstrip, outdo, excel

Antefĕro, ferre, tŭli, lātum, irr. a. (*ante & fero*), § 224, to carry before; to set before. *Fig.* to prefer, give the preference to.

Antĕhac, adv. (*ante & hic*), before, beforetime, formerly; before that time, previously.

Antepōno, ĕre, osui, osĭtum, a. (*ante & pono*), § 224, to set before. *Fig.* to prefer, assign a higher place.

Antevĕnio, īre, ēni, entum, a. & n. (*ante & venio*), § 233, to get before, get the start of, anticipate. *Fig.* to prevent, thwart; to excel, exceed, surpass.

Antonius, i, m. (*C. Hibrĭda*), a Roman consul, and the colleague of Cicero, was the son of M. Antonius the orator and the uncle of M. Antonius the triumvir. He was the commander in chief of the army by which Catiline and his followers were defeated. C. 21, 36, 57.

Anxiè, adv., anxiously, earnestly, with concern, grief *or* pain: *from*

Anxius, a, um, adj. (*ango*, to strangle), § 213, R. 4, (1.) & § 265, anxious, disquieted, vexed, troubled, disturbed, uneasy, apprehensive, solicitous, fearful.

Apĕrio, īre, erui, ertum, a. (*ad & pario*), to open, set open. *Ferro iter aperire*, to open a passage,—cut one's way through with the sword:—to uncover, unveil. *Fig.* to open, display, discover, show, disclose, make known, exhibit, portray.

Apertè, adv., openly, clearly, distinctly, manifestly, without disguise; publicly: *from*

Apertus, a, um, part. & adj. (*aperio*), open, standing open. *Fig.* clear, manifest, evident. *In aperto esse*, to be plain, evident *or* intelligible.

Appello, āre, āvi, ātum, a. (*ad & pello, obs.* to speak), § 230, to call, name, term, entitle; to pronounce, declare; to denominate; to designate; to speak to, address, accost, hail, apply *or* betake one's self to; to call upon, invoke, entreat, beseech; to accuse.

Appello, ĕre, pŭli, pulsum, a. (*ad & pello, ĕre*), to drive to *or* towards; to direct one's course to, arrive at, reach.

Appĕtens, entis, part. & adj., § 213, desirous of, thirsting after, fond of, eager for; covetous, greedy: *from*

Appĕto, ĕre, īvi, ītum, a. (*ad. & peto*), to try to get *or* obtain, seek; strive for, aim at; to approach; to attack; to wish for, desire eagerly, covet.

Apprehendo, ĕre, endi, ensum, a. (*ad & prehendo*, to lay hold of), to catch *or* lay hold of, take, seize, apprehend catch.

Apprehensus, a, um, part. (*apprehendo*).

Apprŏbo, āre, āvi, ātum, a. (*ad & probo*), to approve, commend, applaud to prove, confirm, demonstrate, make evident.

Appropinquo, āre, āvi, ātum, n. (*ad & propinquo*, to approach), to draw nigh, approach.

Appulsus, a, um, part. (*appello, ĕre*), driven to, guided, having reached *or* put into, having made for.

Apud, prep. with the acc., at, close by, near, with, among, in, before, by, on the part of, at *or* in the house of, in the possession of.

Apulia, æ, f., Apulia, a country of lower Italy bordering upon the Adriatic sea. C. 27, 30, 42, 46.

Aqua, æ, f., water. *Hiemales aquæ*, the winter-rains.

Aquĭla, æ, f., an eagle; the standard of the Roman legion.

Aquor, āri, ātus sum, dep. (*aqua*), to get, draw *or* fetch water; to water.

Ara, æ, f., an altar; a monument. *Fig.* religion.

Arbĭter, tri, m., an arbitrator, umpire, judge, mediator; a witness.

Arbitrātus, ûs, m. (*arbitror*), will

judgment, opinion, pleasure, choice; mediation, intervention.

Arbitrium, i, n. (*arbiter*), the sentence of an arbitrator; award, determination, decision, judgment; will, pleasure, inclination.

Arbitror, āri, ātus sum, dep. (*arbiter*), § 272, to judge, think, imagine, be of opinion, suppose.

Arbor & *Arbos, ŏris, f.*, a tree.

Arbustum, i, n. (*arbor*), a plantation, shrubbery, thicket, orchard; brushwood.

Arcesso, ĕre, īvi, ītum, a., to call, send for, invite, summon, to summon to a court of justice; § 217, accuse, arraign. *Arcessere capitis*, to accuse of a capital crime. *In the pres. inf. pass. this verb is of either the* 3d *or the* 4th *conjugation*, arcessi *or* arcessiri.

Arcis, see *Arx*.

Arctè, or *Artè*, *adv.* (*arctus*, strait), straitly, closely, strictly, compactly, in close order.

Ardens, entis, part. & *adj.*, on fire, burning. § 213, R. 4, (5.) & (4). *Fig.* eager, ardent, impatient: *from*

Ardeo, ēre, arsi, arsum, n., to burn, be on fire; to be ready, eager, impatient.

Ardor, ōris, m. (*ardeo*), heat, burning heat, fire. *Fig.* eagerness, impatience, ardent desire, ardor. *Haud procul ab ardoribus*, not far from the burning heat, *i. e.* near the equator.

Arduus, a, um, adj., high, lofty, steep, difficult to reach. § 222 *Fig.* difficult, hard, laborious, arduous, troublesome.

Arēna, æ, f. (*areo*, to be dry), sand, gravel.

Arenōsus, a, um, adj. (*arena*), sandy.

Argentum, i, n., silver; silver money; money.

Arĭdus, a, um, adj. (*areo*, to be dry), dry parched, dried up, thirsty, arid.

Aries, ĕtis m., a ram; an engine used in battering down walls with a head like that of a ram, a battering ram.

Arma, ōrum, n. pl., all kinds of war like arms offensive and defensive weapons; war, warfare. *Arma atque tela militaria*, arms defensive and offensive. *Manus armare*, to take arms in one's hands.

Armātus, a, um, part. (*armo*), armed equipped. *Armati, orum, m. pl.*, armed men, men in arms, soldiers, troops.

Armenius, a, um, adj., of Armenia, a country of Asia, lying between the Taurus and the Caucasus, Armenian *Armenii, ōrum, m. pl.*, the Armenians. J. 18.

Armo, āre, āvi, ātum, a. (*arma*), to arm, equip.

Aro, āre, āvi, ātum, a. & *n.*, to plough; to till, cultivate; to acquire by husbandry.

Arpīnum, i, n., a town of Latium, near Campania, where Plautus, Cicero, and Marius were born. *It is now called* Arpino. J. 63.

Arrectus, a, um, part. (*arrigo*).

Arreptus, a, um, part. (*arripio*).

Arretīnus, a, um., adj., of *or* pertaining to Arretinum, a city of Etruria, *now called* Arezzo. C. 36.

Arrĭgo, ĕre, exi, ectum, a. (*ad* & *rego*) to lift up, raise; to excite, rouse, animate, encourage.

Arrĭpio, ĕre, ipui, eptum, a. (*ad* & *rapio*), to take by force, seize, lay hold of.

Arrŏgo, āre, āvi, ātum, a. (*ad* & *rogo*), § 224, to arrogate, claim *or* attribute to one's self unjustly.

Ars, artis, f., an art, faculty, quality, endowment, character; method way, trait of character, manner means; profession, occupation, employment, habit, practice, pursuit; science; contrivance, skill, ability exertion, industry. *In aliis artibus* in other respects, in other points:—deceitful art, stratagem, artifice.

Artè, artiùs, artissimè, see *Arctè*.

Artĭfex, ĭcis, m. & f. (*ars & facio*), an artificer, artist. *Adj.* skillful, tried, practised.

Artificium, i, n, (*artifex*), an art, trade; skill, science, contrivance, artifice, artfulness.

Arvum, i, n. (*aro*), a ploughed field; a fallow field; arable land, glebe; a field. *Fig.* agriculture, tillage; standing corn.

Arx, arcis, f., a lofty place, top *or* summit of a hill; a castle, fortress, strong hold, citadel, bulwark.

Ascendo, ĕre, di, sum, a. & n. (*ad & scando*, to climb), to ascend, mount, climb. *Navim ascendere*, to embark.

Ascensus, us, m. (*ascendo*), the act of ascending; an ascent.

Asia, æ, f., Asia, one of the three great divisions of the earth as known to the ancients, including also, according to some writers, Egypt, or at least that part of it east of the Nile. *In a more limited sense*, Asia Minor. J. 17, C. 2, 11.

Aspar, ăris, m., the name of a Numidian, sent by Jugurtha as ambassador to Bocchus. J. 108—113.

Asper, a, um, adj., § 222, 3, rough, rugged, harsh; craggy, uneven; sour, acrid; unpleasant, disagreeable. *Fig.* unpolished; cruel, savage, bloody; troublesome, difficult, calamitous; dangerous, perilous, stormy; severe, rigorous, strict. *Asperæ res*, difficult enterprises, *also* troubles, calamities, perils. *Mala res, spes multo asperior*, (our) circumstances are bad, (our) prospects still worse. *Asperum fœdumque evenire*, to terminate unsuccessfully and disgracefully. *Asperum et acerbum*, dangerous and troublesome.

Aspĕre, adv. (*asper*), roughly harshly, bitterly, severely

Aspeřitas, ātis, f. (*asper*), roughness ruggedness, harshness, unevenness, cragginess; sourness. *Fig.* trouble, difficulty, danger, peril, formidable nature *or* character.

Aspernor, āri, ātus sum, dep. (*ad & sperno*, to reject), to reject, avoid, shun, spurn; to slight, despise, disdain, contemn, scorn.

Assentior, īri, ensus sum, dep. (*ad & sentio*), to assent, consent, approve agree, express one's assent.

Assĕquor, i, cūtus sum, dep. (*ad & sequor*), § 229, to come up with, reach, overtake. *Fig.* to gain, obtain, procure, compass, accomplish.

Assĭdeo, ēre, ēdi, essum, n. (*ad & sedeo*, to sit), § 233, to sit, sit down seat one's self, take one's seat near *or* by.

Assisto, ĕre, stĭti, n. (*ad & sisto*, to stand), to stand near *or* by; to stand.

Assūmo, ĕre, psi, ptum, a. (*ad & sumo*), § 210, R. 4, to take, assume, choose, adopt, use; claim, arrogate.

Astutia, æ, f. (*astūtus*, shrewd), craftiness, knavery; circumspection wariness, address.

At, conj. § 198, 9, but, yet. *At enim*, but, *is used to mark strong opposition or dissent, and likewise serves to introduce an objection. So likewise* at, *especially with a pronoun;* as, *at ego*, C. 40.

Athēnæ, ārum, f. pl., Athens, the capital of Attica, and most celebrated city of Greece.

Atheniensis, e, adj. (*Athenæ*), Athenian, belonging to Athens. *Athenienses, ium, m. pl.*, the Athenians. C. 2, 8, 51.

Atque, conj. § 198, 1, R. (*b.*) and; but but even, and even, certainly. After *aliter, secus, alius, etc.* than. *It often has the force of et quidem*, and that too, and in truth, *and serves to connect two words or propositions of which the latter enhances or adds weight to the*

magnification of the former; as, *atque id*, and that too.

Atrocĭtas, ātis, f. (*atrox*), cruelty, atrocity, barbarity, severity; terribleness, horribleness.

Atrocĭter, adv., cruelly, fiercely, atrociously, barbarously, severely, violently, harshly: *from*

Atrox, ōcis, adj., raw, crude; savage, atrocious, barbarous, fierce, cruel; terrible, horrible; perilous, dangerous.

Attendo, ĕre, di, tum, a. (*ad & tendo*), to stretch, extend. *Attendere* sc. *animum*, to attend *or* give heed to, mind, give *or* direct one's attention to, mark, observe, § 233, § 265.

Attentè, adv. (*attentus*, attentive), attentively, deliberately, diligently, carefully, assiduously, vigorously, with spirit.

Attĕro, ĕre, trīvi, trītum, a. (*ad & tero*, to rub), to rub against; to chafe, wear away, impair; to wear, weaken, wear out, destroy.

Attĭneo, ēre, inui, entum, a. (*ad & teneo*), to hold, keep, detain; to occupy, keep possession of, keep in suspense, amuse.

Attingo, ĕre, ĭgi, actum, a. (*ad & tango*, to touch), to touch, come in contact with; to reach, arrive at, attain; to border upon; to engage in, enter upon; to treat slightly of, touch lightly upon, speak briefly of.

Attrĭbuo, ĕre, ui, ūtum, a. (*ad & tribuo*), to attribute, assign, bestow, give.

Attrītus, a, um, part. (*attero.*)

Auctor, ōris, m. & f. (*augeo*), an author, contriver, creator, maker, founder, cause; a reporter, informant; an adviser, approver, instigator; a doer, performer.

Auctorĭtas, ātis, f. (*auctor*), authority, dominion, power, jurisdiction; property in a thing; commission, authority to act; influence; force, weight, interest credit, reputation, esteem, regard. *Auctoritas senatûs*, an ordinance *or* decree of the senate.

Auctus, a, um, part. & adj. (*augeo*) enlarged, increased, augmented grown, &c., advanced, promoted. *Moribus aucta*, improved–

Audacia, æ, f. (*audax*), boldness courage, intrepidity, spirit, valor; audacity, impudence, presumption.

Audacĭter & Audacter, comp. *audacius, adv.* boldly, courageously, audaciously: *from*

Audax, ācis, adj., bold, resolute, confident, courageous; audacious, daring, impudent: *from*

Audeo, ēre, ausus sum, n. pass. § 142, 2, & § 271, to dare, presume. *It may be followed by an accusative with* facere, aggredi *or the like understood*, to attempt, endeavor to do, undertake.

Audio, īre, īvi, ītum, a., to hear, hearken, listen to. *It is construed with the inf. and acc. or with an acc. and a present participle*, § 272, & R. 5. *Auditur, imp.*, it is reported, a report is heard, § 141 R. 2.

Audītus, a, um, part. (*audio*).

Augeo, ēre, auxi, auctum, a. & n., to increase, augment, enlarge; to heighten, exalt, dignify, advance, promote; to grow, increase.

Augesco, ĕre, n. inc. (*augeo*), to increase, grow greater.

Aulus, i, m., a Latin *prænomen;* a brother of the consul Sp. Albinus. J. 36—39, 55.

Aurelia, æ, f. (*Orestilla*), the wife of Catiline. C. 15, 35.

Auris, is, f., the ear.

Aurum, i, n., gold; money.

Ausus, a, um, part. (*audeo*).

Aut, conj., § 198, 2, or; *aut—aut*, either—or; *non—aut*, neither—nor.

Autem, conj., § 198, 4, but, yet, nevertheless, however; also, likewise.

Autronius, i, m. (*P.*), a Roman senator, who was an associate of Catiline. In his childhood he had been the school-fellow of Cicero. He was elected to the consulship, for the year 689, in conjunction with P. Sylla, but they were both set aside on account of bribery He was afterwards banished from his country on account of the part he took in the conspiracy of Catiline, as were also Cassius, Læca, Vargunteius, Servius Sylla and C Cornelius. C. 17. 18, 47. 48.

Auxiliarius, a, um, adj. (*auxilium*), aiding, helping, auxiliary.

Auxilior, āri, ātus sum, dep., § 223, R. 2, to assist, help, aid, succor: *from*

Auxilium, i. n. (*augeo*), assistance, aid, help, succor: *pl.*, auxiliary troops, auxiliaries.

Avaritia, æ, f. (*avārus*, avaricious), avarice, covetousness.

Ave, avēto, n. def. § 183, 8, hail, be thou safe: farewell, adieu. *It is often aspirated*, have, haveto.

Aventīnum, i, n., Mount Aventine, one of the seven hills of Rome. J. 31.

Aversus, a, um, part. & adj., § 222, turned away, turned from, opposite to; unfriendly, hostile, alienated, opposed: *from*

Averto, ĕre, erti, ersum, a. (*a & verto*), § 242, R. 1, to turn away, avert, remove, divert, turn; to alienate, estrange: to put to flight.

Avĭdè, adv., eagerly, earnestly: *from*

Avĭdus, a, um, adj. (*aveo*, to desire), § 213, eager, earnest, ardent, desirous, greedy; avaricious, covetous; ambitious.

Avius, a, um, adj. (*a & via*), impassable, inaccessible; unfrequented, solitary, lonely.

Avus, i, m. a grandfather.

B

Bæbius, i, m (*C.*), a tribune of the Roman people, A. U. C. 643; corrupted by Jugurtha J. 33, 34.

Baleāris, e, adj., Balearic, of the Balearic isles. The Baleares, or Balearic isles, were two in number, lying in the Mediterranean sea; they are now called Majorca and Minorca. Their inhabitants were ancienfly celebrated as skillful slingers. J. 105.

Barbărus, a, um, adj., barbaric, not Greek nor Roman, foreign; barbarian, wild, savage, barbarous, rude, uncivilized. *Barbări, ōrum, m. pl.* barbarians; neither Greeks nor Romans; savages.

Bellicōsus, a, um, adj. (*bellum*), warlike, valorous.

Bellĭcus, a, um, adj. (*bellum*), of *or* relating to war; warlike, martial.

Belliēnus, i, m. (*L.*), the name of a Roman prætor. J. 104.

Bellua, æ, f., a beast.

Bellum, i, n., war. *Belli, gen. & bello, abl.*, § 221, R. 3, in war, in time of war. *Belli domique*, see *Domus*.

Bene, adv. (*benus, obs.* for *bonus*) comp. *meliùs*, sup. *optĭmè*, well, largely. *Bene polliceri*, to promise well, make many and fair promises:—successfully, happily. *Bene facere*, to act well, perform illustrious deeds, see *Bene factum*, under *Factus*, *Bene dicere*, to speak well *or* eloquently.

Benedīco, ĕre, xi, ctum, a & n., to speak well of, commend.

Benefăcio, ĕre, ēci, actum, n. (*bene & facio*), to do good, benefit, confer a favor.

Benefactum, i, n. (*benefacio*), a kindness, benefit, favor; a good act *or* deed.

Beneficium, i, n. (*benefacio*), a kindness, benefit, favor; an office, promotion.

Benevolentia, æ, f. (*benevŏlens*, benevolent), benevolence, good-will, kindness, favor.

Benignè, adv. (*benignus*, kind), kindly, courteously, liberally, freely, willingly.

Benignĭtas, ātis, f (*benignus*, kind) kindness liberality, bounty, benignity courtesy. *In benignitate habere,* to attribute to kindness, to ascribe to liberality.

Bestia, æ, f., a wild beast.

Bestia, æ, m. (*L. Calpurnius*), a Roman senator and tribune of the people, A. U. C. 691, confederate with Catiline. C. 17, 43. Also, *Q. Calpurnius Piso Bestia,* a grand-son of the former, who was consul, A. U. C. 643. J. 27—35. 77.

Biduum, i, n. (*bis & dies*), the space of two days.

Bini, æ, a, adj. pl. § 119, III, two by two; two: *from*

Bis, num. adv. § 119, twice, on two occasions.

Bocchus, i, m., a king of Mauritania in alliance with Jugurtha. J. 19, 61, &c.

Bomilcar, ăris, m., a Numidian, in whom Jugurtha placed great confidence. J. 35. 49, 53. 61, 70—73.

Bonum, i, n., any good *or* blessing; a good thing; right, rectitude, what is right *or* proper; benefit, advantage; profit; a favor; excellence, virtue, equity. *Bonum honestumque,* virtue and honor;—an endowment, qualification, good quality. *Maximum bonum,* the chief good. *Neque recte neque pro bono,* i. e. *neque recte neque bene.* *Bona ōrum, n. pl.*, goods, property, effects, advantages, good things: *from*

Bonus, a, um, adj. (comp. *melior,* sup. *optĭmus*), § 250, good; brave, gallant, resolute, energetic; valuable, precious, useful, § 222; virtuous, worthy; well disposed, friendly. *Boni, ōrum, m. pl.*, the opulent, prosperous; able, respectable, men of character or talent. *Bona amicitia,* faithful, steadfast, true— *Boni fratres,* affectionate—. *Ager bonus pecori,*— suitable for,— adapted to. *Imperium a minus bono transfertur,*—from the less able *or* capable, the less skillful *or* expert.

Brevis, e. adj., short, of short duration, transitory, short-lived, brief. *Brevi, abl.*, or *brevi tempore,* shortly, in a short time.

Brevĭter, adv. (*brevis*), shortly, in brief, in a word, briefly.

Bruttius, a, um, adj. of or belonging to the Bruttii, a people inhabiting a country at the southern extremity of Italy, now called Calabria. *Bruttius ager,* the country of the Bruttii C. 42.

Brutus, i, m. (*D. Junius*), a Roman consul A. U. C. 677; he was the husband of Sempronia, who favored the conspiracy of Catiline, but Brutus himself does not appear to have taken part with the conspirators. C. 40.

C.

C., an abbreviation of the *prænomen Caius.*

Cadāver, ĕris, n., a corpse, carcass, dead body: *from*

Cado, ĕre, cecĭdi, n., to fall; to fall *or* die in battle; to be slain; to perish; to fall out, happen, occur, turn out, issue *or* result in.

Cæcus, a, um, adj., blind. *Cæcum corpus,* i. e. *cæca pars corporis,* the blind side, the back. *Cupidine cæcus,* blinded by passion, or desire.

Cædes, is, f., a cutting; a wounding; murder, slaughter, massacre, carnage: *from*

Cædo, ĕre, cæcĭdi, cæsum, a., to cut, cut down; to strike, beat; to kill, slay, slaughter, destroy.

Cælātus, a, um, part., carved, sculptured, embossed: *from*

Cælo, āre, āvi ātum, a. (*cælum* a graving tool), to carve figures in relief; to emboss.

Cæpio, ōnis, m. (*Q. Servilius*), a Roman general who was defeated by the Gauls and Cimbri A. U. C. 649. J 114.

Cæsar, ăris. m. (*C. Julius*), was the

son of L. Julius Cæsar and Aurelia, the daughter of Aurelius Cotta. After the conquest of the Germans, Gauls, and Britains, he turned his arms against Pompey, who had espoused the cause of the senate, and having defeated him, established himself as sole monarch of the Roman empire. In the conspiracy headed by Catiline, Cæsar was suspected of favoring the cause of the conspirators. C. 47, 50—54

Cæsar ăris, m. (*L. Julius*), was consul with C. Figulus A. U. C. 690. He was the uncle of the triumvir M. Antony, and brother in law of Lentulus. C. 17.

Caius, i, m., a Roman *prænomen.*

Calamĭtas, ātis, f., calamity, mishap, misfortune, disaster, adversity, loss, injury, damage; distress.

Calamitōsus, a, um, adj. (*calamitas*), § 222, calamitous, ruinous, disastrous, pernicious, destructive.

Calendæ, ārum, f. pl., (*calo*, to call,) § 326, the first day of the month; the calends.

Callĭdè, adv. (*callidus*), skillfully, expertly, shrewdly, cunningly, artfully.

Callidĭtas, ātis, f., skillfulness, artfulness, shrewdness, skill, craft, subtilty: *from*

Callĭdus, a, um, adj. (*callum*, callus), skillful, tried, experienced, shrewd, crafty, sly, subtle, cunning.

Calor, ōris, m. (*caleo*, to be warm), warmth, heat.

Calpurnius, i, m., see *Bestia.*

Calumnia, æ, f, false accusation, slander, calumny; wiles, chicanery, cabals.

Camĕra, æ, f., a vault, arched roof, *or* ceiling.

Camers, ertis, adj., of *or* pertaining to Camerīnum, *now* Camerino, a town of Umbria *Subs.*, a Camertian. C. 27.

Campus, i, m, a level surface; a plain, open field. *Campus* or *Campus Martius*, the field of Mars, an open field in Rome where the comitia were held.

Canis, is, m. & f., a dog.

Cano, ĕre, cecĭni, cantum, n. & a., to sing; to play upon a musical instrument. *With* signum, canere *is sometimes active and sometimes neuter, and* signum, *accordingly, is either the object or the subject. Tubicines signa canere* (i. e. *canebant*), the trumpeters sounded *or* gave the signal. *Signa canunt*, the signals sound *or* are given.

Capesso, ĕre, īvi, ītum, a. intensive, § 187, II, 5, to take, catch at, lay hold of, seize, take in hand, undertake, enter upon, take the management of. *Capessere rempublicam*, to engage zealously in public affairs or in the service of the republic, take care of the state: *from*

Capio, ĕre, cepi, captum, a., to take, take up, receive, adopt; to hold, contain; to seize, lay hold of, overtake, catch; to make use of. *Arma capere*, to seize or take up arms *Consilium capere*, to form a design, adopt a plan, conclude, determine, consult;—to acquire, obtain, derive; to choose, select; to enjoy, feel; to capture, take possession of, occupy, overpower, oppress; to charm, captivate, allure, gain over, attract; to take prisoner; to take in, deceive, cheat, entrap, ensnare, circumvent, get the advantage of. *Capere pœnam* or *pœnas*, see *Pœna. Capere detrimentum*, to suffer—. *Rempublicam capere*, to seize, usurp—.

Capitālis, e, adj. (*caput*), relating to the head *or* life, capital, deadly. *Res capitalis*, a capital crime, a crime to be punished with death.

Capĭto, ōnis, m., a Roman *cognomen*, see *Gabinius.*

Capitolium, i, n., (*caput*), the Capitol, one of the seven hills of Rome the citadel of Rome and the temple of Jupiter Capitolinus, built upon the Capitoline hill.

Capsa, æ, f., a city of Numidia, built in the midst of vast deserts, but taken and destroyed by Marius. J. 89—94, 97.

Capsenses, ium, m. (*Capsa*), the inhabitants of Capsa. J. 89, 92.

Captivus, a, um, adj. (*capio*), captive, taken prisoner. *Subs.* a prisoner.

Capto, āre, āvi, ātum, a. freq. (*capio*), to catch at, catch, strive to obtain, seek for *or* strive after eagerly.

Captus, a, um, part. (*capio*), seized, captured, taken, enslaved, caught, overtaken, captivated. *Captus somno*, overtaken *or* overcome by sleep.

Capua, æ, f., a city of Campania, in Italy. C. 30.

Caput, ĭtis, n., a head; a man, person; life. *Capite censi*, the poorest class of Roman citizens, who, in the assessments, were rated at nothing, but merely numbered as citizens. *Supra caput*, see *Supra*. *Capitè pœnas solvere*, to suffer capital punishment, be put to death.

Carcer, ĕris, m., a prison, gaol, place of confinement.

Careo, ēre, ui, n., § 250, & 2, (2.) to be without, want, be in want of, be free from, be destitute of; abstain from.

Carīna, æ, f., the keel *or* bottom of a ship.

Caro, carnis, f., flesh.

Carptim, adv (*carpo*, to pluck), by detached parts; separately, in separate parts.

Carthaginiensis, e, adj., of *or* belonging to Carthage, Carthaginian. *Carthaginienses, ium, m. pl*, the Carthaginians, inhabitants of Carthage. J. 5, 14, 19, 79. C. 51.: *from*

Carthāgo, ĭnis, f., Carthage, a celebrated maritime city of Africa, and the rival of Rome, founded by a colony of Tyrians under the direction of queen Dido. It was destroyed by the Romans under P. Scipio Æmilianus, A U. C. 608. J. 18, 19, 41, 79. C 10.

Carus, a, um, adj. § 222, dear, precious, costly; beloved, valued. *Carum æstimare*, to reckon precious, value highly.

Cassius, i, m. (*L.*) a Roman prætor who was sent to invite Jugurtha to come to Rome, A. U. C. 643. As a judge he was distinguished for the soundness and wisdom of his decisions, and it is to him that Cicero ascribes the custom of enquiring, in judicial investigations, *cui bono fuisset*. See also *Longinus*. J. 32, 33.

Castellāni, ōrum, m., soldiers in garrison; a garrison: *from*

Castellum, i, n, dim. (*castrum*, a castle), a castle, fortress, fort, fortified place.

Castra, ōrum, n, pl., a camp, encampment. *Facere* or *locare castra*, to encamp, pitch. *Fig.* war, warfare.

Casūrus, a, um, part. (*cado*).

Casus, us, m. (*cado*), a fall *or* falling. *Fig.* misfortune, adversity, disaster, calamity; an event, case, circumstance, situation, accident, fortune, chance. *Casu, abl.*, by chance, accidentally;—occasion, opportunity. *Pro meo casu*, considering my situation case *or* circumstances. *Casum dare*, to afford an opportunity.

Catabathmos, i, m. § 54, a declivity, gradual descent; a sloping valley between Egypt and Africa, the Catabathmus. J. 17, 19.

Catēna, æ, f., a chain.

Caterva, æ, f., a troop, battalion, band *or* company of soldiers; a multitude, concourse of people.

Catervātim, adv. (*caterva*), in companies *or* troops; in crowds.

Catilīna, æ, m. (*L. Sergius*), Catiline, a Roman of noble birth but pro fligate manners, who, with many others of the nobility, conspired against the republic, and collected an army in Etruria, intended to act against his country. His conspiracy being brought to light by the vigilance of M. T. Cicero, the consul, Catiline took the command of his army, which he attempted to lead to Rome, but was defeated by C. Antonius, the other consul, and, with most of his army, perished in a desperate battle. C. 4, 5, &c.

Cato, ōnis, m (M. Porcius), was the grandson of Cato the censor, and like him was distinguished for great strictness and severity of manners. After the rest of Pompey's party had surrendered to Cæsar, Cato, who had commanded the army in Africa, put an end to his own life at Utica; whence he has obtained the *agnomen* of Uticensis. C. 52—55.

Catŭlus, i, m. (Q. Lutatius), a Roman senator of great dignity and influence. He was consul with M. Lepidus, A. U. C. 676. C. 34, 35, 49.

Causa, æ, f., a cause, reason, ground. *Causâ with a genitive*, on account of, for the sake of, as; a color, pretext, pretence, excuse; occasion, motive, provocation; a cause, suit *or* process at law. *Causam dicere*, to plead for one's self, to plead, to defend, make a defence. *Quâ de causâ?* from what motive? for what reason?

Caveo, ēre, cavi, cautum, n. & a. § 273, 1, § 262, R. 6. to beware *or* take heed of, be aware, be on one's guard, avoid, shun; *with prep. a* or *ab*, to guard against; to take care, provide; to keep off, ward off.

Cecĭdi, see *Cado*. *Cecĭdi*, see *Cædo*.

Cedo, ĕre, cessi, cessum, n. & a., to give place, give way, yield, withdraw, retire, leave, depart; to cede, give up, yield, concede, grant; to submit; § 223, to yield to, give place to, retire before retreat, fly; to happen, turn out, succeed, end, result, issue, go on.

Celebrātus, a, um, part. & adj., celebrated, extolled, distinguished, brought into notice; solemnized, frequented, *from*

Celebro, āre, āvi, ātum, a. (celĕber, frequented), to frequent, resort to; to celebrate, solemnize; to praise, extol, celebrate, honor, render famous, illustrious, or distinguished.

Celer, ĕris, m. (Q. Metellus), a Roman prætor, who commanded the forces of the state in the country of the Piceni, during Catiline's conspiracy, A. U. C. 691. C. 30, 42, 57

Celerĭtas, ātis, f. (celer, swift), swiftness, quickness, speed, celerity, activity.

Censeo, ēre, ui, censum, a., § 272, § 273, 2, § 262, R. 4, to think, judge, suppose, imagine, apprehend, be of opinion; to express one's opinion in a deliberative assembly, to vote, advise; to ordain, decree, resolve; to rate, assess, tax, appraise; to make a census *or* an estimate of the property, and an enumeration of the families of the citizens; to estimate, value.

Censor, ōris, m. (censeo), a censor, a Roman magistrate appointed every fifth year to take the census, and to inquire into the character of the citizens.

Census, a, um, part. (censeo). Capite censi, see *Caput*.

Centum, num. adj. pl. ind., a hundred.

Centuria, æ, f. (centum), a century *or* hundred of any thing; a squadron, consisting of a hundred horse; a hundred foot soldiers; a division of the Roman people, a century, a hundred

Centurio, ōnis, m. (centuria) a captain of a century *or* hundred a centurion.

Cepi, see *Capio*.

Cera, *æ, f.*, wax; the material of which family images were formed.

Cerno, ĕre, crevi, cretum, a., to sift; to consider, deliberate, distinguish, decide, judge, decree; § 272, to discern, see, perceive; to contend, fight.

Certāmen, ĭnis, n. (certo), a contest, strife, contention, debate, dispute, dissension; a battle, engagement; competition, zeal. *The adverse party is in the abl. with* cum. *Certamen est.* § 265.

Certans, tis, part, *(certo)*, contending, striving, vieing with one another.

Certātim, adv. (certo), earnestly, eagerly, emulously.

Certè or *Certò, adv. (certus)*, certainly, for certain, assuredly.

Certo, āre, āvi, ātum, n., to contend, strive, vie, struggle, fight; to strive emulously, try to outdo each other, strive to be first. *Certatur*, the contest is carried on, they contend, § 184, 2. *The thing in which one contends is in the abl. without a prep., and the person with whom he contends is in the abl. with* cum.

Certus, a, um, adj., determined, resolved; fixed upon, established, appointed; sure, well acquainted. *Certiorem facere*, to inform, acquaint, notify, apprise; *Certior fieri*, to receive notice, be informed,—tried, faithful; safe, trust-worthy, certain, fixed; resolute, bold; clear, well-known, well-ascertained, manifest, evident. *Pro certo habere, credere, etc.*, to consider as certain, be well assured, confidently believe. *Certa, n. pl.*, certainties.

Cessi, see *Cedo.*

Cetĕra, cetĕrum, adj. (not used in nom. mas.), other, the other, the rest, residue, remainder. *Cetera, acc. pl.* in other respects, as for the rest § 234, II.

Cetĕrùm, *adv. & adversative conj. (cetera)*, as for the rest, in other respects, otherwise; but, furthermore, moreover

Cethēgus, i, m. (C.), a Roman senator of the Cornelian *gens*. He was put to death for the part he took in the Catilinarian conspiracy. C. 17 32, 43, &c.

Cibus, i, m., food. nourishment, aliment, victuals, meat.

Cicātrix, īcis, f., a cicatrice, scar.

Cicĕro, ōnis, m. (M. Tullius), the most illustrious of the Roman orators, was born at Arpīnum in the year B C. 103. In his consulship, A. U. C 691, occurred the celebrated conspiracy of Catiline, which was detected and suppressed by his patriotic vigilance. He was put to death during the triumvirate of Antony, Octavius, and Lepidus, at the age of sixty-four. C. 23. 26, &c.

Cimbrĭcus, a, um, adj., Cimbrian pertaining to the Cimbri, a people of Germany. C. 59.

Cinna, æ, m. (L. Cornelius), an associate of Marius in the civil wars, and distinguished for his acts of cruelty. His daughter Cornelia was the wife of Julius Cæsar. C. 47.

Circĭter, prep. with the acc. & adv. about, near.

Circum, prep. with the acc., around about; near. *Adv.*, around, near.

Circumdătus, a, um, part.: from

Circumdo, dăre, dĕdi, dătum, a. (circum & do), to put, place *or* set round, to surround, encompass, environ, invest.

Circumeo, īre, ii, ĭtum, irr. a. (circum & eo), to go round; to surround *Circumire vigilias*, to visit the guards go the rounds.

Circumfĕro, ferre, tŭli, lātum, irr a. (circum & fero), to carry round

Circumfundo, ĕre, ūdi, ūsum, a (circum & fundo), to pour around sprinkle about, circumfuse; to surround, encompass.

Circumfūsus, a, um part. (circum fundo), poured round; surrounding

Circumsĭdeo, ēre, ēdi, essum, a. & n. (*circum & sedeo*, to sit), to sit *or* take one's stand round; to besiege, invest, lay siege to.

Circumspecto, āre, a. & n. freq., to look round *or* about; to look upon *or* regard with suspicion: *from*

Circumspĭcio, ĕre, exi, ectum, a. & n. (*circum & specio*, to see), to look round. *Fig.* to take heed, weigh, consider carefully.

Circumvĕnio, īre, ēni, entum, a. (*circum & venio*), § 233, (3.) to come round; to surround, encompass, enclose, invest, blockade, beset. *Fig.* to oppress, crush, overthrow, take by surprise; to circumvent, defraud, deceive, betray, beset. *Falsis criminibus circumvenire*, to beset with false charges.

Circumventus, a, um, part. (*circumvenio*), surrounded, encompassed, beset on all sides; circumvented, oppressed.

Cirta, æ, f., a city of Numidia not far from the sea, the capital of the kingdom of Syphax, of Masinissa, and of his son Micipsa. It is now called Constantia. J. 21—26, &c.

Citerior, adj. of the comp. degree, sup. *citĭmus*, § 126, 1, (*cis*, on this side), nearer, hither.

Citò, adv. (*citus*), soon, quickly, speedily, shortly.

Citus, a, um, part. & adj. (*cieo*, to excite), excited; swift, quick, rapid. *Speculatores citi sese ostendunt*,—at full speed.

Civīlis, e, adj., of *or* belonging to a citizen, civil. *Civilia studia*, civil contention, strife among the citizens. *Civilis victoria*, a civil victory, a victory in a civil war. *Civile imperium*, a government befitting citizens, courteous or humane government: *from*

Civis, is, m. & f., a citizen, free inhabitant of a town *or* city.

Civĭtas, ātis, f., gen. pl. in *um* or *ium*, § 83, 4, (1.) (*civis*), the body of citizens living in the same place, and under the same laws; a city, state, nation, empire, government; the freedom of the city, citizenship.

Clades, is, f., loss, injury, misfortune, disaster; overthrow, discomfiture; slaughter, destruction.

Clam, adv. & prep. with acc. and abl., privately, privily, secretly; without the knowledge of.

Clamor, ōris, m., (*clamo*, to cry aloud), a loud voice, cry, shout, shouting; a loud noise, din.

Claritūdo, ĭnis, f., clearness, distinctness; fame, character, reputation, renown: *from*

Clarus, a, um, adj., clear, bright, splendid; loud, distinct. *Fig.* manifest, open, evident; famous, illustrious, noble, renowned, distinguished, celebrated.

Classis, is, f., a class, company, order *or* rank of citizens. one of the five or, including the *capite censi*, six divisions of the Roman people made by Servius Tullius, according to the comparative value of their estates; a fleet of ships of war, an armament. *Ex classibus*, according to classes.

Claudo, ĕre, si, sum, a., to shut, close, confine, shut in, inclose; to surround, encompass; to finish.

Clausus, a, um, part. (*claudo*), shut up, inclosed, surrounded, hidden, concealed. *Subs. clausum, i, n.*, an enclosure, a place shut up.

Clavis, is, f. (*claudo*), a key.

Clemens, entis, adj., quiet, placid, calm, gentle; mild, meek, merciful; light, easy. *Clemens rumor* a mild report, i. e. extenuating the deed a mild rumor, a doubtful, obscure, *or* vague report.

Clementia, æ, f. (*clemens*), mildness, gentleness, calmness, stillness; kindness, humanity, clemency, mercy, moderation.

Cliens, entis, m., a client, one under

the protection of a patron; a retainer, beneficiary, dependent.

Clientēla, æ, f. (*cliens*), the relation of clients to their patrons, clientship; protection; a train of clients, *or* dependents.

Cn., an abbreviation of *Cnæus.*

Cnæus, i, m., a Roman *prænomen.*

Coactus, a, um, part. (*cogo*).

Coæquo, āre, āvi, a. (*con* & *æquo*, to level), to make equal *or* even, to level.

Coalesco, ĕre, lui, lĭtum, n. (*con* & *alesco*, to grow), to grow together, coalesce, unite, blend *or* be blended, grow to, grow. *Fig.* to be *or* become united; to agree.

Coarguo, ĕre, ui, a. (*con* intensive & *arguo*, to show), to prove, show, demonstrate; to convince, convict; to disprove, confute.

Cochlea, æ, f., a snail, cockle, periwinkle.

Coctus, a, um, part. (*coquo*).

Coēgi, see *Cogo.*

Cœlum, i, n., heaven, the heavens; the air, skies, region of the air, atmosphere. *Cœlo terrâque penuria aquarum*,—from the atmosphere and the earth, i. e.—of rain and spring-water.

Cœnātus, a, um, part. § 162, 16, having supped: *from*

Cœno, āre, āvi, ātum, n. & *a.* (*cœna*, supper), to sup. *Esse cœnatus*, to sup, dispatch supper.

Cœparius, i, m. (*Q.*), a Terracinian who was confederate with Catiline. C. 46, 47, 52, 55.

Cœpi, def. verb, § 183, 2, § 271, I began, commenced. *Perf. pass., cœptus est, which has an active signification, but is used in preference to* cœpit *before a passive infinitive:* see § 183, 2, N.

Cœptus, a, um, part. (*cœpi*), having begun. *Pass.* begun.

Coërceo, ĕre, ui, ĭtum, a. (*con* & *arceo*, to ward off), to surround, embrace; to keep in, confine, restrain, check; to repress, curb, control, stop to chastise, punish.

Coërcĭtus, a, um, part. & *adj.* (*coerceo*), restrained, controlled; capable of being restrained.

Cogĭto, āre, āvi, ātum, a. & *n.* (*con* & *agito*), § 265, to revolve in the mind think, ponder, consider, meditate, reflect, deliberate.

Cognatio, ōnis, f. (*con* & *nascor*), relation by blood, kindred.

Cognātus, a, um, adj. (*con* & *nascor*), connate; related by blood, nearly akin, closely allied, kindred. *Subs.*, a relative, kinsman, relation by blood

Cognĭtus, a, um, part. & *adj.* (*cognosco*), § 222, ascertained, known, discovered, tried, proved, understood, examined. *Causâ cognitâ*,—the cause having been tried, judicially investigated. *Hence it may be translated*, after trial. *Cognitum est mihi*, I have ascertained *or* learned. § 272.

Cognōmen, ĭnis, n. (*con* & *nomen*), a surname, family name, name subjoined to the *nomen* or name, as *prænomen* was prefixed to it; as *P. Cornelius* Scipio, § 279, 9. It is sometimes used for the *agnomen*, the appellation, title; as, *P. Cornelius Scipio* Africanus.

Cognosco, ĕre, nōvi, nĭtum, a. (*con* & *nosco*), § 265, § 272, to know; to learn, hear, find, find out, make one's self acquainted with, ascertain, discover; *hence*, to know, understand, be informed, be assured;—to study, examine, investigate, explore, inspect; to try a cause; to find by experience; to recognize; to acknowledge, confess; to perceive, see. *Promissa ejus cognitum misit*, despatched (some) to examine his proposals, i. e. to ascertain the practicability of what he proposed.

Cogo, ĕre, coēgi, coactum, a. (*con* & *ago*), to collect, assemble, gather, drive or bring together; to drive, impel; to constrain, compel, force, urge, neces state induce, prevail on; to confine, restrain, restrict. *Cogere sub imperium*, to reduce, bring—. *Cogere in unum*, to bind *or* unite together. *With inf. and acc. or subj with* ut. *The passive takes the inf.* § 271.

Cohors, tis, f., a pen *or* coop; a cohort, a band of soldiers consisting of the tenth part of a legion, and consequently containing at different periods from 300 to 600 men. *Cohortes legionariæ* or *ex legionibus*, legionary cohorts *or* cohorts of the legions. See *Legionarius.*

Cohortātus, a, um, part.: *from*

Cohortor, āri, ātus sum, dep. (*con* & *hortor*), § 273, 2, to exhort, encourage.

Collectus, a, um, part. (*colligo*).

Collēga, æ, m., a colleague, copartner in office.

Collĭbet, libuit or *libĭtum est, imp. verb*, (*con* & *libet*), it pleases, is agreeable. *It is sometimes used personally*, as, *quæ victoribus collibuissent*, what should please the victors, what the victors pleased.

Collĭgo, ĕre, ēgi, ectum, a. (*con* & *lego*), to gather together, collect, assemble.

Collis, is, m., a hill, hillock, rising ground.

Collŏco, āre, āvi, ātum, a. (*con* & *loco*), to place, settle, dispose, arrange, set, set in order, station, post.

Colloquium, i, n., conversation, converse, discourse; a conference, interview: *from*

Collŏquor, i, cūtus sum, dep. (*con* & *loquor*), to speak together, converse, confer.

Colo, ĕre, colui, cultum, a., to exercise, practise, pursue, study, labor upon, cultivate, attend to, tend, till, cherish, take care of; to respect, honor, regard, venerate, worship, love, esteem, favor, treat respectfully, cultivate the friendship of; to inhabit. *Neque illos artè colam, me opulenter*, I will not treat them rigorously and myself indulgently.

Colonia, æ, f., a colony, plantation, settlement; a number of people emigrating by public authority to a distant settlement, colonists, emigrants: *from*

Colōnus, i, m. (*colo*), a husbandman, tenant, farmer, cultivator; a colonist, settler, emigrant.

Color, or *colos, ōris, m.*, a color, complexion, tint, hue. *Colos* is used by Sallust in preference to *color.*

Comes, ĭtis, m. & *f.*, a companion associate, attendant, assistant, comrade, friend.

Comĭnus, adv. (*con* & *manus*), hand to hand, in close combat.

Comitātus, us, m. (*comĭtor*, to accompany), a number of followers, a train, company, retinue, suit.

Comitia, ōrum, n. pl. (*comes*), a public meeting *or* assembly of the people for the purpose of voting; a public election. *Comitia habere*, to hold an assembly of the people.

Commacŭlo, āre, āvi, ātum, a. (*con* & *macŭlo*, to stain), to spot, stain, pollute, disgrace.

Commeātus, us, m. (*commeo*, to go and come), a passage; a furlough; a convoy; provisions, supplies, victuals.

Commemŏro, āre, āvi, ātum, a. (*con* & *memoro*), to mention, make mention of, call to mind, recount, relate.

Commendatio, ōnis, f., commendation, recommendation, praise: *from*

Commendo, āre, āvi, ātum, a. (*con* & *mando*), to commit to the charge of any one, consign to any one's care, intrust with; to commend, recommend.

Commercium, i, n. (*con* & *merx*, merchandise), commerce, trade, traffic, bartering.

Commercor, āri, ātus sum, dep. (*con* & *mercor*), to buy together, purchase, buy up

Commĭnuo, ĕre, ui, ūtum, a. (*con & minuo*), to lessen, diminish; to crush *or* break to pieces. *Fig.* to weaken, impair, wear away.

Comminūtus, a, um, part. (*comminuo*).

Committo, ĕre, īsi, issum, a. (*con & mitto*), to join together, unite *or* bring together; to do, act, cause, perform, perpetrate, commit; to begin, commence. *Committere prœlium, pugnam. etc.*, to begin a battle, to make an attack, to fight, engage.

Commŏdo, āre, āvi, ātum, a. (*commodus*, convenient), to adjust, adapt, accommodate; to give, afford, allow, lend, furnish, supply.

Commŏdum, i, n. (*commodus*), advantage, profit, interest, utility, convenience. *Ex commodo æstimare*, to estimate according to (its) profit. *Ex commodo pugnam facere*,—at a favorable opportunity, under favorable circumstances.

Commonefăcio, ĕre, fēci, factum, a. (*commoneo*, to remind, *& facio*), § 218, to put in mind, remind, advise.

Commorātus, a, um, part.: from

Commŏror, āri, ātus sum, dep. (*con & moror*), to stop, pause, stay, abide, remain, tarry.

Commōtus, a, um, part., moved, troubled, disturbed, &c.: *from*

Commŏveo, ēre, ōvi, ōtum, a. (*con & moveo*), to move together, move, stir, remove, to move, touch, affect, to disquiet, trouble, alarm; to stir up, excite, provoke.

Communicātus, a, um, part.: from

Commūnĭco, āre, āvi, ātum, a. (*communis*), to communicate, impart, share with any one, commune, confer; to join, unite, connect; to share, partake, mingle. *Causam communicare*, to make common cause.

Commūnio, īre, īvi, ītum, a. (*con & munio*), to fortify, secure.

Commūnis, e, adj. § 222, 3, common, the same, general, universal, belonging to many *or* all, belonging to the public. *Res commūnis*, a joint *or* mutual interest, common concern.

Commutatio, ōnis, f. (*commuto*) a changing, change, alteration.

Commutātus, a, um, part.. *from*

Commūto, āre, āvi, ātum, a. (*con & muto*), to change, alter; to exchange traffic.

Comparātus, a, um, part.. *from*

Compăro, āre, āvi, ātum, a. (*con & paro*), to procure, get, furnish, prepare, provide, get ready; to collect; to establish, institute, ordain; to acquire; to connect; to compare.

Compĕrio, īre, pĕri, pertum, a. or *Compĕrior, īri, pertus sum, dep.* (*con & pario*), § 272, § 265, to discover, find out, ascertain, learn, be informed know. *Parum comperimus*, I have not ascertained, I am uncertain.

Compertus, a, um, part., (*comperio*), found out, fully ascertained, known for certain; discovered, detected. *Narrare compertum*, to speak with certainty. *Compertum est mihi*, or *compertum habeo*, § 274, R. 4, it has been made known to me, I have ascertained, I know, I am certain, § 272.

Compleo, ēre, ēvi, ētum, a. (*con & pleo, obs.*, to fill), § 249, I. to fill, fill up; to complete, perfect, finish, perform.

Complexus, ûs, m. (*complector*), a compassing, encircling; an embracing, embrace.

Complūres, ūra, § 110, *adj. pl.* (*con & plus*), many, a great many a considerable number.

Compōno, ĕre, osui, osĭtum, a. (*con & pono*), to put *or* place together; to put in order, arrange, dispose, order, to lay up; to bury; to end, bring to a close *or* conclusion; to settle, adjust, accommodate; to calm, still, appease, tranquilize; to compound, compose, make up; to make, compose, contrive plan; to agree upon, arrange, concert; to compare.

Comporto, āre, āvi, ātum, a. (*con & porto*), to carry *or* bring together, bring, carry, collect.

Composĭtè, adv., sedately, calmly, quietly, orderly, neatly, handsomely; in elegant language, in well turned periods, in good set terms: *from*

Composĭtus, a, um, part. & adj. (*compono*), put together, arranged, composed, made up, compounded; elegant, regular, well arranged, in good order, skillfully disposed set in order, apt, fit, beautiful; ended, settled.

Comprobātus, a, um, part.: from

Comprŏbo, āre, āvi, ātum, a. (*con & probo*), to approve, prove, confirm; to allow; to make good, verify.

Conātus, a, um, part. (*conor*).

Concēdo, ĕre, essi, essum, n. & a. (*con & cedo*), § 223, & § 225, IV. to retire, yield, depart, withdraw, give place; to go, repair; to assent to; to yield, give up; to grant, give, allow, permit, concede, resign, relinquish. *Concedere naturæ*, to pay the debt of nature, to die a natural death. *Injuriæ concedere*, to submit to. *In gentem nomenque imperantium concessère*, were merged, sunk *or* lost in—. *In jus atque ditionem concedere*, to come under, become subject to, yield to—. *Concessum est, imp.*, it was yielded *or* accorded.

Concessus, a, um, part. (*concedo*), permitted, conceded, granted, allowed, &c.

Concĭdo, ĕre, ĭdi, n. (*con & cado*), to fall down, fall to the ground. *Fig.* to fall, die; to perish, sink.

Concio, ōnis, f. (*concieo*, to call together), a meeting *or* assembly of people. *Pro concione*, in public, before a public assembly:—an oration, harangue, public speech *or* address.

Concitātus, a, um, part.: from

Concĭto, āre, āvi, ātum, a. (*con & cito*, to excite), to stir up, put in motion, excite, stimulate, incite, rouse, provoke, irritate, move, cause, raise.

Conclāmo, āre, āvi, ātum, n. & a. (*con & clamo*, to cry), § 272, to cry out together, cry aloud, cry out with a loud voice, shout, exclaim.

Concordia, æ, f. (*concors*, concordant), concord, agreement, union, harmony, unanimity. *Also* the name of a Roman goddess, Concord. C. 46, 49.

Concubīna, æ, f. (*concubo*, to lie with), a concubine.

Concŭpio, ĕre, & Concupisco, ĕre, īvi, ītum, a. (*con & cupio*), to desire greatly, long for, covet.

Concurro, ĕre, curri, cursum, n. (*con & curro*, to run), to run together, meet, flock together; to fight, engage in fight, charge, rush to the fight, join battle, engage, contend, rush together; to concur, agree. *Concurritur*, they rush together, charge, an onset *or* charge is made.

Concursus, ûs, m. (*concurro*), a running *or* meeting together; a concourse; a conflict, charge, engagement, onset, shock.

Concŭtio, ĕre, ussi, ussum, a. (*con & quatio*, to shake), to shake, move violently, agitate, cause to tremble. *Fig.* to trouble, disquiet, alarm, terrify, put in fear, agitate; to injure, weaken.

Condemnātus, a, um, part.: from

Condemno, āre, āvi, ātum, a. (*con & damno*), § 217, to condemn.

Condĭdi, see *Condo.*

Conditio, ōnis, f. (*condo*), a making, constructing, framing; a laying up, preserving; a state, situation, condition, circumstances; a contract, stipulation, condition, promise, advantage terms of agreement.

Condĭtor, ōris, m. (*condo*), a maker builder, founder, inventor, author.

Condĭtus, a, um, part., founded

built. *Post conditam urbem,* after *or* since the foundation of the city *sc.* Rome: *from*

Condo, ĕre, dĭdi, dĭtum, a. (*con.* & *do*), to lay *or* treasure up, hoard; to hide, conceal, bury; to finish, end; to make, build, found, establish.

Condōno, āre, āvi, ātum, a. (*con* & *dono*), to give freely, grant, present, bestow; to remit, excuse, pardon, overlook, pass over, forgive; *with the accusative of the crime and the dative of the person, it signifies* to pardon the fault for his sake, on his account. *Alterius libidini malefacta condonare,* to pardon crimes to gratify the lust of another;—to give up, devote, sacrifice.

Condūco, ĕre, xi, ctum, a. (*con* & *duco*,) to bring *or* lead together, conduct, assemble, collect; to hire, bargain for.

Conductus, a, um, part. (*conduco*), brought together, collected; hired.

Confectus, a, um, part. (*conficio*), finished, ended, destroyed, injured; wasted, worn out. *Confectus annis,* superannuated.

Confercio, īre, si, tum, a. (*con* & *farcio,* to stuff), to stuff *or* cram together, crowd together; to stuff, *or* fill full.

Confĕro, ferre, contŭli, collātum, a. irr. (*con* & *fero*), to bring, carry, put *or* lay together; to collect, gather.

Confertim, adv., closely, in a heap *or* crowd, in a compact body: *from*

Confertus, a, um, part. & *adj.* (*confercio*), crammed full, crowded, full; thick, close, dense, in close array.

Confessus, a, um, part. (*confiteor*), having confessed. *Subs.* one who has made confession.

Confĭcio, ĕre, ēci, ectum, a. (*con* & *facio*), to make together; to make, cause, effect, execute, prepare, perform: to end, finish, terminate, accomplish, complete, conclude; to kill, slay, destroy, consume; to overpower, subdue prostrate; to waste. wear away, wear out, injure, weaken. *Siti confici,* to perish with thirst.

Confīdo, ĕre, fīsus sum, n. pass § 142, 1 & 2, (*con* & *fido,* to trust to) *abs.* to trust, feel confident; *with dat or abl.* § 223, R. 2, & § 245, II. *or inf. with acc.* § 272. depend upon, believe confidently, confide *or* put confidence in, trust to, rely upon.

Confīnis. e, adj. (*con* & *finis*), § 222, R. 1. next to, adjoining, bordering upon, contiguous, near.

Confirmātus, a, um, part.. from

Confirmo, āre, āvi, ātum, a. (*con* & *firmo*), to confirm, strengthen, establish, reëstablish, restore strength, to render efficient; § 273, 2, to encourage, animate, support; to persuade, induce, inspire with courage, reassure; to ratify, confirm; to prove, show; to affirm, assert, assure, declare. § 272. *Labores et victorias confirmare,* to crown—.

Confīsus, a, um, part. (*confido*), trusting to, relying *or* depending on, being confident, trusting.

Confĭteor, ēri, essus, sum, dep. (*con* & *fateor*), § 271, & Rem. 4, to confess, acknowledge, own.

Conflīgo, ĕre, xi, ctum, a. (*con* & *fligo,* to beat against), to strike against; to fight, contend, engage, conflict.

Conflo, āre, āvi, ātum, a. (*con* & *flo,* to blow), to blow together, bring together; to make up, compound; to raise, make, create, excite. *Æs alienum conflare,* to contract a debt, to run into debt:—to excite, stir up, cause, occasion.

Confluo, ĕre, xi, n. (*con* & *fluo,* to flow), to flow *or* run together; to flock *or* crowd together.

Confŏdio, ĕre, ōdi, ossum, a. (*con* & *fodio,* to dig), to dig. *Fig.* to wound, pierce, stab, thrust through.

Confŭgio, ĕre, ūgi, ugĭtum, n. (*con* & *fugio*), to flee to for succor, flee *or* have recourse to.

Conglŏbo, āre, āvi, ātum, a., (*con & globo*, to make round), to gather into a round body, conglobate, crowd together, gather together, collect.

Congrĕdior, i, gressus sum, dep. (*con & gradior*, to step), to move *or* go together, go with; to meet, come together go up to, accost, address, speak to, converse with; to fight, engage.

Congressus, us, m. (*congredior*), a coming together, meeting; a conflict, encounter, contest, battle, engagement.

Congressus, a, um, part. (*congredior*).

Conjĭcio, ĕre, jēci, jectum, a. (*con & jacio*), to throw together, throw, cast, hurl, discharge, thrust, force, impel. *Conjicere in vincula*, to put in prison, to imprison.

Conjunctus, a, um, part. & adj., connected, united, attached: *from*

Conjungo, ĕre, nxi, nctum, a. (*con & jungo*, to join), § 224, to join *or* unite together, connect, associate.

Conjuratio, ōnis, f. (*conjuro*), a swearing together, a confederacy *or* combination confirmed by oath; a plot, conspiracy; the body of conspirators.

Conjurātus, a, um, part., combined, leagued. *Subs. conjurati, ōrum, m.* conspirators: *from*

Conjūro, āre, āvi, ātum, n. (*con & juro*), § 271, to swear together, combine, league together; to conspire, enter into a conspiracy.

Connubium, i, n. (*con & nubo*), a lawful marriage, wedlock, marriage, intermarriage.

Conor, āri, ātus sum, dep., § 271, to strive, endeavor, attempt, try, undertake.

Conquīro, ĕre, isīvi, isītum, a. (*con & quæro*), to seek after, search for diligently, get together, try to procure, collect.

Conscientia, æ, f. (*conscio*, to be conscious), joint knowledge; conscience, consciousness; consciousness of guilt, a bad conscience, an evil *or* guilty conscience; guilt, guiltiness.

Conscius, a, um, adj. (*conscio*), § 213, & § 222, R. 3. conscious, privy to, accessary, witness of, partaking of, concerned in, in the secret of. *The noun denoting the crime is sometimes wanting, and it is then translated* guilty, conscious of guilt. *Alius alii—conscii*, being witnesses for one another, being mutually privy.

Conscrībo, ĕre, ipsi, iptum, a. (*con & scribo*), to write, write together. *Conscribere milites*, to raise, levy, enlist, enroll—.

Conscriptus, a, um, part. (*conscribo*), written; enlisted, enrolled. *Patres conscripti*, the senators, the conscript fathers. The first Roman senators were called *patres*, and those subsequently added to their number were denominated *conscripti*. In process of time it became customary to address the whole body of senators by the term *patres conscripti*.

Consecro, āre, āvi, ātum, a. (*con & sacro*, to consecrate), to consecrate, dedicate, make sacred, devote to the gods; to devote, appropriate.

Consenesco, ĕre, senui, n. (*con & senesco*), to grow old; to grow into disuse, become obsolete, *or* out of date; *Fig.* to grow weak *or* feeble fade, decay, waste, lose energy *or* strength, be impaired.

Consĕro, ĕre, sēvi, sĭtum, a. (*con & sero*, to sow), § 249, I. to sow, set, plant, fill.

Consĕro, ĕre, ui, tum, a. (*con & sero* to join together), to join *or* knit together, *Conserere manum*, to join battle, fight hand to hand, engage in close combat.

Conservo, āre, āvi, ātum, a. (*con &*

servo), to preserve, keep, defend, protect, save, maintain.

Considĕro, āre, āvi, ātum, a., § 265, to consider, meditate, think of, weigh.

Consīdo, ĕre, ēdi, essum, n. (*con & sido,* to sit), to sit down together; to sit down, seat one's self; to settle, take up one's abode; to fall, sink; to pitch, encamp; to sit in ambush.

Consilium, i, n. § 275, III. R. 1, (1.) counsel, advice; deliberation, consideration, consultation, agreement, premeditation; a notion, idea, design, intention, measure, aim, plan, scheme, intent, purpose, end; determination, judgment, resolve *Non est consilium*, it is not (my) intention, § 273, 1. *Consilium capere* or *trahere*, to form a design *or* resolution, adopt a plan *or* measures:—prudence, wisdom, discretion, skill, sagacity, forethought, penetration, reason; artifice, stratagem, art, management; a council, assembly of men in council. *Præsenti consilio*, in presence of the council. *Quo consilio?* for what reason? why? *Habere consilium*, to hold a council. *Non est consilium*, may be followed by *quin* for *ut non.* § 262, R. 10, 2.

Consisto, ĕre, constĭti, n. (*con & sisto,* to place), to stand firmly, stand fast, make a stand, stand, stand still, stop, post one's self, stay.

Consĭtus, a, um, part. (*consero*), planted, sown, set, filled, overgrown.

Conspectus, us, m., the act of seeing; a sight, view, observation: *from*

Conspĭcio, ĕre, exi, ectum, a. (*con & specio,* to see), to see, behold, look at, observe, discern, perceive; to look at with admiration, look upon, mark. *Conspici*, to be admired, to attract attention, to gain admiration, to render one's self conspicuous.

Conspĭcor, āri, ātus sum, dep. (*con & specio,* to see), to see, behold, descry.

Constanter, ius, issimè, adv. (*constans,* firm), firmly, steadily, uniformly, evenly, regularly.

Constantia, æ, f. (*constāns*), firmness, steadiness, uniformity of conduct, constancy, consistency, perseverance.

Consterno, ĕre, strāvi, strātum, a. (*con & sterno,* to strew), to strew *or* cover over.

Constĭtuo, ĕre, ui, ūtum, a. (*con & statuo*), to set up, erect; to found, build; to place, put, dispose, arrange, station, post; to stop, cause to halt, to establish, appoint, fix, assign, settle, vindicate, assert; § 271, § 273, 2, to resolve, determine, decide, decree, ordain, prescribe. *Constituere in diem*, to agree upon, fix, appoint—. *Iter constituere*, to resolve to advance *or* march. *Quæ utilia visa constituere*, to decide upon such measures as seemed proper, to adopt suitable measures.

Constitūtus, a, um, part. (*constituo*)

Consto, āre, stĭti, n. (*con & sto,* to stand), to stand together, stand; to be consistent, correspond. *Imp., constat*, § 223, it is evident, manifest, clear *or* certain; it is agreed, it is the common opinion, § 269, R. 2. § 265.

Constrātus, a, um, part. (*consterno*).

Constructus, a, um, part.: from

Construo, ĕre, xi, ctum, a. (*con & struo,* to build), to put together, to construct, fabricate, build, form. *Construere maria*, to form seas, *i. e.* fish ponds of vast extent.

Consuefăcio, ĕre, fēci, factum, a. (*consuesco & facio*), § 272, to accustom, train by use *or* practice, inure, habituate.

Consuesco, ĕre, ēvi, ētum, n. & a. (*con & suesco,* to become accustomed), § 271, to become accustomed *or* used to a thing, acquire a habit by practice, to accustom, inure *Consuevi*, I am accustomed, am wont *or* used. *Consuevit, imp.*, is wont, customary

Consuetūdo, ĭnis, f. (*consuesco*), custom, usage, use, habit; intercourse, familiarity, intimacy. *Stupri consuetudo,* a criminal intercourse.

Consuētus, a, um, part. & adj., accustomed, habituated, inured; usual, ordinary, wonted. *Pericula consueta habere,* to be inured to—.

Consul, ŭlis, m. (*consŭlo*), a consul, one of the two supreme magistrates annually elected at Rome. *Consul designatus,* consul elect, one who had been elected consul, but had not yet entered upon the duties of his office. The Romans marked the year by the names of the consuls then in office, as *L. Cæsare et C. Figulo consulibus,* in the consulship of L. Cæsar and C. Figulus.

Consulāris, e, adj. (*consul*), of *or* belonging to a consul, consular. *Subs. consularis, is, m.*, one who has been consul, an ex-consul, a man of consular rank *or* dignity.

Consulātus, ûs, m. (*consul*), the office of consul; the consulship *or* consulate.

Consŭlo, ĕre, ui, tum, n. & a., to consult, deliberate; to deliberate upon, discuss, take counsel, ask one's opinion, ask advice, consider, consult about, judge, § 265. *Male consulere,* to adopt wrong measures. *De aliquo consulitur,* a discussion *or* deliberation is had, we, they, &c., deliberate, § 248, I. R. 1. *Senatus consulitur,* the opinion of the senate is asked:—*with the dative,* to provide for, take care of, look to, consult for, regard, respect, serve, aid. *Consultum est mihi,* my interests have been provided for, my safety has been consulted. *Consulere iræ, famæ, etc.*, to be influenced by *or* by a regard for—. *Gravius in aliquem consulere,* to adopt severe measures towards—.

Consultatio, ōnis, f. (*consulto*), a consultation, deliberation.

Consultò, adv. (*consultus*), designedly, on purpose, deliberately.

Consulto, āre, āvi, ātum, n. & a. freq (*consulo*), § 265, to advise, consult, deliberate; to take care of, provide for, look to, consult for, constitute a council for.

Consultor, ōris, m. (*consulo*), one who asks counsel *or* advice, a client, one who gives counsel, a counsellor, adviser, counsel.

Consultum, i, n. (*consultus, part.*) deliberation, consideration; a decree, statute, ordinance, resolution; counsel, advice; a measure, plan, design; a subject of deliberation, consultation *or* discussion, a question. *Consulto abl.*, by design, on purpose.

Consultus, ûs, m. (*consulo*), a decree, ordinance, statute, resolution.

Consultus, a, um, part. & adj. (*consulo*), deliberated upon, considered; asked, consulted. *Consulto opus est,* there is need of deliberation. *Consulta sese omnia cum illo integra habere,* that every thing deliberated upon with him, was (still) unchanged.

Consūmo, ĕre, umpsi, umptum, a (*con & sumo*), to eat, devour, consume, destroy; to kill, slay; to waste, spend squander, exhaust, use up, lose, lay out, employ, use, make use of. *Multam orationem consumere,* to waste many words, to debate a long time.

Consumptus, a, um, part. (*consumo*)

Contagio, ōnis, f. (*contingo,* to touch), contact, touch; contagion, infection, disease. *Fig.* moral contagion *or* infection.

Contemno, ĕre, empsi, emptum, a (*con & temno,* to despise), to make no account of, contemn, despise, slight, hold in contempt, make light of, treat with contempt.

Contemptor, ōris, m. (*contemno*), a despiser, contemner. *Adj.* disdainful, haughty, contemptuous.

Contemptus, a, um, part. & adj. (*con-*

temno), despised, contemned, slighted; contemptible, abject, vile, despicable.

Contendo, ĕre, di, tum, a. & n. (*con & tendo*), to stretch, strain; to exert, put forth, employ, to strive, attempt, endeavor; to seek for earnestly, urge, solicit; to compare; to go to, shape one's course, hasten; to contend, dispute, fight, engage.

Contentio, ōnis, f. (*contendo*), a straining *or* stretching; an effort, exertion, endeavor; a contention, contest, dispute, debate, controversy.

Contĕro, ĕre, trīvi trītum, a. (*con & tero*, to rub), to break *or* bruise small, pound, grind; to wear out; to spend, employ, waste, consume.

Continentia, æ, f., a holding, checking, restraining; probity; moderation, temperance, continence, abstinence, self-control: *from*

Contĭneo, ēre, tinui, tentum, a. (*con & teneo*), to contain, hold *or* keep together; to hold, keep, retain; to keep in, restrain, curb, check.

Contĭnuo, āre, āvi, ātum, a. (*continuus*, continued), to continue, prolong, join one to another, connect, unite. *Continuare magistratum*, to prolong a magistracy, to continue it beyond its proper term.

Contra, prep. with the acc., against, contrary to, in opposition to. *Facere contra rempublicam*, to act against the state, to be guilty of treason. *Contra ea*, in opposition to these things, on the other hand, on the contrary: followed by *ac, atque, etc.*, contrary to what, otherwise than. *Contra postulata*, in reply to—. *Contra inceptum suum venisse*, had come for the purpose of opposing his design. *Adv.* against, in opposition, on the contrary, on the other hand, in return, *Contrà ferire* to return blows. *With sum*, the contrary, the opposite. *Quod contrà est*, it is exactly the reverse, *or* the reverse of this is true.

Contrăho, ĕre, xi, ctum, a. (*con & traho*), to draw together, assemble, unite together, collect.

Contrĕmo, ĕre, ui, a. (*con & tremo*, to tremble), to tremble, tremble greatly, quake through fear, be greatly agitated.

Controversia, æ, f. (*controversus*, disputed), a controversy, debate, dispute.

Contubernium, i, n. (*con & taberna*, a hut,) a certain number of soldiers living in the same tent; a tent, a living together, intimacy, companionship, intimate familiarity, constant intercourse, company. *Also*, a company of noble youth, who followed a general into his province, and continued near him, in order to learn the art of war, and the management of the affairs of a province. These served in the pretorian cohort. *Is contubernio patris militabat*,—was serving in the cohort of his father.

Contŭli, see *Confero*.

Contumelia, æ, f., an affront, an injury coupled with contempt, outrage, insult, contumely, reproachful language.

Contumeliōsus, a, um, adj. (*contumelia*), reproachful, abusive, insolent, outrageous, injurious, contumelious, insulting.

Contundo, ĕre, ŭdi, ūsum, a. (*con & tundo*, to beat), to beat, batter, break, bruise, crush. *Fig.* to lessen, weaken, impair; to quell, subdue; to check, baffle, thwart.

Conturbātus, a, um, part : *from*

Conturbo, āre, āvi, ātum, a. (*con & turbo*, to disturb,) to disturb, disquiet, disorder, confuse, throw into confusion.

Contūsus, a, um, part. (*contundo*), broken, bruised, reduced, weakened, impaired.

Convĕnio, ire, vēni, ventum, n. & a. (*con & venio*), to come together, meet, flock, assemble, collect. *Convenire aliquem,* to meet, meet *or* have an interview with, go up to, speak to, accost, visit—;—to agree, correspond. harmonize, consent; to be agreed *or* settled. *Pax convenit,* a peace is agreed upon, and in the passive, *Pax conventa fuerat,*—had been concluded:—§ 223, to suit, agree, fit, be adapted to, belong to; to become *or* be becoming to. *Imp., convenit,* it is fit, proper, suitable, becoming; it is agreed, it is settled; it is consistent.

Conventio, ōnis, f. (*convenio*), a meeting *or* assembling together; an assembly, meeting; an agreement.

Conventus, a, um, part. (*convenio*).

Conventus, us, m. (*convenio*), a meeting either public *or* private, assembly, convention; a council, assembly for consultation. *Primo conventu,* at the first sitting *or* meeting. *Facere conventus,* to hold meetings.

Conversus, a, um, part., turned, changed, altered: *from*

Converto, ĕre, ti, sum, a. (*con & verto*), to turn about, wheel, turn; to turn back, return; to betake one's self; to change, transform, alter, convert; to apply, turn, direct. *Regium imperium in superbiam convertit,* sc. *se,* turned, changed, § 229, R. 4, 1.

Convictus, a, um, part.: *from*

Convinco, ĕre, vīci, victum, a. (*con & vinco*), § 217, to convict, convince, overcome by argument, prove clearly.

Convivium, i, n. (*con & vivo*), a feast, banquet, entertainment.

Convŏco, āre, āvi, ātum, a. (*con & voco*), to call together, assemble, summon, convoke.

Coopĕrio, īre, ui, tum, a. (*con & operio,* to cover), to cover over, envelop.

Coopertus, a, um, part. (*cooperio*), § 249, 1, covered over. *Fig.* overwhelmed, covered, plunged, *or* sunk in.

Coorior, īri, ortus sum, § 177, *dep.* (*con & orior*), to rise together; to rise arise.

Coortus, a, um, part. (*coorior*).

Cōpia, æ, f. (*con & ops*), plenty, abundance, supply, store, number; effects, substance, wealth, riches, resources, property; § 275, III, R. I, power. opportunity, ability, means, facilities, leave, permission. *Est mihi copia,* or *habeo copiam,* I have it in my power, I am able, I can. *Magna mihi copia est memorandi,* I could easily relate. § 259, R. 3. *Habebat magnam copiam societatis conjungendæ,* he had great facilities for forming, *or* he could easily form an alliance. *Facere copiam,* to give *or* afford opportunity *Populo Romano nunquam ea copia fuit,*—that advantage. *Jugurthæ copiam habebat,* he had Jugurtha in his power. *Ex copiâ,* or *ex copiâ rerum,* from *or* in the existing state of things, in present, *or* under existing circumstances, all things considered, on the whole. *Pro rei copia,* considering his circumstances. *Rarely in the singular,* a multitude of men, *also,* an armed force, especially an undisciplined multitude; *in the plural copiæ,* an army, forces, troops.

Coquo, ĕre, coxi, coctum, a., to cook *or* dress victuals, to boil, roast, toast, bake.

Coquus, i. m. (*coquo*), a cook.

Coram, prep. with the abl., before, in presence of, before the eyes of, in view of.

Corium i, n., the skin *or* hide of a beast; leather.

Cornēlius, i, m., a Roman name belonging to persons of the *gens Cornelia.* C. 47, 55. The Cornelian gens contained many families, among which were the *Lentuli, Scipiones, Cinnæ, Rufini* and *Sullæ. C. Cornelius* a Roman knight confederate with Catiline. C. 17, 28.

Cornĭcen, ĭnis, m. (*cornu & cano*), he that blows a horn, a horn-blower, corneter.

Cornificius, i, m. (*Q.*), a distinguished Roman, the colleague of Cicero in the office of augur. C. 47.

Cornu, n. indec. in sing. in pl. cornua, uum, § 87, a horn; sail yards; the wing of an army.

Corpus, ŏris, n., a body, solid substance; the body, the person; corporeal *or* physical powers. *Vis corporis,* bodily strength.

Correctus, a, um, part. (*corrigo*), set right, corrected, remedied, repaired.

Correptus, a, um, part. (*corripio*).

Corrĭgo, ĕre, exi, ectum, a. (*con & rego*), to set right, make straight, order, regulate. *Fig.* to amend, correct, reform, remove, remedy.

Corrĭpio, ĕre, ipui, eptum, a. (*con & rapio*), to snatch, lay hold of hastily, seize; to attack; to carry off.

Corrumpo, ĕre, ūpi, uptum, a. (*con & rumpo,* to break), to waste, impair, mar, debase, spoil, damage, hurt, injure, destroy, ruin, corrupt. *Res familiares corrumpere,* to impair—. *Opportunitates corrumpere,* to lose, throw away. *Fig.* § 273, 2, to bribe, seduce, corrupt, mislead, deceive.

Corruptus, a, um, part. & adj. (*corrumpo*), spoiled, ruined, corrupted; bad, corrupt, depraved; misled, deceived, seduced, bribed. *Ob rem corruptam,* on account of the ruin of the affair, *or,* of their failure in the business, (entrusted to them). § 274, R. 5.

Cotta, æ, m. (*L. Aurelius*), a Roman consul in the year of the city 689. C. 18.

Crassus, i, m. (*M. Licinius*), surnamed *Dives* or the Rich, on account of his immense wealth, was a member of the first triumvirate in connexion with Pompey and Cæsar. He perished in a war with the Parthians, A. U. C. 700. C. 17, 38, 47, 48.

Creber, bra, brum, adj., frequent, oft repeated, thick, close, numerous.

Credibĭlis, e, adj. (*credo*), § 222, credible, probable, likely, that may be believed.

Credĭtum, i, n., any thing committed to one's trust, a trust, debt, loan, credit: *from*

Credo, ĕre, ĭdi, ĭtum, n. & a., § 223 R. 2, § 272, to credit, believe, trust, to think, suppose, imagine. *Credo, when interposed between the parts of a sentence, may be translated,* I suppose, I imagine, I should think, *or,* perhaps, probably;—to confide in, trust, rely on; to confide *or* consign to one's care, commit to one's trust, intrust, commend.

Creo, āre, āvi, ātum, a., to make, create, form; to cause, occasion; to appoint, elect, create.

Cresco, ĕre, crevi, n., to increase, grow; to extend, spread; to be promoted, advanced, rise; to become greater, thrive.

Cretĭcus, i, m. (*Q. Metellus*) a Roman consul, A. U. C. 684, and a general in the war with Catiline. C. 30.

Crevi, see *Cresco.*

Crimen, ĭnis, n., a charge, accusation, crimination, impeachment, reproach; a crime, fault. *Falsa crimina,* false accusations, slanders, calumnies.

Crimĭnor, āri, ātus sum, dep. (*crimen*), § 272, to accuse, charge with a crime, blame, reproach.

Crimĭnōsè, adv. (*crimĭnōsus,* accusatory), reproachfully, slanderously, in an accusatory manner, severely, censoriously.

Crotoniensis, e, adj. (*Croton*), of Crotona, *now* Crotone, a town in the south part of Italy, Crotonian. *Subs* a Crotonian. C. 44.

Cruciātus, us, m. (*crucio,* to torment), torment, torture, pain, agony anguish.

Crudēlis, e, adj. (*crudus*, bloody), cruel, fierce, savage, barbarous.

Crudelĭtas, ātis, f. (*crudelis*), cruelty, inhumanity.

Crudelĭter, adv. (*crudelis*), in a cruel manner, cruelly.

Cruento, āre, āvi, ātum, a., to make bloody, stain, imbrue, sprinkle with blood: *from*

Cruentus, a, um, adj., bloody, cruel, fierce, ferocious: *from*

Cruor, ōris, m., blood from a wound, gore.

Crux, crucis, f., a cross. *In crucem agere*, to crucify.

Cuiquam, see *Quisquam*.

Cujuscumquemŏdi, or *cujuscumque modi*, (*gen. of quicumque & modus*), of whatever kind *or* sort, whatsoever it may be.

Cujuslĭbet, see *Quilibet*.

Cujusmŏdi, or *cujus modi*, of what kind *or* sort, of whatever kind.

Cujusquemŏdi, or *cujusque modi*, (*gen.* of *quisque & modus*), of what kind; of each *or* every kind, every.

Culpa, æ, f., a fault, blame, guilt, offence, crime.

Cultor, ōris, m. (*colo*), a cultivator, tiller, husbandman; an inhabitant. *Exercitus agri ac pecoris magis quàm belli cultor*,—skilled in, conversant with fields and herds of cattle—.

Cultus, ûs, m. (*colo*), cultivation, culture. *Fig.* culture, care, attention, improvement, education; attire, dress, clothing, apparel, habit. *Cultus corporis*, dress, apparel;—style; manner of living, habits of life; elegance in dress, furniture, &c.; provision *or* supplies of the necessaries and conveniences of life, things necessary *or* convenient for sustenance, education, &c. *Filiorum ejus multus pueritiæ cultus*, large supplies for the childhood of his sons, *i. e.* supplies of whatever was requisite for his sons during their childhood;—luxuries, delights, pleasures, delicacies, indulgences. *Libido stupri, ganeæ, ceterique cultus*,—other sensual indulgences. *Cultus miserabilis*, a sorry plight, a mean garb.

Cùm and Quum, adv., see *Quum*

Cum, prep. with abl., with, along with, together with, in conjunction or company with. *So simul cum* or *cum simul*:—provided with. *With verbs and phrases denoting contention*, with against. *With the ablative of accompaniment it may often be translated* and. *In composition, see* § 196, 5.

Cunctans, tis, part.: *from*

Cunctor, āri, ātus sum, dep., to delay, stay, linger; to hesitate, be perplexed *or* at a loss, doubt, scruple, § 265.

Cunctus, a, um, adj., all, all together, the whole. It either agrees with its noun or governs it in the genitive. § 212, R. 2. N. 6.

Cupĭdè, adv. (*cupidus*), eagerly gladly.

Cupidĭtas, ātis, f. (*cupidus*), desire, fondness; eager *or* inordinate desire, lust, passion; thirst for gain, avarice, excessive love of money, covetousness.

Cupīdo, ĭnis, f. & m. (*cupio*), desire, eagerness, appetite, thirst, cupidity, passion. *Cupido honoris*, the desire of preferment, ambition.

Cupĭdus, a, um, adj. (*cupio*), § 213, § 275, III, R. 1. (2.) desirous, fond, eager.

Cupiendus, a, um, part. & adj. (*cupio*), to be desired, desirable.

Cupiens, tis, part. & adj., desiring, desirous, wishing, willing, favoring, friendly, eager, ardent: *from*

Cupio, ĕre, īvi, ītum, a., § 271, to covet, desire, be willing, wish, long for.

Cura, æ, f., care, concern, anxiety, solicitude, trouble, sorrow, affliction, diligence, attention, study, thought, regard; management, charge. *Habe-*

re curæ, § 227, & R. 1 & 2, to pay regard to, attend to, aid. *Est mihi curæ*, I have a care *or* regard, I take care of, attend to. *Cum curâ*, carefully, diligently. *Curam habere*, to be concerned *or* anxious, to care for.

Curātor, ōris, m. (*curo*), an overseer, agent, manager, superintendent.

Curia, æ, f., one of the thirty parts into which Romulus divided the Roman people, a *curia or* ward; the consecrated place where the *curiæ* assembled; the place where the senate met, the senate-house.

Curius, i, m. (Q.), a profligate Roman senator who conspired with Catiline. C. 17, 18.

Curo, āre, āvi, ātum, a. (*cura*), § 273, 1. to take care of, look to, cause, order, attend to, provide, regard; *also, either with or without an accusative*, to have the superintendence, care, *or* control, to do the duties of a commander, to manage, preside over, govern, command.

Cursus, us, m. (*curro*, to run), a running, the act of running; a course, journey, way. *Cursu, abl.*, quickly, speedily, in haste; *also*, in running.

Custodia, æ, f., the act of keeping *or* guarding; a guard-house, a prison. *Libera custodia*, free custody, *when a criminal of high rank was committed to the charge of some responsible individual, to be kept safely until he was tried, but without being committed to prison*:—a guard, watch: *from*

Custos, ōdis, m. & f., a keeper, preserver, guard, watch; a guardian, defender, protector.

Cyrêne, es, f. § 44, Cyrene, a Grecian city in the north part of Africa. J. 19.

Cyrenensis, e, adj. (*Cyrene*), Cyrenian, relating to Cyrene. *Cyrenenses, ium, m.*, the Cyrenians. J. 79.

Cyrus, i, m, Cyrus the Great, the founder of the Persian empire. C 2.

D

D., an abbreviation of the *prænomen Decimus.*

Dabar, ăris, m., a Numidian, the grandson of Masinissa. J. 108,—112.

Damasippus, i, m., (*L.*) was city-pretor, A. U. C. 671. He was attached to the party of Marius, and put to death great numbers of the nobility belonging to the opposite faction. He was himself ultimately put to death by Sylla. C. 51.

Damnātus, a, um, part.: *from*

Damno, āre, āvi, ātum, a., to condemn, doom, sentence: *from*

Damnum, i, n., loss, hurt, damage, injury, disadvantage.

Datus, a, um, part. (*do*).

De, prep. with the abl., of, from; by, after; about, concerning; because of, on account of, owing to; among. De *with the abl. is sometimes used instead of the accusative after an active verb, but in a sense somewhat different; presenting the object not as one thing but as resolved into parts; and may be translated simply* concerning, respecting, *or* the things, the circumstances, the particulars, the facts, &c. relating to; as, *indicare de conjuratione; docere de cæde; de casu alicujus cognoscere*, etc. *This form of expression is equivalent to the Greek* τὰ περί *or* τὰ, *followed by the genitive. For its force in composition, see* § 197, 7.

Debeo, ēre, ui, ĭtum, a. (*de & habeo*), to owe, be in debt, be indebted to, be obliged to. *With the infinitive, it denotes duty*, it is proper, it is indispensable, one ought. § 271.

Debĭtus, a, um, part. (*debeo*), owing, due, merited, deserved.

Decēdo, ĕre, cessi, cessum, n. (*de & cedo*), § 242, & R 1. to depart, go away, withdraw, retire, retreat; to abate, die away, subside; to retire from, depart from, quit; to give place, yield.

Decem, num. adj. ind., ten.

December, bris, m. (*decem*), the month December, the tenth month from March, which was the first month of the Roman year. *It is also used as an adjective*, of December.

Decerno, ěre, crēvi, crētum, a. (*de & cerno*), § 271, § 272, § 273, 2, § 262, R. 4, to think, judge, conclude; to deliberate, determine, resolve; to decide, pronounce, settle; to decree, vote, order, appoint, assign, grant; to fight, contend.

Decet, decēre, uit, imp., it becomes, is becoming *or* proper, beseems, behooves, is right, fit, suitable *or* meet, one ought. *With a nominative*, *Quæ ab imperatore decuerint*, such things as it behooved a commander (to provide). *For its construction, see* § 223, & § 269, & R. 2, & § 209, R. 3. (5), and (*a*).

Decĭmus, a, um, num. adj. (*decem*), the tenth.

Decĭmus, i, m. (*decem*), a Roman *prænomen*.

Declāro, āre, āvi, ātum, a. (*de & claro*, to make clear), to declare, show clearly, evince, tell, manifest; to declare, proclaim.

Declīvis, e, adj. (*de & clivus*, an ascent), bending downwards, steep, sloping, declining.

Decōrè, adv. (*decorus*), becomingly, fitly, properly.

Decŏro, āre, āvi, ātum, a. (*decus*), to adorn, beautify, grace, embellish, decorate.

Decōrus, a, um, adj. (*decus*), comely, graceful, beautiful; proper, becoming, fit seemly, decorous.

Decrētum, i, n, (*decerno*), a decree, act, ordinance, statute. *Decretum fit*, with *ut*. J. 16.

Decrētus, a, um, part. (*decerno*), determined, resolved, appointed. *Inter hæc parata atque decreta*, during these preparations and resolves.

Decus, ŏris, n. (*decet*), an ornament, grace; credit, reputation, character, honor; what is becoming. *Contra decus regium*, contrary to, *or* in derogation of regal dignity. *Sine decore*, in sorry plight.

Dedecŏro, āre, āvi, a., to dishonor disgrace, render infamous: *from*

Dedĕcus, ŏris, n. (*de & decus*), disgrace, dishonor, shame, infamy; a disgraceful action. *Per dedecus* or *per dedecora*, dishonorably, disgracefully, in disgraceful ways.

Dedi, see *Do*.

Deditio, ōnis, f. (*dedo*), a yielding up, surrender, submission, capitulation. *Facere deditionem*, to surrender, capitulate. *In deditionem accipere*, to receive on surrender.

Dedititius, a, um, adj. (*deditio*), one who has surrendered. *Dedititius est* he has surrendered.

Dedĭtus, a, um, part. & adj., given, given up; devoted, addicted, attached to: *from*

Dedo, ĕre, dedĭdi, dedĭtum, a. (*de intensive & do*), § 223, to give, give up, submit, surrender, capitulate; to apply *or* devote one's self to.

Dedūco, ĕre, uxi, uctum, a. (*de & duco*, § 197, 7), to bring *or* lead down; to convey, conduct, remove, withdraw, bring *or* lead forth, lead out; to accompany; to bring, lead, move.

Deductus, a, um, part. (*deduco*,) led, conducted, brought, removed. § 242.

Defendo, ĕre, di, sum, a (*de & fendo, obs.*), *abl. with ab.* to keep *or* ward off, repel; to defend, keep, protect, guard, preserve; to maintain, assert, support.

Defensio, ōnis, f. (*defendo*), a defending, defence.

Defenso, āre, a. freq (*defendo*), to defend.

Defensor, ōris, m. (*defendo*), a defender, advocate, preserver.

Defessus, a, um, adj. (*de & fessus*), weary, tired, worn out, fatigued, faint, languid, exhausted.

Defĭcio, ĕre, ēci, ectum, n. & a. (*de & facio*), to fail, be wanting; to lose strength *or* power, become feeble; to perish, cease; to be discouraged *or* disheartened, give up, give over; to end; to forsake; *with* a *and abl.* to rebel, revolt.

Defluo, ĕre, uxi, n. (*de & fluo*, to flow), to flow down; to fall off. *Fig.* to escape, vanish, pass away, cease, perish, go to waste *or* decay.

Deformātus, a, um, part., deformed, disfigured, marred. *Fig.* changed, humbled, brought low, shorn of one's glory: *from*

Deformo, āre, āvi, ātum, a. (*de & formo*, to form), to form, fashion; to deform, disfigure, spoil.

Degrĕdior, i, gressus sum, dep. (*de & gradior*, to step), § 242, to descend, go down.

Degusto, āre, āvi, ātum, a. (*de & gusto*, to taste), to taste, taste of.

Dehinc, adv. (*de & hinc*), henceforth, hereafter; afterwards, after this *or* that, next, then, in the next place. See *Deinde.*

Dehortor, āri, ātus sum, dep. (*de & hortor*), to dissuade, discourage, advise to the contrary, dissuade from. *An infinitive following it is translated by the* English gerundive, as, *Scribere dehortatur me fortuna mea,*— from writing. *Dehortari ab aliquo*, to discourage from espousing one's cause, *or* engaging in one's defence.

Dein, or *Deinde, adv.* (*de & in*, or *inde*), then, after that, afterwards, again, thence, from thence; hereafter, in future; *in marking the divisions of a subject*, next in order, in the next place. *Primum—deinde*, and rarely *primum—dehinc*, in the first place—in the second place.

Deinceps, adv. (*dein & capio*), successively, after that, next, in the next place.

Delectus, a, um. part. & adj. (*deligo*), chosen, selected, elected. *Delecti, ōrum, m. pl.*, men chosen *or* selected; a select band of soldiers.

Delectus, us, m. (*deligo*), a choosing selecting, choice; a levy of soldiers. *Habere delectum*, to make a levy, draft soldiers.

Deleo, ēre, ēvi, ētum, a., to blot out, efface, expunge, erase. *Fig.* to overthrow, destroy.

Delētus, a, um, part. (*deleo*).

Deliciæ, ārum, f. pl. (*delicio*, to entice), delights, pleasures, pastimes, delicacies, luxuries.

Delictum, i, n. (*delinquo*), a fault, crime, guilt, offence, sin. *Delicta corrigere*, to rectify abuses, correct evils.

Delĭgo, ĕre, ēgi, ectum, a. (*de & lego*), to choose, pick out *or* select, *in reference to a particular use or purpose.*

Delinquo, ĕre, līqui, lictum, a. & n. (*de & linquo*, to leave), to fail, be wanting; to fail in duty, offend, trespass, transgress, do wrong, do *or* act amiss. *Ea, quæ delinquo*, the faults which I commit, my crimes *or* faults.

Delubrum, i, n., a shrine, temple.

Dementia, æ, f. (*demens*, mad), madness, folly. *Per dementiam*, through madness, madly.

Demissus, a, um, part. & adj., low let down, sunk. *Fig.* cast down, disheartened, dejected, sad, melancholy, downcast, discouraged; low, humble, in humble life, in a private station *from*

Demitto, ĕre, īsi, issum, a. (*de & mitto*), to send down, cast, thrust *or* let down, lower. *Fig.* to fix, fasten, impress. *In pectus demittere*, to impress deeply on the mind.

Demo, ĕre, dempsi, demptum, a. (*de*

& emo), § 224, R. 2, to take away, take off, subtract, withdraw, remove.

Demum, adv., at length, at last, finally, only, alone, exclusively. *Tum demum*, then at length, not till then;—truly, certainly, indeed, in truth, especially. *Ea demum firma amicitia est*, that indeed—.

Denĕgo, āre, āvi, ātum, a. (*de & nego*), to deny, not suffer; not to give, refuse to give; to refuse.

Deni, æ, a. num. adj. § 119, III, (*decem*), ten by ten, ten, ten each.

Denĭque, adv., to conclude, in fine, at last, finally, in short; at length.

Depello, ĕre, pŭli, pulsum, a. (*de & pello*), to drive, put *or* thrust down; to drive away, expel, remove, repel.

Depōno, ĕre, posui, posĭtum, a. (*de & pono*), to lay *or* put down, lay, put; to lay by, throw aside; to cast away, lay aside, abandon; to leave, leave off, give up.

Deprāvo, āre, āvi, ātum, a. (*de & pravus*), to deprave, spoil, corrupt, vitiate.

Deprĕcor, āri, ātus sum, dep. (*de & precor*, to pray), to pray for earnestly, supplicate, beseech, beg; to deprecate, avert by prayer, beg to be freed *or* saved from, pray that some evil may be averted; to avert, remove, drive *or* turn away, avoid, escape; to allege in deprecation *or* plead in excuse, offer as an apology. § 272.

Deprĕhendo, ĕre, di, sum, a. (*de & prehendo*, to take), to seize, catch, arrest, take unawares, overtake; to take in the act, detect, surprise; to find, discover, perceive, discern.

Deprehensus, a, um, part, (*deprehendo*).

Depressus, a, um, part., depressed, sunk: *from*

Deprĭmo, ĕre, pressi, pressum, a. (*de & premo*), to press *or* weigh down, depress, sink.

Descendo, ĕre, di, sum, n. (*de & scando*, to climb), to go down, descend, descend from. *Fig* to penetrate, sink into, pierce, make an impression.

Descensus, us, m. (*descendo*), a descent.

Desĕro, ĕre, serui, sertum, a. (*de & sero*), to abandon, leave forsake, desert. *Tempus deserat*, time would fail. *Deserere labores, etc.*, to cease to perform, discontinue, leave off.

Desertus, a. um, part & adj. (*desero*), abandoned, deserted, &c.; desert, lonely, uninhabited.

Desidĕro, āre, āvi, ātum, a., to desire, wish, long for; to regret, need, require.

Desidia, æ, f. (*deses*, idle), sloth, slothfulness, idleness, inactivity,

Designātus, a, um, part. & adj. consul, prætor, etc. designatus, consul, &c. elect: *from*

Designo, āre, āvi, ātum, a. (*de & signo*), to mark, mark out; to signify denote, mean; to choose, elect, appoint.

Desĭno, ĕre, sīvi, sĭtum, n. & a. (*de & sino*), to cease, leave off, give over desist, to end, terminate.

Desisto, ĕre, stĭti, stĭtum, n. (*de & sisto*, to stand); § 242, R. 1. to cease, give over; desist from, leave off.

Despectus, a, um, part.: *from*

Despĭcio, ĕre, exi, ectum, a. (*de & specio*, to see), to look down upon *Fig.* to despise, contemn, look upon with contempt; to disdain.

Desum, deesse, defui, irr. n. (*de & sum*), *with dat.* § 224, R. 1. to fail, be wanting *or* lacking. *Deest mihi*, it is wanting to me, I lack.

Deterreo, ēre, ui, ĭtum, a (*de & terreo*), § 242, & R. 1. to deter, frighten, scare, discourage.

Detĭneo, ēre, ui, entum, a. (*de & teneo*), to detain, keep, hold, hinder

Detrecto, āre, āvi, ātum. a. (*de & tracto*), to decline, refuse; to speak ill ol, disparage, diminish, lower, sink, impair the reputation of.

Detrimentum, i, n. (*detero*, to wear), detriment, disadvantage, damage, loss, harm.

Deus, i, m. § 53, a god, deity, divinity. *Per deos immortales, in questions and exhortations denotes earnestness,* really, pray tell, &c.

Devictus, a, um, part., conquered, overcome, made to yield, overruled: *from*

Devinco, ĕre, vīci, victum, a. (*de & vinco*), to conquer, vanquish, subdue, overcome, make to yield.

Dexter, tĕra, tĕrum, & tra, trum, adj. § 125, 4, right, on the right hand.

Dexlĕra & Dextra, æ, f. (sc. *manus*), the right hand; the right side. *Dextrâ, sinistrâ,* on the right and left.

Dextĭmus, a, um, adj. sup. of dexter, § 125, 4, farthest to the right, on the extreme right.

Dico, ĕre, ixi, ictum, a., § 272, § 271, & R. 2, § 265, to speak, say, tell. *Dicere sententiam,* to give one's opinion as a senator, to vote;—to set forth, recount, narrate, relate, record, write, write of, celebrate, report; to appoint; to agree to, determine, fix upon; to mention; to speak in public, harangue, plead.

Dictĭto. āre, āvi. ātum, a. freq. (*dico*), § 272, § 276, III. to speak *or* tell often, give out, say commonly; to pretend.

Dictum, i, n. (*dico*), a word, saying, expression; a command; a proverb; the response of an oracle; an answer, reply; a prediction, prophecy.

Dictus, a, um, part. (*dico*), said, spoken, narrated, related, recorded, mentioned, determined.

Didĭci, see *Disco.*

Didūco, ĕre, xi, ctum, a. (*dis. & duco,* § 196, (*b.*)), to lead *or* draw aside, separate, sever, part, divide.

Diductus, a, um, part. (*diduco*).

Dies, diēi, m. & f., in pl. m. only, § 90, a day. *Dies noctesque* § 236, and *die noctuque,* § 253, day and night. *In dies,* daily, from day to day, every day. *Diem statuere,* to appoint *or* fix a day;—time, length of time.

Difficĭlis, e. adj. (*dis & facilis*), § 222, 3, hard, difficult. *Difficilis aditu,* hard to approach, of difficult access, § 250, 1.

Difficultas, ātis, f. (*difficilis,* § 101, 2), difficulty, trouble.

Difficulter, adv. (*difficilis*), difficulty with difficulty. *Haud difficulter,* without difficulty,

Diffidentia, æ, f., mistrust, distrust, want of confidence, diffidence: *from*

Diffīdo, ĕre, diffisus sum, n. pass. § 142, 1 & 2, (*dis & fido,* to trust to), and § 223, R. 2, to distrust, mistrust, lack confidence, despair, give up as hopeless, despair of, fear.

Dignĭtas, ātis, f., merit, desert; dignity, greatness, authority, rank, reputation, standing, honor, nobility, excellence, eminence, worth; office: *from*

Dignus, a, um, adj. § 244, worthy, deserving, *either in a good or bad sense. Non dignus,* unworthy;—convenient, meet, fit, suitable, proper, deserved. *Digna timere,* to fear condign *or* merited punishment.

Digrĕdior, ĕdi, gressus sum, dep. (*dis & gradior,* to step), to go *or* step aside, turn aside; to depart, set off, separate, part

Digressus, a, um, part. (*digredior*).

Dilābor, i, lapsus sum, dep. (*dis & labor*), to slip *or* glide different ways, to flee, run away, disperse, be scattered; to decay, go to ruin, fade *or* melt away, waste, come to nothing, pass away.

Dilacerātus, a, um, part.: from

Dilacĕro, āre, āvi ātum, a. (*dis & lacero*), to tear *or* rend in pieces, destroy, waste, make havoc of.

Dilapsus, a, um, part. (*dilabor*).

Diligenter, adv. (*diligens,* diligent)

diligently, carefully, attentively, industriously.

Diligentia, æ, f. (*diligens*), diligence, carefulness, attention, industry.

Dimidius, a, um, adj. (*dis & medius*), halved, half.

Dimitto, ĕre, mīsi, missum, a. (*dis & mitto*), to send different ways *or* to different places, send off *or* away, dispatch; to dismiss, discharge, let go, send away, discard; to lay aside; to leave, omit, forego, pass over; to remit, forgive.

Dimŏveo, ēre, mōvi, mōtum, a. (*dis & moveo*), to move, stir; to put aside, remove, separate. *Fig.* to alienate.

Dirĭmo, ĕre, ēmi, emptum, a. (*dis & emo*), to part, divide, separate; to interrupt, put an end to, put a stop to, break off; to render null, frustrate.

Dirĭpio, ĕre, ripui, reptum, a. (*dis & rapio*), to tear asunder *or* in pieces; to plunder, spoil, pillage, rob, seize, carry off.

Diruo, ĕre, ui, ŭtum, a. (*dis & ruo*, to overthrow), to pull down, overthrow, destroy, demolish.

Dis see *Deus.*

Discēdo, ĕre, cessi, cessum, n. (*dis & cedo*), to part, divide, open; to depart, go away; to go, betake one's self. Discedere, abire, etc. *are used to mark the result of a contention,* to come off; as, *discedere æquâ manu,* see *Manus. Discedere victus,* to be vanquished *or* worsted. *In alicujus sententiam discedere,* to go over to his opinion, to vote with him on a division of the senate, to approve of *or* assent to his opinion. *Ab armis discedere,* to lay down one's arms. *Profugus discedere,* to flee.

Discepto, āre, āvi, ātum, a. (*dis & capto*) *with* de *and abl.* to contend, dispute debate, discuss, confer, reason; to judge, decide, determine.

Discerno, ĕre, crēvi, crētum, a. (*dis & cerno*) to distinguish, discern; to separate, divide; to determine, judge, § 265.

Disciplīna, æ, f. (*disco*), discipline instruction, learning, education; science, skill; an art, profession; military discipline; use, custom, habit.

Disco, ĕre, didĭci, a. & n., § 271, to learn, acquire a knowledge of; to study; to understand, know.

Discordia, æ, f. (*discors,* discordant), discord, dissension, disagreement, variance, debate, strife, broil.

Discordiōsus, a, um, adj. (*discordia*), prone to discord, quarrelsome.

Discrīmen, ĭnis, n. (*discerno*), a division, separation; a difference, distinction.

Disjectus, a, um, part. & adj., dispersed, routed, scattered: *from*

Disjĭcio, ĕre, jēci, jectum, a. (*dis & jacio,* to cast), to cast asunder, to overthrow, disperse, scatter, rout, discomfit, put to flight.

Disjungo, ĕre, xi, ctum, a. (*dis & jungo,* to join), to disunite, disjoin, separate, divide.

Dispar, ăris, adj (*dis & par*), unequal, dissimilar, unlike, different.

Dispergo, ĕre, si, sum, a. (*dis & spargo,* to scatter), to scatter on all sides, disperse. *Fig.* to spread abroad, disseminate, scatter.

Dispersus, a, um, part. (*dispergo*).

Dispertio, īre, īvi, ītum, a. (*dis & partio*), to divide, distribute.

Dispōno, ĕre, posui, posĭtum, a. (*dis & pono*), to place here and there, to distribute; to place *or* set in order, dispose, arrange; to station.

Disposĭtus, a, um, part. (*dispono*).

Dissensio, ōnis, f., a disagreement, dissension, difference, variance: *from*

Dissentio, īre, si, sum, n. (*dis & sentio*), to be of a contrary opinion, dissent, disagree. *Fig.* to differ, be different *or* dissimilar.

Dissĕro, ĕre, serui, sertum, n. (*dis & sero,* to join together), *with* de *and the abl. rarely with acc. and sometimes with both acc. & abl* to discourse, talk, converse, debate, reason, argue, dispute, speak, treat *or* speak of, discuss; to declare, relate, § 265.

Dissimĭlis, e, adj. (*dis & similis*), § 250, unlike, dissimilar, different.

Dissimilĭter, adv. (*dissimilis*), differently, in a different manner.

Dissimulātor, ōris, m., a dissembler; one who conceals the truth, one who pretends that that is not which is, skillful in dissimulation: *from*

Dissimŭlo, āre, āvi, ātum, a. (*dis & simulo*), to dissemble, cloak, disguise, conceal, counterfeit, feign.

Dissolvo, ĕre, solvi, solūtum, a. (*dis & solvo*), to dissolve, loose, untie, unloose, disunite; to dissipate; to remove, terminate, end, put an end to, destroy. *Dissolvi senectute*, to die of old age.

Distrăho, ĕre, axi, actum, a. (*dis & traho*), to draw *or* pull asunder, divide, separate; to perplex, distract.

Distrĭbuo, ĕre, ui, ūtum, a. (*dis & tribuo*), to divide, distribute.

Ditio, ōnis, f., rule, power, dominion, empire, authority.

Diu, adv. comp. *diutius*, sup. *diutissĭme*, (*properly the abl. of dius, obs.* a day), in the day-time, by day; long, for a long time. The comparative, *diutius*, is sometimes used for the positive, *diu*.

Dius Fidius, i. e. *Jovis filius*, the son of Jupiter, see *Fidius*. *Dius*, in this combination, is by some supposed to be a Greek genitive, by others the nominative for *Deus*.

Diuturnĭtas, ātis, f., length of time, long continuance, long duration: *from*

Diuturnus, a, um, adj. (*diu*), of long duration *or* continuance, long, lasting long continued, protracted.

Divello, ĕre, velli, & vulsi, vulsum, a, (*dis & vello*, to pluck), to pull asunder *or* in pieces, separate, disjoin; to tear away, separate by violence.

Diversè, adv., in different parts, diversely; different ways. *Pauci paulo diversiùs conciderant*,—in places slightly different,—a little removed: *from*

Diversus, a, um, part. & adj. (*diverto*, to turn aside), turned another way turned different ways, in different directions, from different quarters, at different places, separate. *Omnes jam antea diversi audistis*,—have already heard separately, *or* some in one place, some in another;—opposite, contrary; different, unlike, of a different character, having different views *or* tastes, inconsistent, diverse, various. *Diversus agitabatur*, was variously agitated, was agitated by opposite feelings. *Reges diversi, pars ingenium, alii corpus exercebant*,—pursuing opposite courses.

Dives, ĭtis, adj., rich, wealthy, opulent.

Divĭdo, ĕre, vīsi, vīsum, a., to divide, part, separate; to distribute, portion out, allot.

Divīnus, a, um, adj. (*divus*, divine), divine, heavenly.

Divisio, ōnis, f. (*divido*), a dividing, division, separation; a distribution.

Divīsus, a, um, part. (*divido*).

Divitiæ, ārum, f. pl. (*dives*), riches, wealth.

Divulgo, āre, āvi, ātum, a. (*dis & vulgo*, to publish). § 265, to make public, publish, divulge, spread abroad.

Do, dare, dedi, datum, a., § 223 to give, bestow, grant, afford, offer, present, furnish, confer, impart, make, occasion. *Dare fidem*, to give a promise, promise. *Dare fidem publicam*, to pledge the public faith, to give assurance of impunity. *Dare jusjurandum*, to take an oath, to swear. *Dare operam*, to endeavor, labor, strive, take care, be at pains. *Dare nego-*

tium, to give in charge, to charge, commission, direct. *Dare pœnas*, to give satisfaction, *hence*, to suffer punishment, be punished. *Dare se*, to yield, submit, give up to, resign. *Dare hostes victos*, to conquer the enemy, § 274, R. 4, *fin. Dare senatum legatis*, to give an audience of the senate—, to admit the ambassadors to plead their cause before the senate. *Præcipitem dare*, to throw, plunge *or* carry headlong, to precipitate. *Dare litteras*, to deliver—. *Dare dono aliquid*, to give anything as a present, to present, § 227. *Dare provinciam*, to commit, allot, assign—.

Doceo, ēre, ui, tum, a., § 231, & R. 3, § 272, § 271, § 265, to show, inform, tell, declare; to teach, instruct. *Doctus sum*, I have been taught, *hence*, I know.

Doctè, adv. (*doctus*), learnedly, skillfully.

Doctor, ōris, m. (*doceo*), a teacher, instructor, master.

Doctus, a, um, part. & adj. (*doceo*), § 250, § 271, R. 1, taught, instructed; learned, skilled, well versed.

Documentum, i, n. (*doceo*), a document, example, pattern, lesson; a proof, instance, specimen.

Dolens, tis, part. & adj., grieving, sorrowing, deploring, lamenting, occasioning vexation *or* chagrin, painful, afflictive, offensive, § 222, 3: *from*.

Doleo, ēre, ui, n. & a., § 232, (2.) to grieve, sorrow, be sad *or* sorry, be in pain, be grieved *or* afflicted; to mourn, take to heart, grieve *or* be sorry for, deplore, lament.

Dolor, ōris, m. (*doleo*), pain, grief, distress, sorrow, anguish, a painful sense *or* feeling, indignation, chagrin, vexation, resentment, anger, mortification. *Dolor injuriæ*, indignation *or* resentment on account of—.

Dolus, i, m., a device, crafty purpose, artifice, stratagem, trick; guile. deceit, treachery, cunning, fraud, artifice, craftiness; subtlety, dexterity adroitness, address, acuteness. *Dolo an verè*, in pretence or in reality.

Dominatio, ōnis, f., dominion, rule, authority, government, power, sovereignty, tyranny, despotism, domination: *from*

Domĭnor, āri, ātus sum, dep., to be lord and master, rule, bear rule, reign, govern, domineer.

Domĭnus, i, m. (*domus*), a master of a house, master of slaves, proprietor, possessor, owner, lord, ruler, master, tyrant.

Domĭtus, a, um, part. & adj., tamed, subdued; tame: *from*

Domo, āre, ui, ĭtum, a., to subdue, conquer, overcome, vanquish, break *or* tame wild animals; to obtain the mastery over, gain the ascendency, surmount; to render easy *or* practicable.

Domus, us, & i, f., § 89, a private house, a house, home, habitation, dwelling, place of abode. *Domi*, at home, § 221, R. 3, in one's own house, in one's own country. *Domi militiæque* or *belli*, in peace and in war *Domi—foris*, at home—abroad. *Domum, after a verb of motion*, home; *se domum proripere*, to hasten home, § 237, R. 4. *Domo*, from home; *domo egressus*, leaving home, § 255. R. 1. *Extorrem patriâ, domo*, an exile from my country and my home.

Donātus, a, um, part., presented, honored, rewarded, loaded with presents: *from*

Dono, āre, āvi, ātum, a. (*donum*), to give liberally, bestow freely, present; *with an accusative of the person*, to honor reward, distinguish by rewards.

Donum, i, n. (*do*), a gift, free gift present, offering, bribe. *Militaria dona*, military rewards, honorary rewards bestowed publicly upon merito rious soldiers. *Dignum dono*, worth the giving.

Dormio, ire, ivi, itum, n., to sleep, be asleep, slumber.

Dubiè, adv. (*dubius*), doubtfully, dubiously. *Haud dubie*, without doubt, undoubtedly, unquestionably.

Dubitatio, ōnis, f., a doubting; doubt, uncertainty, hesitation, suspense, irresolution, indecision. *Per dubitationem*, in indecision: *from*

Dubĭto, āre, āvi, ātum, n., § 271, § 265, to doubt, be in doubt, be uncertain, hesitate, scruple, waver, delay, be backward, be reluctant.

Dubium, i, n., doubt, uncertainty. *In dubio*, in doubt, in danger: *from*

Dubius, a, um, adj. (*duo*), § 265, doubtful, dubious, uncertain, dangerous; hesitating, wavering; dark, threatening, gloomy. *Dubiæ res*, troubles, difficulties, perils, perplexities, adverse *or* untoward circumstances: *also*, subjects of doubt *or* perplexity. *Hostes dubii*,—wavering, on the point of giving way.

Ducenti, æ, a, num, adj. (*duo & centum*), two hundred.

Duco, ĕre, xi, ctum, a., to draw, lead, conduct, take along; to protract; to lead, command, as a general; to attract; to take, assume, acquire; to esteem, hold, think, consider, account, reckon, regard, place, put, § 211, § 227, § 230, § 272; to ascribe, impute, attribute, construe. When joined with *trahere* and *rapere* which denote the act of acquiring by violence, *ducere* is supposed to mean, to obtain by cunning and deceit, to enrich one's self by fraud

Ducto, āre, āvi, ātum, a. freq. (*duco*), to lead frequently, lead, conduct, command as a general.

Dum conj. & adv., while, whilst, whilst that, during the time that *or* in which, as long as; until; provided, § 263, 2, & 4. *Dum pateret*, provided he could—so he could but obtain

Duo, æ, o, num. adj., two, § 118, 1.

Duodĕcim, num. adj. ind. (*duo & decem*), twelve.

Duritia, æ, f., (*durus*, hard), hardness, callousness, roughness, hardiness, austerity, self-denial, power of endurance.

Duûm, see *Duo*, & § 118, 1, R. 1.

Dux, ducis, m. & f., a leader, guide, conductor, general.

E.

E or *Ex*, *prep. with the abl.* § 195, R. 2, from, out of. *Denoting the materials of which any thing is made*, of, out of. *Denoting time*, from, since, after.—Of; on account of, in consequence of; *partitively*, of, among;—according to, in accordance *or* conformity with; in, on. *Ex alterâ parte*, on the other side. *Pendere ex aliquo*, to depend upon—. *E* or *ex with the ablative is often used to denote a remote cause. With its noun it is often used instead of an adverb; as*, *Ex improviso*, unexpectedly. *Denoting a change of condition*, from, in place of, instead of, from being, after: *Ex summâ lætitiâ, tristitia invasit. Ex voluntate*, according to one's pleasure, wish, desire, as one pleases. *Ex copiâ rerum*, *literally*, from the store of things, plans, *or* measures, *i. e. from which a choice could be made*, in present circumstances. *Ex sententiâ*, according to one's wishes. *Ex sententiâ ambobus*, acceptable to both. *In composition*, see § 196, 6, & § 197, 9.

Ea, see *Is*.

Eà, adv, (*is*), sc. *parte*, or *viâ*, that way, through that place, in that way

Eàdem, adv. (*properly abl. fem. of idem, sc. viâ*), the same way.

Ecce, int., lo! see! behold!

Edīco, ĕre, xi, ctum, a. & n. (*e &*

dico) § 265, to declare publicly, speak out, relate, tell, publish, order.

Edictum, i, n. (*edico*), an edict, proclamation, order, charge, injunction, general order.

Edĭtus, a, um, part. & adj., published; raised, elevated; high, lofty. *Editus in immensum*, of vast height: *from*

Edo, ĕre, edĭdi, edĭtum, a., to utter *or* put forth, speak; to declare, show, tell, relate, set forth, exhibit; to publish, put out, spread abroad, make known; to raise, elevate.

Edŏceo, ēre, ui, tum, a. (*e & doceo*, § 197, 9), § 231, & R. 3, § 265, § 271, to teach, instruct carefully; to direct, show, inform, make known.

Edoctus, a, um, part. (*edoceo*), § 234, I.

Edūco, ĕre, xi, ctum, a. (*e & duco*), to draw *or* lead forth, draw out, draw.

Effectus, a, um, part. (*efficio*), made, done, finished, completed.

Effemĭno, āre, āvi, ātum, a. (*ex & femina*, a female), to make feminine; to enervate, render soft *or* effeminate.

Effĕro, ferre, extŭli, elātum, irr. a. (*ex & fero*), to bring forth, carry forth *or* out; to produce, yield; to publish; to say, speak; to raise, exalt, advance, promote. *Se efferre*, to boast one's self, pride one's self, be elated, puffed up. *Pecuniā aut honore efferre*, to distinguish by pecuniary rewards or promotion.

Effētus, a, um, adj. (*ex & fetus*, having brought forth), having brought forth young; past bearing; worn out, exhausted, decayed, weak, feeble.

Effĭcio, ĕre, fēci, fectum, a. (*ex & facio*), § 273, I, to bring to pass, do, effect, accomplish, complete. finish, to make, perform, execute; to render; to cause, occasion.

Effringo, ĕre, frēgi, fractum, a. (*ex & frango*), to break, break open, break in pieces

Effŭgio, ĕre, ūgi, ugĭtum n., & a. (*ex & fugio*), to fly, fly away, escape, flee: § 229, to avoid, shun, evade, escape from.

Effundo, ĕre, fūdi, fūsum, a. (*ex & fundo*), § 242, to spill, pour out, shed; to spread, scatter, disperse; to pour *or* rush forth in crowds.

Effūsè, adv., in a scattered manner without restraint, loosely, scatteringly irregularly: *from*

Effūsus, a, um, part. & adj. (*effundo*), poured out; let loose, scattered, dispersed, in disorder, spread abroad, poured forth. *Effusi consedere*,—irregularly, in a disorderly manner.

Egens, tis, part. & adj. (*egeo*), needing, wanting, demanding, requiring; needy, in want, poor, destitute of. *Egentissimus quisque*, the most needy: *from*

Egeo, ĕre, ui, n. § 250, 2, (2.) & § 220, 3, to need, want, be in want of, stand in need of, require, be destitute of, lack, be lacking in.

Egestas, ātis, f. (*egeo*), want, poverty, indigence, beggary; destitution.

Ego, mei, pro. § 132, & § 133, *m. & f.* I; *pl. nos*, we. *Mecum*, with myself, in my own mind.

Egŏmet, intensive pro. m. & f., § 133, R. 2, I myself. *Nosmet*, we ourselves.

Egrĕdior, ĕdi, gressus sum, dep. (*e & gradior*, to step), § 242, & R. 1, & R. 3, *last clause*, § 276, II. to go out, depart, depart from, set forth from; to ascend, mount, climb; to pass over, go beyond. *Scalis egressi*, having ascended by means of ladders.

Egregius, a, um, adj. (*e & grex*), excellent, remarkable, eminent, surpassing, egregious, notable, noble, singular, rare, extraordinary.

Egressus, us, m. (*egredior*), a going out.

Egressus, a, um, part. (*egredior*).

Eheu, int. § 238, 2. & § 240 ah! alas!

Ejectus, a, um, part.: *from*

Ejicio, *ĕre*, *jēci*, *jectum*, *a.* (*e* & *jacio*), § 242, & R. 1, to cast *or* throw out, eject, expel; to banish, drive out.

Eleganter, *adv.* (*elĕgans*, elegant), elegantly, choicely, nicely, gracefully.

Elephantus, *i*, *m.* & *f.*, an elephant.

Eloquentia, *æ*, *f.*, (*eloquens*, eloquent), eloquence,

Ementior, *īri*, *ītus sum*, *dep.* (*e* & *mentior*), to lie; to pretend falsely, feign, falsify, state *or* report falsely.

Emĕreo, *ēre*, *ui*, *ĭtum*, *a.*, and *Emĕreor*, *ēri*, *ĭtus sum*, *dep.* (*e* & *mereo*), to merit, deserve; to serve out.

Emerĭtus, *a*, *um*, *part. pass.* & *act.* & *adj.* (*emereo* & *emereor*), merited, deserved. *Homines emeritis stipendiis*, § 211, R. 6, men who have completed their term of military service.

Emĭnens, *tis*, *part.* & *adj.*, rising up, standing out, eminent, high, lofty, projecting: *from*

Emĭneo, *ĕre*, *ui*, *n.* (*e* & *mineo*, to hang over), to rise *or* grow up, be raised above, stand out, project.

Emĭnus, *adv.* (*e* & *manus*), from a distance, at a distance, afar off.

Emissus, *a*, *um*, *part.*: *from*

Emitto, *ĕre*, *mīsi*, *missum*, *a.* (*e* & *mitto*,) to send forth *or* out, let go; to sling, hurl, throw, discharge.

Emo, *ĕre*, *emi*, *emptum*, *a.*, to buy, purchase.

Emŏrior, *i*, *mortuus sum*, *dep.* (*e* & *morior*), to die, die outright, utterly perish. *Emori per virtutem*, to die bravely.

Emptor, *ōris*, *m.* (*emo*), a buyer, purchaser.

En, *int.*, lo! see! behold!

Enim, *conj.* § 279, 3, (*c.*) for, indeed, but, now. *At enim*, but, indeed. *Enim vero*, or *enimvero*, indeed, truly.

Enīsus, *a*, *um*, *part.* (*enitor*).

Enitesco, *ĕre*, *nitui*, *n. inc.* (*eniteo*, to shine), to shine forth, become famous, become distinguished.

Enītor, *i*, *nīsus sum*, *dep.* (*e* & *nitor*), *with a subj.* or *inf.*, § 273, 1. to make an effort, strive, struggle, endeavor try, exert one's self. *Enisum est pass. impers.*, an effort was made they exerted themselves.

Enumĕro, *āre*, *āvi*, *ātum*, *a.* (*e* & *numero*, to number), § 265, to enumerate recount, reckon up, recite.

Enuncio, *āre*, *āvi*, *ātum* *a.* (*e* & *nuncio*), to pronounce, proclaim, declare, express, divulge, disclose, reveal.

Eo, *ire*, *ivi*, *itum*, *irr. n.*, § 182, § 210, to go, travel, march, proceed. *Venum ire*, see *Venus*. *Perditum ire*, to be going to destroy, to be bent upon destroying, § 276, II. *Eunt ereptum præmia*, § 276, II. R 2. *Contra injurias armatus ire*, to go in arms—, to take up arms—. *Ire pedibus in sententiam*, to agree, *or* go over to any one's opinion. *In the Roman senate, when two or three of the senators had expressed their opinions, the rest were accustomed to* go over *to the seats of those of whose opinions they approved. Obviam itum est*, see *Obviam*,

Eò, *adv.* (*is*), Eò *is used either for the old dative of* is, *or for the ablative*, (*a*), thither, to that place, to this. *When followed by* ut, quo, *or a genitive*, so far, to such a pitch *or* degree to that degree, to such a pass, § 212, R. 4, N 3. (*b*) *For* ibi *or* in eo loco, there, in that place. *With comparatives*, by so much, so much, the. *Also*, *either with or without the particles*, quo, quod, quia, &c. on that account, for that reason, for that, therefore; for this *or* that purpose.

Eo, see *Is*.

Eōdem, *adv* (*idem*) to the same place, thither, to the same end *or* object, to the same purpose,

Epistŏla, *æ*, *f.*, a letter. epistle.

Epŭlæ, *ārum*, *f. pl.*, food, victuals, a feast, banquet.

Eques, *ĭtis*, *m.* & *f.* (*equus*), a horseman, trooper; a knight. *Equĭtes*

knights, *a title of rank amongst the Romans. The knights constituted an order of citizens between the patricians and plebeians. Also*, cavalry, horse, horsemen.

Equester, tris, tre, adj. (*eques*), pertaining to a horseman, equestrian. *Equestre prœlium*, a battle of cavalry; —belonging to the *Equites or* knights. *Equester ordo*, the order of knights.

Equĭdem, conj. (*ex* or *e intensive, & quidem*), indeed, truly, in truth, for my part. *This word in most authors is usually joined with verbs of the first person singular.*

Equitātus, us, m., riding; the cavalry, a body of horsemen, troop of horse: *from*

Equĭto, āre, āvi, ātum, n. (*eques*), to ride on horseback.

Equus, i, m., a horse, steed. *Equo circumire*, to ride round.

Erectus, a, um, adj. & part. (*erigo*), erect, elevated. *Fig.* confident, encouraged, attentive, roused, excited, awakened.

Ereptus, a, um, part. (*eripio*).

Ergo, illative, conj., therefore, then.

Erĭgo, ĕre, exi, ectum, a. (*e & rego*), to raise, erect, set upright; to lift *or* set up,—build up, elevate: to cheer up, encourage; to rouse, excite.

Erĭpio, ĕre, ipui, eptum, a. (*e & rapio*), § 224, R. 2, & § 242, R. 1, to take away by force; take away, extort, wrest from; to free, liberate, rescue, withdraw, extricate, save, deliver from. *Ire ereptum*, to be bent upon taking away, strive to take away.

Errātum, i, n., a mistake, error; a fault, offence: *from*

Erro, āre, āvi, ātum, n., to wander up and down, wander about, stray, go astray *Fig.* to err, mistake, go wrong, be mistaken.

Erŭdio, īre, īvi & ii, ītum, a. (*e & rudis*), to teach. instruct, inform, direct; to bring up, educate.

Erudītus, a, um part. & adj. (*erudio*), taught, instructed, learned, skilful, versed, skilled.

Erumpo, ĕre, ūpi, uptum, a. & n (*e & rumpo*, to break), § 242, to break *or* burst forth, sally forth.

Escendo, ĕre, di, sum, n. (*e & scando*, to climb), to mount, ascend.

Et, conj., and, even: *et—et*, both—and, not only—but also. *The clause introduced by* et *is sometimes explanatory of the preceding one.* Et *like* ac *or* atque *has sometimes the force of* et quidem: see *Atque, and is sometimes used instead of* sed. See *Ac.* Et *is sometimes omitted, at the close of an enumeration, before* alius, cetera, reliquus, omnes, etc.

Etĕnim, conj. (*et & enim*), for, truly, because that.

Etiam, conj. & adv., also, likewise, besides, even; yet, still, as yet. *Etiam atque etiam*, again and again, over and over again, repeatedly. *Etiam nunc*, even now, still, yet. *Etiam tum*, even then, down even to that time, already. *Etiam si*, even if, although, though. *Etiamtum, adv.* (*etiam & tum*), still at that time, still. *This particle denotes that something formerly existed which has now ceased to exist*

Etruria, æ, f., Etruria, *now* Tuscany, a country of Italy lying on the right of the Tiber. C. 27.

Eundo, gerund, (*eo, ire*).

Eurōpa, æ, f., Europe, one of the three great divisions of the eastern continent. *It is said to have been named from Europa the daughter of Agenor king of Phœnicia.* J. 17.

Evādo, ĕre, si, sum, n. & a. (*e & vado*), § 242, & R. 1. to go out, get away, escape from; to make one's way penetrate, pass; to ascend, mount, climb; to run away, escape *Fig.* to end, turn out, terminate become, prove. *Evadere huc* to end in this, come to this.

Evĕnio, īre, ēni, entum, n. (*e & venio*), § 223, § 260, R. 3, to come out, come, proceed; to happen, fall out, occur, turn out; to fall by lot, fall to the lot of.

Eventus, us, m. (*evenio*), an event, accident, issue, effect, result, consequence, end.

Evocātus, a, um, part., called out, summoned, invited. *Evocati, ōrum, m. pl., in military language, were veteran soldiers, who after completing their term of service were induced to enlist again, and to whom a more honorable station was assigned*, re-enlisted veterans: *from*

Evŏco, āre, āvi, ātum, a. (*e & voco*), § 242, R. 1, to call out, invite, summon; to reënlist.

Ex, see *E.*

Exactus, a, um, part. & adj. (*exigo*), driven away; past, finished, spent.

Exædificātus, a, um, part., built: *from*

Exædifĭco, āre, āvi, ātum, a. (*ex & ædifico*), to build up, build, finish.

Exæquātus, a, um, part., shared equally, made equal: *from*

Exæquo, āre, āvi, ātum, a. (*ex & æquo*, to level), to make equal *or* even, equalize, equal; to make to tally with *or* agree. *Facta dictis sunt exæquanda*, deeds must be truly represented by words, must be faithfully narrated.

Exagitātus, a, um, part.: *from*

Exagĭto, āre, āvi ātum, a. (*ex & agito*), to harass, vex, agitate, disturb; to rouse, stir up, irritate, move, excite; to inveigh against, censure, reproach; to debate, agitate, discuss, bruit, noise abroad.

Excēdo, ĕre, essi, essum, n. (*ex & cedo*), § 242, & R. 1, to depart, go forth, retire, withdraw.

Excelsus, a, um, adj. (*excello*, to be high), high, lofty. *In excelso ætatem agere*, to live *or* pass one's life in an elevated station.

Excio, īre, īvi, ītum, and *Excieo ēre, ivi, ĭtum, a.* (*ex & cio* or *cieo*, § 242, to move), to raise, excite, rouse, to call out, incite, induce, lead, disturb.

Excĭpio, ĕre, ēpi, eptum, a. (*ex & capio*), to receive, take up; to except

Excĭto, āre, āvi, ātum, a. freq. (*ex cio*), to call out, rouse, to move, stir up, excite, incite, spur on, stimulate.

Excĭtus, and *Excītus, a, um, part.* (*excio* and *excieo*).

Exclāmo, āre, āvi, ātum, a. (*ex & clamo*, to cry aloud), § 272, to cry *or* call out, exclaim; to call *or* say with a loud voice.

Excrŭcio, āre, āvi, ātum, a. (*ex & crucio*, to torment), to torture. *Fig* to afflict, torment, distress, disquiet, harass, fret, vex, disturb.

Excŭbo, āre, ui, ĭtum, n. (*ex & cubo*, to lie), to sleep out of doors; to watch, keep watch, mount guard, stand sentry.

Exemplum, i, n. (*exĭmo*, to take out), a copy, transcript; an example, instance, precedent.

Exerceo, ēre, ui, ĭtum, a. (*ex & arceo*, to keep off), to practice, train, exercise, employ, use, make use of, occupy, indulge, gratify; to conduct, carry on, prosecute. *Exercere inimicitias cum aliquo*, to be on terms of enmity with—.

Exercitātus, a, um, part. & adj., exercised, versed, trained, practiced, habituated: *from*

Exercĭto, āre, āvi, ātum, a. freq. (*ex erceo*), to exercise.

Exercĭtus, us, m. (*exerceo*), an army

Exercĭtus, a, um, part. (*exerceo*), exercised; wearied, tired; conducted carried on.

Exĭgo, ĕre, ēgi, actum, a. (*ex & ago*), to lead out, to send forth *or* out, to drive out; to pass, lead, spend; to finish, complete, perform.

Existĭmo, āre, āvi, ātum, a. (*ex & æs*

timo), § 272, to judge, think, esteem, account, reckon, suppose, imagine; to decide, determine; to estimate, consider, weigh, § 265.

Exitium, i, n. (*exeo*, to go out), ruin, mischief, destruction; issue, end, death.

Exĭtus, us m. (*exeo*), a going out, exit; an event, issue, end, close, termination, result.

Exopto, āre, āvi, ātum, a. (*ex & opto*), to wish *or* desire greatly, covet, desire; to choose.

Exorior, īri, ortus sum, dep. § 177, (*ex & orior*), to rise, arise, spring up.

Exornātus, a, um, part. & adj., adorned, furnished, embellished: *from*

Exorno, āre, āvi, ātum, a. (*ex & orno*, to fit out), § 249, I, to adorn, embellish, deck out, dress; to furnish, supply, equip; to arrange, prepare, provide, dispose, make preparations.

Exortus, a, um, part. (*exorior*).

Expĕdio, īre, īvi & ii, ītum, a. & n. (*ex & pes*), to free, discharge, liberate; to disentangle, free from difficulties, disengage, unloose, extricate; to despatch, finish, put an end to, accomplish, bring about, bring to a happy conclusion; to get ready, put in readiness, prepare; to explain, relate, tell, set forth.

Expeditio, ōnis, f. (*expedio*), a military expedition.

Expedītus, a, um, part. & adj. (*expedio*), freed, liberated, disengaged; light armed, unencumbered; free from baggage, prepared, equipped, ready.

Expello, ĕre, pŭli, pulsum, a. (*ex & pello*), § 242, to drive out *or* away, expel.

Expergiscor, i, experrectus sum, dep. (*expergo*, to awaken), to awake, rouse one's self, rouse up.

Experimentum, i, n., an experiment, trial, proof; experience: *from*

Experior īri, expertus sum, dep., to try, make trial of, use, attempt, prove, experience; to find. *Extrema omnia experiri*, to try all desperate measures, to go to all extremes.

Experrectus, part. (*expergiscor*).

Expers, tis, adj. (*ex & pars*), § 213 R. 5, (2.) not concerned in, free from, without, destitute of, void of.

Expertus, a, um, part. (*experior*).

Expīlo, āre, āvi, ātum, a. (*ex & pilo* to pillage), to rob, plunder, pillage.

Explāno, āre, āvi, ātum, a. (*ex & plano*, to make plain), to make plain *or* smooth. *Fig.* to explain, interpret, shew, relate, tell.

Expleo, ēre, ēvi, ētum, a. (*ex & pleo, obs.*) § 249, I., to fill, fill up; to satisfy, satiate, gratify; to complete, accomplish, supply. *Muneribus explere*, to load with gifts.

Explorātus, a, um, part. & adj., certainly known, ascertained, explored, sure: *from*

Explōro, āre, āvi, ātum, a. (*ex & ploro*, to cry), § 265, to search diligently, search, scrutinize, explore, examine, spy out, seek out, ascertain, reconnoitre.

Expōno, ĕre, osui, osĭtum, a. (*ex & pono*), to put out, set forth, expose; to explain, tell, relate, declare; to display.

Expugno, āre, āvi, ātum, a. (*ex & pugno*), to conquer, vanquish, subdue, overcome. *Expugnare* or *expugnare armis*, to storm, carry *or* take by storm; to assault.

Expulsus, a, um, part. (*expello*).

Expurgo, āre, āvi, ātum, a. (*ex & purgo*, to cleanse), to purge, cleanse, purify. *Fig.* to clear, justify, exculpate, excuse.

Exquīro, ĕre, quisīvi, quisītum, a (*ex & quæro*), to search out, examine ask, explore, inquire into, seek out. *Exquirere sententias*, to take the votes *or* opinions.

Exquisītus, a, um, part. (*exquiro*).

Exsanguis, e, adj. (*ex & sanguis*)

without blood, bloodless, pale, lifeless, feeble, weak, exhausted.

Exsecratio, ōnis, f., imprecation, execration, curse; an oath: *from*

Exsecror, āri, ātus sum, dep. (*ex & sacro*, to make sacred), to curse, execrate, detest.

Exsĕquor, i, cūtus sum, dep. (*ex & sequor*), to follow, pursue; to copy, imitate; to prosecute, continue; to execute, accomplish, do, perform.

Exsilium, i, n. (*ex & solum*, the soil), banishment from one's native soil, exile.

Exspectatio, ōnis, f., an expecting, expectation, desire: *from*

Exspecto, āre, āvi, ātum, a. & n. (*ex & specto*), to look for, wait for, expect; to long for, hope *or* wish for, desire.

Exspolio, āre, āvi, ātum, a. (*ex & spolio*), to spoil, rob, strip, plunder, pillage.

Exstinctor, ōris, m. (*exstinguo*), an extinguisher, destroyer.

Exstinctus, a, um, part. & adj., extinguished, cut off, extinct, destroyed; decayed, sunk into obscurity: *from*

Exstinguo, ĕre, nxi, nctum, a. (*ex & stinguo*, to extinguish), to put out, extinguish, quench; to cut off, kill, destroy, remove.

Exstruo, ĕre, uxi, uctum, a. (*ex & struo*, to build), to build up, raise, rear, heap *or* pile up, construct. *Exstruere mare*, to build up a sea, *i. e.* to fill and build upon the sea, fill the sea with buildings.

Exsul, ŭlis, m. & f. (*ex & solum*, the soil) one banished from his country, an exile. *It is followed by the ablative of the place, from which one is banished, depending on* ex *in composition.*

Exsulto, āre, āvi, ātum, n. freq. (*exsilio*, to leap out), to leap, frisk, bound, leap with joy. *Fig.* to rejoice greatly, exult.

Exsupĕro, āre, āvi, ātum, n. & a (*ex & supero*), to surpass, excel, exceed, go beyond, overcome.

Exsurgo, ĕre, surrexi, surrectum, n (*ex & surgo*, to rise), to rise, rise up rouse one's self; to recover strength, take courage.

Extenuātus, a, um, part.: from

Extenuo, āre, āvi, ātum, a. ex & tenuo, to make thin), to make small *or* slender, to attenuate, thin *Extenuare aciem*, to diminish the depth of the line by extending it in length to draw out, extend.

Exter or *Extĕrus, a, um, adj.* § 125 4, (*ex*), of another country, foreign, comp. *exterior*, sup. *extrēmus*, which see.

Extollo, ĕre, a. (*ex & tollo*), to lift *or* hold up, raise up, elevate; to raise to high honors *or* offices; to praise, magnify, exaggerate. *Extollere se*, to raise up one's self, assume importance, feel one's importance. *Extollere verbis, laudibus* or *laudando*, to praise, extol.

Extorqueo, ēre, orsi, ortum, a. (*ex & torqueo*, to turn), to extort, wrest, take away by force.

Extorris, e, adj., exiled, banished. *It is construed with the ablative like* Exsul, *which see.*

Extra, prep. with the acc., without, out of.

Extrēmum, i, n., the end, close, extremity. *Esse*, or *situm esse in extremo*, to be reduced to the last extremity. *Eo in extremo*, in so critical a situation: *from*

Extrēmus, a, um, adj., sup. of *Exter*; extreme, last, latest final, farthest, very *or* most remote, utmost, greatest, outermost. *Extrema dementia*, the height of madness. *Primos et extremos locare*, to station in front and rear. *Extremum agmen*, the rear rank, the rear, § 205, R. 17.

Exuo, ĕre, ui, ūtum, a., § 251 to

strip off, put off. *Fig.* to deprive of, dispossess, strip.

Exūro, ĕre, ussi, ustum, a. (*ex & uro,* to burn), to burn.

Exustus, a, um, part. (*exuro*), burnt, scorched, parched, burnt up.

F.

Fabius, i, m. Q. Fabius Maximus Verrucosus Cunctator, a descendant from the illustrious family (*gens*) of the Fabii, was appointed dictator in the war against Hannibal, and by wisely protracting the war, at length freed Italy from her formidable invaders.

Fabius, i, m., see *Sanga.*

Facetiæ, ārum, f. pl. (*facētus,* facetious), facetiousness, pleasantry, wit, humor.

Facies, ēi, f. (*facio*), the face, countenance, visage; the form, figure, appearance, sight, aspect, mien, look.

Facĭlè, adv., easily, readily, without difficulty; willingly, contentedly; certainly, indisputably, evidently: *Haud facile,* not easily, not readily, rarely, seldom: *from*

Facĭlis, e, adj., § 125, 2, (*facio*), § 222, § 276, III. easy, ready, without difficulty. *Amicitiâ facilis,* easily conciliating friendship, § 250.

Facĭlĭtas, ātis, f. (*facilis*), easiness, facility, readiness. *Fig.* gentleness, courteousness, courtesy, kindness, good humor, complaisance, sociability, conversableness.

Facinorōsus, a, um, adj., wicked, villainous, atrocious: *from*

Facĭnus, ŏris, n., an action, deed, exploit, affair *or* enterprise (*either good or bad*); a bold *or* audacious act. *Ingenii egregia facinora,* the great achievements—, choice products—. *Rei militaris facinora,* military exploits. *Belli facinora,* warlike measures;—wickedness, villainy, guilt, crime. *Catervæ facinorum,* instead of *catervæ făcinorosorum hominum* § 324, 2.

Facio, ĕre, feci, factum, a. & n., to make, do, form; *absolute,* to act, perform deeds *or* exploits;—to elect, choose, create, constitute, excite, cause, render; to commit, perform, execute; to pretend, feign; to value, esteem, care for, § 214. *Facere versus,* to compose—; *with the accusative it often forms a periphrasis, as, facere injuriam,* to injure: *deditionem,* to surrender; *verba,* to speak, converse. *Bene facere,* see *Bene. Parum facere,* to value little. *Gloriam meam laborem illorum facere,* to turn *or* convert their toil to my glory. *Dilicti gratiam facere,* to pardon, forgive, excuse —. *Facere optionem,* to give a choice give liberty of choice: *modum,* to set bounds: *insidias,* to lay snares: *nihil reliqui,* to leave nothing: *fidem verbis,* to give assurance to, cause to be believed—: *periculum alicui,* to cause danger to: *quæstionem,* to institute a prosecution. Imperative *fac,* § 162, 4. *Fac cogites,* reflect, consider, § 267 R. 3.

Factio, ōnis, f. (*facio*), a making, doing; a faction, party, side; union *or* combination, for the purpose of gaining *or* retaining undue power.

Factiōsus, a, um, adj. (*factio*), factious, seditious, addicted to faction, devoted to party, influenced by party spirit.

Factum, i, n., a deed, action, enterprise, exploit, act, occurrence, proceeding, conduct, achievement, fact, circumstance. *Optimum factum est,* it is the best way, it is best: *from*

Factus, a, um, part. (*fio*), made, done, elected. *Bene factum,* a thing done well, a well performed act, a noble *or* illustrious deed. *Facto opus est,* there is need of action, one must act. *Quid facto opus est,* what needs to be done. *Uti facto opus sit, ita agunt*, as should need to be done, as circumstances should require—.

Facundia, æ, f., eloquence: *from*

Facundus, a, um, adj. (*fari*, to say), eloquent.

Fæsŭlæ, ārum, f. pl., a town of Etruria, *now* Fiezoli. C. 24, 30, &c.

Fæsulānus, a, um, adj., of *or* belonging to Fæsulæ, Fæsulan. Subs. A Fæsulan, an inhabitant of Fæsulæ. C. 59, 60.

Fallacia, æ, f. (*fallax*, deceitful,) deceit, trick, artifice, craft.

Fallo, ĕre, fefelli, falsum, a. & n., to deceive, delude, mislead; to violate one's promise; to act treacherously, disappoint, betray. *Nisi me animus fallit*, unless I am mistaken;—to be concealed, escape the notice of, elude. *Nec me fallit*, I am not ignorant, I well know. *Fallor*, I am deceived *or* mistaken.

Falsò, adv., falsely, without reason, unjustly: *from*

Falsus, a, um, part. & adj. (*fallo*), deceived, mistaken, misled, deluded; deceitful, treacherous, faithless, hypocritical, insincere, false; pretended, feigned, untrue; unfounded, groundless. *Habere falsum*, to deceive, disappoint. *Pro falsis ducere*, to consider as untrue.

Fama, æ, f., fame, report, rumor; fame, reputation, character, renown; *Famâ cognitus*, known by reputation;—*fama* or *mala fama*, ill fame, obloquy, censure, calumny, infamy, scandal;—opinion, belief.

Fames, is, f., hunger, fasting.

Familia, æ, f., (*famŭlus*, a servant), the slaves belonging to one master; a family; a company, band. *Filius familias*, and *mater familias*, see *Filius* and *Mater*: *for the genitive familias* see § 43, 2.

Familiāris, e, adj. (*familia*), of *or* belonging to the same retinue of slaves, *or* to a family, intimate, friendly, familiar. *Res familiares*, and *opes familiares*, family estate, private property, property. *Familiaris, is, m.*, a friend, acquaintance.

Familiarĭtas, ātis, f. (*familiaris*), familiarity, acquaintance, familiar friendship, intimacy. *It is found in the plural*, C. 14, *when an intimacy with several persons is spoken of.*

Familiarĭter, adv. (*familiaris*), familiarly, intimately, on terms of intimacy.

Famōsus, a, um, adj. (*fama*), famous, much talked of, celebrated, notorious; infamous.

Fanum, i, n., consecrated ground, a temple, fane.

Fas, n. ind. § 94, divine law, justice, equity, right. *Jus fasque*, human and divine law.

Fascis, is, m., a bundle of wood twigs, &c., a faggot; the *fasces*, a bundle of rods, containing an axe, carried by the lictors before certain Roman magistrates, especially before the consuls. *Fasces corripere*, to seize upon the fasces, *and by metonyme*, to seize upon the consular power, to make one's self consul by force.

Fateor, ēri, fassus sum, dep., to confess, own, grant, acknowledge; to show, manifest, discover.

Fatigo, āre, āvi, ātum, a., to tire, weary, fatigue; to vex, trouble, harass to importune, press with solicitation, urge importunately, § 273, 2; to rouse, incite, stimulate, push on; to weaken, impair, corrupt.

Fatum, i, n. (*for*, to say), a prophecy, oracle, prediction; fate, destiny. *Cui fatum foret*, who was destined.

Fautor, ōris, m. (*faveo*), a favorer, promoter, partisan.

Faux, cis, f. § 94, the larynx, gullet, throat, jaws; a narrow passage, pass *or* defile. *Faucibus urget*, is close upon (us), has (us) in his jaws.

Faveo, ēre, favi, fautum, n., § 223, R. 2, to favor, countenance, befriend.

Favor, ōris, m. (*faveo*), favor, good will, kindness, popularity.

Februarius, a, um, adj. (*februus*, purifying), of *or* pertaining to the month February.

Felicĭter, adv., happily, fortunately; luckily, prosperously, successfully: *from*

Felix, īcis, adj. (*feo, obs.* to create), happy, fortunate, felicitous; rich, opulent; prosperous, successful; fruitful, fertile.

Fenerātor, ōris, m. (*fenĕro*, to lend money on interest), a money lender, one who lends money on interest, a usurer.

Fera, æ, f. (*ferus*), a wild beast.

Fere, adv., almost, nearly, well nigh, about; for the most part.

Ferentarii, ōrum, m. pl. (*fero*), light armed troops.

Ferīnus, a, um, adj. (*fera*), of *or* belonging to a wild animal.

Ferio, īre, a., to strike, smite, beat, cut, wound, to encounter hand to hand. *Ferire arietibus*, to batter,

Ferme, adv. (*fere*), almost, nearly, about; for the most part, generally, usually.

Fero, ferre, tuli, latum, a. & n., to carry, bear, bring, carry away; to produce; to carry off, plunder; to cause, occasion; to exhibit, show; to gain, attain; to suffer, endure, sustain; to say, tell, relate, report, represent. *Fertur*, is said, § 271;—to lead, conduct, tend; to move, incite, incline, dispose; to extol, exalt; to propose, report, represent. *Ferre opem alicui*, to give assistance, to assist—. *Uti fors tulit*, as chance has brought about, as it happens. *Fert animus*,—inclines, is disposed. *Neque aliud alio ferri cerneres*, you would not see (*lit.*) one thing carried one way, another another. i. e. perpetual commotion *Ferri studio*, to be moved *or* carried away by ardor of feeling.

Ferocia, æ, f. (*ferox*), ferocity, fierceness.

Ferocĭter, adv., fiercely, savagely, ferociously, insolently, violently, harshly: *from*

Ferox, ōcis, adj. (*fero*), insolent fierce, headstrong, violent; bold, intrepid, brave, warlike, gallant; cruel, savage, ferocious, untamed, unsubdued. *Multus atque ferox instare*,—incessantly and furiously.

Ferrum, i, n., iron. *Fig.* a sword.

Fertĭlis, e, adj. § 213. R. 5, (2.) (*fero*), fertile, fruitful, productive; abundant, copious, rich.

Ferus, a, um, adj., wild, rude, uncultivated, uncivilized; fierce, cruel, barbarous, savage.

Fessus, a, um, adj. (*fatiscor*, to grow tired), wearied, tired, fatigued; weary, exhausted, worn out, enfeebled.

Festīno, āre, āvi, ātum, n. & a. (*festīnus*, quick), § 271, to hasten, make haste, bestir one's self, be in a hurry; to hasten. accelerate, hurry, do speedily, hasten to accomplish; to hurry to and fro, be agitated.

Festus a, um, adj., festival, festive; joyful. *Festus dies*, a holiday, festival.

Fictus, a, um, part. & adj. (*fingo*), made, formed, contrived; false, feigned, fictitious, imaginary, fabulous. *Ficta loqui*, to dissemble, speak insincerely.

Fidēlis, e, adj. (*fides*), faithful, sincere, trusty, sure.

Fidelĭter, adv. (*fidēlis*), faithfully, sincerely, honestly.

Fides, ĕi, f. (*fido*, to trust to), faith, truth, honesty, honor, veracity, faithfulness, fidelity, devoted attachment, friendship; a promise, assurance word, obligation, engagement; a promise of pardon; public faith, security, praction, help aid, assistance; credit; faith, belief, confidence, trust; credibility, certainty, truth. *Res fidesque*, property and credit. *Fidei causâ*, for credit's sake, to maintain appearances, *also*, for the purpose of inspiring confidence. *Pro deum atque hominum fidem! in earnest asseverations*, witness gods and men! *Per regni fidem*, by royal faith, by the honor of a king. *Datâ et acceptâ fide*, having exchanged promises of fidelity. *Fide nuntii*, confidence in—. *Punica fides*, Carthaginian faith, i. e. bad faith, perfidy. *Fide publicâ dicere*, to speak under a public pledge of impunity.

Fidius, i, m., the same as filius, a son. It is found only in the combination *Dius fidius*, or *Medius fidius; me Dius fidius*, sc. *juvet*, so help me the son of Jupiter, i. e. Hercules, *or*, by Hercules. Others take *fidius* to be properly an adjective signifying faithful, and *Dius fidius* to be, the god of faith.

Fiducia, æ, f. (*fido*, to trust to), trust, confidence, reliance.

Fidus, a, um, adj. (*fido*, to trust to), § 222, faithful, trusty, to be relied on; safe, secure.

Figŭlus, i, m. (*C. Marcius Figulus Thermus*), was consul with L. Cæsar, A. U. C. 690. C. 17.

Figūra, æ, f. (*fingo*), a figure, form, shape; image, likeness.

Filia, æ, f., a daughter: *from*

Filius, i, m., a son. *Filius familias*, a son who is under his father's authority.

Fingo, ĕre, finxi, fictum, a., to form, fashion, make; to suppose, feign, pretend; to imagine, conceive; to devise, contrive. *Fingere verba*, to contrive a fictitious narrative, set up false pretences.

Finis, is, m. & f., the end, conclusion: a boundary, limit. *Fines*, limits, bounds; a country, territory. *Facere finem*, to make an end, to end, terminate. *Finem statuere*, to fix a limit, set boundaries.

Finitĭmus, a, um adj., (*finis*), neighboring, bordering upon, adjoining. *Finitimi, ōrum, m.*, neighbors, neighboring people.

Fio, fiĕri, factus sum, irr. pass. of facio, § 180, § 210, to be made *or* done, to become, happen, come to pass, to be conducted *or* carried on; to be elected, to be. *Fit, imp.* it happens, § 262, R. 3. *For other significations, see Facio.*

Firmo, āre, āvi, ātum, a., to make firm, strengthen, establish, confirm, secure, fortify, guard: *from*

Firmus, a, um, adj., firm, steady, constant, stable, sure, resolute, intrepid, determined, solid, strong, secure, robust, durable, lasting, substantial, to be depended upon, faithful, certain.

Flaccus, i, m. (*L. Valerius*), a Roman *prætor*, who adhered to the cause of the senate during the conspiracy of Catiline. A. U. C. 691. C. 45, 46.

Flaccus, i, m. (*M. Fulvius*), a friend of C. Gracchus. J. 16., 31. 42.

Flagitiōsus, a, um, adj., infamous, flagitious, wicked, profligate, dissolute, disgraceful, dishonorable: *from*

Flagitium, i, n. (*flagĭto*, to dun), a disgraceful *or* shameful crime, profligacy, dissoluteness, lewdness; shame, disgrace, dishonor, infamy, reproach. *Catervæ flagitiorum*, instead of *flagitiosorum hominum*, *the abstract for the concrete*, § 324, 2.

Flagro, āre, āvi, ātum, n. (*flo*, to blow), to burn, be on fire. *Fig.* to be inflamed, enkindled, excited.

Flaminius, i, m., (*C.*), a confederate of Catiline of whom nothing is known. C. 36.

Flamma, æ, f., a flame, blaze. *Fig* ardor, desire.

Flecto, ĕre, xi, xum, a., to bend, bow turn. *Fig.* to move, touch, persuade prevail upon, appease, to change, alter, influence.

Flexus, a, um, part. (*flecto*).

Florens, tis, part. & adj., flourishing, blooming. *Fig.* prosperous: *from*

Floreo, ēre, ui, n. (*flos*, a flower, § 187, I, 1), to flourish, bloom, blossom.

Fluctus, us, m. (*fluo*, to flow), a wave.

Flumen, ĭnis, n. (*fluo*), a stream, a river.

Fluxus, a, um, adj. (*fluo*), flowing, running. *Fig.* fleeting, transient, unsteady, inconstant, not to be depended upon. *Fluxa fide uti*, to be treacherous;—pliant, weak, feeble.

Focus, i, m. (*foveo*), a hearth. *Fig.* a house, home, fireside.

Fœdè, adv., basely, cruelly, disgracefully: *from*

Fœdus, a, um, adj., ugly, deformed, unseemly, unsightly, ghastly, foul, loathsome, filthy; *Fig.* base, shameless, disgraceful, vile, mean, dishonorable; cruel, barbarous.

Fœdus, ĕris, n., a league, covenant, treaty, alliance.

Fons, tis, m., a fountain, spring, well, fount.

Forem, es, et, etc. def. (§ 154, R. 3), § 227, I might be, &c.: *inf. fore, the same as futurus esse; with a subject accusative*, would *or* should be. *Imp. with* ut *and the subjunctive.* § 262, R. 3. *Nunquam ego ratus sum fore, uti.* I never thought it would come to pass— *Perdendæ reipublicæ fore*, see *Sum.*

Foris, adv., without, out of doors, abroad, away from home, in foreign parts *or* countries.

Forma, æ, f., a form, shape, figure, person, beauty, comeliness,

Formīdo, ĭnis, f., fear, terror, dread; that which produces fear, a terror, intimidation; an object of apprehension. *Facere* or *addere formidinem*, to excite fear inspire fear.

Formīdolōsus, a, um, adj. (*formido* timorous, afraid; § 222, 3, causing fear, fearful, terrible, formidable, frightful.

Fornix, ĭcis, m., an arch *or* vault.

Fors, tis, f., chance, luck, hap, fortune. *Forte, abl.*, by chance, by fortune, casually, accidentally, peradventure. *After si, nisi, ne, etc.*, perhaps, perchance.

Forsĭtan, adv. (*fors, sit, an*), perhaps, perchance, peradventure.

Fortis, e, adj., brave, valiant, gallant, courageous, bold, firm, resolute, intrepid, fearless. *Fortia facta*, glorious deeds, gallant achievements.

Fortitūdo, ĭnis, f. (*fortis*), fortitude, bravery, courage, resolution, magnanimity, intrepidity, boldness, fearlessness.

Fortūna, æ, f. (*fors*), fortune, chance, hazard, hap, luck; the goddess Fortune; good fortune; bad fortune, misfortune; state *or* condition in life, rank, fortune, situation, lot, circumstances; the favor, smiles *or* interposition of fortune. *Maxima fortuna*, the highest rank:—*fortunæ, pl.*, property, possessions, riches, wealth, an estate, fortune; *also*, lot, fortune, fate, condition, circumstances.

Fortunātus, a, um, adj. (*fortūno*, to prosper), happy, fortunate, lucky, prosperous, blest.

Forum, i, n., a market place, market, mart; the Forum, a place in Rome where assemblies of the people were held, justice was administered and other public business transacted. *Oppidum, forum rerum venalium*, a market-town, mart.

Fossa, æ, f. (*fodio*, to dig), a ditch; a trench, moat.

Fragĭlis, e, adj., brittle, weak, frail fragile. *Fig.* frail, perishable: *from*

Frango, ĕre, fregi, fractum, a, to break, break in pieces.

Frater, tris, m., a brother.

Fraternus, a, um, adj. (*frater*), of a brother, fraternal.

Fraus, fraudis, f., fraud, deceit, guile, treachery, dishonesty; punishment, loss, damage, detriment, harm, injury. *Sine fraude*, without hurt *or* harm, with impunity;—a fault, crime.

Fregi, see *Frango.*

Frequens, tis, adj., frequent, constant; numerous, many, in great numbers; crowded, full, populous, in full assembly. *Frequentes incedere*, to march in a body. *Frequens Numidia*, the populous parts of Numidia.

Frequentātus, a, um, part. & adj. (*frequento*), frequented, much used, resorted to, visited.

Frequentia, æ, f. (*frequens*), a crowd, throng, press, concourse, multitude, assembly.

Frequento, āre, āvi, ātum, a. (*frequens*), to frequent, go often to, attend upon, resort much to, haunt; to go in great numbers; to fill with inhabitants, crowd, fill, § 249, I.

Fretum, i, n., a strait, narrow part of the sea. *Fretum nostri maris et oceani*, i. e. the straits of Gibraltar.

Fretus, a, um, adj. § 244, trusting to, relying *or* depending on.

Frigus, ŏris, n., cold.

Frons, tis, f., the front of the head, the forehead, brow; the front of any thing, *Frons aciei*, the front *or* van.

Fructus, us, m. (*fruor*), the fruits of the earth, income, profits; profit, advantage, benefit, use.

Frumentor, āri, ātus sum, dep., to collect corn, purvey, forage: *from*

Frumentum, i, n., corn *or* grain of all kinds, wheat, barley: *from*

Fruor, i, ĭtus or *ctus sum, dep* § 245 I, to enjoy, reap the fruits of.

Frustra, adv., to no purpose, in vain. *Frustra esse*, to be frustrated, disappointed; to be in vain, to fail, to be unsuccessful. See *Sum. Frustra discedere*, to depart without accomplishing one's purpose.

Frustrātus, a, um, part., frustrated, disappointed. *Pauci in pluribus minus frustrati*, a few among many being less disappointed (in their aim,) *i. e.* missing less; (*i. e.* than did the enemy): *from*

Frustro, āre, āvi, ātum, a. and *Frustror, āri, ātus sum, dep.*, (*frustra*), to deceive, disappoint, frustrate. *Spes me frustratur*, I am disappointed in my expectation.

Frux, frugis, f. § 94, the fruit *or* produce of the earth, corn, pulse, fruit.

Fudi, see *Fundo.*

Fuga, æ, f., flight; exile, banishment. *Fig.* dismay, consternation *Facere fugam*, to flee.

Fugātus, a, um, part. (*fugo*), routed, discomfited, put to flight.

Fugiens, tis, part. & adj., flying, trying to escape, fugitive: *from*

Fugio, ĕre, fugi, n. & a., to flee *or* fly, run away, escape; to avoid, shun.

Fugitīvus, a, um, adj. (*fugio*), fugitive. *Fugitivus servus*, a runaway slave.

Fugo, āre, āvi, ātum, a., to put to flight, rout.

Fui, etc., see *Sum.*

Fulvia, æ, f., a woman of noble family but profligate character, by whom the conspiracy of Catiline was first brought to light. C. 23.

Fulvius, i, m. (*A*), the son of a Roman senator, put to death by his father for adhering to the party of Catiline. C. 39.

Fulvius, i, m, (*M.*) see *Nobilior.* See also *Flaccus.*

Fundĭtor, ōris, m. (*funda* a sling), a slinger.

Fundo, ĕre, fudi, fusum, a., to pour, to scatter abroad, discomfit. rout, disperse; to pour out, shed, to overthrow, lay prostrate.

Fur, furis, m. & f., a thief, pilferer, plunderer. *Fur ærarii*, a peculator.

Furibundus, a, um, adj. (*furo*, to be mad), raging much, furious, mad, outrageous.

Furius, i, m. (*P.*), an associate of Catiline, and one of the colonists established by L. Sylla at *Fæsulæ*. C. 50.

Furor, ōris, m. (*furo*), fury, madness, rage.

Furtim, adv. (*fur*), by stealth, secretly, furtively.

Fusus, a, um, part. (*fundo*), scattered, routed; defeated, worsted.

Futūrus, a, um, part. (*sum*), about to be, future.

G.

Gabinius, i, m., a Roman name. *P. Gabinius Capito*, a Roman knight, who was put to death as an accomplice of Catiline. C. 17, 40, 43, &c.

Gætūlus, a, um, adj., Getulian, of *or* belonging to Getulia, a large country of Africa south of Numidia. *Gætūli, ōrum, m. pl.*, Getulians. J. 18, 19, 80, 88, &c.

Gallia, æ, f., Gaul *Gallia citerior*, hither Gaul, *otherwise called* Cisalpine Gaul, that part of Italy lying between the Alps and the Rubicon. *Gallia ulterior*, farther Gaul, *also called* Transalpine Gaul, a large country of Europe nearly commensurate with the modern kingdom of France. J. 114. C. 42, 56—58.

Gallĭcus, a, um, adj. (*Gallia*), of *or* pertaining to Gaul, Gallic. C. 52.

Gallus, i, m., an inhabitant of Gaul, a Gaul. J. 114. C. 47, 52.

Ganea, æ, f., a place appropriated to revelry and debauchery, a brothel, bagnio; a sumptuous feast, luxurious banquet, debauchery, riot, revelling, drunkenness, gluttony.

Ganeo, ōnis, m. (*ganea*), a frequenter of brothels, rioter, reveller, glutton, debauchee.

Gauda, æ, m., a Numidian, the son of Manastabal, and grandson of Masinissa. J. 65.

Gaudeo, ēre, gavīsus sum, n. pass § 142, 2, & § 247, 1, (2.) to rejoice, be glad; to delight in.

Gaudium, i, n. (*gaudeo*), joy, gladness, pleasure. *Corporis gaudia*, sensual pleasures. Gaudium *denotes an emotion less violent than* lætitia.

Gemĭtus, us, m. (*gemo*, to groan), a groan, sigh.

Generōsus, a, um. adj. (*genus*), noble, born of a noble race; generous, brave, excellent, noble.

Gens, tis, f., a clan among the Romans, containing many families descended from a common ancestor. *From the* gens *each individual of the Romans derived his name* (nomen); *from the family* (familia), *his cognomen, as M.* Porcius *Cato, C.* Julius *Cæsar, from the Porcian and Julian clans: also,* those who have a common origin and language, a race, stock, people, nation, tribe. *It is often synonymous with* natio, *but strictly includes it, being of wider signification. Ubi gentium*, see *Ubi*.

Genus, ĕris, n., a race, descent, kind, family, stock, lineage, kindred, breed a race, tribe, nation, people; a kind sort, quality, class. *Maternum genus*, the maternal side. *Genus humanum* or *hominum*, the human race, mankind; a race of men.

Gero, ĕre gessi, gestum, a., to bear carry, have; to show, exhibit. *Gerere se*, to act, carry *or* conduct one's self, behave;—to do, execute, perform, despatch, carry on. *Dum hæc geruntur* while these things are going on:—to administer, manage, conduct, sustain, regulate, rule, govern; to practice, pursue, exercise, entertain, to treat. *Gerere bellum*, to wage *or* carry on war. *Gerere consulatum,* to bear *or* execute the office of consul. *Animo gerere.* to bear in mind, think, feel. *Aliter atque animo gerebat,* at variance with his real sentiments. *Rem gerere,* to fight a battle, to conduct an attack. *Res geritur,* the affair is carried on, the battle is fought. *Gerere animum super fortunam,* to cherish desires above one's rank.

Gestus, a, um, part. (*gero*), done, performed. *Res gestæ,* things done, actions, deeds, exploits, warlike achievements, illustrious deeds, feats, undertakings.

Gignentia, ium, n. pl., plants, herbs, shrubs, trees, vegetables: *from*

Gigno, ĕre, genui, genĭtum, a., to generate, beget, produce, bring forth. So, *ex sese gignere,* to beget, to have offspring of one's own, in distinction from adopted children. *Gigni,* to be produced, be born, to grow, spring. *With abl. without a prep.* J. 48, *like* genitus, § 246.

Gladiatorius, a, um, adj. (*gladiātor,* a gladiator), of a gladiator, pertaining to gladiators, gladiatorial. *Familia gladiatoria,* a company *or* school of gladiators.

Gladius, i, m., a sword.

Glans, dis, f., mast, an acorn, chestnut; a leaden ball *or* bullet, *such as was discharged from the slings or other military engines.*

Globus, i, m., a globe, ball, sphere; a troop, squadron, crowd, body. *Globus nobilitatis,* a body of nobility.

Gloria, æ, f., glory, renown, fame, splendor. *Gloria belli,* military glory.

Glorior, āri, ātus sum, dep. (*gloria*), to glory, boast, brag, vaunt, pride one's self.

Gloriōsus, a, um, adj. (*gloria*), glorious, renowned, illustrious.

Gracchus, i, m., Tiberius and Caius Gracchus were the sons of Tib. Sempronius Gracchus and Cornelia, the daughter of Scipio Africanus the elder. They were educated with great care by their mother, and became distinguished orators, but in consequence of espousing the cause of the people in a factious manner, and passing laws odious to the nobility, they were put to death. J. 16, 31, 42.

Gradus, us, m., a step, stair. *Pleno gradu,* at full speed, rapidly.

Græcia, æ, f., Greece. C. 2, 51.

Græcus, a, um, adj., of Greece, Greek, Grecian. *Græci, m. pl.* the Greeks, the Grecians. C. 53.

Grandis, e, adj., large, big, great. *Grandis pecunia,* a large sum of money.

Grassor, āri, ātus sum, dep. freq. (*gradior,* to step), to go on, advance, proceed, press forward. *Ad gloriam grassari,* to advance, to pursue, aim at—. *Cupidine atque irâ grassari,* to proceed *or* act with vehemence under the influence of—.

Gratia, æ, f. (*gratus*), grace, favor, benevolence, good-will, good graces, friendship; popularity, favor with others; influence, intrigue, interest, authority, power; a kindness, favor, obligation; a requital, return, gratitude, thanks. *Agere gratias,* to give thanks. *Facere gratiam,* to grant pardon, forgive. *Gratiâ, with a genitive, often of a gerund* § 275, III, R. 1. (1,) *or with an adj. pronoun,* for the sake of, on account of, in reference to, for the purpose of. *Eâ gratiâ,* for this *or* that reason, on this *or* that account. *Colloquendi gratiâ,* § 275, III, (1.) *Gratiam debere,* to owe thanks, be under obligations to. *Gratiam reddere,* to requite, recompense—; *In gratiam habere,* to consider as a favor.

Gratifĭcor, āri, ātus, sum, dep. (*gratus & facio*), to gratify, oblige; to yield. sacrifice, give up, § 223.

Gratuītò, adv. (*gratuītus,* gratuitous), § 223, R. 2, without a recomponse gratuitously; wantonly, without cause.

Gratŭlor, āri, ātus sum, dep., to congratulate, wish one joy: *from*

Gratus, a, um, adj., grateful, pleasing, acceptable, agreeable.

Gravis, e, adj., heavy, weighty. *Fig.* important; violent, vehement, great; severe, sore, bitter, oppressive; grievous, sad, calamitous. *Morte gravior vita*, worse than—.

Gravĭter, adv. (*gravis*), heavily, strongly, forcibly, vehemently, greatly, exceedingly, violently, much, severely, grievously.

Gregarius, a, um, adj., of a flock. *Gregarius miles*, a common soldier, private: *from*

Grex, gregis, m., a flock, herd, drove; an assembly, company. *Grege facto*, having formed a band, in a body.

Gula, æ, f., the gullet, windpipe; the neck; gluttony, appetite.

Gulussa, æ, m., a brother of Micipsa king of Numidia. J. 5, 35.

H

Habeo, ēre, ui, ĭtum, a. & n., to have, hold, entertain, enjoy, possess, retain; to make; to assemble; to obtain, get, occupy; to keep, detain; to bear, tolerate, endure, support, sustain; to treat; to pass, spend; to account, judge, esteem, think, reckon, hold, estimate, consider, § 272; to use, wear; to give, bestow; to occupy, inhabit; to deliver, pronounce, utter, speak. *In promptu habere*, to manifest, display; *with certain participles* habeo *forms a periphrasis*, § 274, R. 4, *as*, *compertum habeo*, I have ascertained, I know—*Habere animo* or *in animo*, to have in mind, to intend; to think of, regard. *Post principia aliquem habere*, to place, station—. *Se habere*, to be. *Dicere id quod res habet* that which the thing has, i. e. that which is true *or* certain. *Habere occultum*, to keep secret. *Habere intentum*, to keep intent upon. *Jugurtham eodem cultu, quo liberos suos, domi habuit*, brought up—. *In incerto habere*, to be uncertain. *Parum habere*, to account *or* think it little, reckon it not enough. *Aliquem manifestum habere*, to bring one out to the light, to make the evidence of one's guilt clear. *In spe habere*, see *Spes*. *Rempublicam habere*, to administer—. *Habere silentium*, to keep, preserve *or* maintain silence. *Habere ludibrio*, to make a mock of, befool, § 227, R. 2. *Quæstionem habere*, to make *or* carry on—. *Avaritia pecuniæ studium habet*,—implies, comprehends. *Habere vitam*, to live, pass life. *Habere in amicis*, to reckon among one's friends, to treat as a friend. *Animus habet cuncta*, the mind holds all things in subjection. *Haberi*, to be had *or* held; to be kept, preserved *or* retained, *hence*, to continue, to be; *also*, to be held, reckoned, accounted, considered, thought. *Virtus clara æterna—que habetur*,—is, continues; § 210. *Egestas facile habetur sine damno*,—is preserved *or* continues easily unharmed; i. e. is very safe from loss. *Audacia pro muro habetur*,—serves for—, is instead of—*Sicuti pleraque mortalium habentur* as most human affairs are, as for the most part happens in human affairs.

Habĭtus, a, um, part. (*habeo*), had, held, reckoned, accounted, treated, kept, controlled, restrained, governed.

Habĭtus, ûs, m. (*habeo*), habit, condition, state, dress; disposition, character, manners, habits.

Hadrumētum, i, n., a city of the Roman province in Africa, founded by the Phenicians. J. 18.

Hæreo, ēre, hæsi, hæsum, n. to be fixed, adhere, stick; to remain fixed stick fast. *Alicui in animo hærere*, to stick fast in one's mind, § 272.

Hæsĭto, āre, āvi, ātum, n. freq (*hæreo*), to hesitate, be at a loss, be perplexed.

Hamilcar, ăris, m., a factious nobleman of the town of Leptis. J. 77.

Hannĭbal, ălis, m., a Carthaginian general, celebrated for his hatred to the Romans. J. 5.

Haruspex, ĭcis, m., one who foretold future events by inspecting the entrails of victims, a soothsayer, diviner.

Hasta, æ f., a spear, lance, pike, javelin. *The* hasta pura, *or* headless spear, *was sometimes given to soldiers as a reward of valor.*

Haud, adv. § 191, R. 3, not.

Haudquăquam, adv. (*haud* & *quâquam*, sc. *ratione*), by no means, not at all.

Havēto, see *Ave.*

Hebes, ĕtis, adj., blunt, dull, obtuse, heavy, stupid. *Hebes exercitus*, new, raw, undisciplined—.

Hebesco, ĕre, n inc. (*hebeo*, to be blunt), to grow blunt, dim *or* languid; to languish, lose its lustre, be obscured.

Hercle, adv., by Hercules, truly: *from*

Hercŭles, is, m., a Theban hero, the son of Jupiter and Alcmena; *also* a Phœnician and Libyan hero, the son of Jupiter and Asterie. J. 18, 89.

Herедĭtas, ātis, f., inheritance, heirship; an inheritance: *from*

Heres, ēdis, m. & *f.*, an heir *or* heiress. *Heredem instituere* or *scribere*, to name *or* appoint as heir. *Heres secundus*, second heir, one who succeeded to the inheritance on failure of the first heir.

Hiberna, ōrum, n. pl. (*hibernus*, wintry), winter quarters. *Agere hiberna*, to hold *or* make—.

Hic, hæc, hoc, adj. pro., § 134, this, this man; he, she; that, the same; such. *Hoc est*, that is, *is used to connect two expressions which are thus declared to be of similar import*

Hīc adv., here, in this place.

Hicce, hæcce, hocce. adj. pro., this, § 134, R. 4.

Hiemālis, e, adj. (*hiems*), of winter, wintry,

Hiĕmo, āre, āvi, ātum, n. (*hiems*), to winter, pass the winter.

Hiempsal, ălis, m., the youngest son of Micipsa, king of Numidia. *Also* a son of Gulussa and the successor of Jugurtha, and father of Juba. J. 5, 9, 12, 15, 17, 24, 28.

Hiems, ĕmis, f., winter; stormy weather.

Hippo, ōnis, m., a seaport town of the Roman province in Africa. J. 19.

Hispania, æ, f., Spain; *Hispaniæ, ārum*, the two divisions of Spain, *viz.* Citerior, *or* the division nearest to Italy, and Ulterior, *or* that most remote. J. 7, 10, 18, 19. C. 18.

Hispānus, a, um, adj. (*Hispania*), pertaining to Spain, Spanish. *Hispāni, ōrum, m.*, the people of Spain, the Spaniards. J. 18. C. 19.

Histrio, ōnis, m., a stage-player, a play-actor, buffoon, mimic.

Hoc, see *Hic.* *Ad hoc*, besides this, besides, add to this, moreover.

Homo, ĭnis, m. & *f.*, a man *or* woman, a person; *homines, pl.*, men, persons, people, folks. *Novus homo*, a new noble, one who was the founder of his own honors, the first of his family that obtained the office of consul, prætor, censor, or curule edile, and consequently, the right of placing a waxen image of himself in the *atrium* of his house, which right constituted nobility. *Homo militaris*, an experienced warrior, a brave soldier.

Honestè, adv., (*honestus*), decently, virtuously, honorably, becomingly creditably. *Parum honestè pudicitiam habere*, to have too little regard for—.

Honesto āre, āvi, ātum, a., to make honorable, adorn, dignify grace. *Honestatus honore*, elevated to office, § 249, I.: *from*

Honestus, a, um, adj. (*honor*), honorable, noble, dignified, respectable; discreet, virtuous; right, fit, correct. *Omnium honestarum rerum egens*, destitute of every thing befitting (my rank). *Honestæ divitiæ*, respectable, moderate—. *Amicitia honesta*, commendable, inviolable, true, faithful. *Honestum, i, n.*, what is honorable, fit, decent, proper *or* becoming, honor, virtue. *Supra bonum atque honestum*, beyond what is proper *or* becoming.

Honor & Honos, ōris, m., honor, respect, reverence; a public office, magistracy, preferment, post, dignity. *Honoris causâ*, out of respect, in token of respect. *Est* or *ducitur honori*,—as an honor, honorable. *Honores*, honors, marks of distinction. *Imperia et honores*, military and civil offices.

Honōro, āre, āvi, ātum, a. (*honor*), to honor, respect; to dignify, exalt. *Gloriâ aliquem honorare*, to confer glory upon, § 249, I.

Hora, æ, f., an hour, the twelfth part of a day *or* night; a space of time, period; a season of the year.

Horribĭlis, e, adj. (*horreo*, to tremble), to be dreaded, dreadful, horrible, frightful, terrible.

Hortamentum, i, n. (*hortor*), an encouragement, incitement, stimulus.

Hortatio, ōnis, f., an encouragement, exhortation: *from*

Hortor, āri, ātus sum, dep., § 273, 2, § 262, R. 4, to exhort, encourage, excite, cheer; to incite, stir up, stimulate, spur on; to prompt, suggest. *Pauca hortari*, to exhort briefly.

Hospes, ĭtis, m & f., one who is entertained in one's house, a guest, stranger, sojourner, visitor; *also*, one who entertains, a host, entertainer

Hostia, æ, f., a victim, animal sacrificed, a sacrifice.

Hostīlis, e, adj. (*hostis*), of *or* pertaining to an enemy, hostile *Hostilis metus*, fear of the enemy *Hostile, n.*, a hostile act *or* deed. *Hostilia facere*, to commit hostilities, *or* acts of hostility.

Hostilĭter, adv., in a hostile manner. *from*

Hostis, is, m. & f., § 222, R. 2, (*c.*) an enemy, a public enemy. *It is used both actively and passively;* he who is an enemy to us *or* to whom we are enemies.

Huc, adv. (*hic* § 191, R. 1.), hither, to this place, here; to this, to this thing. *Huc illuc*, hither and thither, this way and that.

Huccĭne, adv. (*huc, ce*, intensive, § 134, R. 4, & *ne* interrogative), hither? to this? *Huccĭne beneficia tua evasere?* have your favors ended in this?

Hujusce, see *Hic.*

Hujuscemŏdi, & Hujusmŏdi, (*hic & modus*, § 134, R. 5), of this kind *or* sort, of the following kind, such, of the same character.

Humānus, a, um, adj. (*homo*), human, of *or* belonging to a man; humane, kind; polished. *Humanæ res*, human affairs.

Humĭlis, e, adj., low, near the earth *Fig.* humble, poor, mean.

Humilĭtas, ātis, f. (*humilis*), lowness, shortness. *Fig.* baseness, meanness, poverty.

Humus, i, f., the ground, earth, soil. *Humi, gen.*, on the ground, in the ground, § 221, R. 3. *Humo*, from the ground, § 255, R. 1.

I.

Ibi, adv. (*is*), there, in that place, then, at that time; also for *in illo* or *in illis*, in that, in these, in *or* among them, therein;—then, thereupon.

Ibĭdem, adv. (*ibi & dem*), in the same place.

Id, see *Is.*

Idcirco, adv. (*id & circa*), on that account, therefore, for that reason.

Idem, eădem, idem, pron. (*is & demum*, § 134, R. 6), the same, the same person *or* thing. *Idem qui, et, ac, etc.*, the same as,—also, at once, yet, § 207, R. 27. *Idem ille*, that same, the same. *Isdem* for *iisdem.*

Idoneus, a, um, adj., § 222, fit, meet, proper, suitable, convenient; good, worthy, deserving, *either in a good or bad sense;* sufficient, trust-worthy, safe; in a fit condition, ready for, prepared for. *Non idoneus*, unsuitable, not deserving.

Iĕram, etc., see *Eo.*

Igĭtur, illative, conj., § 198, 6, therefore, then, accordingly, of course, consequently; *after a parenthesis*, then, as I was saying, I say; at length, finally, at last, in conclusion.

Ignārus, a, um, adj., § 213, § 272, § 265, (*in & gnarus*, skillful), ignorant, unskillful, not knowing, unacquainted with, inexperienced in, uninformed, unaware, unapprised; unknown, § 222.

Ignavia, æ, f., inactivity, sluggishness, sloth, idleness, cowardice. *Per ignaviam*, in sloth, slothfully: *from*

Ignāvus, a, um, adj. (*in & gnavus*, active), inactive, slothful, remiss, sluggish; cowardly, dastardly, irresolute; worthless.

Ignis, is, m., fire; a watch-fire. *Ignem facere*, to kindle a fire.

Ignobĭlis, e, adj., (*in & nobilis*), unknown, mean, ignoble; of mean extraction, of low birth, base-born.

Ignobilĭtas, ātis, f., meanness of birth, low birth, humble extraction.

Ignominia, æ, f., (*in & nomen*), ignominy, disgrace, reproach, dishonor, infamy.

Ignorātus, a, um, part., not known, unknown, undiscovered: *from*

Ignōro, āre, āvi, ātum, a. & n. (*ignarus*), to be ignorant of, not to know to be unacquainted with.

Ignosco, ĕre, ōvi, ōtum. a. & n. (*in & nosco*), § 223, R. 2, to pardon, excuse, overlook, forgive, be indulgent. *It commonly takes the dative either of the person or thing, sometimes the accusative of the thing.*

Ignōtus, a, um, part. & adj. (*ignosco*) § 222, not known, unknown.

Ilex, ĭcis, f., the ilex *or* great scarlet oak, holm-oak, evergreen oak.

Ille, illa, illud, gen. illius, adj. pro. § 134, he, she, that, that man, &c., this, this man, &c. *In Sallust* ille *in* oratio obliqua usually *takes the place of* hic *and* tu *in* oratio directa. *In Cæsar* is *is more commonly used for the same purpose.—For the distinction in the use of* ille *and* hic, *see* § 207, R. 23. Ille *at the beginning of a sentence often relates to the noun next preceding, when the latter is in an oblique case, and* ille *in the nominative: sometimes also when an adversative particle or a relative precedes* ille.

Illecebra, æ, f., an enticement, allurement, attraction, charm, inducement. *from*

Illectus, a, um, part.: *from*

Illĭcio, ĕre, exi, ectum, a. (*in & lacio* to allure), to draw in, allure, entice, decoy, attract, invite, induce.

Illĭco, adv. (*in & locus*), there, in that place, straightway, instantly, immediately, presently.

Illuc, adv. (*illic*, § 134, R. 3 & § 191, I, R. 1), to that place, thither. *Huc et illuc*, see *Huc.*

Illustris, e, adj. (*in & lustro*, to illuminate), clear, bright, luminous; manifest, clear, evident, plain.

Imāgo, ĭnis, f., an image, figure, likeness, picture. *Imagines, pl., is often used in reference to nobility*, the images of one's ancestors, *the possession of which was evidence of inherited nobility*, see *Homo novus*. *Homo multarum imaginum*, one descended from a long line of noble ancestors. *Imagines non habeo*, I am not of a noble family.

Imbecillus, a, um, adj., weak, feeble, imbecile. *Imbecilla ætas*, tender years, youth.

Imbellis, e, adj. (*in & bellum*), not suited to war, unwarlike, effeminate, weak; cowardly, dastardly, faint-hearted.

Imbuo, ĕre, ui, ūtum, a., to wet, moisten, steep, soak, imbue; to initiate, instruct.

Imbūtus, a, um, part. (*imbuo*), wet, steeped, imbued, tainted, infected; initiated, instructed, trained, inured, exercised.

Imĭtor, āri, ātus sum, dep., to imitate, seek to resemble, copy after.

Immānis, e, adj. (*in & magnus*), huge, vast, boundless, excessive, enormous; hurtful, cruel, fierce, savage.

Immatūrus, a, um, adj (*in & maturus*), unripe, unseasonable, immature, not fully grown, before the time, untimely.

Immĕmor, ŏris, adj. (*in & memor*), unmindful, forgetful, heedless, regardless, neglectful.

Immensus, a, um, adj. (*in & mensus*, measured), immense, vast, huge, immeasurable. *In immensum*, to a vast extent, *or* distance, immensely. *In immensum editus*, see *Editus*.

Immĭnuo, ĕre, ui, ūtum, a. (*in & minuo*), to lessen, diminish, shorten; to impair, weaken, debilitate; to violate, infringe. *Pacem imminuere*, to disturb, hinder, prevent—.

Imminūtus, a, um, part. (*imminuo*).

Immissus, a. um, part., sent in, introduced; suborned: *from*

Immitto, ĕre īsi, issum, a. (*in & mitto*), to send *or* let in, cast, throw; to suborn

Immo, adv., nay, yes, yea. *Immo verò*, yes indeed, nay rather.

Immoderātus, a, um, adj. (*in & moderatus*), immoderate, excessive, intemperate, irregular, unregulated, extravagant, indiscriminate, undistinguishing; vast, boundless, immense.

Immortālis, e, adj. (*in & mortalis*), immortal, everlasting, undying: never to be forgotten.

Immūnis, e, adj. (*in & munus*), free *or* exempt from a public office, burden *or* charge; free *or* exempt from taxes, privileged.

Immutātus, a, um, part.: *from*

Immūto, āre, āvi, ātum, a. (*in & muto*), to change, alter.

Impar, ăris, adj. (*in & par*), uneven, unequal, inferior, § 250.

Imparātus, a, um, adj. (*in & paratus*), not ready, unprepared, unawares, off his guard. *Imparata respublica*, the unprepared condition of the state.

Impedimentum, i, n., hindrance, impediment, obstacle; the baggage belonging to an army: *from*

Impĕdio, īre, īvi, ītum, a. (*in & pes*), to entangle, hamper, embarrass; *with prep.* a *or subj. with ne*, to hinder, retard, prevent, stop, debar, obstruct, impede, keep back, check. *Impedio ne*, see *Ne*.

Impedītus, a, um, part. (*impedio.*)

Impello, ĕre, pŭli, pulsum, a. (*in & pello*), to push, press *or* drive forward urge on, impel; to lead, lead on, incite, induce, constrain, compel, move: *with* ad *and the acc. or with* uti *to denote a purpose*, § 273, 2.

Impendeo, ēre, n. (*in & pendeo*), § 224, to overhang, hang over, impend, threaten.

Impensè, adv. (*impensus*, expended) at great charge *or* cost. *Fig.* greatly exceedingly, earnestly, eagerly, zealously, much. *Impensius modo legatos mittere*,—with very great earnestness

Impĕrans, tis, part. (*impero*), order

ing governing, ruling, commanding.

Imperātor, ōris, m. (*impero*, § 102, 6), a commander, leader, general; the commander in chief of an army, a name given by the army or senate to a victorious general, and retained by him until he had triumphed; a ruler, governor, director. *Imperator ad urbem*, see *Urbs*.

Imperātum, i, n., an order, command. *Facere imperata*, to do what is ordered, to obey orders. *Faciam imperata*, or *quæ imperarentur*, is a form of submission by one who acknowledges himself vanquished.

Imperitia, æ, f. (*imperitus*), ignorance, unskilfulness, inexperience

Imperĭto, āre, āvi, ātum, a. & n. freq. (*impero*), § 223, R. 2, to command, rule, govern.

Imperītus, a, um, adj. (*in & peritus*, skilful), unskilful, ignorant, inexperienced.

Imperium, i, n., a command, order; authority, power, control, sway, direction, discipline, government, rule; empire, dominion, office, station, command, supreme power; military power *or* authority (in distinction from *magistratus*. civil magistracy). Civil magistrates, whether of the city or of a province, were said to be *in imperio.* Military officers, to whom was given the power of making war, were said to be *cum imperio.* – Also, an empire, a realm. *Contra imperium*, contrary to orders. *Natus imperio*, born to command. *Legitimum imperium*, a government founded on laws, a regular government: *from*

Impĕro, āre, āvi, ātum, n. & a., § 223, R. 2, § 265, § 262, R. 4, § 273, 2, to command, enjoin, order, direct, appoint, give directions; to rule, govern With an accusative of a thing and dative of a person, it is employed to denote the orders given to a conquered people to furnish military stores, troops, &c. § 223, (1) (*b.*) to order one to furnish *or* supply, to demand, require of. *Imperatur mihi*, I am ordered.

Impetro, āre, āvi, ātum, a. & n. (*in & patro*), to obtain, get, accomplish; to procure by request *or* entreaty; to obtain one's request, gain one's suit.

Impĕtus, ûs, m. (*impĕto*, to assail), an attack, assault, onset.

Impiĕtas, ātis, f. (*impius*), impiety, undutifulness, undutiful behavior towards the gods, one's parents, country, &c.

Impĭger, gra, grum, adj. (*in & piger*, inactive), diligent, active, prompt quick, ready, strenuous.

Impigre, adv. (*impiger*), quickly, readily, promptly, actively.

Impius, a, um, adj. (*in & pius*, pious), wanting in duty to parents or other relatives, to rulers, one's country, or the gods; impious, irreligious, wicked; undutiful, unkind, disloyal; barbarous, savage, cruel.

Impleo, ēre, ēvi, ētum, a. (*in & pleo, obs.*), to fill.

Implĭco, āre, āvi, ātum, or *ui, ĭtum, a.* (*in & plico*, to fold), to inwrap, infold, envelop, involve, entangle, intwine; to perplex, throw into disorder

Implōro, āre, āvi ātum, a. (*in & ploro*, to cry out), to beg for, cry out for, beseech earnestly, implore, invoke, entreat.

Impōno, ĕre, posui, posĭtum, a. (*in & pono*), § 224, to place, put, set *or* lay upon *or* in; to set *or* place over; to impose, give, assign, confer, bestow; to throw upon, charge to, impute, lay upon, cast upon. *Invidiam imponere*, to cast the odium, lay the blame;— *præsidium*, to place, *or* station—. *In stead of the dative after this verb, or the accusative or ablative with* in § 224, *Sallust sometimes uses an adverb of place, as* huc, eò, quò &c J. 47, 66

75: *and sometimes uses the verb absolutely.* J. 100.

Importunĭtas, ātis, f., importunity, eagerness, unreasonableness; boldness, audacity, insolence: *from*

Importūnus, a, um, adj., § 222, dangerous, perilous; unseasonable, inconvenient, unadapted, unfavorable, unsuitable, inopportune; troublesome, painful, grievous, vexatious.

Importuōsus, a, um, adj. (*in & portuosus*), without harbors.

Impositus, a, um, part. (*impono*), laid *or* put upon, imposed, cast upon, set over, put in charge; placed, stationed.

Imprīmis. or *Inprīmis, adv.* (*in & primus*, the same as *in primis*), above all, chiefly, especially, in the first place, first of all.

Imprŏbus, a, um, adj. (*in & probus,*) wicked, dishonest, knavish, depraved, bad, unprincipled; vile, infamous; audacious, impudent.

Improvīsus, a, um, adj. (*in & provisus*), unforeseen, unlooked for, unthought of, unexpected. *De improviso,* or *ex improviso,* unexpectedly, suddenly, on a sudden.

Imprudentia, æ, f. (*imprūdens,* not knowing), want of knowledge, ignorance, error, inadvertence, mistake, misapprehension.

Impŭdens, tis, adj. (*in & pudens,* modest), shameless, impudent, barefaced.

Impudentia, æ, f. (*impudens*), shamelessness, impudence, effrontery.

Impudīcus, a, um, adj. (*in & pudīcus,* modest), unchaste, immodest, lewd.

Impugno, āre, āvi, ātum, a. (*in & pugno*), to attack, assail, thwart, oppose, impugn.

Impulsus, us, m. (*impello*), an impulse *Fig.* impulse, instigation, incitement, persuasion.

Impulsus, a, um, part. (*impello*), driven impelled: moved, influenced.

Impūnè, adv. (*impūnis,* without punishment), without punishment, loss *or* damage, with impunity, safely; without restraint, freely; quietly, tamely without resentment.

Impunĭtas, ātis, f. (*impunis*), impunity, security *or* exemption from punishment; remission of punishment pardon.

Impunītus, a, um, adj. (*in & punītus,* punished), unpunished.

Impūrus, a, um, adj. (*in & purus* pure), foul, filthy, impure. *Fig.* base, flagitious, debauched, wicked, vile, contemptible, abandoned.

In, prep. with acc. & abl., § 235, (2). *With the acc.* into, to, unto, towards, till, until, for, as, against, according to, through, on account of, in regard to, respecting. *In potestatem habere,* to have in one's power: the same as *in potestate habere,* with the superadded idea in the former case of getting into one's power. *The accusative therefore in such cases depends not on the verb expressed, but on a verb of motion understood, as in this case upon* accipere, *or the like. With the abl.* in, upon, among, amidst, within, at, near, in the number of, over, notwithstanding, in the case of, for; concerning, respecting, in regard to. In *with* tempus, tempestas, ætas *or* dies *signifies not simply a particular time, but also the condition of things then existing;* as, *Quippe in tali die,* because the day was such. *It may sometimes be translated by* when *or* since, *with the addition of the substantive verb, the ablative being translated as its subject;* as *Novorum fidem* in tantâ perfidiâ *veterum experiri periculosum duceret,*—since such had been the perfidy of his former friends. *In composition see* § 196, 7, & § 197, 10. *In—versus* see *Versus.*

Inānis, e, adj., empty, void. *Fig.* vain frivolous ostentatious, boastful, proud

Incēdo, ĕre, cessi, cessum, n. (*in* & *cedo*), to walk, go, proceed; to come, arrive; to approach, advance, march; to walk with an air of consequence *or* dignity, strut, go in state; to be, appear; § 224, to come on, come upon; *quibus—belli timor insolitus incesserat,* —the fear of war had rarely occurred, had been unusual,—to arise, become prevalent, occur, take place.

Incendium, i, n., a fire, conflagration. *Fig.* a vehement emotion *or* passion; danger, calamity, ruin. *Incendium meum,* the flame which surrounds me, the fire raised about me: *from*

Incendo, ĕre, ndi, nsum, a. (*in* & *candeo,* to glow), to kindle, set fire to, burn, consume. *Fig.* to inflame, stir up, instigate, incite, encourage, animate, excite; to vex, incense, irritate, provoke.

Incensus, a, um, part. (*incendo*), burnt, consumed, inflamed.

Inceptum, i, n. (*incipio*), a beginning, attempt; enterprise, undertaking, design, purpose.

Inceptus, a, um, part. (*incipio*), begun, commenced, entered upon, engaged in, attempted, projected.

Incertus, a, um, adj. (*in* & *certus*), § 265, uncertain, doubtful, dubious; not manifest, clear *or* certain; at a loss, undecided. *In incerto esse* or *habere,* or *incertum habere,* to be uncertain, know not. *Equi Numidæque incerti, quidnam esset,* they were not manifest, what they were; *instead of incertum erat, quidnam essent,* it was doubtful, &c. *Maurus incerto vultu,* —with anxious looks, disturbed countenance. *Vagari incertis sedibus,*—without a fixed residence. *Incertum, i n.* an uncertainty, an uncertain thing.

Incessi, see *Incedo* and *Incesso.*

Incesso, ĕre, cessīvi or *cessi, a. freq.* (*incedo*), to attack, assail, assault, seize, take possession of; to appear.

Incessus, us, m. (*incedo*), a gait, pace, walking.

Incĭdo, ĕre, cĭdi, n. (*in* & *cado*), to fall into *or* upon; to chance, happen *It is used especially concerning evils and misfortunes. In amicitiam ejus inciderat,* had been so unfortunate as to form a friendship with him, § 233, R. 2.

Incĭpio, ĕre, cēpi, ceptum, a. & *n.* (*in* & *capio*), to commence, begin; to attempt, undertake.

Incĭto, āre, āvi, ātum, a. freq. (*incieo,* to incite), to incite, hasten *or* put forward; to stir up, excite, provoke; to encourage, stimulate, incite.

Incognĭtus, a, um, adj. (*in* & *cognitus*), unknown. *Causâ incognitâ,* without trial, without a hearing.

Incŏla, æ, m. & *f.*, an inhabitant; a resident foreigner: *from*

Incŏlo, ĕre, colui, cultum, a. & *n.* (*in* & *colo*), to inhabit, abide, dwell *or* reside in a place.

Incolŭmis, e. adj. (*in* & *colŭmis.* safe), safe, sound, whole, entire, unchanged, in its original condition, uninjured, unhurt, unharmed, unsubdued.

Incommŏdum, i, n. (*in* & *commodum*), inconvenience, disadvantage, detriment, loss, damage.

Inconsultè, adv. (*inconsultus,* inconsiderate), inconsiderately, imprudently, rashly, injudiciously, foolishly, indiscreetly.

Incorruptus, a, um, adj. (*in* & *corruptus*), incorrupt, incorruptible, imperishable, pure, uncorrupted, unbribed, uninjured.

Incredibĭlis, e, adj. (*in* & *credibilis*), § 276, III. § 265. incredible, improbable, wonderful, strange *Incredibile memoratu,* wonderful to tell *or* relate § 276, III. R. 3.

Incrĕpo, āre, āvi, ātum, & *ui, ĭtum, a.* (*in* & *crepo,* to sound), to sound, resound. *Fig.* to chide, blame, rebuke, reprove, upbraid, censure, assail, reproach; to urge on, stimulate.

Incruentus, a, um, adj. (*in & cruentus*), bloodless, without bloodshed *or* slaughter. *Exercitu incruento,* without loss.

Incultè, adv., plainly, rudely *Agere inculte*, to live rudely: *from*

Incultus, ûs, m. (*in & cultus*), neglect, want of cultivation; filth.

Incultus, a, um, adj. (*in & cultus*, cultivated), uncultivated, uninhabited, desert. *Fig.* rude, uncouth, unpolished, without cultivation *or* refinement.

Incurro, ĕre, curri & cucurri, cursum, a. & n. (*in & curro*, to run), § 233, & (2.) to run into, upon *or* against; to rush, rush upon, attack.

Incurvus, a, um, adj. (*in & curvus*, crooked), crooked, bending, curved.

Inde, adv. § 191, R. 1, thence, from thence, from that, therefrom, from that place; from that time, then, next, afterwards, thenceforth.

Indemnātus, a, um, adj. (*in & damnatus*), uncondemned, untried, unheard, without a trial.

Index, ĭcis, m. & f. (*indico*), a discoverer, discloser, informer, witness.

Indicium, i, n. (*index*), a discovery, evidence, proof, information, disclosure, testimony. *Indicium profiteri*, to make a disclosure, turn informer *or* state's evidence. *Indicium patefacere*, a pleonastic expression, instead of *indicium facere*.

Indĭco, āre, āvi, ātum, a. (*in & dico*, to give), § 265, to show, discover, disclose, inform, give evidence *or* information, reveal, tell.

Indĭgens, tis, part., wanting, indigent, needy, defective, deficient: *from*

Indigeo, ēre, ui, n. (*in*, § 197, 10. & *egeo*), to want, need, stand in need of, require, § 250, R. 1. & 220, 3.

Indignor, āri, ātus sum, dep. § 272, to scorn, disdain, be displeased with, incensed, indignant: *from*

Indignus, a, um, adj. (*in & dignus*) unworthy, undeserving; unbecoming shameful, unsuitable, unfit, inappropriate, improper. *In connection with words denoting crime or suffering*, innocent, not deserving punishment worthy, deserving better things.

Indĭtus, a, um, part.: *from*

Indo, ĕre, dĭdi, dĭtum, a. (*in & do*), to put, put into, set upon; to give, apply.

Indoctus, a, um, adj. (*in & doctus*), untaught, unlearned, ignorant, uneducated, without learning.

Induciæ or *Indutiæ, ārum, f. pl.* (*induo*, to put on), a truce *or* cessation from hostilities, suspension of arms, armistice. *Inducias agitare*, see *Agito. Per inducias*, during an armistice.

Indūco, ĕre, xi, ctum, a. (*in & duco*), to lead *or* bring in, lead into, introduce. *Fig.* to induce, persuade. *In animum inducere*, to make it a principle, to propose, resolve, § 271.

Inductus, a, um, part. (*induco*).

Industria, æ, f., § 101, 1, industry diligence, activity: *from*

Industrius, a, um, adj., industrious, prompt, active, assiduous, diligent.

Inedia, æ, f. (*in & edo*, to eat), want of food, hunger, fasting.

Ineo, īre, īvi, ĭtum, irr. n. & a. (*in & eo*), to go into, enter; to commence, begin, enter upon.

Inermis, e, & Inermus, a, um, adj. (*in & arma*), without arms, unarmed, defenceless.

Iners, tis, adj. (*in & ars*), without art *or* skill; slothful, indolent inactive, lazy, spiritless, without energy, cowardly.

Inertia, æ, f. (*iners*, § 101, 1.), unskillfulness, sloth, idleness, laziness, inactivity, sluggishness, indolence.

Infectus, a, um, adj. (*in & factus*), not done, undone, not made, unaccomplished, unperformed; § 222, impracticable. *Infecto negotio*, or *infec-*

tis rebus, without accomplishing one's purpose.

Infectus, a, um, part. (*inficio*), § 249, I. dyed, stained, colored.

Infecundus, a, um, adj. (*in & fecundus*, fruitful), with abl. § 213, & 250, unfruitful. barren, unproductive.

Infēlix, īcis, adj. (*in & felix*), unhappy, miserable, wretched, unfortunate; barren, unfruitful.

Infensus, a, um, adj., angry, displeased, enraged, hostile.

Infĕro, ferre, intŭli, illātum, irr. a. (*in & fero*), to bring *or* carry into, introduce; to bring upon. *Inferre bellum*, to wage war, carry on war, make war upon. *Inferre signa*, to carry the standards against (the enemy), advance *or* march against the enemy, to advance.

Infĕrus, a, um, adj., below, beneath, underneath; *Infĕri, ōrum, m.*, the infernal regions, the world of spirits; the infernal gods, the shades, the dead, *who were supposed to live in a lower world, spread out beneath the surface of the earth. Comp. Inferior*, lower, inferior. *Sup. Infĭmus*, lowest; last; meanest, poorest, basest, humblest, worst.

Infestus, a, um, adj., act., § 222, hostile, unfriendly, inimical, at enmity with, bitter, implacable; *pass.*, hateful, odious; exposed to, infested with. *It is followed by the dative. Infesta signa*, hostile standards, standards directed against the enemy.

Infĭcio, ĕre, fēci, fectum, a. (*in & facio*), to stain, dye, color, tinge.

Infīdus, a, um, adj. (*in & fidus*), § 222, unfaithful, faithless, false, treacherous, perfidious.

Infĭmus, see *Inferus*.

Infinītus, a, um, adj. (*in & finītus*, limited), infinite, endless, immense, boundless.

Infirmĭtas, ātis, f., weakness, feebleness, infirmity, frailty: *from*

Infirmus, a, um adj. (*in & firmus*), weak, feeble, infirm; faint-hearted. *Infirmissimum genus*, the feeblest class, *sc* the women and children.

Infra, prep. with acc. & adv., below, under, beneath.

Ingenium, i, n. (*in & geno*, to beget), nature, genius, quality; natural disposition, character, feelings, temperament, heart, temper, manner, way; natural capacity, genius, understanding, talents, parts, abilities, ingenuity, mind, intellect, intellectual powers *or* faculties; counsel, advice. *Intendere ingenium* or *animum*, to apply the mind, employ the understanding, exercise the judgment.

Ingens, tis, adj., great, large, huge, vast; prodigious, immense, enormous, powerful, mighty, great, important.

Ingenuus, a, um, adj., (*ingĕno*, to implant by nature), native, natural; free-born, born of parents who had never been slaves, liberal, honorable, gentlemanly.

Ingĕro, ĕre, gessi, gestum, a. (*in & gero*), to carry *or* put into; to throw, cast, hurl *or* heap upon.

Ingrātus, a, um, adj. (*in & gratus*), unpleasant, disagreeable, offensive; ungrateful, unthankful.

Ingrĕdior, i, gressus sum, dep. (*in & gradior*, to step), § 233, to enter. go into; to walk, go, advance, proceed; to enter upon, set out; to commence, begin. *Eadem ingrediens*, commencing the same course, pursuing the same measures.

Inhonestus, a, um, adj. (*in & honestus*), dishonorable, disgraceful, shameful, base, inglorious.

Inimicitia, æ. f., enmity, hostility: *from*

Inimīcus, a, um, adj. (*in & amicus*), inimical, hostile, unfriendly. *Inimicus, i, m.*, an enemy, a private enemy, *in distinction from hostis*, a public enemy.

Iniquĭtas, ātis, f., inequality, unevenness, steepness, disadvantageous nature; difficulty, disadvantage; injustice, oppression, unfairness: *from*

Inīquus, a, um, adj., (*in & æquus*), unequal, uneven; hard, difficult; disadvantageous, unfavorable; unjust, unfair partial, unreasonable.

Initium, i, n. (*ineo*), a commencement beginning, origin. *Initio, abl.*, in the beginning, at first, in the first place, originally. *Initium agendi facere*, to commence action.

Injuria, æ, f., (*injurius*, unjust), injury, wrong, injustice; damage, detriment, hurt, harm. *Facere injuriam*, to inflict injury.

Injussu, abl. § 94, (*in & jussu*), without orders, without leave.

Injustè, adv., unjustly, wrongfully, injuriously: *from*

Injustus, a, um, adj. (*in & justus*), unjust, wrongful, unreasonable; oppressive.

Innŏcens, tis, adj. (*in & nocens*), innocent, faultless, harmless, guiltless, blameless; disinterested, upright, free from rapacity *or* avarice

Innocentia, æ, f. (*innocens*), innocence, purity, integrity, probity; disinterestedness, feeedom from rapacity *or* avarice.

Innoxius, a, um, adj. (*in & noxius*), *act.*, harmless, innocent, inoffensive, blameless, innoxious; *pass.*, safe, unhurt.

Inopia, æ, f., want, indigence, need, poverty, scarcity, lack: *from*

Inops, ŏpis, adj, (*in & ops*), poor, needy, indigent, necessitous, destitute, helpless, powerless.

Inprīmis, see *Imprimis*.

Inquam or *inquio, inquis, inquit*, &c. *dej. verb*, § 183, 5, I say.

Inquilīnus, i, m. (*incolo*), one who lodges in a hired house; a renter, tenant; a stranger, denizen. *Also adj.* immigrant, naturalized.

Insatiabĭlis, e, adj (*in & satio*, to satiate), insatiable.

Insĕquor, i, cūtus sum, dep. (*in & sequor*), to follow, pursue, follow close after, press upon, urge.

Insidiæ, ārum, f. pl (*insideo*), an ambush, ambuscade; lying in wait, snares, treachery, a plot, conspiracy. *Insidias alicui tendere* or *facere*, to lay snares for, form plots against, prepare an ambuscade for.

Insidians, tis, part. (*insidior*), lying in wait, lying in ambush.

Insidiātor, ōris, m., a lier in wait, lier in ambush: *from*

Insidior, āri, ātus sum, dep. (*insidiæ*), § 224, to lie in wait, lie in ambush, lay snares for, plot against.

Insigne, is, n. (*insignis*, distinguished), a badge, mark of distinction, sign, ensign. *Insignia, pl.*, badges *or* insignia of office; *e. g.* the axes and rods, ivory seat, the *prætexta or* robe of office, &c.

Insŏlens, tis, adj. (*in & soleo*), unaccustomed to, ignorant of; insolent, arrogant, haughty, presumptuous.

Insŏlentia, æ, f. (*insolens*), unusual ness, uncommonness, unusual nature *or* character, novelty, strangeness, strange behaviour, want of acquaintance with; excess, extravagance; pride, haughtiness, insolence, arrogance, vanity. *Per insolentiam*, extravagantly, excessively, beyond measure.

Insolesco, ĕre, n. inc. (*in & soleo*), to grow haughty *or* insolent.

Insolĭtus, a, um, adj., (*in & solitus*) § 213, R. 1, (2), § 222, unaccustomed to, unacquainted with; strange, extraordinary, unusual, unwonted.

Insomnia, æ, f. (*insomnis*, wanting sleep), want of sleep, watching, waking

Insons, tis, adj., (*in & sons*), innocent, guiltless, unoffending.

Instans tis part. (*insto*).

Instĭtuo, ĕre, ui, ūtum, a. (*in & statuo*), to plant, place, appoint, institute; to construct, build, make, form; to pronounce, declare, make, appoint; to establ.sh, introduce, ordain, determine, § 271, to begin, commence; to teach, instruct, bring *or* train up, educate direct; to decree; to order, regulate; *with* ut *or* ne *and the subj. or with inf.*

Institūtum, i, n. (*instituo*), a purpose, object, subject, plan, design, principle; a custom, practice, institution, fashion, manners.

Insto, āre, stĭti, n. (*in & sto*, to stand), § 224, to stand in, over, *or* upon; to be near *or* at hand, draw nigh, impend, approach, threaten; to push *or* press upon, urge, harass, assail, be earnest *or* pressing, pursue, pursue with reproaches, inveigh against.

Instructus, a, um, part. (*instruo*), set in order, arranged, marshalled; § 249, R. 1. furnished, equipped, accoutred, provided, prepared, in battle array.

Instrumentum, i, n., furniture, an utensil, implement, instrument; baggage, apparatus; means, assistance, aid. *Instrumenta militiæ*, munitions of war: *from*

Instruo, ĕre, uxi, uctum, a. (*in & struo*, to build), to construct, build; to set in order, dispose, arrange; to draw up in battle array, marshal; to prepare, furnish, provide, equip, fit out, accoutre.

Insuesco, ĕre, ēvi, ētum, a. & n. (*in & suesco*, § 271, to become accustomed), to be accustomed, be in the habit of.

Insum, esse, fui, irr. n. (*in & sum*), § 224, *& abl with* in, to be in.

Insŭper, adv. (*in & super*), upon, above; from above; besides, moreover.

Intactus, a, um, adj. (*in & tactus*, touched), untouched, unhurt, unattempted. *Bellum intactum*,—not begun.

Intĕger, gra, grum, adj., whole, entire, undiminished; strong, vigorous new, fresh, unimpaired; pure, spotless, unsullied; unhurt, uninjured untouched, undetermined, open; upright, honest, virtuous. *De integro*, afresh, anew.

Integrĭtas, ātis, f. (*integer*), soundness; integrity, uprightness, probity honesty.

Intellĭgo, ĕre, exi, ectum, a. (*inter & lego*), § 272, & § 265, to understand comprehend, know, perceive, see.

Intempestus, a, um, adj. (*in & tempestus*, seasonable), unseasonable. *Intempesta nox*, midnight, the dead of night.

Intendo, ĕre, di, tum & sum, a. (*in & tendŏ*), to bend, stretch; to increase, augment. *Intendere officia*, to go beyond *or* exceed one's duty, to do more than is required:—to direct, turn, ply. *Intendere* or *intendere animum*. to turn one's self, turn one's mind *or* thoughts, direct one's attention *or* energies, set one's heart upon; § 271, to intend; to strive, exert one's self; to aim, point. *Intendere* or *iter intendere*, to bend, turn *or* direct one's course. *Intendere ire*, to design to go. *Intendere aliquid*, to propose, aim at, wish, intend. *Intendere arma, atque tela*, to hold forth, present—.

Intentus, a, um, part. & adj. (*intendo*), stretched, bent; intent upon, fixed, attentive, eager, intent, occupied with, bent on; vehement, forcible; watchful, careful, cautious, on the alert. *It is followed by the dative or by the ablative, either with or without* in, *and sometimes by the accusative with* ad *or* in.

Inter, prep. (*in*), *with the acc* § 235 R. 2, between, betwixt, among amongst, amid, amidst; in, at, during, within; above, before. *Inter se* mutually, to *or* with one another *or* each other, together, between them.

jointly. *Procul* or *longe inter se*, far from each other, far apart. *Diversi inter se*, opposite to one another.

Interdum, adv. (*inter* & *dum*), sometimes, now and then, occasionally.

Interemptus, a, um, part. (*interimo*), slain, killed, destroyed.

Intĕreo īre, ii, ĭtum, irr. n. (*inter* & *eo*), to perish, be destroyed, be slain, die.

Interfectus, a, um, part.: from

Interfĭcio, ĕre, fēci, fectum, a. (*inter* & *facio*), to kill, slay, murder, put to death, destroy.

Intĕrim, adv. (*inter*), in the mean time, meanwhile, in the meanwhile, in the interim.

Interĭmo, ĕre, ēmi, emptum, (*inter* & *emo*), to take away; to kill, slay, murder, destroy.

Interitūrus, a, um, part. (*intereo*).

Internuntius, i, m. (*inter* & *nuntius*), a messenger that goes between two parties, an internuncio, interposer, go-between, common *or* mutual friend *or* adviser.

Interpello, āre, āvi, ātum, a. (*inter* & *pello, obs.*), to interrupt; to hinder, disturb, prevent, stop, obstruct; to prevent as tribune by a veto.

Interpōno, ĕre, posui, posĭtum, a. (*inter* & *pono*), to interpose, put in between. *Interponere fidem*, to pledge one's credit, to engage one's word *or* honor, pledge his faith *or* word of honor.

Interposĭtus, a, um, part. (*interpono*), interposed, pledged.

Interpres, ĕtis, m. & *f.*, a mediator, umpire, arbitrator, agent; an explainer, translator, interpreter, dragoman.

Interpretātus, a, um, part. pass., interpreted, explained, translated, § 162, 17: *from.*

Interprĕtor, āri, ātus sum, dep. (*interpres*), to interpret, expound, explain.

Interrogātus, a, um, part.: from

Interrŏgo āre, āvi, ātum, a. (*inter* & *rogo*), § 265, to ask, question, inquire, interrogate; to examine, accuse, charge, prosecute, impeach, try.

Intervallum, i, n. (*inter* & *vallus*, a palisade), a space, interval, distance.

Intervĕnio, īre, vēni, ventum, n. (*inter* & *venio*), to come upon *or* between; to interfere, intervene; to interrupt, come *or* stand in the way, be opposed.

Intestabĭlis, e, adj. (*in* & *testabilis* that may testify), not permitted to give evidence in a court of law, execrable, detestable, odious, infamous.

Intestīnus, a, um, adj. (*intus*, within), internal, inward, intestine, civil, domestic.

Intolerandus, a, um, adj. (*in* & *tolerandus*), not to be borne *or* endured, intolerable, insufferable.

Intra, prep. with the acc., within, in. *Also adv.*, within.

Intro, āre, āvi, ātum, a., to go into, enter, penetrate; to come over, pass within.

Introdūco, ĕre, xi, ctum, a. (*intro*, within, & *duco*), to bring *or* lead in, conduct within, introduce.

Introeo, īre, ii, irr. n. (*intro* & *eo*), § 276, II. to enter, go into.

Intueor, ēri, ĭtus sum, dep. (*in* & *tueor*), § 233, to look at, gaze upon behold.

Inultus, a, um, adj. (*in* & *ultus*), unrevenged; unpunished, with impunity

Invādo, ĕre, si, sum, n. & *a.* (*in* & *vado*), § 233, (3,) to go into, enter, fall upon, invade, attack, assail, rush against *or* upon; to seize, seize upon, lay hold of, take possession; *absolute*, to prevail, spread, extend.

Invĕnio, īre, vēni, ventum, a. (*in* & *venio*), to find, find out, meet with discover, ascertain; to contrive, devise, invent; to acquire, gain, get, procure; to detect, bring to light.

Inventus, a, um, part. (*invenio*).

Inversus, a, um, part., turned upside down, inverted: *from*

Inverto, ĕre, ti, sum, a. (*in & verto*), to turn upside down, invert.

Invictus, a, um, adj. (*in & victus*), unconquered, unsubdued, invincible, unconquerable.

Invĭdeo, ēre, vīdi, visum, n. & a. (*in & video*), § 223, R. 2, to envy, grudge, deny, refuse. *Fortuna virtuti invidet,* —denies success—.

Invidia, æ, f., envy, jealousy, hatred, ill-will, spite, malice, odium, blame, dislike, dissatisfaction, popular odium, unpopularity. *Invidiæ alicui esse,* to serve as a reproach, to cause one to be odious. *In invidiâ esse,* to be odious: *from*

Invĭdus a, um, adj. (*invideo*), envious, invidious, malignant, spiteful.

Inviolātus, a, um, adj. (*in & vi lā tus,* injured), inviolate, unhurt, uninjured, irreproachable, unimpeachable, pure, immaculate, unpolluted, unbroken.

Invīsus, a, um, adj. (*in & visus*), not seen, unseen. *Also, from invideo,* § 222, odious, hateful, hated, offensive, disliked, detested.

Invīto, āre, āvi, ātum, a., to invite, ask, bid.

Invītus, a, um, adj., unwilling, reluctant, against one's will.

Ipse, a, um, gen. ipsius, § 135, & § 283, I, *Exc.* 4. *adj. pro.*, himself, herself, itself; *or,* he himself, &c.; *also,* he, she, it; with *ego* or *tu, expressed or understood,* myself, thyself. *Is ipse,* he himself, even he. *Of its use when joined with substantive pronouns used reflexively, as, parum tuta per se ipsa probitas,* see § 207, R. 28. *Ipse sometimes signifies,* in himself, &c., personally, *as, Duo imperatores,—ipsi pares; also,* in itself, of itself; *as, Natura serpentium* ipsa *perniciosa, siti accenditur.*

Ira, æ, f., anger, displeasure, wrath, passion, ire, rage, resentment.

Iracundia, æ, f. (*iracundus* irascible), hastiness of temper, irascibility anger, wrath, passion.

Irascor, i, dep. (*ira*), to be angry displeased, influenced by anger *or* resentment

Irātus, a, um, adj. (*ira*), angry, displeased, enraged.

Ire, pres. inf. of Eo.

Irritamentum, i, n (*irrīto,* to irritate), an incitement, incentive, inducement, encouragement, provocation.

Irrumpo, ĕre, rūpi, ruptum, n. (*in & rumpo,* to break), § 233, & Rem. 2, to break in *or* into, enter *or* rush in by force, burst in *or* into.

Is, ea, id, gen, ejus, adj. pro. § 134, he, she, it; this *or* that man, &c., the same; such, so great, such a one, that kind of person *or* thing. *Id loci* or *locorum,* see *Locus. Eo, abl. n., with comparatives,* so much, by so much. the. *Id quod,* the thing which, which indeed, what, as, § 206, (13.) (*b.*) *Is* with *et, atque,* etc. and that indeed, and that too. *In the* oratio obliqua, is *sometimes takes the place of* tu *in the* oratio directa. See *Ille* in Dict

Isdem the same as *iisdem.* See *Idem.*

Isse, perf. inf. of Eo.

Iste, ista, istud, gen. istius, dem, pro. § 134, & § 283, I, *Exc.* 4, this, that, he, she, it, § 207, R. 25.

Ita, adv, (*is*), so, even so, so truly, so certainly, thus, in this manner, in such a manner; so much, to such a degree, such, so constituted; therefore, consequently, accordingly. *It is sometimes used redundantly, or by way of apposition, before a clause, in a manner similar to id,* § 206, (13).

Italia, æ, f., Italy. J. 5, 2' 28 C 16, &c.

Italĭcus, a, um, adj. (*Italia*), Italian

Italĭci, ōrum, m., Italians, the inhabitants of all parts of Italy, except Gallia Cisalpina, and Latium. J. 47, 67

Ităque, illative conj. § 198, 9, (*ita & que*), therefore, then; and so and thus

Ite, etc., see *Eo.*

Item, adv., also, likewise, in like manner. *Item* often denotes the repetition of a preceding predicate; as, *Ipse armatus, intentusque, item milites cogebat,* sc. *ut armati intentique essent,* —*to be armed*—.

Iter itinĕris, n., a going along; a journey, way, march, rout, road, path, course, progress, method, plan. *Ex itinere, in itinere,* and *itinere,* on the way, on the journey *or* march. *Iter facere,* to go, march, travel. *Iter pergere,* to continue, pursue, prosecute—. *Magnis itineribus,* by forced marches, with all speed. *Iter transversum,* a cross road, a transverse course *or* direction, a march across the country. *Itinere transverso,* at right angles.

Itĕrum, adv., again, a second time, anew.

Itum, see *Eo.*

Itūrus, a, um, part. (*eo*).

J

Jacio, ĕre, jeci, jactum, a., to throw, cast, fling, hurl; to throw *or* cast up, raise, erect, place. *Fig.* to throw out a remark, say, remark casually, observe, § 272.

Jacŭlor, āri, ātus, sum, dep., to throw a javelin, throw, dart, cast, fling, hurl, shoot: *from*

Jacŭlum, i, n. (*jacio*), javelin, dart.

Jam, adv., now, immediately, presently, instantly, directly; even; before; then; already. *Jam antea, jam antè* or *antea jam,* long before, long ago, some time ago, already, previously. *Jam inde,* all along. *Jam inde a principio,* from the very beginning, as far back as the beginning. *Jam jam,* just now, instantly, now truly, now indeed. *Jam pridem,* long, long ago, long since, for a long time. *Jam primum,* now, in the first place, now, first of all. *Jam tum,* even then, already.

Jamprīdem, adv., see *Jam.*

Janua, æ, f., a gate, door, entrance.

Januarius, a, um, adj. (*Janus*), of or pertaining to the month of January *Januariæ Calendæ,* the first of January.

Jocus, i, m. in pl. *joci m, & joca, n.* § 92, 2, a joke, jest; wit, raillery; humor, pleasantry. *Movere jocum.* to joke, jest, excite mirth, cause merriment.

Jovis, see *Jupiter.*

Jubeo, ēre, jussi, jussum, a., § 272, § 273, 2, (*d.*) to order, bid, command, charge, direct, enjoin; to choose, elect, appoint; *with the accusative of the thing, and the dative of the person,* to vote, decree, assign;—to ratify, approve. *Rogationem jubere,* to vote for a bill, to enact a law. *Pass. impers, ut jussum erat,* as had been commanded.

Jucundus, a, um, adj. (*juvo*), § 222, pleasant, agreeable, delightful, grateful, pleasing, joyful.

Judicium, i, n. (*judex,* a judge), judgment; a trial, sentence, decision; judicial power; a court of justice; a suit *or* action at law, a law-suit, legal process, legal remedy *or* redress; judgment, opinion, belief. *Mutare judicium animi,* to alter one's purpose *or* design. *Judicium summum,* supreme *or* unlimited jurisdiction.

Judĭco, āre, āvi, ātum, a. (*jus & dico*), § 210, R. 3, (3,) (c.) & § 230, R. 1. to judge, give judgment, pass sentence, determine, decide; to declare, pronounce.

Jugis, e, adj., perpetual, continual, never failing, perennial. *Jugis aqua,* a fountain, spring.

Jugŭlo, āre, āvi, ātum, a. (*jugŭlum,* the throat), to cut the throat, butcher kill, slay, murder.

Jugum, i, n., a yoke. *In military language,* a yoke, a frame consisting of two spears placed erect, and a third laid transversely upon them, under which vanquished enemies were sometimes made to pass in a crouching posture, as a mark of disgrace.

Jugurtha, æ, m., a son of Manastabal, and adopted son of Micipsa king of Numidia. After murdering Adherbal and Hiempsal, sons of Micipsa, he became sole king of Numidia, and for a long time waged war with various success against the Romans. He was finally taken captive by Marius, and after gracing the triumph of the conqueror, perished in the same prison in which the associates of Catiline were subsequently put to death. A. U. C. 649. J. 5, &c.

Jugurthīnus, a, um, adj. (*Jugurtha*), of *or* relating to Jugurtha, Jugurthine. J. 19, 56.

Julius, i, m. (*C.*), a confederate of Catiline. C. 27.

Jumentum, i, n. (*jungo*, to join), a beast of burden, pack-horse.

Junius, a, um, adj., of *or* pertaining to the month of June. *Calendæ Juniæ*, the Calends of June.

Junius, i, m., a Roman name, *see* Silanus.

Jupĭter, Jovis, m., § 85, Jupiter *or* Jove, a son of Saturn, and chief of the Greek and Roman gods. J. 107.

Jurgium, i, n. (*jurgo*, to quarrel), a dispute, quarrel, altercation, strife, contention, slander, scandal, defamatory speeches.

Juro, āre, āvi, ātum, n. & a., to swear, take an oath, make oath: *from*

Jus, juris, n., right, law, reason, justice, that which is conformable to law; the laws; a court of justice; a sentence, judgment; state, condition; power, authority; leave, license. *Jure*, justly reasonably, of course, *also*, by law, according to law. *Jus bonumque*, what is just and useful, rectitude and public interest. *Jus fasque*, human and divine laws. *Jus libertatis*, the rights of freedom, *or* the privileges of free citizens. *Jus nullum* the total absence of justice.

Jusjurandum, i, n., § 91, (*jus & jurandum*, an oath), an oath.

Jussu, abl., § 94, (*jubeo*), by command. *Sine jussu*, without command

Jussum, i, n. (*jubeo*), an order, command, charge. *Jussa efficere*, to execute—.

Jussus, a, um part. (*jubeo*).

Justitia, æ, f., justice, impartiality, clemency, mercy, uprightness, probity: *from*

Justus, a, um, adj. (*jus*), just, upright, virtuous; mild, clement; just, equitable; suitable, merited, due, reasonable, proper; lawful; *justa, ōrum, n.*, funeral rites, obsequies.

Juvatūrus, a, um, part. (*juvo*), § 165.

Juventus, ūtis, f., (*juvĕnis*, a youth) youth, younger days, the age of youth *a period of life, which appears strictly to have extended only from thirty to forty-five, but which is often made to embrace also the preceding period of fifteen years, properly called* adolescentia. *It is also used in a vague manner for the period immediately following childhood.* The youth, young persons, young men. *Juventus nobilium*, the young nobles *or* nobility.

Juvo, āre, jūvi, jūtum, a., to help, aid, assist. succor, profit, benefit; to please, delight, amuse; *imp.*, it delights. *Diis juvantibus*, with the blessing of heaven.

Juxta, adv., nigh, near, by, hard by; equally, alike. *Juxta ac*, just as equally as. *Juxta ac si*, just as if, just as though, § 263. 2. *Juxta mecum* equally with me, as well as I.

L

L., an abbreviation of the *prænomen Lucius.*

Labor, i, lapsus sum, dep., to fall

gently, glide down, descend. *Fig.* to mistake, err, falter, go wrong, miss.

Labor & *Labos, ōris, m.*, labor, toil, fatigue, activity, industry. *Fig.* distress, hardship, trouble, misfortune, difficulty. *The form* labos *occurs more frequently in Sallust than* labor.

Labōro, āre, āvi, ātum, n. & a. (*labor*), to labor, be oppressed with toil *or* fatigue; to be in want, trouble, difficulty *or* distress; to be hard pressed; to maintain one's ground with difficulty; § 273, 1, to strive, struggle, labor for, do one's utmost to effect, try to obtain, strive to accomplish; to work, labor, toil, exert one's self.

Lac, lactis, n., milk.

Lacedæmon, ŏnis, f., Lacedemon, *otherwise called* Sparta, a celebrated city of Peloponnesus, the capital of Laconia.

Lacedæmonius, a, um, adj. (*Lacedæmon*), Lacedemonian, Spartan. *Lacedæmonii, ōrum, m.*, the Lacedemonians *or* Spartans. C. 2, 51.

Lacĕro, āre, āvi, ātum, a. (*lacer*, maimed), to maim, mangle; to rend, tear, lacerate; to waste, squander, consume, dissipate; to revile, defame, rail at, asperse, censure; to torment, afflict.

Lacessītus, a, um, part., provoked, roused, irritated, exasperated: *from*

Lacesso, ĕre, īvi, ītum, a., to provoke, challenge, irritate, exasperate, excite; to rouse, stimulate, assail.

Lacryma, æ, f., a tear.

Lacrymo, & *Lacrĭmo, āre, āvi, ātum, n.* (*lacryma*), to weep, shed tears.

Læca, æ, m. (*M. Porcius*), a Roman senator, confederate with Catiline. C. 17, 27.

Lædo, ĕre, si, sum, a., to hurt, harm, injure, offend, annoy; to asperse, slander, defame, reproach, rail at, censure, inveigh against, assail.

Lætandus, a, um, part. pass. (*lætor*) to be rejoiced at.

Lætitia, æ, f. (*lætus*), joy, gladness, mirth, joyfulness, exultation. See *Gaudium.*

Lætor, āri, ātus sum, dep. § 273, 5, to rejoice, be glad *or* joyful; § 232, (3,) to rejoice at *or* on account of; to be delighted with, take delight in: *from*

Lætus, a, um, adj. § 213, R. 5, (4.) glad, joyful, cheerful, joyous; ready, willing; pleasing, acceptable; favorable; fruitful. *Lætus aliquâ re*, to be pleased *or* satisfied with. *Læti pacem agitabamus*, we enjoyed the delights of peace. *Agere lætus*, to be joyful.

Lævus, a, um, adj., left, on the left side. *Læva, æ, f., sc. manus*, the left hand, the left side. *Ad lævam*, on *or* towards the left.

Lancea, æ, f., a lance, spear, javelin, pike, dart.

Langueo, ēre, ui, n., to languish, be sick, feeble *or* faint, fade, droop, become weak *or* languid, grow dull *or* heavy, remiss, inactive *or* listless; to be wanting in spirit *or* energy.

Languĭdus, a, um, adj. (*langueo*), faint, languid, weak, feeble, listless, inactive, remiss, dull, sick.

Lapideus, a, um, adj., of stone, stony: *from*

Lapis, ĭdis, m., a stone.

Lapsus, a, um, part. (*labor*).

Laqueus, i, m., a noose, halter, cord, snare, *Laqueo gulam frangere*, to strangle.

Lar, laris, m., a household god, a god who presided over the house and family, and to whom the hearth was consecrated, a guardian god who presided over all inhabited places. *Fig. lar* or *lar familiaris*, a house, home.

Lares, ium, f. pl., a town of Africa J. 90.

Largior, īri, ītus sum, dep. (*largus* abundant), to give in abundance, bestow largely, lavish; to give, grant, give away; to make presents, give largesses, bribe.

Largĭter, adv. (largus), largely, plentifully, freely, lavishly.

Largitio, ōnis, f. (largior), a giving freely, bountifulness, liberality; largesses; bribery, corruption, a bribe; profusion, prodigality.

Largītor, ōris, m. (largior), a profuse spender, liberal giver; a briber.

Lascivia, æ, f. (lascīvus, wanton), petulance, licentiousness; wantonness playfulness, relaxation, gayety, sportiveness, love of amusement; lasciviousness.

Lassitūdo, ĭnis, f., weariness, fatigue, lassitude: *from*

Lassus, a, um, adj., weary, tired, faint.

Latè, adv. (latus, wide), widely, extensively, far and wide. *Late ire*, to march widely extended.

Latīne, adv., after the manner of the Latins; in the Latin tongue, in Latin: *from*

Latīnus, a, um, adj. (Latium, a country of Italy), of *or* belonging to Latium, Latin. *Nomen Latinum*, Latins, inhabitants of Latium. J. 39, 42, 43.

Latitūdo, ĭnis, f. (latus), breadth, width, large extent; a broad tract. *Declivis latitudo*, a gradually descending tract of great extent, a broad declivity.

Latro, ōnis, m., a life-guard; a mercenary; a marauder bandit, highwayman, robber.

Latrocinium, i, n. (latrocĭnor, to rob), robbery, highway-robbery, piracy; fraud, artifice. stratagem, violence; an attack of banditti, a contest with robbers.

Latus, a, um, part. (fero).

Latus, ĕris, n., the side, flank, ribs. *Ab latere*, from the side; *also*, in the flank; near, at one's side, at one's elbow. *Ex* or *a lateribus*, on the sides *or* flanks.

Laudo, āre, āvi, ātum, a., to praise, commend, extol, so, *laudando extollere;* to esteem, prize, value: *from*

Laus, dis, f., praise, commendation; glory, honor; fame, renown.

Laxè, adv., loosely, slackly, widely, openly. *Sperans Romanos laxiùs futuros*,—would be more free from restraint, disorderly. *For this use of the adverb in the predicate, see Sum: from*

Laxus, a, um, adj., loose, large, open, spacious, wide, slack, lax. *Laxius imperium*, less severe, less strict, more indulgent.

Lectus, i, m., a bed *or* couch.

Lectus, a, um, part. & adj. (lego), chosen, selected, choice.

Legatio, ōnis, f. (lego, āre), an embassy, lieutenancy, legation, the office of an ambassador *or* lieutenant; persons sent on an embassy, ambassadors.

Legātus, i, m. (lego, āre), an ambassador, envoy, legate, commissioner; a lieutenant, deputy, lieutenant-general; the governor of a conquered province.

Legio, ōnis, f. (lego, ĕre), a legion, a body of Roman soldiers consisting of ten cohorts. *The number of soldiers in a legion was different at different periods of the Roman state, having originally consisted of three thousand foot and three hundred horse, which number was gradually enlarged to four, five, or six thousand exclusive of cavalry. In every legion there were three classes of soldiers called the* hastati, principes *and* triarii *or* pilani. *Each class contained ten companies* (ordines), *and the same number of centurions. The centurion who led the first company of the* principes, *as well as the company itself, was called* primus princeps, *the second* secundus, *&c. In like manner among the* hastati *and the* pilani, *the first centurion was called* primus hastatus *and* primus pilus *or* centurio primi pili: *As the* triarii *constituted the class highest* *in rank, the* centurio primi pili *held the first rank among the centurions of a legion. It is sometimes used in a general sense for* an army *and even for* the army of a foreign nation. C. 53.

Legionarius, a, um, adj. (*legio*), of a legion, legionary. *Cohors legionaria* or *ex legionibus* is used in distinction from *cohors auxiliaria.*

Legitĭmus, a, um, adj. (*lex*), according to law, appointed *or* regulated by law, legal, lawful, right, just, legitimate. *Legitimi dies,* the legal time, the days prescribed by law. *Candidates for office were required to offer themselves seventeen days before the day of election.*

Lego, āre, āvi, ātum, a., § 264, 5, to send as an ambassador, depute, despatch; to appoint as lieutenant. *Legare sibi aliquem,* to choose for one's deputy *or* lieutenant.

Lego, ĕre, legi, lectum, a., to collect, gather, cull, pick up; to run over, read, peruse; to choose, select, elect.

Lenio, īre, īvi, ītum, a. (*lenis,* soft), to soften, mitigate, calm, alleviate, assuage, allay, appease, propitiate, pacify, lessen, diminish, soothe, extenuate, prevail upon, persuade. *Lenire inopiam frumenti,* to compensate, make amends for, cause to be less felt.

Lenĭter, adv. (*lenis*), gently, softly, sweetly, mildly, placidly, calmly; remissly, inactively. *Lenius agere,* to act (*i. e.* to prosecute the attack) with less vigor.

Lentŭlus, i, m. (*P. Cornelius Lentulus Sura*), a Roman senator who took a prominent part in the conspiracy of Catiline. He was at that time a prætor, and had once been consul. He married the sister of L. Cæsar. C. 17, 32, 39, 43, &c. See also *Spinther*.

Leo ōnis, m., a lion.

Lepĭdus, i, m. (*M. Æmilius*), a Roman consul, A. U. C. 688. C. 18.

Lepor, & Lepos, ōris, m., mirth, wit humor, facetiousness, grace, elegance.

Leptis, is, f., § 79, 1. Leptis, the name of two towns in Africa, one near Hadrymetum, sometimes called *Leptis minor,* the other between the Syrtes, called also *Leptis major* and *Neapolis.* J. 19, 77.

Leptitāni, ōrum, m. pl., the inhabitants of Leptis. J. 77, 79.

Levis, e, adj., light, of little weight; small, little, slight; trifling, trivial, inconsiderable, of small moment; easy, mild, gentle.

Levĭter, adv. (*levis*), lightly, slightly, softly; *comp. levius,* less. *Levius strepere,* to ring less, make less noise.

Levo, āre, āvi, ātum, a. (*levis*), § 251, to lift up, raise; to make lighter, lighten, ease, relieve.

Lex, legis, f., law; a law, statute ordinance. *Leges et jura,* the constitution and laws.

Libens, tis, adj. (*libet*), willing, pleased, glad; merry, cheerful, joyful. *Libens accipere,*—gladly, with pleasure, § 205, R. 15, (*a*).

Liber, bri, m., the inner bark of a tree; a book.

Liber, ĕra, ĕrum, adj. (*libet*), free, in a state of liberty; open, bold, frank, unrestrained, uncontrolled, uninfluenced, unshackled; void of, exempt from.

Liberālis, e adj. (*liber*), § 213, liberal, befitting a freeman *or* gentleman genteel, well bred, ingenuous; bountiful, generous, munificent, liberal, free.

Liberalĭtas, ātis, f. (*liberalis*), ingenuousness, civility; bounty, liberality, munificence, generosity.

Liberalĭter, adv. (*liberalis*), ingenuously, liberally, honorably, profusely, bountifully, liberally, munificently.

Libĕre, adv. (*liber*), ingenuously, liberally, honorably, freely; largely, copiously. *Liberiùs processi,*—too freely.

Libĕri, ōrum, m. pl. (*liber*), children (*freeborn, not slaves*).

Libĕro, āre, āvi, ātum, a. (*liber*), to set at liberty, free, make free; to deliver, release, extricate.

Libertas, ātis, f. (*liber*), liberty, freedom, the state and condition of a freeman; independence, fearlessness. *Jus libertatis,* see *Jus.*

Libertus, i, m. (*libero*), a freed man, slave made free. *This appellation is used when reference is made to the former master;* as, *liberti Lentuli,* the freed-men of Lentulus; *otherwise the freed-man is called* libertinus; *but* libertus *appears to be sometimes used for* libertinus, C. 59.

Libet, libuit or *libĭtum est,* § 169, *imp.*, § 223, & § 269, R. 2. it pleases, it is agreeable. *Uti libet,* sc. *tibi* or *vobis,* as you please. *Libet mihi confiteri,* I am willing to confess, free to own.

Libidinōsè, adv. (*libidinōsus,* wanton), according to one's pleasure *or* caprice, wantonly, arbitrarily, capriciously.

Libīdo, ĭnis, f. (*libet*), § 275, III, R. 1, will, inclination, feelings, fancy, humor, caprice; extravagance of desire, wantonness; desire, propensity, inclination, passion, lust, cupidity, sensuality, inordinate *or* ungoverned appetite. *In a good sense,* pleasure, satisfaction, delight. *Habere libidinem,* to take pleasure, to delight. *Libido dominandi,* the lust of dominion. *Libido animi, the same as libido,* inclination, passion. *Ex libidine,* as one pleases, arbitrarily, according to one's pleasure, humor *or* caprice, in pursuance of one's wishes.

Libys, yos, adj., Libyan. *Also, subs. m.*, a Libyan, an inhabitant of Libya, a country in the western part of Africa between Gætulia and the Atlantic; *pl. Libyes,* Libyans. J. 18, 89.

Licenter, adv. (*licens,* free), too freely, without due restraint; freely, with freedom. *Sperans Romanos licentiùs futuros,*—more remiss in their discipline.

Licentia, æ, f. (*licens*), § 275, III. R. 1, (1.) licence, liberty, permission, indulgence, leave, power, ability, freedom from restraint, opportunity; licentiousness, insubordination. *Polluta licentia,* shameful corruption.

Licet, licuit & licĭtum est, imp. § 169, § 223, § 269, R. 2, § 262, R. 4, § 273, it is lawful, it is permitted *or* allowed, one may. *Licet mihi, illi, etc.*, I may *or* can, he may, &c.:—it is possible.

Licinius, i, m. (*M.*), see *Crassus.*

Lictor, ōris, m., a lictor, an officer who attended on the principal Roman magistrates, going before them, bearing the fasces. *They preceded the magistrates in single file; hence the one who led the file was called* primus lictor, *the one in the rear, and next to the magistrate, was called* proximus.

Ligneus, a, um, adj. (*lignum,* wood), of wood, wooden, ligneous.

Ligur, & Ligus, ŭris, m. & f., of Liguria, a country of Italy, a Ligurian. *The Ligurians were subdued by the Romans under L. Æmilius Scaurus,* A. U. C. 571, *and became allies of the Romans.* J. 38, 77, 93, &c.

Limetānus, i, m. (*C. Mamilius*), a tribune of the people, A. U. C. 644. J 40.

Limōsus, a, um, adj., miry, muddy. *from*

Limus, i m., mud, slime.

Lingua, æ, f., the tongue. *Fig.* language, words, speech, conversation, discourse; a tongue, language

Littĕra, æ, f., a letter of the alphabet. *Fig. litteræ,* a writing, compo sition book; a letter, *or* letters, epistle, *or* epistles; literature, letters, learning.

Lixa, æ, m., a suttler, victualler in a camp.

Locātus, a, um, part.: from

Loco, āre, āvi, ātum, a. (*locus*), to place, set, lay, dispose, arrange, station; deposit, store, put. *Locare primos et extremos,*—in front and rear.

Locuples, ētis, adj. (*locus & pleo, obs.*, to fill), rich, wealthy, opulent; well stored, well furnished.

Locus, i, m., pl. loci, m. & loca, n. § 92, 2, a place, room, situation, region, part, station, post, position; natural situation. *Fig* a place, room, cause, opportunity, time; reason, ground, pretext; condition, state, family, rank, station, dignity. *Omnibus locis,* in all places, every where, § 254, R. 3. *Loco cedere,* to give way, abandon one's post, retire. *Pelli loco,* to be driven from one's post. *Urbes munitæ loco,*—strong by situation *or* nature. *Pro loco,* according to the situation, *or* the nature of the ground. *Id loci,* that place, § 212, R. 3. *Id locorum,* that time. *Postea loci,* or, as some think it should be written, *post ea loci,* corresponding in form with *id loci,* after that, afterward, § 212, R. 4, N. 4. *Peccato si locus esset,* if error were admissible, if a mistake were allowable, *or* of little consequence. *Locus difficilis, in military language,* a place of difficult approach. *Cognatorum loco ducere,* to reckon in the place of—put instead of—esteem as—.

Locūtus, a, um, part. (*loquor*)

Longè, adv. (*longus*), far off, at a distance, far; very, very much, much, exceedingly: *of time,* long, far. *Longius,* farther; too far, § 256, R. 9, (*a*).

Longīnus, i, m. (*L. Cassius*), a Roman senator confederate with Catiline. C. 17, 44, 49.

Longus, a, um, adj., long, *either in space or time:* lasting, durable, of long continuance.

Loquor, i, cūtus sum, dep., to speak say, tell, declare, discourse, talk, utter *The acc. is sometimes omitted,* § 229 R. 4, 2.

Lucius, i, m., a Roman *prænomen*

Luctuōsus, a, um, adj., mournful sorrowful, lamentable, sad, doleful, calamitous: *from*

Luctus, ûs, m. (*lugeo,* to mourn,) lamentation, mourning, sorrow, affliction, grief.

Luculentus, a, um, adj. (*lux*), bright, clear. *Luculenta oratio,* elegant, splendid—.

Lucullus, i, m. (*P.*), a tribune of the people in the Jugurthine war. J 37.

Ludibrium, i, n. (*ludo,* to play), a mock, mockery, laughing stock, jest, sport, derision. *Habere ludibrio,* to mock, make a mock of, make sport with, make game of, to impose upon, trick, befool. *Esse ludibrio alicui,* to serve as a laughing stock, to be the sport of.

Ludifĭco, āre, āvi, ātum, a. & n., or *Ludifĭcor, āri, ātus sum, dep.* (*ludus & facio*), to mock, deceive, make a fool of, trifle with, baffle.

Ludus, i, m., play, sport, diversion, pastime, amusement.

Lumen, ĭnis, n., (*luceo,* to shine), light; a light, day-light. *Fig.* an ornament, honor.

Lux, lucis, f., light, day-light.

Luxuria, æ, f. (*luxus*), luxury, excess, riot, profusion, extravagance, waste.

Luxuriōsè, adv., luxuriously, sumptuously: *from*

Luxuriōsus, a, um, adj. (*luxuria*), luxurious, excessive, wasteful, prodigal, extravagant, voluptuous; rank luxuriant.

Luxus, ûs, m., luxury, excess, riot *Per luxum,* in luxury, luxuriously.

M.

M., an abbreviation of the *prænomen* Marcus.

Macedonia, æ, f., Macedonia *or* Macedon, a large country between Thessaly and Thrace. J. 35.

Macedonĭcus, a, um, adj., pertaining to Macedonia, Macedonian. C. 51.

Machĭna, æ, f., a frame, fabric, work; a machine, engine; a military machine, warlike engine.

Machinatio, ōnis, f. (*machinor*), a contrivance, device, artifice; a machine, engine.

Machinātus, a, um, part., with a passive signification, § 162, 17, planned, devised, contrived: *from*

Machĭnor, āri, ātus sum, dep. (*machina*), to contrive, devise, plan, design, project, plot.

Magis, adv., more; rather; especially. *It is often joined with* eo, quo, tanto, quanto, &c., *as, eo magis,* and that the more, so much the more *or* the more; *magis magisque,* more and more. *Its superlative degree is* maximè, which see. *Magis* is not unfrequently omitted before *quàm.* Cat. 8, 48, etc.

Magistrātus, us, m. (*magistro,* to rule), an office either civil or military, but especially a civil magistracy: *also,* a civil or military officer, but particularly a civil magistrate. *The ordinary Roman civil magistrates were divided into two classes, the* majores, *or greater, and the* minores *or less. In the former were included the* consuls, prætors and censors; *in the latter, the* ediles, quæstors and tribunes of the people.

Magnifĭcè, adv., magnificently, splendidly, nobly, grandly, pompously, in a lofty strain, in a style of enhancement or amplification, boastfully, sumptuously, haughtily, pathetically: *from*

Magnifĭcus, a, um, adj. (*magnus & facio*), magnificent, splendid, noble; boastful, proud, glorying, ostentatious, sumptuous, rich, costly; great, glorious, exalting, conferring honor *Magnifica pro se dictitare,*—self-glorifying.

Magnitūdo, ĭnis, f., (*magnus*), greatness, bulk, magnitude, extent; multitude, quantity; weight, importance, dignity. *Magnitudo itineris,* the length of the march. *Magnitudo animi,* greatness of soul, loftiness of spirit, magnanimity. *Post magnitudinem nominis Romani,* after the Roman name *or* nation had become great. *Magnitudo pecuniæ,* a great sum,— a great amount—. *Pro magnitudine,* considering the importance, according to the importance.

Magnŭm, adv., § 192, 4, (*b.*) very, greatly, extensively: *from*

Magnus, a, um, adj. (comp. *major,* sup. *maximus,* § 125, 5.), § 250, great, large, powerful, mighty, excellent, much, considerable; momentous, important, valuable. *Magna vox,* a loud voice. *Ubi mare magnum esse cœpit,* when the sea begins to swell. *Celebrare in majus,* to exaggerate, to enhance, to extol beyond due bounds, magnify.

Majestas, ātis, f., (*majus, obs.*, great), greatness, majesty, grandeur, dignity.

Major, see *Magnus. Major natu,* see *Natu.*

Majōres, um, m. pl. (*major*), forefathers, ancestors; the ancients.

Malè, adv., comp. *pejus,* sup. *pessĭme,* (*malus*), badly, ill, wrongly, amiss, disastrously, wickedly. *Male pugnatum,* unsuccessfully—

Maledīco, ĕre, dixi, dictum, a. (*male & dico*), § 225, I. to speak ill of, rail *or* carp at, revile, slander, asperse, abuse, reproach.

Maledictum, i, n., (*maledico*), a reproach, opprobrious *or* abusive language; an imprecation, curse.

Malefactum, i, n. (*malefacio*, to injure), evil deeds, crimes, injuries.

Maleficium, i, n., a bad action, misdeed, wickedness; hurt, harm, wrong, injury: *from*

Malefĭcus, a, um, adj. (*malefacio*), hurtful, ill-disposed, mischievous, injurious, pernicious.

Malevolentia, æ, f. (*malevŏlens*, ill-natured), ill-will, envy, spite, malice, malevolence.

Malitia, æ, f., malice; bad qualities, demerit, perversity, villainy, wickedness, vice.

Malo, malle, malui, irr. n. & a. (*magis & volo*), (§ 178, 3,) § 229, § 271, § 273, 4, to be more willing, choose rather, desire more, prefer. *It is often followed by* quàm, *referring to* magis *in composition.*

Malum, i, n., an evil, mischief, misfortune, calamity, harm, punishment; a fault, bad quality: *from*

Malus, a, um, adj. (comp. *pejor*, sup. *pessĭmus*), bad, evil, wicked, corrupt, vicious; worthless, mean, despicable, vile, unprincipled; unsuccessful, unfavorable, adverse, unfriendly, unfortunate, mischievous, pernicious, unlucky. *Fratres mali,*—wanting in affection, contentious, quarrelsome.

Mamilius, a, um, adj., of *or* relating to Mamilius, Mamilian. *Mamilia lex*, a law introduced by C. Mamilius Limetanus for the trial of those who had favored the cause of Jugurtha. J. 40, 65.

Mamilius, i, m. (*C.*), see *Limetānus.*

Manastăbal, ălis, m., a Numidian prince, a son of Masinissa, brother of Micipsa, and father of Jugurtha. In some editions it is written *Mastanabal.* J. 5, 65.

Mancinus, i, m. (*Manilius*), a tribune of the Roman people, A. U. C. 646.

Mancipium, i, n. (*manceps*, a purchaser,) property, right of perpetual possession, dominion; a slave.

Mandātum, i, n., a commission, order, command, charge, message *Mandata efficere* or *conficere*, to execute, perform—. *Dare mandata verbis*, to give a verbal message: *from*

Mando, āre, āvi., ātum, a., § 223, R. 2, § 273, 2, § 262, R. 4, to commit to one's charge, bid, enjoin, order, command; to commit, consign, commend, confide, entrust.

Maneo, ēre, si, sum, n. & a., to stop, stay, tarry, abide, remain, wait; to last, endure, continue; to remain firm.

Manifestus, a, um, adj., manifest, clear, evident, plain, apparent; § 213, clearly convicted, evidently guilty. *Manifestum habere*, see *Habeo.*

Manilius, i, m., see *Mancinus.*

Manipŭlus, i, m. (*manus & pleo, obs.* to fill), a handful; a band of foot soldiers, a company, maniple, the third part of a cohort.

Manliānus, a, um, adj., Manlian, of *or* pertaining to Manlius.

Manlius, i, m., (*T.*), see *Torquatus.*

Manlius, i, m (*A.*), a lieutenant of Marius in the war against Jugurtha. J. 86, 90, 100, 102.

Manlius, i, m. (*C.*), a confederate of Catiline, to whom was intrusted the command of a large part of the forces raised by the conspirators. C. 24, &c.

Manlius, i, m. (*Cn.*), a Roman general who was defeated by the Gauls, A. U. C. 649. J. 114.

Mansi, see *Maneo.*

Mansuetūdo, ĭnis, f., (*mansuētus*, tame), gentleness, mildness, tameness, lenity, clemency, humanity.

Mansūrus, a, um, part. (*maneo*).

Manus, us, f., a hand; art, labor skill, workmanship; a body of men, an armed force, army, band. *Conserere manum*, see *Consero.* *Manu*, by hand, forcibly, by force of arms, vio-

lently. *Consulere alicui manu,* to aid by fighting. *Neque consilio neque manu,*—in action, in feats of arms. *Æqua manu discedere,* to come off with equal advantage. *Manu promptus,* prompt in action. *In manu* or *in manibus esse,* to be in one's power, to depend on one, *without and the subj., also,* to be at hand, to be near *or* close, *in distinction from* eminus. *Facere prælium manibus,* to come to close quarters, fight hand to hand. *Per manus,* by force, by main force, forcibly, *also,* from hand to hand. *Res fidesque in manibus sitæ erant,* their property and credit depended upon their manual labor. *In manus venire,* to come within one's reach, come to blows, come to an engagement.

Mapalia, ium, n. pl., the name given by the Numidians to their cottages *or* cabins; also villages, hamlets.

Marcius, i, m., (*Q. Rex*), see *Rex.*

Marcus, i, m., a Roman *prænomen.*

Mare, is, n., the sea. *Terrâ marique,* or *mari atque terrâ,* § 254, R. 3, *med.,* by land and sea. *Nostrum mare,* our sea, i. e. the Mediterranean. *Maria et montes polliceri,* to promise seas and mountains, to promise boundless wealth, to make extravagant promises.

Maritĭmus, a, um, adj. (*mare*), of the sea, lying near the sea, maritime. *Maritima ora,* the sea-coast.

Marius, i, m. (*C.*), a celebrated Roman general, who conquered Jugurtha and the Cimbri, and afterwards engaged in a bloody civil war in opposition to Sylla. He was first appointed consul A U. C. 647. J. 46, 63, &c.

Masinissa, æ, m., a king of Numidia, and grandfather of Jugurtha. J 5, 9, 14, 24, 35, 65.

Massilia, æ, f., a maritime city in the southern part of Gaul, now Marseilles. It was founded by the Phoceans and was long distinguished on account of the learning and refinement of its inhabitants. C. 34.

Massīva, æ, m., a Numidian, the grandson of Masinissa, assassinated by order of Jugurtha. J. 35, 61.

Massugrăda, æ, m., the name of a Numidian prince, the son of Masinissa by a concubine. J. 108.

Mater, tris, f., a mother. *Mater familias,* § 43, 2, the mistress of a family lady, wife.

Materia, æ, & Materies, ēi, f. (*mater*), matter, stuff, materials; wood, timber *Fig.* occasion, cause, source.

Maternus, a, um, adj. (*mater*), of a mother, motherly, maternal.

Matūrè adv. (*maturus*), in time, seasonably, opportunely; quickly, promptly, early, speedily, soon, hastily.

Matūro, āre, āvi, ātum, a. & n., to ripen, make ripe, mature; to accelerate, hasten, quicken, despatch, expedite, make haste, § 271; to do a thing before the time, anticipate, be precipitate. *With an infinitive it may often be translated,* swiftly, speedily, rapidly, with haste, &c.; as, *Maturare iter pergere,* to pursue a journey with rapidity; so *Legati maturantes veniunt. from*

Matūrus, a, um, adj, ripe, mature, ready; seasonable, timely, opportune; early, speedy, quick.

Mauritania & Mauretania, æ, f., a large country in the western part of Africa, *now* Morocco and Fez. J. 16 19, 62. C. 21.

Maurus, a, um, adj., Moorish Mauritanian. *Maurus, i, m.,* an inhabitant of Mauritania, a Moor, Mauritanian. J. 18, 19, 80, 82, 97, &c.

Maxĭmè. adv. (*sup. of magis*), § 127 very greatly, in the highest degree most, most of all, eminently, much very, for the most part, very much above all; particularly, chiefly, especially, principally, in the first place. *Quàm maxime,* very much, as much as possible. *Quàm maxime longus*, § 127, as lasting as possible. *Si maxime animus ferat*, if (our) minds (i. e. if we) were ever so much disposed. *Maxime—secundum*, most of all—next to that; in the first place—in the second place. *Multo maxime*, most especially, in the very highest degree.

Maxĭmus, a, um, adj. (*sup. of magnus*), greatest, very great, largest, utmost, chief, highest, most important. *Maxima amicitia*, very intimate friendship. *Maxima documenta*, the strongest proofs. *Maximum silentium*, the most profound silence.

Maxĭmus, i, m., see *Fabius*.

Mecum, see *Ego & Cum*.

Medeor, ēri, dep., § 223, R. 2, to cure, heal, remedy; to correct, relieve, obviate.

Mediocris, e, adj. (*medius*), middling, moderate, tolerable, ordinary, indifferent, common, of moderate extent *or* size; moderate, calm, temperate, well balanced, unambitious. *Non mediocris animus*, not moderate, *i. e.* ardent, ambitious. *Mediocria gerere*, to engage in moderate enterprises, *or* in hostilities of little moment.

Medium, i, n., the middle, midst. *In medio relinquere*, to leave undetermined *or* undecided. *In medio*, in the middle, between; *also*, in the centre: *from*

Medius, a, um, adj., mid, middle, middle of, § 205, R. 17, in the middle *or* midst, the middle one, between; as, *medius ex tribus*, § 212, R. 2, N. 4, intervening; common to all; moderate; neutral, taking part with neither, inclined to neither side.

Me Dius Fidius, or as some prefer writing it in one word, *mediusfidius*, see *Dius & Fidius*.

Medus, a, um, adj., pertaining to Media, a country of Asia; of Media. *Medus, i, m.*, a Mede, an inhabitant of Media. J. 18.

Mehercŭle, adv., by Hercules, truly in truth.

Melior, ōris, adj. (comp. of *bonus*), better, superior, more excellent, preferable. *Belle melior*, more warlike, braver.

Meliŭs, adv. (*comp. of bene*), better.

Memet, see *Egomet*.

Memĭni, def. pret, § 183, 3, § 272, I remember, keep in mind, bear in mind, recollect, call to mind; mention. *It is followed by a genitive* or *accusative of the object*, § 216 and R. 1—3.

Memmius, i, m. (*C.*), a tribune of the people in the war with Jugurtha. J. 27, 30, 32.

Memor, ŏris, adj. (*memini*), § 213 mindful, remembering.

Memorabĭlis, e, adj. (*memoro*), worthy of memory, worthy of being remembered *or* mentioned, memorable, remarkable.

Memoria, æ, f. (*memor*), memory, remembrance, recollection; time, *so far as its events are remembered; as*, *meâ memoriâ*, within my memory, in my time;—a record, report, narrative. *Memoria rerum gestarum*, a narrative of past events, history, the composition of history.

Memŏro, āre, āvi, ātum, a. (*memor*), § 272, § 265, to mention, make mention, recount, tell, relate, say, speak of. *Capsæ conditor Hercules Libys memorabatur*,—was said to be, § 210, N. 1.

Mens, tis, f., the mind, soul, understanding; thought; a design, plan; intention; will, purpose, memory, recollection, wisdom, skill; reason, judgment, opinion; nature, disposition, feelings.

Mensis, is, m., a month.

Mentior, īri, ītus sum, dep., to lie, speak falsely, assert falsely; to deceive; to feign, counterfeit, pretend invent. *Cujus consilio tantam rem mentitus esset*,—had devised such a falsehood.

Mercātor, ōris, m. (*mercor*), a merchant, trader.

Merces, ēdis, f. (*mereo*), hire, wages, pay, reward; fruit, profit, gain, a desirable object. *Manuum merces,* the wages of manual labor.

Mercor, āri, ātus sum, dep. (*merx,* merchandise), to trade, traffic; to buy, purchase

Merens, entis, part. & adj., deserving, worthy of, *either in a good or bad sense: from*

Mereo, ēre, ui, ĭtum, a. & n. & Mereor, ēri, ĭtus sum, dep., to deserve, merit, earn.

Meridies, ēi, m. (*medius & dies*), mid-day, noon; the south.

Merĭtò, adv. (*meritus*), deservedly, with reason.

Merĭtum, i, n., merit, desert; a kindness, favor; worth. *Ex merito,* on account of merit: *from*

Merĭtus, a, um, part. & adj. (*mereo & mereor*), having merited *or* deserved, deserving well; merited, deserved; fair, reasonable, suitable, fit, right, just. *Meritus in prœlio,* distinguished—.

Metellus, i, m. (*Q. Cæcilius*), a Roman consul who commanded in the war against Jugurtha, A. U. C. 645 & 646, but was superseded by Marius. He was subsequently honored with a triumph, and received the surname of Numidicus on account of his success in the war against Jugurtha. J. 43—88.

Metellus, i, m., see *Celer* and *Creticus.*

Metior, īri, mensus sum, dep., to mete, measure, take measure of; to estimate, judge of

Metor, āri, ātus, sum, dep. (*meta,* a bound), to measure; to plan, arrange *Metari castra,* to measure out the ground for a camp, to pitch a camp, to encamp.

Metuendus, a, um, part. (*metuo*) to be feared, formidable

Metuens, entis, part & adj., fearing, afraid, afraid of: *from*

Metuo, ĕre, ui n. & a., to fear, be afraid, apprehend, be afraid of: *from*

Metus, us, m., fear, dread, care, concern, apprehension, afright, alarm; a terror, something feared. See *Timor.*

Meus, a, um, adj. pro. § 139 (*mei, gen. of ego*), belonging to me, my, mine, my own: *meamet,* the same as *mea,* or *mea ipsius.*

Micipsa, æ, m., a king of Numidia who died A. U. C. 636, after a reign of thirty years. He was the son of Masinissa and uncle of Jugurtha. J. 5, 6, 8, 9, &c.

Miles, ĭtis, m. & f. (*mille*), a soldier, a foot soldier, a common soldier, *in distinction from an officer. Milites scribere,* to levy *or* enlist soldiers.

Militāris, e. adj. (*miles*), of *or* belonging to a soldier, pertaining to war, military, warlike, martial. *Res militaris,* the art of war, military affairs, war. *Homo militaris,*—experienced in war, a good soldier. *Militaris ætas,* the military age, the age at which the Romans were bound to serve in war, *viz.* from the seventeenth to the forty-sixth year. *Militaria signa,* standards. *Militaris equus,* a war-horse. *Militaria facere,* to perform military duties. *Militaris rei facinora,* military exploits.

Militia, æ, f (*miles*), military service, warfare; war. *The genitive* militiæ *often signifies* in war, *or* abroad, in service, *especially when joined with* domi; *Militiæ patiens,* able to bear arms. *Militiæ flagitium,* a disgrace in war, a military disgrace *or* offence.

Milĭto, āre, āvi, ātum, n. (*miles*), to serve as a soldier, be a soldier, serve.

Mille, num. adj. ind., a thousand. *Also a noun, ind. in sing., in pl. millia, ium, etc., n.* § 118, 6. *Mille passuum,* a thousand Roman paces, or one Roman mile; passuum *in this construction, is often omitted.*

Minæ, ārum. f. pl., threats, menaces.

Minĭmè, adv. (sup. of *parum*), least of all, least; *in negation*, not at all, not in the least, by no means.

Minĭmus, a, um, adj. (sup. of *parvus*), least of all, the least *or* smallest, very small *or* little. *Minimus, or more frequently minimus natu*, the youngest.

Minister, tri, m., a servant, attendant; an aider, abettor, accomplice, tool; a helper, assistant.

Minĭtor, āri, ātus sum, dep. freq. (*minor*), § 223, R. 2. to threaten often *or* much, menace.

Minor, us, gen. ōris, adj. (comp. of *parvus*), less, smaller, inferior, less important. *Minoris, n. with* sum *and verbs of valuing*, § 214, for less, at a less price, cheaper, of less value. *Minores magistratus*, see *Magistratus.*

Minor, āri, ātus sum, dep., § 223, R. 2, (1,) (*b.*), to threaten, menace. *Minari alicui aliquid*, to menace one with—. *Fig.* to overhang, project.

Minucius, i, m., the name of a Roman *gens.* *Q. Minucius Rufus*, see *Rufus.*

Minuo, ĕre, ui, ūtum, a., to lessen; make less, diminish, abate, impair; to restrict, stay, check, restrain.

Minus, adj (n. comp. of *parvus*), see *Minor.*

Minùs, adv (comp. of *parum*), less; not. *Si minus*, if not. *Quo minus*, the less.

Mirabĭlis, e, adj., wonderful, marvellous, strange, astonishing: *from*

Miror, āri, ātus sum, dep., to wonder, marvel, be amazed *or* astonished at; to esteem, prize, value, admire.

Mirus, a, um, adj., wonderful, strange, extraordinary.

Misceo, ēre, miscui, mistum & mixtum, a, § 245, II, 2, & R. 1, to mix, mingle, blend, unite; to confuse, disturb, throw into confusion, fill with, confound, embroil. *Miscere se cum aliquo*, to unite *or* make common cause with one.

Miser, a, um, adj., miserable, wretched, unfortunate; distressing, sad, afflicting.

Miserabĭlis, e, adj. (*miseror*), to be pitied, pitiable, deplorable, sorry, miserable, lamentable, wretched.

Miserandus, a, um, part. (*miseror*), pitiable, deplorable.

Misereor, ēri, ertus & erĭtus sum, dep. (*miser*), § 215, to pity, commiserate, compassionate.

Miseria, æ, f. (*miser*), trouble, misfortune, calamity, misery, wretchedness; affliction, distress. *Alicui in miseriam vertere*, to result in one's ruin. *Quoniam eò miseriarum venturus eram*, since I was destined to come to such an extremity of misery.

Misericordia, æ, f., mercy, compassion, pity. *from*

Miserĭcors, dis, adj. (*misereo*, to pity, & *cor*, the heart), merciful, compassionate, pitiful.

Miserĭtus, a, um, part. (*misereor*).

Misĕror, āri, ātus sum, dep. (*miser*), to pity, commiserate, lament, deplore.

Missio, ōnis, f. (*mitto*), a sending, mission; a sending away, discharging; dismissal, discharge from office or from military service; *in* J. 64 *it seems to signify* a temporary leave of absence, a furlough.

Missĭto, āre, āvi, ātum, a freq. (*mitto*), to send frequently.

Missus, a, um, part. (*mitto*).

Mithridatĭcus, a, um, adj., pertaining to Mithridātes, king of Pontus, Mithridatic. C. 39.

Mitto, ĕre, misi, missum, a., to send despatch, depute, § 230, R. 2, to throw away, lay aside, dismiss; to omit, pass over, let alone, to throw, cast, hurl, discharge. *The purpose after* mitto *is expressed by the former su pine or the subj. with* qui. § 276, II. & 264, 5. or a dative, § 227.

Mixtus, a, um, part. (*misceo*), mixed, mingled, tempered, blended.

Mobĭlis, e, adj. (*moveo*), easy to be moved, moveable; fleet, swift, quick; inconstant, fickle, flexible, pliant, changeable, variable.

Mobilĭtas, ātis, f. (*mobilis*), mobility, activity. *Fig.* inconstancy, fickleness, levity, mutability, changeableness.

Moderātus, a, um, part. & adj., governed, guided; directing or regulating one's self, moderate, discreet, temperate. *Tantâ temperantiâ inter ambitionem sævitiamque moderatus*, directing his course in so happy a medium between courting popularity and the practice of excessive severity. *Nihil pensi neque moderati habere*, to have no consideration or self-control: *from*

Modĕror, āri, ātus sum, dep. (*modus*), § 223, R. 2, & (1.) to moderate, restrain, govern, regulate, rule, guide, manage, steer, direct.

Modestè, adv. (*modestus*), moderately, with moderation, temperately, discreetly; modestly, humbly.

Modestia, æ, f., moderateness; moderation, dispassionateness, discretion, sobriety, modesty, decorum, shame, subordination; honor, dignity, character; lowliness, humility: *from*

Modestus, a, um, adj. (*modus*), moderate, modest, temperate, sober, discreet, gentle, unassuming, kind.

Modĭcè, adv., moderately, modestly: *from*

Modĭcus, a, um, adj. (*modus*), moderate, modest, temperate, sober

Modò, adv., just now, now, lately, but this moment. *Modo—modo, modo—interdum, modo—deinde*, now—now, sometimes—sometimes, at one moment—at another moment, now—then, at first—afterwards. Only, alone, merely simply. *Si modo* if only, provided that. *Modo* or *dum modo*, provided, § 263, 2. *Quod modo* provided it. *Non modo*, not only *from*

Modus, i, m., a measure, manner way, method, means, fashion, rule, mode; limits, bounds; order, rule, moderation. *Facere* or *statuere modum* to set bounds *or* limits. *Sine modo*, without measure, boundless. *In modum*, in the manner of, like. *Omnibus modis*, in every way. *Habere modum*, to regard, observe—. *Impensius modo*, very vehemently *or* greatly, beyond measure, very earnestly.

Mœnia, ium, n, pl., the walls of a city, taken as a whole *or* surrounding the whole city. *Any portion of the* mœnia *is called* murus; *and sometimes the whole is so called, but a part of the wall is never called* mœnia; the fortifications of a city; a city.

Mœror, ōris, m., (*mœreo*, to mourn) lamentation, sorrow, sadness, grief, mourning.

Mœstus, a, um, adj. (*mœreo*), sad sorrowful, afflicted, melancholy.

Molior, īri, ītus sum, dep. (*moles*, a mass), to attempt something difficult, struggle, strive, labor, toil; to attempt, undertake; to contrive, plot, meditate, prepare.

Mollio, īre, īvi, ītum, a., to soften, mollify; to appease, pacify, calm; to enervate, make effeminate: *from*

Mollis, e, adj., soft, tender, delicate, pliant, flexible, gentle, weak, feeble, susceptible; smooth, kind, pleasing. *Mollis sermo*, tender, voluptuous, amorous—.

Mollĭter, adv. (*mollis*), softly, gently, calmly, easily; delicately, luxuriously, effeminately; weakly, feebly sensitively.

Mollitia, æ, and *Mollities, ēi, f.* (*mollis*), softness, tenderness; effeminacy. voluptuousness; gentleness, mildness, weakness, imbecility, irresolution *agere per mollitiem*, to live voluptuously, delicately *or* effeminately.

Moneo, ēre, ui, ĭtum, a. § 218, & R. 1, & R. 2. to put in mind, remind, admonish, advise, warn; to teach, instruct, counsel, suggest. *It takes the subjunctive, and more rarely the infinitive*, § 273, 2.

Monĭtor, ōris, m. (*moneo*), an adviser, counsellor, admonisher, monitor, prompter, teacher.

Monĭtus, a, um, part. (*moneo*).

Mons, tis, m., a mountain, high hill. *Fig.* a great quantity.

Monumentum, i, n. (*moneo*, § 102, 4), a monument, memorial, record. *Monumenta hostilia*, monuments of hostility

Mora, æ, f., a delay, stay, stop, hindrance: an impediment, obstacle, obstruction. *Sine morâ*, without delay, immediately, instantly. *Agitare moras*, to frame delays.

Morātus, a, um, part. (*moror*).

Morbus, i, m., a disease, distemper, disorder, malady, sickness. *Fig.* a bad passion, vice, weakness, failing.

Morior, i, mortuus sum, dep. § 174, (*mors*), to die, expire.

Moror, āri, ātus sum, dep. (*mora*), to delay, tarry, stay, linger, loiter; to stay, abide, remain, dwell, live; to retard, detain, hinder, impede, delay, stop, prevent, check.

Mors, tis, f., death.

Mortālis, e, adj. (*mors*, § 128, 2.), mortal, perishable. *Mortalia*, human affairs. *Mortalis, is, m.*, a mortal, a mortal man, *pl.*, men, mankind, persons, mortals. *Mortales* is often used instead of *homines* when joined with *multi* or *omnes*, as including more emphatically many or all of all ages and of both sexes. *Omnes mortales*, all persons, every body.

Mos, moris, m., a manner, custom, way, fashion, usage, conduct, manners, behaviour, practice, habit, nature, kind; *pl.* morals, character, manners. *Sibi quisque pro moribus consulunt*,—according to their (several) characters. *More*, or *ex more*, according to custom; *also*, after the manner of, like. *Naturâ aut moribus*, naturally or by custom, by practice. *More militari*, or *militiæ*, according to military usage. *Illi mos est*, he is wont *or* accustomed. *Ita se mores habent*, such is the custom *or* fashion.

Motus, ûs, m. (*moveo*), a motion, moving, movement; a commotion, tumult, disturbance, sedition, mutiny.

Moveo, ēre, movi, motum, a. & n., § 251, to move, stir, impel, agitate, put in motion, attempt, prosecute, pursue; to remove, drive away, eject, turn out, degrade, expel; to excite, promote, stir up, cause, occasion; to affect, influence; to disturb; to incite; to perform. *Movere castra*, to remove one's camp, to decamp. *Movere jocum*, see *Jocus*.

Mox, adv., by and by, presently quickly, immediately, soon.

Muliebris, e. adj., of *or* pertaining to a woman, feminine, female, womanish, soft, effeminate: *from*

Mulier, ĕris, f., a woman, lady.

Multitūdo, ĭnis, f. (*multus*), a multitude, great number, crowd; the multitude, rabble, populace. *Plebis vis in multitudine minus poterat*,—notwithstanding their number. *Duces multitudinum*, the ringleaders of the populace.

Multùm, adv, (comp. *plùs*, sup. *plurimùm*, § 192, II, 4, (*b.*)), much, very much, very, greatly, far. *Multum et familiariter agere*, to have frequent and familiar intercourse.—in many respects, in many cases, often: *from*

Multus, a, um, adj. (comp. *n. plus* sup. *plurimus*, which see), many much, a great deal, numerous, frequent, too frequent; great, considerable. *Multus adesse*, to be assiduous diligent, intent, to be continually present. *Multus instare*,—constantly, incessantly. *Multi*, many, many persons; *also*, the many, the multitude. *Multa, n.*, much, many things, many words. *Disserere multis*, sc. *verbis*, copiously, at length, at large. *Multum, n.*, much, a great part, a considerable part. *Multo, n. abl., joined often with comparatives, superlatives, &c.* § 256, R 16. & § 127, (3,) greatly, much, by much, far, by far, a great deal, considerably. *Multi*—*pars*, many—some. *The conjunction* et *or* atque *after* multi, *when another adjective follows, may commonly be omitted in translating into English;* as, *Multa atque opportuna habes*. J. 102. Multæ bonæque artes. J. 28. *Multis et magnis tempestatibus*.

Mulŭcha, æ, f., a river of Africa separating Numidia from Mauritania. J. 19. 92, 110.

Mulvius or *Milvius, a, um, adj.*, *Mulvius pons, now* Ponte Molle, a bridge over the Tiber, three miles from the middle of Rome upon the Flaminian road, which led to Etruria. C. 45.

Munditia, æ, f. (*mundus*, ornament), cleanness, neatness, cleanliness, neatness in dress *or* habit, attention to dress; elegance, polish, refinement.

Municipium, i, n. (*munĭceps*, a burgess), a town, particularly in Italy, enjoying its own laws, while its inhabitants possessed the rights, in whole or in part, of Roman citizens, a free town, a municipal town.

Munificentia, æ, f., munificence, bountifulness, liberality, generosity. *Munificentia animi*, see *Animus*: *from*

Munifĭcus, a, um, adj. (*munus* & *facio*), liberal, bountiful, bounteous, generous, munificent.

Munimentum, i, n., a fortification, shelter, protection, defence, rampart, bulwark. *Fig.* security, protection defence, preservation, preservative *from*

Munio, īre, īvi, ītum, n. & a., to enclose with walls, fortify, secure, protect, defend, strengthen.

Munitio, ōnis, f. (*munio*), the act of fortifying, a strengthening, defending; a fortification, defence, rampart, bulwark.

Munītus, a, um, part. & adj. (*munio*), fortified, defended, guarded, protected, secured.

Munus, ĕris, n., a gift, present, boon, reward, favor; an office, part, duty, charge, trust, employment; a show, spectacle, entertainment, exhibition, public games.

Murēna, æ, m. (*C. Licinius*), a Roman general commanding in Transalpine Gaul, A. U. C. 692. C. 42.

Murus, i, m., the wall of a town *or* city. See *Mœnia*. *Fig.* a defence, protection, security.

Mutatio, ōnis, f. (*muto*), a changing, altering, change, alteration; an innovation, revolution. *Mutationes* or *Mutationes rerum*, changes of government, political changes.

Muthul, is, m., a river of Numidia. J. 48.

Muto, āre, āvi, ātum, a. § 252, R. 5. to change, remove from its place, alter, exchange, turn; to barter, traffic. *Mutare fidem*, to violate one's engagements, be treacherous, change sides, break one's word. *Mutare* is sometimes used for *mutare se*, to change, alter, Gr. § 229, R. 4. *Quæ, quia mortis metu mutabant*, (sc. *se*) because, through fear of death, they changed, i. e. assumed a different character, or appeared differently from what they would have done in other circumstances,—did not appear to be *gravia et flagitii plena*.

Mutuus, a, um, adj., that is borrowed or lent, borrowed, lent. *Sumere mutuam pecuniam*, to borrow money. *Reddere æs mutuum*, to repay a loan: mutual, reciprocal.

Myrtetum, i, n. (*myrtus*, a myrtle), a myrtle grove, grove of myrtles.

N

Nabdalsa, æ, m., a Numidian general. J. 70, 71.

Nactus, a, um, part., (*nanciscor*).

Næ or *Ne, adv.*, certainly, truly, surely, indeed.

Nam, or *Namque, causal conj.* § 198, 7, for; but, then. *As a causal conjunction it often relates to something implied rather than fully expressed.* See J. 19, 28, 31, 63, 82 & 87.

Nanciscor, i, nactus sum, dep., to meet with, find, light upon; to get, gain, obtain.

Narro, āre, āvi, ātum, a., § 265, to tell, recount, relate, report, recite, set forth, declare, narrate. *Initium narrandi facere*, to commence a narration.

Nasīca, æ, m., see *Scipio.*

Nascor, i, natus sum, dep., to be born; spring, arise, grow, be produced.

Natio, ōnis, f. (*nascor*), a being born; a stock, race; a race of people, nation, people, country.

Natu, abl. of the defective noun natus, us, m. § 94, (*nascor*), § 250, by birth, in age. *Major natu*, older, § 126, 4, R. 1. *Majores natu*, men advanced in years.

Natūra, æ, f. (*nascor*, § 102, 7, R. 2), nature, the creative power; the nature, natural property, character *or* constitution of any thing; inclination, disposition, genius. *Concedere naturæ*, to pay the debt of nature, to die. *Vertere in naturam*, to become natural. *Naturā* and *ab naturā*, by nature, naturally.

Natus, a, um, part. (*nascor*), § 246, born, sprung; born to *or* for, intended *or* fit for, suited. *Annos natus circiter viginti*, about twenty years old.

Navīgo, āre, āvi, ātum, a. & n. (*navis & ago*), to steer *or* navigate a ship; to sail, sail in *or* upon, navigate; to obtain by navigation.

Navis, is, f. § 79, 3, a ship, vessel bark, boat

Ne, adv. & conj. § 262 & § 267, R. 1, not, that not, lest: *also for nedum*, much less; *and for dummodo non* provided that not. *Ne quidem*, not even, *they are usually separated by an emphatic word or words*, § 279, 3. *After verbs of hindering*, from, *with the English gerundive; as, Impedire ne triumpharent*, to hinder from triumphing. *It is used instead of non before imperatives and subjunctives used as imperatives*, § 267, R. 1, & § 260, R. 6, (*b.*) (*c.*). See also *Næ.*

Ne, enclitic conj. § 198, N. 1. *In direct questions it is commonly omitted in translating into English; in indirect questions*, whether; *ne—an*, or *ne—ne*, whether—or.

Nec or *Neque, conj. & adv.* (*ne & que*), neither, nor, and not; also not; but not, not; *nec—nec*, or *neque—neque*, neither—nor. *Neque—neque* sometimes stand for *et non—et non*, and in translating, the first *que* may often be neglected. *Neque tamen* or *neque alone, referring to a concessive clause*, and still *or* but still—not, nor yet. *Neque* alone has sometimes the same force as *neque tamen. Neque—et*, and not—and; *or*, not—and, *neglecting the que.*

Necātus, a, um, part. (*neco*).

Necessariò, adv., necessarily, of necessity: *from*

Necessarius, a, um, adj., necessary needful, unavoidable, indispensable, urgent; friendly, favorable; *Necessarius, i, m.*, a relation, particular acquaintance, intimate friend, confidant: *from*

Necesse, adj. n. ind., necessary, of necessity, needful § 273, 4, § 262, R. 4, *Necesse est*, it is necessary, it must needs be, one must.

Necessitūdo, ĭnis, f. (*necesse*), necessity; want, need; the tie of relationship *or* friendship, relation, connexion, acquaintance.

Neco, āre, āvi, ātum, necui, nectum, a. (*nex*), to put to death in a cruel manner, to slay, kill, destroy, murder.

Necŭbi, adv. (*ne & alicŭbi*, somewhere), lest any where, nowhere, that nowhere.

Nedum, adv., not to say, not only, much *or* still less, much more.

Nefandus, a, um, adj. (*ne & fandus*, to be spoken), not to be named, impious, base, heinous, execrable, abominable, atrocious.

Nefarius, a, um, adj. (*nefas*, unlawful), wicked, impious, base, heinous, abominable, execrable, nefarious.

Negĭto, āre, a. freq. (*nego*), to deny often *or* strongly, persist in denying; to refuse positively.

Negligentia, æ, f. (*neglĭgens*, negligent), negligence, neglect, carelessness, heedlessness, supineness.

Neglĭgo, ĕre, lexi, lectum, a. (*nec & lego*), to neglect, disregard, slight, make light of, take no notice of, not to care for *or* regard, scorn, contemn, despise.

Nego, āre, āvi, ātum, a. & n., § 272, to say no *or* not, deny, refuse. *With the infinitive active*, to declare that one is not, does not *or* will not.

Negotiator, ōris, m., one who trades *or* traffics, a merchant, factor, trader; particularly a Roman citizen residing in a province, and lending money on interest to the inhabitants of the province, a banker, usurer: *from*

Negotior, āri, ātus sum, dep. (*negotium*), to trade, traffic, transact business; to loan money in the provinces, to be a banker *or* broker.

Negotiōsus, a, um, adj., full of business, busy, actively engaged in business, occupied with public affairs *from*

Negotium, i, n. (*nec & otium*), a business, office, employment, part, occupation, pursuit; an affair, measure, transaction, enterprise; difficulty, trouble, burden, task, charge; a matter thing, fact. *Dare negotium alicui*, to commit, confide, intrust; *with* ut, *&c.*, § 273, 2, to commission, order, charge, *Culpam ad negotia transferre*,—to the course of events, to circumstances.

Nemo, ĭnis, m. & f. (*ne & homo*), no one, no body, no man, no. *Nemo omnium*, no one, no man.

Nepos, ōtis, m., a grandson.

Neque, conj. § 198, N. 3, see *Nec.*

Nequeo, īre, īvi, ĭtum, irr, n., § 271, not to be able, to be unable, I cannot, *imp.* it is impossible. *It is commonly used as a* deponent *verb when followed by a* passive infinitive.

Nequicquam, & Nequidquam, adv., in vain, to no purpose.

Nequis, Ne quis, or *Neu quis, qua, quod* or *quid, adj. pro.* (*ne & quis*, § 137, R. (3.), & § 138), lest any one, lest some, lest a, that no, that no one, nor any one.

Nero, ōnis, m. (*Tib.*), a Roman senator during the conspiracy of Catiline. C. 50.

Neve, by apocope, *Neu*, (*ne & ve*, or), nor, neither, or not, and not, and that not. *Neu quis*, see *Nequis.*

Nex, necis, f., violent death, murder.

Ni, conj. (by apocope for *nisi*), *in the protasis*, § 261, if not, unless. *Ni multitudo togatorum fuisset*, if there had not been, *or* had it not been for the multitude—.

Nihil, n. ind. (*nihilum, by apocope*), nothing. *It is often used in the acc. with a prep. understood, instead of non*, or *nullus*, not, in no respect, in nothing, not at all, no. *With a genitive,* no; as, *nihil causæ. Nihil reliqui* or *reliquum facere,* to leave nothing, omit nothing. *Nihil pensi,* no consideration *or* care, § 212, R. 3, N. 3. *Nihil languidi,* no inactivity *or* listlessness. *Nihil remissi.* no negligence. *Nihil ad me, te, &c. sc. pertinet* or *est,* is no concern of mine, does not concern me, &c.

Nihĭlum, i, n. (*ne & hilum,* the least), nothing. *Pro nihilo habere,* to make no account of, to account as nothing. *Nihilo,* abl. *with comparatives,* not a whit, not at all, in nothing, no. *Nihilo minus, nihilomĭnus,* or *nihilo segnius,* no less, notwithstanding, nevertheless, § 256, R. 16.

Nimis, adv., too much, too, extremely, exceedingly.

Nisi, conj. § 198, 8, (*ne & si*), *used in the protasis,* § 261, if not, unless, but that, except, save only, but, and yet, however. *Nisi quòd,* except that, only, but, but still. *Nisi tamen, marks an ellipsis,* which is commonly to be supplied from that which has gone before; but still, but however that may be, but yet. *Nisi forte,* unless perchance, *used ironically, and commonly with the indicative.* § 261, R. 6.

Nisus, us, m., an attempt, endeavor, effort, exertion; a tread, step. *Dubia nisu,* perilous to attempt *or* dangerous to tread upon, § 250 : *from*

Nisus, a, um, part., from.

Nitor, i, nisus & nixus sum, dep, § 245. II., 1. § 271, & § 273, 1, to lean upon, rest upon, be supported by, depend upon, trust to, to strive, strain, labor, endeavor, attempt, exert one's self; *Niti ad,* to strive for:—to make one's way with effort, move, rise, mount, advance, climb. *Niti corpore* to make gestures *or* motions, make signs, gesticulate.

Nobilior, ōris, m. (*M. Fulvius*), a Roman knight confederate with Catiline. C. 17.

Nobĭlis, e, adj., (*nosco*), known, well known, noted; famous, remarkable noble, illustrious, glorious, celebrated distinguished; noble, high-born, of high birth *Nobilis, is, m.,* a noble man. *Nobiles,* nobles, the nobility.

Nobilĭtas, ātis, f., (*nobilis*), fame, reputation, renown; excellence, nobleness; high-birth, nobility; greatness of soul, magnanimity, generosity. *By metonomy,* the nobles, the nobility, the Patricians. *Magna nobilitas,* high birth.

Nobis, see *Ego.*

Nocens, entis, part. & adj., (*noceo,* to hurt), hurtful, mischievous, pernicious, destructive, baneful; bad, wicked, criminal.

Noctu, f. abl. sing. § 94, (*nox*), by night, in the night time. *Die noctuque,* day and night, § 253.

Nocturnus, a, um, adj. (*noctu*), of night, nocturnal, in the night.

Nolo, nolle, nolui, n. & a. irr. (*non & volo,* § 178, 2), § 271, 273, 4, to be unwilling *or* averse. The imperative of *nolo,* with an infinitive, is translated by *not,* and the infinitive, by an imperative; as, *nolite existimare,* do not suppose. *Idem velle atque idem nolle,* to like and dislike the same thing, to have the same desires and aversions.

Nomădes, um, m. & f. nomads, a name given by the Greeks to the wandering tribes of Asia and Africa, who lived by pasturage. The same people were called by the Romans *Numidæ.* J. 18.

Nomen, ĭnis, n., a name, appellation, title. *Nomine,* by name, in the name *and it may sometimes be translated by the participles called* or *named,* § 250 Servants, among the Romans, had but one name, but men who were free born were distinguished by three names; the *nomen*, or name of their *gens* or clan, the *cognomen*, or name of their *familia* or family, and the *prænomen*, or name of the individual. To these was sometimes added the *agnomen*, on account of some exploit, &c. of the individual, § 279, 9.—A family, stock, race, nation; *as*, *Nomen Latinum*, the Latin nation, the Latins; — reputation, dignity, renown, fame, character, name; *as*, *memores nominis Romani*, — a pretext, pretence, account, reason, excuse. *Meo nomine*, in my name, on my account. *Meis nominibus*, on my own, personal, private *or* individual account. *Alienis nominibus*, on account of others, in the name of others. *Hoc nomine*, on this account, for this reason.

Nomĭno, āre, āvi, ātum, a, (*nomen*), to name, call by name, to speak of, to accuse.

Non, adv. § 191, R. 3, not, no. *Non quò*, not that, not as if. *Et non* and *ac non* following *quasi* serve to correct the preceding proposition, "and not rather."

Nonæ, ārum, f. (*nonus*, the ninth), the nones, the ninth day inclusive before the ides. *The nones occurred on the fifth day of each month except in March, May, July, and October, when they fell upon the seventh*, § 326.

Nondum, adv. (*non & dum*), not yet, not as yet. *Nondum etiam*, not even yet.

Nonnullus, a, um, adj. (*non & nullus*), some; *pl.* some, some persons.

Nos, *Nostrum*, *Nosmet*, *etc.*, see *Ego*, & *Egomet*.

Nosco, ĕre, novi, notum, a., to become acquainted with, learn. *Novi*, I have learned *and hence*, I know, understand, am acquainted with, § 183, N. 3.

Noster, tra, trum, adj. pro. § 139, (*nos*), our, ours, our own. *Nostri*, our relatives, friends, fellow-countrymen, soldiers, troops, &c.

Notus, a, um, part. & adj. (*nosco*), known, well known.

Novè, adv. (*novus*), newly; *sup. novissimè*, lately, very lately, last of all, lastly, finally.

November, & Novembris, bris, bre, adj. (*novem*, nine), of *or* belonging to November. *November, bris, m.*, the month November.

Novĭtas, ātis, f. (*novus*), newness, freshness, novelty, strangeness; newness of family, want of noble ancestry see *Homo*.

Novo, āre, āvi, ātum, a., to introduce as new, invent; to change, alter. *Novare*, or *novare res*, to effect a revolution *or* change in government, to make an insurrection: *from*

Novus, a, um, adj., new, fresh, recent, novel, unusual, uncommon, strange, extraordinary; inexperienced, unaccustomed to. *Novus homo*, see *Homo*. *Novi milites*, new recruits, raw soldiers. *Novi atque nobiles*, new and old nobility. *Res novæ*, innovations *or* changes in the state of affairs, a revolution, sedition, rebellion; change. *Novæ tabulæ*, a remission of debts, in whole *or* in part. *See Tabula*. *Novissĭmus, a, um, sup.*, last, extreme.

Nox, noctis, f., night, night-time, the night. *Noctes atque dies*, night and day. *Noctem agitare*, to pass the night.

Noxius, a, um, adj. (*noceo*, to hurt), hurtful, injurious, noxious; bad, wicked, guilty, criminal.

Nubes, is, f., a cloud.

Nubo, ĕre, nupsi, & nupta sum, nuptum, a. & n. § 223, R. 2, to cover, veil. *Hence, as brides, in ancient times, were accustomed to put on a veil*, to marry, be married, *spoken of the bride only*.

Nucerīnus, i, m. (*P. Sittius*), a Roman, whose cognomen is derived from Nuceria, a city of Campania, where he was born. To avoid a prosecution, he fled from Rome just before the conspiracy of Catiline, and having collected an army from Italy and Spain, he passed over into Africa, where he engaged in the service of various native princes. C. 21.

Nudo, āre, āvi, ātum, a. § 251, to make naked, strip bare; to deprive, bereave, strip, spoil: *from*

Nudus, a, um, adj., § 213, naked, bare, uncovered, unprotected, undefended; destitute, without.

Nullus, a, um, adj. § 107, (*ne & ullus*), not any, none, no, nobody, no one. *Alia fuere, quæ nulla sunt,*—none of which.

Num, adv. In direct questions it is not translated, in indirect questions whether, whether or no.

Numantia, æ, f., a city of Spain, anciently of great celebrity, built upon rising ground near the Duero. It was destroyed by Scipio Africanus the younger, A. U. C. 621. J. 15, 20.

Numantīnus, a, um. adj. (*Numantia*), Numantine, of *or* belonging to Numantia. *Subs.* a Numantine. J. 7. 9.

Numĕrus, i, m., a number, quantity, multitude. *Numero, abl., is sometimes added to numerals, as, numero quadraginta,* forty in number, to the number of forty, *or simply* forty, § 250. *In numero,* among, one of. *Ex numero takes a demonstrative or possessive* pronoun in the same number and case by attraction, instead of the genitive plural as, *Ex eo numero,* instead of *ex eorum numero. Ex suo numero,* instead of *ex suorum numero,* § 207, R. 20.

Numĭda, æ. m., a Numidian, an inhabitant of Numidia. J. 5, &c.

Numidia, æ, f., **a large country in** the northern part of Africa, between Africa Proper and Mauritania, comprehending the modern territories of Algiers, Tunis, and a part of Tripoli J. 8, 14, 16, &c.

Numidĭcus, a, um, adj., Numidian.

Numquam, see *Nunquam.*

Nunc, adv., now, at present. Nunc *commonly denotes a time actually present to the speaker. In speaking of a past time as then present,* tunc *is used. In arguments,* now, such being the fact, in this state of things. *In this sense it is frequently connected with the imperative.*

Nunquam or *Numquam, adv.* (*ne & unquam*), at no time, never.

Nuntio or *Nuncio, āre, āvi, ātum, a.* § 273. 2, § 272, to announce, bear tidings, tell, report, declare, relate, inform, give notice, make known, signify; warn, charge; *pass. imp. nunciatum est,* word was brought, notice was given: *from*

Nuntius or *Nuncius, i, m.*, news, tidings, intelligence, advice, a message; a messenger, reporter.

Nuptiæ, ārum, f. pl. (*nubo*), a wedding day; a marriage, wedding, nuptials.

Nusquam, adv. (*ne & usquam*), in no place, no where.

Nutus, us, m. (*nuo, obs.*), a nod beck, sign made by a motion of the head. *Fig.* will, pleasure, consent.

O.

Ob, prep. with acc., for, on account of, in consequence of; for the purpose of, for the sake of; for, instead of *Ob rem,* to the purpose, with advantage, profitably, usefully. *Ob ea,* for these reasons, therefore, on this account.

Obediens, tis, part. & adj. § 222, obedient, compliant, yielding, subject, submissive, in subjection to, devoted or enslaved to; prosperous, favorable, in accordance with one's wishes: *from*

Obēdio, īre, īvi, ītum, n. (*ob & audio*), § 223, R. 2, to obey, give ear to, comply with, listen to, serve.

Objecto, āre, āvi, ātum, a. freq. (*objicio*), § 224, to throw in the way of, expose; to object, charge, upbraid, cast in one's teeth. *Objectare aliquid alicui*, to charge one with—.

Objectus, a, um, part., thrown to, exposed: *from*

Objĭcio, ĕre, jēci, jectum, a. (*ob & jacio*), § 224, to throw before, throw to, give, expose.

Oblātus, a, um, part. (*offero*).

Oblĭno, ĕre, lēvi, lĭtum, a. (*ob & lino*, to smear), to daub *or* smear over, bedaub, besmear, stain.

Oblītus, a, um, part. (*obliviscor*), having forgotten, forgetful, unmindful.

Oblĭtus, a, um, part. (*oblino*), § 249, I, smeared, stained.

Obliviscor, i, oblītus sum, dep. § 216, to forget.

Oblongus, a, um, adj. (*ob & longus*), oblong, having greater length than breadth.

Obnoxius, a, um, adj. (*ob & noxius*), § 222, liable, subject, obnoxious; subject, dependent upon, obliged, beholden, *or* under obligations to, submissive, in one's power, responsible, devoted, influenced, swayed; abject, sordid, fearful; exposed, liable to. *Esse obnoxia alicui*, to humor *or* gratify any one, to comply with his wishes.

Obruo, ĕre, ui, ŭtum, a. (*ob & ruo*, to throw down), to cover over, overwhelm, bury, sink.

Obrŭtus, a, um part. (*obruo*).

Obscūro, āre, āvi, ātum, a., to obscure, darken; to cover, hide, conceal; to render obscure, cause to be unknown, cover with obscurity: *from*

Obscūrus, a, um, adj., obscure, dark, faint, dim, shady; obscure, hidden, ignoble, mean. *In obscuro vitam habere*,—in obscurity, in privacy.

Obsecro, āre, āvi, ātum, a. & n. (*ob & sacro*, to consecrate), § 273, 2, to entreat *or* pray earnestly, beseech, implore, supplicate, conjure, importune.

Observo, āre, āvi, ātum, a. & n. (*ob & servo*), to observe, watch, note, mark, mind, heed, attend to; to obey, comply with, submit to, regard; to look up to, esteem, honor, respect, reverence.

Obses, ĭdis, m. & f. (*ob & sedeo*,) a hostage; any person who is a pledge *or* security.

Obsessus, a, um, part. (*obsideo & obsido*).

Obsĭdeo, ēre, ēdi, essum, n. & a. (*ob & sedeo*), to sit around, beset, to take possession of, occupy; to besiege, blockade, invest, surround.

Obsīdo, ĕre, ēdi, essum, a. (*ob & sido*, to settle down), to beset, to besiege, occupy, take possession of, surround, environ.

Obstinātus, a, um, adj. (*obstĭno*, to resolve firmly), obstinate, stubborn, perverse, inflexible, resolute, determined.

Obsto, āre, stĭti, stĭtum, n. (*ob & sto*, to stand), § 224, § 262, R. 9, to stand in the way, oppose, withstand, hinder, obstruct, be inconsistent *or* at variance with.

Obstrĕpo, ĕre, pui, pĭtum, n. (*ob & strepo*), to make a noise at *or* against, interrupt by noise, prevent from being heard.

Obtestātus, a, um, part.: *from*

Obtestor, āri, ātus sum, dep. (*ob & testor*), to call solemnly to witness, protest; to conjure, supplicate, entreat, beseech, § 273, 2, § 262, R. 4. *Multa prius Pomptinum obtestatus*, having first on many grounds implored Pomptinus, § 231, R. 5.

Obtĭneo, ēre, tenui, tentum, a. & n (*ob & teneo*), to hold, have, possess; to keep, retain, preserve; to occupy obtain, get possession of, acquire, gain. *Ea fama, quæ plerosque obtinet,*—which holds possession of most persons, *i. e.* which generally prevails,—is currently received. *Nulla pro socia obtinet,*—occupies as a partner, holds the place of a partner *or* companion.

Obtruncātus, a, um, part.: from

Obtrunco, āre, āvi, ātum, a. (*ob & trunco,* to maim), to cut off the head *or* limbs, dismember, cut to pieces, slaughter, slay.

Obtŭli, see *Offero.*

Obvĕnio, īre, vēni, ventum, n. (*ob & venio*), § 224, to meet by chance; to fall to one's lot, fall to; to fall out, happen, occur, offer itself.

Obviàm, adv. (*ob & via*), § 228, 1, in the way, so as to meet. *Obviam procedere, prodire, &c.,* to go to meet, advance to meet. *Obviam mittere,* to send to meet. *Obviam ire periculis,* to expose one's self to, encounter—. *Obviam ire,* to go to meet, resist, oppose, go against, encounter. *Obviam itum est,* opposition was made.

Obvius, a, um, adj. (*ob & via*), § 222, meeting in the way; going against, opposing; offering itself, obvious. *Obvius procedere,* to go to meet; *also* to march against. *Obvius esse,* to meet.

Occasio, ōnis, f. (*occĭdo,* § 102, 7), an occasion, opportunity, fit *or* convenient season. *Per occasionem,* when opportunity offers, on a convenient opportunity.

Occasūrus, a, um, part. (*occĭdo*).

Occāsus, ûs, m. (*occĭdo*), fall, ruin, destruction; the going down *or* setting of the heavenly bodies. *Solis occasus,* sunset, the west.

Occĭdens, entis, m. (*occĭdo*), the west, the setting-sun.

Occīdo, ĕre, cīdi, cīsum, a. (*ob & cædo*), to beat, strike; to kill, slay, murder, slaughter, destroy.

Occĭdo, ĕre, cĭdi, cāsum, n. (*ob & cado*), to fall, fall down; to go down, set; to die, perish, be lost.

Occīsus, a um, part. (*occīdo*).

Occŭlo, ĕre, cului, cultum, a., to cover over, hide, conceal.

Occultè, adv. (*occultus*), secretly, closely, privately, in private.

Occulto, āre, āvi, ātum, a. freq. (*occulo*), to hide, cover, conceal.

Occultus, a, um, adj. (*occulo*), hidden, secret, concealed, private. *Occultum habere,* to keep secret. *Occultum, i, n.,* a secret place, a secret, a hiding place, concealment. *Esse in occulto,* to be concealed.

Occŭpo, āre, āvi, ātum, a. (*ob & capio*), to seize, take possession of, invade, occupy, fill, engross; to attack.

Occurso, āre, āvi, ātum, n. freq. (*occurro,* to meet), to meet, fall in with; to oppose.

Oceănus, i, m., the ocean *or* main sea.

Ociùs, comp., *ocissĭmè.* sup. *adv* (*ocior,* swifter), more quickly *or* swiftly, more speedily, sooner. *Quam ocissime,* as speedily as possible, with all speed.

Octavius, i, m., a Roman gentile name, see *Rufus.*

Ocŭlus, i, m., the eye. *In oculis situm esse,*—before the eyes, in one's view.

Odi, or *osus sum, def. preteritive verb,* § 183, 1, I hate, detest, abhor.

Odium, i, n. (*odi*), hatred, ill-will, spite, animosity, dislike, aversion.

Odor & Odos, ōris, m., a scent, smell, odor; a stench, offensive smell

Offendo, ĕre, di, sum, n. & a. (*ob & fendo, obs.*), to hit, strike *or* run against. *Fig.* to offend, give offence to, displease.

Offensa, æ, f. (*offendo*), a striking against; disgust, displeasure; an offence, injury; liability of offence.

Offensus, a, um, part. & adj. (*offen-*

do), being struck; offensive, disliked, odious; offended, displeased, averse, angry, hostile.

Offĕro, ferre, obtŭli, oblātum, irr. a. (*ob & fero*), to bring before, present, show, offer, give, hold forth. *Quos, quoniam res obtulerat*, as the subject had brought them before (us).

Offĭcio, ĕre, fēci, fectum, n. (*ob & facio*), § 224, to hinder, stop, obstruct, oppose, stand in the way; hurt, be hurtful *or* injurious to.

Officium, i, n., a duty, office, charge, trust, engagement; business; kindness, obligingness; service, attention; employment, part.

Oleaster, tri, m. (*olea*, the olive), the oleaster *or* wild olive-tree.

Omissus, a, um, part.: from

Omitto, ĕre, isi, issum, a. (*ob & mitto*), § 271, to lay aside, leave off, omit, let alone, let go, give over, cease, pass over, say nothing of, leave, make no use of. *Deditionem omittere*, to give over thoughts of surrender.

Omnīno, adv. (*omnis*), wholly, entirely, altogether, utterly, at all; in all, in the whole, but, only; universally, generally.

Omnis, e, adj., all, every, the whole, of all kinds; *omnia*, all things, every thing. *Honesta atque inhonesta, divina et humana, are annexed to* omnia *for the sake of emphasis*, every thing of whatever nature, every thing whatever. Omnia hæc, *after an enumeration, are used for the purpose of emphasis. Sometimes in the predicate of a sentence* omnis *signifies* only, solely, purely; *as, Perfugas omnes præsidium imposuerat*,—a garrison consisting of deserters only, *or* deserters only as a garrison. § 230, R. 2.

Onĕro, āre, āvi, ātum, a., § 249, I. to load, burden, lade, fill, gorge: *from*

Onus, ĕris, n., a burden, load, weight. *Fig.* a trouble, burden.

Onustus, a, um, adj. (*onus*), § 213, R. 5, (4,) laden, burdened, loaded freighted. *Ager onustus prædâ*, full of, filled with, abounding in—.

Opĕra, æ, f. (*opus*), work, labor, service, assistance, aid, pains, exertion. *Dare operam*, § 273, 1, to manage, contrive, effect, cause, strive, exert one's self, take care, see to it. *Operæ pretium est*, there is a reward for one's labor, one's labor is repaid, it is worth the while, it is profitable *or* advantageous.

Operio, īre, erui, ertum, a., to cover, to close; to conceal, hide.

Opes, see *Ops*.

Opĭfex, ĭcis, m. & f. (*opus & facio*), a workman, maker, framer, artificer; an artist, artisan, mechanic.

Opimius, (*L.*), *L. Opimius Nepos*, a Roman senator, (A. U. C. 633,) by whom C. Gracchus and more than three thousand of his adherents were slain, and who is said to have been subsequently corrupted by the bribes of Jugurtha. Being brought to trial for this, he was banished to Dyrrachium where he died in poverty. J. 16.

Opinio, ōnis, f., opinion, imagination, belief, conjecture, expectation. *Opinione asperius est*, is more difficult than is generally imagined.

Opitŭlor, āri, ātus sum, dep. (*ops & tulo, obs.* to bring, *whence tuli*), § 223, R. 2, to help, aid, assist, succor, relieve.

Oportet, uit, imp., § 269, R. 2, it behooves, it is meet, fit *or* proper, it ought. § 273, 4, (*a.*) & (*b.*).

Opperior, īri, oppertus & opperītus sum, dep., to wait, wait for, tarry for, expect.

Oppidānus, a, um, adj., of *or* belonging to a town. *Oppidāni, ōrum* townsmen, inhabitants of a town, town's-people: *from*

Oppĭdum, i, n., a walled town, town

Opportunĭtas, ātis, f., fitness, convenience, advantageousness, opportunity; benefit, advantage; a favorable circumstance, lucky chance. *Magna opportunitas*, a rare *or* favorable opportunity. *Ex opportunitate*, in consequence of opportunity: *from*

Opportūnus, a, um, adj., § 222, commodious, fit, convenient, suitable, proper, adapted to the purpose, advantageous, favorable, seasonable, opportune; useful, serviceable; compliant, subservient; exposed, subject, liable, obnoxious. *Multa atque opportuna habes*,—many facilities *or* advantages. *Opportuna res*, a favorable conjuncture, an advantageous state of affairs.

Oppressus, a, um, part., pressed down, loaded, oppressed, borne down, crushed, depressed: *from*

Opprĭmo, ĕre, pressi, pressum, a. (*ob & premo*), to press, press *or* bear down, oppress; to cover, hide, conceal, stifle, suppress; catch, surprise; to overpower, rout, crush, subdue, make one's self master of, seize upon, put down, conquer, overcome, overthrow, kill, slay.

Oppugnatio, ōnis, f., a fighting against, attacking, assaulting, storming; an attack, assault: *from*

Oppugno, āre, āvi, ātum, a., (*ob & pugno*), to fight against, assail, assault, attack, storm. *Fig.* to attack, oppose, prosecute, harass, trouble.

Ops, opis, f. § 94, strength, power, means, resource, might; aid, assistance, succor, protection, help, support: *pl. opes, opum*, riches, wealth, opulence, substance, property, estate, treasure; power, weight, influence, interest, authority; forces, resources, means, strength; help, aid, assistance. *Summâ* or *maximâ ope*, with all one's might *or* power.

Optandus, a, um, part. & adj. (*opto*), to be wished for, desirable.

Optĭmè, adv., (sup. of *bene*), very well, excellently, best of all, best.

Optĭmus, a, um, adj. (sup. of *bonus*), very good, best, kindest, most beneficent, best of all, excellent, most eligible, most useful; bravest. *Optimus quisque*, every man of high distinction *or* merit, of high standing: *also*, the most capable, the ablest, the bravest.

Optio, ōnis, f., choice, liberty to choose, option. *Facere optionem*, see *Facere*: *from*

Opto, āre, āvi, ātum, a. & n., § 273, 4, (*a.*) to wish, choose, prefer; to wish for, long for, desire; to wish, pray, request, ask.

Opulenter, adv. (*opulentus*), richly, abundantly, splendidly, magnificently, sumptuously, generously, bountifully.

Opulentia, æ, f. (*opulens*, rich), opulence, wealth, riches, abundance, power, greatness.

Opulentus, a, um, adj. (*ops*), rich, wealthy, opulent, abundant; powerful, fertile. *With the abl.* rich *or* abounding in, well supplied with, § 213, R. 5, (3.)

Opus, ĕris, n., work, labor; a work, task; toil fatigue, hardship; military works, fortifications, engines. *In distinction from* natura *or* locus, *it signifies*, an artificial work, *and hence* opere *may often be translated*, by art.

Opus, indeclinable noun & adj. § 243, & R. 1, § 222, need, occasion, necessity; needful, necessary. *Tantummodo incepto opus est*, we need but to begin.

Ora, æ, f., the extremity, edge, margin, border, boundary; the coast, shore.

Oratio, ōnis, f. (*oro*), speech, discourse, language, speaking; a speech, oration, harangue; eloquence. *Habere orationem*, to deliver, pronounce, speak *or* make a speech address, &c.

Orātor, ōris, m. (*oro*), a speaker, orator; an ambassador, deputy.

Orbis, is, m., a circle, ring, orb, globe, sphere. *Orbis terræ* or *terrarum*, the circle of the earth, the earth the world. *Orbem facere*, to draw up troops in the form of a circle, to make a circle.

Ordo, ĭnis, m., order, arrangement, disposition, regularity; a series, course, train: a rank, row; a rank *or* file of soldiers; a battalion, band, company; an order, rank, degree, state, condition. *Ordo senatorius, equester* and *plebeius*, the senatorial, equestrian and plebeian orders, the rank of a senator, knight, &c. *Ordine*, according to law *or* custom, regularly, rightly, wisely, properly, justly, § 249, II. *Observare* or *habere ordines*, to keep *or* mind the ranks, to remain in line. *Ordine egredi*, to leave the line *or* ranks. *Commutare ordines*, to alter the arrangement, *or* to change the front (of an army).

Orestilla, æ, f., see *Aurelia.*

Oriens, entis, part. (*orior*).

Orīgo, ĭnis, f., a beginning, head, source, origin, original, cause, stock, fountain, root; founder; a parent city *or* state, mother-country: *from*

Orior, īri, ortus sum, dep. § 177, to rise, arise, grow up, spring, spring up, commence, begin, appear.

Ornātus, us, m. (*orno*, to adorn), ornament, embellishment, decoration; dress, garb, attire; trappings, accoutrements.

Oro, āre, āvi, ātum, n. & a. (*os, oris*), § 273, 2, to speak, utter; to beg, ask, entreat, pray for, request, beseech, make supplication.

Ortus, us, m. (*orior*), a rising; origin, birth. *Ortus solis*, the rising of the sun, the east. *Ab ortu solis*, on the east.

Ortus, a, um, part. (*orior*), *with abl. either alone or with* ex., § 246, & R. 2, risen, sprung up, born, descended.

Os, oris, n., the mouth. *Fig.* language, speech; the face, countenance; presence, sight. *Loqui parum libero ore*, to speak with too little boldness, with too much caution *or* reserve. *Incedunt per ora vestra.*—before your faces. *Omnium ora in me conversa sunt*, the eyes of all—.

Ostĕndo, ĕre, di, sum & tum, (*ob & tendo*), to show, hold forth *or* expose to view, point out, indicate, betoken mean, manifest, display, discover, tell, declare, make known. *Ostendere se*, to show *or* manifest one's self, to appear.

Ostento, āre, āvi, ātum, a. freq. (*ostendo*), to show, to show often, point out, display; to make show of, exhibit, hold out, offer, promise; to threaten, menace; to show vainly, vaunt, boast of.

Ostentus, us, m. (*ostendo*,) a show, appearance, display. *Esse ostentui*, to serve to display; *also*, to be a show, pretence *or* trick.

Otium, i, n., ease, leisure, freedom from business, want of employment, idleness, retirement from public business, private life; quiet, repose, tranquillity, rest, peace. *Per otium*, in peace, during leisure; through want of employment.

P

P., an abbreviation of the *prænomen Publius.*

Pabŭlum, i. n, (*pasco*), food for cattle, herbage, grass, pasture, fodder, forage, pasturage. *Humi pabulum*, the herbage of the fields, the productions of the soil, *as* herbs, roots, &c.

Pacātus, a, um, part. & adj. (*paco*), peaceful, peaceable, quiet, tranquil, reduced to peaceable subjection, conquered, subdued. *Ex pacatis prædas agere*,—from those who were at peace (with the Romans).

Pacifĭco, āre, āvi, ātum, a. & n. (*pacifĭcus*, pacific), to treat about *or* make proposals of peace, make *or* desire peace.

Paciscor, i, pactus sum, dep. n. & a. to bargain, covenant, agree, stipulate;

to promise *or* demand by covenant, stipulate for.

Pactio, ōnis, f. (*paciscor*), an agreement. bargain, contract, covenant, engagement, condition, stipulation; a corrupt bargain; a promise. *Facere pactionem*, to bargain *or* agree.

Pæne or *Pene, adv.*, almost, nearly.

Palam, adv., openly, manifestly, publicly.

Palans, tis, part., wandering, straggling, dispersed: *from*

Palor, āri, ātus, sum, dep., to wander to and fro, wander up and down, rove, ramble, straggle, be dispersed.

Palus, ūdis, f., a marsh, morass, bog, fen, swamp, pool, lake.

Panis, is, m., bread.

Par, paris, adj., § 222, and R. 2 & 6, § 250, equal, even in number, like, similar. *When followed by et, ac & atque*, the same as. *Par est*, it is convenient, meet, proper, suitable, right. *Par esse alicui*, to be equal to, to be a match for—.

Paratio, ōnis, f. (*paro*), an aiming at, getting, procuring.

Parātus, a, um, part. & adj. (*paro*), *with the inf.* § 270, R. 1, *and rarely with the subj.*, prepared, ready, provided, furnished, fitted, equipped; in readiness; procured, bought.

Parco, ĕre, peperci, & parci a. & n. (*parcus*), § 223, R. 2, to cease, give over, abstain, let alone, omit, spare; to regard, favor, consult, respect, refrain from hurting *or* injuring, be careful of; to pardon, forgive; to use moderately, be sparing of, save, keep, preserve, reserve.

Parcus, a, um, adj., sparing, frugal, thrifty, economical, moderate.

Parens, tis, m. & f. (*pario*), a parent, father *or* mother.

Parens, tis, part. & adj., obedient. *Subs.*, a vassal, subject, dependent: *from*

Pareo, ēre, ui, ĭtum, n., § 223, R. 2. to appear, be seen; to be in waiting *or* attendance; to obey, submit to comply with; to indulge, gratify, humor, follow, be guided by, give way to listen to, yield to; to depend upon, be subject to, be ruled *or* governed by.

Paries, ĕtis, m., the wall of a house *or* other edifice.

Pario, ĕre, pepĕri, partum, a., to bear *or* bring forth young, produce; to occasion, cause, make, produce; to acquire, procure, get, gain, obtain.

Parĭter, adv. (*par*), equally, in like manner, alike, just as much, at the same time, together. *Pariter ac, atque, &c.*, just as, equally as, as much as. *Pariter ac si*, just as if. *Pariter cum*, at the same time with, at; equally with, jointly with.

Paro, āre, āvi, ātum, a. § 271, to make ready, provide, put in readiness, prepare, make preparations, undertake, attempt, go about, contrive, order, dispose, furnish, equip; to acquire, procure, get, obtain, aim at strive to obtain; to buy, purchase, secure. *Parare insidias alicui*, to plot against—. *It is also used absolutely for* parare se.

Parricīda, æ, m. & f. (*pater & cædo*), a parricide, murderer of parents *or* near relations; a murderer, assassin; a miscreant, villain; a rebel, enemy.

Pars, tis, f., a part, portion, piece, share, side; some, part; *pars—pars. pars—alii, alii—pars*, some—others. *Magna pars*, many. *Maxima pars*, most. *Magnâ parte*, in a great measure, for the most part. *Pars* and *partes*, a party, side, faction. *Studia partium*, party zeal, party spirit. *Partium invidia*, party rancor. *Ab omnibus partibus*, on all sides.

Partĭceps, cĭpis, adj. (*pars & capio*), § 213, partaking of, participating *or* sharing in, privy to. *Subs.* a sharer partaker, associate, accomplice, partner.

Partim, adv. (*pars*), partly, in part, some, some part. *It is often used as an indeclinable noun, and is frequently repeated or followed by* alii; *partim—partim*, or *partim—alii*, some—others.

Partio, ire, ivi, itum, a. (*pars*), to part, divide, distribute.

Partus, a, um, part. (*pario*), acquired, gained, obtained.

Parum, adv. (comp. *minus*, sup. *minime*, which see), little, but a little, too little, not enough. *Parum munita*, feebly—. *Parum valere*, to be wanting in strength, to be feeble. It is also used for *minus* or *non*, not. *Parum habere*, see *Habere*. *Parum cognovi* or *comperi*, I have not satisfactorily ascertained. *Parum facere*, to value little, to think little of. *Parum* seems sometimes to be a noun or adjective in the nominative or accusative; as, *Parum sapientiæ*. *Illis parum est impune male fecisse*, it is not enough for them—. *Parum habere*. See § 212, R. 4, & N. 1.

Parvus, a, um, adj. (comp. *minor*, sup. *minimus*, which see), little, small; young *Parvi pendere*, see *Pendo*.

Passim, adv., here and there, up and down, at random; every where, every way.

Passus, us, m. (*pando*), a pace, step; a pace, a Roman measure of five feet. *Mille passuum*, a mile. See *Mille*.

Patefăcio, ĕre, fēci, factum, a. (*pateo* & *facio*), to open, set *or* lay open, throw open. *Fig.* to manifest, declare, disclose, discover, detect, bring to light, show, explain, make known.

Patefactus, a, um, part. (*patefacio*).

Patefio, ĕri, factus sum, irr. pass. of *Patefacio*, § 180, N.

Patens, entis, part. & adj., open, lying open, extending, stretching, extended wide: *from*

Pateo, ēre, ui n., to be open, lie open, extend, stretch; to be accessible; to be plain, evident, manifest be known, appear; to be subject to one's power.

Pater, tris, m., a father. *Also*, a term of respect applied to Roman senators; see *Conscriptus*.

Patĕra, æ, f. (*pateo*), a goblet, a broad cup *or* bowl.

Patiens, tis, part. & adj. (*patior*) *with acc.*, enduring, suffering; *with gen.*, § 213, able to bear *or* endure, capable of enduring, ready to endure, patient.

Patientia, æ, f., a bearing, suffering, enduring, patience, forbearance, tameness under injuries: *from*

Patior, i, passus sum dep. § 273, 4. to bear, undergo, suffer, endure, brook, tolerate, support; to submit to, bear contentedly, to permit, allow, suffer let.

Patria, æ, f. (*patrius*), one's native country *or* city, native soil *or* land, one's country.

Patricius, a, um, adj. (*pater*), of *or* belonging to a patrician, of patrician rank, patrician, noble. *Patricius, i, m.*, a patrician, a descendant of the first senators, a nobleman of the first rank at Rome.

Patrimonium, i, n. (*pater*), a paternal estate, inheritance, patrimony; an estate.

Patrius, a, um, adj. (*pater*), of *or* belonging to a father, fatherly, paternal; of one's country, native.

Patro, āre, āvi, ātum, a., to effect, perform, execute, perpetrate, commit, achieve, bring to a conclusion, end, finish, accomplish.

Patrocinium, i, n. (*patrōnus*, a patron), protection, patronage, support.

Pauci, æ, a, adj. pl., few, a few; *pauci*, a few men; *also*, the few, the aristocracy; a clique, cabal, junto. *Paucis* or *paucissimis*, sc. *verbis*, in few words, briefly. *Pauca milites hor tari*,—briefly, in few words, § 205, R. 10, & § 231, R. 5.

Paucĭtas, ātis, f. (*pauci*), fewness, scarcity, smallness *or* paucity of numbers, paucity; a small number.

Paulātim, adv. (*paulus*), by little and little, by degrees, gradually.

Paulisper, adv., for a little while, a little while.

Paulŭlum, adv. (*paulŭlus*, very little), a little, a very little, somewhat; a little distance; a short time.

Paulùm, adv., a little.

Paulus, a, um, adj., little, small: *paulo, abl. with comparatives, &c.* § 256, R. 16, (2); by a little, a little, somewhat. *Paulo post* or *post paulo*, just after, a little after, soon. *Paulo antè*, see *Antè*. *Paulum procedere*,—a little way.

Paulus, i, m. (*L. Æmilius Lepidus*), a Roman senator, who commenced a prosecution against Catiline, under the Plautian law. C. 31.

Paupertas, ātis, f. (*pauper*, poor), poverty, need, indigence.

Paveo, ēre, pavi, n., § 232, (2.) to tremble *or* be alarmed at, to fear, be afraid, dread.

Pavesco, ĕre, n. inc. (*paveo*), to be *or* begin to be much afraid, show signs of fear be alarmed, tremble.

Pavĭdus, a, um, adj. (*paveo*), timid, timorous, afraid, fearful, alarmed, affrighted.

Pax, pacis, f., peace, quiet, tranquillity. *Agitare pacem*, to live in a state of peace, be at peace. *Pace*, and *in pace*, in peace, in time of peace.

Peccātum, i, n., a fault, error, offence sin: *from*

Pecco, āre, āvi, ātum, n. & a., to do wrong *or* amiss, commit a fault, err, mistake, transgress, offend, sin.

Pectus, ŏris, n., the breast, chest. *Fig* § 324, 2, the heart, mind, soul, memory, thoughts.

Peculātus, us, m. (*pecŭlor*, to embezzle), the crime of stealing *or* embezzling the public money *or* property, peculation, embezzlement.

Pecunia, æ, f., money, a sum of money; goods, property, wealth, riches *Pecunia sumpta mutua*, borrowed money. *Pecunia magna*, a great sum of money: *from*

Pecus, ŏris, n., tame animals; *as* oxen, horses, swine, sheep, goats, &c., cattle, a herd. *Pecora, pl.*, *in distinction from man*, the brutes, brute beasts.

Pedes, ĭtis, m. (*pes*), on foot; a foot soldier; *collectively*, the foot, foot soldiers, infantry.

Pedester, tris, tre, adj. (*pes*), on foot, going on foot, pedestrian. *Pedestres copiæ*, the infantry, foot soldiers.

Pelignus, a, um, adj., of *or* belonging to the Peligni, a people of Italy. J. 105.

Pello, ĕre, pepŭli, pulsum, a., § 251, to drive *or* chase away, discomfit, rout; to remove forcibly, expel, dispossess.

Pendeo, ēre, pependi, n., to hang from, to be suspended; to hang, rest *or* depend upon.

Pendo, ĕre, pependi, pensum, a., to weigh; to weigh *or* ponder in one's mind, think of, consider, deliberate on; to esteem, value, appreciate, regard; to pay, liquidate, discharge. *Pendere parvi*, to value little, care little for, § 214. *Pendere pœnas*, to suffer punishment.

Pene, adv., almost, nearly.

Penes, prep. with acc., with, in the power of, in the hands *or* possession of. *Fides ejus rei penes auctores erit*, the credibility of this account will rest with the writers, i. e. the writers must be held answerable for its truth.

Pensus, a, um, part. & adj. (*pendo*) weighed, considered, esteemed prized valued valuable, precious, dear *Ni-*

hil, or *nec quidquam pensi habere*, or *ducere*, § 265, § 271, not to care *or* regard, not to mind *or* consider to have no consideration, regard nothing, respect nothing, to reckon nothing precious.

Penuria, æ, f., want, need, lack, scarcity.

Peperci, see *Parco*.

Pepĕri, see *Pario*.

Per, prep. with acc., along, over, through, throughout; for, during, about, in, at, by; between; with, by, through, by means of, on account of. *In prayers, &c.*, for the sake of, in the name of. *Per me, se. etc.* of myself, himself, &c. by myself, himself, &c. singly, without assistance, of one's own accord, without solicitation, as far as depends on me, him, &c. as far as I, he, &c. are concerned, as far as I, he, &c. can effect; intrinsically. So *Ubi primum potuisset per negotia publica*,—so far as public business was concerned. For its use with words denoting the means: See § 247, R. 4. *With an abstract noun it often supplies the place of a corresponding adverb*; as, *per luxum, per ignaviam, per scelus, per mollitiem, per superbiam, per dedecus*, &c.; see *luxus*, &c. *With the name of a person it often signifies*, by the intervention of, by the means or instrumentality of. *In composition, see* § 197, 13.

Perangustus, a, um, adj. (*per*, § 197, 13, *& angustus*), very strait *or* narrow.

Percello, ĕre, cŭli, culsum, a. (*per & cello*, to impel), to thrust *or* strike aside, move forcibly, overthrow, overturn; to strike, hit, smite; to cast down; to astonish, amaze, stun, surprise, strike with consternation.

Percontor, āri, ātus sum, dep. § 231, (*per & contor*, to explore), to ask, inquire, question, interrogate.

Perculsus, a, um, part. (*percello*), struck, strongly affected, disquieted, dispirited, disheartened, surprised, astonished filled with consternation, dismayed.

Perdĭtus, a, um, part. & adj. lost, ruined, spoiled, desperate, abandoned *from*

Perdo, ĕre, dĭdi, dĭtum, a. (*per & do*), to destroy, ruin. *Perditum eo*, see *Eo*, and § 276, II, R. 2.

Perdūco, ĕre, xi, ctum, a. (*per & duco*), to bring through, conduct, lead, convey, accompany; to bring *or* draw over, persuade, gain over.

Peregrīnans, tis, part., going *or* living abroad. *Subs.* a traveller in a foreign country, a sojourner.

Peregrīnor, āri, ātus sum, dep. (*peregrīnus*, foreign), to go abroad, live in foreign countries.

Pereo, īre, ii, irr. n. (*per & eo*), to perish, be lost *or* ruined, be destroyed; to die.

Perfĕro, ferre, tŭli, lātum, irr. a (*per & fero*), to bear *or* carry through; to bear, carry, bring, convey; to support, suffer, bear patiently, bear *or* put up with, brook. *Perferre legem*, or *rogationem*, to carry a bill through, get a law passed.

Perfĭcio, ĕre, fēci, fectum, a. (*per & facio*), § 273, 1, to finish, complete, accomplish, effect, perform, execute dispatch; to bring about, cause.

Perfidia, æ, f. (*perfĭdus*, perfidious, perfidy, treachery, perfidiousness, falsehood, faithlessness.

Perfŭga, æ, m., a runaway, fugitive; a deserter: *from*

Perfŭgio, ĕre, fūgi, fugĭtum, n. (*per & fugio*, to fly *or* flee for succor *or* shelter, take refuge.

Perfugium, i, n. (*perfugio*), a refuge, shelter, sanctuary, asylum, a place of safe retreat.

Pergo, ĕre, perrexi perrectum, n (*per & rego*), to go, proceed, go on, come pass on, go forward, advance, continue on one's way. *Pergere iter* to prosecute, pursue, proceed on,— § 232, (1). *Pergere festinans*, to hasten.

Periculōsè, adv., dangerously, with danger, hazardously: *from*

Periculōsus, a, um, adj., dangerous, hazardous, perilous: *from*

Pericŭlum, i, n., a trial, experiment, proof; risk, danger, hazard, peril. *Facere periculum alicui*, to occasion, cause—. *Periculo suo*, at his own risk.

Perinde, adv. (*per & inde*), similarly, just the same. *Perinde ac, atque, ut*, just as, as, just so. *Perinde ac si* or *quasi*, as if, as though, just as if.

Peritia, æ, f. (*perītus*, skillful), skill, skillfulness, knowledge, expertness.

Perjurium, i, n. (*perjūro*, to swear falsely), a false oath, perjury.

Perlātus, a, um, part. (*perfero*).

Perlĕgo, ĕre, lēgi, lectum, a. (*per & lego*), to read through, read over.

Permăneo, ēre, mansi, mansum, n. (*per & maneo*), to remain, endure, continue, last, hold out, persevere.

Permisceo, ēre, miscui, mixtum or *mistum, a.* (*per & misceo*), § 245, II. 2, & R. 1. to mingle, mix *or* blend together, throw into confusion, confound.

Permitto, ĕre, īsi, issum, a. (*per & mitto*), to dispatch, send away; § 273, 4, to permit, give, grant, allow, suffer; to commit, intrust. *Iis permissum est*, it was permitted them, they were allowed *or* empowered.

Permixtio, ōnis, f. (*permisceo*), a mixing *or* mingling together, mixture, confusion, convulsion. *Permixtio terræ*, a convulsion of the elements.

Permixtus, a, um, part. (*permisceo*).

Permōtus, a, um, part.: from

Permŏveo, ēre, mōvi, mōtum, a. (*per & moveo*), to move, move greatly, stir up, stir, affect, influence, lead, induce.

Pernicies, ēi, f. (*pernĕco*, to kill), death, destruction, ruin; disaster, calamity.

Perniciōsus, a, um, adj. (*pernicies*), pernicious, hurtful, baneful, mischievous, destructive, deadly.

Perpello, ĕre, pŭli, pulsum, a. (*per & pello*), to move, force; to move, affect, touch; to drive, induce, persuade, lead, prevail upon, § 273, 2.

Perpĕram, adv. (*perpĕrus*, wrong) wrong, amiss, preposterously; falsely incorrectly.

Perpĕtior, i, pessus sum, dep. (*per & patior*), to suffer, endure, bear, abide. undergo, submit to.

Persa, æ, m., a Persian. J. 18.

Perscrībo, ĕre, psi, ptum, a. (*per & scribo*), to write, write out, write fully *or* at large, report, record, copy out, narrate.

Persĕquor, i, cūtus sum, dep. (*per & sequor*), to follow, come after; to follow close, pursue, press upon; to revenge, avenge, punish; to overtake, to execute, perform, do, accomplish; to recount, relate, narrate, treat of.

Perses, æ, § 44, & *Perseus, i, m.*, the last king of Macedonia. *He was conquered by the Romans under the command of Æmilius Paulus, A. U. C.* 586. J. 80. C. 51.

Persolvo, ĕre, solvi, solūtum, a. & n. (*per & solvo*), to pay, pay completely.

Persuadeo, ēre, suāsi, suāsum, a. (*per & suadeo*), § 223, R. 2, § 273, 2. to persuade, advise, induce, prevail upon.

Perterreo, ēre, ui, ĭtum, a., (*per & terreo*), to frighten greatly, terrify.

Peterrĭtus, a, um, part. (*perterreo*).

Pertimesco, ĕre, ui, a. & n. (*per & timesco*, to become afraid), to fear greatly, be greatly afraid.

Pertĭneo, ēre, tinui, n. (*per & teneo*), to reach, extend, stretch; to tend, aim. *Quo illa oratio pertinuit?* whither did it tend? what was its aim?

Pertingo, ĕre, n. (*per & tango*), the same as *Pertineo*.

Perturbātus, a, um part. & adj.

disturbed, disquieted, confused, thrown into confusion: *from*

Perturbo, āre, āvi, ātum, a. (*per & turbo*, to disturb), to disturb greatly, throw into confusion, trouble, disquiet, discompose.

Pervĕnio, īre, vēni, ventum, n. (*per & venio*), § 225, IV, to come to, arrive at, reach, come. *Imperium pervenit ad ignaros*, falls into the hands of—. *Perventum est, imp.* sc. *a nobis, illis*, &c., we, they, &c., arrive, § 184, 2, & § 248, R. 1.

Pes, pedis, m., the foot. *Also the measure of* a foot. *Ire pedibus in sententiam*, see *Eo.*

Pessĭmè, adv. (sup. of *malè*), very ill, very badly, worst. *Quàm quisque pessime fecit, tam maxime tutus est*, the worse any one has behaved, the safer he is.

Pessĭmus, a, um, adj. (sup. of *malus*), very ill, very bad, the worst, most vicious, depraved *or* corrupt.

Pessum, adv., down, to the bottom. *Pessum do* or *Pessumdo*, § 225, IV, to send *or* throw to the bottom, sink, plunge; to ruin, destroy, undo. *Ad inertiam pessum datus est*, has sunk into sloth.

Pestilentia, æ, f. (*pestĭlens*, pestilent), a plague, pestilence.

Pestis, is, f., a pest, plague, infection, contagion; mischief, calamity, destruction, ruin; a pestilence, disease.

Petitio, ōnis, f., a canvassing *or* soliciting for an office, suit; a petition, demand, desire, request. *Petitionem alicujus curæ habere*, to strive to promote one's election: *from*

Peto, ĕre, īvi, ītum, a., § 231, R. 4, § 273, 2, § 262, R. 4, to ask, seek, request, desire, entreat; to seek, sue, stand *or* apply for an office, to be a candidate; to seek after, covet, desire, solicit court, woo; to aim at, assail, attack, aim a blow at; to desire to reach, go *or* repair to, make for, travel to, advance to.

Petreius, i, m. (*M.*), the lieutenant of C. Antonius in the war with Catiline. C. 59, 60.

Petulantia, æ, f. (*petŭlans*, petulant), wantonness, insolence, petulance, impudence, lasciviousness.

Phalĕræ, ārum, f. pl., trappings for horses; ornaments of men *or* women

Philæni, ōrum, m. pl., the Philæni, two Carthaginian brothers employed as commissioners to settle the boundaries of the Carthaginian and Cyrenian territories. J. 19, 79.

Phœnix, īcis, m., a Phœnician, an inhabitant of Phœnicia. J. 19.

Picēnus, a, um, adj., Picene, pertaining to Picenum, a region of Italy on the Adriatic sea. *Ager Picenus Picenum.* C. 27, 30, 42, 57.

Pictus, a, um, part. (*pingo*), painted. *Picta tabula*, a painting.

Piĕtas, ātis, f. (*pius*, pious), piety, veneration, respect, duty, love, affection, devotion, religion.

Piget, uit, ĭtum, est, imp., with acc. of the person and gen. of the thing, § 229, R. 6, & § 215, (1,) & R., it grieves, repents, pains, it is irksome *or* troublesome. *Me piget*, I am sorry, grieved, pained, ashamed, &c.

Pilum, i, n., a javelin *or* dart.

Pilus, i, m., a company of soldiers armed with the *pilum*, a company of the *triarii* or third line of Roman soldiers, *the first line consisting of the* hastati, *and the second of the* principes. *Primus pilus*, the first company of the *triarii*: see *Legio.*

Pingo, ĕre, pinxi, pictum, a., to depict, delineate, paint, draw.

Piso, ōnis, m. (*C. Calpurnius*), a personal enemy of Cæsar, and a colleague of M. Glabrio in the consulship, A. U. C. 687. C. 49

Piso, ōnis, m. (*Cn.*), a profligate young nobleman, who was an associate of Catiline and Autronius in a treasonable conspiracy, A. U. C. 688. C. 18.

Pistoriensis, e, adj., of *or* pertaining to Pistorium, a town of Etruria, now Pistoia. C. 57.

Pix, picis, f., pitch.

Placeo, ēre, ui, ĭtum, n. § 223, R. 2, § 269, R. 2, to please, give satisfaction, be agreeable. *Satis placere*, to satisfy *Placet, imp.*, it pleases:—*mihi, tibi, &c.* it seems good to me, it is my pleasure, I like, I choose, decide, determine, resolve; *also*, it is my opinion. *The dative of the person is sometimes wanting.*

Placĭde, adv., softly, gently, mildly, quietly, peaceably, calmly, placidly: *from*

Placĭdus, a, um, adj. (*placeo*), quiet, gentle, soft, mild, calm, easy, still, placid.

Placĭtus, a, um, part. & adj. (*placeo*) § 222, 3, agreeable, pleasing, grateful; agreed upon.

Placo, āre, āvi, ātum, a., to appease, pacify, make calm, soften, reconcile, quiet.

Planè, adv. (*planus*), openly, manifestly, clearly; altogether, totally, entirely

Planities, ēi, f., a plane, smooth *or* even surface, a plain, level ground. *Erat inter ceteram planitiem mons,*— in the midst of what was otherwise a plain: *from*

Planus, a, um, adj., plain, even, flat, level, smooth. *Planum, i, n.*, a plain.

Plautius, a, um, adj., of *or* belonging to the Plautian *gens*, Plautian. *Plautia lex*, the Plautian *or* Plotian law, a law introduced by P. Plautius, A U. C. 665, for the punishment of those who should be guilty of either open or secret violence. C. 31.

Plebes, ēi, or *Plebs, is, f.*, the common people, plebeians, *in distinction from the patricians;* the mob, rabble populace.

Plenus, a, um, adj. (*pleo, obs.*, to fill), § 213, full, replete, filled, rich, abounding in. *Pleno gradu*, with a quick step, at a quick pace.

Plerùmque, adv., for the most part, commonly, generally, often. *Uti plerùmque solet*, as usually happens: *from*

Plerusque, ăque, umque, adj. (*plerus*, most, *& que*), most, the greatest part. *It occurs more frequently in the plural, and has in both numbers a partitive translation, like* primus, medius, etc. § 205, R. 17: as, *Pleraque nobilitas*, the greatest part of the nobility, many, many persons, a great part, the greater part, most, most persons *or* things. *Plerique*, most men, § 205, R. 7. (1.) N. 1. The neuter gender is followed by the genitive; as, *Plerumque noctis*, § 212, R. 3. So the other genders with a relative; as, *quorum plerisque.*

Plurĭmùm, adv. (sup. of *multùm*), very much, most, especially, principally, chiefly, for the most part, generally, commonly.

Plurĭmus, a, um, adj. (sup. of *multus*), very many *or* much, most, the greatest part. *Plurimum*, the most, very much: with a genitive, § 212, R 3. *Quàm plurimum*, or *quàm plurimum potest*, as many *or* as much as possible.

Plus, pluris, adj. (comp. of *multus*, § 125, 5), *pl. plures, plura*, § 110, more, *pluris* or *pluris pretii*, of more value, higher, of a higher price, dearer, worth more, § 252. *Facere pluris*, to value higher, esteem more, § 214. *Plures*, more, a greater number, a majority *Quam plures*, see *Quamplures*. *Plus, in the singular is used with a noun in the genitive expressed or understood* § 212, R. 3.

Plùs, adv. (comp. of *multùm*) more.

***Pluvius**, a, um, adj.* (*pluo*, to rain), rainy. *Pluvia aqua*, rain-water.

***Pœna**, æ, f.*, punishment, satisfaction, a penalty, fine. *Dare, reddere* or *solvere pœnas*, to give satisfaction, to suffer punishment. *Capere pœnam*, to take satisfaction, to inflict punishment. *Petere pœnas*, to seek satisfaction, try to inflict punishment. *Esse pœnæ*, § 227, to serve for *or* to be devoted to punishment.

***Pœni**, ōrum, m.* pl., the Carthaginians. J. 79.

***Pœnitendus**, a, um, part.*, to be repented of, be sorry for: *from*

***Pœnĭteo**, ēre, ui, n. & a.* (*pœna*), to repent, be sorry, § 229, R. 6. *Imp.*, *Pœnitet me, etc.*, it repents me, &c., I repent, regret, am sorry.

***Pollens**, tis, part. & adj.*, § 213, R. 5, (4.), having great power, able to do much, powerful, strong, potent, excelling, surpassing: *from*

***Polleo**, ēre, n.*, § 250, to be able, be very strong *or* mighty, be of great force *or* power, prevail much, excel, exceed, be powerful, great *or* strong.

***Polliceor**, ēri, ĭtus sum, dep.*, § 272, to promise, assume, hold forth, offer. *Multa polliceri*, to promise many things, make great promises.

***Pollicitatio**, ōnis, f.*, a free *or* voluntary promise, promising frequently: *from*

***Pollicĭtor**, āri, ātus sum, dep. freq.* (*polliceor*), to promise, assure, hold forth, promise often *Pollicitando*, by oft repeated assurances.

***Pollicĭtus**, a, um, part.* (*polliceor*), having promised. *In other authors it is sometimes passive.*

***Polluo**, ĕre, ui, ūtum, a.*, to pollute, infect, defile, corrupt, contaminate, violate, dishonor, disgrace.

***Pollūtus**, a, um, part. & adj.* (*polluo*), polluted, defiled, unchaste, debauched, foul, detestable, shameful.

***Pompeius**, i, m.* (*Cn.*), Pompey the Great, the distinguished rival of Julius Cæsar. C 16, 17, 38. 39. See also *Rufus.*

***Pomptīnus**, i, m.* (*C.*), a prætor who was faithful to the state during the conspiracy of Catiline. He was Cicero's lieutenant in Cilicia, A. U. C 711. C. 45.

***Pondo**, abl.* § 94, (*pendo*), in weight *It is often used as an indeclinable noun*, a pound.

***Pondus**, ĕris, n.* (*pendo*), weight gravity, heaviness; a load, burden; a sum.

***Pono**, ĕre, posui, posĭtum, a.*, to put, place, set, lay; to lay aside, lay down, put off, terminate; to propose, offer; to think, repute, judge, esteem, reckon, account; to speak of, mention, set down; to make, constitute, § 230, R. 2. *Ponere vigilias*, to post, station—. *Ponere castra*, to pitch a camp, encamp. *In partem tertiam ponere*, to set down as a third part. *Ponere ante*, to place before; to value more, allow more weight *or* influence to.

***Pons**, tis, m.*, a bridge.

***Pontificātus**, us, m.* (*pontĭfex*, a pontiff), the office *or* dignity of a *pontifex* *or* high priest, the pontificate.

***Populāris**, e, adj.*, of *or* belonging to the people, popular; one's countryman, a fellow-countryman, one born in the same town *or* country; one of the same party, an associate, partner, accomplice; one acceptable to the people, a popular man, one who courts the favour of the people: *from*

***Popŭlus**, i, m.*, those who compose one state under the same laws, a people, state, nation, community. *It is used with less extent of signification than* natio *and* gens. Also in the sense of *plebs*, the common people, commons, the people, *in distinction from the magistrates or nobles.*

Porcius**, i, m.*, a Roman ***cognomen *or* family name.

Porcius, a, um, adj., Porcian, of *or* relating to Porcius. *Porcia lex*, the Porcian law, a law introduced by P. Porcius Læca, when tribune of the people, requiring that no magistrate should scourge a Roman citizen or put him to death, but should permit such as were condemned to go into exile. C. 51.

Porrectus, a, um, part. & adj., stretched out, extended: *from*

Porrĭgo, ĕre, rexi, rectum, a. (*porro & rego*), to stretch, reach *or* spread out, extend, lengthen.

Porro, adv., right onward, farther, afar off; then, moreover, besides, next. *It often continues a discourse in such a manner as to connect something which is the opposite of that which had preceded it, and may then not improperly be translated,* on the other hand, on the contrary.

Porta, æ, f., the gate of a city *or* camp; a door, port, portal.

Portatio, ōnis, f. (*porto*,) a carrying, carriage, conveyance, transportation.

Portendo, ĕre, di, tum, a. (*porro & tendo*), to presage, portend, forebode, foretell, foreshow, betoken, augur, reveal.

Portentum, i. n. (*portendo*), an omen, prodigy, portent, miracle.

Porto, āre, āvi, ātum, a., *properly* to bear *or* carry something heavy, *and this meaning may be traced even in its figurative use,* to carry, bear, convey, bring, take, conduct, transport.

Portuōsus, a, um, adj. comp. ior. (*portus*, a harbor), abounding in harbors, having many good havens.

Posco, ĕre, poposci, a., to ask, demand, pray earnestly, importune, require, call for.

Posĭtus, a, um, part. (*pono*).

Possessio, ōnis, f., possession; a possession, an estate, property: *from*

Possessus, a, um, part., possessed, owned, held in possession.

Possĭdeo, ēre, ēdi, essum, a., to possess, have, hold, enjoy, be master of, have possession of.

Possīdo, ĕre, ēdi, essum, a., to take possession of, take into possession.

Possum, posse, potui irr. n. (*potis & sum*, § 154, R. 7), § 271, to be able, have power, I can; to have authority, power influence, ability, weight. Possum *is joined with* quàm *and the superlative degree, in the sense of*, as possible, &c See *Quàm*. *Possum is often followed by the accusative of a neuter adjective or pronoun,* § 234. *Quantum ingenio possem,* as far as I should be able, as far as my talents would permit. *Plus* or *amplius posse,* to be more powerful *or* efficient. *Posse plurimum,* to be most efficient *or* serviceable, of most avail. *Quibus rebus possum,* by all the means in my power, by all practicable means. *Potest, imp.*, it is possible, it can be. *Potuit honestius consuli,* one might have pursued a more reputable course, *or* a more reputable course might have been pursued, § 209, R. 3. (6).

Post, prep. with the acc., after, since, behind, in the rear of, next in order, back of, subsequently to. *Post eum diem,* the day after. *Post diem octavum,* the eighth day after. *Ducere post,* to reckon of less importance. *Post fuere,* were dropped *or* laid aside, gave place. In most editions, the words are united, *postfuere.* *With names of persons, in expressions denoting time, it supplies the place of a clause;* as, Qui proximo anno *post Bestiam* consulatum gerebat; *instead of,*—post annum, quo Bestia consulatum gesserat. *Also adv.*, after, afterwards.

Postea, adv., (*post & is*), afterward, after that *or* this, subsequently, hereafter. *Postea loci,* the same as *postea,* § 212, R. 4, N. 4. See *Locus.*

Posteāquam, or *Postea quàm adv* (*postea & quàm*), after that, after,

Posterior, us, gen, ōris, adj. (comp

of *posterus*), that comes after, posterior, later, too late.

Postĕrus, a, um, adj. (*post*), comp. *posterior*, sup. *postremus, which see;* coming after, following, next, ensuing. *Postĕri, ōrum, m.*, posterity, descendants.

Postfui, see *Post.*

Postquam, adv., (*post & quàm*), § 259, R. 1, (2.) (*b.*) after, after that, when, as soon as.

Postrēmò, adv., lastly, ultimately, finally, at last. *After an enumeration of particulars*, in fine, in short, in a word.

Postrēmus, a, um, adj. (sup. of *posterus*), last, hindmost. *Postrema acies*, the rear. *In postremo* or *in postremis*, in the rear.

Postulātum, i, n., a demand, request, desire: *from*

Postŭlo, āre, āvi, ātum, a. (*posco*), § 272, § 273, 2, to demand, ask, desire, require; beg, implore, urge.

Potens, tis, adj. (*possum*), § 213, R. 5, (3.) able, having power, capable, strong, efficacious, powerful, mighty, vigorous, rich, having great weight or influence.

Potentia, æ, f., (*potens*), power, force, efficacy; might, authority, influence, sway; empire, rule, dominion, power not granted by the laws, usurped power.

Potestas, ātis, f. (*possum*), § 275, III, R. 1. (1.) ability, power, leave, license, liberty permission, opportunity; power granted by the laws and constitution, dominion, rule, empire, authority, command; an office, post, magistracy *Potestatem facere*, to give liberty, afford opportunity.

Potior, īri, ītus sum, dep. (*potis*), § 245, I, & R. to be *or* become master of, gain possession of, conquer, acquire, get, obtain, possess.

Potior, us, gen. ōris, adj. (comp. of *potis*), better, preferable, more excellent, dearer, more esteemed.

Potis, indecl. adj., able, possible.

Potissĭmùm, adv. (*potior*), most of all, especially, chiefly, principally, in preference to others, first of all, above all.

Potissĭmus, a, um, adj (sup. of *potis*), most of all, first of all. *Ignari quid potissimum facerent*,— what they had best do.

Potiundus, a, um, part. (*potior*), § 162, 20.

Potiùs, adv. comp. (*potior*), rather, preferably. It is sometimes omitted before *quam.*

Poto, āre, āvi, ātum & potum, n. & a., to drink; to drink to excess, tipple, indulge one's self in drinking.

Potui, &c., see *Possum.*

Præ, prep. with the abl., before; for, by reason of, on account of; in comparison of. *In composition, see* § 197, 15.

Præacuo, ĕre, ui, ūtum, a. (*præ & acuo*, to sharpen), to make very sharp; to sharpen, sharpen at the end *or* point.

Præacūtus, a, um, part. (*præacuo*).

Præaltus, a, um, adj. (*præ*, § 197, 15, & *altus*), very high *or* lofty, very deep.

Præbeo, ēre, ui, ĭtum, a. (*præ & habeo*), to give, supply, afford, minister, offer, furnish, provide.

Prabĭtus, a, um, part. (*præbeo*), given, supplied, furnished, provided.

Præceps, cipĭtis, adj. (*præ & caput*) headlong, rapid; downhill, steep, precipitous. *Fig.* rash, hasty, sudden, inconsiderate, precipitate, headlong, hastening. *Agere præcipitem*, to drive headlong, to drive to desperation. *Dari præceps*, to be plunged headlong, precipitated, rush headlong, to be ruined. *Ire præceps*, to rush headlong, plunge inconsiderately; to go to destruction *or* ruin, to fall, be ruined.

Præceptum, i, n. (*præcipio*), an order *or* direction; a precept, rule, maxim; advice, counsel, instruction; a command

Præceptus, a, um, part. (*præcipio*).

Præcīdo, ĕre, cīdi, cīsum, a. (*præ & cædo*), to cut off; to shorten, abridge.

Præcĭpio, ĕre, cēpi, ceptum, a. (*præ & capio*), to take before; § 223, R. 2; & § 273, 2, to instruct, teach, direct, charge, enjoin, order, command. *Præceptum est mihi*, I have been ordered, instructions have been given to me.

Præcipitātus, a, um, part.: from

Præcipĭto, āre, āvi, ātum, a. (*præceps*), to precipitate, plunge, throw headlong, hurry, drive. *Fig. Se præcipitare* to hasten to ruin; to ruin *or* destroy one's self, accomplish one's own destruction.

Præcīsus, a, um, part. & adj. (*præcido*), cut off; steep, broken, precipitous.

Præclārus, a, um, adj. (*præ & clarus*), very clear *or* bright; noble, illustrious, brilliant, conspicuous, famous, celebrated, excellent, distinguished; beautiful.

Præda, æ, f., prey, booty, plunder, spoil, pillage; plundering, pillaging; gain, profit, advantage. *Agere prædam* or *prædas*, to drive off captured cattle and captives as booty; collect booty, plunder, take booty. *Bellicæ prædæ*, the spoils of war.

Prædabundus a, um, adj. (*prædor*), § 129, 1, ravaging, pillaging. *Dicit se prædabundum eodem esse venturum*, —after going on a predatory excursion.

Prædātor, ōris, m. (*prædor*), a robber, pillager, plunderer.

Prædatorius, a, um, adj. (*prædator*), robbing *or* plundering, predatory.

Prædĭco, āre, āvi, ātum, a. (*præ & dico, āre*), to spread abroad, proclaim, report, publish, declare give out, pretend, say, tell, relate; to praise, commend, extol, celebrate. *Bene prædicare*, to speak well of, extol.

Prædīco, ĕre, xi, ctum, a. (*præ & dico, ĕre*), to tell before, premise; to foretell, forewarn, predict; to admonish, charge, order, direct, enjoin; to make known, appoint, give notice of, § 265.

Prædĭtus, a, um, adj. (*præ & datus*), § 244, having, possessed of, endued with.

Prædŏceo, ēre, cui, ctum, a. (*præ & doceo*), to teach beforehand.

Prædoctus, a, um, part. (*prædoceo*), previously instructed.

Prædor, āri, ātus sum, (*præda*), to rob, plunder, pillage, spoil, ravage.

Præfectus, a, um, part. (*præficio*) set over, appointed to the command.

Præfectus, i, m. (*præficio*), a superintendent, overseer, director, president, governor, prefect, a general, commander, a general of cavalry, the general commanding the cavalry of the allies in the wing of the army.

Præfĕro, ferre, tŭli, lātum, irr a. (*præ & fero*), § 224, to bear *or* carry before; to show; to prefer, give the preference to, choose rather.

Præfĭcio, ĕre, fēci, fectum, a. (*præ & facio*), § 224, to set over, appoint to the command.

Prægredior, ĕdi, gressus sum, dep. (*præ & gradior*, to step), to go before, precede.

Præmissus, a, um, part.: from

Præmitto, ĕre, mīsi, missum, a. (*præ & mitto*), to send before. *The purpose is expressed by* qui *and the subj.* § 264, 5, *or by the former supine,* § 276 II.

Præmium, i, n., money; utility, profit, advantage; a reward, recompense, premium, prize; a promised reward offer.

Præpĕdio, īre, īvi, ītum, a. (*præ & pes*), to impede, hinder, obstruct; to bind, shackle.

Præpostĕrus, a, um, adj. (*præ & posterus*), having that first which ought to be last, preposterous, absurd.

Præruptus, a, um, adj. (*prærumpo,*

to break off), broken, steep, craggy, rugged, hard to climb.

Præsens, tis, adj. (*præ & ens*, § 154, R. 1), present, at hand, in person; vigorous, active, ready, prompt, resolute. *In præsens, sc. tempus,* at present, for the present, now.

Præsentia, æ, f. (*præsens*), presence, sight, appearance.

Præsertim, adv., especially, chiefly, particularly. *Quum præsertim* or *præsertim quum*, especially since.

Præsĭdeo, ēre, ēdi, essum, n. (*præ & sedeo*), to preside over, superintend, direct, command, have the command.

Præsidium, i, n. (*præses*, a president), a guard, garrison, escort; a defence, protection, security, guard; aid, succor, help, assistance, support, resource, refuge, relief, reinforcement.

Præstabĭlis, e, adj. (*præsto, are*, § 129, 4), excellent, distinguished, noble: *from*

Præstò, adv., present, ready, at hand: *joined with* sum *it signifies* to be ready, be present, be in attendance.

Præsto, āre, ĭti, ĭtum, a. & n. (*præ & sto*), § 224, & R. 5, to stand before; § 250, to be superior to *or* better than, excel, surpass, be distinguished; *rarely also in a bad sense*, to be distinguished *or* notorious; to do, execute, perform, cause, make, effect, § 273, 1. *Præstat, imp.*, it is better.

Præsum, esse, fui, irr. n. (*præ & sum*), § 224, to be set over, preside over, have the charge *or* command of, rule over, direct.

Præter, prep. with the acc., before, close by, near, past, besides, in addition to; except, save. *Also adv.*, except, save only.

Præterea, adv. (*præter & is*), besides, moreover; then, next: at any other time, in any other instance. *As a connective, before a noun*, and also, *before a noun and adjective*, and other.

Prætĕreo, īre, ii, ĭtum, irr. n. & a (*præter & eo*), § 182, R. 3. to go *or* pass by, pass along; to pass over, leave out, pass over in silence, let slip, omit.

Prætergredior, ĕdi, gressus sum dep. (*præter & gradior* to step), § 233 to go past *or* beyond, pass by.

Prætor, ōris, m. (*præeo*, to go before), a pretor, chief commander *or* magistrate, a general. *Prætor* or *Prætor urbanus*, a civil magistrate next in rank to the consul, a judge. *Pro prætore*, one invested with the power of a pretor or commander in chief; sometimes temporarily, as during the absence of the general.

Prætorium, i, n., the pretorium, the general's tent *or* pavilion in the camp: *from*

Prætorius, a, um, adj. (*prætor*), of *or* belonging to a pretor, pretorian. *Prætoria cohors*, the pretorian cohort *or* general's guard.

Prætūra, æ, f., the pretorship, office of pretor.

Prævĕnio, īre, vēni, ventum, a. (*præ & venio*), to come before, prevent, anticipate.

Præventus, a, um, part. (*prævenio*).

Pravĭtas, ātis, f., crookedness, deformity. *Fig.* perverseness, depravity, wickedness, knavery: *from*

Pravus, a, um, adj., crooked, distorted. *Fig.* wrong, bad, wicked, vicious, depraved, evil, unprincipled, perverse, improper, unsuitable. *Pravum, i, n.*, depravity, villainy, vice error.

Premo, ĕre, pressi, pressum, a., to press, press upon; to oppress, overwhelm, press hard upon.

Pretium, i, n., a price, worth, value a reward, meed; pay, hire, wages, gain, profit, gold, money, wealth, riches. *Pretium est*, the same as *operæ pretium est*, see *Opera*. *Cum pretio*, with gain, gainful, profitable.

Prex, dat. preci, § 94, a prayer, supplication, entreaty.

Pridem, adv., long ago, long since.

Primò, adv. (*primus*), at the first, at first, in the first place.

Primùm, adv., first, in the first place, for the first time. *Primum omnium*, first of all, § 212, R. 4, N. 7. *Ubi primum* or *quum primum*, when first, as soon as: *from*

Primus, a, um, adj. (sup. of *prior*), first, foremost, in the van, in front; principal, chief, excellent, distinguished, best, most important, most valuable; earliest. *In primis* or *imprīmis*, above all, chiefly, especially, peculiarly, first, in the first place, first of all; *also*, among the first, in the van; so, *in primo*, and *apud primos*. *Prima habere*, to reckon of first importance.

Princeps, ĭpis, m. & f. (*primus & capio*), first, foremost; an author, adviser, promoter, encourager, leader, head; chief, principal, head-man, prince, first in rank. *Princeps senatus*, or *princeps in senatu*, the prince *or* leader of the senate, *the senator whose name was first marked by the censors in the list of senators*. *Principes*, heavy armed soldiers, who were stationed in the second line; see *Pilus*. *Princeps belli faciendi*, the first to commence hostilities.

Principium, i, n. (*princeps*), a beginning, commencement. *Principia*, *in military language*, the first line of an army in order of battle, the front. *Principiis transversis*, the front having been formed at right angles, having converted the flank into the front. *A principio*, from the beginning, first, first of all, at first, in the first place.

Prior, us, gen. ōris, adj. § 126, 1, sup. *primus*, which see), § 250, former first, antecedent, previous, prior, superior.

Pristĭnus, a, um, adj., former, first, accustomed, wonted, pristine, original

Priùs, adv. (*prior*), first, at first, before, previously, sooner; *with* quàm *following*, before that, before, sooner than, rather than. *For the mood after* priusquam, *see* § 266, 3.

Priusquam, adv., see *Prius*.

Privātim, adv., privately, in private, in a private capacity, as a private citizen, in private life. *Privatim capere* or *rapere*, to take from private citizens, *or* on one's own private account;—as an individual, individually. *Privatim amicitiam populi Romani colere*,—by purchasing the favor of individuals, by private favor: *from*

Privātus, a, um, part. & adj. (*privo*), deprived of, § 251; private, one's own, particular; belonging to an individual *or* individuals; *subs.* a private person, one not in any public office.

Privignus, i, m., a step-son.

Privo, āre, āvi, ātum, a. (*privus*, single), § 251, to take away from, deprive, bereave.

Pro, prep. with the abl., before, in front of, opposite to, in presence of; in, on; according to, in proportion to, conformably with; as is suitable to, as becomes; for, on account of, by reason of, in consideration of; for, in the place of, instead of, from being; as, for, as if; in favor of, on the side of, in behalf of, to the advantage of, for; in comparison of; considering. *Pro tempore respondit*, as became the occasion—. *Pro tectis*, on the verge of the roofs.

Pro or *Proh! int.*, O! ah! *Pro deûm atque hominum fidem*, § 238, 2, see *Fides*.

Probĭtas, ātis, f. (*probus*, § 101, 1, goodness, probity, rectitude, honesty virtue.

Probo, āre, āvi, ātum, a. (*probus*), to approve, praise, commend, assent *or* agree to.

Probrum, i, n., a shameful *or* wicked action, loose *or* disorderly conduct, any heinous *or* detestable offence, villainy, wickedness; disgrace, infamy, dishonor, reproach, shame. *Probro habere,* to consider disgraceful, § 227. *Probri gratiâ,* as a mark of disgrace.

Probus, a, um, adj., good, honest, virtuous, upright, worthy, modest, chaste.

Procax, ăcis, adj. (*proco,* to ask), petulant, pert, saucy, wanton, bold, forward, lascivious.

Procēdo, ĕre, cessi, cessum, n. § 276, II, to proceed, go forward, advance, go forth, go; pass, elapse; to happen, turn out, eventuate; to go on well; succeed, prosper; to be aided, promoted *or* advanced; to be favorable to, be useful *or* serviceable, § 224. *Eo vecordiæ processit,* advanced to such a pitch of madness. *Adherbal ubi intelligit eò processum,*—that it had come to this.

Proconsul, is, m. (*pro & consul*), a proconsul, one who governed a province *or* commanded an army with consular power.

Procul, adv., far, far off, at a distance, remote; very much, greatly.

Procuratio, ōnis. f. (*procūro,* to take care of), the administration of a thing, management, charge, care.

Prodigium, i, n., a prodigy, portent, miracle, omen.

Proditio, ōnis, f. (*prodo*), a discovery, manifestation, indication; treachery, faithlessness, treason.

Prodĭtus, a, um, part., betrayed: *from*

Prodo, ĕre, dĭdi, dĭtum, a. (*pro & do*), to declare, disclose, manifest, show, discover, betray; to yield *or* surrender perfidiously, desert, forsake treacherously, deceive, betray. *Prodere fidem,* to betray confidence, violate one's engagements.

Prodūco, ĕre, xi, ctum, a. (*pro & duco*), to draw out, extend; to lead out, bring forth, bring before the people.

Productus, a, um, part. (*produco*), lengthened; brought out, brought forward before the people.

Prœlians, tis, part., fighting. *Prœliantes, pl.,* combatants: *from*

Prœlior, āri, ātus sum, dep., to fight, engage, join battle, combat, contend in fight: *from*

Prœlium, i, n., a fight, battle, engagement, combat, contest, attack; a pitched battle, regular warfare. *Prœlium committere* or *facere,* to join battle, engage. *Prœlium manibus facere,* to engage hand to hand *or* in close combat. *Ante prœlium factum,* before the engagement.

Profānus, a, um, adj. (*pro & fanum*), profane, not sacred *or* consecrated.

Profectio, ōnis, f. (*proficiscor*), a going *or* setting out, departure, journey.

Profectò, adv. (*pro & factus*), certainly, surely, truly, indeed, in truth, doubtless.

Profectus, a, um, part. (*proficiscor*).

Profĕro, ferre, tŭli, lātum, a. (*pro & fero*), to carry *or* bring out; to publish, make known, spread abroad, manifest, reveal; to defer, put off, postpone, adjourn.

Proficiscor, i, profectus sum, dep. (*pro & facio*), § 276, II, to set out on a journey, go, go away, depart; to journey, travel; to go on, proceed.

Profiteor, ēri, fessus sum, dep. (*pro & fateor*), to profess, declare openly, own, acknowledge, avow; to declare one's self a candidate. *Profiteri intra legitimos dies,* to declare one's self a candidate within the appointed time, *i. e.* three market days, *or* seventeen days before the election.

Profligātus, a, um, part., routed, discomfited: *from*

Proflīgo, āre, āvi, ātum, a. (*pro &*

fligo to strike against), to throw *or* dash to the ground, cast down; to rout, put to flight, defeat, overthrow.

Profŭgio, ĕre, fūgi, fugĭtum, n. (*pro* & *fugio*), to flee, fly, run away, escape.

Profŭgus, a, um, adj. (*profugio*), fleeing without knowing whither, escaping by flight, fugitive; put to flight, driven away, banished, exiled. *Abire* or *discedere profugus*, to flee.

Profundo, ĕre, fūdi, fūsum, a. (*pro* & *fundo*), to shed copiously, pour forth; to throw away; to lavish, squander, waste, consume.

Profundus, a, um, adj., deep, profound. *Fig.* profound, boundless, insatiable.

Profūsè, adv., profusely, lavishly, extravagantly, immoderately, excessively: *from*

Profūsus, a, um, part. & adj. (*profundo*), § 213, immoderate, excessive, profuse; prodigal, wasteful, lavish.

Profutūrus, a, um, part. (*prosum*).

Progenies, ēi, f. (*progigno*, to beget), a progeny, offspring, descent; a line, lineage, race; children, descendants.

Prohĭbeo, ēre, ui, ĭtum, a. (*pro* & *habeo*), § 251, & R. 2. to keep off *or* away, keep *or* ward off, debar, hinder, impede, stop, prevent, prohibit, obstruct; to keep, preserve, defend, protect; to check, curb, restrain, repress; to prohibit, forbid, § 251, & R. 2: *sometimes also, instead of the ablative of a noun, it takes a verb in the infinitive or subjunctive. Prohibere ne, etc.*, see *Ne.*

Proinde, illative conj. & adv. (*pro* & *inde*), therefore, for that reason, on that account, just so, equally, the same as, in like manner. *Proinde quasi*, just as if.

Projectus, a, um, part.: *from*

Projĭcio, ĕre, jēci, jectum, a. (*pro* & *jacio*), to throw *or* fling forth *or* away; to throw; to cast *or* drive out, expel, eject. *In has miserias projectus sum*—plunged into these misfortunes.

Prolāto, āre, āvi, ātum, a. (*profero*) to extend, lengthen, prolong, dilate to defer, put off, delay, protract, postpone.

Promiscuè, adv., confusedly, promiscuously, indifferently, without order *or* distinction, indiscriminately: *from*

Promiscuus a, um, adj. (*promisceo*, to mix), promiscuous, confused, common, mingled. *Pudorem, pudicitiam, divina atque humana promiscua habere*, to reckon common, to regard as indiscriminate, to make no difference between, to contemn alike—, pay no regard to—.

Promissum, i, n. (*promitto*), a promise, pledge, vow, proposition, proposal, engagement, something promised. *Promissa expectare*, to wait for the fulfilment of promises.

Promissus, a, um, part.: *from*

Promitto, ĕre, mīsi, missum, a. (*pro* & *mitto*), to fling, hurl *or* dart forward, send before; to promise, engage, § 272.

Promptus, us, m. (*promo*, to draw out), *in the abl.*, *in promptu*, in readiness, at hand, visible, manifest, present, evident, clear, easy. *Ingenium in promptu habere*, to bring out *or* display one's talents *or* abilities.

Promptus, a, um, adj. (*promo*). clear, manifest, evident, open; ready, prepared; practicable, easy; prompt active, ready, bold, brave, valiant, quick, zealous, ardent, § 250.

Promulgo, āre, āvi, ātum, a., to publish, proclaim, propose, promulgate.

Pronus, a, um, adj., inclined *or* bending forward, bending down, stooping looking towards the earth, groveling prone. *Fig.* easy, practicable, § 222,3

Prope, adv. (comp. *propius*, sup *proximè*), near, nigh, almost, nearly *Also prep. with acc.*, near, nigh, beside, close by, near to, almost, nearly. *Proxime Hispaniam, &c.* § 235, R. 11.

Propediem, adv. (*prope & dies*), shortly, after a while, within a few days, in a short time, presently.

Propello, ĕre, pŭli, pulsum, a. (*pro & pello*), to drive forward, propel; to drive away, repel, repulse, keep *or* ward off.

Propĕrans, tis, part. & adj. (*propero*), hastening, in haste, quick.

Properanter, adv. (*propero*), hastily, quickly, speedily. *Properantius pergere,*—too precipitately, too rashly, § 256, R. 9, (*a*.).

Properantia, æ, f. (*propero*), a making haste, haste, dispatch, expedition.

Propĕrè, adv. (*propĕrus*, hasty), in haste, in a hurry, hastily, speedily, quickly. *Propere adire,* to hasten to.

Propĕro, āre, āvi, ātum, n. & a. (*propĕrus*), to make haste, hasten, accelerate, to prepare with haste; § 272, to be eager, desire. *Properandum est,* there is need of dispatch.

Propinquus, a, um, adj. (*prope*), § 222, R. 1, neighboring, near; near of kin, allied, nearly related. *Subs.*, a kinsman, relation, intimate friend. *Propinqui inter se,* near to one another. *Oppido propinqua,* sc. *loca,* the parts *or* places near the town. *Propinqui genere,* nearly related by birth.

Propior, us, gen. ōris, adj. § 126, 1, (*prope*), sup. *proximus,* which see; nearer, nigher, closer; more nearly related *or* allied; more like. *It is followed by either the dative or the accusative,* § 222, R. 1, & R. 5, & § 235, R. 5.

Propiùs, adv. (comp. of *prope*), nearer, more nearly, nearer to. *Propius mare Africum,* § 235, R. 11.

Propōno, ĕre, posui, posĭtum, a. (*pro & pono*), § 265, to set out *or* expose to view, set forth *or* display, offer, present; to publish, make known; to tell, explain, show, point out, declare.

Proprætor, ōris, m. (*pro & prætor*), a propretor, one sent to govern a province with the authority of pretor, one invested with the authority of pretor.

Propter, prep. (*prope*), *with the acc.*, near, hard by, close to; for, on account of, by reason of, owing to, through; for the sake of. *Adv.*, near.

Propulso, āre, āvi, ātum, a. freq. (*propello*), to drive away *or* back, repel, keep *or* ward off.

Prorĭpio, ĕre, ripui, reptum, a. (*pro & rapio*), to snatch away. *Proripere se,* to hurry *or* hasten away, rush out, escape quickly.

Prorsus, adv. (*pro & versus*), straight on *or* along, directly, right onward; altogether, entirely, utterly, wholly, at all, totally; exactly; *at the end of an enumeration of particulars,* in a word, in short; in fact.

Prosapia, æ, f., a race, lineage, stock, progeny, pedigree, family.

Proscrībo, ĕre, psi, ptum, a. (*pro & scribo*), to publish any thing to be sold; to confiscate one's property; to proscribe *or* outlaw one; to doom to death and confiscation of property.

Proscriptio, ōnis, f. (*proscribo*), advertising a thing to be sold; a proscription of one's effects; a proscription *or* outlawry, dooming to death and confiscation.

Proscriptus, a, um, part. (*proscribo*), proscribed, outlawed.

Prospecto, āre, āvi, ātum, a. freq. (*prospicio*), to view, behold, see afar off, gaze upon.

Prospectus, us, m. (*prospicio*), a looking forward, view, prospect, sight.

Prosper & Prospĕrus, a, um, adj., favorable, prosperous, lucky, fortunate.

Prospĕrè, adv. (*prosper*), happily, prosperously, fortunately, luckily, successfully.

Prosum, desse, fui, § 154, R. 6, *irr. n.* (*pro & sum*), § 224, to do good, profit, be profitable *or* serviceable, avail, conduce, be of use.

Provĕnio, īre, vēni, ventum, n. (*pro & venio*), to come forth, appear, be born, spring up, arise.

Provĭdens, tis, part. & adj. (*provideo*), provident, foreseeing, circumspect, careful, prudent.

Providenter, adv. (*providens*), providently, with foresight *or* precaution, wisely, prudently.

Provĭdentia, æ, f, foresight, forecast, forethought, providence, caution, prudence, carefulness: *from*

Provĭdeo, ēre, vīdi, vīsum, a. & n. (*pro & video*), to look forward, foresee; § 273, 1, to provide *or* guard against, shun, avoid, take measures to prevent, take care; to prepare, provide, make provision, see to, look after, take care of, provide for, § 224, § 273, 1; to perceive, discern.

Provincia, æ, f., a conquered country governed by a magistrate sent from Rome, a province. *Provincia* or *provincia Romana, in the Jugurthine war, signifies* the Roman province in Africa, consisting of the former possessions of the Carthaginians.

Provīsus, a, um, part. (*provideo*).

Proxĭmè, adv., nearest, next; see *Prope.*

Proxĭmus, a, um, adj., (sup. of *propior*), § 222, R. 1, & 5, & § 235, R. 11, very near, nearest, next, last; nearly related, closely allied, intimate. *Proximus, i, m.*, a relation, familiar *or* intimate friend, partisan, associate. *Proximum, i. n.*, neighbourhood, vicinity.

Prudens, tis, adj. (for *providens*), prudent, sagacious, provident, wise, considerate; skillful, expert, able, learned, experienced.

Prudenter, adv. (for *providenter*), prudently providently, wisely, discreetly

Psallo, ĕre, i, n., to play on a stringed instrument; to sing to the sound of the lyre.

Pubes & Puber, ĕris, adj. of ripe years, arrived at the age of puberty adult. *Pubĕres, um, m. pl.*, youth young men, persons of mature age, adults.

Publĭcè, adv. (*publĭcus*), publicly, in public, in the state, in the name *or* behalf of the public, by public authority, on the public account, on the part of the public; collectively. *Publice rapere,* to take from the public. *Uti publice amicitiam, populi Romani coleret,*—by public services.

Publĭco, āre, āvi, ātum, a., to confiscate, make public property of: *from*

Publĭcus, a, um, adj. (*populus*), common, public, belonging to the public general.

Publius, i, m., a Roman *prænomen.*

Pudet, uit, pudĭtum est, imp., § 229, R. 6, to be ashamed. *Illum pudet,* he is ashamed.

Pudicitia, æ, f. (*pudīcus,* modest), chastity, modesty, virtue.

Pudor, ōris, m. (*pudeo*), shame, modesty; respect, reverence; reputation, fame, a sense of honor, character. Pudor *refers to the mind,* pudicitia *rather to the body.*

Puer, ĕri, m., a male child, boy; a boy, slave, servant.

Pueritia, æ, f. (*puer*), boyhood, childhood.

Pugna, æ, f. (*pugnus,* a fist), a battle, fight, encounter, engagement, combat. *Facere pugnam,* to join battle, fight.

Pugno, āre, āvi, ātum, n. (*pugna*), to fight, combat, engage, contend *Capere urbes pugnando,* to take by assault—. *Male pugnatum est* an unsuccessful battle was fought.

Pulcher, chra, chrum, adj., fair, beautiful, handsome excellent, glorious.

splendid honorable, noble, magnificent. *Pulchrum est*, § 269, R. 2.

Pulsus a, um, part. (*pello*).

Pulvīnus, i, m., a cushion, pillow, bolster.

Pulvis, ĕris, m. & f., dust, powder.

Punĭcus, a, um, adj., Punic, Carthaginian; perfidious, false. *The Carthaginians were accused by the Romans of frequent violations of their compacts, and hence Punica fides, signifies* treachery, perfidy. *Punicum bellum*, Punic war. *The wars of the Romans with the Carthaginians were called Punic wars, and were three in number.* J. 17, 19, 108. C. 51.

Puto, āre, āvi, ātum, a., to lop, prune; to adjust, settle *or* liquidate one's accounts; to weigh, ponder, consider, revolve in mind, § 272; to think, account, esteem, judge, hold, reckon, imagine, suppose. In the passive it takes the inf., § 271.

Q

Q., an abbreviation of the *prænomen* Quintus.

Quà, adv. (*abl. fem. of* qui, *sc.* viâ *or* parte), which way; where; whence; in what way; wherever, wheresoever.

Quàcunque, adv., (*quicunque* sc. *parte* or *viâ*), wheresoever, whencesoever, from whatsoever side.

Quadraginta, num. adj (*quatuor*), forty.

Quadrātus, a, um, part. & adj. (*quadro* to square), squared, square, quadrate. *Quadratum agmen*, an army formed into a parallelogram *or* hollow square, with its baggage in the centre.

Quæro, ĕre, sīvi, sītum, a., § 231, R. 4, § 265, to seek, seek after, look for; to provide, procure, get, gain, find, acquire, obtain; to make inquisition, investigate, search, examine into, try; to ask inquire, interrogate; to desire, aim at, purpose; to demand, require, need, to plan, devise, contrive. *Dolum quærere*, to seek to devise *or* contrive some stratagem. Imp. *Quæritur in aliquem*, a prosecution is instituted against—, he is tried, *or* prosecuted.

Quæsītor, ōris, m. (*quæro*), a seeker a searcher; a judge, examiner, commissioner.

Quæso, ĕre, a. def. verb, § 183, 7 to seek, pray, entreat ask, beg, beseech, desire, request.

Quæstio, ōnis, f. (*quæro*), a seeking, inquiring, searching; a question, subject of inquiry; an examination, inquiry, inquisition, trial, prosecution. *Exercere quæstionem*, to conduct an investigation *or* trial.

Quæstor, ōris, m. (*quæro*), a questor, a Roman magistrate who had the care of the public money; a treasurer; a paymaster. *Quæstor pro prætore*, a questor with pretorian power.

Quæstus, us, m. (*quæro*), a trade, employment, occupation, profession; gain, profit, advantage, interest. *Quis omnia quæstui sunt*, § 227, & R. 3.

Qualis, e, adj., of what kind *or* sort, what manner of, what.

Quàm, conj. & adv., how, how much, as much *Tam—quam*, so—as, or *quam—tam*, as—so. *It is often omitted after* plus, minus *and* amplius, § 256, R. 6. *With superlatives or possum*, as possible, § 127, 4. *Quàm primum*, or *quamprimum*, as soon as possible. *Quàm sæpissime*, as frequently as possible, *With comparatives, and words implying comparison*, as, than. So after *alius, aliter, æque, secus, contra, etc.*

Quamōbrem, illative conj. (*quis, ob res*), why, wherefore, therefore, for which cause *or* reason. *In questions*, why? wherefore? for what reason?

Quamplūres, adj. pl. (*quàm & plures*), very many, a great many.

Quamprīmum, see *Quam*.

Quamquam, concessive conj., although, though. *Before* tamen, quamquam *or* quamvis *must sometimes be supplied.*

Quamvis, adv. & conj. (*quam & vis,* from *volo*), as much as you will, very much, greatly, never so—, however; although, though.

Quando, adv. & conj., when; since, seeing that.

Quantùm, adv., how much, as much as. *After tantus,* as: *from*

Quantus, a, um, adj., how great, how much, so much; *with* tantus *expressed or implied,* as great—as, as much—as, § 206, (16.) *Quanti?* gen. § 214, at what price? how dear? how much? *Quanto,* abl., § 256, R. 16, by how much, by as much. *Quanto—tanto,* by how much—by so much, the more—the more, the—the. *Quantum negotii sustineam,* how weighty a charge—. § 212, R. 3.

Quapropter, adv. & illative conj. (*qua & propter*), for what reason? why? for which reason, wherefore, on which account.

Quare, illative conj. & adv. (*quis & res*), for which reason, wherefore, therefore.

Quartus, a, um, num. adj. (*quatuor*), the fourth.

Quasi, conj. (*for quamsi*), as, as if, as it were, just as if; as, just as, § 263, 2. *It often serves as a kind of apology for the apparent boldness of a figurative expression;* as. *Majorum gloria posteris quasi lumen est. With numerals or with adjectives of time or place,* about, almost. *Ex monte medio quasi collis oriebatur,* from about the middle of the mountain arose a hill. *Quasi vero,* as if indeed, *ironically.*

Quatriduum, i, n. (*quatuor & dies*), the space of four days, four days.

Quatuor, ind. num. adj., four.

Que, enclitic conj., § 198, N. 1, and; also; *que—et, et—que,* both—and. *For the position of* que, *see* § 279, 3, (*c.*).

Queo, ire, ivi, itum, irr. n., (§ 182, R. 3, N.) § 271, to be able, I can.

Queror, i questus sum, dep. with acc. with de & abl. and with quòd *& subj.* to lament, bewail, bemoan; to complain, complain of.

Questus, a, um, part. (*queror*).

Qui, quæ, quod, pro. rel., § 136, who which, that, what: *& int.* § 137, who which? what? *Quo, abl. n., with comparatives,* by that, so much, the, § 256, R. 16. *quo—eo,* by how much—by so much, the—the. Qui *is much used as a connective instead of* is, hic, etc. *with a conjunction. In translating such relative by a demonstrative the proper conjunction must be supplied,* as, and, but, for, therefore, hence, &c. *With the subjunctive it often supplies the place of* ut *and a demonstrative pronoun,* § 264, 5.

Quî, abl. of qui & quis, §§ 136, R. 1, & 137, R. (2), how, in what way; why

Quia, conj., § 198, 7, because, inasmuch as. Quòd *and* quia *are said to be distinguished by* quòd *referring to a fact as a cause, and* quia *to an inference.*

Quibuscum, i. e. *cum quibus.*

Quicumque, quæcumque, quodcumque, rel. pro., § 136, 3, (*qui & cumque*), whoever, whatever; whosoever, whatsoever; all, every.

Quid, see *Quis.*

Quidam, quædam, quoddam or *quiddam, indef. pro.*, § 138, (*qui & dam*), a certain one, one. *With the name of a person* quidam *usually implies* that he is little known, and hence it is often used in contempt.

Quidem, conj., indeed, truly, in truth certainly, at least, even. *Ego quidem,* I for my part. *Ne—quidem,* see *Ne. Quidem usually follows an emphatic word,* § 279, 3, (*d.*).

Quies, ētis, f., rest, repose, ease quiet, peace, sleep. *Neque vigiliis neque quietibus,* neither in watchings nor in slumbers neither waking nor sleeping.

Quiesco, ĕre, ēvi, ētum, n. (*quies*), to rest, repose, take rest, be quiet, be at rest, sleep.

Quiētus, a, um, adj. (*quiesco*), quiet, calm, tranquil, peaceable, undisturbed, easy, at rest, still, without noise, contented. *Equites rem quietam* (*esse*) *nuntiant*,—that the affair is peaceable, that no danger is to be apprehended. *Quieta movere*, to disturb the (public) tranquillity.

Quilĭbet, quælĭbet, quodlĭbet & quidlĭbet, indef. pro., § 138, 5, (*qui & libet*), whosoever will, any one whom you please, any person *or* thing, any one, any. *Quidlibet, subs.*, any thing, any thing you please.

Quin, adv. & conj. (*qui & ne*), *after verbs of doubting, &c.* § 262, R. 10, 2, for *ut non*, that not, but that, so as not. It may be translated "without" followed by the English gerundive of the following verb, *as, quin aperirem*, without portraying. *It is sometimes used instead of a relative and* non, § 262, R. 10, 1, who—not. *Quin? with the indicative*, why not? *This is used in earnest remonstrance and exhortation.* *Quin*, yet, however, but, nay, even, moreover; indeed, truly. *Quin ergo*, well then, come then. *Non quin*, not but that, not that—not. *Neque illis diutius eâ* (*victoriâ*) *uti licuisset quin,* (*i. e. ita ut non*) *qui plus posset, imperium atque libertatem extorqueret*, nor could they have enjoyed the victory very long, without some one more powerful wresting from them, &c.

Quindĕcim, num. adj. (*quinque & decem*) fifteen.

Quinquaginta, num. adj., fifty: *from*

Quinque, num. adj., five.

Quinquennium, i, n. (*quinquennis*, of five years), the space of five years, five years.

Quintus, a, um, num. adj. (*quinque*), the fifth.

Quintus, i, m., a Roman *prænomen*

Quippe, causal conj., for, because forasmuch as, since, inasmuch as, as as being; in fact, indeed. *Quippe qui, quæ, quod*, inasmuch as he, because he, since he, she *or* it. *Quippe quis* (sc. *nobis*) *hostis nullus*,—since we had no enemy. *Quippe cui* (sc. *plebi*) *omnes copiæ in usu quotidiano et cultu erant*, as all their property—. *Quippe cui in animo hæserat*, as it had been deeply impressed upon his mind.

Quirītes, ium, m. pl. properly, the inhabitants of Cures, a town of the Sabines. Hence, after the union of the Romans and Sabines, the united people were called Quirites, *i. e.* Romans, Roman citizens. J. 31. 85.

Quîs, dat.& abl. pl. of Qui, § 136, R.2.

Quis, quæ, quid, int. pro. § 137, who? which? what? *Quid*, what? why? wherefore? § 235, R. 11. *Quis mortalium*, what man? § 212. *Quis & qui, after si, ne, neu, nisi, num, etc. have the sense of aliquis*, § 137, 1, R. (3).

Quisnam & quinam, quanam, quidnam or *quodnam, int. pro.* § 137, 2, who? which? what?

Quispiam, quæpiam. quodpiam, quidpiam or *quippiam, indef. pro.* § 138. (*quis*), any one, some one.

Quisquam, quæquam, quidquam or *quicquam, indef. pro.* § 138, (*quis & quam*), § 212, any one, any, any thing. *Ne quisquam, etc.*, no one, nothing, no. *Ne quisquam hominum* or *mortalium*, or *ne quisquam omnium*, no man, no person.

Quisque, quæque, quodque, quidque or *quicque, indef. pro.* § 138, (*quis & que*), § 212, every man, every one each, all, every; any one. *It is often connected with superlatives to express universality*, § 207, R. 35, *as, prudentissimus quisque negotiosus maxime erat*, the ablest men were the most engrossed in public affairs. *Optimus quisque*, every man of high standing, *or* of distinguished excellence.

Quisquis, quidquid or *quicquid, rel. pro.* § 136, (*quis & quis*), whoever, whosoever, whatever, whatsoever. *Its antecedent is always indefinite, and hence, like* what whoever. &c. *in English it appears often to imply both relative and antecedent. Quoquo modo*, in whatever manner, in what way soever, as.

Quivi, see *Queo*.

Quivis, quævis, quodvis or *quidvis, indef. pro.* § 138, (*qui & vis*, from *volo*), any one you please, whoever, whosoever, any one, any, any whatever, every one, every.

Quo abl. See *Qui*.

Quò, adv. & conj. (*qui*), § 191, R. 1 whither, to what place, to what person or thing, to whom? where, in *or* to which person, place *or* thing, to which. *Vaccenses, quò Metellus —præsidium imposuerat,*—among whom:—why; for which reason *or* cause, wherefore, on which account; because; that, as if; to *or* at which. *With comparatives especially it signifies*, that by this *or* that by this means; to the end that, in order that, that, *and is equivalent to* ut eo, *or* ut eâ re. *Quo minus, after clauses denoting hinderance*, § 262, R. 9 is translated, that not, from, *or* for not, *with the English gerundive of the verb following it; as, Quo minus victoriâ uterentur*, from using *or* making use of the victory. *Quo minus—eo magis*, the less—the more. See *Qui*. *Non quo, followed by sed*, not that, not as if.

Quo, abl. of *Qui*, which see.

Quoad, adv. & conj. (*quo & ad*), as long as, whilst, till, until, § 263, 4.

Quocumque, adv. (*quo & cumque*), to whatsoever place, whithersoever.

Quòd, conj. (*qui*), for *ad quod* or *propter quod*, § 273, 6, with respect to, in regard to *or* as to this, that but, now; § 206, (14), though, although that, why, wherefore; that, because, in that.

Quodni or *quod ni, conj.*, but if not, but unless, § 206, (14.)

Quodsi or *quod si, conj.*, but if, if now, if then, but then, now, § 206, (14.)

Quominus, see *Quo*.

Quomŏdo or *Quo modo, adv. & conj.* (*qui & modus*), in what manner, in what way, how.

Quoniam, conj. § 198, 7, (*quum & jam*), seeing that, since, as; *with indicative, in oratio directa.*

Quoquam, adv. (*quo & quam*), any whither, to any place.

Quoque, conj., also, likewise, too. *Quoque, pro.*, see *Quisque*. *Also the abl.* of Quis *or* Qui, *with the conjunction* que *annexed.*

Quoquo, see *Quisquis*.

Quotidiānus, a, um, adj., daily; ordinary, common, usual, familiar: *from*

Quotidie, adv (*quot & dies*), every day, daily.

Quousque, adv. (*quo & usque*), how long, how far.

Quum or *Cùm, adv. & conj.* § 263, 5, when, while; though, although. *Quum—tum*, not only—but also, both—and, both—and especially, as—so also, as well—as also. *In this construction, the clause introduced by* tum *is usually most prominent:*—since, as

R.

Radix, īcis, f., a root; the foot *or* bottom of a hill *or* mountain. *Sub radicibus montium*, at the foot of the mountains.

Ramus, i, m., a branch, bough an arm of a tree.

Rapīna, æ, f., robbery, rapine, pillage, depredation; *also*, prey, plunder *from*

Rapio, ĕre, pui, ptum, a., to snatch,

take *or* carry away by force, carry off, ravish; to plunder, pillage, take away, seize forcibly, take forcible possession of; to hurry, hurry forward, hasten.

Ratio, ōnis, f. (*reor*), reason, the rational faculty; a design, plan, purpose, measure; a cause, motive; a method, manner, way, means; a matter, business, concern, affair, advantage, interest, circumstances; an account, reckoning, calculation; respect, consideration, regard, concern, care. *Belli atque pacis rationes trahere,* to weigh deliberately the advantages of peace and war. *Alienum suis rationibus,* inconsistent with his policy *or* interests.

Ratus, a, um, part. & adj. (*reor*), thinking, judging, believing, supposing, considering; established, fixed, determined, firm, stable, valid.

Re, inseparable prep., back, again, § 196, (*b.*) & 3, & 197, 18.

Receptus, us, m. (*recipio*), a retreating, retreat; a place of refuge, retreat.

Receptus, a, um, part.: from

Recĭpio, ere, cēpi, ceptum, a. (*re & capio*), to take again, get back, receive; to retake, regain, recover. *Recipere se,* to come back, return, retreat, retire:—to take, receive, accept, admit. *Recipi mœnibus,* to be admitted into the city, entertained within the walls.

Recĭto, āre, āvi, ātum, a. (*re & cito,* to call by name), to recite, read aloud, rehearse; to repeat from memory.

Rectè, adv. (*rectus*), directly, in a straight line; rightly, properly, well, correctly.

Rector, ōris, m. (*rego*), a ruler, governor, director.

Rectus, a, um, part. & adj. (*rego*), right, straight, direct; right, proper, reasonable.

Recupĕro, āre, āvi, ātum, a., to get again, regain, recover.

Recūso, āre, āvi, ātum, n. & a. (*re & causa*), to refuse, deny, reject, be unwilling.

Reddĭtus, a, um, part: from

Reddo, ĕre, dĭdi, dĭtum, a. (*re & do*) to give back, render, restore, return to give, render, deliver, to pay, requite, recompense. *Reddere pœnas* see *Pœna.*

Redeo, īre, ii, ĭtum, irr. n. (*re & eo*) to return, come back, come again *Redire ad rem,* to return to the subject.

Rediens, euntis, part. (*redeo*).

Redĭmo, ĕre, ēmi, emptum, a (*re & emo*), to buy back *or* again, repurchase, recover, redeem; to buy, purchase; to acquire, get, procure; to rescue, ransom, redeem; to repel, avert, ward off, *by means of money, &c. Redimere culpam, flagitium, facinus, etc.,* to make amends for, atone for, compound for—.

Reditūrus, a, um, part. (*redeo*).

Redĭtus, ūs, m. (*redeo*), a return.

Refĕro, ferre, tŭli, lātum, irr. a. (*re & fero*), to bring *or* carry back *or* again; to return, restore, deliver; to tell, relate, report, say, mention. *Referre ad senatum,* to propose to *or* lay before the senate, consult, ask, propose for deliberation. Imp. *Postulant uti referatur,* sc. *ad senatum,*—that the opinion of the senate should be taken.

Refert, retŭlit, imp. (*res & fero*), § 219, & R. 3, it concerns, imports, profits, is the interest of.

Refĭcio, ĕre, fēci, fectum, a. (*re & facio*), to make again *or* anew, repair, rebuild, renew, refit; to rekindle, recruit, refresh, recover, reanimate, reassure.

Regio, ōnis, f. (*rego*), a region, country, district, territory; a border, limit boundary.

Regius, a, um, adj. (*rex*), of a king a king's, kingly royal, regal, princely monarchical. *Homo regiæ superbiæ* —as proud as a king.

Regnum, i, n. (*rex*), a kingdom, regal government, the dominion of a king, sovereignty, sovereign power; a kingdom, realm, country subject to a king. *Pervenire in regnum,* to become a king. *Parare regnum,* to aspire at sovereignty, aim to be a king. *Regni paratio,* aspiring at sovereignty.

Rego, ĕre, xi, ctum, a., to keep straight, guide, manage, direct, regulate, moderate, govern, rule, sway, control.

Regredior, ĕdi, gressus sum, dep. (*re & gradior,* to step), to go back, return.

Regressus, a, um, part. (*regredior*).

Regŭlus, i, m. dim. § 100, 3, (*rex*), the king of a small country, a petty king, prince.

Relictus, a, um, part. (*relinquor*).

Religio, ōnis, f. (*relĕgo,* to retrace), the fear of God, religion, devotion, piety, religious *or* superstitious feeling; religious rites and ceremonies; a religious scruple; superstition.

Religiōsus, a, um, adj. (*religio,*) fearing God, pious, devout, holy, religious; faithful, scrupulous, conscientious; sacred, venerable; superstitious.

Relinquo, ĕre, līqui, lictum, a. (*re & linquo,* to leave), *with subj. of purpose,* to leave behind, leave; to leave at one's death; to forsake, desert, abandon; to leave as an inheritance, bequeath; to let alone.

Relĭquus, a, um, adj. (*relinquo*), remaining, the rest, the residue, the other. *Reliqui, orum, m,* the rest, the others. *Reliquum, i, & reliqua, ōrum, n,* the rest, residue, remainder. *Reliquum est,* it remains, *with* ut *and subj.,* § 262, R. 3. *Nihil reliqui,* or *reliquum facere,* to leave nothing, leave nothing remaining *or* undone. So, *Quid reliqui habemus?* what have we left? § 212, R. 3, N. 3, see *Nihil. In reliquum,* in future, for the future, henceforward.

Remăneo, ēre, mansi, mansum. n. (*re & maneo*), to tarry behind, stay, remain, continue, abide.

Remedium, i, n. (*re & medeor*) a medicine, remedy, cure.

Remissus, a, um, part. & adj., sent back; slackened, relaxed, neglected: remiss, careless, negligent, inattentive. *Nihil remissi,* see *Nihil. Missis remissisque nuntiis,* in sending to and fro, *or* backwards and forwards: *from*

Remitto, ĕre, mīsi, missum, a. (*re & mitto*), § 271, to send back, return; to slacken, let loose, relax; to interrupt, leave off, discontinue, intermit, cease, give over, omit.

Remorātus, a, um, part.: from

Remŏror, āri, ātus sum, dep. (*re & moror*), § 262, R. 9, to stop, delay, obstruct, hinder, keep back, stay, retard; to tarry, stay, linger, delay

Remōtus, a, um, part., removed: *from*

Remŏveo, ēre, ōvi, ōtum, a. (*re & moveo*), to remove, withdraw, take away, send away, dismiss.

Renŏvo, āre, āvi, ātum, a. (*re & novo*), to make anew, remake, renew; to refresh, relieve, recreate, revive.

Reor, reri, ratus sum, dep., § 272, to suppose, judge, think, conclude, imagine, believe, conjecture, anticipate.

Repello, ĕre, pŭli, pulsum, a. (*re & pello,*) to drive *or* beat back, repel drive *or* turn away, keep off; to reject, refuse. *Repelli ab amicitia,* to be repelled from friendship, i. e., to have one's proffered friendship rejected.

Repens, tis, part. & adj. (*repo*).

Repentè, adv. (*repens,* sudden), suddenly, on a sudden, unawares, unexpectedly.

Repentīnus, a, um, adj. (*repens*), unlooked for, unexpected, sudden.

Repĕrio, īre, pĕri, pertum, a. (*re & pario,*) to find, find out, discover, invent, contrive, devise. *Pass. Reperiuntur, qui etc.* § 264, 6.

Repĕto, ĕre, īvi, ītum, a. (*re & peto*), to ask *or* demand again; to demand back, demand as one's right, claim, demand payment; to resume, go on with again; to go back, trace back. *Supra repetere*, to go *or* trace farther back *or* to a remoter period.

Repetundæ, ārum, f. pl., or *Pecuniæ repetundæ*, (*properly the participle of* repeto, *for* repetendæ, § 162, 20), money to be demanded back; extortion, the taking of money *or* other property contrary to law, while one commanded in a province; illegal exactions made by governors of provinces.

Repo, ĕre, psi, ptum, n., to creep.

Reprehendo, ĕre, di, sum, a. (*re & prehendo*, to take), to catch again, lay hold of, seize; to reprove, blame, censure, find fault with.

Repudio, āre, āvi, ātum, a. (*repudium*, a divorce), to reject, refuse, cast off, repudiate.

Repugno, āre, āvi, ātum, n. (*re & pugno*), to fight against, make a resistance, resist, oppose.

Repulsa, æ, f. (*repello*), a repulse, denial, refusal, defeat, failure of being elected to a magistracy when one is a candidate.

Repulsus, a, um, part. (*repello*), repulsed. *Repulsus abire*, to be denied *or* refused.

Repŭto, āre, āvi, ātum, a. (*re & puto*), § 265, to consider, weigh over, revolve in one's mind, reflect upon; so *reputare cum animo*,—to compute, calculate, reckon. *Reputando*, on considering, on careful consideration; *also*, in consequence of considering.

Requies, ēi, & ētis, f. (*re & quies*), rest, repose, quiet, ease, respite.

Requiesco, ĕre, ēvi, ētum, n. (*re & quiesco*), to rest, become calm, be quieted *or* composed, lie at ease, repose, take rest.

Requīro, ĕre, sīvi, sītum, a. (*re & quæro*), to seek again, seek out, look for, seek after; to seek, ask, demand, require; to interrogate, inquire after.

Res, rei, f., a thing, affair, matter concern, fact, deed, act, measure, circumstance, proceeding, subject, business, occasion; the result, event, issue; method, course. *Res militaris*, the art of war. *Res* or *res gestæ*, see *Gestus*:—the fact, the truth. *Uti rem sese habere putant*, as they suppose the fact to be. *Re* or *re vera*, in fact, in truth, in reality;—experience, use; a cause, reason, purpose. *Res* and *res familaris*, property, substance, effects, goods, chattels; commodities. *Res fidesque*, property and credit:—a state, case, condition, *or* circumstances. *Res secundæ*, prosperous circumstances, success, prosperity. *Res adversæ*, adversity. *Mala res*, broken fortunes. *Bona res*, a prosperous condition. *In tali re*, in such a case; utility, profit, interest, benefit, advantage. *Ob rem facere*, usefully, with advantage *or* profit. *In rem esse*, to be useful, for one's advantage *Pro re*, according to circumstances:—an event, occurrence. Res *followed by* publica, *an adjective relating to country, as* Romana, *&c.*, or *the name of a people, signifies* the state, government, commonwealth, power, *see* Respublica:—the subject *or* matter of which one treats. *Id quod res habet*,—which is true *or* certain. *Ex re æstimare*, to regard according to the reality, to value intrinsically *or* on its own account. *Res novæ*, see *Novus. Res capitalis*, see *Capitalis. Nomen ex re inditum*, a name bestowed upon (them) in consequence of (their) nature *or* peculiar character. *With a relative or demonstrative pronoun* res *often supplies the place of a preceding* *noun or clause, as* ea res, *Cat.* 7 *&* 8.

Rescindo, ĕre, scĭdi, scissum, a. (*re & scindo,* to rend), to cut, cut off, cut *or* break down, destroy; to annul, disannul, make void, abrogate, cancel, abolish, revoke, repeal.

Resisto, ĕre, stĭti, n. (*re & sisto,* to stand), to stand still, halt, stop, stay; to withstand, resist, hold out against, oppose, make resistance, § 223. *Non potest resisti,* resistance cannot be made. *Huic rogationi quoniam apertè resistere non poterant quin faterentur,* as they could not openly oppose this bill so as not to profess. § 262, R. 9.

Respĭcio, ĕre, exi, ectum, a. & n. (*re & specio,* to see), to look back, look back upon.

Respondeo, ēre, di, sum, a. & n. (*re & spondeo,* to promise), § 272, to promise in return, to answer, reply, respond, declare as by an oracle *or* by divination, predict. *Respondetur, imp.,* it is replied, a reply is given.

Respublĭca & Res publica, reipublicæ, f. § 91, (*res & publicus*), the state, commonwealth, republic, government, politics, public affairs. *Tractare* or *habere rempublicam,* to administer the government. *Facere contra rempublicam,* to act against the state, to be guilty of treason.

Restinguo, ĕre, inxi, inctum, a. (*re & stinguo,* to extinguish), to extinguish, quench, put out

Restĭtuo, ĕre, ui, ūtum, a. (*re & statuo*), to put *or* set up again, replace, restore to its former condition, reinstate, restore, revive, give back.

Retĭceo, ēre, ui, n. & a. (*re & taceo*), to hold one's peace, be silent; to conceal, keep secret.

Retĭneo, ēre, tinui, tentum, a (*re & teneo*), to hold *or* keep back, stop, detain, hinder; to retain, keep, preserve; to coerce, restrain, check, repress.

Retractus, a, um, part., brought back: *from*

Retrăho, ĕre, xi, ctum, a. (*re & traho*), to draw *or* pull back, bring back.

Reus, i, m., a person accused *or* impeached, a culprit, criminal, defendant. *Fieri reus,* to be accused *or* prosecuted.

Reverto, ĕre, ti, sum, a., & Revertor, i, sus sum, dep. (*re & verto*), § 225, IV, to turn back *or* over, come back, return.

Revocātus, a, um, part.: from

Revŏco, āre, āvi, ātum, a. (*re & voco*), to call back, recall.

Rex, regis, m. (*rego*), a king, sovereign, monarch.

Rex, Regis, m., a *cognomen* belonging to a plebeian family of the Marcian *gens,* who claimed descent from Ancus Marcius, the fourth king of Rome. *Q. Marcius Rex,* a Roman general, sent by the senate to oppose Catiline's forces in Etruria. C. 30, 32, 34.

Rhegium, i, n., now Reggio in Calabria, a city in the southern part of Italy, opposite to Messana in Sicily. J. 28.

Rhodius, a, um, adj., Rhodian, of Rhodes, an island containing a city of the same name, near the coast of Caria, in Asia Minor. *Rhodii, ōrum, m. pl.,* the Rhodians, inhabitants of Rhodes. C. 51.

Rogatio, ōnis, f. (*rogo*), a demand, desire, prayer, request; a question; a law proposed to the people, a bill, an ordinance, resolution. *Rogationem promulgare,* to propose a bill *or* law for the approbation of the people. *Perferre rogationem,* see *Perfero. Rogationem jubere,* see *Jubeo.*

Rogātus, a, um, part. (*rogo*), § 234 I., asked. *Sententiam rogatus,* being asked his opinion, questioned as to his opinion.

Rogĭto, āre, āvi, ātum a. freq., to

ask frequently, make frequent inquiries, inquire anxiously, inquire, interrogate, ask: *from*

Rogo, āre, āvi, ātum, a. & n., to ask, desire, request, pray, demand, question, inquire, entreat, beg, sue for. *Rogare magistratum*, to take the votes of the people on the appointment of a magistrate, to elect a magistrate, cause to be elected.

Roma, æ, f., Rome, a city of Latium, in Italy, on both sides of the Tiber, the capital of the ancient Roman empire. J. 8, &c. C. 6, &c.

Romānus, a, um, adj. (*Roma*), of *or* belonging to Rome, Roman. *Romani, ōrum, m. pl.*, the Romans.

Rudis, e, adj., unwrought, uncultivated, unpolished, rude; § 213, ignorant, inexperienced, raw, untaught, illiterate.

Rufus, i, m. (*Cn. Octavius*), a Roman questor, sent into Africa, A. U. C. 649. J. 104.

Rufus, i, m. (*Q. Minucius*), a Roman consul with Sp. Albinus, A. U. C. 644. J. 35.

Rufus, i, m. (*Q. Pompeius*), a Roman pretor, A. U. C. 691. C. 30.

Ruīna, æ, f. (*ruo*, to fall down), a fall, downfall; ruin, destruction, calamity, overthrow. *Incendium ruinâ restinguere*, properly, to extinguish a fire by pulling down the neighboring houses, see Incendium.

Rumor, ōris, m., a rumor, flying *or* common report, hearsay, report. *Ex rumore*, according to common fame *or* report.

Rupes, is, f., a rock, crag, cliff, steep.

Rursum & Rursus, adv. (*reversus*, returning), backward; again, on the other hand; again, a second time, afresh, anew. *It is sometimes apparently redundant.*

Rutilius, i, m., *P. Rutilius Rufus*, the lieutenant of Metellus in the war with Jugurtha. J. 50, 52, 86.

S.

S., an abbreviation of the *prænomen* Sextius.

Sacer, cra, crum, adj., consecrated holy, sacred, divine.

Sacerdos, ōtis, m. & f. (*sacer*), a priest *or* priestess.

Sacerdotium, i, n. (*sacerdos,*) the office of a priest, priesthood

Sacrilĕgus, a, um, adj. (*sacer & lego*), guilty of stealing sacred things, sacrilegious; impious, wicked, profane.

Sænius, i, m. (*L.*), a Roman senator. C. 30.

Sæpe, sæpius, sæpissĭme, adv. § 194, 5, often, oftentimes, oft, many times, frequently. *The comparative of this word is frequently used for the positive.* Numero *is often added redundantly to* sæpe.

Sæpenumĕro, adv., see *Sæpe.*

Sævio, īre, ii, ītum, n. (*sævus*), to rage, chafe, be fierce *or* cruel, be angry, frown.

Sævitia, æ, f., cruelty, severity, fierceness, ferocity, barbarity, inhumanity. *Sævitia temporis*, the inclemency of the season: *from*

Sævus, a, um, adj., rigorous, severe; cruel, fierce, barbarous, savage, inhuman. *Mare sævum*, boisterous, stormy, turbulent, tempestuous—. *Omnia sæva patiebamur*,—every species of cruelty.

Sagittarius, i, m. (*sagitta*, an arrow), an archer, bowman.

Sal, salis, m. & n., pl. sales, m., salt.

Salto, āre, āvi, ātum, n. & a. freq (*salio*, to leap), to dance.

Saltuōsus, a, um, adj. (*saltus*, a forest), full of woods *or* forests, woody.

Salūber, bris, bre, adj. § 108, R. 1, healthful, wholesome, salubrious, sound, healthy, robust: *from*

Salus, ūtis. f. (*salvus*, safe), safety preservation, health, life, quiet, comfort.

Salūto, āre, āvi, ātum, a. (*salus*), to salute, greet, pay one's respects to, send compliments to; to visit, call upon.

Samnis, ĭtis, m. & f., Samnite, of Samnium a country of Italy, *now* Abruzzo Citeriore. *Samnites, um & ium, m.*, the Samnites. C. 51.

Sanctus, a, um, part. & adj. (*sancio*, to decree), decreed, established; sacred, inviolable, holy, divine; virtuous, upright, incorrupt.

Sanè, adv. (*sanus*, sound), soundly, soberly, discreetly; certainly, truly, indeed, very.

Sanga, æ, m. (*Q. Fabius*), a Roman senator, the patron of the Allobroges. He was descended from that Fabius who from his conquest of the Allobroges was surnamed *Allobrogicus.* C. 41.

Sanguis, ĭnis, m., blood. *Fig.* death; kindred, offspring, stock, parentage, race, descent, blood, relationship, consanguinity.

Sapiens, tis, part. & adj. (*sapio*), wise, learned sage, judicious, discreet. *Subs.* a wise man.

Sapientia, æ, f. (*sapiens*), wisdom, good sense, judgment, discretion, prudence, knowledge.

Sarcĭna, æ, f. (*sarcio*, to mend), a bundle, burden, load, pack, baggage.

Satelles, ĭtis, m. & f., a life-guard, body-guard, attendant.

Satiĕtas, ātis, f., satiety, fulness. *Fig.* a glut, disgust. *Satietas me tenet*, I am tired *or* sick of, satiated with: *from*

Satis, adv., and also an indecl. subs. and adj. § 212, R. 4, N. 1, enough, sufficient; *with adjectives and adverbs*, tolerably, passably, enough, pretty, sufficiently; (comp. *satior, us*, better, more useful *or* advantageous. *Satius est*, it is better). *Satis habere*, to be content *or* satisfied, to account sufficient. *Satis credere alicui*, to put full confidence in.

Satisfactio, ōnis, f. (*satisfacio*, to satisfy), a satisfaction; amends, reparation; excuse, plea, apology, satisfactory explanation.

Satius, see *Satis.*

Satur, ŭra, ŭrum, adj. (*satis*) full sated; plentiful, abundant.

Satŭra, æ, f. (*satur*), a platter *or* charger filled with various fruits to be presented as an offering to Ceres and Bacchus. *Per saturam*, by the gross *or* lump, without order *or* distinction, confusedly.

Saucio, āre, āvi, ātum, a., to wound, hurt: *from*

Saucius, a, um, adj., wounded, hurt.

Saxeus, a, um, adj., of stone, stony, rocky; *from*

Saxum, i, n., a stone, rock, crag, cliff.

Scalæ, ārum, f. pl. (*scando*, to climb), a ladder, stair. *Aggredi scalis*, to scale.

Scaurus, i. m. (*M. Æmilius*), a Roman Consul, A. U. C. 639, and leader of the senate, A. U. C. 640, during the war with Jugurtha. J. 15, 25, 29, 30, 32.

Scelerātus, a, um, adj. (*scelĕro*, to pollute), wicked, bad, impious, vicious, flagitious, nefarious.

Scelestus, a, um, adj., wicked, mischievous, unprincipled, impious, infamous, detestable: *from*

Scelus, ĕris, n., wickedness, villainy, guilt, crime, impiety. *Per scelus*, nefariously, wickedly. *Per summum scelus*, most wickedly *or* villainously.

Sciens, tis, part. & adj. (*scio*), § 213, knowing, acquainted with, having a knowledge of; skillful, well skilled *or* versed, expert. *Me sciente*, with my knowledge, if I know it.

Scientia, æ, f. (*sciens*), knowledge, science, skill, expertness.

Scilĭcet, adv. (for *scire* or *scias licet*) it is evident, clear *or* manifest, it is plain, you may be sure; truly, in truth, certainly, indeed, doubtless, assuredly; forsooth; to wit, that is to say. *It is often used ironically. It is sometimes followed by an infinitive depending on* scire *or* scias *in composition*, § 272.

Scio, īre, īvi, ītum, a., § 272, § 265, to know, understand, be aware; to learn, hear.

Scipio, ōnis, m., P. Cornelius Scipio Africanus, an illustrious Roman general by whom Hannibal was defeated at the battle of Zama. He is sometimes called Africanus Major. J. 4, 5.

Scipio, ōnis, m., P. Cornelius Scipio Æmiliānus Africanus, by whom Carthage and Numantia were destroyed, was the son of Paulus Æmilius, and grandson by adoption of *P. Cornelius Scipio Africanus major*. J. 7, 8, 22.

Scipio, ōnis, m., P. Cornelius Scipio Nasīca, was the great-grandson of that Scipio whom the Roman senate adjudged to be the best man in Rome, and the son of him who slew Tiberius Gracchus. He was consul, A. U. C. 643. J. 27.

Scitè, adv. (*scitus*, skillful), skillfully, dexterously, nicely, exactly; ingeniously; elegantly, tastefully, genteelly.

Scortum, i, n., a skin, a hide; a harlot, courtezan, mistress, prostitute.

Scribo, ĕre, psi, ptum, a., to mark, cut *or* imprint lines; to draw; to write; to draw up, write, compose, treat of in writing, commit to writing, record; § 230, to designate, *or* appoint. *Scribere milites, exercitum, &c.*, to enlist, enrol, levy—.

Scrinium, i, n., a casket, coffer, trunk, chest, case, desk, escritoire, bookcase.

Scriptor, ōris, m. (*scribo*), a writer, scrivener, author, narrator, historian.

Scriptus, a, um, part. (*scribo.*)

Scrutor, āri, ātus sum, dep (*scruta*, old clothes), to feel, search, explore, examine, investigate.

Scutum, i, n., a buckler, shield target.

Se, insep. prep., without, apart, aside, § 196, (*b.*) & 4.

Se, pro., see *Sui*.

Secēdo, ĕre, cessi, cessum, n. (*se & cedo*), to go apart, retire, withdraw, retreat, secede, separate.

Secessio, ōnis, f. (*secedo*), a retiring, withdrawing, separation, secession; a secession of the plebeians from the patricians.

Secrētò, adv., separately, apart, aside, secretly, in secret, in private: *from*

Secrētus, a, um, part. & adj. (*secerno*, to separate), separated, severed, remote, apart, separate, alone; secret, private.

Secum, for *cum se*, see *Cum & Sui.*

Secundum, prep. with the acc., and adv., nigh, near, after, behind, next to, in the second place, in the next place.

Secundus, a, um, adj. (*sequor*), second, following, going *or* coming after; favorable, favoring, prosperous, lucky, successful. *Secundo mari*, along the sea-coast. *Secundus heres*, see *Heres*. *Secunda oratio*, a laudatory *or* flattering speech. *Secundæ res*, see *Res*.

Secus, adv. (*sequor*), otherwise, differently. *Haud, non* or *nec secus*, not otherwise, not less, equally, just as though:—*it is often followed by* ac, atque *or* quàm, than, *and may be translated*, otherwise than; *non secus ac*, or *atque*, not otherwise than, just as:—unsuccessfully, unfortunately, ill. *Secus cedere* or *procedere*, to turn out otherwise than one hopes or expects to turn out ill, fail of success.

Secūtus, a, um, part. (*sequor*),

Sed, adversative, conj., but, now. *It is commonly used to denote distinction or opposition, but is sometimes only continuative or marks a transition from one subject to another* Sed is *sometimes equivalent to sed etiam and is also sometimes omitted.*

Sedes, is, f. (*sedeo*, to sit), a seat, chair, bench; a seat, abode, dwelling place, residence, settlement, habitation.

Seditio, ōnis, f. (*sedeo*), dissension, discord, strife; a popular commotion *or* insurrection, civil discord, sedition.

Seditiōsus, a, um, adj. (*seditio*), turbulent, tumultuous, seditious, treasonable, factious, mutinous.

Sedo, āre, āvi, ātum, a., to allay, appease, mitigate, calm, soften, assuage, allay, pacify, quiet, soothe, check, quench, extinguish.

Segnis, e, adj., dull, heavy, slothful, slow, inactive, sluggish, lazy, cowardly.

Segnĭter, adv. (*segnis*), slowly, sluggishly, slothfully, negligently. *Nihilo segnius*, § 256, R. 16, with the same activity *or* eagerness, with undiminished zeal; nevertheless, notwithstanding.

Sella, æ, f. (*sedeo*), a seat, chair.

Semet, see *Sui*.

Semisomnus, a, um, adj. (*semi*, half, & *somnus*), half-asleep, half-awake.

Semper, adv., always, ever, forever, continually.

Sempronia, æ, f., a profligate woman who was concerned in the Catilinarian conspiracy. She was the wife, of D. Junius Brutus, and had a son, D Brutus, who subsequently took part in the conspiracy against Cæsar. C. 25, 40.

Sempronius, a, um, adj., of *or* relating to Sempronius, Sempronian. *Sempronia lex*, a law introduced by Sempronius Gracchus, A. U. C. 630. *requiring two provinces to be annually assigned for the consuls, by the senate, before the consular election. These provinces the consuls subsequently took by lot or otherwise, as they pleased.* J. 27.

Senātor, ōris, m., a senator, (*senex* old).

Senatorius, a, um, adj. (*senator*), of *or* belonging to a senator, senatorial

Senātus, us or *i, m.* (*senex*), a senate, council, the Roman senate.

Senectus, ūtis, f. (*senex*, old), age, old age.

Senesco, ĕre, senui, n. incept. (*seneo* to be old), to grow *or* become old; to fade, pine *or* waste away, decay, wear away, fail, decline, decrease; to become torpid *or* languid; to be composed, settled.

Sententia, æ, f. (*sentio*), opinion judgment, resolution, mind, purpose, intention, will. *Ex sententia*, prosperously, successfully, according to one's wish *or* desire, satisfactorily, to one's mind. *Vir ex sententia ambobus*, agreeable, acceptable. *Meâ sententiâ*, in my opinion *or* judgment, as I conceive, as I think *or* imagine. *Ex animi sententia*, truly, sincerely, seriously, positively, in my opinion, on my conscience—:—a vote, suffrage, sentence, decree, judgment. *Sententiam dicere*, to give one's opinion *or* vote:—sense, signification, meaning, purport; a thought, sentiment, sentence.

Sentīna, æ, f., the bilge-water and filth in the bottom of a ship; the bottom of a ship where the bilge-water is; a sink, sewer. *Fig.* the rabble.

Sentio, īre, sensi, sensum, a., to discern by the senses, perceive, feel, see, discover, observe, find out, know, be sensible *or* aware; to think, judge, suppose, entertain an opinion *or* sentiment. *Sentire contra rempublicam*, to be hostile to the government.

Seorsum, adv. (*se* & *verto*) apart asunder, separately. *With a.* apart from, without.

Separātim, adv. (*separātus*, separate), separately, apart, severally

Septimius, i, m., a Roman name, a

Camertian, confederate with Catiline. C. 27.

Sequor, i, cūtus sum, dep., to go *or* come after, walk behind, follow, attend, wait upon, accompany; to be consequent upon, connected with; to follow after, seek for, pursue, aim at; to favor, take the part of; to regard, obey; to follow, imitate; to accord with, correspond to, partake of. *Hæc sequi decrevistis,*—to pursue these measures *or* this course.* *Inertiam sequi,* to indulge, practice—.

Serius, a, um, adj., grave, serious, in earnest; of weight *or* importance. *Seria, ōrum, n. pl.*, serious affairs, matters of weight.

Sermo, ōnis, m. (*sero,* to connect), common discourse, talk, speech, conversation.

Serpens, tis, m. & f. (*serpo,* to creep), a serpent.

Servīlis, e, adj. (*servus*), of *or* pertaining to a slave *or* slaves, slavish, servile.

Servio, īre, īvi, ītum, n. (*servus*), § 223, R. 2, to be a slave, serve, obey, be subservient to, have regard to, aim at, be devoted to.

Servitium, i, n. (*servus*), slavery, servitude, bondage, service, subjection. *Servitia, pl.*, slaves, a body of slaves.

Servĭtus ūtis, f. (*servus*), slavery, servitude, service, bondage, thraldom.

Servius, i, m., a Roman *prænomen.*

Servo, āre, āvi, ātum, a. & n., to save, preserve; to observe, keep, maintain; to guard, watch.

Servus, a, um, adj., serving, subject. *Servus, i, m.*, a slave, bondman, servant.

Sestertius, i, m. (*semis,* half, & *tertius,* § 327), a sesterce, *of the value of two asses and a half,* or *one fourth of a denarius,* or *about* 3 1-4 *cents of our money. Sestertium, i, n.*, a thousand sesterces.

Severè, adv. (*severus*), gravely, seriously, severely, rigidly.

Severĭtas, ātis, f., gravity, seriousness, severity, strictness, austerity: *from*

Sevērus, a, um, adj., grave reserved, serious, severe, rigorous strict, harsh.

Sextius, i, m., a Roman name. The name of a quæstor under Bestia.

Sextus, a, um, num, adj. (*sex* six), the sixth; *also,* a Roman prænomen.

Si, conj. § 261, if, provided, in case; since; although, even if. *Si modo,* see *Modo; quod si,* see *Quòd.*

Sibyllīnus, a, um, adj. (*sibylla,* a sibyl *or* prophetess), of *or* pertaining to a sibyl, sibylline. *There were ten sibyls who lived at different periods and in various countries. Among these the Cumæan sibyl was highly distinguished, and the books containing her prophecies were preserved with great respect by the Romans.* C. 47.

Sic, adv., so, thus; accordingly *Sic ut,* so that, so as;—hence, therefore. Sic *like* ita *is sometimes used in anticipation of a proposition.* See *Ita,* and J. 114.

Sicca, æ, f., a city of Numidia, in which was a celebrated temple of Venus. J. 56.

Siccenses, ium, m. pl., the inhabitants of Sicca. J. 56.

Sicilia, æ, f., Sicily. J. 28.

Sicut & Sicŭti, conj., (*sic ut, & sic uti*), so as, just as, as, acccording as; as it were, as if, like.

Sidonius, & Sidonĭcus, a, um, adj. Sidonian, Tyrian, Phœnician of *or* belonging to Sidon, a city of Phœnicia *Sidonii, ōrum, m. pl.*, Sidonians, inhabitants of Sidon. J. 78.

Signātor, ōris, m. (*signo*), a sealer signer, one who attests a writing by affixing his seal. *Signātor falsus* a false signer, a forger.

Signātus, a, um, part. (*signo*), marked, signed, sealed.

Signifĭco, āre, āvi, ātum, a. (*signum & facio*), to give notice *or* warning, signify, indicate, intimate, notify, show, declare. *Significare manu,* to beckon—.

Signo, āre, āvi, ātum, a., to mark, mark out; to seal, sign: *from*

Signum, i, n., a mark, sign; a token; a statue; a seal, impression; a standard, ensign, banner, flag; *by metonomy,* troops, forces; a signal in war; a watchword, i. e. *a word given to the soldiers of an army or to a sentinel on duty, by means of which friends could be distinguished from enemies. Dare signum,* to give a signal. *Eo signo,* on this signal, § 247. *Signa canere,* to give the signal by sound of trumpet, to sound the trumpets for battle. See *Cano. Relinquere signum,* to desert one's standard. *Observare signa,* to mind *or* heed the standards. *The standard was usually the figure of some animal; the principal standard of a whole legion was the figure of an eagle, but besides this every maniple had its own standard.*

Silānus, i, m. (*T. Turpilius*), a Roman governor of the town of Vacca, in the Jugurthine war. J. 66, 67, 69.

Silānus, i, m. (*D. Junius*), a Roman consul, A. U. C. 692. C. 50, 51.

Silānus, i, m. (*M. Junius*), a Roman consul, A. U. C. 645. The province of Gaul was assigned to him where he was defeated in battle by the Cimbri.

Silentium, i, n., a being silent; silence. *Silentio, abl.,* in silence, silently, in obscurity;—quietness, inactivity, sloth, stillness: *from*

Sileo, ēre, ui, n. & a., to be silent, keep silence, be still, say nothing. *Siletur, imp.,* silence is maintained, nothing is said.

Simĭlis, e, adj. § 222, like, resembling, similar.

Similitūdo, ĭnis, f. (*similis*), likeness, resemblance, similitude, similarity.

Simul, adv. (*similis*), together, in company, at once, together with, along with, at the same time; likewise, also, besides. *As a connective it serves to unite that which is of less, to that which is of greater moment. Simul ac, simulac* or simply *simul,* as soon as, as soon as ever. *Simul et,* at the same time—and, at the same time—and also, both—and.

Simŭlans, tis, part. (*simulo*).

Simulātor, ōris, m., a feigner, pretender, counterfeiter, one who pretends that to be which is not, skillful in simulation. *Cujuslibet rei simulator ac dissimulator,* skilled in every species of simulation and dissimulation: *from*

Simŭlo, āre, āvi, ātum, a. (*similis*), § 272, to feign, make like the reality, pretend, counterfeit, simulate; to be like to, resemble, imitate. *Ad simulanda negotia altitudo ingenii incredibilis,*—in the arts of simulation, in giving to things a false appearance.

Simultas, ātis, f. (*similis*), a disguised malice *or* hatred, secret grudge, dissembled animosity, enmity, hatred, animosity.

Sin, conj., but if, if however; *si,* if, *is often found in a preceding clause.* Sin *has the force of* sed si, *being both adversative and conditional.*

Sine, prep. with the abl., without. *Sine with the noun following it, instead of depending on a verb, has often the force of a negative adjective or a genitive of quality, limiting the meaning of a preceding noun; as, oppida sine præsidio,*—ungarrisoned.

Singulātim, adv., one by one, severally, singly, particularly, individually.

Singulatim circumire, to go about from one to another: *from*

Singŭlus, a, um, adj., single, one by one, each, every, every one, one at a time. *Singulos appellare, lædere, etc.*,—separate, single; *or* separately, singly, individually.

Sinister, tra, trum, adj., left, on the left, on the left hand *or* side. *Sinistra, æ, f.*, sc. *manus*, the left hand.

Sino, ĕre, sivi, situm, a., § 273, 4, to permit, suffer, allow, let alone.

Sinus, ûs, m., the bosom; the lap; the innermost part, the heart; a bay, creek, gulf.

Siquis & siqui, siqua, siquod & siquid, or separately, *si quis, etc., indef. pro.* § 138 & § 137, R. (3), if any one, if any. *It may often be translated*, whoever, whatever.

Sisenna, æ, m. (*L.*) a historian belonging to the Cornelian family, who wrote a history of the social war and of that waged by Sylla. J. 95.

Sitis, is, f. § 79, 2 & § 82, Ex. 2, thirst. *Fig.* drought, dryness, sultriness.

Sittius, i, m., see *Nucerĭnus*.

Situs, ûs, m. (*sino*), site, situation, local position; a region, country, tract.

Situs, a, um, part. & adj. (*sino*), situated, situate, placed, set, put, lying, built. *Situs esse*, to rest, depend, be placed, § 265.

Sive, conj. (*si & ve, or*), or if, or indeed if, and if, or; *sive—sive* or *seu*, whether—or whether; whether—or rather; whether—or.

Socia, æ, f. (*socius*), a wife, partner, associate.

Socĭĕtas, ātis, f., partnership, union, connexion, company, society, fellowship, association, alliance, participation; a league, confederacy, alliance: *from*

Socius, a, um, adj., united, associated, joining *or* sharing in, partaking, allied, confederate. *Socius, i, m.*, a companion, associate, fellow, sharer partner; an ally, confederate. *Socii* or *socii Italici*, Italian allies, allies from all parts of Italy south of the Rubicon except Latium.

Socordia, æ, f., foolishness, folly dullness; carelessness, indolence, sloth, sluggishness, inactivity: *from*

Socors, dis, adj. (*se & cor*), senseless, thoughtless, foolish, silly, dull stupid; sluggish, inactive, slothful, lazy, careless, negligent, indolent.

Sol, solis, m., the sun. *Magis sub sole*, more under the sun, nearer the equator.

Solemnis, e, adj. (*sollus*, the whole, & *annus*), solemn, performed at certain times and with certain rites, festive, celebrated, appointed, stated; accustomed, ordinary, usual, customary. *Solemne, is, n.*, a solemnity, solemn festival, solemn rite *or* ceremony.

Soleo, ēre, ĭtus sum, neut. pass. § 142, & 2, § 271, to use, be accustomed *or* wont; to be usual *or* customary. *It may sometimes be translated* "frequently, often;" *as, Docetque se audire solitum*,—that he had often heard. *Ut solet*, as is usual. *Solet* sc. *facere*, is wont to do. *The pluperfect of this verb has often the force of an imperfect.*

Sŏlers, tis, adj. (*sollus*, the whole, & *ars*), § 213, ingenious, skillful, expert, accomplished.

Solertia, æ, f. (*solers*), ingenuity, sagacity, genius, quickness, shrewdness; craftiness, subtlety, cunning.

Solitūdo, ĭnis, f. (*solus*), a lonely *or* solitary place; a desert, wilderness; solitude; solitariness. *Ubi postquam solitudinem intellexit*,—the solitariness of the place.

Solĭtus, a, um, part. (*soleo*).

Sollicitātus, a, um, part.: from

Sollicĭto, āre, āvi, ātum, a., to move, stir; to disturb, trouble; to allure, entice, gain over, invite, excite; to tempt, instigate, stir up, urge to rebellion, induce, urge, rouse, press, solicit. *With ad.*

Sollicitūdo, ĭnis, f., solicitude, anxiety, disquiet, trouble, uneasiness of mind, care.

Sollicĭtus, a, um, adj., solicitous, anxious, uneasy, troubled, disquieted, perplexed.

Solùm, adv., only, alone: *from*

Solus, a, ùm adj. § 107, alone, only; lonely solitary, desert, retired, unfrequented; destitute of kindred *or* friends.

Solūtus, a, um, part. & adj., loosed, unbound, released, relaxed, loose, lax; free, independent, unrestrained; disunited, dissevered, divided, uncompacted; paid, settled, liquidated, discharged: *from*

Solvo, ĕre, solvi, solūtum, a., to loose, loosen, unloose, untie, unbind; to weaken, relax, enervate, enfeeble; to solve, explain; to pay, discharge; to atone for. *Solvere pœnas*, to suffer punishment.

Somnus, i, m., sleep, slumber, rest, repose. *Fig.* sloth, laziness. *Captus somno*, overtaken *or* overpowered by sleep.

Sonĭtus, us, m. (*sono*), a sound, noise, din.

Sons, tis, adj., hurtful, noxious; accused; guilty, criminal.

Sordĭdus, a, um, adj. (*sordes*, filth), filthy, dirty, squalid, sordid, penurious, niggardly, foul, base, mean, low, despicable.

Sp., an abbreviation of the *prænomen Spurius.*

Sparus, i, m., a dart, lance, spear.

Spatium, i, n., a course, race-ground; a running, race, course; space, room, extent; distance, interval; time, an interval *or* space of time. *Brevi spatio*, in a short time.

Species, ēi, f. (*specio*, to see), a form, figure, fashion, shape, appearance, a sight, spectacle; semblance, appearance; a pretext, color, pretence cloak, show; an image, picture, likeness; beauty. *Specie*, in appearance. *Ager unâ specie*,—of a uniform appearance.

Spectacŭlum, i, n. (*specto*), a spectacle, public sight *or* show; a sight, spectacle.

Spectātus, a, um, part. & adj., seen, beheld; § 222, 3, known, proved, approved, tried: *from*

Specto, āre, āvi, ātum, a. freq. (*specio*, to see), to behold, look *or* gaze upon, view; to see, observe, mark, regard; to try, prove, examine.

Speculātor, ōris, m. (*speculor*), a spy, scout.

Speculātus, a, um, part.: from

Specŭlor, āri, ātus sum, dep. (*specula*, a watch tower), to view, espy, observe, explore, watch.

Sperātus, a, um, part., hoped for, looked for, expected: *from*

Spero, āre, āvi, ātum, a. § 272, to hope, trust, feel confident, expect.

Spes, ei, f., hope, confidence, expectation, reliance, prospect. *Contra spem*, contrary to expectation. *Proficiscitur magnâ spe civium*,—with high expectations on the part of his fellow citizens. *Spes maxima*, confident hope, the most sanguine expectations, the most extravagant hopes. *Bona spes*, a firm hope, confidence. *Habere spem in aliquo*, to put confidence, rest one's hopes, depend upon—. *In spe habere*, to have in prospect, to hope for. *Amplior spe*, more than was expected.

Spinther, ĕris, m. (*P. Cornelius Lentulus*), a Roman edile during the consulship of Cicero. C. 47.

Spiro, āre, āvi, ātum, n., to breathe.

Spoliātus, a, um, part.: from

Spolio, āre, āvi, ātum, a. § 251, to strip, bereave, deprive of, rob, plunder, spoil, pillage: *from*

Spolium, i, n., the skin stripped off

a beast; spoil, plunder, pillage, booty, prey.

Sponsio, ōnis, f. (*spondeo*, to promise), a promise, engagement, bond, stipulation, bargain. *Sponsionem facere*, to agree, stipulate.

Spurius, i, m., a Roman *prænomen.*

Statilius, i, m. (*L.*), a Roman knight confederate with Catiline. C. 17, 43, &c.

Statim, adv. (*sto*, to stand), firmly, immediately, forthwith, straightway, without delay.

Statīvus, a, um, adj. (*sto*, to stand), standing. *Stativa castra*, a standing *or* stationary camp, station, quarters.

Statuo, ĕre, ui, ūtum, a. (*sto*), to set up, raise, erect; to put, place, set, station, draw up, post, establish, fix; § 272, to hold, judge, conclude, make up one's mind, be of opinion, firmly believe; § 271, to resolve, determine, decide, appoint, fix, assign, ordain, decree; to give sentence, pass sentence *or* judgment, condemn.

Status, ûs, m. (*sto*), a standing, standing still; a state, station, condition, situation, rank.

Stimŭlo, āre, āvi, ātum, a. (*stimŭlus*, a goad), to prick, goad; to torment, vex, trouble, disturb; to urge *or* drive on, impel, rouse, incite, instigate, stimulate; to provoke, stir up, excite.

Stipātor, ōris, m. (*stipo*, to stuff), an attendant, companion; a guard, body-guard.

Stipendium, i, n. (*stips*, a small coin, & *pendo*), the pay of soldiers, the pay of an army, wages; a stipend *or* salary. *Stipendia facere*, to serve as a soldier. *Stipendiis faciendis sese exercuit*,—in actual service. *Miles emeritis stipendiis*, a soldier who has completed his term of service, and received his discharge. *Homo nullius stipendii*, one who has seen no service, of no military experience;—a tribute *or* tax.

Stirps, pis, m. & f., the root of a tree, the trunk, stump *or* body of a tree, the stem *or* stock of a tree *or* plant. *Fig.* the origin *or* foundation; a beginning, rise, source; a stock, family, kindred, race, lineage; offspring, progeny, posterity. *Ab stirpe*, from the root, utterly; *also*, from one's origin *or* ancestors, in virtue of one's ancestry.

Strenuè, adv., strenuously, vigorously, bravely: *from*

Strenuus, a, um, adj. § 126, 5, (*a.*) § 250, active, strenuous, energetic, ready, prompt, quick, vigorous, stout; brave, valiant.

Strepĭtus, ûs, m., a harsh *or* confused noise, hurly-burly, rustling, rattling, clashing, din, clattering, clamor, shouting, uproar, loud noise: *from*

Strepo, ĕre, ui, ĭtum, n., to make a noise *or* harsh sound, rustle, roar, rattle, ring, resound. *Strepere voce*, to shout, yell.

Studeo, ēre, ui, n., § 223, § 272, § 271. R. 4, to study, attend to, apply the mind to, take delight in, be devoted to, fancy, labor *or* exert one's self for, be bent on, be ambitious of, pursue; to be attached to, favor, be partial to; to desire, aim, wish, be anxious. *Novis rebus studere*, to plot a revolution in the state.

Studium, i, n., study, care, diligence, attention, eagerness, zeal, ardor of mind, fondness, desire, inclination propensity, taste, will, humor, fancy; favor, partiality, attachment, regard, affection; pursuit, employment, profession, favorite study. *Studia civilia*, civil dissensions, contentions among the citizens. *Summo studio* or *cum summo studio*, with the greatest zeal, very zealously, very eagerly

Stultitia, æ, f., folly, foolishness. *from*

Stultus a, um, adj., foolish, unwise, silly.

Stuprum, i, n., seduction, violation, fornication, adultery, lewdness, debauchery. *Stuprum corporis*, prostitution. *Multa nefanda stupra fecerat*, had committed many atrocious acts of lewdness.

Suadeo, ēre, si, sum, n. & a. § 223, R. 2, § 273, 2, to advise, exhort, recommend, suggest, counsel, urge.

Sub, prep. with acc. or abl. § 235, (2.) under; beneath, at the foot of; on; at, during; towards, near, by.

Subactus, a, um, part. (*subigo*).

Subdŏlè, adv., deceitfully, cunningly, craftily, subtly, slyly, artfully: *from*

Subdŏlus, a, um, adj. (*sub & dolus*), cunning, crafty, deceitful, sly, subtle.

Subdūco, ĕre, xi, ctum, a. (*sub & duco*), to draw up, lift *or* raise up, raise, withdraw, take away, remove, draw off, lead away.

Subĭgo, ĕre, ēgi, actum, a. (*sub & ago*), to bring, lead *or* conduct under; to urge on, lead, impel, drive, force, constrain, compel, oblige, necessitate; to subject, subjugate, reduce, vanquish, conquer, subdue. *In Sallust with inf. and acc.*

Sublātus, a, um, part. (*sustollo*), raised; taken away, removed. *Sublato auctore*, concealing the (name of her) informant.

Sublĕvo, āre, āvi, ātum, a. (*sub & levo*), to lift, raise *or* hold up, support; to help, aid, succor, relieve, assist, favor, protect, defend; to ease, lighten, lessen, diminish, soften.

Subsidium, i, n. (*subsideo*, to lie in wait), a body of troops in reserve, a reinforcement; a line *or* rank of troops; aid, help, assistance, succor. *Locare* or *collocare in subsidio* or *subsidiis*, to station as a reserve. *The name of* subsidium *was especially applied to the* triarii, see *Pilus*.

Subvĕnio, īre, vēni, ventum, n. (*sub & venio*), § 224, to come on, to come after; to come to one's assistance assist, aid, help, succor relieve *Priusquam subveniretur*, before assistance could be given. *Subveniendum est*, assistance must *or* should be given.

Subverto, ĕre, ti, sum, a. (*sub & verto*), to turn upside down, overturn, overthrow, demolish, subvert, annul, reverse, make void, destroy, put an end to; to corrupt, impair.

Succēdo, ĕre, cessi, cessum, n. (*sub & cedo*), to approach something elevated, as the walls of a town, &c., to go under, go to, approach, advance. *It is followed by the dative*, § 224, *or by the accusative with* ad.

Succurro, ĕre, curri, cursum, n. (*sub & curro*, to run), § 224, to run under; to run to one's assistance, succor, aid, assist, help, relieve.

Sudes, is, f., a stake.

Sudor, ōris, m., sweat. *Fig.* labor, fatigue, toil, difficulty, pains, exertion.

Suffŏdio, ĕre, fōdi, fossum, a. (*sub & fodio*, to dig), to dig under, undermine.

Suffragatio, ōnis, f. (*suffrāgor* to vote for), giving one's vote *or* influence to get a person elected, a voting for one, earnestness *or* zeal to promote one's election, interest in one's favor, recommendation.

Sui, sibi, se, subs, pro. m. f. & n., § 133, of himself, herself, itself, themselves, &c. *In the acc. & abl. it is often doubled*, sese. *The prep.* cum *when used with* se *is annexed to it, as* secum. *The particle* met *is often annexed intensively*; § 133, R. 2.

Sulla, æ, m. (*P. Cornelius*), a consul elect, A. U. C. 688, who was convicted of bribery. C. 17, 18.

Sulla, æ, m. (*Servius Cornelius*), a confederate of Catiline, and brother of P. Sulla. C. 17, 47.

Sulla, æ, m. (*L. Cornelius*), L. Cornelius Sylla *or* Sulla, a Roman general of the Cornelian *gens*, distinguish ed for his military talents, and still more for his enmity to Marius, and his cruelties during the civil wars. He was the uncle of Publius and Servius Cornelius Sylla. J. 95, &c. C. 5, &c.

Sullānus, a, um, adj., of *or* relating to Sylla, Sylla's. C. 21.

Sulphur, ŭris, n., sulphur, brimstone.

Sum, esse, fui, irr. n. § 153, to be; to exist, live; to stay, remain, continue, abide. *With two datives*, § 227, to bring, confer, be, serve, constitute, become, be accounted, prove, afford. *Esse in conjuratione*, to be engaged *or* concerned in—. *Esse extra conjurationem*, not to be engaged in—. *Supra esse*, to exceed, surpass. *Post esse*, see *Post*. *Esse pluris, etc.* to be worth,—§ 214. *With a dative of the possessor*, § 226, to have. *With a genitive or ablative of* character, &c., § 211, R. 6 & 8, to be of, to possess. To rest in, be placed upon. To be the part, property, &c. to become, § 211, R. 8, (3). *It often takes an adverb in the predicate where an adjective is used in English; as, Mala abunde omnia erant*,—were abundant. *Frustra esse*, to be unsuccessful *or* fruitless; *as, Cujus consilium frustra erat. Ita sum*, for *talis sum.—Fuere qui dicerent*, some said, § 264, 6:—to tend, serve, contribute, *with the genitive of a gerund or gerundive.*

Summus, a, um, adj. (sup. of *superus*), highest, at the top, topmost, uppermost; last, greatest, very great, supreme, utmost, consummate, extreme, glorious. *Summus vir*, very great *or* eminent, illustrious, excellent—. *Summa ope* or *vi*, with all one's might *or* power with might and main. *Summum, i, n.*, the top *or* summit of any thing.

Sumo, ĕre, sumpsi, sumptum, a., to take, take up, receive. *Pecuniam mutuam sumere*, to borrow—. *Sumere supplicium de aliquo*, to punish, inflict punishment upon:—to choose, select. *Bellum sumere*, to enter upon engage in, undertake:—to procure *Liberos sumere*, to adopt—.

Sumptus, us, m. (*sumo*), charge, expense, cost.

Sumptus, a, um, part. (*sumo*)

Suōmet, see *Suus*.

Supellex, lectĭlis, f., household furniture *or* goods, movables, chattels.

Super, prep. with acc. or abl. § 235, (3); *with acc.*, over, above, on, upon, beyond, more than; *with abl.*, of, on, about, concerning. *Super esse*, to surpass. *Also adv.*, over, above, over and above. *Satis superque*, enough and more than enough.

Superbia, æ, f., pride, haughtiness, insolence, arrogance. *Per superbiam*, proudly, haughtily: *from*

Superbus a, um, adj., proud, haughty, vain-glorious, arrogant, insolent scornful.

Superior, us, adj. (comp. of *superus*), higher, upper; past, gone by, preceding, former, first; superior. *Discedere superior*, to come off victorious.

Supĕro, āre, āvi, ātum, a. & n. (*super*), to outreach, outdo, outstrip, surpass, exceed, excel, outweigh, be superior to; to overbalance, more than compensate; to overcome, conquer, vanquish, subdue, destroy; to refute, disprove, repel; to abound, be abundant, be superfluous *or* redundant; to remain. *Superare alicui*, to be too much for—, to be more than one can perform, § 223.

Supersto, āre, n. (*super & sto*), to stand over *or* upon.

Supĕrus, a, um, adj. (*super*), comp. *superior*, sup. *suprēmus* or *summus*, above, upper.

Supervacaneus, a, um, adj. (*supervăco*, to be superfluous). § 222, above what is necessary, usual *or* ordinary that is not strictly necessary, transcending the limits of necessity, superfluous, needless.

Supervādo, ĕre, n. (super & vado), § 233, to go, climb *or* pass over, surmount.

Suppĕto, ĕre, īvi, ītum, a. (sub & peto), to occur, suggest itself, come into one's mind; to be near *or* at hand. *Minus suppetere*, not to occur

Supplementum, i, n. (suppleo, to supply), a supply, filling up, supplement; supplies, reinforcements, recruits. *Supplementum scribere*, to levy *or* enlist recruits.

Supplex, ĭcis, adj. (sub & plico, to fold), suppliant, begging *or* entreating on one's knees, kneeling, prostrate, humble, submissive. *Subs.* a suppliant, humble petitioner.

Supplicium, i, n. (supplex), a supplication, prayer, humble entreaty, solicitation; supplicatory offerings *or* sacrifices, a public thanksgiving, worship; capital punishment, condign punishment, torture, any severe punishment. *Summum supplicium*, capital punishment. *Supplicio cogere*, to govern with severity, impel to duty by punishment.

Supplĭco, āre, āvi, ātum, n. (supplex), § 224, to kneel before, make supplication to, pray *or* beg humbly, beseech, implore, entreat, supplicate, worship.

Supra, prep. with acc. (superus), above, over, upon, beyond, more than. *Supra esse*, to surpass. *Supra bonum atque honestum*, beyond what is proper and becoming. *Supra caput esse*, to be over the head, to be near, to be at hand, to menace. *Also, adv.* above, before, farther. *Supra repetere*, to go farther back, to carry one's narration farther back. *Patiens inediæ supra quàm credibile est*, more than, above *or* beyond what, higher *or* farther than.

Sura, æ, m., see *Lentulus*

Susceptus, a, um, part., taken up undertaken: *from*

Suscĭpio, ĕre, cēpi, ceptum, a. (sursum, up, *& capio)*, to take *or* lift up, receive, catch; to bear, suffer; to undertake, take in hand, take up, enter upon, begin, engage in, encounter take upon one's self, incur, undergo.

Suspectus, a, um, part. & adj. (suspicio), § 222, suspected, mistrusted suspicious. *Habere suspectum*, to suspect.

Suspicio, ōnis, f., suspicion, mistrust, distrust, jealousy: *from*

Suspĭcio, ĕre, pexi, pectum, n. & a (sursum, up, or *sub & specio*, to see), to look up *or* upwards; to look up to, admire, honor, respect; to mistrust suspect.

Suspĭcor, āri, ātus sum, dep. (suspicio), to suspect, apprehend, fear, mistrust; to think, imagine.

Sustento, āre, āvi, ātum, a. freq., to sustain, bear *or* hold up, uphold, feed, support, maintain; to hold out, bear, suffer, endure; to withstand, oppose, resist; to check, stop, restrain, keep back: *from*

Sustĭneo, ēre, tinui, tentum, a. (sursum, up, *& teneo)*, to hold up, sustain, uphold, support, undertake, bear, carry, hold, discharge; to defend, support, protect, preserve, maintain, nourish; to suffer, bear, undergo, endure, hold out against.

Sustollo, ĕre, sustŭli, sublātum, a. (sursum & tollo), to raise *or* lift up; to take away, remove, suppress. *The second and third roots of this verb are taken from* suffero.

Suthul, ŭlis, n., a town of Numidia J. 37, 38.

Suus, a, um, poss. adj. pro. § 139, *(sui)*, § 208, one's own, its own, his or her own, their own; his, hers, its. their. *Suum* or *pl. sua, n.* one's own property, possessions *or* rights. *Suus locus*, the place of one's own choice *and hence* favorable. *Sui*, one's friends, party, side, people, soldiers, &c. § 205. R. 7, (1) N. 1. *The enclitics* met *and* pte *are sometimes annexed to it.*

Syphax, ācis, m., a king of Numidia, who was conquered by Scipio, with the aid of Masinissa. J. 5, 14.

Syrtis, is, f. (σύρω, to draw), sands, shelves, quicksands, a syrtis *or* place of movable sand-banks in the sea, which were so called because the sands were drawn to and fro by the violence of the winds and tides. *Of this kind are two tracts in the Mediterranean near the coast of Africa, which are called* Syrtis Major *and* Syrtis Minor, *now* the gulf of Sidra *and the* gulf of Capes. J. 19, 78.

T.

T., an abbreviation of the *prænomen Titus.*

Tabernacŭlum, i, n. (*taberna*, a shed), a tent, pavilion.

Tabes, is, f. (*tabeo*, to melt away), a melting *or* wasting away; poison, infection; a wasting disease, consumption, pestilence, plague, contagion, disease.

Tabesco, ĕre, tabui, n. incept. (*tabeo*), to melt, dissolve, be dissolved *or* melted; to waste *or* pine away, be consumed, decline, languish, decay, fade, decrease.

Tabŭla, æ, f., a board *or* plank. *Tabula* or *tabula picta*, a picture, painting;—a table *or* tablet covered with wax for writing on, a writing, book. *Tabulæ*, writings, account books, records, bills, bonds, instruments. *Tabulæ novæ*, new accounts, bills, &c., by which the whole *or* a part of his debt due on the old account, was remitted to the debtor. *See Novus*

Taceo, ēre, ui, ĭtum, n., to be silent, hold one's peace, say nothing.

Tacĭtus, a, um, part. & adj. (*taceo*), silent, mute, in silence, silently; still, quiet; without notice, unobserved.

Tæda, æ, f., a tree producing pitch, the torch-tree, pitch-tree; a torch; chips *or* pieces of the pitch *or* pine tree; a fire ball made of pieces of the pitch-tree.

Tædet, duit, or *tæsum est, imp.*, it is irksome to, it wearies. *Tædet me* I am weary of, tired of, disgusted with.

Tædium, i, n. (*tædet*), weariness, irksomeness.

Talis, e, adj., such, of this *or* that kind, such like, so distinguished, so great, so eminent, of such magnitude.

Tam, adv., so, so much, so very *Quàm—tam, with comparatives or superlatives* the—the, as—so.

Tamen, adversative, conj. § 198, 9, notwithstanding, nevertheless, for all that, however, yet, still. *In the apodosis of a sentence it corresponds to* tametsi, quamvis, quamquam, si, quum, etc., *in the protasis, and is sometimes to be supplied.*

Tametsi, concessive, conj. § 198, 4, (*tamen & etsi*), though, although, notwithstanding that. *It is used in the protasis.*

Tana, æ, m., a river of Numidia between the towns of Lares and Capsa J. 90.

Tandem, adv. (*tam & demum*), at length, at last, finally, in the end. *In urgent interrogation*, pray.

Tanquam, or *Tamquam, adv.* (*tam & quàm*), as, just as, as it were, as if.

Tantùm, adv. (*tantus*), only, alone, but, merely.

Tantummŏdo, or *Tantum modo, adv* only; provided only.

Tantus, a, um, adj., so great, so much, such, so important, as great. *It is often followed by* ut, that, *or* quantus, as, § 262 R. 1—*Tantum modò remorati*,—so long only, § 236. *Tanto, abl.*, by so much, so much, the, *with comparatives, &c.* § 256, R. 16, (2.)

Tardè, adv., slowly, tardily: *from*

Tardus, a, um, adj., slow, tardy, sluggish, slack.

Tarquinius, i, m. (*L.*), a confederate of Catiline, who, being arrested, became a witness against the conspirators. C. 48.

Tectum, i, n. (*tego*), a roof. *Pro tectis*, see *Pro*.

Tectus, a, um, part.: *from*

Tego, ĕre, texi, tectum, a., to cover, hide, conceal, disguise, cloak; to defend, protect, shelter.

Telum, i, n., a missile weapon, a dart, javelin, lance, spear, arrow. *Esse cum telo*, to go armed, to carry arms about one, to be in arms.

Temĕre, adv., without cause, casually, by chance, inconsiderately, lightly, rashly, hastily, thoughtlessly, indiscreetly; carelessly, confusedly, without order, irregularly. *Temere munita*, hastily, slightly—.

Temerĭtas, ātis, f. (*temere*), rashness, inconsiderateness, hastiness, thoughtlessness, temerity, foolhardiness, indiscretion, imprudence.

Temperantia, æ, f. (*tempĕrans*, temperate), moderation, temperance, abstinence.

Tempĕro, āre, āvi, ātum, a. & n. (*tempus*), to temper, mix in due proportion; to mitigate, soften, temper; to regulate, moderate, set bounds to, check, restrain. *Temperare*, or *temperare sibi*, to govern one's self, to practice moderation, be moderate. *Temperare victoriæ*, to use a victory with moderation, to be temperate in victory.

Tempestas, ātis, f. (*tempus*), time; a year, season, period; good *or* bad weather, stormy *or* boisterous weather, a storm, tempest *Fig.* trouble, calamity, misfortune. *Multæ tempestates*, a long time, a long course of years, many years, many occasions *or* times; many perils, commotions, difficulties *or* trials. *Paucæ tempestates*, a short time, a brief space. *Alia in tempestate*, at another time.

Templum, i, n., an open space; consecrated ground; a temple.

Tempus, ŏris, n., time, space of time, duration, a season; an occasion, opportunity, convenient, proper *or* appointed time; the state *or* condition of any one, circumstances; danger, difficulty, exigency; an event, occurrence, conjuncture, the times. *Ad tempus* or *in tempore*, in time, seasonably, at the appointed time, in proper time, in good time, opportunely, in good season. *Ad hoc tempus*, hitherto, to the present time. *Ex tempore* or *pro tempore*, as time permits, according to circumstances, as occasion requires. *Ex tempore*, immediately without premeditation. *Tempore*, in time, in point of time.

Tendo, ĕre, tetendi, tensum or *tentum, a. & n.*, to stretch out, extend; to go, advance, travel towards, direct *or* shape one's course *or* march; to contend, strive, try, exert one's self, endeavour, fight, contend, oppose, resist *Tendere insidias*, see *Insidiæ*.

Tenebræ, ārum, f. pl., darkness; obscurity, gloom.

Teneo, ēre, ui, tentum, a. & n. (*tendo*), to hold, hold fast, keep, have; to possess, hold, occupy; to detain delay, check, curb, restrain; to keep, refrain abstain; to retain, keep, hold, preserve; to hold out, last, endure, continue; to rule, direct, sway, govern, move. *Magna me spes tenet*, great hopes possess me, I have great hopes:—to captivate, charm, delight. *Imbecilla ætas ambitione corrupta tenebatur*,—was seduced *or* captivated—. *Tenere in custodia* or *in custodiis*, to keep in custody *or* in prison, to detain in free custody

Tentātus, a, um, part., tried, essayed, proved, attempted; tempted, solicited, sounded, tampered with: *from*

Tento, āre, āvi, ātum, a. freq. (*tendo* or *teneo*) to explore by touching, feel, examine. *Fig.* to seek, try, essay, attempt; to make attempts, prove, explore, sound, tempt, tamper with, entice to revolt, put to the test; to attack, harass, invade; to assail, practice upon; to irritate, provoke, excite, incite. *Lassitudinem tentare*, to try the effect of—. *Bello tentare*, to make war upon. *Tentari aliquâ re*, to be brought into peril by, exposed to, threatened with, in danger from—.

Terentius, i, n. (*Cn.*) a Roman senator. C. 47.

Tergum, i, m., the back of a man *or* beast. *A* or *ab tergo*, from behind, behind, in the rear.

Terra, æ, f., the earth; a country, region, land. *Terrâ marique*, by land and sea, in all places. *Terræ* or *orbis terrarum*, the earth, the world. *Fig.* men, mankind.

Terracinensis, is, m., a Terracinian, an inhabitant of Terracina, an ancient city of Latium, still called by the same name. C. 46.

Terreo, ēre, ui, ĭtum, a., to affright, frighten, alarm, terrify, inspire with terror; to attempt to frighten.

Terribĭlis, e, adj. (*terreo*), dreadful, terrible, shocking, horrid, horrible, frightful.

Terrĭtus, a, um, part. (*terreo*), alarmed, affrighted, frightened, dismayed.

Terror, ōris, m. (*terreo*), great fear, terror, affright, dread.

Tertius, a, um, num. adj. (*ter*, thrice), third, the third.

Testamentum, i, n. (*testor*, § 102, 4), a testament *or* last will.

Testis, is, m. & f., a witness.

Testor, āri, ātus sum, dep. (*testis*), § 272, to testify, witness, bear witness, attest, show, declare; to affirm, aver, declare solemnly, protest; to call to witness, appeal to.

Testūdo, ĭnis, f., a tortoise; *in military affairs*, a testudo, a covering of shields held over the heads of a body of soldiers to protect them from falling darts, &c. *Also*, a movable shed *or* pent-house under which besiegers advanced to the walls.

Teter, tra, trum, adj., foul, offensive, noisome, horrid, hideous, gloomy.

Tetrarcha, æ, m., a tetrarch *or* governor of a fourth part of a country, a governor of a part *or* division of any country, without regard to the number of parts into which it is divided.

Thala, æ, f., a town in the southern part of Numidia, the exact situation of which is unknown. J. 75, 77, 80, 89.

Theræi, ōrum, m. pl., inhabitants of Thera, an island of the Ægean Sea. J. 19.

Thesaurus, i, m., a treasure, collection of money; a repository, storehouse, magazine, treasury.

Thirmĭda, æ, f., a town of Numidia the situation of which is uncertain J. 12.

Thrax, ācis, adj., Thracian. *Subs* a Thracian, an inhabitant of Thrace a large country of Europe on the east of Macedonia. J. 38.

Tiberius, i, m., a Roman *prænomen*, often written by abbreviation *Tib.*

Timeo, ēre, ui, a. & n., § 262, R. 7 to fear, be afraid of, dread, apprehend, regard; *with dat.* to fear for *or* on account of; to be averse to, dislike.

Timĭdus, a, um, adj. (*timeo*), full of fear, fearful, timorous, timid, afraid, cowardly.

Timor, ōris, m. (*timeo*) fear, apprehension, dread, affright. *Timor* is properly dastardly fear, *metus*, a reasonable and well grounded apprehension of coming evil. Hence the former is always disgraceful, the latter is often excusable *Timor animi,* see *Animus.*

Tisidium, i, n., a town of Africa. J. 62.

Titus, i, m., a Roman *prænomen.*

Togătus, a, um, adj. (*toga*), clothed in a *toga or* Roman gown, gowned, togated, toged. *Togăti, ōrum, m. pl.,* Romans, *since the Romans were distinguished by the use of the* toga. *Also,* Roman citizens, *in distinction from soldiers, as the latter did not wear the* toga.

Tolĕro, āre, āvi, ātum, a., to bear, bear patiently, brook, submit to, suffer, support, endure, tolerate, allow; to maintain, support, sustain, alleviate, lighten.

Tollo, ĕre, a., to raise, lift *or* take up, elevate. *Fig.* to set up, send up, cause to ascend; to extol, praise. *Tollere animum,* to take courage; to inspire with courage.

Toreuma, ătis, n., a vase *or* any piece of plate engraven, chased, embossed *or* adorned with bas-relief.

Tormentum, i, n. (*torqueo,* to hurl), a warlike engine for throwing stones, darts, &c.

Torpesco, ĕre, pui, n. inc. (*torpeo,* to be numb), to grow numb *or* torpid, become languid *or* dull, grow faint, listless, sluggish, inactive *or* indolent.

Torquātus, i, m. (*L. Manlius*), a Roman consul, A. U. C. 689. C. 18.

Torquātus, i, m. (*T. Manlius*) a celebrated Roman dictator who put his son to death for engaging with the enemy contrary to orders A. U. C. 415. C. 52.

Toties or *totiens, adv.,* so often.

Totus, a, um, adj. gen. ius, § 107, all together, whole, total, entire, the whole.

Tracto, āre, āvi, ātum, a. freq. (*traho*), to drag forcibly; to touch, handle, feel; to exercise, manage; to treat, conduct towards. *Tractare rempublicam,* to direct, govern—.

Tractus, ūs m. (*traho*), a drawing *or* dragging; a direction, course, extent a tract, region, country. *Pari tractu,* at an equal *or* uniform distance, parallel.

Tractus, a, um, part. (*traho*).

Tradĭtus, a, um, part.: from

Trado, ĕre, dĭdi, dĭtum, a. (*trans & do*), to give, consign, deliver, give over. *In custodiam tradere,* to commit to custody *or* to prison;—to give, bequeath; to recommend, commit to one's care *or* protection; to give up surrender, commit, devote; to transmit, hand down. *Per manus tradere,* to transmit from hand to hand, hand down.

Tradūco, or *Transdūco, ĕre, xi, ctum, a.* (*trans & duco*), to bring *or* carry over, lead *or* convey through transport, transfer

Traho, ĕre, xi, ctum, a., to draw drag. *Trahere,* or *trahere ad supplicium,* to drag to execution. *Trahere pecuniam,* to squander, waste, throw away;—to draw to one's self; to conceive, get, receive. *Trahere, rapere* to rob, plunder;—to protract, draw out, spin out, delay, defer, put off, consume, retard, prolong; to lead away withdraw, divert; to weigh, consider conceive, imagine, revolve, reflect on, to ascribe, attribute; to interpret, explain, construe; to form, take, direct order. *Trahere consilium,* to form a decision *or* determination. *Trahere omnia,* to interpose delays of all kinds. *Trahere animo,* or *cum animo,* to imagine, figure to one's self, have ever in mind, revolve *or* deliberate within one's self, § 272, § 265.

Trames, ĭtis, m. (*trameo,* to go through), a cross-way, cross-road, by path.

Tranquillus, a, um, adj., calm, still, smooth, tranquil, quiet, peaceful placid.

Transdūco, see *Traduco*

Transeo, īre, ii, ĭ um, irr, n. & a. (*trans*, over, beyond, & *eo*). § 182, R. 3, § 233, to go *or* pass over *or* beyond; to desert, go *or* pass over to the enemy; to pass, pass through.

Transfĕro, ferre, tŭli, lātum, irr. a. (*trans & fero*), to carry *or* bring over, transfer, transport. *Transferre suam culpam*, to transfer one's own fault, charge the blame due to one's self:—to turn, apply, adapt; to defer, postpone, put off. *Transferri*, to be transferred, to pass.

Transfŭga, æ, m., a deserter, fugitive, runaway, one who goes over to the enemy: *from*

Transfŭgio, ĕre, fūgi, fugĭtum, n. (*trans & fugio*), to fly over, go over to the enemy, desert, revolt.

Transĭgo, ĕre, ēgi, actum, a. (*trans & ago*) to drive right through. *Transigere vitam*, to lead, pass, spend:—to finish, despatch, accomplish, perform, conclude, transact, settle, adjust.

Transpadānus, a, um, adj. (*trans & Padus*, the Po), beyond the Po. *Subs.* one living beyond the Po. C. 49.

Transvectus, a, um, part.: *from*

Transvĕho, ĕre, vexi, vectum, a.) *trans & veho*, to carry), to carry *or* convey over, transport. *Transvehi*, to pass over, travel *or* sail over.

Transversus, a, um, part. & adj., turned away *or* across, placed crosswise *or* at right angles; athwart, crosswise, transverse, oblique. *Transversa prœlia*, attacks upon the flank. *Transversum agere*, to lead aside *or* astray: *from*

Transverto, ĕre, ti, sum, a. (*trans & verto*), to change, turn, turn away.

Trepĭdo, āre, āvi, ātum, n., to be in a hurry *or* confusion, make haste for fear, run up and down in a state of trepidation; to be agitated, flurried; to tremble for fear, be afraid *or* alarmed: *from*

Trepĭdus, a, um, adj., hastening with fear and trembling, trembling *or* hastening for fear, in disorder *or* trepidation, confounded, dismayed, alarmed, frightened, afraid, anxious, solicitous, fearful, hurried, unquiet, disturbed, agitated, full of anxiety; causing alarm, alarming, anxious. *Res trepidæ*, alarming *or* dangerous circumstances, a perilous state *or* condition, agitation, commotion.

Tres, tria, num, adj. § 109, three.

Tribunātus, ûs, m. (*tribus*), the tribuneship, the office and dignity of a tribune.

Tribunicius, a, um, adj., of *or* pertaining to a tribune, tribunicial: *from*

Tribūnus, i, m. (*tribus*), a tribune, properly one who presides over a tribe, a president. *Tribuni militares*, tribunes of the soldiers, military tribunes; at first, they were commanders of the third part of a legion, afterwards, as the legions were enlarged, the number of tribunes was increased. *Tribuni plebis*, tribunes of the people *or* of the plebeians; inferior magistrates elected by the people for their defence against the senators. They had the power of forbidding all proceedings, even of the consuls and of the senate, if in their view they were injurious to the common people. See J, 39.

Tribuo, ĕre, ui, ūtum, a., to give, assign, attribute, grant, impart, bestow lend.

Tribus, ûs, f. (*tres*), a tribe, a division of the Roman people, whom Romulus divided into three parts The tribes were gradually increased in number to thirty-five.

Triduum, i, n. (*tres & dies*), the space of three days, three days.

Triginta, num, adj. ind., thirty.

Triplex, ĭcis, adj. (*tres & plica*, to fold), threefold, triple. *Triplices, um, pl.*, three.

Tristitia, æ, f. (*tristis*, sad), sadness, sorrow, grief, melancholy, care.

Triumpho, āre, āvi, ātum, n. & a., to triumph, celebrate a triumph.

Triumphus, i, m., a triumph, an honor bestowed upon such generals as had gained important victories, in consequence of which they were permitted to enter the city with great pomp.

Triumvir, ĭri, m. (*tres & vir*), one of three men jointly employed to execute any public office, a triumvir. *Triumviri capitales*, three magistrates who had charge of the prison, and who inflicted capital punishment on condemned criminals; jailers, sheriffs, executioners. *Triumviri coloniis deducendis*, magistrates appointed to distribute lands taken from the enemy, and to conduct colonists to their place of settlement.

Trojānus, a, um, adj. (*Troja*, Troy), Trojan, of *or* belonging to Troy. *Trojani, m. pl.*, the Trojans. C. 6.

Trucīdo, āre, āvi, ātum, a. (*trux*, grim, & *cædo*), to cut in pieces, cut down, slaughter, murder, massacre, assassinate, butcher, destroy.

Tu, tui, subs. pro. m. & f., thou, you: *pl. vos, vestrum* or *vestri*, you, § 133. *The enclitic syllables* te *&* met, *are often joined to this pronoun in an intensive sense*, you yourself, § 133, R. 2.

Tuba, æ, f., a trumpet.

Tubĭcen, ĭcĭnis, m. (*tuba & cano*), a trumpeter.

Tueor, ēri, tuĭtus & tutus sum, dep., to see, view, behold; to look to, keep, preserve, take care of, support, maintain, defend, protect, favor, assist.

Tugurium, i, n., a cottage, hut, shed.

Tuli, see *Fero*.

Tulliānus, a, um, adj., pertaining to Tullius. *Tullianum, i, n.*, the lower part *or* dungeon added by Servius Tullius to the prison built at Rome by Ancus Martius. C. 55.

Tullius, i, m., see *Cicero*.

Tullus, i, m., (*L. Volcatius*), was consul with M. Lepidus, A. U. C. 688. C. 18.

Tum, adv. & conj., then, next, in the next place, hereupon, again; *tum demum*, or *tum vero*, then indeed, *in which sense*, tum *alone is sometimes used. Also* then, at that time. *As a conjunction it is repeated, or, when the latter clause is intended to be prominent*, quum *takes the place of the former* tum. *Tum—tum*, both—and, not only—but also, as well—as. See *Quum. For the distinction between the adverbs* Tum *and* Tunc, see *Tunc*.

Tumulōsus, a, um, adj. (*tumŭlus*, a hill, § 128, 4), full of hills *or* hillocks, hilly.

Tumultus, us, or *i, m.*, a tumult, bustle, disturbance, commotion, uproar, hurly-burly, sedition, insurrection, a sudden insurrection *or* war, especially such as originated in Gaul *or* Italy, and in which all without distinction were called to take up arms; alarm, confusion, disorder, disquietude, uneasiness.

Tumŭlus, i, m., (*tumeo*, to swell), a hill, hillock.

Tunc, adv., then. *Tunc* is properly used in connection with events occurring at the same time, *tum* in speaking of successive events; but *tum* is sometimes used for *tunc*. In the *oratio obliqua*, *tunc* and *tum* are substituted for *nunc* in the *oratio directa*.

Turba, æ, f., a disturbance, tumult, uproar; confusion, disorder; a confused multitude of people; a crowd throng, press, troop.

Turma, æ, f., a troop or squadron of horse, consisting of thirty, or, with their officers, thirty-three horsemen. Ten *turmæ* were attached to each legion.

Turmātim, adv. (*turma*), by troops *or* squadrons.

Turpilius, i, m. (*T.*), see *Silanus.*

Turpis, e, adj., ugly, unsightly, filthy, foul. *Fig.* shameful, base, dishonorable, disgraceful, infamous, scandalous. *Turpis fama*, a bad reputation, infamy

Turpitūdo, ĭnis, f. (*turpis*), deformity. *Fig.* baseness, dishonor, disgrace, infamy. *Per turpitudinem*, shamefully, disgracefully, infamously.

Turris, is, f. § 79, 3, a tower, turret, citadel. *Also*, a movable tower used in besieging cities.

Tuscus, a, um, adj., Tuscan, Etruscan, Etrurian. *Tusci, ōrum, m. pl.*, the Tuscans. C. 51.

Tutātus, a, um, part. (*tutor*).

Tute for *Tu*, see *Tu.*

Tutè adv. (*tutus*), safely, securely.

Tutor, āri, ātus sum, dep. freq. (*tueor*), to defend, protect, guard, preserve, maintain, take care of.

Tutus, a, um, part. & adj. (*tueor*), free from danger, secure, protected, safe.

Tuus, a, um, adj. pro. (*tu*), thy, thine, thine own, your, yours, your own.

U.

Ubi, adv., where, in what *or* which place, in which, in what. Ubi *and* ibi *or* eo *are sometimes used like relative and demonstrative pronouns; as, Ubi adolescentiam habuere, ibi senectutem agant*, for *in quibus—in iis. Ubi gentium*, where in the world, in what part of the world;—when, after, as soon as. For the construction of *ubi* with the perfect tense, see § 259, R. 1, (2), (*d*). *Apud illos aut* ubi *illi volunt*, i. e., *apud quos*, with whom. *Ubi primum*, see *Primum.*

Ubicumque, adv. (*ubi & cumque*), wheresoever, in what place soever; wherever.

Ubique, adv., every where, in every place, wheresoever. *Also for et ubi*, and where

Ubivis, adv. (*ubi & vis*, from *volo*), where you please, any where, in any place.

Ulciscor, i, ultus sum, dep., to chastise, punish, revenge, be revenged on, avenge. *Ultum ire*, to proceed to revenge, to revenge, avenge, § 276, R. 2. *It seems sometimes to be used passively as, Quidquid ulcisci nequitur.*

Ullus, a, um, adj. § 107, any, any one; *non ullus*, no one.

Ulterior, us, adj. comp. § 126, 1, (sup. *ultĭmus*), farther, on the farther side, ulterior. *Gallia ulterior*, farther Gaul, Gaul beyond the Alps. See *Gallia.*

Ultra, prep. with the acc., & adv., beyond, on the farther side of, past, beyond that, farther, besides, moreover.

Ultro, adv., of one's own accord, voluntarily, spontaneously, unasked, unsought, of one's own motion, unprovoked, without provocation; moreover, besides.

Ultus, a, um, part. (*ulciscor*).

Umbrēnus, i, m. (*P.*), a freedman employed by Catiline to treat with the ambassadors of the Allobroges. C 40, 50. *See also Cic. in Cat.* III. 6.

Unà, adv. (*unus*), together, along with, at the same time, together with *It is sometimes annexed emphatically to* cum.

Unde, adv. § 191, R. 1, whence, from which; *also for a quo*, from whom, by whom.

Undĭque, adv. (*unde & que*), from all parts *or* places, from all quarters; on all sides, on every side.

Universus, a, um, adj. (*unus & versus*), whole, universal, all, all together, entire, together, all collectively.

Unquam or *Umquam, adv.*, at any time, ever

Unus, a, um, gen. unius, num. adj. § 107, & § 283, 1, Ex. 4, & § 15, one. *Unus et alter*, one and another, a few, some:—one only, alone, a single one. *In unum, after a verb of motion*, together into the same place. *Ager uni â specie*,—of a uniform appearance. *It is used particularly with a gen. or the abl. with* ex. § 212, R. 2, N. 4.

Unusquisque, unaquæque, unumquodque or *unumquidque, ind. adj. pro.* § 138, (*unus & quisque*), each, each one, every, every one.

Urbānus, a, um, adj., of *or* belonging to a city; refined, polished, elegant: *from*

Urbs, bis, f., a city; a walled town. *Also* the city, *i. e.* Rome. *Imperator ad urbem*,—near Rome. *Commanders, while waiting the honors of a triumph, were forbidden to enter the city. Ad urbem, with verbs of motion*, to *or* towards Rome.

Urgeo, ēre, ursi, a., to press upon, harass; to press hard, weigh down, bear down, oppress, distress, pursue; to be near at hand.

Usquam, adv., in any place, any where, at any place, in any thing, to any place.

Usque, adv., even, as far as, right on, constantly, without ceasing. *Usque eo*, to such a degree, so far, to that extent.

Usus, ûs, m. (*utor*), use; frequent exercise, practice, habit; utility, usefulness, use, advantage, profit, benefit, good, interest. *Usui esse*, to be of use *or* service, § 227, & R. 2:—intimacy, familiarity. *Usus belli*, things necessary for war, recruits, supplies, &c

Usus, a, um, part. (*utor*), having used, practiced, enjoyed.

Ut or *Utĭ, adv. & conj., I.* as, like as, just as, even as, as if. *It is often preceded or followed by* sic *or* ita, so:—according as; considering that. *Ut in tali negotio*, since circumstances were such, considering the circumstances:—how, in what way *or* manner. *In this sense* ut *like* quomodo *is followed by the subjunctive in indirect questions*, § 265, and Note 2. *II. After* talis, &c. § 198, 8, & § 262, R. 1, that, so that, *with the subjunctive mood*, § 262; *in explanations*, that, namely, to wit. Ut *is sometimes omitted before the subjunctive*, § 262, R. 4.

Uter, tris, m., a bag of skin *or* leather, a leathern bottle, a wine-bag.

Uter, tra, trum, adj. § 107, whether *or* which of the two, which.

Uterque, utrăque, utrumque, gen. utriusque, adj. (*uter & que*), § 107, both the one and the other, both, each. *Quæ utraque*, both of which

Utĭ, see *Ut.*

Utĭca, æ, f., a town of Africa on the shore of the Mediterranean sea, near the river Bagrăda. J. 25, 63, 64, 86, 104.

Utĭlis, e, adj. (*utor*), § 222, & R. 4, (1.) useful, fit, profitable, advantageous, good, suitable, salutary, serviceable.

Utĭnam, adv. (*uti & nam*), § 263, 1, O! that, I wish that, would that.

Utĭque, adv. (*uti & que*), certainly surely, at all events.

Utor, i, usus sum. dep. § 245, I, to use, make use of, manage; to conduct one's self towards, to treat; to enjoy have. *Lege uti*, to have the benefit of—. *Domo uti*, to occupy—. *Honore uti*, to enjoy a post of honor, to fill a public office.

Utpŏte, adv. (*ut*), as, seeing *or* considering, inasmuch as, namely. *It is often followed by* qui, quæ, quod, as he, &c.

Utrinque or *Utrimque, adv.* (*uter*), on both sides *or* parts, from both sides.

Uxor, ōris, f., a wife, spouse.

V.

Vacca, æ, f, a town of the Numidians, not far from the Roman province. *In some editions of Sallust this town is called* Vaga, *and its inhabitants* Vagenses. J. 29, 47, 68.

Vaccenses, ium, m. pl., the inhabitants of Vacca. J. 66, 69.

Vacuus, a, um, adj. (*vaco*, to be empty), with gen. or abl. § 213, R. 5, (3.) *also with prep.* a. § 213, R. 4, (4.) empty, free from, vacant, bare, destitute, without. *Vacuum facere*, to empty, clear. *Animo vacuus*, § 250, secure, free from care *or* apprehension, quiet, at ease, unconcerned, unoccupied. *Vacua respublica*, sc. *defensoribus*, unprotected—.

Vades, um, pl. of Vas, a surety.

Vado, ĕre, si, sum, n., to go, walk.

Vadōsus, a, um, adj. (*vadum*, a ford), having frequent fords *or* shallows, shoaly, shallow.

Vagor, āri, ātus sum, dep. to go *or* pass to and fro, wander, move *or* course up and down, rove, ramble, roam, stray, wander about: *from*

Vagus, a, um, adj., wandering, rambling, roving, strolling, roaming.

Valens, tis, part. & adj., sound, well, in good health; strong, stout, robust; powerful, mighty, strong; available, efficacious: *from*

Valeo, ēre, ui, n., to be well, in a sound *or* healthy condition; to have strength *or* power, be strong, be able, be able to do, be powerful *or* vigorous, have force *or* effect, have weight, interest *or* influence, prevail, succeed; to be exerted; to avail, be effectual, exert one's power. *Valet fama*,—prevails.

Valerius, i, m., see *Flaccus.*

Validus, a, um, adj. (*valeo*), § 250, sound, healthy; strong, stout, robust, vigorous, powerful, mighty.

Vallum, i, n (*vallus*, a stake), a fortification composed of the earth dug from the ditch, and of sharp stakes *or* palisades stuck into it, a rampart, intrenchment, bulwark.

Vanĭtas, ātis, f, emptiness, inconsiderateness, giddiness, weakness, levity, vain-glory, vanity, falsehood, ostentation: *from*

Vanus, a, um, adj., vain, empty, void; idle, futile, fruitless, without effect, unfounded, groundless, unmeaning, untrue, false, lying, deceitful, faithless.

Vargunteius, i, m. (*L.*), a Roman senator who was engaged in the Catilinarian conspiracy. He was probably of the equestrian order. Compare Cat. 28, and Cic. in Cat. I. 4. C. 17, 47.

Variè, adv., variously, diversely, in different ways: *from*

Varius, a, um, adj. § 250, of divers colors, variegated. *Fig.* various, different, diverse, full of vicissitudes, changeful. *Varia victoria*, shifting, varying, of various success, inclining now to one side, now to the other—. *Animus varius*, versatile, changeable, variable, light, fickle, inconstant, wavering, in doubt *or* perplexity—.

Vas, vadis, m., a surety, bail, *especially in criminal prosecutions.*

Vas, vasis, n.; pl. vasa, ōrum, § 93, 2, a vessel, utensil, all kinds of furniture. *In military language*, the baggage of an army.

Vastĭtas, ātis, f. (*vastus*), desolation, devastation.

Vasto, āre, āvi, ātum, a., to lay waste, ravage, desolate, pillage, destroy, spoil, strip; to trouble, disturb harass, torment, disquiet, perplex *from*

Vastus, a, um, adj., vast, large, ample, spacious, immense, huge, enormous; immoderate, insatiable; waste desert. *Vastus ab humano cultu*, uncultivated.

Ve, inseparable prep. § 196, (*b.*) denoting negation, opposition or deprivation; as, *Vecors*, mad, from *cor*, the mind, the understanding.

Vecordia, æ, f. (*vecors*, mad), madness, phrenzy, insanity, fury; folly, dotage, fatuity.

Vectigal, ālis, n., a tax, toll, impost, revenue, duty: *from*

Vectigālis, e, adj. (*veho*, to carry), tributary, subject to the payment of taxes.

Vegeo, ēre, a. & n., to excite, move; to be lively, flourish, thrive, prevail, be vigorous, prosper.

Vehemens, tis, adj., vehement, impetuous, violent, ardent, eager.

Vehementer, adv. (*vehemens*), vehemently, ardently, eagerly, strongly, forcibly, strenuously, very much, exceedingly.

Vel, conj., or; *vel—vel*, either—or; —even.

Veles, ĭtis, m., a light-armed soldier, skirmisher. *The* velites *often fought mingled with the cavalry, and in advancing and retreating mounted behind the horsemen.*

Velitāris, e, adj., (*veles*), of *or* pertaining to the *velites*. *Velitaria arma*, light arms, such as were carried by the *velites*, consisting of a sword, a small round shield or buckler, carried in the left hand, and seven javelins in the right.

Velocĭtas, ātis, f., velocity, swiftness, fleetness, rapidity: *from*

Velox, ōcis, adj. (*volo*, to fly), swift, quick, nimble, fleet, rapid, speedy, agile, active.

Velŭti or *Velut, adv.* (*vel & utì* or *ut*), as, like, like as, as if, as it were.

Venālis, e, adj. (*venus*), exposed *or* set to sale, to be sold, venal, mercenary, to be purchased for money. *Forum rerum venalium*, a mart for the purchase and sale of commodities, a market town.

Vendo, ĕre, dĭdi, dĭtum, a. (*venus & do*), to sell, vend, set *or* expose to sale exchange. *Omnia honesta atque inhonesta vendere*, to sell every (mark of) honor and disgrace, *i. e.* to confer honor or disgrace for reward.

Venēnum, i, n., a drug *or* medicine

Venēnum, or *venenum malum*, poison, venom.

Venio, īre, veni, ventum, n., § 225, IV. & R. 2, & 3, § 227, § 276, II., to come, arrive; to happen; to accrue, befall. *Ventum est*, we, they, &c. came *or* have come.

Venor, āri, ātus sum, dep., to hunt, chase, pursue.

Venter, tris, m., the belly, stomach. *Fig.* appetite, gluttony, sensuality.

Ventum & Ventūrus, a, um, part. (*venio*).

Ventus, i, m., the wind.

Venus, ūs or *i, m.*, sale. *It is found in the dat. acc. and abl. Venum iri*, or *dari*, sc. *ad*, to be exposed *or* set to sale, to be sold, to be venal.

Verber, ĕris, n., a scourge, lash, whip, rod; a stripe, blow. *Verberibus animadvertere*, to scourge.

Verbĕro, āre, āvi, ātum, a. (*verber*), to beat, strike, scourge, whip.

Verbum, i, n., a word, expression, saying, remark. *Verba facere* or *habere*, to hold a discourse *or* conversation; to make a speech, to speak, discourse, utter, deliver, pronounce—; to reply. *Verbo* or *verbis, abl.*, by word of mouth, orally; *also*, in words, in pretence. *Verbo*, in a word, in a few words, briefly. *Nuntiare, &c. verbis alicujus*, in the name of, in behalf of—.

Verè, adv. (*verus*), truly, in truth, with reason, correctly; sincerely, honestly, seriously, really, in earnest.

Vereor, ēri, ĭtus, sum, dep. § 262, R 7, to fear, reverence, respect, revere be afraid of, apprehend, be apprehensive.

Verĭtus, a, um, part. (*vereor*).

Verò, adv. & conj. (*verus*), § 279, 3, (*a.*) & (*c.*): in truth, indeed, truly, certainly; but.

Verso, āre, āvi, ātum, a. freq. (*verto*), to turn often, turn, roll, turn about.

Versor, āri, ātus sum, pass. (*verso*), to frequent, haunt, stay, remain, live, dwell, be; to be occupied, busied, exercised, engaged; agitated, disturbed, harassed.

Versus, ûs, m. (*verto*), a line; a verse; poetry. *Facere versus*, to compose verses.

Versùs or *versùm, adv.* (*verto*), towards or toward. *It is often used with a verb of motion after* ad *or* in; as, *In Galliam versus, castra movere*,—towards Gaul; *and it sometimes takes the accusative without* ad *or* in, *and always stands after its accusative*, § 235, R. 9.

Verto, ĕre, ti, sum, a. & n., to turn, turn round; to change, transform, alter; to impute, ascribe; to convert, appropriate. *Vertere* or *vertere se*, to turn out well *or* ill, terminate, issue, result, become.

Verùm, conj. (*verus*), but, however. *Verùm enimvero*, but indeed, but truly.

Verum, i, n. (*verus*), the truth. *Ex vero*, from regard to truth, truly, fitly; reasonably;—rectitude, right, virtue, integrity. *Absolvere verum*, to state or declare the fact.

Verus, a, um, adj., true, real, actual, certain; *of persons*, true, sincere, veracious, speaking the truth. *Verum est*, it is right, proper, fit.

Vescor, i, dep. § 245, I, to live *or* feed upon, be fed *or* supported by, subsist upon, eat. *Vescendi causâ*, on account of food, to gratify the palate.

Vesper, ĕris, & ĕri, m., the evening star *or* the planet Venus; the evening, eventide, eve.

Vesta, æ, f., Vesta, a goddess worshipped by the Greeks and Romans; the daughter of Saturn and Ops. *The vestal virgins were consecrated to her service.* C. 15.

Vester, tra, trum, adj. pro. (*vos*), your, yours.

Vestimentum, i, n., clothes, a garment, vest, vestment: *from*

Vestio, īre, īvi, ītum, a. (*vestis*, a garment), § 249, I, to clothe, cover, array, deck, adorn.

Vestītus, a, um, part. (*vestio*), clothed, covered.

Veterānus, a, um, adj. (*vetus*) old, veteran. *Veterani milites*, veteran soldiers, veterans.

Veto, āre, ui, ĭtum, a., to forbid, prohibit, dissuade, hinder, prevent.

Vetus, ĕris, adj., old, ancient, of long standing *or* duration, antique; former, of former days. *Vetera*, old things, by-gones. *Veteres milites*, old *or* veteran soldiers, soldiers who have seen much service.

Vetustas, ātis, f. (*vetus*), antiquity, oldness, age.

Vexillum, i, n., a flag, banner, ensign, standard.

Vexo, āre, āvi, ātum, a., to agitate; to trouble, molest, disquiet, vex, harass, torment, disturb, annoy, distress, pain, hurt. *When applied to things*, to injure, impair, corrupt. *Pecuniam vexare*, to waste, squander—.

Via, æ, f., a way, road, passage, path, track; a method, rule, manner, way, course.

Vicesĭmus or *Vigesĭmus, a, um, num. adj.* (*viginti*), the twentieth.

Vici see *Vinco.*

Vicinĭtas, atis, f. (*vicīnus*, near), nearness of place, neighbourhood, vicinity; those living in the neighbourhood, the neighbours.

Victor, ōris, m, (*vinco*), a conqueror vanquisher, victor. *Adj.* victorious, superior to. *Libidinis et divitiarum victor*, holding in subjection his passions and his love of money.

Victoria, æ, f. (*vinco*), victory. *Victoriam adipisci*, to obtain a victory, conquer.

Victus, ûs, m. (*vivo*), every thing necessary to support life; food, raiment, sustenance, provisions, fare, meat and drink; manner *or* style of living.

Victus, a, um, part. (*vinco*), vanquished, conquered. *Victus abire, discedere, etc.* See *Discedere.*

Vicus, i, m., a village; a street, hamlet, division *or* quarter of a city.

Videlĭcet, adv. (*videre licet*), for certain, certainly, truly; it is evident, clear *or* manifest, to be sure; forsooth; indeed; to wit. *It is often used ironically.*

Video, ēre, vidi, visum, a., § 272 & 265, to see, behold, look at, mark, observe, perceive, take notice, understand, learn. *Abs.* to look on, be a spectator. *Instead of the inf. pres. with the acc. a pres. part. and acc. are often used*, § 272, R. 5.

Videor, ēri, visus sum, pass & dep. (*video*), to be seen, § 223, 271; to seem, appear; *imp.* to seem, seem good, fit, *or* proper. I, he, &c., resolve *or* determine, § 269, R. 2.

Vigeo, ēre, ui, n., to be in force, be strong *or* vigorous; to flourish, prosper, be in estimation, prevail.

Vigesĭmus, a, um, see *Vicesĭmus.*

Vigil, ĭlis, adj. (*vigeo*), watchful, waking, vigilant. *Vigiles, um, m. pl.*, watchmen, sentinels.

Vigilia, æ, f. (*vigil*), a watching, waking, want of sleep; a military watch, a fourth part of the night; a guard by night; watchmen, guards, sentinels. *Crebræ vigiliæ*, guards placed at short intervals. *Vigilias habere*, to keep *or* maintain guards.

Vigĭlo, āre, āvi, ātum, n. & a. (*vigil*), to watch, keep awake, abstain from sleeping. *Fig.* to be watchful, vigilant *or* attentive.

Viginti, num. adj. ind., twenty.

Vilis, e, adj., cheap, of small price *or* value. *Fig.* vile, despicable, contemptible, of no value *or* account paltry, worthless, mean. *Vile habere* to hold cheap, reckon of no account despise.

Villa, æ, f., a country-seat, country-house, a farm-house with its appurtenances, a villa.

Villĭcus, i, m. (*villa*), the overseer of a farm, a steward.

Vincio, īre, vinxi, vinctum, a., to bind, tie, bind about, fetter, fasten, strengthen, secure, make fast.

Vinco, ĕre, vici, victum, a. & n., to conquer, vanquish, overcome, overpower, defeat, subdue; to outstrip, exceed, outdo, excel; to constrain, master, soften, gain over, move, win, to be victorious, obtain the victory, prevail, carry the day. *Divitias vincere*, to exhaust—.

Vinctus, a, um, part. (*vincio*), bound fettered, in chains, secured, made fast, strengthened.

Vincŭlum, i, n. (*vincio*), a bond *or* band. *Vincula*, fetters, the stocks, a prison *or* gaol. *In vincula ducere*, to conduct to prison, to imprison.

Vindex, ĭcis, m. & f., an avenger punisher. *Vindex rerum capitalium*, an executioner: *from*

Vindĭco, āre, āvi, ātum, a. & n., to punish, chastise, inflict punishment· to avenge, resent, revenge; to claim, assert, lay claim to; to preserve, justify, vindicate. *Vindicatum est in aliquem*, punishment was inflicted upon —. *Vindicandum est*, punishment must *or* should be inflicted, § 162, 15: § 209. R. 3, (3:) § 225, III, R. 1. *Vindicare aliquem in libertatem*, to assert one's freedom, defend one's liberty. to defend, protect.

Vinea, æ, f., a vineyard; a vine; an arbor; a warlike machine under cover of which besiegers assailed the walls of a town, a shed, mantelet, covered way

Vinum, i, n., wine.

Violenter, adv., (*viŏlens*, violent), by force, with violence, violently, forcibly, furiously, vehemently.

Violentia, æ, f. (*violens*), violence. force. *Violentia fortunæ*, the buffetings of fortune.

Vir viri, m., a man; a husband; a man of fortitude, a brave man, a hero. *Viri atque arma*, men and arms, *i. e.* men fit for war, soldiers.

Vires, ium, f. pl. of vis, force, strength, especially bodily strength, power, vigor.

Virgultum, i, n. (*virgŭla*, a little rod), a shrub, bush, small tree; a thicket, shrubbery, brushwood.

Virīlis, e, adj. (*vir*), of *or* pertaining to a man, manly, becoming a man, manful, not effeminate, valiant, brave, requiring the courage of a man.

Virītim, adv. (*vir*), from man to man, severally, singly, separately, apart, by one's self.

Virtus, ūtis, f. (*vir*), virtue, the virtues; bravery, valor, prowess, fortitude, courage, firmness, resolution, energy; good qualities, goodness, excellence, merit, worth, importance, value. *Virtus* or *virtus animi*, mental endowments, intellectual excellence, talent, genius, mental powers. See farther under *Animus. Emori per virtutem*, to die bravely.

Vis, vis, f., § 85, force, vigor, strength, might, power, efficacy, energy, virtue, vehemence, zeal, ardor, fury, violence, effort, exertion, effect, potency, influence, efficiency, ability. *Vi* or *per vim*, by force, forcibly:—a quantity, multitude, number, abundance, plenty; *Vis pulveris*, a cloud of dust:—the powers *or* faculties of the body *or* mind, ability. *Vis serpentium et ferarum*, dangerous *or* savage nature, innate ferocity, native malignity—*Summâ vi*, see *Summus*.

Viso, ĕre, si, sum, a. freq. (*video*), to go *or* come to see, visit, call upon; to see, look at, view, behold.

Visus, a, um, part. (*video.*)

Visus, ûs, m. (*video*), the faculty sense *or* act of seeing; the sight, vision; an appearance, sight, vision. *Qua visus erat*, as far as the sight could reach.

Vita, æ, f., life; the life, conduct, morals, actions of life.

Vitabundus, a, um, adj. (*vito*), § 129, 1, & § 233, N. avoiding *or* shunning, trying to escape, escaping, carefully avoiding.

Vitium, i, n., injury, hurt; a defect, fault, blemish; a vice, error.

Vito, āre, āvi, ātum, a., to shun, avoid; to escape.

Vivo, ĕre, vixi, victum, n., to live, have life; to live *or* pass one's life in a certain manner, pursue a certain course of life; to live well, enjoy life. *Vivere obediens*, to be always obedient.

Vivus, a, um, adj. (*vivo*), living, alive.

Vix, adv., scarcely, hardly, with difficulty.

Vocabŭlum, i, n., a word, term, expression, name: *from*

Voco, āre, āvi, ātum, a. (*vox*), § 230, § 210, to call, name; to cite *or* summon.

Volens, tis, part. & adj. (*volo*, to will), willing; of one's own accord, ready, of one's own free will, willingly, spontaneously; favorable, propitious, wishing well, benevolent. *Volenti animo*, with willing mind, eagerly, gladly. *Dis volentibus*, by favor of the gods.

Volo, āre, āvi, ātum, n., to fly, move swiftly.

Volo, velle, volui, irr. a. & n (§ 178. 1,) § 271, R 4. & 273, 4, & § 262, R. 4, to will *or* be willing, wish, desire, choose; to command, ordain, appoint. *It is used to express the will of the people in respect to the passage of a law, &c., while the will of the senate was expressed by the verb* censeo, to enact.

Volturcius, i, m. (*T.*) a Crotonian, confederate with Catiline. C. 44—50.

Voluntarius, i, m., a volunteer, a soldier who serves willingly: *from*

Voluntarius, a, um, adj., voluntary, willing: *from*

Voluntas, ātis, f. (*volo,* to will), will, inclination, wish, choice, desire, mind, purpose; love, affection, good will, benevolence, favor. *Voluntate,* in affection, in feeling, voluntarily, willingly, of one's own accord. *Voluntate* or *ex voluntate,* according to one's wish *or* desire; at one's instigation.

Voluptarius, a, um, adj. pleasant, delightful, pleasurable; voluptuous: *from*

Voluptas, ātis, f., pleasure, joy, delight, enjoyment, sensual pleasure; *so, voluptas corporis.*

Volux, ucis, m., the son of Bocchus, king of Mauretania. J. 101, 105, &c.

Volvo, ĕre, volvi, volūtum, a., to roll, turn about *or* around, roll *or* tumble down. *Fig.* to revolve in one's mind ponder, meditate, think upon, reflect consider, think over, § 265.

Vos, see *Tu.*

Votum, i, n. (*voveo,* to vow), a vow *or* promise made to some deity; that which is promised, a prayer, wish.

Vox, vocis, f., a voice; a word, saying, sentence; speech, language.

Vulgus, i, n. & m., the common people, the vulgar, populace, rabble, herd; the people collectively, the multitude.

Vulnĕro, āre, āvi, ātum, a., to wound, hurt: *from*

Vulnus, ĕris, n., a wound, hurt. *Confecti vulneribus,* disabled by wounds, covered with wounds.

Vultus, ûs, m., the countenance, look, aspect, visage, features, mien, the face. *Vultus corporis,* the countenance, looks, aspect. *Vultus bonus,* a fair outside.

Z

Zama, æ, f., a town of Africa, distant five days journey from Carthage J. 56—61.

*** The section marks (§) in the preceding Dictionary and in the Notes, with their accompanying letters and figures, refer to the sections and subordinate divisions of Andrews and Stoddard's Latin Grammar, and of Andrews' Latin Manual.

NOTES ON THE JUGURTHINE WAR.

I. *Falso queritur.* The four introductory sections of each of the treatises of Sallust have no direct connection with the histories to which they are prefixed, and, with only slight alterations, might have served equally well as prefaces to any other works. In both, the train of thought is nearly the same, and they each contain a defence of the author for choosing to devote his talents to literary employments, rather than to a participation in public affairs.

Imbecilla, sc. *natura sua,* instead of *imbecillum,* agreeing with *humanum genus,* or *imbecillus,* agreeing with *homo,* § 324, 2.

Ævi brevis, § 211, R. 6.—*Regatur,* § 266, 3.

Vim aut tempus deesse. *Vim* relates to *imbecilla* in the preceding sentence, and *tempus,* to *ævi brevis.* So below, *vires* and *tempus.* *Invenies* is here construed first with the accusative, and then with the infinitive and accusative. Instances of double constructions are common in Sallust.

Sed dux. This sentence contains a reply to the complaint mentioned in the first sentence, and *sed,* serving to introduce a different view of the nature of man, is strictly adversative.

Eripere cuiquam potest, sc. *fortuna.*

Sin, captus, sc. *mortalis animus,* i. e. *homo* or *quisquam.* In its adversative character *sin* serves to introduce a clause which is opposed to *ubi ad gloriam virtutis viâ grassatur.*

Perniciosa libidine paulisper usus,—naturæ infirmitas accusatur. An anacoluthon, § 323, 3, (5). The regular termination of the sentence would have been, *naturæ infirmitatem accusat.*

Suam quisque, § 204, R. 10, & § 209, R. 11, (4).

Auctores, sc. *culpæ.*—*Tanta cura esset,* § 261, 1.

Quanto studio—petunt, i. e. *quantum est studium, quo—petunt,* § 206, (6), (*b*).

Neque regerentur, i. e. *et non regerentur;* sc. *casibus.*

Eo magnitudinis, § 212, R. 4, N. 3.

II. *Corporis alia,* sc. *naturam sequuntur.* Gr. § 204, R. 10.

Res cunctæ, sc. *nostræ.*—*Habet cuncta,* "possesses," "contrôls"—.

Præsertim, sc. *pravitas eorum admiranda est.*

III. *Verum ex his,* sc. *artibus.*—*Cupienda,* sc. *esse,* § 270, R. 3.

Quoniam neque virtuti honos datur. The remainder of this chapter is occupied with the author's reasons for declining to take part in public affairs; first, that offices were not bestowed upon the deserving; and secondly, that those engaged in the contest for office, and who are divided into three classes, were neither happier nor more respectable on account of their success.

Illi quibus per fraudem is (sc. *honos*) *fuit*,—"who have acquired office by deceptive arts;" these constitute the first class.

Vi quidem regere. The second class is described as obtaining power by force.

Parentes, from *pareo*, "subjects," though some interpret it "parents."

Possis, sc. *regere patriam*, &c.

Frustra autem niti, sc. *regere patriam*, &c., *et delicta corrigere.*

Dementiæ est, § 211, R. 8, (3).

Nisi forte quem. The third class, whom Sallust ironically excepts from the number of those whom he dissuades from the pursuit of office. *Nisi quem*, § 137, R. (3.)

IV. *Prætereundum*, i. e. *prætereundum esse mihi de cujus virtute dicere.*

Memet, the subject of *extollere.*—*Imponant*, § 264, 6.

Certe, quibus, i. e. *ii quibus*, &c. *imponent nomen inertiæ*, &c.

Maxima industria, § 210, N. 1.—*Qui si reputaverint*, § 206, (17.)

Quibus ego temporibus. Sallust was questor soon after the suppression of the Catilinarian conspiracy, and tribune of the people subsequently to the victory of Cæsar, at the time when Clodius was slain by Milo.

Quales viri. Cato, about this time, was an unsuccessful candidate for the pretorship.

Quæ genera hominum. Reference is here made to a large body of senators created by Cæsar.

Reipublicæ venturum, § 225, IV. Rem. 2.

P. Scipionem, sc. *Africanum majorem.*

Sibi animum, § 211, R. 5, 1. So *egregiis viris*, below.

In sese habere; habere depends on *scilicet*, i. e. on *scire* or *scias*, one of its component parts, § 272.

Rerum gestarum, sc. *majorum.*

Egregiis viris, sc. *Maximo, Scipioni*, &c. § 211, R. 5, (1.)

Quam virtus, i. e. *ipsorum virtus*, sc. *Maximi*, &c.

Eorum famam, sc. *majorum.*

Adæquaverit, § 263, 3.

His moribus, "of these manners," "of the present manners," § 211, R. 6, i. e. possessing the manners of the present day.

Contendant, § 262, R. 10, 1.

Magnifica sint, § 263, 2.

Civitatis morum piget tædetque, § 209, R. 3, (4).

V *Bellum scripturus sum*, § 162, 14.

Varia victoria, § 211, R. 6. The genitive *or* ablative of *character* or *quality* is often thus used in the predicate, instead of a simple adjective, and usually for the want of it; and in such cases is found united in construction with adjectives, as here, *bellum magnum et atrox variàque victorià.* See in regard to this connection § 278.

Tum primum, i. e. after the death of the Gracchi.

Quæ contentio, sc of the popular and aristocratic parties.

Studiis civilibus bellum atque vastitas Italiæ finem faceret; "war, &c made the end, i. e. were the end, the issue or result of the civil dissensions."

Ad cognoscendum, § 275, I, R. 1. The gerund may often be translated either actively or passively.

Maxime attriverat, "more than any other one"—.

Receptus a. P. Scipione, i. e. the elder.

Africano cognomen, § 204, R. 8.

Rei militaris facinora, i. e. *militaria facinora.*

Imperii, i. e. his empire as enlarged by the grant of territory made by the Romans.

Micipsa filius. Masinissa is said to have had many children, but of these four only are mentioned by Sallust; viz. Micipsa, the father of Adherbal and Hiempsal, Gulussa, the father of Massiva; Manastabal, the father of Jugurtha and Gauda, and Massugrada, the father of Dabar.

VI. *Qui ubi*, § 206, 17.—*Decorâ facie.* See Chap. V. note 2d.

Non, se luxu, § 89, R. 3.

Equitare. The present infinitive is of very frequent occurrence in Sallust, instead of the imperfect of the indicative, § 209, R. 5, & § 269, (*a.*) *fin.*: "he practised riding," &c. 145, II. 1.

Opportunitas—quæ. The author seems to have referred the relative *quæ* not to *opportunitas* as modified by *suæ et liberorum ætatis*, but to *opportunitas* alone.

Ex quibus, § 206, (13): from which circumstances.

VII. *Neque per vim neque insidiis*, § 247 & R. 4, & § 278, R. 2.

Quod erat Jugurtha. This clause contains the reason of the succeeding one, *statuit eum objectare, &c.*

Præfecit, sc. *eum.*

Naturam, P. Scipionis, sc. the younger.

Romanis imperator, sc. *erat*, § 211, R. 5.

Quod difficillimum, § 206, (13).—*Difficillimum in primis.* This expression is nearly equivalent to a double superlative.

Quorum alterum—alterum, "the latter—the former"—

Quîs rebus, § 136, R. 2.

VIII. *Non mediocrem*, § 324, 9.

Si Micipsa etc.—fore. Fore depends on *dicendo* implied in *pollicitando*, § 270, R. 2, (*b.*) — See also note on *Præterea esse*, Cat. XXI. — *Occidisset*, § 266, R. 4.—*Solus*, sc. *is*, i. e. *Jugurtha.*

In ipso maximam virtutem. Before this clause a causal particle is implied.

Neu quibus, § 137, 1, R. (3.)

A paucis emi, sc. *id*, § 206, (4.)

Et gloriam et regnum, § 278, R. 7.—*Venturum*, § 205, R. 2, (2.)

IX. *Quas Micipsæ redderet*, § 264, 5.

Longe maxima, § 127, 3.—*Quam rem.* § 206, (13,) (*c.*)

Uti idem, sc. *carus*, § 207, R. 27, & § 222, R. 7.

Avo suo, § 208, (6,) (*c.*)

X. *In meum regnum.* In this passage, Micipsa professes that he had intended from the first to admit Jugurtha to a share of the kingdom, though in fact he had adopted him three years only before his death and then sorely against his inclination.

Si genuissem, § 266, 2, R. 2, & R. 4.—*Liberis*, though found in all the manuscripts, appears to be an interpolation: if this be omitted, *te* is to be supplied with *genuissem*.

Ea res, "this belief, this expectation."

Ut omittam, § 262, R. 8.

Egregia tua, sc. *facta*.

Nomen familiæ renovatum. Masinissa had acquired great reputation by his military exploits in Spain.

Quod difficillimum, § 206, (13.)

Per hanc dextram, sc. *tuam*. See Virg. Æn. IV. 314.

Si tuis, sc. *cognatis* or *propinquis*.

Boni—mali, the precise meaning of words having so general significations as these, may be ascertained by their connection.

Ne aliter, i. e. otherwise than harmoniously,—that no discord arise.

Facere videtur, sc. *injuriam*— Men naturally favor the weaker party.

XI *Et ipse*, i. e. *Jugurtha*.

Postquam illi, § 223. *Fecerant.* The construction of *postquam* with the pluperfect is rare, § 259, R. 1, (2.) (*d.*); but is occasionally found in other passages of Sallust, as in J. 44 & 108.

Materno genere impar, see Chap. V

Dextera, sc. *a*.

Adherbalem assedit, § 233.

Ipsum illum, sc. *Jugurtham*. In the *oratio directa* this would be *tu ipse* Concerning the change of *tu* into *ille* in the *oratio obliqua*, see *Ille* and *Is* in the Dictionary.

Moliri, *parare,—habere*; historical infinitives. See note on *equitare* Chap. VI.

Tardius, § 256, R. 9, & (*a.*)

XII. *Placuerat*, sc. *illis*, i. e. *regulis*.

Alius aliò, § 204, R. 10.

Utebatur—referebantur. The imperfect here is to be referred to § 145, II 4, as denoting preparation to act, or that which was about to be done.

Proximus lictor. The Romans often applied to other nations names of office which were peculiar to themselves, as here that of lictor.

Ille, sc. *Jugurtha*.

Referebantur, "were about to be delivered" to Hiempsal. See above on *Utebatur*, etc.

Se ipsum venturum, § 270, R, 2, (*b.*)

Numida—confecit, atque—introducit. The perfect indefinite with the historical present. See Cat. xx.

Quum interim Hiempsal reperitur. For the use of the present and perfect tenses of the indicative in the second part of a compound sentence, see note on Chap. CI.

Præcepit,—uti expleant. The present depending on the perfect indefinite which is not common. See note Cat. XLI.

Mulieris ancillæ, § 204, R. 1.

XIII. *Illum alterum*, sc. *Jugurtham.*

In provinciam, sc. *Romanam.* This province consisted of the former possessions of the Carthaginians.

Iram ejus, i. e. *populi Romani.*—*Ne cunctentur*, sc. *parare.*

Hospitibus aliisque—magna munera misere, § 225, IV. R. 2.

Quorum pars, sc. *nobilium*, § 206, 11.

Ubi satis confidunt, i. e. when they were confident of having secured a sufficient interest in the senate.

Utrisque datur, i. e. *legatis Jugurthæ et Adherbalis.*

XIV. *Si ea fecissem*, § 266, R. 4 & § 270. R. 2, (*b.*)

Quibus non egerim, § 266, 1.

Vellem. A double construction here follows this verb.

Neque mihi, § 211, R. 5, (1.)

In manu fuit, § 202. III. R. 2, & 3.

Jugurtha qualis fuit, § 265.

Ceteri reges,—familia nostra. Adherbal urges the disinterested character of Masinissa's friendship.

In suis dubiis rebus, i. e. *quum res suæ dubiæ essent.*

Fides ejus, sc. *populi Romani.*

Quorum progeniem, sc. *majorum*, implied in *familia nostra*, § 206, 11.

Ad impetrandum, sc. *auxilium*, § 275, III. R. 2, (3.)

Tamen erat majestatis, § 259, R. 4, & § 211, R. 8, (3).

Mihi erepta sunt, § 224, R. 2.

Mea injuria, § 211, R. 3, (c.)

In sanguine, ferro, fuga versabimur, § 323, 1, (2).

Illa pestis, sc. *Carthaginienses.*

Quem vos jussissetis, sc. *esse*, i. e. *haberi hostem.*

Intolerandâ audaciâ, § 211, R. 6.

Atque eodem, § 207, R. 27.

Post, ubi me. The protasis ends at *capere; exspectantem* agrees with *me* understood; "he caused that I, expecting nothing less, &c., should be exiled," &c., *ut ubivis*, &c., "so that I should be safer anywhere," &c.

Ut ubivis tutiùs—essem. See *Sum* in Dictionary, for this use of the adverb.

Quod in familia nostra fuit, præstitit, sc. *id*; "our family have done what was in their power."

In omnibus bellis, especially in the wars against the Numantines and the Carthaginians.

Tertium, sc. *fratrem.*

Quem minime decuit, sc. *ei vitam eripere.* *Quem* relates to *propinquus.*

Pars in crucem acti, § 205, R. 3, (1.)

Cum mœrore et luctu, § 247, 2.

Adversa facta sunt, sc. *quæ*, § 209, R. 2, (1), (*b*).

Ex necessariis. Reference is here made both to his changed fortune and alienated friends, especially to Jugurtha, and *necessariis* is consequently neuter

Nationesne, i. e. *vicinas nationes.*

Hostilia monumenta, memorials of wars undertaken by the ancestors of Adherbal in aid of the Romans.

Unà nobis occidendum, § 225, III. *Unà* sc. *cum imperio Romano.*

Dis volentibus, i. e. *Deorum voluntate.*

Sociorum injurias, the objective genitive, § 211, R. 2.

Licet sc. *vobis.*

Illud vereor, § 207, R. 22.—*Ne quos*, see *Nequis* in Dict.

Fingere me verba, § 270, R. 2, (*b.*)

Quod utinam, § 206, (14).—*Videam*, § 263, 1.

Eadem hæc simulantem, "practising the same dissimulation," i. e. suffering evils as real as those I suffer.

Unde minime decuit, sc. *tuam vitam eripi.*

Non enim regnum, sed fugam, exsilium, egestatem et ærumnas—amisisti, zeugma, § 323, 1, (2).

Rerum humanarum, "of human affairs," that is of their instability.

Tuasne injurias, § 211, R. 3, (*c.*)

Cujus vitæ; cujus relates to *ego* understood, the subject of *consulam.* Such a construction is unusual.

Utinam emori, § 269; *fortunis*, § 211, R. 5; *neu vivere.* Adherbal wishes for one of two things. See the next sentence.

Per scelus et sanguinem familiæ nostræ. Familiæ limits *sanguinem* only.

XV. *Postquam rex finem loquendi fecit*, § 259, R. 1. (2.) (*d.*)

Quam causâ, "than to the justice of their cause."

Postquam superatus sit, § 266, 2.—*Putarent*, § 209, R. 11.

Ante facta sua ponerent, § 208, (1.) & § 266, R. 3.

Utrique curia egrediuntur, i. e. *Adherbal et Jugurthæ legati.*

Subveniendum Adherbali, § 209, R. 3, (3.) & § 239, R. 4.—For the omission of the agent, see § 225, III, R. 1.

Æmilius Scaurus. A high character is attributed to this nobleman by Cicero as well as by Valerius Maximus.

Is postquam videt. The historical present occurs frequently in Sallust after *postquam.*

XVI. *Vicit tamen*, i. e. notwithstanding the opposition of Æmilius Scaurus and others.

Quia consul, i. e. *quia quum consul fuit.*

In plebem. Opimius had slain more than three thousand of the common people who had followed C. Gracchus.

Quæ pars. § 206, (3.)—*Quam usu*, sc. *potius.*

XVII. *Res postulare videtur—exponere.* The purpose after verbs signifying *to request, demand*, &c. is usually expressed by the subjunctive with *ut*, § 273, 2.

Sed quæ loca—de iis, § 206, (3,) & (*a.*)—*Item*, i. e. *et item ob.*

Quæ loca et nationes—minus frequentata sunt, § 205, R. 2, (2).

Pauci tantummodo Asiam et Europam esse, sc. *dixerunt* or *voluerunt.*

Ea fines habet, sc. *Africa.* Pronouns often relate, not to the nearest antecedent, but to that which is the principal object of attention in the sentence *Fines*, § 230, R. 2.

Arbore infecundus, § 250, 2, (1.)

Salubri corpore, see note on *Varia victoria,* chap. V.

Interiere, i. e. *solent interire* or *intereunt.* The perfect often occurs in this sense.

Habuerint,—accesserint,—permixti sint, § 265.

XVIII. *Multis sibi quisque imperium petentibus* The regular construction would have required *quoque* instead of *quisque,* or *quum, amisso duce, multi sibi quisque imperium peterent,* § 204, R. 10, last clause, & § 209 R. 11. (4.) & § 323, 3, (5).

Eo numero, instead of *eorum numero,* § 207, R. 20.

Intra oceanum magis. Some explain this to mean "more within,' or "farther on this side of the ocean," i. e. in the Mediterranean, farther east than the colonies of Medes and Persians. Others with perhaps more probability, suppose *intra oceanum magis* to mean "farther out in the ocean," and *mare magnum,* to refer not to the wider parts of the Mediterranean, but to the Atlantic. On this latter supposition, the Persians must have settled at first on the shores of the Atlantic south of the straits of Gibraltar.

Semet ipsi Numidas appellavere, § 207, R. 28.

Accessere Libyes, § 233.

Sub sole magis, i. e. farther south.

Hique mature oppida habuere, i. e. the Medes and Armenians. See note, Chap. XVII, on *Ea fines habet.*

Proxime Carthaginem, § 235, R. (11.)

Quæ—Numidia appellatur, § 209, R. 9.

Utrique alteris freti, i. e. the two divisions of the Numidians, those who had originally settled *intra oceanum magis,* and who subsequently removed farther into the interior, and the colony which returned to the neighborhood of the sea, not far from Carthage.

Africæ pars inferior, the northern part of Africa, bordering upon the Mediterranean.

XIX. *Nam de Carthagine. Nam* relates to something understood; as, ' I say nothing of Carthage," *nam.*

Ad Catabathmon, "next to" or "after the Catabathmos."

Secundo mari, "following the coast," i. e. towards the west.

Theræôn,—Philænôn, Greek genitives, instead of the usual Latin form in *orum,* § 54, 4.

Post aliæ Punicæ urbes, after *post* supply *Philænon aras.*

Super Numidiam, "beyond Numidia," i. e. farther in the interior.

Æthiopas, § 80, I, and § 85, Exc. 2d.

Fines Carthaginiensium, quos novissime habuerant, i. e. the territories possessed by the Carthaginians immediately before the destruction of their city.

Cetera ignarus, § 234, II, & R. 2.

Neque bello neque pace antea cognitus § 247.

XX. *Regno diviso,* § 257, R. 5. The narrative is resumed from Chap. XVI.

Certum ratus, quod, § 205, R. 9, & § 206, (13.) *Esse* is to be supplied with *certum;* its subject being the clause, *omnia Romæ venalia esse,* § 239, R. 4.

Convertit, sc. *se,* § 229, R. 4.
Injurias suas, § 211, R. 3, (*c.*)
Neque se parem armis existimabat, § 230, R. 1.
De injuriis quæstum misit, § 276, II.
Suis animum—angere, § 211, R. 5. 1.

XXI. *Eò processum,* § 239, R. 3, & § 209, R. 3, (2.)
Utriusque consedit exercitus; sc. *Adherbalis et Jugurthæ.*
Tempus legatorum antecapere, i. e. *tempus reditûs legatorum.*
Ubi plerumque noctis processit, § 259, R. 1, (2.) (*d.*)
Senatus de bello eorum accepit, sc. *famam, nuntium,* &c. § 229, R. 4, 2.
Velle et censere, sc. *se,* i. e *Senatum populumque Romanum.*
Ita seque illisque dignum fore, i. e. *ita facere et Romanis et regibus dignum fore.*

XXII. *Quorum, Jugurtha, accepta oratione respondit,* instead of *quorum oratione,* &c.
Ab jure gentium, i. e. in this place, the right of avenging injuries, which right belonged to every sovereign state.
Sese, § 208, (1.)
Ita utrique, sc. *Jugurtha et legati Romani.*

XXIII. *Africâ decessisse,* § 242, & § 268.
Aut per vim aut dolis, § 278, R. 2.
Confirmat uti—pergerent, § 258, 2, R. 1, (*a.*)

XXIV. *Litteræ Adherbalis in senatu recitatæ,* sc. *sunt.* The verb *sum,* especially as an auxiliary, is often to be supplied.
Nisi tamen. See Dict. *Nisi* refers to *plura de Jugurthâ scribere dehortatur me fortuna mea:* "this *only* I will write."
Quintum jam mensem, § 236, R. 2.
Micipsæ patris beneficia, i. e. his favors to Jugurtha.
Et jam antea. Et sometimes introduces a clause explanatory of a preceding one, and may be then translated "as, since."
Antea expertus sum; see Chap. XVI.
Quæ sane fuerint, § 260, R. 3.—*Una forent,* § 262, R. 4.

XXV. *Fuere, qui—censerent,* § 264, 6.—*Censerent* has here a double construction, first with the accusative and infinitive, and then with the subjunctive, § 273, 3.
Adherbali subveniendum, § 209, R. 3, (3), & § 239, R. 3.
Ab Numidis obsecrati, i. e. by the Numidians sent to Rome with the letter of Adherbal, Chap. XXVIII.
Ad provinciam accedat, sc. *ut,* an *order* being implied in *litteras mittunt* § 262, R. 4.
Seque ad eum—missos, sc. *dicentes,* which also is implied in *litteras mittunt,* § 272.
Diducta manu hostium, i. e. dispersed to various parts of the wall, in consequence of an attack being made on every side at the same time
Quod oppugnatione non desisteret, § 266, 3.

XXVI. *Italici.* These appear to be the same persons who were previously called *negotiatores* and *togati,* including not only the *Italici* properly so called, but Roman citizens also.

Defensabantur. Frequentatives are often used by Sallust instead of their primitives.

Deditione factâ. The ablative absolute is here used instead of a conditional clause, "that should a surrender be made," § 257, R. 1.

Adherbalem excruciatum necat,—"after torturing," *or* "when he had tortured." The construction of the perfect passive participle is often owing to the want of a perfect participle of the active voice, § 274, 3.

Uti quisque armatis obvius, sc. *fuerat.*

XXVII. *Agitari cœpta,* sc. *est,* § 183, 2, N. 2.

Sæpe gratia, interdum jurgiis, "often by the exertion of their influence sometimes by altercation."

Leniebant. The imperfect here, as well as in some other places, denotes "striving" or "endeavoring" to do.

Edocuisset id agi,—"that the plan was," or "that this was the design," § 273, 1.

XXVIII. *Contra spem nuntio accepto,* i. e. the intelligence respecting the dangers which threatened him.

Præcepit—aggrediantur. See Note on *Præcepit ut simulent.* Cat. XLI.

Quippe cui in animo hæserat, § 211, R. 5, (1.)

Iique decrevere, synesis, § 323, 3, (4.)

Deditum venissent, § 276, II.

Legat sibi. The *legati* or lieutenants were chosen by the generals whom they were to assist, but the choice was confirmed by the senate.

Homines nobiles, factiosos, § 205, R. 16.

Siciliam—transvectæ, § 237, R. 5.

XXIX. *Assumitur Scaurus,* see Chap. XV.

Belli moram redimebat, "attempted to purchase. See Chap. XXVII, on *Leniebant.*

Deditionis morâ, § 253.

Præsenti consilio, i. e. the council of war called by the Roman consul

Locutus de invidia facti sui, viz. in putting to death Adherbal and the Italians, see Chap. XXVI. *Locutus* is here construed with the accusative, and also with a subjunctive clause. With the latter it has the sense of "asking, requesting, § 323, 1, (2.)

Secreta transigit, instead of *secretò,* &c. § 205, R. 15.

Calpurnius Romam. Scipio the colleague of Calpurnius was now dead.

XXX. *Quoque modo,* for *et quo modo.* The accusative *res,* as well as the subjunctive clause, depends on the verb *divulgavit*—*Actæ forent,* § 265.

Agitari, for *agitabatur,* impersonally; "discussions were had."

Parum constabat, sc. *patribus* or *iis,* "it was not clear to them," "they were at a loss."

Supra diximus. See Chap. XXVII.

XXXI. *Dehortantur,* instead of *dehortentur,* this construction in the apodosis of a sentence is more common with past tenses than with the present, § 260, R. 4. The subjects of this verb in apposition with *multa,* § 204, R. 10 are singularly varied, including the clause *quòd innocentiæ,* &c § 202, III. R. 2, & 3; and *jus nullum,* in the sense of *quòd jus nullum est.*

Opes factionis, sc. *nobilium.*

Innocentiæ plus periculi—est, § 226.

Nam illa quidem. The three subsequent clauses are in apposition with *illa.*

His annis quindecim, "for these fifteen years," i. e. last past.

Quàm ludibrio fueritis, § 265.

Quam fœde quamque inulti perierint. An adjective is here connected with an adverb. See § 205, R. 15, & § 278.

Vestri defensores, sc. the Gracchi and others.

Vobis animus, § 211, R. 5, (1.)

Ab ignavia atque socordia corruptus, § 248, II, Note.

Obnoxiis inimicis. The nobles were many of them liable to punishment for the part they had taken in respect to the affairs of Jugurtha.

Quibus decet, sc. *vos.*

Certe ego libertatem, § 209, R. 1, (*b.*)

Quod sæpe majores, § 206, 13.—*Necesse est—eant*, § 262, R. 4.

Sed sane fuerit,—jure factum sit, §260, R. 3.—*Plebi sua restituere*, §208, (7.)

Superioribus annis. The author having in the preceding sentence granted, for the sake of argument, that the violence of the nobles in punishing the adherents of the Gracchi might be justifiable, proceeds to enumerate other injuries inflicted by them on the common people.

Imperio nati, § 223, instead of the gerund, *ad imperandum*, denoting a purpose.

Iidemque, "and yet." See Dict.

Pars eorum occidisse tribunos, quæstiones injustas. Two constructions are united, § 229, R. 5, 2d par.

Metum—transtulere, instead of *metum a se sceleratis ad vos ignavos transtulere.*

Eadem cupere, &c. § 269.—*Sed hæc*, sc. *eadem cupere*, &c. § 206, (10.)

Quam illi ad dominationem accensi sunt, the regular construction of this clause, in order to correspond with the preceding one, would be, *quam illi dominationis.*

Beneficia vestra, i. e. the offices and honors in the gift of the people.

Quod magis vos fecisse, i. e. *vindicasse in eos manu*, &c.

Verum quæstionibus, &c. sc. *vindicandum est in eos.*

Et illa—tempora, sc. the times immediately subsequent to the death of the Gracchi.

Quis vestrûm, § 212, R. 2, N. 2, & 133, R. 3.

Quantum importunitatis, instead of *pro tanta importunitate, quantum*, &c "such is their insolence," § 226, (3), (*a.*)

Faciendi licentia eripitur, i. e. *male faciendi licentia illis eripitur.*

Id est regem esse, supply, *eum* or *hominem*, § 239, R. 3, & § 209, R. 3, (5), (*a.*) *fin.*, & § 207, R. 22.

Ut malitis, &c. i. e. I would not advise you to become so fond of punishing the evil, as to desire occasions for doing it, but only to exercise this power sufficiently for the protection of the good.

Bonos perditum eatis, § 276, R. 2.

Auxilii egeas, sc. *bonorum.*

XXXII. *Interposita fide publica*, sc. for his safety.

Pecuniæ captæ, § 274, R. 5.

Fuere qui traderent. See *Sum* in Dict.

Plurima et flagitiosissima. For this use of *et* see *Multus* in Dict.—*Elephantos*, see Chap. XXIX, near the end.

Alii—vendere, pars—agebant, § 209, R. 11. In this and other instances Sallust unites the present infinitive with the imperfect indicative, as of similar force, § 209, R. 5, Note 7.—*Perfugas*, sc. *Numidicos.*

Dedidisset, § 266, 3.

XXXIII.—*Confirmatus ab omnibus.* The sense requires *tamen* before *confirmatus*, and with this the apodosis of the sentence begins.

Cujus, i. e. *ut ejus*, § 264, 5.

Contra jus et injurias omnes. Justice was even more formidable to Jugurtha than injustice.

De hoste supplicium sumi, sc. *jubebat*, "that he should be put to death as a public enemy," § 268, R. 3.

Iræ, magis consulens, sc. *Memmius.*

Romæ Numidiæque, § 221, R. 1.

Quibus juvantibus, § 229, R. 5.

Egerit, § 265.—*Intelligat*, § 266, 3.—*Velle*, sc. *illum*, i. e. *populum Romanum.*—*Fore*, sc. *se*, § 239, R. 2.

XXXIV. *Terrebat eum*, sc. *tribunum*, "tried to terrify him." See Chap. XXVII, on *Leniebant.*

XXXV. *Quoniam ex stirpe Masinissæ sit*, § 266, 3.—*Petat*, § 262, R. 4.

Invidia cum metu, i. e. public odium and his own fears, § 249, III.

Massiva agitare cœpit. The perfect indefinite is here, as in other passages of Sallust, followed by the historical present.

Mala fama, i. e. the infamy consequent upon such a crime as the murder of Massiva.

Maxime occulte, § 194, 6.—These words seem to be connected with *Numidam interficiat*, rather than with *paret.*

Egressus, sc. *extra urbe aut domo.*

Ex eo numero, qui, instead of *ex eorum numero qui*, § 207, R. 20, & § 206, (11.)

Ex æquo bonoque. By the law of nations the persons of ambassadors and of their attendants were inviolable. To bring Bomilcar to trial, therefore, was not strictly in accordance with this law.

Regno magis. Before these words *tamen* is to be supplied, and with this the apodosis begins.

Urbem venalem, § 238, 2.

XXXVI. *Ante comitia, quod tempus*, § 206, (8.)

Instanti, sc. *Albino.*

Ac fuere qui—existimarent, § 264, 6.

XXXVII. *Totius anni comitia.* Not only the election of tribunes, but that of all the other magistrates, was delayed.

Potiundi, § 162, 20.

XXXVIII. *Imperitia legati*, i. e. of Aulus.

Ita delicta, i. e. of Aulus and of his army. Before *ita delicta*, supply *dixit*, § 270, R. 2, (*b.*)

Occultiora, " would be better concealed," i. e. from the senate and Roman people. The object of Jugurtha was to render treason in the army of Aulus easy by rendering it difficult of detection.

Corrumpere for *corrumpebat.* On this *transfugerent* and *desererent* depend.

Confirmare. See the note on *Leniebant.* Chap. XXVII.

Trepidare; the historical infinitive.

Sed ex eo numero, quos. See note Chap. XXXV. on *Ex eo numero qui.*

Paucis gregariis militibus, § 205, R. 16, (*c.*)

Nox atque præda—remorata sunt, § 205, R. 2, (2.)

Fame ferroque clausum. Zeugma, the participle being properly connected with *ferro* only, § 323, 1, (2.)

Tenet. In the *oratio obliqua* the indicative is employed to denote the certainty of the thing in the mind of the author, in distinction from a fact resting upon the assertion or opinion of another.

Uti—decederet, § 273, 2, & 3. A verb of requiring or commanding is implied in *verba facit.*

XXXIX. *Timere libertati,* " were apprehensive for their liberties," i. e. they feared lest the state should become the prey of its enemies

Infesti, sc. *erant.*

Ab sociis et nomine Latino. The *socii* are the same as the *Italici,* i. e. all the Italians except the Latins.

Uti par fuerat. The pluperfect is here used instead of the imperfect to denote that which had long been, and still was.

Uti convenerat, "as had been agreed," i. e. in the treaty between Aulus and Jugurtha.

Cognitis militibus. Supply *tamen,* with which the apodosis will begin.

XL. *In legationibus aut imperiis.* Aulus the lieutenant of Albinus, Scaurus the lieutenant of Calpurnius Bestia, and Calpurnius himself were especially aimed at by this law.

Per amicos, § 247, R. 4.—*Odio nobilitatis,* § 247, R. 2.

Cui mala illa, sc. prosecutions, banishments, &c.

Supra docuimus. See Chaps. XXVIII & XXIX.

XLI. *Rerum, quæ prima,* § 206, (11.). The general idea of *things* is denoted either by neuter adjectives or by *res* Here both constructions are united. *Metus hostilis,* § 211, R. 4, (*a.*)

Asperius acerbiusque, sc. *rebus adversis.*

Reperti sunt, qui anteponerent, § 264, 6. The Gracchi are especially intended. See the next chapter.

XLII. *Quorum majores.* The paternal ancestors of the Gracchi had rendered important services to the state, especially in the Punic wars, and on their mother's side they were descended from the elder Scipio Africanus.

Spes societatis, i. e. of alliance with the nobles.

Tribunum alterum, sc. *Tiberium.*

Triumvirum coloniis deducendis, sc. *Caium,* § 275, III. R. 2, (2.)

Sed bono vinci satius est, etc. *Bono,* sc. *homini.* This remark is understood by some commentators as a censure upon the Gracchi, by others as a reflection upon the nobles, on account of the unlawful and violent means resorted to by each for accomplishing their purposes.

Ferro aut fuga exstinxit, slew or banished, § 323, 1, (2.)

Timoris. The fear felt by the nobility, not that inspired by them.

Acerbius ulcisci, § 256, R. 9, (*a.*)

Parem disserere, § 261, R. 3.

XLIII. *Alia omnia,* sc. *munera,* "all the duties" of the consulship.

Sibi cum collegâ, sc. *esse,*—"belonged jointly to him and to his colleague. While Metellus carefully assisted his colleague in all the joint duties of their office, he considered the care of the war in Numidia as devolving especially upon himself.

Reges ultro auxilia mittere, i. e. the kings in alliance with the Romans.

Proconsulis. Albinus is here called proconsul, because he continued for some time to perform the duties of a consul as commander in chief of the army in Africa after the expiration of his year, while waiting the arrival of the new consul.

XLIV. *Prædator ex sociis,* § 211, R. 2, (*d.*)

Majorum disciplinâ, § 249, II.

Non egredi provinciâ. See Chap, XXXIX, at the end.

Quantum temporis æstivorum in imperio fuit; "as much of the time of the campaign as he continued in command."

Palantes, sc. *milites.*

Frumentum publice datum. Corn was usually distributed to the soldiers every month; to each foot-soldier a little more than one bushel of our measure.

XLV. *Tantâ temperantiâ.* The construction is here interrupted, but *tanta* relates to the following paragraphs, not less than it would have done, had they been made to depend upon *ut,* instead of *namque.*

Ignaviæ sustulisse, sc. *comperior.*

Ne quisquam, sc. *dicens* or *edicens,* "ordering," implied in *edicto,* § 273 2, 3d par.

Quem alium, i. e. *aliquem alium.* See *Alius* in Dict.

Ceteris, to other irregularities or indulgences.

Artè, "strictly," but some consider it as the ablative of *ars,* "by skill or contrivance, wisely."

XLVI. *Certior factus Româ,* § 255.

Qui—ipsi liberisque vitam peterent, § 208, (4.)

Legatos, alium ab aliis diversos,—separate one from the other. *Alium,* sc. *diversum.*

Quæ ex voluntate, sc. *regis—Forent,* § 266, 1.

Intento atque infesto exercitu, § 249, III, Remark.

Ostentui, sc. *esse.*

Insidiis locum tentari, sc. *ab Jugurtha* or *ab hostibus.*

Propulsarent, sc. *eos,* i. e. *equitatus.*

Pacem an bellum gerens, § 323, 1, (2.)

XLVII. *Huc consul, simul tentandi gratia, etc.* The true reading is here doubtful, and the sense uncertain. Those who adopt the reading in the text interpret it as follows, "Here the consul, both for the purpose of enticing (the inhabitants) to revolt, and on account of the advantageousness of the place, if they would suffer (themselves to be thus enticed, placed a garrison."

Id quod res monebat, § 207, R. 22, & 206, (13.), (*b.*)

Et jam paratis rebus, i. e. the supplies of provisions, &c. previously provided (for the army.)

Munimento fore, "would be a preservative," "would help to preserve.'

Metello dedere,—"surrendered," i. e. offered *or* sought to surrender. See note on *leniebant*, Chap. XXVII.

XLVIII. *Urbs maxima*, sc. *Vacca.*

Quam Adherbal in divisione (sc. *regni*) *possederat.* See chap. XVI.

Quæ humi arido, § 205, R. 9.

XLIX. *Extenuata suorum acie*, § 205, R. 7, N. 1.

Quæ ageret, § 265.

Propior montem, § 235, R. 11.

Turmas atque manipulos See note, Chap. XII.

Monet atque obtestatur. The subjunctive, *defendant*, may depend upon either of these verbs; the accusatives with the infinitive, *certamen fore*, and *ducem non animum mutatum* can refer only to *monet.*

Sub jugum miserint. See Chap. XXXVIII.

Quæ ab imperatore decuerint, sc. *provideri.*

Omnia suis provisa. A double construction, the infinitive and accusative and the subjunctive with *uti.*

Parati—essent, § 266, 2, R. 1.

Locum superiorem, sc. *provisum esse.*

Pecunia aut honore extulerat. Zeugma, § 323, 1, (2.)

Conspicatur, sc. *eos*, i. e. *hostes.*

Humilitate arborum, i. e *propter humilitatem arborum.* See note on *reipublicæ magnitudine.* Cat. XXXI.

Agmen constituit, sc. *Metellus.*

Incerti, quidnam esset. Incerti agrees with *Numidæ. Quidnam esset*, instead of *quidnam essent*, the verb agreeing with the predicate nominative, § 209, R. 9. *Quidnam* is in the neuter to denote the uncertainty attending the appearance, § 205, R. 7. (2.)

Ipsi atque signa—obscurati, § 205, R. 2, (3.)

Pauca—milites hortatus, § 231, R. 5.

L. *Et quoniam armis diffiderent*, § 266, 3.

Principes facti erant. Principes is not to be understood here of the rank of soldiers called *principes*, but simply of the troops in front.

Primos suos, i. e. the left wing of Jugurtha's army, or that nearest to the mountain.

Duûm militum, § 118, 1, R. 1.

Ipsi modò, i. e. *ipsi soli.*

Ita numero priores, sc. *Numidæ.*

Hostes deterrere, sc. *Romanos. Hostis* is continually used by Sallust not in reference to the opponents of the Romans only, but of that party whoever it may be which happens to be the subject of discourse

Consueti, i. e. accustomed to such places

LI. *Dispersi*, sc. *milites Romani.*

Arma tela. See note on Cat. 11, *bonus ignavus.*

Eorum, sc. *militum Romanorum*, implied in *cohortes legionarias*, § 206, (11.)

Quum etiam tum eventus in incerto erat. The imperfect and pluperfect indicative after *quum* are of rare occurrence in Sallust. The historical present and perfect indefinite of the indicative mood, and likewise the historical infinitive after *quum* are of frequent occurrence in the apodosis of a sentence.

Superioribus locis. The abl. of place without a preposition, § 254, R. 3, *med.*

Orare, i. e. *orabat*, sc. *Metellus.*—*Ne deficerent*, § 273, 2.

Neque illis castra esse, i. e. *Romanis. Illis;* in the *oratio directa*, *vobis.* See *Ille* in Dict.

LII. *Et jam die vesper erat*, § 90, Exc. 2.

Adverso colle—evadunt, § 254, R. 3, *med.* — *Tutata sunt.* The participle is here neuter, although both of the nominatives are feminine and in the singular number.—*Præfectum*, sc. *esse.*

In æquum locum, i. e. *in planitiem.* See Chap. XLVIII

LIII. *Æquabilem*, sc. *pulverem.*

Imperabatur, sc. *illis.*

Auxilium, sc. *esse.*

Obviàm procedunt, sc. *Metello.*

Nihil languidi neque remissi, § 212, R. 3, N. 3.

Admissum, sc. *erat*, § 259, R. 4.

Facinus miserabile, sc. an engagement between the two divisions of the Roman army.

LIV. *Quatriduo moratus.* The ablative denoting duration of time is not of very common occurrence, § 236.—*Cum curâ*, § 247, 2. — *More*, § 249, II.

Quæ levia sunt. The writer has here made the reason given by Metellus his own, and has accordingly employed the indicative, not the subjunctive mood, § 266, 3, 2d clause.

Sua quisque, § 279, 14.

Agit gratias, sc. *iis* referring to *universos.* Two verbs belonging to the same subject, but requiring different cases after them, are frequently connected in such a manner, that the case depending on one of them is expressed, and that of the other is to be supplied.

Gerant, § 262, R. 4.

Satis jam pugnatum, sc. *ab illis*, § 184, 2, & § 248, R. 1.

Tamen, i. e. though Metellus represented the war as virtually ended, "still."

Uti sese victus gereret. Uti, i. e. *quomodo.*

Agri ac pecoris magis quam belli cultorem, § 323, 1, (2.)

Id ea gratia eveniebat. Id relates to the clause *cogebat exercitum*, § 206, (13.)

Geri non posset, § 266, 3.—*Eâ formidine*, § 207, R. 20.

Qui cogebatur, sc. *is.* This omission of *is* occurs not unfrequently in Sallust For the usual construction, see § 206, (3), (*a*).

Romanos palantes, i. e. *eos Romanos qui palabantur.*

LV. *Ut seque—gereret.* This and the following subjunctive clauses are in apposition with *rebus*, § 204, R. 9; & § 257, R. 8.

Victor tamen *Tamen* relates to *quamquam* implied in the phrase, *in adverso loco.*

Niti—festinare; historical infinitives.

Effuso exercitu prædari, § 249, III, Remark. So, Chap. LVI, *exercitu circumvenit.*

LVI. *Ratus, id quod,* § 206, (13), (*b.*)

Hortatur mœnia defendant, § 262, R. 4.

Quod genus ex copiis regis, § 212, R. 2, N. 4.

Quia fallere nequibat. The deserters from the Roman army fearing to fall into the hands of the Romans, would, for their own sakes, be faithful to Jugurtha.

Siccam—quod oppidum, § 206, (8.)

Post malam pugnam, sc. near the river Muthul. Chaps. 50—53.

Si id fecerint—sese ætatem acturos. In this sentence the tenses are the same as they would have been in the *oratio directa,* the persons of the verbs only are changed. *Si id feceritis—ego ætatem agam.*

Illos in libertate. *Illos* in the change from the *directa* to the *obliqua* is used for *vos,* i. e. *Siccenses.* So, *fortunam illis.*

Hostes urgent, i. e. *Romani.*

LVII. *Marius ad Zamam,* § 237, R. 2.

Cuncta mœnia, a pleonastic expression for *mœnia* alone. See *Mœnia* in Dict.

Exercitu circumvenit, § 249, III, Remark.

Ubi quisque curaret, § 265.

Pari periculo, sed famâ impari—erant, § 247.

LVIII. *Magna pars vulnerati,* § 205, R. 3.

Sin Numidæ propius accessissent. *Sin* is opposed to *tela eminus missa.* *Accessissent,* § 260, I.

Non amplius quadraginta, § 256, R. 6.

Propere—statim, "speedily—immediately." The proper use of these adverbs denotes that Marius was first sent, and that the cavalry followed as soon as possible.

LIX. *Portas,* sc. *castrorum.*—*Proxima loca,* sc. *portis.*

In angustiis, sc. *portarum.*

Qui in proximo, i. e. those whose station was nearest to Jugurtha, as he advanced to the attack.

Ni pedites, sc. *Numidarum.* *Cladem facerent.* The imperfect subj. is here equivalent to the English form, "had made and continued still to make."

Quibus illi freti. *Quibus,* sc. *peditibus.* *Illi,* sc. *equites; illi* referring to the last antecedent on account of the relative *quibus,* see *Ille* in Dict.

Expeditis peditibus suis, § 247, R. 4, *med.*

Hostes pene victos, sc. *Romanos.*

LX. *Ubi quisque—eo acerrime niti.* *Eo* and *ubi* are here used like a relative and demonstrative pronoun, and are equivalent to *in quo loco—in eo* *Niti,* sc. *Romani milites.*

Oppugnare aut parare. Some refer the former verb to the besiegers and the latter to the besieged; and others, connecting them to *agere,* apply them to the besieged only.

Ubi hostes, sc *Romani.—Animadverteres,* Gr. § 260, II.
Vitabundus—tela, § 233, R. 2, Note.
Diffidentiam rei, i. e. of taking the city by force.
Studio suorum, § 211, R. 12.
Unæ atque alteræ scalæ, § 118, 2, R. 2.
Magna pars confecti, § 205, R. 3.

LXI. *Frustra inceptum,* sc. *esse.*
Ab Zama discedit; i. e. from the neighborhood of Zama. This is implied in the use of the preposition.
Quæ ad se defecerant, instead of *quæ ad eum, etc.* § 208, (6.), (*b.*)
In provinciam, sc. *Romanam,* into that part of the Roman province which bordered upon Numidia.
Sua omnia, "all his effects" which had been forfeited by his crime; see Chap. XXXV.

LXII. *Ubi primum opportunum fuit,* sc. *tempus.*
Monet atque obtestatur, uti provideat, § 273. 2.—*Liberis.* The children of Jugurtha are again mentioned, Chap. LXXV, & LXXVI.
Sese In *oratio directa, nos.—Victos,* sc. *esse,* § 270, R. 2, (*b.*)
Caveat. In *oratio directa, cave* or *caveto,* the imperative being changed in the *oratio obliqua* into the subjunctive, § 266, 2, R. 1, (*b.*)
Facturum (*esse*), *ac tradere* are properly connected; the former denoting what he will at all times thereafter do, the latter what he now does.
Cunctos senatorii ordinis, § 212, R. 2, N. 6, & § 205, R. 12, (*c.*)
More majorum. The custom here alluded to is that of being directed by the opinion of a council of war.
Ad imperandum, § 275, I, R. 2. "to be directed, i. e. to receive orders or directions." Although the gerund may sometimes be translated passively, it is probably always active in its signification, referring to an indefinite subject understood.
Omnia bello potiora duceret. For the omission of *esse,* see note on *Posteriores se vident,* Chap. LXXIX.

LXIII. *Agitabat.* For the reason of the ind. mood, see note on *Quæ domum Catilinæ frequentabat,* Cat. XIV.
Ageret, in *oratio directa, agas,* or *age.* See note on *caveat,* LXII.
Alia omnia abunde erant. See Dict. article *Sum.*
Animus belli ingens, domi modicus, § 221, R. 3.
Per omnes tribus declaratur, sc. *tribunus,* § 210, R. 3, (3), (*b.*)
Etiam tum alios magistratus plebes, sc. *habebat* or *gerebat,* implied by *Zeugma* in *per manus tradebat.*

LXIV. *Optanda bonis,* § 225, III.
Primum, connect with *mirari* and *monere.*
Commotus insolitâ re,—"by the novelty of the thing." An adjective, like a perfect participle, is sometimes used instead of an abstract noun, § 274, R. 5. So *Res trepidæ, metus ingens, malum improvisum.* J. 91.
Debere illi res suas satis placere, § 209, (7). For the use of *ille* in the oratio obliqua, see *Ille* in Dict.
Postquam hæc—dixit. neque animus Marii flectitur, two constructions, the

perfect and historical present, depending on the same particle, *postquam.* See 1st note on Cat. XX

Potuisset, § 266, R. 4.

Ne festinaret. In *oratio directa, ne festina* or *ne festines,* § 266, 2, R. 1, (*b.*)

Cum filio suo, § 208, (1).

Annos natus circiter viginti, by the Roman law a consul was required to be at least forty-three years old.

Accenderat. The tense of this verb refers to that of the following verbs *grassari, etc.*

Quod modò ambitiosum foret, § 263, 2.

Criminose, has reference to Metellus: *magnifice,* to Marius.

Sibi permitteretur, sc. *si,* so in English, "were half the army entrusted to him."

Habiturum, sc. *se,* § 239, R. 1.

Ab imperatore consulto trahi, sc. *bellum* or *res.*

LXV. *Uti sellam juxta poneret,* sc. *sellam Metelli.—Poneret,* sc. *Gauda.*

Petenti is followed first by a clause and then by a noun in the accusative.

Eorum modo foret, sc. *honos,* "it belonged to those only," § 266, 3

Contumeliosum foret, sc. *in equites Romanos.*

Equites Romanos, milites et negotiatores, § 204, R. 10

Sic illi, referring to *Marium.* See *Ille* in the Dictionary.

Novos extollebat, sc. *homines.*

LXVI. *Omissa deditione.* See the end of Chap. LXII.

Cum magnâ curâ, § 247, 2.

Et eos ipsos, i. e. *Romanos ipsos.*

Igitur Vaccenses, quò,—"where" instead of *quibus,* "among whom," § 224.

Principes civitatis. In the course of this period the author has changed the subject of *conjurant,* from *Vaccenses,* with which he began, to *principes,* § 323, 3, (5).

Domos suas, § 237, R. 4, Note, (*a.*)

In tali die. *In* is used with nouns denoting time when they are employed to mark, not merely the time, but the condition of things then existing. See *In* in Dict.

Sine imperio, "without control."

Tumultus ipse. See *Ipse* in Dict.

LXVII. *Improviso metu,* on account of the suddenness of the alarm. See note on *commotus insolita re,* Chap. LXIV.

Præsidium hostium, sc. *erat.*

Caveri, sc. *posse,* i. e. *poterat.—Resisti posse.* These verbs are used impersonally, § 209, R. 3, (6.)

Obtruncari, i. e. *obtruncabantur.—Sævissimis Numidis,* § 257, R. 7.

Misericordiâne hospitis, an pactione, § 265, R. 2.

Parum comperimus, nisi, i. e. *nisi hoc comperimus,* "only I am certain of this," that whereas he preferred a dishonorable life, &c., he appears infamous and detestable.

LXVIII. *Ubi ira et ægritudo permixta sunt.* His first feelings were those of grief, with these anger was soon mingled.

Non amplius mille passuum abesse. Mille is in the ac · 136: see also § 256, R. 6.

In primo, sc. *loco* or *agmine*, "in front."

LXIX. *Et eos*, sc. *esse.—Jugurtham*, sc. *esse.*

Cuncta pœnæ aut prædæ fuit,—"served for," i. e. "was wholly given up to punishment or plunder," § 227, R. 2.

Nam is civis ex Latio erat. The Porcian law was expressly limited in its operation to Roman citizens. See *Porcius* in Dict.

LXX. *Quam metu deseruit.* See Chap. LXII.—*Ejus*, sc. *regis.*

Omnia tentando, "in resorting" *or* "while resorting to every expedient."

Utriusque consilio, sc. *Bomilcaris et Nabdalsæ.*

Uti res poscerit, § 266, 2.

Hiberna Romanorum jussus, sc. *a. Jugurthâ.*

Inultis hostibus, § 257, R. 7.

Timore socii anxius; the subjective genitive denoting the fear felt by his associate, § 211, R. 2; *timore*, i. e. *timoris causâ*, or *propter timorem.*

Per quos juravisset, § 266, 3.

Reputaret, § 266, 2, R. 1, (*b.*) In oratio directa *reputes* or *reputa*

Ceterùm suâne, i. e. Nabdalsæ.

LXXI. *Uti ægrum animum solet*, sc. *capere. Somnus cepit*, sc. *eum*, i. e. *Nabdalsam.*

Super tali scelere suspectum, § 213, R. 4, (4).

LXXII. *Quos socios insidiarum cognoverat*, sc. *esse.*

Iram oppresserat. The author assigns this reason for the life of Nabdalsa being preserved, that Jugurtha, after putting to death Bomilcar and many others, had smothered his resentment.

LXXIII. *Sibi parum idoneum*, sc. *esse*, "unserviceable to him, or unsuited to his service." The reason is contained in the words, *simul et invisum et offensum.*

Litteris—cognitis, see Chap. LXV.

Volenti animo de ambobus acceperant, "with ready mind received (what was written) respecting both."

In utroque, "in regard to each," i. e. *Metello et Mario.*

Bona aut mala sua, i. e. *plebis. Moderata*, sc. *sunt*, "governed," "influenced," sc. *plebem.*

Seditiosi magistratus, sc. *tribuni plebis.*

Post multas tempestates, "after a long time." See Chap. LXIII, near the end.

Ea res, i. e. this decree of the senate.

LXXIV. *In tanta perfidia.* See *In* in Dict.

Amorum aliquanto numero, hostium paucorum potiti. Two constructions here follow *potiti*, § 245, I, & 220, 4.

LXXV. *Eâ fugâ*, i. e. *propter eam fugam*, "in consequence of."

Thesauri—cultus erat, § 209, R. 12, (3.)

Quàm plurimum potest domiti pecoris, § 212, R. 3.

Eò imponit, instead of *ei pecori*, "upon these."

Quisque aquæ portaret, § 262, R. 4.

Quam proximam, § 206, (10.)

Quò Numidis præceperat, sc. *veniant.*

In novâ deditione. See *In tantâ perfidiâ.* Chap. LXXIV.

LXXVI. *Nihil jam infectum.* Participles of the perfect tense when they become adjectives, and adjectives derived from perfect participles are, not unfrequently, used in the sense of adjectives in *bilis;* as here, *infectus* impracticable; J. 43, *invictus,* invincible; J. 91, *coercitus*—, restrainable—, J. 2, *incorruptus,* incorruptible.

Quippe qui omnia, arma, tela, etc. § 204, R. 10.

Locos, places; in which sense *loca* is more common.

Ceteris, sc. *hominibus* or *ducibus*

Ceterum, "but, i. e. but in fact.'

Quam vitare posse celeritate putabat, sc. *se,* § 239, R. 2

Post dies quadraginta quam, § 253, R. 1, Note 3.

LXXVII. *Captâ Thalâ,* § 274, R. 5.

Hamilcarem quemdam, § 273, 3, (*b.*)

Novis rebus, "a revolt," i. e. from the Romans.

Hominem nobilem, factiosum. Asyndeton, § 323, 1, (1), & § 205, R. 16, (*b.*)

Suam salutem, sc. *Leptitanorum,* § 208, (1).

Illorum socios, i. e. by synesis, § 323, 3, (4) *Romanorum.*

Societatemque rogatum, § 276, II.

Deinde, ubi ea, sc. *amicitia societasque,* § 205, R. 7, (2).

LXXVIII. *In extrema Africa,* (§ 205, R. 17,) i. e. towards the eastern extremity.

Proxima terræ, "the parts nearest the land."

Alia in tempestate, "at another time." See *In* in Dict.

Leges cultûsque pleraque, § 212, R. 3, N. 4.

Procul ab imperio regis, "they were remote from the dominion of the king," i. e. the king of Numidia, "far from the seat of government," and consequently were permitted to enjoy their own laws. Some however interpret it, "far from regal government."

LXXIX. *Per Leptitanorum negotia,* "on account of"—.

Eam rem nos locus admonuit, § 218, R. 1, & § 231, R. 5.

Quâ tempestate. When the antecedent would be in the same case as the relative it is often omitted, § 206, (3)

Una specie, § 211, R. 6.

Qui fines eorum discerneret, § 264, 7.

Nomen Philænis erat, § 204, R. 8, (*a.*)—*Humo excitavit,* § 255, R. 1.

Morari iter, sc. *solet.*

Posteriores se vident, sc. *esse,* which is usually omitted after *video* and after verbs of *saying, judging,* &c. So at the beginning of this chapter, *non indignum videtur.*

Criminari Carthaginienses—digressos sc. *esse,* "accused the Carthaginians of having left home before the time," § 229, R. 5, & 217, R. 5, (*a.*)

Conturbare rem, sc. *Cyrenenses,* § 209, R. 5.

Græci, i. e. the Cyrenians, who were a Grecian colony.

Vel illi, in the *oratio obliqua.* See *Ille* in Dict.

Ibi, i e. *in iis finibus* or *locis.*

Quem in locum vellent, sc. *esse fines populo suo,* i. e. *Cyrenensibus.*

LXXX. *Impellit,* sc. *eum.*

Reges eo amplius; i. e. "by so much the more," as they surpassed other men in riches.

LXXXI. *Hostes esse,* § 270, R. 2, (*b.*)

Quis omnia regna adversa sint. Adversa is here used passively, and in like manner *hostem* at the close of the sentence.

Tum sese, sc. *Romanis hostem esse.—Paulo ante Carthaginienses* sc. *fuisse.*

Aliis talibus dictis, § 205, R. 16, (*c.*)

Ad Cirtam oppidum. A proper name denoting a town, river, or mountain, usually follows the appellatives *oppidum, flumen* and *mons.*

Ita Jugurtha ratus. For this use of *ita,* see *Ita* in Dict.

Si Romanus, sc. *imperator.* A patrial noun is often thus used to denote a leader or commander belonging to that nation.

Sese, sc. *Jugurtham et Bocchum.*

LXXXII. *Copiam facit,* sc. *regibus.*

Cognitis Mauris; i. e. *quum Mauros cognovisset.*

Nam consulem factum, sc. *eum.*

Alii bonum ingenium, sc. *censebant* or *dicebant,* which are implied in *vertebant.*

Quòd jam parta victoria ex manibus eriperetur. This clause has the same relation to *accensum esse* as the ablative *contumeliâ.—Ex manibus eriperetur,* § 266, 3.

Injuriâ suâ, § 211, R. 3, (*c.*)

Laturum fuisse, § 268, R. 5.—*Traderetur,* § 260, II. R. 2, *fin.*

LXXXIII. *Stultitiæ videbatur,* sc. *esse,* § 211, R. 8, (3).

Alienam rem, sc. *Marii.—Periculo suo. Suo* relates to *illi* understood, § 208, (3.)

Hostis populo Romano, § 211, R. 5.

Incipere cuivis—licere. Incipere is here the subject of *licere,* § 269, R. 3 and *cuivis* depends on *licere.*

Deponi, sc. *bellum. Deponi* like *sumi* depends on *dixit* understood.

Ille probare, sc. *Bocchus.* See *Ille* in Dict.

LXXXIV. *Multus atque ferox,* § 205, R. 15.

Consulatum ex victis illis spolia cepisse, § 230, R. 2.

A populis et regibus, i. e. from subject states and kings out of the limits of Italy.—*Sociis,* sc. *Italicis.*

Famâ cognitos, sc. *Mario.*

Neque plebi militia volenti (*esse*) *putabatur.* A Greek idiom equivalent to *neque plebs militiam velle putabatur.—Et Marius,* sc. *putabatur,* § 271, R. 2.

Sese quisque—trahebant. Two constructions here follow *trahebant,* § 272. & § 229.

Non paulùm. The figure *Litotes,* § 324, 9.

Omnibus—decretis, sc. by the senate.

LXXXV. *Scio ego,* § 209, R. 1, (*b.*) — *Iisdem artibus—gerere.* The clause *et gerere* may be translated before the other,—"that most men, after they have obtained power, do not administer it in the same manner in which they sought to obtain it from you."

Mihi contra ea videtur. "It seems to me otherwise," or "the opposite to this appears to me proper."

Illam administrari debere, sc. *mihi videtur.*

Cum maximo beneficio vestro, "in connexion with the highest office in your gift," sc. the consulship.—*Sustineam,* § 265.

Quos nolis offendere, § 209, R. 7, (*a.*) & § 264, 1.

Et ea agere. *Et* has here the force of "and what is more."

Omnia hæc præsidia adsunt, § 227, R. 2, & 3.—*Mihi,* § 211, R. 5, (1.)

Nam alia, sc. *nobilitas, majorum facta fortia,* &c., *infirma sunt* (*mihi*), i. e. "in other things," as nobility, &c., "I am weak."

Et illud intelligo, § 207, R. 22.—*Favere,* sc. *mihi.*

Locum invadendi, sc. *me et vos, qui mihi favetis.*

Ut neque vos capiamini, sc. *ab illis,* that they may not get the advantage of you.

Labores, pericula, Asyndeton, § 323, 1. (1).

Ita—fui, for *talis fui.*—*Ad hoc ætatis,* § 212, R. 3.

Ante vestra beneficia. See above, *Cum maximo beneficio vestro.*

Non est consilium, sc. *mihi.* *Uti deseram,* § 273, 1.

Per ambitionem, "on account of"—.

Num id mutari; id. i. e. your choice of me as leader in the war against Jugurtha.—*Sit,* § 265.

Illo globo nobilitatis. The term *globus* is used to denote the close union of the faction of the nobles.

Scilicet ut; ironically, "so that forsooth."

Cœperint, § 264, 1, (*b.*)

Nam gerere quam fieri tempore posterius, re atque usu prius est. "To execute is in point of time subsequent to being elected (to an office,) but really and practically it is antecedent." The expression is rendered designedly paradoxical by the use of *gerere* without an accusative expressed. In the first clause, *gerere quam fieri tempore posterius* (*est*) *magistratum* or the like is to be supplied; and the clause imports that the discharge of the duties of an office is subsequent to one's election to such office; but in the second clause, *gerere quam fieri re atque usu prius est, rem* or the like is to be supplied with *gerere,* and the meaning is, that one must be practised in affairs before he is qualified for election to an office, or, in other words, that experience is a necessary qualification for office.

Comparate nunc cum illorum superbia me hominem novum. The Latin idiom often permits a comparison to be made, not only between two persons, or the properties or actions of two persons, but between a person and an attribute or action of another person; "me and the pride of these men," instead of, "me and these proud men."

Facta an dicta. Before *facta an* or *num* is to be supplied. See *An* in Dict.

Sed fortissimum. *Sed* in this passage, following *quamquam,* appears to have the sense of *tamen,* "still, notwithstanding."

Ac si jam quæri posset, § 261, 1.

Faciant idem majoribus suis, § 250, R. 3.

Hujusce rei, sc. *majorum gloria.*—*Id quod multo,* § 206, (13,) (*b.*)

Peperisse, sc. *meâ virtute.—Acceptam*, sc. *a majoribus.*

Si jam mihi respondere velint, § 261, 2.

In maximo vestro beneficio. See above *Cum maximo beneficio vestro*

Verâ, sc. *oratio.—Bene prædicet*, § 262, R. 4.

Vestra consilia—qui, § 206, (12).

Hastas, sc. *puras.*

Hæ sunt meæ imagines, hæc nobilitas, § 206, (10). *Relicta*, § 205, R. 2, N.

Ut illa, sc. *imagines, triumphi et consulatus majorum.*

Ad virtutem doctoribus nihil profuerunt. By *doctoribus* is meant the Grecian nation in general, who had received from their literature no such addition to their prowess, as to prevent the conquest of their country by the Romans.

Gloriam meam is the predicate accusative, but placed before the subject for emphasis, § 210, & § 279, 16.

Id est, § 209, R. 3, (5), (*a.*) *fin.* — *Dominum esse*, sc. *te*, § 239, R. 2.

Seque remque publicam, § 278, R. 7. Double connectives occur frequently in Sallust in sentences resembling this. See Cat. IX & XXXVI, & J. XXI & LXXIX.

Quæ licebat—neque poterant. With each of these verbs supply *relinquere.*

Coquum quam villicum habeo. *Habeo* does not here signify to value, but "to have," "possess," "own.'

Ubi—ibi. See Dict.

Metus ceperit, § 260, R. 6, 2d clause and (*b.*), and § 278, R. 3.

Idem, "at once."—*Quæ si*, "but even if this." See *Qui* in Dict.

LXXXVI. *Hujuscemodi oratione.* See note on *hujuscemodi* in Cat. LI.

Reipublicæ subvenire decebat, § 259, R. 4.

Non more majorum. The ancient custom here alluded to, was to summon the people to the Campus Martius, and having called them by centuries, to select from each such as were fit for military service.

Ex classibus. The classes here intended are the first five, who alone were obliged to serve in war, as the sixth class, the *capite censi*, were by law excused, and in respect to military service were not considered as a class

Uti cujusque libido. From this it appears that the levy made by Marius consisted of such as voluntarily enlisted.

Inopiâ bonorum, sc. *hominum*,—"of the better classes."

LXXXVII. *At reges*, sc. Jugurtha and Bocchus.

LXXXVIII. *Ex sociis*, i. e. *ex agro sociorum.*

Armis exuerat. Jugurtha had fled leaving his arms behind him.

Quæ postquam gloriosa modo—cognovit, "but after he had found that these things—." See *Qui* in Dict.—*Gloriosa modo*, sc. *esse.*

Neque belli patrandi, "and not to tend to the terminating of the war," § 275, III, R. 1, (5). See also § 211, R. 8, (3.)

Viris aut loco—opportunissimæ, § 250.

Ita Jugurtham, supply *putavit* or some verb of similar signification, implied in *statuit.*

Nudatum. The sense requires us to consider *nudatum* as a supine with *iri* understood, forming a future infinitive passive, but such an ellipsis is unusual.

Nam Bocchus. Nam serves to explain the difference made by Marius in his treatment of Jugurtha and Bocchus.

Velle populi Romani amicitiam, sc. *se,* § 239, R. 2, & § 270, R. 2, (*b.*)

Ne quid ab se hostile timeret, § 273, 3.—*Solitus,* sc. *sit.*

LXXXIX. *Aggredi tempus,* § 270, R. 1.

Tempus, i. e. *opportunum tempus.*

Apud Jugurtham, "under the government of Jugurtha. —*Immunes* sc *erant.*

Levi imperio, § 211, R. 6.—*Ejus,* sc. *oppidi.*—*Potiundi,* § 162, 20.

Ceterâ pluviâ, sc. *aquâ,* "the rest of the water which they use is rain water," *or,* "for the rest they use rain water."

Id ibique, i. e. this scarcity of water, § 206, (13).

Quæ procul a mari incultius agebat. The predicate here applied to Africa is strictly applicable not to the country, but to its inhabitants.

XC. *Igitur consul.* The verb of the predicate is *exornat.*

Quod cumque, sc. *frumenti.*

XCI. *Castris levi munimento,* § 211, R. 6.

Capere depends on *jubet,* and *egrederentur* on *paratos esse.*

Onerare is connected by *et* understood to *paratos esse.*

Proxima—tertia, sc. *nocte.*

Et cum his. His refers by synesis to *equitatum,* § 323, 3, (4).

Aditu difficilis, § 276, III.

XCII. *Locupletes,* sc. *prædâ. Ad cœlum ferre,* sc. *Marium.*

Socii atque hostes. The *socii* here spoken of appear to have been the inhabitants of the Roman province in Africa, which comprehended the former possessions of the Carthaginians.

Ac plerisque, "and most (of them) too." See *Atque* in Dict.

Non eadem asperitate, "not equally perilous," "not attended with equal danger," § 211, R. 6.

Quâ Capsensium. Capsensium depends on *res* understood, for which in English the pronoun *that* can be supplied.

Summâ vi, though placed before *capere,* qualifies *intendit.*

Nam Castello, § 226.

Pro opere, i. e. *vineis. Inter* in the sense of *intra,* "within," "under cover of."

XCIII. *Promissa ejus cognitum,* (§ 276, II), *ex præsentibus misit,* sc. *quosdam.*

Quorum uti cujusque ingenium erat,—nuntiavere; instead of *qui, uti cujusque eorum ingenium erat,—nuntiavere. Quorum* depends on *cujusque* as the sentence is now constructed, and *nuntiavere* agrees with *ii* understood.

Quatuor centuriones. These centurions were attended by their companies

XCIV. *Sed ubi ex præcepto,* sc. *Marii.*

Pergit, sc. *Ligus.*

Succedere, sc. *muris.*

Capite atque pedibus nudis, § 257, R. 7.

Facilius foret, instead of *facilior foret.* See in Dict., *Sum.*

Ponderis gratia. This kind of shield was of less weight than metallic ones

Saxa et si quæ vestustate radices eminebant, laqueis vinciebat. Radices is in the nominative by attraction, § 206, (6), (*b*), instead of *Saxa et radices si quæ vetustate eminebant—vinciebat.*

Tormentis, sagittariisque et funditoribus, § 247, R. 4, last part.

Omnibus, Romanis hostibusque, § 204. So below, *Cuncti, armati inermesque.*

His, sc. *Romanis,—illis*, sc. *castellanis*, § 207, R. 23, 2d par.

XCV. *Equitatu, quos*, by synesis, § 323, 3, (4.)

Neque enim alio loco de Sullæ rebus dicturi sumus, § 274, R. 6. It appears, however, that at a subsequent period Sallust was induced to change his purpose, and in his history, fragments only of which now remain, he treated more at large of the affairs of Sylla.

Optimè et diligentissimè omnium, § 212, R. 4, N. 7.

Persecutus, although treating of, § 274, 3.

De uxore potuit honestius consuli. Sylla was five times married, and it is uncertain to which of his wives reference is here made. His wife Metella he divorced when she was at the point of death, that a feast which he was celebrating might not be broken off by the occurrence of a death in his family. In his old age he married Valeria, a woman of infamous character, and during the whole of his life he addicted himself to open debauchery. Some therefere understand *uxore* in a general sense as referring to his matrimonial affairs. *Potuit*, § 259, R. 3.

Illi felicissimo, § 226.

Ante civilem victoriam, i. e over the party of Marius.

Fortior an felicior esset, § 123, R. 2.

Pudeat magis, an pigeat disserere, sc. *me*, whether I am more ashamed or pained—.

XCVI. *Per se ipse*, § 207, 28, of his own accord, "without solicitation," in distinction from what he gave to *multis rogantibus.*

Ut illi, instead of *ut sibi*, which the construction regularly requires, the writer putting himself in the place of Sylla, whose thoughts and purposes were to be represented, § 208, (7).

Multus adesse, § 205, R. 15.

XCVII. *Postquam oppidum Capsam—amiserat.* Respecting the construction of *postquam* with the pluperfect, see note on Chap. XI.

Magnam pecuniam. Reference appears to be made to the treasures of the king lost at the fortress mentioned in Chap. XCII. *ubi regis thesauri erant.*

In Numidiam copias adduceret, § 258, R. 1, § 262, R. 4, & § 273, 2.

Tempus adesse, § 273, 3, last clause.

Ipsique Mauro, sc. *Boccho.* See note on *Numida*, Chap. CI.

Pollicetur Numidiæ partem tertiam. These words contain the apodosis of the sentence in substance, but not in form; as they are equivalent to, *Pollicetur* 'sc. *Numidiæ partim tertiam daturum*;' the protasis of which is *Si aut Romani Africâ expulsi* (*forent*,) &c., § 266, 2, R. 4.

Integris suis finibus, § 257, R. 7, (*a*.)

Vix decima parte die, § 90, Exc. 2.

Nullo impedimento, § 227. *Nullo*, an ancient form for *nulli*, § 107, R. 3.

Sarcinas colligere. Before an engagement the baggage was collected into one place.

Signum is probably to be understood as comprehending both the signal by sound of trumpet and the watchword.

Romani veteres, sc. *milites.*

XCVIII. *Quum tamen barbari nihil remittere.* The construction of *quum* with the historical infinitive is rare in Sallust, but less so in Livy and Tacitus.

Neque minus hostibus conturbatis. *Que* "also" refers to *hostibus, ne,* i. e. *non,* to *minus.*

XCIX. *Uti per vigilias solebant.* *Per,* "on account of." In the camp the night was divided into four equal parts or watches, the termination of each of which was usually announced by sound of trumpet.

C. *Sulla cum equitatu.* "Sylla attended by the cavalry."

Apud dextimos curabat, "commanded on the extreme right." Both here and in the next clause, *curabat* is used absolutely, but in the following clause its accusative is expressed; *præterea cohortes Ligurum curabat,* "and also commanded the cohorts of the Ligurians."

Quasi nullo imposito, instead of *quasi nullus impositus esset,* § 257, R. 10.

Laudare, increpare merentes sc. *laudationem aut vituperationem.*

Neque secus, atque iter facere, castra munire. &c "he fortified the camp, &c., in the same manner as he performed the journey," i. e. with equal care and circumspection.

Non tam diffidentiâ, futurum, quæ imperavisset. *Futurum* is here used as indeclinable, § 162, 13, (1.):—"not so much through distrust of those things being done which he had ordered." *Diffidentiâ futurum (esse)* § 270, R. 1.

Uti militibus exæquatus cum imperatore labos volentibus esset i. e. *uti milites exæquatum cum imperatore laborem ferre vellent.*

Pudore magis quam malo. *Pudor* here signifies the shame which the soldiers would have felt in failing to imitate the laborious and self-denying example of their general.

Pars, sc. *fieri aiebat.*—*Consuetam,* customary (to him) i e. to which he had been inured.—*Habuisset,* § 266, 3.

CI, *Speculatores citi,* § 205, R. 15, (*a.*)

Adversum omnia paratus. He was marching *quadrato agmine* and consequently presented a front on every side.

Ratus ex omnibus æquè aliquos ab tergo hostibus venturos, "thinking that some (i. e. one of the four divisions) equally, from among them all, i. e with an equal chance (of effecting this object), would come upon the rear of the enemy:" in other words, "thinking that some of his troops (thus divided) would come upon the rear of the enemy, and that to each division the chances of doing this were equal."

Ipse aliique, i. e. Sylla and the other leaders of the cavalry on the right wing. See Chap. C.

Ceteri, i. e. the other three divisions of the army (*quadrati agminis*) consisting of infantry.

In loco, sc. *suo*. See Chap. C.

Bocchus cum peditibus—invadunt, § 209, R. 12, (6).

Neque in priore pugna—adfuerant; instead of *et qui in priore pugna—non adfuerant*, § 206, (5). Concerning the former battle, see Chaps. XCVII —XCIX.

Marius apud primos; i. e. among the infantry in the front of the army.

Dein Numida, sc. Jugurtha, a patrial being used, as in many other places, for the name of the leader or head of the nation. So *Maurus* for Bocchus, king of the Moors: Chaps. XCVII, CVIII and CXIII.

Ad pedites. It has been doubted whether the infantry here spoken of was the Roman or the Numidian; the former appears probable for many reasons, and especially as Jugurtha is said to have addressed them in Latin.

Apud Numantiam. See Chaps. VII—IX.—*Loqui*, sc. *Latinè*.

Nostros frustra pugnare. *Nostros*, if the speech of Jugurtha was directed to the Romans, would have been in the *oratio directa*, *vos;* if to the Numidians, *isti* or *Romani*.

Marium sua manu interfectum, § 208, (1).

Quos adversum. An anastrophe, § 323, 4, (1.) & § 279, 10, (*f*.)

Quum Sulla—Mauris incurrit. *Cum*, though relating to time, takes the indicative especially of the present and perfect tenses when, in animated narration it is found, not in the former but in the consequent member of the sentence. In such case *jam*, *vix*, or *nondum* is often found in the former member. Zumpt. Lat. Gr.

Circumventus ab equitibus, sc. *Romanis*.

Omnibus occisis, sc. *equitibus regiis*. See Chap. LIV.

Niti modo, sc. *surgere*.

CII. *Post diem quintum, quam*, § 253, Note 3.

Legati—veniunt, qui—petivere: the historical present, followed by the perfect indefinite.

Petivere—mitteret, § 262, R. 4,—*velle*, § 273, 3, (*b*.)

Aversum—cupidum, i. e. *si aversum—si cupidum esset*. An adjective may thus, like a participle, (§ 274, 3, (*a*.)), supply the place of a conditional, &c., clause.

Cujus facundia. See Chap. XCV.

Rex Bocche. When an appellative and a proper noun are in apposition the appellative is usually placed last, § 279, 9 & 16 It is customary also to place the vocative in addresses after one or more words.

Magna nobis lætitia est, § 227, R. 3, & R. 4.

Quum te—dì monuere, § 263, 5, "since the time when, *or* ever since."

Neu te. As *te* is the object both of *miscendo* and of *commaculares* it is omitted before the latter, § 229, R. 4.

Demeres, sc. *dì monuere ut*.

Persequi, § 270, R. 1.

A principio, sc. *imperii sui*.

Tutiusque rati, sc. *sunt*. For the number of *rati* referring to *populus*, see § 209, R. 11.

In quo, § 206, (13), (*a*.)

Satis fuit, i. e. *solet esse*. See note on *interiere*, Chap. XVII

Humanarum rerum—pleraque, § 212, R. 3, N. 4.

Cui scilicet placuisse. This infinitive depends on *scilicet*, i. e. *scire licet.*

Per illam licet, "it is allowed so far as depends on her." See *Per* in Dic

Nam refers to something to be supplied, as, I do not say that they ai never vanquished in war, for, &c.

Bocchus placide et benigne, sc. *respondit.*

Unde vi Jugurtham expulerit, § 266, 3. This claim on the part of Boc chus to that portion of Numidia, which was the seat of the war wa probably destitute of any valid foundation.

Missis antea legatis. See Chap. LXXX.

Omittere—missurum (*esse*). These infinitives, together with those in the preceding sentences, refer to *verba facit.*

Dein copia facta, i. e. of sending ambassadors.

CIII. *Quæ sibi—venerant.* In this, and in some similar passages, two constructions are blended. The writer in presenting his own thoughts would have said, *Quæ ei—venerant;* in presenting those of Bocchus he would have said, *Quæ sibi—venissent.* He has retained the reflexive pronoun with the indicative mood.

Si placeat, sc. *Mario.*

Non pro vanis hostibus—habuit. In this clause *habuit* signifies "to reckon or consider," in the next clause *accurate ac liberaliter habuit*, it is made by Zeugma to signify "to treat."

Ut meriti erant. "As they were fit to be treated," i. e. considering their appearance, *sine decore.*

Nisi pariter volens, sc. *putabatur*, "but he was thought equally benevolent.'

Quæ aut utilia, aut benevolentiæ (*esse*) *credebant*, § 227, R. 2, & 3. "Which they thought useful or fitted to gain good will."

Sullâ omnia pollicito, § 257, R. 6.

CIV. *Quîs legatis potestas eundi Romam ab consule, interea induciæ postulabantur:* i. e. *quîs mandatis*, &c., "by which commission leave for the ambassadors to go to Rome was requested of the consul,—and in the mean time a truce."

Ea, "these things, these requests."—*Plerisque*, i. e. the other members of the council of war.

Impetratis omnibus, "having obtained every thing (they asked for.)"

Mauri—tres—duo. This kind of apposition is common, instead of *Maurorum tres, etc.* when the word denoting the whole is to be distinguished from some other word, as here the Mauri are opposed to the Romans previously mentioned. § 204, R. 10.

CV *Cujus arbitratu*, § 249, II.

Cum velitaribus armis. It is implied that such were not the customary arms of the Peligni.

Quod ea, sc. *tela hostium.*

Quinto denique die. Denique may imply that the Romans had expected Bocchus to send a guard previously to this time.

Cum mille non amplius equitibus, instead of, *cum non amplius mille equitibus*, § 256, R. 6.

Numerum ampliorem vero, et hostilem metum efficiebant. In the first clause *efficiebant* is to be translated, "rendered or caused to appear," in the second, "caused or occasioned."

Timor aliquantus, sc. *illis fuit.*—*Adversum eos,* since opposed to those.

Uti erat. The use of the indicative in Latin to denote that which actually exists, renders the addition of such words as *re vera,* "in fact, in reality," &c. unnecessary.

CVI. *Volux adveniens.* The present participle here as elsewhere denotes an unfinished action, "on coming up."

A patre Boccho. As Sylla was unacquainted with Volux, the latter, in introducing himself as the son of Bocchus, very properly places the appellative *patre* before the proper name *Boccho,* for the purpose of pointing out his connexion with him.

Obviam illis simul, et præsidio missum. Obviam and *præsidio* have each the same relation to *missum,* and may therefore be connected by *et,* § 278.

Illis, for *vobis* in *oratio directa.* See *Ille* in Dict.

Post, "afterwards," i. e. *post proximum diem.*

Satis credere. Credere depends on *negat,* which after a negative is often construed with an affirmative clause, "declares that he does not fear," &c. "that he has full confidence in the valor of his soldiers," &c.

Mansurum potius, quam—parceret. The regular construction would be, *quam parsurum.* When in such cases the subjunctive follows, there appears to be an ellipsis as here, *quam (id commissurum ut) parceret.*

Quos ducebat. This verb, considered as the language of Sylla in the *oratio obliqua,* should be in the subjunctive, § 266, 3: but here, as in many other examples, the writer puts himself in the place of him whose language he is quoting, and believing the truth of what is alleged adopts the language as his own.

Ceterum ab eodem, sc. *Voluce.*

Cœnatos esse jubet. Jubeo like *volo* often takes the infinitive of the perfect passive to denote an eager desire that something should be instantly accomplished. See Zumpt Lat. Gr.

Quum equites Mauri nunciant. See note on *Quum Sulla,* etc. Chap. CI.

Vindicandum, sc. *in Volucem.*—*Apud illum,* i. e. *in illo.*

CVII. *Eadem existimabat,* sc *se proditos a Voluce, etc.*

Hortatur uti gererent, § 258, 2, R. 1, (*a.*)

Percepercissent, § 266, 2, R. 4.—*Armaverit,* § 266, 2.

Faceret, § 266, 3.—*Videlicet speculanti,* "doubtless on the watch."

Cognitum esset, "had become known."

Multitudinem haberet, sc. Jugurtha.— *Patre suo,* § 208, (1.)

Credere, sc. *se,* i. e. *Volucem.*

Solum cum Sulla, i. e. undoubtedly with Sylla and his Roman guards.

Paucis strenuis—bene pugnatum, § 225, II.

CVIII *Præmissus—orator, et subdole speculatum Bocchi consilia.* The purposes of *præmissus* are denoted by *orator* and *speculatum,* § 204, R 1, and § 276, II, and these are therefore properly connected by *et* § 278, as they have each the same relation to *præmissus.*

Postquam audierat. See note on *Postquam, etc.* Chap. XI.

Præterea Dabar, sc. *multum et familiariter agebat.*

Diem—tempus. As *tempus* follows *diem* it must be taken in a more limited sense for "the time of day, the hour."

Deligeret, § 273, 3, & § 266, R. 1.

Consulta, "deliberated upon," viz. between Sylla and Bocchus during the former visit of Sylla.—*Sese habere,* i. e. *esse.* See *Habeo.*

Integra, "unchanged," i. e. unaffected by the influence of Jugurtha or other causes.

Neu pertimesceret. See note above on *deligeret.*

Quo res communis licentius gereretur. The true reading is here doubtful. Some suppose that *admissum* or *accitum* is to be supplied, and that *quo* denotes the purpose for which he had been invited by Bocchus, viz. lest Jugurtha should suspect the purpose of the conference, if conducted without the presence of an agent sent by him. For *quo* Gronovius proposes to read *quin.* Kritz suggests the supplying of *remoto* after *quo.* The passage will then signify, that the presence of this agent of Jugurtha at the public audience of Sylla would allay his suspicions, and that afterwards their affairs might be discussed more freely in his absence, and without his knowledge.

Caveri nequivisse, § 209, R. 3, (6.)

CIX. *Pauca coram Aspare locuturum,* sc. *se,* § 239, R. 2.

Edocet—responderentur, § 258, 2, R. 1, (*a.*)

Quæ sibi responderentur: i. e. by Bocchus in the presence of Aspar, for the purpose of misleading Jugurtha.

Sicuti voluerat. It had been left to Sylla to determine the time and place of meeting. Chap. CVII.

Ab eo. In *oratio directa a te.* See *Is* and *Ille* in Dict.—*Jubet* sc. *illum.*

Etiam nunc. The *oratio obliqua* seems to require *etiam tunc.* See *Tunc* in Dict.

Decrevisse, sc. *se,* § 239, R. 2. *Jubet* containing the general idea of saying governs *decernere.*

In sua castra, i. e. *castra Sullæ et Bocchi.* These were doubtless distinct, though probably not very remote from each other.

Ex sententia ambobus, § 211, R. 5.

CX. *Nunquam ego ratus sum,* "I could never have anticipated," § 259, R. 4 The protasis would be, *si quis talis rei me admonuisset.*

In hac terra, sc. *Africa.*

Fore uti—deberem, § 268, R. 4, (*b.*)

Et omnium, sc. *regum.*

Privato homini, a private citizen, in the vocabulary of Bocchus, is one not possessing supreme power.

Id imminutum, "that this (ability) is impaired," § 206, (13.)

Fuerit mihi, "let it be my fortune," § 260, R. 6, 2d clause.

Aliquando, "at last," i. e. after so long a period of prosperity and independence.

Sume, utere. As these verbs govern one the accusative and the other the ablative, a pronoun as *iis* must be supplied with the latter.

Putaveris, § 260, R. 6, 2d clause.

Fines meos. Bocchus again alludes to his claim to a part of the territories of Jugurtha. See Chap. CII.

Id omitto, i. e. *fines meos tutari.*

CXI. *Breviter et modice*, sc. *respondit.*

Patefecit, quod polliceatur. The present here depends on the perfect indefinite. See Cat. XLI. *Præcepit ut simulent.*

Illorum magis quam sua retulisse, § 219, R. 1. *Sua*, § 208, (3).

Nunc peteret, tunc ultro. Nunc is here used in the *oratio obliqua* in marked distinction from *tunc* which follows.

Affinitatem. Jugurtha was his son-in-law.

Cognationem. Of their relationship by blood nothing is known.

Intervenisse. This verb can be connected to *cognationem* only by *Zeugma*.

Ad simulandam pacem, i. e. with Jugurtha

CXII. *Conditionibus*, "upon conditions (previously stipulated;") in distinction from an unconditional surrender.

Regis sui; i. e. Jugurthæ.

Frustra fuisse. These words constitute the whole predicate. Jugurtha alludes to such treaties as that made with Aulus, which was disannulled by the senate. Chap. XXXIX.

Consultum et ratam (esse) pacem vellet. Volo often occurs with the perfect infinitive. See Chap. CVI, *Cænatos esse jubet*, and note.

Una ab omnibus veniretur, instead of *omnes una venirentur*, § 184, 2, (*a.*)

Tum fore uti—fœdus fieret, § 268, R. 4, (*b.*)

Neque hominem nobilem—relictum iri. The construction of the former clause would seem to require that this which is connected with it, should have been *et homo nobilis—non relinqueretur.* The author, however, has resolved the first infinitive future, (*factum iri*,) into *fore* with the imperfect subjunctive, and left the other unresolved.

Non sua ignavia sed ob rempublicam in hostium potestate. This is equivalent to the relative clause, *Qui non sua ignavia sed ob rempublicam in hostium potestate esset.* The remaining words, *neque hominem nobilem relictum iri*, require, in order to constitute a complete proposition, the repetition of the words, *in hostium potestate.*

CXIII. *Secum ipse*, § 207, R. 28. So *Ipsæ sibi adversæ.*

Cunctatus, sc, *sit.*

In colloquium uti, by anastrophe for *uti in colloquium*, § 323, 4, (1.)

Quæ, i. e. *quas res.—Scilicet—patefecisse.* The infinitive with its accusative here, as Chap. CII, depends on *scilicet.*

Uti dictum erat, i. e. *ut constitutum erat.*

Vinctus traditur. Sylla thought so highly of this service done by him to the state, as to cause it to be represented on his seal; thereby occasioning great offence to Marius.

CXIV. *Per idem tempus.* The capture of Jugurtha took place in the 648th year of the city, 106 years before the Christian era, and Cæpio and Manlius were defeated in the following year

Gallos. The enemies here mentioned viz. the Cimbri and Teutones were in reality German tribes who entered Italy by the way of Gaul.

Quo metu, § 207, R. 20.

Certare. sc, *se,* § 239, R. 2.

Marius consul absens factus. To elect as consul one who was absent from the election was very unusual.

Ea tempestate. Sallust intimates that public opinion respecting Marius was afterwards greatly altered. See Chap. LXIII.

NOTES ON THE CATILINARIAN CONSPIRACY.

I. *Omnes homines.* In most editions of Sallust and occasionally in editions of other Latin works, the accusative plural in *is* or in *eis* is found in many words of the third declension whose genitive pl. ends in *ium;* as, here *omnis homines,* § 85, Exc. 1, & § 114, 2.

Qui sese student præstare, § 271, R. 4, *med.* *Sese student præstare* is used rather than *student sese præstare,* as a substantive pronoun seldom stands at the beginning of a proposition, unless it is intended to be emphatic.—*Decet,* § 269.—

Ne vitam transeant, § 273, 1.

Veluti pecora, § 278, R. 1.

Sed nostra. *Sed* marks a distinction about to be made between our powers, (*nostra vis*), and those of other animals, which are naturally incapable of any thoughts or efforts but such as have relation to the body.

Omnis vis, "whole powers, entire nature." A part of our natural powers, viz. the corporeal, are the same as those of the other animals, but our whole nature includes the mental as well as the corporeal powers.

Animi imperio—utimur. We make use of the dominion of the mind, i. e. from the mind we derive dominion.—*Corporis servitio magis utimur.* But we use rather the servitude of the body, i. e. to the body we are rather in servitude. The meaning of the whole is, From the mind we derive dominion; but that which we derive from our corporeal nature is rather servitude than dominion. *Utimur* is connected with *servitio* by Zeugma.

Alterum—alterum, the former, i. e. *animi imperium,* the dominion of the mind,—the latter, i. e. *corporis servitio,* the servitude of the body.

Quo, "by so much," i. e. by as much as the nature of the gods is superior to that of the beasts, § 256, R. 16, & (2.)

Videtur. For the ellipsis of *esse* with *videtur,* see note on *Posteriores se vident,* J. 79.

Memoriam nostri, "the memory of us," *memoria nostra* would signify "our memory," "the memory which we exercise," § 211, R. 3, (*a.*)

Incipias, § 263, 3. See also § 209, R. 7.

Consulto—maturè facto, the former belongs to the mind, the latter depends especially on the body, § 243, R. 1, (*a.*)

Utrumque—alterum alterius, sc. *vis corporis, et virtus animi,* § 205, R. 7, (2.) For the construction of *utrumque* and *alterum* with *eget,* see Gr. § 204, R. 10.

II. *Igitur*, "accordingly," refers to the sentence *Diu magnum inter mortales certamen fuit.*

Reges—pars—alii, § 204, R. 10.

Sine cupiditate, sc. *alieni*, "of what belonged to others."

Agitabatur. Sallust often makes use of frequentative verbs in place of their primitives.

Sua cuique, § 208, (7), & § 279, 14.

In Asia Cyrus. Sallust appears to have considered as fabulous the accounts of earlier conquerors.

Causam belli, § 230, R. 1.

Maximam gloriam, sc. *esse*, "to be, to consist;" § 270, R. 3, & note J. 79, on *Posteriores se vident.*

Periculo atque negotiis, "by danger and difficulties."

Imperatorum animi virtus, § 211, R. 10.

Valeret—haberent, § 261, 1.

Cerneres, § 209, R. 7, (*a*.)

Fortuna, sc. *regum atque imperatorum.*

Ad optimum quemque. Power has thus been transferred not only from one prince or chieftain to another, but from kingdom to kingdom, as for example, from the Assyrians to the Persians, from the Persians to the Greeks, and from the Greeks to the Romans.

Quæ homines arant, navigant ædificant, lit, "what men plough, navigate and build," an uncommon form of expression equivalent to, "what men do in cultivating, navigating and building," or more concisely, "agriculture, navigation and architecture," in a word "the arts of peace."

Virtuti omnia parent, "are all subject to, i. e. depend upon the intellectual powers."

Quibus refers to *multi mortales.*

Quibus—voluptati, § 227.

In magnâ copiâ. See in Dict. article *in* near the end.

Iter ostendit, i. e. to acquire reputation.

III. *Bene facere reipublicæ*, § 223.

Haud absurdum est, i. e. by litotes, *est magnæ laudi*, § 324, 9.

Vel pace vel bello, § 253.

Clarum fieri licet, sc. *homini* or *alicui;* with *clarum* supply *se*, § 239, R. 1.

Dicta putant, sc. *esse.*

De magna virtute—memores. See *De* in Dict.

Supra ea, i. e. *quæ putat esse supra ea*, "what he supposes to be beyond that," i. e. beyond what he thinks easy for himself to do.

Sicuti plerique, sc. *adolescentuli*, "as most persons are while in their youth."

Ibique, "and there," i. e. in my political career.

Tametsi animus, sc. *meus.*

Me—nihilo minus honoris cupido eademque, quæ ceteros, fama atque invidia vexabat, "still the desire of preferment and (as a consequence) the same calumny and hostility, which is wont (in such case) to disquiet others, disquieted me (also.) In most editions the *que* which follows *eadem* is wanting, and in that case *fama* and *invidia* are by some supposed to be in the nominative, and by others in the ablative. The sense is in each case essentially the same. The reading in the text was suggested by Cortius and adopted by Kritz.

IV. *Non fuit consilium—conterere*, § 209, R. 3, (5.)

Agrum colendo—intentum, § 275, III, R. 2, (1.)

Servilibus officiis, in apposition with *agrum colendo aut venando.* § 204, & § 148, 2, (*a.*) & (*b.*)

Intentum, sc. *me.*

Eòdem, instead of *ad idem inceptum studiumque.*

De conjuratione—absolvam. See *De* in Dict.

Novitate, i. e. *propter novitatem*, on account of the novelty. See note on *Reipublicæ magnitudine*, Chap. 31.

V. *Nobili genere.* The *gens Sergia* was accustomed to trace back its descent to Sergestus, a companion of Æneas.

Magna vi, § 211, R. 6, & R. 8, (2.)

Huic—bella intestina, cædes, etc. grata, § 205, R. 2, (2.)

Cujus rei libet, for *cujuslibet rei*, § 323, 4, (5.)

Supra quam. Supra gives to a positive degree the force of a comparative, § 127, 6.

Satis eloquentiæ, sc. *illi fuit*, "he had eloquence enough," i. e. he was tolerably eloquent. In most editions we find *loquentiæ*, but in almost all the manuscripts *eloquentiæ* is read, § 212, R. 4.

Post dominationem, "ever since—."

Quæ utraque. The plural relative is here neuter, although both the antecedents are feminine and in the singular number, "both which things."

Dispari genere, etc. § 211, R. 6.—*Coaluerint*, § 265.

Hortari—admonuit, sc. *me.*—*De moribus*, § 218, R. 1.

Majorum, sc. *nostrorum.*

Disserere. The subjunctive clauses introduced by *quomodo, quantum*, and *ut*, as well as the accusative *instituta* depend on *disserere*, § 229, R. 5.

VI. *Sicuti ego accepi.* Sallust here relates the traditions, respecting the origin of the Roman empire, without vouching for their truth.

In una mœnia, § 118, 2, Rem. 2.

Res eorum, i. e. *Romanorum*, the same as *res Romana.* See *Res* in Dict.

Aucta, increased, improved, enlarged, § 323, 1, (2.) (*a.*)

Invidia, sc. *regum et populorum.*—*Ex opulentiâ*, sc. *Romanorum.*

Tentare, § 209, R. 5, & § 269, (*a.*) *fin.*

Auxilio esse, § 227, R. 2, & 3.

Annis infirmum, § 247.—*Sapientia validum*, § 250.

Vel ætate vel curæ similitudine, i. e. *propter ætatem, etc.* See note on *Novitate*, Chap. IV.

Conservandæ libertatis fuerat, had tended to the maintenance of liberty, § 275, III, R. 1, (5.)

Binosque imperatores, sc. *consules.*

Eo modo. The causal particle *nam* is here omitted.

VII. *Sed ea tempestate. Sed* in this and in other parts of this chapter denotes transition.

Cæpere se quisque, § 209, R. 11, (4.)

Juventus—patiens erat,—discebat, habebant, § 209, R. 11, (2.)

Sic se quisque. Properabat is here construed like *cupio, &c.*, § 271, and R. 4.

Eas divitias, eam bonam famam—putabant, "this" (viz. this eagerness to encounter the enemy, &c.) "they accounted riches," &c. § 206, (10) When, as in this case, the pronoun refers to a sentence as its antecedent, it always agrees with the following noun.

Possem—ni traheret, § 261, 1.

Fuderit—ceperit, § 265.

VIII. *Sed profecto. Sed* is here adversative, and marks the want of correspondence between the merits and fame of the ancient Romans.

Quam. For the omission of *magis* before *quam*. See *Magis* in Dict.

Ego existimo, § 209, R. 1, (*b*.)

Scriptorum magna ingenia, "great talents of writers," instead of "writers of great talents:" by metonymy of the property for the substance, § 324, 2. So in the next sentence, *Præclara ingenia.*

Eam, sc. *virtutem.* The more common reading is *ea,* sc. *facta.*

IX. *Igitur domi; igitur* marks a return to the subject of the seventh chapter.

Jurgia, discordias, simultates, these words denote domestic or civil contentions, and the meaning of the author is, that the malevolent feelings often exercised in civil society, were by the ancient Romans, turned against the public enemies.

In amicis fideles. In with the ablative here signifies "in regard to," and consequently does not differ essentially from *in amicos,* "faithful to their friends."

Ubi pax evenerat æquitate. Exact correspondence with the preceding clause would have required *æquitate in pace.*

Hæc habeo, "these facts" or "circumstances,"—viz. those mentioned in the subsequent part of the chapter, § 230, R. 1.

Quique tardius, § 256, R. 9, (*a*.)

Quàm qui, i. e. *quàm in eos qui: quàm* relates to *sæpius.*

Ignoscere quàm persequi, sc. *eam.*

X. *Sed, ubi—respublica crevit,* § 259, R. 1, (2), (*d*.) All the verbs in this period, from *crevit* to *patebant* inclusive, forming the protasis of the period, depend upon *ubi;* the apodosis commences at *sævire.* In the protasis the imperfect is properly connected with the perfect, since the latter is used for the pluperfect.

Reges magni, sc. Syphax, Phillip, Antiochus, Perses, Pyrrhus and Mithridates.

Optundæ, § 205, R. 2, Exc.

Alias. These things, which in themselves are good and desirable, proved at that time a source of evil to the Romans.

Ea quasi. Ea "these things," "these vices refers to *pecuniæ cupido,* and *imperii cupido,* avarice and ambition.

Materies omnium malorum, i. e. of all the evils of which the author is speaking,—the evils which came upon the Roman empire in consequence of the general corruption of manners.

Superbiam— omnia venalia habere. Two constructions are here united § 229, R. 5 & 2d clause.

Ingenium bonum as opposed to *vultus bonus* signifies "a good heart."

Hæc primò, "these vices"—.

XI. *Bonus ignavus.* In uniting things opposite, when they are said to occur equally or to be mingled promiscuously, the conjunction is often omitted. See in Jug. 51, *arma tela, equi viri, hostes cives permixti.*

Bonis initiis, § 257, R. 7. i. e. *quum ejus initia bona essent.*

Huic quia bonæ artes desunt,—contendit: i. e. *hic, quia ei bonæ artes desunt, —contendit. Hic,* which in reference to *ei* may be considered as its antecedent, is attracted into the case of its relative *ei,* and the latter is omitted, § 206, (6), (*b*), & § 209, R. 2, (1), (*b*).

Ea, sc. *avaritia.*

Corpus animumque virilem, § 205, R. 2, Exc.

L. Sulla, armis recepta republica. L. Sylla freed the state from the domination of Marius, Cinna and Carbo, but became in his turn a cruel tyrant

Huc accedebat, quòd, § 273, 6. *Huc,* i. e. *ad hoc*

Illi, sc. *milites Sullani.*

Corruptis moribus, § 211, R. 6.

XII. *Postquam divitiæ honori esse cœpere.* In the protasis of this period the imperfect is connected with the perfect, because the latter is used in the sense of the pluperfect after *postquam,* § 259, R. 1, (2), (*d.*) See the first note, Chap. X.

Sequebatur, § 209, R. 9.

Innocentia pro malevolentia. Innocentia is here the opposite of *avaritia. Malevolentia;* i. e. as evidence of malice towards those who had acquired wealth by their rapacity.

Ex divitiis, "in consequence of—." The ablative without a preposition commonly denotes the immediate cause, with *ex* a remote cause.

Cum superbia, § 249, III.

Victores hostibus, i. e. *victis.*

Id demum, § 207, R. 22.—*Esset,* § 263, 3.

XIII. *Nam quid ea memorem,* § 260, II, R. 5. *Ea.* § 207, R. 22.

Subversos montes, etc. Reference seems to be made especially to the fish-ponds of Lucullus, which were supplied with water by means of tunnels cut through mountains, and were so large that they might well be called seas.

Honeste habere, i. e. *honeste uti,* in opposition to *abuti.*

Abuti, sc. *iis.*

Libido ganeæ. Their love of luxurious feasts, is illustrated by the subsequent clause *vescendi causa—exquirere.*

Ceteri cultus. This is illustrated in a variety of particulars by the clauses, *dormire prius—luxa antecapere.*

Exquirere, dormire, etc. historical infinitives.

XIV. *Id quod factu,* § 206, (13), (*b.*)

Alienum æs grande, § 205, R. 16, (*c.*)

Quos manus atque lingua; this relates to such as were employed as assassins and false witnesses.

Perjurio aut sanguine civili. *Perjurio* refers to *lingua*, and *sanguine civili* to *manu* by the figure *chiasmus*, which consists in such an arrangement of four words that the third corresponds to the second and the fourth to the first, like the extremities of the letter *chi* X

Alebat—exagitabat, § 209, R. 12, (2.)

Ex ætate. See note on *ex divitiis*, Chap. 12.

Qui ita existimarent, § 266, 1.

Quæ domum Catilinæ frequentabat, § 266, R. 5.

Ex aliis rebus, "from other circumstances," especially from the profligate character of Catiline, of which the author treats at large in the next chapter.

XV. *Cum virgine nobili, cum sacerdote Vestæ*, the name of the former is unknown, the latter was Fabia, the sister of Terentia, the wife of Cicero, and subsequently of Sallust.

Nihil unquam bonus laudavit, "a good man never,"—or, "no good man ever"—.

Privignum, a son of Catiline by a former marriage, who would have become the step-son of Orestilla, on her marriage with Catiline.

Vacuam domum. Cicero, Cat. I. 6, charges Catiline with the crime of murdering his wife also for the same purpose.

Facinoris, sc. the crime of conspiracy against his country.

XVI. *Ut supra diximus*, see Chap. XIV.

Commodare, sc. *iis, quibus testes falsi, etc. opus essent.*

Habere—majora alia imperabat. A double construction, § 229, & R. 5. The historical infinitive *commodare* in this period is followed by the imperfect indicative *imperabat*. Sometimes the order of these constructions is reversed, as in the first period of Chap. XXI.

Circumvenire, jugulare, i. e. by the agency of these associates, § 209, R. 5.

Victoriæ veteris memores, sc. over the party of Marius.

In extremis terris, sc. in Pontus and Armenia, where he was engaged in the Mithridatic war.

Ipsi, sc. *Catilinæ.*

Nihil sane intentus. *Nihil* for *non*. See Dict.

XVII. *Quibus in otio.* The demonstrative *ii* is here omitted though commonly expressed when its case would be different from its relative § 206, (3,) (*a.*) *Quibus* is in the plural referring to the collective noun *juventus.*

Vivere copia erat, § 270, R. 1.

Fuere—qui crederent, § 264, 6.

Quia Cn. Pompeius. Before this clause the causal particle *nam*, as in many other cases, is omitted, for this clause contains the reason of the opinion mentioned in the preceding one.

Voluisse, i. e. *crederent eum* (sc. *Crassum*) *voluisse.*

Apud illos, sc. *conjuratos*, Gr. § 323, 3, (5,) & § 206, (11.)

XVIII. *Antea.* The conspiracy here spoken of occurred A. U. C. 688, three years before the principal Catilinarian conspiracy.

De quo. The reading in most editions is *de quâ*, referring to *conjuratio* supposed to be implied in the verb *conjuravere*, § 206. (11.) The neuter *quo* which is found in several manuscripts is adopted by the Bipont editors and by Kritz, and exhibits a more common Latin idiom, § 206, (13.)

Designati consules, the consuls were elected in July, and entered upon the duties of their office in the January following.

Legibus ambitus, by the Calpurnian law, enacted A. U. C. 686 those who were convicted of bribery were removed from the senate, excluded from the consulship, and subjected to a fine.

Pecuniarum repetundarum. Catiline was accused of extortion after his return from Africa, where he had been a prætor. While he stood accused of this crime the laws did not permit him to become a candidate for the consulship.

Calendis Januariis, sc. at the inauguration of the consuls, Cotta and Torquatus, who had been elected after Autronius and Sylla were set aside.

Ipsi, sc. Catiline and Autronius.

Ea re cognita, "this plot"—.

Ea res, "this circumstance," i. e. Catiline's giving the signal prematurely

XIX. *Adnitente Crasso*, see Chap. XVII, near the end.

Infestum inimicum Cn. Pompeio, § 211, R. 5, (1.)

Invitus dederat, § 205, R. 15, (a.)

Præsidium in eo, i. e. a security against the formidable power of Pompey.

Et jam tum. *Et* here introduces an explanatory clause, "and even then," i. e. "for already."

Sunt qui ita dicunt. *Est qui* is followed by the indicative whenever the writer would represent the person referred to as well known to him, § 264, 6, Rem. 4.

XX. *Catilina—videt—secedit—habuit.* In Sallust the historical present § 145 1, 3, is often connected with the perfect indefinite.

Paulo ante memoravi, see Chap. XVII.

Multa sæpe egerat, "had often discussed many topics" relating to the conspiracy.

Ni virtus—spectata forent,—res ceridisset, § 261, 1.

Per ignava aut vana ingenia, by metonymy for *per ignavos aut vanos homines*, "by means of cowardly or faithless men," in which reference is made to *virtus fidesque*, in a preceding clause, or to *fortes fidesque*, in a subsequent one.

Multis et magnis tempestatibus. For this use of *et* see *Multus* in Dict.

Idem velle atque idem nolle. *Ea*, § 206, (13), (c.) — See a corresponding passage Jug. 31, *Quos omnes eadem cupere, eadem odisse, eadem metuere in unum coegit; sed hæc inter bonos amicitia, inter malos factio est*, § 324, 13.

Sed ego quæ mente agitavi. As this clause contains the past thoughts of the speaker indirectly referred to, its verb might have been in the subjunct. (§ 266, 3, & 2, R. 2,) had it not been the intention of Catiline to imply that he had really entertained such designs, § 266, R. 5.

Ceterum mihi, § 211, R. 5, (1.)

Quæ conditio vitæ futura sit, § 265.

Nosmet ipsi, § 207, R. 28. In constructions of this kind *ipse* agrees with the subject or with the object of the verb, according as either is emphatic.

Vulgus fuimus, "were accounted the rabble."—*Ubi illi volunt*, sc. *eas esse*

Annis atque divitiis, "in consequence of age and riches," i. e. of luxury induced by riches.

Omnia, 'all their powers."

Cetera res expediet, "the rest the thing itself will bring about,' i. e. the revolution, which we contemplate, needs but to be begun, and it will of itself go on to a successful termination. *Cetera, acc. pl.*

Montibus coæquandis. See Chap. XIII, at the beginning.

Nova diruunt, alia ædificant, sc. *ædificia*.

En illa, illa. An example of the figure *epizeuxis*, § 324, 20.

Præmia posuit, § 230, R. 2.

Vel imperatore, vel milite me, § 204, R. 1.

Nisi forte me animus fallit: i. e. in regard to the opinion which I have formed respecting your preference of power to servitude.

Et vos servire. *Et* here introduces an explanatory clause.

XXI. *Magna merces videbatur*. See note J. 79, on *Posteriores se vident*. The subject of *videbatur* is *quieta movere*.

Quæ bellum atque libido victorum fert,—" bring with them."

Præterea esse, § 270, R. 2, (*b*.) — This omission of *dico*, &c., is most common when a verb which may imply it has preceded, as in this place, *polliceri*.

Petere consulatum C. Antonium. Antonius was indeed elected consul, but as colleague of Cicero, and instead of aiding Catiline, he commanded the army by which the conspirators were defeated.

Hominem et familiarem. The poverty as well as profligacy of Antonius were such as might have rendered him a fit associate of Catiline.

Increpat—laudare—admonebat. This historical present is here connected with the historical infinitive and with the perfect indefinite.

XXII. *Inde*, i. e. *deinde*, "then," an adverb of time.

Degustavissent, sc. *sanguinem vino permixtam*.

Dictitare, fecisse; dictitare for *dictitabant*, referring to the same persons as *fuere qui dicerent*, " some"—. *Fecisse*, sc. *Catilinam*.

Alii tanti facinoris conscii, § 222, R. 3. *Conscii*, § 204, R. 10. *Tanti facinoris*, i. e. the crime of drinking human blood.

Ciceronis invidiam, § 211, R. 12.

XXIII. *Natus haud obscuro loco*, § 324, 9.

Neque dicere, neque facere quidquam pensi habebat, instead of *neque in dicendo, neque in faciendo*.—

Quoque modo, i. e. *et quo modo*.

Æstuabat et—credebant, § 209, R. 11, (2).

XXIV. *Comitiis habitis*, "the election being over, i. e. at the close of the election."

Concusserat. The pluperfect is here used where the perfect indefinite was to have been looked for. The author appears to have been led to the use of this tense, by comparing in his mind the subsequent perseverance of the conspirators, with the check at first felt by them, in consequence of the election of Cicero to the consulship.

Plura agitare, "he set on foot new plans."

XXV. *Litteris Græcis—docta*, § 250.

Multa alia, "many other accomplishments." *Alia* is in the acc. (§ 234, I) depending, together with the abl. *litteris*, and the infinitives *psallere* and *saltare*, upon *docta*. A variety of constructions, depending upon the same word, is not unusual in Sallust.

Quæ instrumenta luxuriæ sunt, "which contribute to luxury."

Cariora semper omnia, quam decus atque pudicitia fuit, § 209, R. 12 (3).

Haud facile decerneres, § 209, R. 7, (*a.*)

XXVI. *Nihilo minus—consulatum petebat. Nihilo minus* appears to refer to the defeat, which he had suffered the preceding year, when a candidate for the consulship, and against the recurrence of which he had now made great preparation. See Chaps. XXIV and XXV.

In proximum annum, i. e. A. U. C. 692.

Pactione provinciæ. It was customary to assign by lot, the province which each consul was to govern the year after the expiration of his consulship. On this occasion Cisalpine Gaul had fallen to Antonius and the rich province of Macedonia to Cicero. The latter, in order to secure to the state the fidelity of his colleague, made a voluntary exchange of provinces.

Dies comitiorum. The day originally appointed for this election was the 21st of October, but a postponement was afterwards made until the 28th of the same month. See Cic. in Cat. I. 3. On the day last mentioned D. Julius Silanus and L. Licinius Murena were chosen consuls.

In campo, sc. *Martio*. See Cic. in Cat. I. 5.

XXVII. *C. Manlium Fæsulas*. Manlius had probably come to Rome, to assist Catiline in the consular election.

Item alios jubere, sc. *cum telo esse*

Agitanti, sc. *illi*.

Per M. Porcium Læcam. It was at the house of Læca that the heads of the conspiracy assembled. See Cic. in Cat. I. 4.

Ibique, i. e. *in illo conventu*.

Paraverat, § 266, R. 5.—*Facerent*, § 264, 5.

XXVIII. *Domi suæ*, § 221, R. 3, (1.)

Egestate simul, ac dolore injuriæ, "as well from poverty, as from resentment on account of injury."

Ex Sullanis colonis. Sylla had distributed to his soldiers the land of those Etrurians who had favored the cause of Marius.

XXIX. *Ancipiti malo*, i. e. by the danger to be apprehended from the conspirators remaining in the city, and from the army of Manlius.

Privato consilio. In opposing the designs of Catiline, Cicero had hitherto relied upon his own resources and those of his friends, and had made no use of his consular power.

Quo consilio, § 211, R. 6.—*Quod plerumque*, § 206, (13), (*a.*)

Darent operam, § 262, R. 4.—*Per senatum*, § 247 R 4

Maxima permittitur, i. e. *est maxima quæ permittitur.*

Ea potestas—bellum gerere, coercere, etc. § 204, R. 9.

Nulli earum rerum consuli jus est, "no consul has authority to do these things."

XXX. *Fæsulis*, see Chap XXVII.

Allatas sibi dicebat, sc. *esse*. See note J. 79, on *Posteriores se vident.*

Scriptum erat, § 205, R. 8.

Ante diem sextum calendas, i. e. *in diem sextum ante calendas*, § 326, (8.) "on the 27th of October."

Simul, id quod, § 206, 13, (*b.*)

Portenta. These are mentioned by Cicero, 3d oration in Cat. 8, and by Pliny, Hist. Nat. II, 51.

Conventus fieri, arma portari, § 145, N. 3.

Servile bellum moveri, sc. by C. Julius; see Chap. XXVII.

Sed prætores, sc. *missi sunt.*

Præmium—servo libertatem, § 204, R. 1, & § 230, R. 2.

Ejus rei, § 211, R. 12.

XXXI. *Lætitia atque lascivia, quæ*, § 206, (15), (*a.*)

Diuturna quies. The last civil commotions in Rome, previous to the conspiracy of Catiline, were those excited by Sylla, nearly twenty years before.

Reipublicæ magnitudine, "on account of the greatness—." The ablative without a preposition in the sense of *propter* with the accusative occurs frequently in Sallust.

Eadem illa, "the same designs."

Et ut, "and as if."

In senatum venit. This occurred on the 8th of November, A. U. C. 691.

Orationem habuit, sc. the first oration against Catiline.

Ea familia ortum, sc. *se*, § 239, R. 2.—*Perdita republica*, § 274, R. 5.

Inquilinus civis. Cicero had removed from Arpinum to Rome.

Quum eam servaret—"was trying to preserve it." See note Jug. XXVII on *Leniebant.*

Ruina restinguam,—"by the destruction of the commonwealth."

XXXII. *Neque insidiæ consuli—et*, § 278, R. 7. *Insidiæ consuli*, § 211, R. 5

Optimum factum, instead of *optimum*, sc. *esse*, the subject of which is *exercitum augere, etc.*, and the predicate *optimum factum* · § 210.

Priusquam legiones scriberentur, § 263, 3.

Quæ bello usui forent, § 266, 1.—*Opes factionis confirment*, § 262, R. 4.

Sese propediem, sc. *dicit*, which is implied in *mandat.*

Ex suo numero, instead of, *ex suorum numero*, § 207, R. 20.

Marcium Regem, see Chap. XXX.

XXXIII *Qui miseri*, § 206, 12.

Plerique patriæ, sed omnes fama atque fortunis expertes. Expertes is here limited first by the genitive *patriæ*, and afterwards by the ablatives *fama* and *fortunis*, § 213, R. 5, (2), & § 278, R. 2.

Cuiquam nostrum, § 212, R. 2, N. 2.

Lege uti, reference appears to be made to a law enacted, A. U. C. 429 in consequence of the shameful oppression exercised by a usurer named Papirius, by which law it was provided that the persons of debtors should not be subject to restraint on account of their debts.

Prætoris, sc. *urbani*, the judge before whom civil causes were tried.

Argentum ære solutum est, i. e. instead of a silver sesterce, an *as* of copper of one fourth the value of the former, was paid, § 327, R. 3.

Sæpe ipsa plebes—secessit, a secession of the common people is said to have thrice occurred. *Ipsa plebes*, "the people on their part,' in distinction from *majores vestrum*, the patricians. Measures designed for public relief had originated sometimes with the senate and sometimes with the common people.

XXXIV. *Si quid ab senatu petere vellent, ab armis decedant.* The imperfect followed by the present is an unusual construction.

Ab eo; eo it will be observed is in the singular, though referring both to *senatum* and *populum*, which appear to be here spoken of collectively as one body.

Discedant—proficiscantur, § 266, R. 1. Not only the mood but the tense of the *oratio directa* is here retained.

Ea mansuetudine atque misericordia, § 211, R. 8, (2.)

Litteras mittit is followed by the infinitive with the accusative, in the same manner that *scribit* would be, § 272.

Non quo sibi tanti sceleris, conscius esset, § 262, R. 9.

XXXV. *Re cognita*, "ascertained" or "proved by deeds" or "actual services," "known by experience." Catiline had been defended by Catulus when accused of a capital crime in reference to Fabia. See Chap. XV

Gratam—fiduciam, "a pleasing confidence."

In magnis meis periculis, "while exposed to great perils."

Commendationi meæ, i. e. to his commendation of Orestilla to the care of Catulus. See the close of this letter. The common reading of the whole sentence, is, *Egregia tua fides, re cognita, grata mihi magnis in meis periculis fiduciam commendationi meæ tribuit.* If for *re cognita*, we were allowed to read *recognita*, "recollected," the passage might be translated, the recollection of your faithful attachment (so) pleasant to me while exposed to imminent perils, gives, &c." In this way, *magnis periculis*, might be understood either of his present dangers, or of those in which Catulus had formerly assisted him.

Quamobrem, i. e. on account of his reliance upon the friendship of Catulus,

In novo consilio, "in my new enterprise."

Non statui parare, for *statui non parare*, as *non*, though modifying an infinitive, is placed before the verb on which the infinitive depends.

Satisfactionem. Supply *sed.*

De culpa, instead of the gen. *culpæ.*

Quam, sc. *satisfactionem.* *Licet cognoscas*, § 262, R. 4, "you may be assured "—*Veram*, sc. *esse.*

Statum dignitatis, i. e. the consulship.—*Meis nominibus*, sc. *factum*, *sive contractum*.—*Ex possessionibus*, sc. *meis.*

Alienis nominibus, sc. *æs alienum.*

Quum et, i. e. *quum etiam*

Non dignos homines. He probably refers especially to Cicero, a *novus homo.*

Pro meo casu, "considering my unfortunate condition."

Plura quum scriberem. The pretence of personal danger, on account of which this letter closes thus abruptly, appears to have been intended by Catiline to serve as an apology, for not opening his heart more fully to one, in whom he professed to place implicit confidence.

XXXVI. *Condemnatis,*-is in the dative connected by *præter* in the sense of *præterquam* to *iis* understood referring to *multitudini,* which depends on *liceret,* § 278, R. 1.

Duobus senati decretis, § 257, R. 7, "notwithstanding two decrees of the senate," for the former of these, see Chap. XXX.

Neque—quisquam omnium, § 207, R. 31.

Tanta vis morbi, the moral malady here referred to, was the excessive desire of a change in public affairs. See the beginning of Chap. XXXVII.

XXXVII. *Aliena,* "alienated," sc. from the government.

Quibus opes nullæ sunt, bonis invident sc. *ii.* When the demonstrative would differ in case from the relative it is commonly expressed. See a similar example in Chap. XIII, *quippe quos,etc.*

Ea vero; ea in this passage, though pleonastic in its construction, serves to distinguish emphatically the populace of the city from the common people of the empire in general, whose disaffection is mentioned at the beginning of this chapter.

Præceps ierat, i. e. into the revolutionary designs of Catiline.

Primùm omnium, the principal classes into which the populace of the city was divided, and the causes of dissatisfaction in each are mentioned under the five general divisions, marked by *primùm omnium, deinde, præterea, præterea, ad hoc.* The first general division is subdivided into three classes by *qui ubique, item alii* and *postremo*

Alios senatores, sc. *esse* or *fieri.*

Privatis atque publicis largitionibus, a monthly distribution of corn was made to the populace at the public expense, in addition to the largesses of wealthy and ambitious citizens.

Juxta ac, "just as," i. e. "as badly as," "no better than."

Præterea quorum, sc. *ii,* § 206, (4).

Jus libertatis imminutum. Sylla had ordered that the children of those whom he had proscribed, should be held ineligible to office, and in this respect they were still deprived of the common rights of citizens.

Aliarum partium erant, § 211, R. 8, (2.) "who belonged to another party."

Atque senati, i. e. *atque senati partium.*

Quàm minùs valere ipsi, "than to have less power themselves." Before *valere* supply *se,* § 239, R. 2. *Ipsi,* § 207, R. 28.

Id adeò malum. The alarming evil here spoken of arising from the bitterness of party spirit, had on many previous occasions threatened the ruin of the state.

XXXVIII. *Tribunicia potestas,* the power of the tribunes had been greatly restricted by L. Sylla, but was restored in the consulship of Pompey and Crassus. A. U. C. 684.

Summam potestatem nacti. The tribunicial power is here referred to, though this power in its proper use was not the highest power in the state.

Senati specie, i. e. *senati magnitudinis specie,* "for (the advancement of) their own power, under the semblance (of promoting that) of the senate."

XXXIX. *Bellum maritimum,* this war, called also *bellum piraticum,* was carried on by Pompey, A. U. C, 687, against the Cilicians, who had filled every sea with piratical vessels, and had even plundered some of the Italian cities. In forty days the war was brought to a successful termination. In consequence of this eminent success, Pompey was appointed to the command of the war against Mithridates.

Ceteros, i. e. other patricians who were supposed to court the favour of the people or to belong to the popular party, as Crassus, Cæsar, &c.

Qui plebem. The reading of Kritz. Others read *Quò plebem.*

Tractarent, § 266, 3.

Animos eorum sc. *plebis.*

Neque illis, i. e. *neque tamem illis.* See *Neque* in Dict.

Tamen, "notwithstanding" these considerations.

Parens necari jussit, under the Roman law fathers had the power of putting to death their children.

XL. *Bellicosa esset,* § 266, 3.

Facile eos. The subject of *adduci posse* was understood with *oppressos,* but after the parenthesis *præterea quod etc.* is repeated. So in Chap. XXXVII. *ea vero.*

Plerisque principibus civitatium, sc. *Gallicarum.*

Atque eos noverat, § 183, 3, N. 3.—*Civitatis,* sc. *Allobrogum:*—*Ejus,* sc. *civitatis.*

Quem excitum tantis malis, § 211, R. 5.

Postquam videt. Postquam is often found in Sallust with the historical present.

Miseriis suis remedium. The objective dative, § 211, R. 5.

Exspectare. Before this verb, which depends on *dicentes* understood, we must supply *se.*

Viri esse vultis, § 210, R. 6.

Hæc ubi dixit, § 259, R. 1, (2), (*d.*)—*Tam difficile esse,* § 270, R. 2.

Dum ea res. Ea res is used here and in other places instead of *id;* the general idea expressed in English by *thing,* being expressed in Latin sometimes by *res,* and sometimes by adjectives in the neuter gender, and hence a transition is often made from one of these modes to the other.

Ab Roma aberat, § 255, R. 2.—*Pollicitos operam suam,* § 208, (7).

Domum dimittit. Domus here signifies not their native country, but their place of residence at Rome.

XLI. *In incerto habuere, quidnam,* &c., § 229, R. 5.

In altera parte. The motives on the part of the ambassadors and their countrymen to engage in the conspiracy are first mentioned.

In spe victoriæ, "in the hope of victory," i. e. in the victory hoped for.

At in altera. The advantages of betraying the conspiracy are next con sidered and these appear to be personal to the ambassadors, rather than to their countrymen in general.

Majores opes, "greater power and influence," to be enjoyed by the ambassadors, as a reward from the Romans for betraying the conspiracy.

Certa præmia. Specific rewards had been offered by the senate to any one who would give information respecting the conspiracy (see Chap. XXX,), but these are probably not referred to in this place.

Cujus patrocinio. Most nations subject to the Romans had some one among the senators who took the oversight of their affairs, and whom they called their patron. This patronage was hereditary.

Præcepit ut—simulent. The historical perfect followed by the present is unusual, § 258, 2, (2). See J. XIII, & CXI.

XLII. *Quos antea Catilina dimiserat.* See Chap. XXVII.

Ex eo numero. See *Numerus* in Dict.

Item in ulteriore Gallia C. Muræna, sc. *complures in vincula conjecerat.* See *Item* in Dict.

Ut videbantur, "as they appeared," instead of *paratis copiis, quæ videbantur magnæ*, i. e. *satis magnæ*. The impersonal *videbatur* is more commonly employed in this sense.

XLIII. *Lentulus cum ceteris—constituerant*, § 209, R. 12, (6).

Cetera multitudo conjurationis, "the rest of the multitude concerned in the conspiracy."

Hoc modo, i. e. *tali modo*.

Quo tumultu, i. e. *ut eo tumultu*, "that by the tumult which this would occasion," § 207, R. 20.

Alius autem alium, sc. *aggrederetur*.

Inter hæc parata atque decreta, § 274, R. 5.

XLIV. *Ex præcepto Ciceronis.* See Chap. XLI, near the end.

Quod signatum ad cives perferant, § 264, 5.

Dant. sc. *jusjurandum signatum*.

Eo brevi venturum, i. e. into the country of the Allobroges.

Mittit uti confirmarent. The imperfect depending upon the historical present, § 258, 2, R. 1, (*a*.)

Quis sim. Cicero, who had the intercepted letter in his possession, has given it in 3d Cat. 12, as follows: *Qui sim, ex eo quem ad te misi, cognosces. Cura ut vir sis, et cogita quem in locum sis progressus, et vide quid jam tibi sit necesse. Cura ut omnium tibi auxilia adjungas, etiam infimorum.*

Fac cogites, § 262, R. 4, & § 267, R. 3.—*Et memineris*, § 183 3, N. 3.

XLV. *Cetera*, "as for the rest," i. e. in regard to details.

Ita agant, sc. *ut*, § 262, R. 4.

Homines militares, sc. Flaccus and Pomptinus.

Præsidiis collocatis. See 3d oration against Catiline, Chap. V.

Ad id loci, § 212, R. 3.—*Et simul*, i. e. *et simul ac*.

XLVI. *Quibus rebus confectis*, these events occurred on the night between the 2d and 3d of December, A. U. C 691.

Consuli, sc. *Ciceroni*.

Pœnam illorum, sc. *videbat* or *verebatur*, the latter of which may be implied in *anxius erat.*

Sibi oneri, "would bring a weight of odium upon him."

Perdendæ reipublicæ, § 275, III, R. 1, (5).

Ipse manus tenens. This was intended as a mark of respect to the official character of Lentulus.

Ædem Concordiæ. In this temple, built by Camillus, upon the side of the Capitoline mount, the senate that day assembled, and in a private apartment of this temple the conspirators seem to have been detained, until they were introduced into the senate.

Magna frequentia, § 257, R. 7, (*a.*)

Volturcium cum legatis. *Cum* in this place does not imply any very close connection of time, as it appears from Cicero, (*Or. in Cat.* III, 4,) that Volturcius was introduced apart from the Gauls. It is equivalent to *et.*

XLVII. *Quid, aut qua de causa, consilii habuisset*, "what design he had entertained, or for what reason he had entertained it."

Fingere alia, i. e. other than what pertained to the conspiracy.

Nihil amplius scire quam legatos. This expression is thought by some to be ambiguous. Its more obvious meaning is that "he knew nothing more than the ambassadors knew." Kritz and Herzog however interpret it to mean that "he knew nothing more than," or taking *nihil* for *neminem* that "he knew none besides the ambassadors:" i. e. none of the conspirators besides. If we translate *docet*, "he shows," the common translation may perhaps be sustained, for it is obvious from Chap XLVIII, that he disclosed many things relating to the conspiracy, though most of them may have been known to the ambassadors also.

Cinnam atque Sullam antea, sc. *urbis potitos esse.*

Ab incenso Capitolio. The burning of the Capitol here referred to occurred A. U. C. 671.

Decernit uti—haberentur, § 258, R. 1.—*C. Cæsari*, i. e. *C. Julio Cæsari.*

XLVIII. *Alia belli facinora prædæ*, sc. *sibi*, § 227.

Quum se diceret indicaturum. Respecting this position of *se*, consult note on *Sese student præstare*, Chap. 1.

Indicaturum (*esse*,)—*data esset*, § 266, 2, R. 4.

De itinere hostium, i. e. of the conspirators, towards Rome.

Missum a M. Crasso. See Chap. XVII.

Lentulus, Cethegus, aliique deprehensi, "the arrest of Lentulus," &c § 274, R. 5, (*a.*)

Terrerent, sc. *eum*, i. e. *Catilinam.*

Et illi—eriperentur sc. *Lentulus, Cethegus, alii.*

Tanta vis hominis, instead of *homo tantæ vis.*

Deque ea re, i. e. concerning the truth or falsehood of the testimony of Tarquinius.

Consulente Cicerone, sc. *senatum.*

Neque amplius potestatem, i. e. *indicandi*, "of giving testimony."

Qui existimarent, § 264, 6.

More suo. This custom of Crassus, of patronizing the meanest and vilest, is mentioned by Plutarch also.

29

XLIX *Sed iisdem temporibus.* In what follows, Sallust appears to aim at defending Cicero from the charge brought against him by Crassus; but in doing this he brings a very improbable charge against Catulus and Piso, for the purpose of screening from censure Cæsar, his personal friend.

Nam uterque exercebant, § 209, R. 11. (4.)

Piso oppugnatus in judicio, etc. sc. *inimicitiam exercebat. Oppugnatus* sc *a Cæsare.*

Propter cujusdam Transpadani supplicium. These words are to be connected to *oppugnatus,* not to *pecuniarum repetundarum.* In a prosecution against Piso for extortion Cæsar made an attack upon him for unjustly punishing a certain individual.

Pontificatus, sc. *maximi.*

Ab adolescentulo Cæsare. Cæsar, though at this time thirty-six years old is called *adolecentulus* in reference to the more advanced age of Catulus

Opportuna videbatur, i. e. for Cæsar, on account of the magnitude of his debts, and this consideration caused the accusation to be more readily believed.

Privatim—publice. These adverbs belong not to *debebat,* but to *liberalitate* and *muneribus.*

Quæ se—audisse dicerent, instead of *quæ audissent ut dicebant,* § 266, 3, 3d clause.

Quò studium suum, etc. These words relate to *Cæsari gladio minitarentur.*

L. *Qui in custodiam traditi erant,* § 266, 2, R. 5.

Primus sententiam rogatus, § 205, R. 17.

Sententiam Tiberii Neronis. Tiberius Nero had proposed that the conspirators then in custody should be strictly guarded, until Catiline and his army were vanquished, and that the whole subject should then be referred to the senate.

Hujuscemodi verba. From the use of this expression, in relation to the speeches of Cæsar and Cato, it is evident that we have their sentiments only, and not their language.

LI. *Haud facile,* etc. This sentence contains the reason of the preceding but the causal particle *nam* or *enim* is here as in many other places omitted.

Valet, sc. *animus.*

Male consuluere, sc. *sibi ac reipublicæ,* i. e. "pursued an injudicious course, adopted wrong measures."

Populi Romani opibus creverat. The Rhodians had received from the Romans, in recompense for services rendered the latter in the war against Antiochus, a large part of Lycia and Caria.

Impunitos eos dimisere. The Rhodians were however deprived of the provinces previously bestowed upon them.

Quid in illis,—"in their case," "in respect to them."

Novum consilium. The new measure here alluded to, was the punishment of a Roman citizen with death, as proposed by Silanus.

His utendum, sc. *pœnis.* e. g. imprisonment, exile, &c.

Quæ belli sævitiâ esset, quæ victis acciderent enumeravere. Enumeravere can be connected with *sævitia* only by zeugma, but it is appropriate to *quæ victis acciderent*, "have shown what would be the savage character of the war, and enumerated the evils which would befall the vanquished.'

Rapi Virgines, sc. *dixerunt*, which is implied in *enumeravere.*

An, uti vos; after *an* supply *eo pertinuit.*

Injuriæ suæ, § 208, (7), (*a.*), & § 211, R. 3, (*c.*)

Gravius æquo, § 256, R. 9,—*habuere*, i. e. *solent habere.* The perfect is often found in this indefinite sense, in Sallust as well as in other writers

In imperio, i. e. in those who command.

Paulo severior, § 256, R. 9, (*a.*), *med.*

Eos mores—cognovi, "such I know to be"—.

Injuria, i. e. "the wrong," "the nature of the wrong," "the enormity of the crime."

Consulis, i. e. *Ciceronis.*

Ultra, sc. *mortem.*

An, quia gravius est, i. e. *in sententiam non addidisti, uti, etc., quia gravius est?*

Sin, quia levius, i. e. *sin in sententiam non addidisti, etc., quia levius*, sc. *est verberari, etc.*

Tempus, dies, fortuna, sc. *reprehendent*, literally, "a time, a day," i. e. "some future time, some future day, will censure (the decree) and so likewise will fortune."—"Will censure," i. e will show to have been unwise. *Tempus, dies*, § 324, 22.

Quid in alios statuatis, i. e. other than these conspirators.

Ex bonis, sc. *exemplis.*—*Ab dignis*, sc. *pœnâ.*

Devictis Atheniensibus triginta viros imposuere, § 224.

Invidere bonis. According to Cortius and Kritz, *institutis* is to be supplied; according to Gerlach and Herzog, *hominibus.* With the latter *boni* will signify those excelling in knowledge of any kind. *Invidere* which requires a dative is here connected with *imitari* requiring an accusative. In such a connection the noun or pronoun is in general repeated in that case which each verb requires.

Tractarent, § 264, 5.—*Ea populus lætari*, § 232, (2.)

Merito dicere fieri, sc. *ea*, from the preceding clause.

Ubi paulatim licentia crevit, § 259, R. 1, (2,), (*d.*)

Stultæ lætitiæ, § 211, R. 12.

Tum lex Porcia. Here the apodosis of the sentence begins, the protasis commencing with *postquam.*

Quibus legibus. The noun is repeated with the relative, sometimes for the sake of perspicuity, and sometimes for emphasis.

In primis magna, § 127, 2.

Qui ea bene parta. The reader might expect, instead of *ea*, *id* referring to *imperium.* Sallust has made use of the plural "these things," to denote separately what was previously expressed collectively by *imperium.*

Publicandas eorum pecunias,—neu quis referat, a double construction following *censeo,* § 273, 3. In the following clause *senatum existimare* the original construction is resumed.

LII. *Postquam Cæsar—fecit,* § 259, R. 1, (2,) (*d.*)

Alius alii varie assentiebantur, i. e. they signified their agreement in sentiment with Silanus, Nero or Cæsar. *Verbo assentiebantur.* The opinion of the senators was given either *vivâ voce* or by a division, (*discessione.*) Sallust has omitted all notice of the speeches of Catulus and Cicero, delivered on this occasion.

Illi mihi disseruisse videntur. Cato states the real question to be, not what punishment is suitable for the conspirators, but what means shall be resorted to, to prevent the success of their conspiracy.

Persequare, § 209, R. 7, (*a.*)

Si ista cujuscumque modi sunt. The severity of Cato's manners led him to speak contemptuously of the luxuries prized so highly by many of his hearers.

De sociorum injuriis: an objective genitive, § 211, R. 2.

In hoc ordine, i. e. *in senatu.*

Sed ea, sc. *verba.*

Non id agitur, § 207, R. 22.

Cujus hæc cumque modi; tmesis, § 323, 4, (5,) for *cujuscumque modi hæc* (*videntur.*)

Hostium futura sint, § 211, R. 8, (3).

Hic, "here," i. e. "in this state of things," "such being the facts."

Hic mihi quisquam. Reference is here very evidently made to Cæsar, but the reference is the more severe from the use of the indefinite pronoun *quisquam,* "some one." Müller reads it interrogatively, "does any one?"

Malarum rerum audacia, § 211, R. 12.

Sint sane, § 209, R. 2, (2), & § 260, R. 6.

Misericordes in furibus. In this sense of *in,* it is commonly followed by the accusative, but see Chap. LI, *quid in illis,* and *In* in Dict.

Perditum eant, § 276, II, R. 2.

Diverso itinere malos, &c., i. e. *existimans falsum esse diverso itinere malos a bonis, etc.*—"that the wicked, their rout being different from (that of) the good, inhabit," &c. Before *diverso,* etc. *nempe,* "to wit," may be supplied, § 207, R. 22.

Si periculum ex illis metuit, sc. *C. Cæsar.*

Sin—solus non timet. If Cæsar alone entertained no apprehension, he might well be suspected of having a connection with the conspirators.

Multo pulcherrimam, § 127, 3.

Quæ nobis nulla sunt, "none of which,"—

Omnia virtutis præmia. Such as civil and military offices, and other public honors.

Hic pecuniæ, i. e. *in senatu.*

Apprehensis hostibus faciatis, § 250, R. 3.

Misereamini censeo, § 262, R. 4, spoken ironically.

Scilicet res aspera est, etc. The matter in itself is formidable.

Non votis, supply *sed.*

Prospera omnia cedunt, § 210, R. 1.

Bello Gallico. According to Livy and other historians, this event occurred in the war against the Latins.

Nisi iterum patriæ bellum fecit. Cethegus had been concerned in the civil wars, first as a follower of Marius, and afterwards of Sylla and of Lepidus.

Si—peccato locus esset, "if there were any room for error."

More majorum, i. e. according to the custom in use before the enactment of the Porcian law.

LIII. *Alii alios increpantes timidos vocant*, "chiding they call each other"—

Sustinuisset, "had sustained," i. e. had enabled the Roman people to sustain.

Contendisse, sc. *populum Romanum.*

Fortunæ violentiam. Reference appears to be made to the great disasters which had occasionally befallen the empire.

Sicuti effetâ parente, multis, &c., as if the parent (viz. Rome) was no longer capable of producing offspring, § 257, R. 10. The common reading is *Sicuti effeta parentum, multis*, &c. Others read *effetæ parentum—*. The reading adopted in the text is that suggested by Müller.

LIV. *Igitur his genus, ætas, eloquentia prope æqualia fuere*, § 205, R. 2, (2). The Porcian *gens* was plebeian, the Julian patrician, but both had enjoyed in an equal degree the honors of the state.

Ætas. At this time Cato was thirty-three, and Cæsar about thirty-seven years of age.

Sed alia, sc. *gloria.*—*Alii* is used though referring to two persons only, on account of the preceding *alia*, that the words might correspond.

Cæsar dando, sublevando, ignoscendo, § 275, III, R. 4.

Intentus, sua negligere; the historical infinitive, § 209, R. 5

Novum bellum exoptabat, "was always wishing for some new war," i. e. a perpetual succession of wars.

Eo magis sequebatur, i. e. *gloria eum sequebatur.*

LV. *Idem fit ceteris*, § 250, R. 3.

Est locus—quod, § 206, (10).

LVI. *Pro numero militum*, "according to the number of his soldiers," i. e. he put an equal number into each maniple, &c., intending to fill up the legion as new recruits joined his standard.

Ex sociis, sc. *conjurationis*, "of the conspirators."

Numero hominum, sc. *justo.*

Hostibus, i. e. to Antonius and his army.

Servitia repudiabat, cujus, sc. *generis hominum*, § 206, (11).

Videri, sc. *se*, § 239, R. 2.

LVII. *Nuntius pervenit*, i. e. *nuntiatum est*, and hence it is construed with the inf. and acc. § 272.

De Lentulo, Cethego, ceteris. For the omission of et, ac, &c. *before* ceteri etc., see *Et* in Dict.

In Galliam; probably into the country of the Allobroges.

Eadem illa existimans—Catilinam agitare, i. e. a retreat into Gaul.

Utpote qui—sequeretur, Gr. § 264, 8, (2.)

Qui magno exercitu, § 249, III, Remark.

In fuga, sc. *Catilinæ ejusque militum.*

LVIII. *Causam mei consilii aperirem*, i. e. of his resolution to risk an engagement with Antonius.

Quoque modo, i. e. *et quomodo.*

Unus ab urbe sc. *Antonii.—Alter a Gallia*, sc. *Metelli.*

Uti forti atque parato animo sitis, § 211, R. 6, & R. 8, (2.)

Commeatus abunde, sc. *erunt.* For this use of *abunde*, see *Sum* in Dict.

Non eadem nobis et illis necessitudo impendet. The meaning is, "they are not under the same necessity as we," or, they are under no necessity, as we are.

Nos pro patria, etc. These words express the necessity imposed on the conspirators, and are contrasted with the words following, which denote the circumstances under which the troops of the state would fight.

Supervacaneum. This word stands opposed to *necessitudo*, in the preceding sentence.

Quia illa, i. e. the degrading conditions mentioned above.

Viris, is used emphatically.

Hæc sequi decrevistis, "these measures,"—"this course"—.

Ea vero, § 206, (13), (c.)

Me hortantur, sc. *ut magnam spem habeam*

Cavete—amittatis, § 262, R. 6.

LIX. *Ab dextera, rupes aspera.* An anacoluthon, § 323, 3, (5), the regular construction of the sentence requiring, *rupem asperam.*

Ab his, i. e. *ab reliquis signis.—Armatum*, see Chap. LVI.

Et colonis, sc. from the colonies planted in this region by Sylla.

Propter aquilam, etc. See *Cic.* in Cat. I. 9.

Bello Cimbrico. See Jug. Chap. 114.

Pedibus æger, § 250. Dio represents Antonius as feigning sickness, that he might avoid a personal encounter with those whom he had once favoured. See Chap. XXI.

Ille—Ipse, sc. *Petreius.* See *Ille* in Dict.

Amplius annos, § 256, R. 6, (*a.*)

Plerosque ipsos—noverat, "knew most of them personally." See *Ipse* in Dictionary.

LX. *Veterani*, i. e. the veterans under the command of Petreius.

Illi, i. e. the troops of Catiline.

Haud timidi. *Litotes*, § 324, 9.

LXI. *Sed confecto prœlio.* The ablative absolute here serves as the protasis of the sentence, the apodosis beginning at *tum.*

Tum cerneres, § 260, II.

Quos medios, § 205, R. 17. See above Chap. LX, *Cohortem prætoriam in medios hostes inducit.*

Juxta pepercerant, "had spared equally," i. e. "had spared neither," "had equally disregarded."

Multi autem—alii, pars, § 204, R. 10.

Pars reperiebant, § 209, R. 11.

THE END

CPSIA information can be obtained
at www.ICGtesting.com
Printed in the USA
LVHW100512130422
716029LV00002B/79

9 783752 591378